我的奋斗

VOL.3

童年岛屿

[挪威] 卡尔·奥韦·克瑙斯高 著

林后 译

SJPC

上海三联书店

在1969年8月里一个温和多云的日子，沿着这个南部岛屿最外侧的一条小径，在花园、巉岩、田野和林间空地之间，在许多小陡坡上上下下，经过了突如其来的急转弯——时而被路段两侧的树木夹裹掩映如陷入谷底，时而大海又在眼前展开——一辆公交车开了过来。这辆车属于阿伦达尔船运公司，跟这家公司所有的公共汽车一样，是两种深浅不一的棕色。车驶过了一座桥，顺着一道细长的峡湾，车的右指示灯闪烁着，停下了。车门打开，一个小家庭从车上走下来。父亲，一个穿着白衬衣和浅色涤纶裤的瘦高男人，手里提着两口箱子。母亲，身着米色大衣，长发外面罩着一条浅蓝色的头巾，她一只手推着一辆童车，另一只手牵领着一个小男孩。车继续往前开了，瞬间在马路上扬起一大股从车尾排放出的灰色废气。

“还要走一段路。”父亲说。

“你行吗，英韦？”母亲说，往下看着男孩，他点点头。

“我行的。”他说。

他四岁半，一头浅黄的、淡得几乎接近白色的头发，在漫长夏天的太阳下晒成褐色的皮肤。他的弟弟，一个还不到八个月的婴儿，躺在童车里注视着头上的天空，既不知道他们身处何地，也不知道他们将去往何方。

他们开始缓慢地朝坡路走去。这是一条砾石路，雨水冲刷后的路面上到处都是大大小小的碎石堆。路的两侧是田野。在草地的尽头，大约五百米远的地方，一片森林展开，朝着铺着鹅卵石的海滩逶迤而下，林子里树木低矮，仿佛是海洋上吹过来的风压制胁迫所致。

一栋新建的房子坐落在右面。除此之外，这里看不见任何建筑物。

童车的大弹簧支架摩擦出尖锐的声响。婴儿不知不觉地闭上了眼睛，在这极为舒服愉悦的摇晃当中，慢慢进入睡梦。父亲，剪得很短的深色头发，黑色浓密的胡须，放下手里的一个箱子，用手擦掉额上的汗水。

“这天可真闷热。”他说。

“是啊，”她说，“但或许到了比较靠海的地方会凉爽些。”

“但愿如此。”他说，然后又拎起箱子。

不管从哪个方面来讲，这都是一个普普通通的人家，年轻的父母，像那个时代里几乎所有的父母一样；家里有两个孩子，也像那个时代里几乎所有的家庭一样。他们刚刚从奥斯陆搬来，那时他们已经在紧挨着比斯勒特体育场旁边的特雷瑟斯街住了五年，然后来到特罗姆岛，在那儿有一栋正在为他们建造的房子。等待房子最后完工期间，他们在旧时的霍弗军营（Hove leir）驻地外租赁了另一栋老房子。在奥斯陆时，白天他学习英语和挪威语，晚上值夜班；与此同时她在乌勒沃医院的护士学校（Ullevål Nursing College）上学。虽然还没有完成学业，但他已经在罗利赫登一所初级中学申请并得到了教书的工作，而她就在库克普拉森疗养院（Kokkeplassen）当护理。他们是在克里斯蒂安桑相遇的，那时候他们只有十七岁，十九岁时她怀孕了，二十岁时他们俩结了婚，在西挪威的一个小农场，她在那里长大。没有他的任何一个亲属、家人前来参加婚礼，虽然拍下的所有照片中他都是一脸笑容，但有一道孤独环绕着他，看得出他并不完全属于她的那些兄弟姐妹、叔叔舅舅、姑姑姨妈、堂兄弟表姐妹的社交圈。

现在他们二十四岁，他们自己的生活就在眼前。有自己的工作，自己的房子，自己的孩子。这两个人，以及将会与他们相遇的未来，全都属于他们自己。

难道不是这样吗？

他们俩在同一年出生，1944年，属于战后的第一代人，从很多方面来讲，这一代人代表着一些新兴的事物，尤其是在他们的人生中，首先要在一个已有了大规模发展计划的社会里找到自己的位置。五十年代是个百废待兴的时期——教育部门、卫生部门、社会系统、交通系统都开始发展，各类商社和工厂也在惊人的短暂时期得以高度集中，在提高人民生存条件上取得了成效。她的父亲出生于二十世纪初期，来自外松恩南伯沃格地区的一个农场，她是在那儿长大成人的。她的祖父来自大海外的其中一个小岛，他的父亲和他父亲的父亲可能也是。她的母亲来自约尔斯特的一个农场，在一百公里外的地方，她也没有受过任何教育，而她的家族在那个地方的生活轨迹可以回溯到十六世纪。而说到他的那些亲属，都属于较高的那个社会阶层，这就是说，他的父亲和父亲的兄弟们都受过高等教育。但他们也都跟自己的父母居住在同一个地方，克里斯蒂安桑。他的母亲没有受过教育，来自奥斯高斯特兰（Åsgårdstrand），她的父亲是船长，在她的亲属里还有一位当警察的。当她遇到了自己的男人，就跟随着他去了他的故乡。就是这样的一种模式。在五十年代和六十年代里发生的这个变化，是一种革命，只是没有流行革命中的暴力和毫无理智的疯狂。那些渔民和小农场主的孩子，工厂工人和商店售货员的孩子，不仅开始在大学里接受教育，成为了老师和心理学家，成为了历史学家和社会学家，同时他们当中的许多人还居住在远离家庭的地方。他们做这一切，怀着最大程度的天经地义，称其为时代精神使然。时代的精神来自外界，而发生的变化则源于内里。时代精神对所有的人一视同仁，但每个人对时代精神却有不同的解读。因为对六十年代的一位年轻母亲来说，要是同邻近农场中的一个人结了婚，并且自己余下的一生都要在那地方度过，将是个十分荒唐的念头。她想要出去！她想有一个完完全全属于自己的生活！她的兄弟姐妹也抱有同样的想法，在全国的这些家庭里都是这样的。但为什么他们会这样呢？这坚定的信念又是出自何处？是的，这新观念是从哪里来的？在她的家庭里没有这样的传统，唯一离家出走在外寻生活的，是她父亲的兄弟芒努斯，由于家庭的贫困，他去了美国，在那儿待了很长的时间，他在异国所过的生活同他以往在西部地区的生活区别甚微。但对于六十年代的这位年轻父亲，就完全是另一回事，他的家庭期望他接受教育，而不是去娶一个西部地区小农场主的女儿做老婆，并且在一个南方小城镇外的住宅区安家。

也就是在1969年一个炎热多云的日子里，他们正走在去往新家的路上，他吃力地拽着两口沉重的箱子，里面塞得满满的，全是六十年代的衣物，她推着一个六十年代的童车，里面躺着一个穿着六十年代衣服的婴儿，这就是说，白色的衣服，装饰着许多蕾丝花边；在父母亲之间到处跑来跑去的，是他们的大儿子英韦，他快活、好奇，非常的兴奋，对未来充满了希冀。他们走过脚下的草地，穿过一小片长条形的树林，来到这敞开的院墙门前，走进了这片面积宽阔的出租房区。里面的右侧有一个汽修站，主人是某个叫作弗罗尔森的人，左面是一片被裸露的砾石地环绕着的大红色军营房，再往后就是松树林了。

往东一公里远的地方是特罗姆岛教堂（Tromøya Church），一座建于1150年的石头建筑物，它还有些部分年代更老，大概是国内最古老的教堂之一。教堂所处的地势较高，自古以来，它就被来往这里的船只作为陆地的标志，被标记在所有的航海地图上。在群岛外的一个小岛——梅尔德岛上，有个古老的船主庄园，它是这个地区十八世纪和十九世纪这段辉煌、伟大时期的见证，那时候该地区同世界各地贸易往来，商品以建材和鲜花为主。到东阿格德尔郡博物馆（Aust-Agdermuseet）游览参观时，学校的学生们会在那里看到陈列着那个时期以及追溯到更遥远年代的荷兰和中国部落里的古老物件。在特罗姆岛上能看见许多异国的奇花异草，船只在清空压舱水时将它们带到了那里，还有，人们从学校里知道，特罗姆岛是全国首个栽种土豆的地方。《斯诺里国王传奇》[1]多次提到特罗姆岛，在草甸底下和泥土里，可以找到石器时代的箭头兵器，在长长的鹅卵石海滩上圆溜溜的石头间，埋藏着化石。

但当这个搬迁中的小家庭带着他们所有一切大大小小、杂七杂八的包裹、行李在这个开阔地带缓慢穿行时，所看到的不是十世纪或十三世纪，不是十七世纪或十九世纪在这方土地上留下的印记。而是第二次世界大战中发生的一切留下的印记。战争时这个地区被德国人使用：排排营房和许多房屋都是他们修建起来的。树林里立着的那个低矮的砖石地堡掩体，相当完整，在海滩上方悬崖峭壁的最高处，设置了数门炮台。在这地方甚至还发现了一个小型机场。

他们未来一年要住的这所房屋，独立于树林的中央。房子刷着红色的油漆，窗框是白色的。从那里看不到大海，但其实它就在下面不过几百米远的地方，能听到海浪有节律的低微声响，闻到树林和海盐的气味。

父亲放下手里的箱子，找出钥匙，把房子的门打开。里面有门厅、厨房、带柴炉的客厅、并在一起的浴室和卫生间，二楼是三间卧室。房子的墙壁没装保温层，厨房的设备简单。没有电话，没有洗碗机，没有洗衣机，没有电视。

“我们到了。”父亲说，他把箱子搬进睡房，与此同时英韦从一个窗口跑到另一个窗口，朝着外面张望，母亲把睡着婴儿的

---

[1] *Snorres Kongesagaer*，冰岛诗人、历史家斯诺里·斯蒂德吕松（Snorri Sturluson，1179–1241）1220年所撰写的传奇故事。——译者注，之后若无特殊说明，则为译注。

童车停放在门外的石阶前。

我自然对这段时期毫无记忆。仅凭着我父母拍下的这些婴儿照片想确认这一切，是完全不可能的事，对，很难，以至于在这里使用“我”这个字眼，几乎是荒唐的，比如，那张照片上躺在尿布台上的小婴儿，不同寻常的红皮肤，胳膊和腿儿一直扑打乱蹬，因尖叫——没人能记得他为何会发出这尖叫声——而扭歪的脸，或者在另一张照片上，在地板的一块羊皮地毯上，穿着白色睡衣，脸蛋仍然是红扑扑的，大而黑的眼睛微微有点斜视。这么个小不点儿和坐在马尔默写下这些文字的是同一个人吗？这个小东西将成为一个四十岁的人，在9月里一个多云的日子，坐在马尔默的一个房间里写下这些文字，伴着窗外往来车辆的嗡鸣和从老式通风管道呼啸而入的秋风？这小东西和那个须发斑白、身体萎缩的糟老头子是同一个人吗——若从此时算起，或许还有四十年的岁月，那时他可能会在瑞典森林中某地的一个老人院里，坐在那儿抖抖索索，嘴里流着涎？就更别说有朝一日会躺在停尸房床位上的那具僵硬的身体了。人们会继续把它叫作“卡尔·奥韦”。实际上，这不是太不可思议了吗，一个简单的名字把这一切通通概括？包括这腹中的胎儿，换尿布台上的婴儿，坐在电脑前四十岁的人，坐在一把椅子上的老头子，还有这铺板上的尸体？使用不同的名字来运作这一切岂不更自然、更合乎常理，既然他们的个人身份和自我认同是那样的迥然不同？比如，胎儿时可叫作彦斯·奥韦，婴儿时叫作尼尔斯·奥韦，五岁到十岁叫佩尔·奥韦，十岁到十二岁叫盖尔·奥韦，十三岁到十七岁叫库尔特·奥韦，十七岁到二十三岁叫约翰·奥韦，二十三岁到三十二岁叫托尔·奥韦，三十二岁到四十六岁叫卡尔·奥韦——然后这么继续，再继续？于是第一个名字代表着不同的年龄段，中间的名字就代表这是同一个人的延续，而最后的姓则是属于家庭的。

不，我对这段时期毫无印象，我甚至不知道我们在那里住的房子是什么样子的，虽然爸爸曾指给我看过一次。我所知道的那个时期的一切，是父母告诉我的，是从我见过的那些照片里看到的。那个冬天落在地上的雪有好几米深，南部地区的雪就是这样的，通往房子的道路看上去有点像是一条沟壑。那是英韦推着坐在童车里的我过来了，那是英韦站在那里，脚下是短小的滑雪板，正对着相机镜头微笑。在室内，他站在那里，用手指向我，一脸的笑容，或者是我独自一人站着，手紧紧地抓住婴儿床。我叫他“奥吾”，这是我发出的第一个音。后来他们告诉我，他也是那个唯一能理解我说话的人，他会把我的话解释给我们的妈妈和爸爸听。我也知道，有一次英韦绕着这些房子，挨家挨户地去问那里有没有小孩子，从那以后祖母一再讲这个故事。“你们这里住着小孩子吗？”她学着孩子的声音说，然后哈哈笑。我也知道，我从外面的那个阶梯上摔了下去，受了很大惊吓，喘不过气来，妈妈把我搂在双臂中，飞跑到离得最近的、有电话的邻居家。她以为这是癫痫发作，但不是，什么也不是。我也知道爸爸喜欢他的教书工作，他是个很有才华的心理学者，在当老师的那些年月里，有一次他跟着班上的学生爬到了大山的顶峰。在那儿拍的所有照片里，他看上去都是那么的年轻和快乐，周围那群十来岁的青少年的穿着一点也不张扬花哨，是那种典型的七十年代初期式样。手织毛衣，宽大的裤子，橡胶靴子。他们的头发吹得蓬松，但不是六十年代那样高高扬起，还把头发盘在头顶上的蓬松，而只是蓬松柔软而已，柔顺的头发披散在他们柔和的面颊上。妈妈曾说过，那时候或许是他一生当中最快乐的时期。祖母那里也有照片——英韦和我，在结冰的水跟前拍的，我们两个穿着宽大的针织毛衣，都是祖母织的，我的那件是芥末黄和棕色的，还有在克里斯蒂安桑他们家房子的阳台上拍的，在一张照片中，她的脸紧贴着我的脸颊，那是在秋天，湛蓝的天空，低低的太阳，我们凝视着远处的城市，我可能就两三岁的样子。

人们可以想到，这些照片代表着一种记忆，是一种怀念，只不过这里面通常没有出自于“我”的记忆和怀想，所以很自然的问题就是，这里头到底含有什么意义。我从朋友和最亲爱的家庭成员那儿看到过许多那个时期的照片，它们都大同小异、相差无几。同样的色彩，同样的衣饰，同样的房间，干着同样的事情。但这些照片和我没有任何的关联，是某种意义上的毫无意义，当我看到上几代人的照片时，这种感觉更加明显，那只是聚集在一起的一群人，穿着陌生的衣服，渐渐地，这对我来讲就变得不可理解和难以捉摸了。我们拍照片是为着这个时代，而不是为着时代中的这些人，我们无法把握他们。我最亲近的人当下拍的那些照片也没有真正的意义，对他们你又能知几何。站立在特雷瑟斯街公寓的电炉跟前的这个女人是谁？她身穿浅蓝色的衣裙，以典型的六十年代姿势站在那里——双膝靠近、两腿分开。她的头发往上梳起，盘在头上，蓝色的眼睛，脸上露出温和的笑容，温和到看不出在笑。她的一只手放在那个红盖的、锃亮的咖啡壶手把附近。对，她就是我的母亲，我的妈妈，但她是谁？她在想什么？她怎样看待自己的生活，她现在过着这样的生活，那未来等待着她的又会是什么？这仅仅是一个她，这张照片什么也说明不了。一个陌生的女人在一个陌生的房间里，就这些。这个男人，十年后，坐在一座山上，用同样的红盖咖啡壶喝咖啡，因为他在动身前忘了带上咖啡杯，他又是谁？他有着精致地修剪过的黑胡子，浓密的深色头发，敏感的嘴唇和一双愉快的眼睛。啊，是的，这是我的父亲，我的爸爸。但对他自己来讲他是谁，正如在所有那些类似的瞬间中一样，这一刻他谁也不是。所有照片的意义都是如此，包括我自己的。它们完全是空洞的，唯一可以从中读出的意义是它们反映、表达出的这一时期。尽管如此，这些照片仍是自我的一部分，是最私密、最具有个性的，就如其他人的照片对他们来说具有的意义一样。充满意义，毫无意义，充满意义，毫无意义，这就是贯穿在我们生活当中的波浪，构筑了生命基音的刺激和兴奋。我生命最初的六年中所记得的一切，那个时期的照片和物件里所存储的一切，我把它们加以归总收集，它们是我个人身份认同中最重要的一部分，我用它们的意义来填充这个“我”，并以此持续下去，否则我将是空洞和毫无意义的。在这些点滴的、零碎残缺的记忆的基础上，我构建出了一个卡尔·奥韦，一个英韦，一个妈妈和一个爸爸，一栋霍弗的房子和一栋蒂巴肯的房子，一个祖父和一个祖母，一个外公和一个外婆，一个邻居和一大堆小孩子。

这简陋的临时居所，我把它称为我的童年。

记忆不是人的生命中一个可靠的度量尺度。不仅仅是因为记忆并不能代表真实。决定记忆正确或谬误地呈现事件的，并不是真实，而是记忆自身的利益。记忆是务实的，它阴险狡诈，但不是以那种敌对的，或是恶毒的方式；相反，它做的这一切都是为了取悦其主人，记忆者。一些记忆被推到忘却的空洞里，变成白茫茫一片，一些记忆被扭曲得面目全非，一些记忆很容易让人产生误会，还有一些几乎完全模糊不清，而留存下的那一点点则清晰可见、极为精准。什么记忆能准确地留下，这绝不是由你来操控的。

就我而言，最初六年的记忆几乎不存在。我差不多什么也记不得了。我不知道是谁在照顾我，我做了些什么，谁同我一起玩耍，所有的这一切全是一片空白，1968 年到 1974 年的这些日子在我的生命里是一段巨大的、空荡荡的时期。小小的我能想到的都是些无意义的小事：我站在几乎在高山上才有的那种稀疏树林中央的一座木桥上，急流的溪水在身下哗哗流过，绿色和白色的水流，我上下蹦跳着，桥身晃晃悠悠，我哈哈大笑。我的身旁站着邻居家的孩子，盖尔·普雷斯巴克莫，他也这么上下地跳动并欢笑着。我坐在一辆车的后排座位上，车在十字路口停下，爸爸转过身说，我们到米约恩达伦了。他们告诉我，这是要去看斯塔特足球俱乐部的球赛，但究竟是哪一场比赛，是本地赛事还是外地赛事，我一样都记不清了。我爬上我家房子外的那个山坡，去推那辆大塑料货车，这黄红两色的车让我感受到了一种有关财富、幸运和欢乐的巨大惊喜。

就这些。这是我最初的六年。

但这是被定义为神圣、重大的记忆，它为七八岁时的记忆奠定了基础，童年时期的魔幻：我最早的记忆！同时，还有其他不同种类的记忆。它们不是固定、永恒的，不根据意愿自由来去，但却会不时地在自我意识中显现，像透明的水母一样在其中漂浮、升降，被一种固定的气味、固定的味道、固定的声音唤醒……这些气味、味道和声音总是能被立刻感觉出来，并且带来一种发自内心的快乐。当你正在做一件曾经做过的事情时，与身体有关的记忆随之而来：你举起一只手来遮挡太阳，在空中接住一个球，手里拽着风筝的线在草地上奔跑，而你的孩子们紧跟在身后。跟随情绪而来的记忆：突然的恼怒，突然的哭泣，突然的恐惧，你回到从前，身临其境，就像在自身中颠倒、翻转，年龄以一种疯狂的速度往前回返。然后就是与风景相联系的记忆。童年时代的景物跟从那时起改变了的景物不一样，它完全是以另一种方式呈现、储存的。这片风景中的每一块石头、每一棵树都带有意义，不仅因为那里面所有的一切都是第一次被见到，同时也因为它们已经被看见多次，沉淀在了意识深处，不只是粗略、近似、模糊不清——如同房屋外崛起的景物，成年人要闭上眼努力回忆，它们才会如变戏法时冒出的画面般显露，而是可怕的精准的，包含着各种细节。在脑中，我只需要把门打开，走出去，所有的画面便如潮水般向我涌来。车道地面上的粗砂砾，夏天的时候，它几乎就是蓝颜色的。单是这个，童年时代的车道！停在车道上七十年代式样的汽车！大众甲壳虫、雪铁龙、福特陶努斯、格拉纳达、领事、欧宝阿斯科纳、卡德特、拉达、沃尔沃亚马逊……好，就此打住，走过这砂砾石的路面，顺着棕色土漆刷过的围篱，穿过我们的道路，北山环路和麂鹿小道之间的那道低沟——这沟渠贯穿整个地区，还经过了两块镇外的建筑用地。路两旁泥土乌黑的肥沃山坡一直往下通向树林！这些微小、纤细的绿色茎秆几乎是猛地一下子冒了出来：在这陌生的一大片黑色中，它们脆弱而孤独，但在接下来一年中，这些细茎几乎是毫不留情地疯狂繁殖，直到整个山坡完全被浓密、茂盛的灌木丛所覆盖。小树，小草，毛地黄，蒲公英，蕨类植物和灌木丛将从前在道路和树林间清楚的分界线完全抹去。在那山坡上，顺着人行道窄小的砖石路沿，啊，每当下雨时，涓涓细流和来势猛烈的水一起贴着砖石边缘顺势而下！

往右的小径是通往新开的 B-Max 超市的一条近路。路旁的那一小块沼泽湿地还没有停车场里两辆车的车位大，白桦树像是安抚般地依在一旁，罩在它的上方。奥尔森的房子就在小山坡的最高处，有一条路从房子的背后切入。这路叫獾路。在左边的第一栋房子里住着约翰和他的姐姐特鲁德，修建房子的这块土地更像是一片卵石地。当我经过这所房子时，总是心惊胆战。部分原因是约翰可能会匍匐在那里，朝所有路过的孩子扔石头或雪球，部分原因是他们家有一只德国牧羊犬……这牧羊犬……啊，现在我想起来了。这畜生真是一头该死的野兽。它被拴在阳台上或是院里的车道那儿，对着所有经过的人狂吠，在绳子长度许可的范围内前进后退地徘徊着，同时咆哮低吼。它身体精瘦，有着黄色的、病态的眼睛。有一次它从坡上冲下来追赶我，因为穿着高跟鞋的特鲁德松开了手里抓着的项圈。我听说过，当有野兽追赶你的时候，比如树林里的熊，不要跑，要静静地站着，假装什么事情也没有，于是我照着这么做了，当我看见它一步步走过来时，就立刻站住不动。毫无帮助。这狗完全不在乎我是不是一动不动，它张开嘴，一口咬在了我的手臂上，就在手腕关节旁边。特鲁德随即赶到，一把抓住项圈，使劲把它往回拉，她用了很大的力气，最后它被拉了回去。我哭的同时继续快步往前走。关于这只牧羊犬的一切都让我害怕。它的咆哮声、黄色的眼睛、从嘴里伸出来的舌头、尖獠牙，现在我的手臂上还留着它的齿痕。发生了这件事情，我对家里人只字不提，我害怕受到责骂，因为原本应该做好预防这种事发生的各种措施：我就不应该刚好在那个时候出现在那儿的，或者，我不应该哭鼻子掉眼泪的，一条狗，有什么好怕的？打从那天起，我一看见那牧羊犬，就会感到一股恐惧传遍全身。这是很要命的，因为我不仅听说遭遇有危险的野兽攻击时得静立不动，也听说过狗能够闻到恐惧。我不知道是谁讲的，总之大家都这么相信，所有的人都知道：要是你恐惧，狗会闻出来的。它自己也会随之感到恐惧，或是被激怒，然后就会开始攻击。要是你不恐惧，它们是温驯的。

于是我开始思考这个问题。狗怎么能够嗅到恐惧？它们嗅到的恐惧是怎么样的？要是人装作不害怕，它就不会注意到这不害怕下隐藏着的、真实的感觉吗？

住在我们家往上两栋房子的卡内斯特伦也有一条狗。是一条金毛寻回犬，叫阿列克斯，温驯得像只羊。无论在哪里，它都跟在卡内斯特伦先生的脚跟后，慢慢地，它也会跟在那四个孩子中的一个后面，如果有必要的话。它有温和的眼睛，同样温和友爱的姿态。尽管这样，我还是害怕。因为当人一出现在坡上，并且要去摁门铃的时候，它就叫起来。不是那种谨慎的、友好的或是困惑的叫声，而是强大、低沉和洪亮的。于是我站住了。

“嘿,阿列克斯,”假如周围没人的话,我会这样打个招呼,“我不害怕，你知道吧。不害怕的。”

要是有人在那里，我就得这么走下去，装作什么事也没有，在狗的咆哮声里自顾自地径直向前走，当它张开嘴巴站在我跟前时，我会弯下身在它身子的侧面拍几下，与此同时，我的心会在胸膛下狂跳，全身的肌肉由于惊恐而变得软弱无力。

“别叫了，阿列克斯！”那时达格·洛塔尔就会叫一声，他会从地窖门前的碎石子小路那儿跑上来，或者从正门的出口走出来。

“卡尔·奥韦怕狗叫声，你这蠢东西。”

“我不怕的。”我说。达格·洛塔尔只是用一种僵硬的笑容看着我，意思就是我不必试着充什么英雄了。

于是我们上路了。

我们要去哪里?

进到树林里。

到下面的于贝湾。

到下面的浮船坞。

到上面的特罗姆岛桥。

到下面的老蒂巴肯。

到那边造塑料船的工厂。

到山上。

到提耶纳湖。

到上面的 B-Max 超市。

到下面的菲纳加油站。

要是我们没有去那些地方，那就会在我们家的那条路上兜着圈子跑，或者聚在一栋房子外面，或者坐在路边的石条坎上，或者爬到不属于任何人的、粗大的樱桃树上去。

就这些。这是我们的世界。

但这是怎样的一个天地啊！

一个建筑区没有与过去相连的根，也没有将枝叶伸进未来的天空，就如一度出现的卫星城那样。作为切实可行的方案，它解决了一个具体问题，即所有这些暂居者应该住在哪里？对啊，就在这树林里，于是就开始在这里定期出售土地。从前树林里唯一的一栋房子属于一个叫贝克的人，他的父亲来自丹麦，在这树林的中央用自己的双手盖起了这栋房子。他们没有汽车，没有洗衣机或电视机。没有花园，只在树木间用坚硬的土地建造了一条车道。一垛垛的柴堆放在篷布下，冬天的时候，就放在一只反扣着的木船下面。他们家有两姐妹，因加·利尔和莉萨，她们在上初中，住在那儿的头几年，是她们照顾英韦和我的。她们的弟弟叫约翰，比我大两岁，穿着一身奇怪的、家里缝制的衣服，他对我们所感兴趣的一切全无兴趣，相反，对其他那些我们不知是什么东西的事，他反倒有兴趣。十二岁的时候，他自己造出一条船。不是像我们凭着梦想和探险的欲望组装出来的木筏，而是一条实实在在的、真正的船。他应该是伙伴们嘲笑欺负的对象，但并不是，或许是因为从某方面来说，我们和他之间的距离实在太大了。他不是我们当中的一个，也不想要成为其中的一员。他父亲，一个生病的丹麦人，在丹麦时他就怀有独自一人住在树林中央的强烈愿望。当在树林里开辟住地的计划被采纳和实施后，开进树林来的第一台建筑机械就停在他的住所旁边，对此他一定深感失望。

搬到这里来的家庭来自全国各地，他们都有孩子。在道路的另一边住着古斯塔夫森，是个消防员，妻子是家庭妇女，他们来自洪宁斯沃格，孩子叫罗尔夫和莱夫 · 托雷。我们上方的那幢房子里住着普雷斯巴克莫，他是初级中学的老师，他太太是护理，他们来自特罗姆斯，孩子叫格罗和盖尔。再往上住着卡内斯特伦，他在邮局工作，妻子是家庭妇女，他们来自克里斯蒂安桑，孩子叫斯泰纳尔、英格丽 · 安妮、达格 · 洛塔尔和温妮。另一边住着卡尔森，他是个海员，太太是商店售货员，他们是南部地区的人，孩子叫肯特 · 阿尔内和安妮 · 莱娜。在他们家上面住着克里斯滕森，海员，他太太是干什么的我不知道，孩子叫玛丽安娜和埃娃。他家对面住着雅各布森，他是印刷工人，太太在家里，两人都是卑尔根人，孩子叫盖尔、特隆和文克。他们的上方是林德兰德，南部地区人，孩子叫盖尔 · 哈康和莫滕。到这里，我开始失去了记忆，至少记不太清他们父母的名字和干的工作了。本特，托内·伊丽莎白，托内，丽芙·贝丽特，斯泰纳尔，科勒，鲁内，扬·阿特勒，奥德劳格，哈尔沃，是这一群孩子的名字。他们绝大多数与我年龄相仿，最大的比我大七岁，最小的比我小四岁。其中的五个将是我的同班同学。

1970年夏天我们搬到了那里。那时候这片地区大多数的房子还在建设中。炸药爆破前发出的尖锐刺耳的警报声，是我成长时期里很普通的一种声音，当由爆炸产生的冲击波穿过地基，使得房子里的地板发出震颤时，那仿佛世界末日到来的特殊感觉也很平常。那些与土地相联系的，在地面上自然是道路、电线、森林和海洋,但在地面下的则容易唤起人的不安。我们驻足的土地，不应当是绝对坚不可摧和毫不动摇的吗？与此同时，在土地上挖开的所有那些豁口，对我和一起长大的孩子们都有一种特殊的吸引力。当要安装下水管道或电缆，或要浇筑地窖的地基时，我们就会围在邻居的建筑工地被挖掘出的洞窟旁，往那深处望去，那下面黄色的是沙子，黑色、棕色或褐红色的是泥土，灰色的是黏土，最底部迟早会被灰黄色的、混浊不清的水层盖住，或许也会有一两块大石头露出水面。一辆黄色或是橘黄色的挖掘机在洞口上方俯视着，像一只鸟，伸出的抓斗就像鸟的长脖子末端的硬喙，旁边停着一台重型货车，车灯像眼睛似的，车头的散热器网罩像张开的嘴，遮盖车身的篷布就是脊梁。假如有大工程的话，那里也会有推土机和自卸车，最常见的是黄色的，巨大的车轮在地上压下的胎痕有我们的手掌那么宽。要是走运的话，我们会在洞口附近找到缠绕在一起的引线，我们会把它们拿走，那可是好东西，在交换和使用上都很有价值。另外，在周围地区总是可以发现电缆线轴圈，跟人一般高，还有木结构的轴筒，电缆线就是从那上面被拉出来使用的，光滑的、棕红色的塑料管，它的直径差不多有我们的一截手臂那么长。还有成堆的水泥管和预制水泥井，粗砺，但又是那么美好，比我们稍高一点，是再好不过的攀登场所；

切割下来的旧轮胎被固定成长条状，供人们在爆炸时使用；成堆的木制电话线杆由于在防腐材料中浸泡过而变成了绿色；成箱的炸药；工人们换班或吃东西用的棚子。要是他们在那里，我们就与他们保持着适当的距离，看他们工作。要是他们不在，我们就爬到洞坑下面，爬到自卸拖车的车轮上，在堆着的管道上走，测试自己的平衡，到棚子的门那里去东摸摸西摸摸，从窗口往里面张望，爬到水泥井里去，推电缆的轴圈，试着让它滚动，搜集一截半截的电线、塑料手把和引线，再把它们塞进衣服的口袋里。在我们的那个世界里，没有任何人能比这些工人更伟大，没有任何工作能比他们的工作更富有意义。对其中那些技术方面的细节,我没有兴趣,对如何制造建筑机械,我也不太在意。对我来说，最最引起我注意的，除了这些活动给自然景物带来的变化外，还有他们的私人生活。比如，当他们穿着橘黄色的连体工作服，或是肥大松垮、几乎没有形状的蓝色工作裤时，会从裤袋里掏出一把梳子，梳几下头发，他们会把头盔夹在胳膊下，在机械的轰鸣声和震动中出现在那些建筑机械中间，但是，下午，那真是神奇的、几乎令人难以理解的一瞬间，从工房里出来时，他们穿的又完全是普通人的衣服，他们坐进自己的车里，像普通人一样把车开走了。

我们也关注着其他的一些工人，毫无倦意。在附近地区出现了一些电信公司的工人，这个消息像燎原之火般立刻在孩子们当中传遍了。那里停着一辆汽车，那里站着一个工人，一个电信公司的工程师，他那双爬电线杆的鞋是那么的神奇！他把它们穿在脚上，把一个工具袋套在腰间，摁下绳带的安全扣，把自己和电线杆固定在一块儿，然后用缓慢的，很有把握的——对我们来讲完全是极其复杂且难以理解的——动作，开始往上攀登。这怎么可能？他挺直腰杆，看不出有丝毫的压力，看不出花费了什么力气，就这么噌噌地爬到了顶部。当他在电线杆上工作时，我们睁大了眼睛盯着他。别担心什么从那里下来的事，因为他很快地就从上面爬了下来，一样的轻松自如，毫不费力，一样的难以理解。就想想他穿着那样的一双鞋，带着那像鼻子般弯曲着的金属杆，绕着这电线杆子这么上上下下地嗅呀闻的，那他还有什么不能干的事啊？

还有就是那些在地下水管道干活的人。他们把车停在有许多地下水管道口的那条路边上——另外，地下水管道口不是在人行道旁，就是在一些高出地面的地方，是用水泥砌抹了的那种——或者在其他的什么地方，车停好后，他们穿上靴子——那是什么样的靴子啊，一直高到齐腰处！——再用铁杆把那巨大而沉重无比的地下水管道口的圆形铁盖撬开，然后开始顺着那个洞口爬下去。首先,他们的脚消失在洞口,接着是大腿,然后是肚子,再是胸部，最后是头部……在那底下是什么，是一条隧道吗？那水怎么流动，人怎么走？啊，真是太妙不可言了。或许他现在到达的那个地方，就在肯特·阿尔内扔在人行道上的那辆自行车那儿，大约有二十米远的距离，只是在地下而已！要不，这些地下水通道口就像是某种站台，失火时人可以控制管子，从那里取水上来？这一点无人知晓。他们爬下洞去工作的时候，总是叫我们离他们远些。谁也没这个胆儿问问他们。没有人强壮到可以用自己的力量把那无比沉重的、钱币形状的下水道铁盖提起来，因此这个问题依然没有解答，而像这样保持神秘的事情，在那个时期里还有好多好多。

开始上学以前，我们很自由，爱上哪儿上哪儿，但有两个例外。第一是大马路，从桥那边下来，直到菲纳加油站的这条路。第二是湖边。绝不能一个人独自到湖那儿去！大人们这样强调。但实际上，为什么不能呀，他们觉得我们会掉进水里去吗？不，不是这样的，有时候我们在那边的小草坪上踢足球，当我们坐在草坪旁的山上，深深地望着那下面的湖水时，有人讲了：在山崖陡直插进水面的那里，或许在我们身下三十米深的地方，水精灵在那里。它会捉住孩子。

“谁说的？”

“妈妈和爸爸。”

“在**这儿**吗？”

“对。”

我们瞅着下方于贝湾灰色的水面。看上去真像是有这么回事，那水下像有什么东西。

“只在这里？”其中一个说，“那我们可以去别的地方，比如提耶纳？”

“或者小夏威夷？”

“那里有另外的水精灵。它们很危险。这是真的。妈妈和爸爸说的。它们捉住孩子，把他们拽到水里淹死。”

“它可能上到这里来？”

“不知道。不，我想不会。不。太远了。只有在水边时才有危险。”

从那以后我开始怕水精灵了，但没有像我怕狐狸那样怕，一想到狐狸就让我感到恐怖万分，要是我看见灌木丛里摇晃了一下，听到有什么东西经过的一阵簌簌声，我就开始朝安全区域跑，也就是往树林里的开阔地带，或者往建筑地区上方跑，那是狐狸绝不敢现身的地方。我是那样地害怕狐狸，英韦只要这么说一句：我是一只狐狸，现在我就要来抓住你——那时候他睡在上铺，我就会害怕得大叫起来。不，你不是狐狸，我说。是的，我就是，他说，从上铺床边弯下身，用手抓扯我。即使他时不时地会像这样吓唬吓唬我，但当我们各自有了自己的房间，突然间我得单独一个人睡觉时，我还是很想念他。一切都不错，毕竟这是在房子里，还是新房间，但不如他和我在一起，睡在我上铺的那会儿好。那时我可以问他问题，比如说，英韦，你现在害怕吗？他可能回答说，不，为什么我会害怕？这儿没什么好害怕的哟。我知道他是对的，心也就静了下来。

七岁时，我对狐狸的恐惧消除了。但这留下的空间立刻被对另外事情的恐惧所填满了。一天上午我经过电视机跟前，那时没人看电视，它就这么开着，正在播放一部午后场的恐怖片，在那里，啊，不，不，一个没有脑袋的人正走上楼梯！啊呀呀！我飞跑进房间，但一点用也没有，我仍旧是一个人，毫无招架之力，于是我四处寻找妈妈，或是英韦，要是他们在家的话。这个无头人的画面追随着我，它不仅在黑暗里——像我看过的其他恐怖故事一样——追随我。不，这无头人在大白天里也追随着我。如果我是一个人，太阳照耀着，鸟儿歌唱着，这全都没有用，心会剧烈地狂跳，恐惧在每一段最最细微的神经里飞速流窜。最糟糕的恐怕是在光亮中的黑暗。对，要是有一些我真正害怕的东西，那就是光亮中的黑暗。最令人可怕的是，你对它毫无办法。呼唤救命没有用，站在一片开阔的空间中央没有用，奔跑也无济于事。然后就是爸爸曾给我看过的一本侦探杂志的封面，那是他小时候看过的东西，上面是个骷髅架子，那个骷髅的脑袋已经掉转过来，用它那空洞的、兔子一样的红眼睛直直地盯着我。于是我开始害怕骷髅架子了，它会完全没来由地出现在眼前。我还害怕浴室里的热水管子。当有人把热水龙头扭开，整个水管就会发出尖锐刺耳的声音——要是你不立刻关掉它，接着的就是管子里一阵猛烈的敲打声。这些声响又高又刺耳，让我惊恐不安。一种避免它们的方法是，你得先打开冷水龙头，然后再把热水引出来。妈妈、爸爸和英韦是这么做的。我试过了，但这穿透了整堵墙的尖锐、刺耳的声音，和紧跟着的频率迅速增加的敲打声响，让人觉得在那下面仿佛有什么东西在发狂，我尽快把水龙头关上，拔腿奔了出去，我完全被恐惧攫住了。于是早上我要不就用冷水，要不就接着用英韦用过的水，不干净，但至少是温和的水。

狗、狐狸和水管，它们是一种具体的、实在的威胁，对我来说它们有自己的所在之处，或者在那里，或者不在那里。但无头人和狞笑着的骷髅架子，它们属于死去的东西，不会以同样的方式来显示它们的所在，它们可能是无所不在的，在黑暗中你打开的柜子里，在你正走着的楼梯上，在树林里，对，还有你的床底下或浴室里。我把自己在玻璃窗上的映像同这些另一个世界的创造物捆绑在了一起，或许因为它们只在外面黑暗时才出现，但这是个令人毛骨悚然的念头：看着在黑色玻璃窗上自己的镜像，想到这个人不是我，而是另一个世界的幽灵，正注视着我。

开始上学的那一年，我们中的一些人不再相信水精灵、树精或者山妖的存在，相信那些的人被我们嘲笑，但关于鬼魂和幽灵的想法依然存在着，或许因为我们没法不去想它们，死人是存在的，我们所有的人都知道。我们还有另一个想法，同样来自一个复杂的领域，这就是神话传说，它更光明、更纯洁，比如在彩虹的尽头埋藏着宝物。在上一年级的那个深秋，我们对它依旧深信不疑，于是决定出发去外头寻宝。那应该是9月的一个星期六，整个上午雨水连绵不断，我们在盖尔·哈康住的房子下面玩耍，确切地说，是在泥沙沟里，那里积满了雨水。道路在这里经过爆炸后辟出的山崖壁，水流从被苔藓、青草和泥土覆盖的山头涓涓流下，滴滴答答。我们穿着橡皮靴，很厚的防雨布裤子，不同颜色的雨衣，把雨帽翻过来盖住脑袋，这样一来，周围所有的声音都变化了；自己的呼吸声，自己的脑袋移动时，耳轮摩擦雨帽内里的声音，这些声音那么大、那么清楚，与此同时把所有其他的声响淡化了，它们好像变得遥远。在道路对面的树木之间，在我们头上方的山峰顶部，浓雾弥漫。路两边下方的那些橘黄色屋顶在灰蒙蒙的晨光中有着淡淡的光泽。山坡底下的树林上方，天空像肿胀起来的肚皮，而从那里连续不断下渗的雨水一直轻声地在雨帽上滴滴答答，给敏感的耳朵提供了一个体验的机会。

我们造了一个堤坝，但我们用铲子堆起来的沙子一直不断地滑落下去，那时候，我们瞅见雅各布森的汽车朝山坡上驶来，我们毫不犹豫，扔下手里的铲子就往下面他们的房子那儿跑，他们的车也在同一时刻停下。就在车后面的排气管那儿，一小股蓝色的烟雾升到空中。他的父亲从车的一边走下来，瘦得像根钉子，嘴里叼着一截烟屁股，他弯下身，把座位下方的一个拉杆拽起来，把座椅往前一推，好让他的两个儿子，大盖尔和特隆从车里出来，这时他们的母亲，一个瘦小的、脸色苍白的红头发女人，把坐在她身旁的女儿文克放在座位上。

“嘿。”我们打招呼。

“嘿。”盖尔和特隆说。

“你们去哪儿了？”

“去城里了。”

“嘿，孩子们。”他父亲说。

“嘿。”我们回答。

“你们想听听七百七十七用德语怎么说吗？”

“想。”

“Siebenhundert-und-siebundsiebsich[1]！”他用嘶哑的嗓音说了出来，“哈哈哈！”

我们也笑了。他的笑声转化成了咳嗽声。

“好了。”然后他说，把钥匙插进了车门上的锁眼，再一拧。他的嘴唇一直抽搐着，有一只眼皮也一扯一扯的。

“你们要去哪里？”特隆说。

“不知道。”我说。

---

[1] 正确的德语应为 siebenhundertsiebenundsiebzig，此处是他逗孩子的读法。——编者注

“我可以和你们一起去吗？”

“可以的。”

特隆同盖尔和我一般大，但瘦小多了。他的眼睛滴溜溜地转，下嘴唇又厚又红，小鼻子。在这张差不多有点像个木偶的脸的上方，长着浅色的、半卷曲的头发。他兄弟完全是另一副模样：细长的眼睛里透着狡黠，笑容里常常带着嘲讽，头发直直的，是黄褐色的，鼻梁上布有雀斑。不过他也一样是小个子。

“把雨衣穿上吧。”他母亲说。

“我就去穿件雨衣。”特隆说，跑进屋里。我们一声不吭地站在外面等着，手臂垂在身体两侧，活像两只企鹅。雨已经停了。一阵轻微的风让在花园下方四处都长着的细高松树的树梢摇晃了起来。一条小溪往下流到了公路边，把沿路上一些小堆的松针一起带走，那些黄色V字形的，或者鱼骨形的松针铺撒在地上，到处都有。

我们背后遮挡住天空的云彩消散了。我们身处的地方，所有的屋顶、草坪、一片片的树林和山坡，都被笼罩上一道光辉。在我们家上方的那个小山坡——我们管它叫“山峰”的那里，升起了一道彩虹。

“瞧，”我说，“雨虹！”

“啊呀！”盖尔说。

上面房子的门在特隆身后关上。他开始朝着我们跑过来。

“那座山上的雨虹！”盖尔说。

“是呀，那么我们走！”特隆说。

我们跑下山坡。在卡尔森家的草坪上站着肯特·阿尔内的妹妹，安妮·莱娜，她用眼光追随着我们。她身上穿着一个保护带，连着一根伸缩绳，固定在另一头，这样她就不会自己走远。车道上停放着她母亲那辆红色的车。车灯的一缕光线投射在墙上。在来到古斯塔夫森家门外时，特隆放慢脚步。

“莱夫 · 托雷肯定愿意一起去。”他说。

“我想他不在家。”我说。

“我们至少去问一下。”特隆说，经过那两个用水泥敷抹、砌成的院门柱子——正如我父亲通常调侃的那样，它们和其他庭院的门柱式样大相径庭——走进了车道。门柱的上面用水泥固定着一个金属的空心地球，一支箭穿射其中，一个弓着身的裸体男子用手把它们托举起来。这就是日晷，我的父亲也调侃说，要两个日晷有什么意义？

“莱夫 · 托雷！”特隆喊道，“快出来！”

他看着我们。我们三个人都喊了起来。

“莱夫 · 托雷！快出来！”

过去了几秒钟。我们看见厨房的窗户打开了，他的母亲探出头来。

“他就来。只穿件雨衣就来。你们别再喊了。”

关于这个宝藏是什么样的，我有一个清晰的概念。是个硕大的、有三条腿的黑色铁罐，里面装着的宝物光芒耀眼。金子，银子，钻石，红宝石，蓝宝石。这个宝罐埋藏在雨虹的下面，雨虹升起和落下的地方，每边有一个。以前我们去寻找过，但以失败告终。关键的一点是要赶快，一点也耽误不得，雨虹绝不会持续很久的。

过了一会儿，在门上的黄玻璃后出现了莱夫·托雷的影子，门终于打开了。一团热空气的气浪环绕着他。他们家总是这样的温暖。我感觉到一股淡淡的酸和甜混合在一起的气味。在他们的身上就能闻到这样的气味。除了我们家以外，所有的房子都有它自己的气味，这就是他们家的气味。

“现在我们要干什么？”他说，摔上在他身后的门，玻璃发出一点小小的响动。

“山上彩虹出来了，我们去寻找宝藏。”特隆说。

“那，我们出发！”莱夫·托雷说，他开始跑了起来。我们跟着在后面跑，跑下最后的这一段坡路，来到了那条通往山顶的路。

我看见，英韦的自行车仍然没停在原处，但妈妈的绿色大众甲壳虫和爸爸的欧宝卡德特停在那里。我出来的时候，妈妈正在给地板除尘，这是我知道的最糟糕的事，我恨这声音，就像是一堵墙在朝我逼压过来。清洁做完之后，他们要打开窗户，屋内的空气是冰浸浸的，好像也把这寒冷传递给了妈妈，当她站在做清洁的水桶那儿，弯着腰拧干抹布，或是手握扫帚或吸尘器在地板上来回走动、扫地除尘的那会儿，没有任何事情可以妨碍她，因为她只专注于这一件事，于是就没有了我的地方，在那些个星期六的上午，我感到的也是冷，事实上，冷到寒气直直地压进了我的脑袋里，甚至让我觉得连躺在床上看连环画和做一些喜欢的事情都很困难，这样一来，最后我就只能选择穿上衣服跑到外面去，希望在户外会发生点什么事情。

爸爸和妈妈都会打扫家里的卫生，这不大寻常，因为据我所知，没有其他人的父母是这么干的，普雷斯巴克莫可能是个例外，但我从来没见他打扫过，所以事实上，我有点怀疑他会不会做这样的事情。

爸爸这天开车进城去鱼市买螃蟹，之后他坐在办公室里抽烟，或许在改作业，或许在读报刊文章，或许在收拾、整理他的集邮册，或许在看《幻影》漫画。

在我家用黑色土漆刷过的院篱外，在通往 B-Max 超市的小径上，地下水通道口那儿渗出的水漫过了林间的土地。莱夫 · 托雷的哥哥罗尔夫几天前说过，那是我爸爸的责任。“责任”不是他通常会使用的一个词汇，于是我明白这出自他父亲之口。爸爸在地方议会有职务，而这个岛上的事务应该由他们来负责，莱夫 · 托雷和罗尔夫的父亲古斯塔夫森是这么认为的。地下水口渗水的事我爸爸应该提出来，那就会有人来检查修理。当我们往山上走去时，我的视线又停留在细小树木间那一片很大，因而显得极其不正常的水洼那，水面上还漂浮着白色的手纸，我决定，假如有机会的话，我要告诉父亲，他应当在星期一的会议上通报这件事。

那是他在走着。穿着蓝色的雨衣，头上没有戴帽子，穿着在花园里干活时会穿的蓝色牛仔裤，绿色的橡胶靴子高到膝盖，他来到房子的拐角处。他的上身有点扭曲，因为他手里握着一把梯子，正走过草地，紧接着他把梯子在地上放好，竖起来斜靠着房顶的屋檐。

我回过身去，加快脚步好追赶上其他几个人。

“彩虹还在那里！”我喊道。

“我们也看见啦！”莱夫喊道。

在小径刚开始的地方，我追上了他们，跟在托雷黄色的脊背后走进了树林，每次当我们把一个树枝拨到旁边时，就会有无数的雨珠滴落下来，下面那栋棕色的房子是莫尔登家的，他们家没有小孩，只有一个中学生，留着长发，一副大眼镜，总穿褐色的衣服，宽大的裤子。我们甚至不知道他的名字，所以也管他叫莫尔登。

到达山顶的最佳路线是经过他们花园的那条路，现在我们沿着这条路往上走，走得很慢，因为地势陡峭，而且这里还长着很高、很滑的黄草。有时候我会抓住一棵小树，拽住它往上走。在就要到达顶部的地方，山光秃秃的，山崖向外伸出去，完全不可能再往上走，至少在像现在这样湿漉漉的地面上，但在边缘处的山岩间有一道豁口，可以把一只脚放进这道裸露出的小裂缝中，这样就很容易走完最后的这几米路。

“宝藏在哪儿呀？”特隆说，他是第一个到达山顶的人。

“在那里哟！”盖尔说，他指着几米远处的一小块高地。

“哎呀，不是，”莱夫·托雷说，“在那下面。看！”

所有的人都转过身往下看去。彩虹横在下面很远的树林上方。它的一端在贝克家房子下的树林上方，另一端大约在通向那一溜狭长海湾的草坡旁。

“那，我们下到那里去？”特隆说。

“但或许宝藏还是在这里，”莱夫·托雷说，“至少，我们可以再找一会儿哟。”

于是，我们一起用方言又说了一遍："至少，我们再找一遍哟！"

"它们不在这里的，"我说，"宝藏只在有彩虹的地方。"

"谁到这儿来把宝藏拿走了？我倒想知道这个。"莱夫·托雷说。

"这没有什么人哟，"我说，"你是不是整个傻了，你？也没有人到这里来把宝藏拿走，只有你才会这么想。是因为彩虹。"

"你才傻了，"莱夫·托雷说，"它不可能自个儿消失哟。"

"它可能的。"我说。

"不可能。"莱夫·托雷说。

"就可能，"我说，"那，找吧，看你是不是能找到！"

"我也要来看看。"特隆说。

"我也要看看。"盖尔说。

"我不看。"我说。

他们转过身往深处走，同时目光从左边扫射到右边。我被吸引了，其实我想跟着他们走的，但现在可不行。于是我朝外面望去。再没有比这里更好的、能俯瞰周围景物的地方了。你看那座桥，就仿佛是从树冠上升起的，看水流的狭窄处，那里总有来往航行的船只，看矗立在另一边那硕大的、白色的天然气罐。你看耶尔斯塔岛港口，那新建的道路，看横在路上方的低矮水泥桥，和更深处的于贝湾。再看那片建筑地区。树丛间所有那些红色和橘黄色的屋顶。道路。我们家的花园，古斯塔夫森家的花园；除此之外的一切全被遮掩了。

建筑区上方的天空现在几乎是蓝色的了。朝向城市的云彩是一片白色。但再看另一边，在于贝湾背后，它们仍然灰暗凝重。

我可以看见在下面的爸爸。一个丁点儿,丁点儿小的黑影子,不比一只蚂蚁大，站在靠着屋顶的梯子上的最高一级。

想着，他能够看到上面我这里吗?

从大海深处刮来一阵风。

我转过身去寻找他们。两块黄色和一块蓝色的斑块在树林间来回地移动着。高地上方的山峰，黑灰色里带着一点黄色，近似于远处的天空，在山的裂缝处有几乎是白色的草。一段树干横在那儿,它的主枝干没有触及地面,重量全部由细瘦的树杈支撑,静静地一动不动。看起来样子很奇怪。

从这里开始的树林，我只走进去过一小段。在这条路上,我走到的最远的地方，是那棵巨大的、被连根拔起的树那儿，往里面走或许还有三十米左右的路。从那里往下方看，看到的是一片倾斜的山坡，除了石楠之外什么都不长。两边都是长而细的松树，生长得极为紧密的云杉树像堵墙一样伫立在它下方，这儿看上去就像一个大大的、围拢的房间。

那一次盖尔说他看见了一只狐狸。我不相信他，但对狐狸这种东西是不能乱开玩笑的，所以为了保险起见，我们把干粮和果汁都带在身上，来到了山峰的边缘，在那里，我们感到整个世界就在我们脚下。

“在这里！”莱夫 · 托雷叫道，“我的天！宝藏！”

“我的天！”盖尔喊道。

“你们别骗我！”我也回喊了一句。

“呵呵！”莱夫 · 托雷喊道，“我们有钱了！”

“我的老天爷！”特隆喊道。

然后就是一片沉寂。

他们真的找到了宝贝吗?

不会的。他们是想骗我。

但雨虹坠落的地方恰恰就是这里。

要是莱夫·托雷说的是真的，那铁罐不是随彩虹一起消失的，那又该怎么办?

我向前走了几步，想透过杜松子莓树丛看看站在后面的他们。

"哎哟！看看这个！"莱夫·托雷说。

我下定决心，立刻快步朝那里走去，小跑着在树干和树丛间穿过，然后停下了。

他们看着我。

"你上当了！哈哈哈！你上当了！"

"我一直都知道你们是在骗我，"我说，"我只是来叫你们。要是我们再不赶紧，彩虹就消失了。"

"我不信，"莱夫·托雷说，"是我们把你骗了。承认吧。"

"走吧，盖尔，"我说，"我们到那下面去找宝藏。"

他看着莱夫·托雷和特隆，有点不情愿的样子。但他是我最好的朋友，所以他跟我走了。后来特隆和莱夫·托雷小跑着跟上来。

"我得撒泡尿，"莱夫·托雷说，"我们来比赛一下，看谁尿得最远？站在崖边上？这一定会是一股真正又长又远的尿！"

爸爸在下面，或许能看见这儿，在这时候往外撒尿?

莱夫·托雷已经把防雨裤褪下来，开始拉开裤裆前段的拉链。盖尔和特隆也已经在他的两旁摆好了架势，拉下防雨裤，屁股开始扭动起来。

“我没有尿，”我说，“我刚刚撒过了。”

“你没撒，”盖尔说，他把头向我转过来，与此同时，他的双手还是握着阴茎，“我们一整天都是在一起的哟。”

“我是在你们找宝藏那会儿撒的。”我说。

下一秒钟，他们撒出的尿就冒出了热腾腾的雾。我往前走了几步，想看是谁尿得最远。出人意料，这人竟是特隆。

“罗尔夫把包皮往上拉了拉，”莱夫·托雷说，一边把自己裤子的拉链拉上去，“他的尿立刻就撒得远多了。”

“雨虹不见了。”盖尔说，最后抖了抖手里握着的小象鼻，把它塞到裤子里。

大家都往山下看。

“我们现在怎么办？”特隆说。

“不知道。”莱夫·托雷。

“我们去下面的船屋？”

“我们去那里干什么？”

“比如说，爬上屋顶。”我说。

“那我们就爬屋顶！”莱夫·托雷说。

我们斜着走下山崖，披荆斩棘般地穿越在这紧密的云杉树林里，五分钟后，我们来到了一直沿着狭窄海湾的砾石路上。

在这片草坡的另一面，冬天的时候我们常在那里滑雪。在夏天和秋天的时候我们很少到那下面去，我们到那儿去干什么呢？那海湾里的水很浅，又是黏质土壤，不能游泳；那里的房子都歪斜倒塌了，对面的那个小山冈完全荒芜了，被海鸥们盘踞，成为了鸟的世界。当我们在那儿漫游时，通常是没有目标的，就像这天上午一样。在那最上边，在这片倾斜的土地和树林的边缘之间，伫立着一栋白色的老房子，里面住着一个年老的、白头发的女人。我们对她一无所知。不知道她的名字，不知道她是干什么的。有时候我们会朝屋里望去，用手扶着窗框，把脸贴在窗玻璃上。没有什么特殊的理由，也不是出于好奇心，只是随兴所至。我们看见了客厅里的老式家具，或厨房里的那些旧物件。房子的旁边，这条狭窄的砾石路的另一面，有一个红色的，像是业已坍塌下去的一所粮仓。在那最最下面，在从树林里流出来的小溪边，有一个没有油漆过的旧船屋，沥青油毡板的屋顶。沿着溪水的两边生长着欧洲鳞毛蕨，与它细小的根茎相比较，植物的叶子显得相当的宽大；要是用手把它们拨到一旁，以游泳般的动作前行，来检视一路所经过的一切，看上去地面就是一片裸土，好像这植物在欺骗我们——它们显得那样的青翠欲滴、繁茂茁壮，但事实上，在那密集茂盛的叶片下，几乎就只有泥土。再往下，更靠近水的地方——是泥土或黏土或什么其他的——是红颜色的，近似铁锈的颜色。有时候能在那里挖掘出各种各样的东西，一小片塑料袋或是一个避孕套，但不是在像这样的日子，现在，道路下面的地下水通道口喷涌出急流般的水，它们首先在这片面积不大，但有各种杂草生长、盘踞的地域冒着气泡停留，然后向四处漫流开去，流入了那道狭窄的海湾。

由于年代久远，船屋已经完全变成灰色的了。在有的地方，人可以把手伸进板条之间，所以我们知道里面的一切，尽管我们当中并没有谁曾进去过。通过这些裂缝往里瞅了一小会儿后，我们把注意力集中到了屋顶上，试图研究如何才能够爬上去。为了上屋顶，我们必须找到一个踩脚的地方。附近没有什么可以利用的东西，于是我们蹑手蹑脚地爬到粮仓上，站在那里四处张望了一番。首先我们得确定屋后没有停放着车——有时真的发生过这样的情况，车主是个男人，或许是她的儿子，当我们试图延长在那条道路上的奔跑路线时，他有时不会让我们从院子里跑过，而她绝不会干涉我们。所以我们对他有几分畏惧。

没有车停在那里。

一些白色的罐子散放在墙边。我在外婆和外公的农场里见过这些东西了，是甲酸。一只生锈的桶。一道被卸下了的门。

但是那里，啊！一张长凳！

我们把它举起来。它几乎像是牢牢地长在土里。当我们把它摇松、抬起时，凳子周围满是潮虫和一些小小的、类似蜘蛛的爬行动物，在那儿来去匆匆、活跃万分。我们几个人一起把凳子架起来抬着走，经过田地，到了下面的船屋，把它斜靠在墙上放好。莱夫·托雷，我们当中公认的最勇敢的一个，头一个尝试。他站在凳子上，把一只胳膊肘放在屋顶上，用另一只手使劲抓住屋檐，然后把一条腿甩向空中。他的腿举过了屋顶，瞬间搁到了屋顶上，但在他把身体重量放到腿上的同时，握住屋檐的手松开了，他像一只口袋那样垂直落下，没有丝毫挽回的余地。他刚好落在凳子的斜面上，然后顺着滑到地上。

“啊哟！”他说，“嗷，撒旦！啊哟哟。啊！啊！啊！”

他慢慢站起身，看了看手，在一边的大腿上揉了几把。

“啊，弄得我好痛！现在该另一个人试了！”

他望着我。

"我的手臂不够强壮。"我说。

"我可以试试。"盖尔说。

要是莱夫·托雷是凭他的勇敢为大伙所知晓的，那盖尔就是凭借行事任性轻率、毫无顾忌。但这不是他的本意，如果依照他自己的心愿，他可以坐在室内画画，虚度一整天，但只要有人哄他、鼓励他，他就会干些出格的事。或许他有点容易上当。这个夏天，在他父亲的帮助下，他和我造了一架木盒子车，车做好以后，我坐在木头车厢里，让他推着车兜圈子，就只是为了让人说他有多强壮。容易上当受骗，还总是一味蛮干，有时，对盖尔来说，完全没有任何禁忌，到了这时，他就什么事都干得出来。

盖尔采用的方法与莱夫·托雷不一样。他站在凳子上，用双手抓住房顶上伸出来的那段屋檐，试着在墙上往上走几步，全身所有的重量都集中在他牢牢抓紧的手指上。这真太蠢了。如果他能成功攀缘上去，他的身体就会处于与屋檐保持平行的状态，显而易见，这比他刚开始的位置还要糟糕得多。

手指滑落了，他掉了下来。先是屁股撞在凳子上，然后是后脑勺。

他发出了叹息般的咕哝声。他站起身来，我看他摔得不轻。他一前一后地走了几小步，又是一阵咕哝。"哼"的一声，他又重新站了上去。这一次他采用了莱夫·托雷的方法。当他的腿够到屋檐时，好像有一个电流穿过周身的震颤，他把腿搁到沥青屋顶上摆好，身体一个反转，接着"砰"的一声，他的膝盖跪在了屋顶上，他朝下瞅了我们一眼。

"一点不难！"他说，"来吧！我把你们一个个拉上来！"

“你办不到。你还没有这么大的力气。”特隆说。

“至少，我们可以试试。”盖尔说。

“你下来吧，”莱夫·托雷说，“不管怎样，我得马上回家了。”

“我也是。”我说。

在屋顶上的他没有表现出失望的样子。或许是克制着没有表现出来。

“那，我再跳下来。”他说。

“这不会太高了吗？”莱夫·托雷说。

“不高，”盖尔说，“我就想过过瘾，痛快一下。”

他在那儿蹲了很久，朝下注视着地面，同时做着深呼吸，一呼一吸的，仿佛他是准备跃入水中。一瞬间，他身体里所有那些绷紧了的都消失了，他一定改变主意了，然后他又是一副精力旺盛的样子，纵身一跳。倒下，滚了一圈，再一蹦而起，轻巧得像根羽毛，他在大腿上拍了又拍，几乎是为了表示一种轻松自得，然后他静静地站住。

换作是我，要是像这样一个人爬上屋顶，我会觉得是件非常了不起、值得欢庆的大事。但莱夫·托雷绝不会就此罢休。他可以一整晚都在这里爬上爬下，为了掌握平衡的奥妙，在哪一天突然展现给我们看，他会一直这么干的。而盖尔又属于另一种类型。事实上他会干出完美无缺的、漂亮的事，比如，他可以在冬天一跃而起，在空中穿过五米的距离后，坠入一个雪堆里——没有其他人敢这么做——不掂量这事会给他带来的任何后果。这里不涉及孰是孰非的问题。盖尔就是盖尔，不管他干出什么事儿，想出什么花招。

没说一句话，我们向坡上走去。在一些地方，水已经把部分路面冲走了，其他地方也出现了长长的水坑。我们停下来了一会儿，脚在一块特别湿润的地方深深踩下，周围被水浸透的砾石子顺着靴底冒上来，这种感觉真好。我的手有点冷。当我攥紧它们时，手指成为了这红色的肉体上发白的印记。但这些疣子——一个大拇指上有三个，另一个大拇指上有两个，有一个在食指上，手背上还有三个——它们是不会改变颜色的，始终是微淡的褐红色，里面有许多小的凸起，可以用手把它最上面的一层刮除掉。我们又进入了另一片土地，它的终端是石头围墙，围墙背后是片树林，像一堵纵向生长的、高大的云杉树墙壁，环绕着大地，或许有十米之高，这里的地势相当陡峭，偶尔有向外探出的光秃山峰。当我来到这里，或者是近似这样的地方时，常常会高兴地想到，这里就跟外面大海边的景色一样。原野就是海面，山峰和小岛从那里矗立而起。

啊，那就可以划着船在树林里穿行！那就可以游泳进到树林，在树木间穿行！这是一种异乎寻常的、了不起的事！

天气好的时候，我们常常把车开到岛外去，把车停在那个老射击场，走到下面的岩石那儿。我们有固定的一个地方，离斯普内斯沙滩不远，那里自然是我最愿意待的地方，因为那里有沙子，我可以蹚水，可以想踩多深就踩多深。岩石旁边的水相当深。那下面一定会有一个小山坳，一种积满水的小坑，你可以从那里攀缘下去，那里可以游泳，但水的面积不大，底部高低不平，还覆盖着藤壶[1]、海带和贝壳。外面的海浪拍打着岩石，导致里面的水也涌升起来，有时候会升到脖子那里，我穿着的泡沫塑料救生背心被托举到了我的耳边。陡峭的四壁强化了水波拍石的气氛和声音效果，让人有一种身陷洞窟的感觉。这时候我站在那里，心惊胆战，突然间呼吸变得不能自如，只能颤抖地，大口地喘着粗气。当海浪退去时，洞里面的海水下沉，发出簌簌的唏哗声，同样令人恐惧不安。当大海沉寂下来，爸爸可能会把那黄绿色的游泳气垫吹得鼓胀，我可以躺在那上面，在靠近岸边的地方漂浮着，我赤裸的皮肤贴着被水浸湿的塑料，没沾水的脊背被火辣辣的太阳烤着，手在水里微微划动，周围水花四溅。海水是那么新鲜，带着咸味儿，看看那固定在岩石上的一长溜海带，像波浪般一前一后缓缓地漂荡起伏，寻找水里的鱼儿或是螃蟹，或用眼睛追随远处的一艘船。下午会有丹麦的渡轮开进来，当我们来时，能看见它出现在地平线上，当我们离开时，它就停靠在海湾外，在那些低矮的山丘和礁石之间高高屹立，纯白的，神圣庄严的颜色。是金星号？或者是克里斯蒂安四世号？这整个岛屿西南边的孩子，大概也有住在加尔蒂松德（Galtesundet）另一边的——对我们来说那是个陌生的海岛，会在渡轮来时过来游泳，因为船尾激起的波浪又大又猛烈。就在这样的一个下午，我躺在游泳垫上，用桨划着水，陡然间海浪把我抛到空中，然后又把我抛进水里。我像石头一样沉了下去。在或许有三米深的水里，我手脚并

[1] 藤壶（学名：Balanus）是附着在海边岩石上的一簇簇灰白色、有石灰质外壳的节肢动物。它的形状有点像马的牙齿，所以生活在海边的人们常叫它“马牙”。——编者注

用，一阵乱扑腾，惊呼救命，吞进了几口海水，于是变得更惊慌，不过这或许只持续了二十秒钟的时间，因为爸爸看见了一切。他一个猛子扎进水里，把我拖起来，拽到了陆地上。我吐了几口水，感到几分寒意，接着我们就回了家。这不是什么危险的事，在我心里没有留下什么印记，只有在我回家后，心里才充满了诸多感受，我爬上山坡，要把发生的这一切告诉盖尔：世界是我的脚踩踏着的某些表面之上的东西，它坚实、难以穿越，人不可能在其间坠升，不管是上升到陡峭的山峰，还是坠落到深深的低谷。我当然本来就知道它是如此，但以前从未感受到——我们行走在一个表面上。

尽管有这个插曲，以及我在那狭小水湾里游泳时偶尔感受到的惴惴不安，我始终很期待开车去海湾的这些旅行。坐在英韦身边的一条毛巾上，朝外望着那浅蓝色的、如镜面一样的大海，以及尽头处的海天一线，巨大的轮船总是在那里缓慢地移动、滑行，长达数小时，要不就观望托龙根的两座灯塔，像是以蔚蓝天空为背景，清晰地勾勒出的白色图画：再没有比这更赏心悦目的了。喝装在红条格子冷藏袋里的果汁，吃饼干，或许眼睛跟着爸爸转，看着他走到山顶的边缘处，褐色的皮肤，肌肉发达，几秒钟后纵身跳入他身下两米远的海水里。当他从水里冒出来时，他晃头甩掉水珠的模样，把头发从眼睛那撩开的方式，他周围水波的喧哗声。当他向海里游去时——划水的动作沉重而缓慢，漂浮在水里的身体上下升落——他的眼睛里会出现难得的喜悦。或许到那边远一点的地方去，到山石上的两个坑洞那儿去，一个坑洞有一人深，往下可以看到明显的螺旋形标记，里面装满咸的海水，在底部覆盖着绿色的海藻植物和一簇宽大的海带，另一个洞没有那么深，但也一样的美丽。或许到上面的浅水坑那儿去，岩石的凹陷中蓄满了水，极咸，热乎乎的，只有每次暴雨之后，那里的水才会得到更新，水面上布满了纷飞的小昆虫，水底铺盖着黄色的、看上去病快快的藻类植物。

就在这样的一天，爸爸决定要教我游泳。他要我跟着他来到水边。那里的水面上漂浮着一些光滑的小海带叶片，或许下面的水有半米深，这就是我要站着的地方。而他自己已经游到了一块礁石那，离开岸边有四五米远的地方，他向我转过身来。

“现在你游到我这里来。”他说。

“水太深了！”我说。确实如此，水底部的两块小礁石隐约可见，或许有三米深。

“我站在这里，卡尔·奥韦。要是你沉下去了，你想，我会不救你吗？游吧，开始。这没有一丁点儿危险！我知道你行的。扑到水里去，双臂划动。要是你这么做，你就学会游泳了，明白吗！那你就会游泳了！”

我在水里蹲下。

海床在水下深处闪烁着绿色的微光。我可以在这水面上漂浮前行吗？

胸膛下面的心剧烈地跳动起来，当我感到恐惧时总会这样。

“我不能！”我喊道。

“你一定能的！”爸爸回喊道，“这一点不难！只要你扑出去，用手在水里划一下，你就到我这里了。”

“我不能！”我说。

他看着我。然后叹了口气，游了回来。

“OK,”他说,“我在你身旁游。我可以在下面托着你的腹部。那你就不会沉下去了！”

但我不能。为什么他就不明白这一点？

我开始哭了。

“我不能。”我说。

我的脑袋里是深水,我的胸膛里是深水。我的手臂里是深水，我的腿里、我的手指里和我的脚丫子里都是深水。我的周身上下全是深水。我能抛开这念头，不再去想它吗？

现在再看不见爸爸的笑模样了。他板着一张脸走上岸来，朝我们放东西的地方走过去，回来时拿着我的救生背心。

“那，穿上这个吧，”他说，把救生衣扔给了我，“现在就算你想沉也沉不下去了。”

我穿上了救生衣，虽然我知道这无济于事，什么也不会改变的。

他又游出去。向我转过身来。

“现在开始游！”他说，“游到我这儿来！”

我蹲下去。水冲在了我的游泳裤上。我把双臂向前伸到水下。

“对，就是这样的！”爸爸说。

只要弯身向前扑到海里去，手臂划动几下，就完事了。

但我做不到。说什么我也不可能在这深水里游着前行。

眼泪顺着脸颊流下来。

“快呀，就现在，孩子！”爸爸喊道，“我们不能在这耗上一天！”

“我做不到！”我回喊道，“你听见了吗！”

他的脸僵硬了，望着我的眼睛陡然间变得怒不可遏。

“你要顽固不化地和我对着干是不是？”

“不是。”我说，没法忍住抽泣。我的双臂颤抖起来。

他游了回来，狠狠抓住我的胳膊。

“到这儿来。”他说。他试着把我往水里拽。我把身体朝陆地的方向扭。

“我不要！”我说。

他松开手，深深地叹了一口气。

“好吧，”他说，“那我们知道了。”

然后他朝我们放东西的地方走去，用两只手举起毛巾在脸上搓擦。我脱下救生衣，跟着走过去，在离他几米远的地方停下。他抬起一只胳膊，用毛巾擦拭腋下，然后又擦另一只胳膊。他向前弯下身，擦干大腿上的水，接着扔下手里的毛巾，拿起衬衣，在扣衬衣纽扣的同时朝外望去，看着极为平静的大海。穿好衣服后，他把袜子套上，脚伸进鞋里。这是一双没有鞋带的棕色皮鞋，和袜子、游泳裤都不般配。

“你还在等什么？”他说。

我把那浅蓝色的拉尔斯·帕尔马斯T恤衫——那是祖父祖母送给我的——往头上一套，把蓝色的跑鞋穿上，系好鞋带。爸爸把两个果汁的空瓶和橘子皮装进冷藏袋里，再把袋子往肩头一甩，开始迈步走，揉皱了的湿毛巾被他捏在另一只手里。在回到汽车那儿的路上，他一言不发。随后他打开车的后备箱，把冷藏袋放进去，从我手里拿走救生衣，和他的湿毛巾放在一起。我也有一条湿毛巾，看上去他没想到它，而我当然也不会拿这个来烦他。

虽然他把车停在阴凉处，但车依旧在太阳下面。黑色的座椅灼热，刺痛我的大腿。一瞬间里，我犹豫要不要把湿毛巾盖在座位上。但他一定会注意到。于是我把手掌贴着座位，放在大腿下面，再坐在手上，手尽可能地往里藏着。

爸爸发动汽车，以起动时的慢速向前驶着；这块被叫作射击场的、完全敞开的砾石地，到处都是大石头。他后来驶入的这条路面上有许多大洞，于是他仍然一样慢慢地开着。绿色的树枝和灌木丛在引擎盖和车顶上拂过，有时撞到树枝干，还会有小的撞击声。我的手心还是烫得发痛，但现在好一些了。那时候我才想到，爸爸也穿着短游泳裤，坐在发烫的座位上。我飞快地瞅了一下他在镜子里的那张脸。面无表情，让人一点都察觉不出他的大腿正被刺痛着。

当我们开到教堂下面的那条主路时，他大力加快了车速，在回家最后五公里的路上，他驾驶的速度大大超过了规定的时速。

“他有恐水症。”那天下午他对妈妈说。这不是真的，但我一声不吭，我可没那么傻。

一个星期后外婆外公来这里做客。这是他们第一次到蒂巴肯来看我们。他们在南伯沃格的农场里时，没有一丁点儿的不妥，那里非常适合他们，外公穿着他的蓝色连裤工作装，高筒的棕色橡胶靴，戴着黑色的短檐帽，不断地往地上吐烟叶唾沫；外婆穿着她那很旧但极为洁净的连衣裙，灰白头发，身躯宽大，手总是微微地颤抖着。爸爸从谢维克把他们接来，当他们从停在我们房子跟前车道上的车里走出来时，我立刻发现他们与这里格格不入。外公穿的是质地很好的灰色西装，浅蓝色衬衣，戴着一顶灰色帽子，手里握着他的烟斗，不是像爸爸那样握着烟斗柄，而是用手指把烟斗头握在手里。后来领着他们在我们的花园里转悠时，我看见他用烟斗柄指指点点。外婆穿一件浅灰色大衣，浅灰色的鞋，手臂上挽着一个手提袋。在这里是没有人像这样穿衣服的。在城里也没有人像他们这样穿。他们好像来自另一个时代。

他们用陌生将我们的房间填得满满的。妈妈和爸爸的态度也突然改变了，尤其是爸爸，完完全全就是他通常在圣诞期间才会有的那种做派。他一贯说的这个"不"字成了"为什么不呢？"，他对我们警惕的目光变得友好，有时候从旁边无意经过时，甚至会将一只手放在我或是英韦的肩头上。尽管他看似很感兴趣地同外婆进行谈话，但我看见他其实是兴味索然的，总是短暂地望着别处，那时候他的眼睛是木然的。外公，神采飞扬、情绪高涨，但在这里，他看上去不像在自己家时那样有安全感，他对爸爸的失神毫无察觉。或许他只是忽略了这点。

在一个他们和我们在一起的晚上，爸爸买了螃蟹。对他来说，这才是地道的欢宴，虽然还没有到吃螃蟹的季节，爸爸还是把它们弄到手了。但外婆和外公是不吃螃蟹的。要是外公的渔网里打捞上了螃蟹，他就又把它们扔回海里去。是爸爸把这事讲出来的，他把这当作笑话，当作是一种迷信。说螃蟹不如鱼干净，只是因为它们在海底下爬来爬去，而不是像人们所期待的那样在上层的海水里自由地游动。螃蟹有吃尸体的可能，因为它吃所有坠落在海底的东西，但究竟有多大的可能，恰恰是这些螃蟹在这个晚上吃了斯卡格拉克海底最最深处一些死去了的东西？

一个下午，我们坐在花园里喝咖啡和果汁，之后我回到自己的房间，躺在床上看连环画册，我听见外婆和外公走上了阳台。他们没有说一句话，踩踏在楼梯上的脚步很沉重，他们走进了客厅。阳光停驻在我房间的墙壁上，给它镀上了一层金色。户外的草坪笼罩在一片浓重的金黄色，甚至是棕褐色中，尽管爸爸在规定的浇水时间一开始就立即扭开了水龙头。我望着外面的路，所有的房屋，所有摆放着室外家具和玩具的花园，所有的汽车和所有那些靠放在墙壁和门前阶梯上的各式小工具，在我的眼里，仿佛这一切都在沉睡当中。我淌着汗水的胸脯接触被套的那种黏腻令人很不舒服。我站起身，打开门，走进了客厅，在那里，外婆和外公各自坐在他们的椅子上。

“你们想看看电视吗？”我说。

“好呀，新闻联播快开始了吧？”外公说，“知道吗，我们对这个有兴趣。”

我走过去拧开了电视开关。几秒钟后图像出现了。然后屏幕上的光亮慢慢显现，新闻节目的标志 N 变得越来越大，在同一时刻还响起了单调的、近似木琴的声音，叮——咚——叮——咚咚，先是轻微的，然后声音越来越大，越来越大。我向后退了一步。外公在椅子上弓着身，手里握着的烟斗柄指向前方。

“好了。”我说。

其实我是不能自己开电视的，也不能扭开靠墙立着的柜子架上放着的那台大收音机的开关，如果我有什么想看或是想听的，总是得先问妈妈或是爸爸，请他们帮我打开。但现在我是为着外婆和外公，那他就没什么可说的了。

突然，屏幕上的画面飞快地翻滚起来。颜色扭曲变幻。然后一道闪光，一声很响的“噗”，然后整个屏幕漆黑一片。

啊，不。

啊，不，不，不。

“电视怎么啦？”外公说。

“坏了。”我说，眼里充满泪水。

是我把电视弄坏了。

“随时都可能出这样的事的，”外公说，“其实我最爱听的是收音机播的新闻哟。”

他从椅子里站起身来，拖着小步子走到了收音机那里。我走进我的房间，恐惧地打着寒噤，胃里翻滚起来，我在床上躺下。凉的被套接触着我温暖的、赤裸的皮肤。我从地板上一堆杂志里取出一本。但我没法读下去。很快他就要走进屋里，走到电视机那里拧开开关。电视机坏的时候要是我是一个人，还有可能假装不知道，这样他就会认为电视机是自己坏的。但他大概仍然会认为是我——因为这种事情他会嗅出来的，两人面对面，没必要多用一个眼神，他就能猜出发生了什么不对劲的事。无论如何现在假装不知道都完全没用，因为外婆外公在场，他们会告诉他发生的一切，我要是再试图掩饰，结果将会糟糕得多。

我在床上坐起来。有什么在胃里压着，但身上没有生病时那种高热和虚弱的感觉，是寒冷和疼痛，它们顽固地盘踞在那里，全世界的眼泪也不能将它们融化。

我坐了一会儿，哭了起来。

要是英韦在家就好了。那我就可以到他的房间里去，和他在一起，能待多久就待多久。但他不在家，和斯泰纳尔和科勒一起游泳去了。

我有这样一种感觉，要是我走进他的房间，就会更接近他，即使房间是空荡荡的，它也能给我增添勇气。我打开门，步履小心地穿过走道，进入他的房间。他的床漆成了蓝色，我的是橘黄色的，就像他的柜子是蓝色，我的柜子是橘黄色的一样。那里有英韦的气味。我走到床边，坐下来。

窗户开了一道缝！

这远比我敢希求的要多得多。这样一来我就能听到下面阳台上他们的声音，而他们不会知道我在这里。要是窗户是关着的，我打开窗户时就会暴露自己。

当爸爸拥有好心情时，他升高和降低的声音就会像现在这样平和安静。我还在其中听到了妈妈的声音，更清亮，更柔和。传来了客厅里收音机的声音。出于某种理由，我觉得外公外婆在睡觉，他们坐在各自的椅子上，眼睛闭着，嘴是张开的，或许因为在南伯沃格，当我们去看望他们时，他们有时候就是这样坐着的。

外面有杯子和碟子互相碰撞的叮当声。

他们在收拾桌子，要进来了吗？

是的，紧接着是妈妈的拖鞋走路的踢踏声，当她穿拖鞋绕着房子走时，就会发出这个声音。

我就要看见她了！那我就可以先对她讲出这一切！

我等待着听到下面的门被打开。然后，妈妈走上楼梯，手里端着的托盘里有咖啡杯、餐盘、玻璃杯和那个锃亮的、有个红色盖子的咖啡壶，壶下面的垫板是英韦用衣夹子在工作坊做成的，我走出去，来到过道上。

“这么好的天气你站在这里？”

“是。”我说。

她正要从我的身边走过去，但她停住了。

“出什么事了？”她说。

我垂下眼睛。

“出事啦？”

“电视坏了。”我说。

“啊，不，”她说，“是件倒霉事。外婆外公坐在里面吗？”

我点点头。

“我正想要去叫他们。这是个美妙无比的傍晚。你也到外面去，你不愿出去吗？你可以再喝点果汁，要是你想喝的话。”

我摇摇头，又走回我的房间。刚走进门，我就停了下来。或许最聪明的办法是跟他们一块儿出去？有他们在场，他不会把我怎么样的，即使他知道我弄坏了电视机。

但他们的在场也可能会让他倍加恼怒。上一次我们去南伯沃格时，所有的人都围坐在餐桌旁，谢尔坦讲起了英韦和邻居农场的孩子比约恩·阿特勒打架的事。大家听了这事都哈哈大笑起来，爸爸也笑了。但当妈妈领着我到商店去买东西，其他的人都在饭后打盹时，英韦手里拿着一本杂志躺在床上，这时候爸爸走进去，猛地一把拽起他摇晃，把他在两堵墙之间掼来掼去，只因为他和人打了架。

不，最好还是待在这里。当他和他们坐在一起时，如果外公或是妈妈说电视坏了，或许他会发火。

我又躺回床上。胸膛里又窜过一股难以克制的战栗，又一轮眼泪喷涌而出，流了下来。

呜呜呜。呜呜呜。呜呜呜。

他马上就会来。

我知道的。

很快他就会来了。

我用手盖住耳朵，闭上眼睛，试着去设想什么事情也没有发生。只有这黑暗和这喘气的声音。

无能为力的念头很快主宰了我，但我做出了反抗之举，我要和它对着干，我选择不屈服。我跪在床上，朝窗外望去，强烈的日光铺洒在大地上，屋顶上的瓦闪烁着金光，玻璃窗明亮耀眼。

下面的门打开了，又砰地关上。

我惊慌地环视四周。然后从床上下来，把放在书桌前的椅子拉出来，坐了下来。

楼梯上响起的脚步声落步沉重，那是他。

我不能这么背对着门坐着，我又站起身，坐在床的边沿。

他一撞，门开了。他往屋里走了一步，站住，看着我。

他的眼睛变得细长，嘴唇紧紧抿住。

“你都干什么了，小子？”他说。

“没什么。”我说，眼睛看着下面。

“我和你说话的时候要看着我！”他说。

我看着他。但我没法那样做，便又垂下眼睛。

“耳朵也不好使吗？”他说，“看着我！”

我看着他。但我没法注视他的眼睛。

他在地板上迅速地跨了三步，一把揪起我的耳朵，拧着它转的同时把我拽了起来。

“开电视的事情我是怎么说的？”他说。

我哭咧咧地没法回答。

“我是怎么说的？”他说，手拧得更狠。

“我……我不……不……不能自己去开电视。”我说。

他松开了我的耳朵，用两手抓住我的胳膊，一阵摇晃。

“现在看着我！”他吼道。

我抬起头来。被他这么一摇晃，泪水差不多全甩干了。

他的手指在胳膊上捏得更紧。

“我不是和你说过让你离电视远点？是不是？我不是这样说过吗？现在我们得买新电视，我们到哪儿去弄买电视的钱？你能回答吗？”

“不……呜……呜……不。”我抽噎着。

他把我扔回到床上。

“现在你给我待在屋里，直到我叫你出来。明白吗？”

“明白。”我说。

“今天晚上把你关在屋里，明天也把你关屋里。”

“是。”

然后他出去了。我哭出声来，所以无法听出他往哪里去了。

我的呼吸声断续地起伏着，像是爬楼梯时那样。我的胸部在颤抖，双手也在颤抖。我躺在那哭起来，大约哭了二十分钟的时间，才渐渐平复下来。我又跪在床上往窗外张望。腿还在发抖，手也在发抖，但我注意到，一切在慢慢地恢复正常，仿佛在经历了一场暴风雨后，我走进了一间安静的房间。

从窗户那里，我可以看见普雷斯巴克莫的房子和房前花园的全景——他家与我家挨着，可以看见古斯塔夫森家的房子和房前的花园，卡尔森房子的一角和克里斯滕森房子上部的一点儿。我能看见道路往上，一直延伸到邮箱那儿。下午的太阳挂在山坡顶端树梢上方的天空中，看上去好像更炽热，更强大。空气完全地静止了，没有一棵树或是一簇树丛在动弹，万物纹丝不动。人们绝不会坐在自家房子前面的花园里，这会被叫作“橱窗展览”，关于这点爸爸常这么说，这是在向所有人展示；在附近，所有的户外家具和烧烤炉都是放置在房子背后的。

然后，突然有了一点动静。卡尔森家的门打开了。肯特·阿尔内走了出来。我只能看见他的脑袋出现在停放着的车上方，闪着白光的头发在滑动，就像木偶剧里的一个木偶。几秒钟后他完全不见了，随即，坐在自行车上的他又出现在视线里。他踩着脚踏板，轻轻一蹬，车滑行到路上，再使劲一蹬，车就以相当快的速度冲到上坡路上，在古斯塔夫森家门前一拐弯消失了。两年前肯特·阿尔内的父亲去世了，他曾经是个海员，我几乎不记得他了，只记得一次在下坡路上，我们碰见了他，天很冷，有太阳，但没有雪，那时我手里攥着一双橘黄色的小滑冰鞋，鞋上带有三把冰刀，还有固定冰刀和鞋的绑带，所以我们一定在去提耶纳湖的路上。我也记得我听到他去世时的情况。莱夫·托雷站在将两条道路分开的路边条石上，就在我们家外面，说肯特·阿尔内的父亲死了。他说这话的时候，我们朝上面他家的房子那儿望去。当时他正试着把人从清洁过的油罐里面拉上来，罐里充满了天然气，让他们昏厥过去，他父亲自己也一头栽下。肯特·阿尔内在的时候，我们绝不提到他的父亲，也不谈有关死亡的话题。刚刚搬来了一个新邻居，顶奇怪的是，他也叫卡尔森这个名字。

要是达格·洛塔尔是老大，肯特·阿尔内就是老二，虽然他比我们小一岁，比达格·洛塔尔小两岁。莱夫·托雷是老三，盖尔·哈康是老四，特隆是老五，盖尔是老六，我就是老七。

“莱夫·托雷，你快出来！”肯特·阿尔内站在那栋房子跟前叫道。

紧接着他出来了，只穿着一件蓝色牛仔衬衣和运动鞋，在罗尔夫的那辆自行车上一坐，两人开始往下坡路骑，到了视线之外。在古斯塔夫森和汉森两家地界之间的一块平坦山地上，普雷斯巴克莫家的那只猫躺在那儿，一动不动。

我又回到床上躺下。看了几页杂志后，我从床上起来，把耳朵贴在门背后听屋内的动静，但没有声音，他们还待在外面。外婆和外公来看我们的时候不让我吃晚饭，那是难以想象的事。但或许就是这样呢？

半小时以后，他们走上了外面的阳台。他们中的一个人走进了浴室，这不是爸爸，我熟悉他的脚步声，这比他的脚步轻。但妈妈、外婆或是外公脚步之间的区别我难以辨别，直到水流的声音过后，传来浴室里热水管子那重重的碰撞敲击声，我才意识到这只能是外婆或外公的动静。

现在我已经饥肠辘辘了。

投在户外地上的阴影已经变得长而扭曲，长得几乎难与产生影子的物体相提并论。仿佛它们在自我生长，仿佛存在着一个平行于现实的黑暗世界，幽暗的院篱，幽暗的树，幽暗的房屋，幽暗的人群，它们在这里的光线中驻步，在这儿它们看起来是畸形的、无助的，这里的情势远远超出了它所能掌控的。就像人可以想象到的，附着海带、贝壳和螃蟹的小礁石在潮水退去时所面临的境况。啊，难道这不是阴影会随着夜的深入拉得更长、更深的原因？它们把夜牵引出来，就像漫涌、冲刷大地的幽黑潮水，几小时后，夜的来临将填满阴影最深的渴念。

我看了看表。九点十分。还有二十分钟就是睡觉的时间。

下午被关在房间里最糟糕的是，你不能出去，但站在窗口，你能望见所有那些在外面的人。晚上被关在屋里最糟糕的是，没有了平日晚上各时段固定的一套流程，各个时段之间就失去了明显的区别。坐了几个小时后，我把衣服脱了，在床上躺下来。坐着和躺着两个姿势之间的差异通常是很大的，但被关在屋里的时候，两者之间的差异几乎都被抹去了，这便导致我开始以某种方式思考，而我一般是不会这样的。就像这个我，在做着无论何事——吃晚饭，刷牙，洗脸，穿上睡衣——时，不仅仅是在做这些事，更是在塑造自我。因为倏然之间这一切都消失了，穿着衣服坐在床上的我和脱了衣服躺在床上的我完全一模一样。事实上，根本就不存在明显的界限，或是在其中转换的过程。

这是种让人厌烦的感觉。

我走到门那里，又把耳朵贴上去。刚开始没有声音，然后我听到了一些动静，最后又归于寂静。我哭了一小会儿，我脱下T恤衫和短裤，在床上躺下，把被子一直拉到下巴。太阳仍然照耀在另一边的墙上。我读了一些杂志，然后把它们放在地板上，闭上了眼睛。这不是我的错，这是我进入睡梦前的最后一个想法。

我醒过来，看了看手腕上的表。这两条发光的小蛇正指示着两点十分。我一动不动地躺了一会儿，试着去弄明白是什么东西唤醒了我。除了脉搏跳动着，就像悄声在我耳边低语外，万物寂然无声。路上没有人在开车，外面的海湾没有行船，天空中没有飞机。没有脚步声，没有说话声，什么都没有。至少我们房子里没有。

我把头抬起来一点儿，好让耳朵不碰触到任何东西，屏住呼吸。过了几秒钟，我听到了一个外面花园里传来的声音。刚开始我还没有分辨出如此尖锐单薄的声音，但就在一瞬间，我注意到了它，它立刻让我感到恐惧万分。

吱吱吱……嗤嗤嗤……嘶嘶嘶……嗤嗤嗤……嘶嘶嘶……嗤嗤嗤……嘶嘶嘶……嘶嘶嘶。

我双膝跪立在床上，把窗帘拉到一边，把头探出窗外。草坪沐浴在朦胧的月光之中，房子上空挂着一轮满月。刮来一阵风，地上的草迅速地向前倒伏波动。一个白色的塑料袋被挂在墙篱末端，呼啦啦地响动，我想，要是不知道是风在刮着，还会以为是塑料袋自己在动弹。尽管我身处离地很高的地方，但我的脚趾和手指尖都颤动着。胸膛下的心狂跳，肚腹里的肌肉紧缩，我咽下一口口水，再咽下一口口水。黑夜是鬼魂和僵尸的时刻，黑夜是无头人和狞笑着的骷髅的时刻。我和它们之间只有薄薄的一墙之隔。

那声音又来了！

嘶嘶嘶……嘶嘶嘶嘶嘶……嗤嗤嗤……嘶嘶嘶嘶嘶嘶嘶……嗤嗤嗤……嘶嘶嘶嘶嘶。

我用眼睛在外面灰色的草地上扫视了一遍。直到院篱笆那里，或许有五米之遥，我的目光落在了普雷斯巴克莫家的猫身上。它把身子拉伸开来，俯卧在草地上，用爪子扑打着什么。被它扑打着的，是个灰色的、石头或是胶泥做成的块状物，被扔到了离窗口几米远的地方。猫立起身子，追寻过来。那个包块躺在草地上一动不动。猫小心地用爪子拨弄了它几下，把整个头凑了过去，像是在用嘴推它，然后张开上下颚，把它叼在了嘴里。这时嘶嘶嘶吱吱吱的声音又开始响起，我猜这是一只老鼠。看上去，它突然发出的声音让猫一时间不知所措。无论如何，它头一甩，把老鼠扔到了一边。这一次老鼠不再躺在那里了，而是尽可能快地在草地上窜过。猫站在那里纹丝不动，用眼睛追随着这逃逸者。看上去，它几乎要放老鼠一条生路了。但接着，就在老鼠朝着普雷斯巴克莫家花园篱笆前的一方花圃飞跑的那一刻，猫追赶了上去。三次纵跃，又把它擒住，摁在爪下。

我突然听到隔壁的房间里传来了爸爸的声音。低微的、含糊不清的呢喃，没有开始也没有终结，没头没脑的，他说梦话时经常会这样。紧接着，有人从床上起来了。随之而来轻巧的脚步声让我明白这是妈妈。外面的猫开始上下地跳跃着。看上去像是在跳一种舞蹈。又一阵风刮来，草面上又滚过一道波浪。我朝上望着松树，看那敏感的枝条弯垂、摇曳，黑色的树梢尖指向金黄丰润的、沉甸甸的明月。妈妈打开了浴室的门。当我听到她放下抽水马桶的坐垫时，用手堵住了耳朵，嘴里开始轻声地哼歌。那会儿她发出的声音，噗簌簌的，就像在释放蒸汽，是我所知道的最糟糕、最难忍受的声响之一。爸爸的几乎是轰隆隆的一阵飞溅声，通常我也将这个声音拒之门外，虽然和妈妈的那种情况比较，这并不是不能忍受的。啊啊啊啊啊啊，我口里这样说着，同时慢慢地数到十，眼睛追随着那只猫。显而易见，它开始厌倦把老鼠叼在嘴边玩的把戏，它轻盈地穿过院篱笆，过了马路，进到古斯塔夫森的车道上，在房车跟前，它把嘴里的老鼠放在地上。在那里站了一会儿，注视着它。老鼠静静地躺在那里，像任何生灵所能做到的那样。猫跳上了石头院墙，平稳地朝墙端门柱上那个日晷板的圆球走去。我把手从耳边放下来，不再哼歌了。浴室里的簌簌的水流声已近尾声。猫倏然间猛地一扭头，盯着老鼠看，它依旧一动不动地躺在那里。水龙头喷射出的水流冲击在洗手池里的瓷砖上。猫从石墙上跳下来，走到路上，在地上俯身卧下像头小狮子。在妈妈扭动门把手，把门打开的那个瞬间，老鼠的全身抽搐了一下，仿佛这声音给它注入了活力，对他产生了冲击，接下来的一秒钟，它再次努力，绝望地试图从猫身边逃生，很明显这也是猫意料中会发生的事，因此它只用了几分之一秒的时间，就做好身体的调整，由休憩转为追捕状态。但这一次它下手迟了。

草地上留下的一块白色埃特尼特石棉水泥板成为了老鼠的庇护所，在猫冲扑过来的一或两秒钟之前，它成功地挤进了板子下。

动物这种迅猛的运动好像仍然影响着我，重新躺在床上后的很长时间里，我的心还在剧烈地撞击着我的胸膛。或许它自身就是个小动物？过了一会儿，我换了一个姿势，把枕头放到脚的下方，把窗帘往旁边撩开了一点，这样我平躺着就能望见天空，上面缀满的星星像沙粒一样，在海浪拍打着的、我们看不见的沙滩上。

在外面的宇宙空间里的，究竟是些什么东西啊？

达格·洛塔尔说那里空荡荡的，什么也没有。盖尔说那里在燃烧。我也这么认为，但我更认为宇宙世界可与这大海比拟，因为浩渺的星空就正像这浩瀚的大海。

妈妈和爸爸的卧室里又安静下来。

我把窗帘拉起来，闭上了眼睛。寂静和幽暗缓慢地将这屋子填满，我沉沉睡去。

第二天早上当我起来时，外婆、外公和妈妈一起坐在客厅里喝咖啡。爸爸在外面的草坪上走过，手里拿着洒水器。他把它放在草坪的边沿上，这样一来细小的水珠帘——像只挥动着的手一样——不仅洒在了草地上，也撒到了下面的菜园子里。太阳放射出的光芒现在披挂在房子的另一面墙上，它越过东边的树林，瀑布般地倾泻在外面的花园里。空气看上去依旧凝滞不动，像前一天一样。天空蒙上了一层面纱，清晨时分差不多总是这样的。英韦坐在摆满了食物的餐桌旁吃饭。棕色蛋杯上的白色鸡蛋让我想到这天是星期天。我在我的座位上坐下。

“昨天发生什么事了？”英韦低声说，“为什么把你关屋里了？”

“我把电视弄坏了。”我说。

他用询问的眼光看着我，拿着面包片的手就在嘴唇下面。

“是的，我只是为外婆外公打开电视。然后它‘噗’的一声就完了。他们没有说起这事吗？”

英韦在面包片上咬了一大口，那上面放的是片诺克奶酪[1]，他摇了摇头。我用刀敲打蛋的顶部，把它像盖子一样地打开，用勺子把里面柔软的蛋白掏出来，伸手取过盐瓶，用食指在瓶上拍打，这样一来盐粒就漏出来了。然后我给面包片抹上黄油，倒上一杯牛奶。爸爸在楼下把门打开了。我吃着蛋白，把勺子伸进蛋下，为了看看这蛋是煮得老还是煮得嫩。

“今天还要把我关在屋里。”我说。

“一整天？还是就晚上？”

我耸了耸肩。蛋煮得很老，金黄色的蛋黄一碰到勺子的边缘就散了。

“我想，是一整天。”我说。

外面的马路上空无一人，在太阳下发着光。但在松树繁密的枝叶下方的沟渠里，仍是一片幽暗。

山坡下，一辆自行车飞驰而来。坐在车上的男孩子约莫十五岁的样子，他一手扶着车把，另一只手放在被绳子固定在后座车架上的一个红色汽油箱上。他深色的头发在风中飘拂。

[1] 加了丁香和小茴香的挪威黄奶酪，最早源于荷兰的莱恩市。

楼梯上传来了爸爸的脚步声。我在椅子上坐得笔直，向桌上投去飞快的一瞥，看看一切是否合乎规范。散了的一小块蛋挂在蛋杯的外面，我迅速地用手在杯口边一抹，它掉落在了我等候着的另一只手里。我把蛋渣放到餐盘里。英韦的反应太慢，几乎来不及完成把椅子推到桌边、站起身来这一系列动作，但只是几乎来不及，爸爸出现在门口时，他已经站得笔挺，两只脚像在地板上生了根。

“把你们的游泳衣装包，孩子们，”他说，“我们要开车去霍弗一趟。”

“我也去？”我想这么说，但又把这话咽了回去，因为可能他已经忘了今天我要被关禁闭的事，而这个问题会提醒他。也可能他记得这事，只是改变了主意，所以最好是别提，因为这可能会被理解为我觉得昨天是他不对，他做了一件错事，我可不愿意他这么想。于是我去拿我的游泳裤和晾在地下锅炉房绳子上的毛巾，把它们和潜水面具——假如我们要去霍弗那两个海滩中的一个，就会用得着——一起装进一个塑料袋，坐在我的房间里等待出发。

半小时以后，我们动身前往岛的另一端，在这或许是当年天气最好的一个日子里，大海是如此安静，几乎没有一点儿声响，因此周边的环境——一直沉默着的岩石和岩石之上一直沉默着的树林——显示出了某种不真实，岩石上的每一个脚步声和瓶里的水每一次的晃荡声听起来都让人觉得是第一次，太阳在头顶上方的天空里燃烧，像是某种原始、陌生之物。在这一天里，我们能够看到大海起伏波涌着消失在地平线下的最深处，就像天空，带着它明亮、柔和、半朦胧的蓝色，轻盈地漂浮而去。英韦和我，妈妈和爸爸穿上泳衣，每人以各自的方式让微温的海水环绕、簇拥着我们被太阳晒得发烫的皮肤，而外婆和外公则穿着他们最漂亮的衣服，周围环境好像对他们毫无影响，仿佛他们身上生发出的五十年代和西部地区人的口味，不仅仅刻印在表面上——通过衣饰，行为举止和方言等这些表面的东西来显现——还根植于内里，来自他们的心灵深处，内在的品质、品性。看看他们在那是多么的奇怪啊，坐在岩石上，眯缝着眼睛看着从四面八方射向我们的强烈阳光，他们看上去显得如此的陌生。

第二天，外婆外公回家了。爸爸开车把他们送回家，利用这个机会去看望在同一地区的祖母祖父，与此同时，妈妈带着我和英韦到耶尔斯塔湖去，本来我们打算在那里游泳，吃饼干，好好放松一下，但首先是妈妈找不到去湖的路，所以我们绕了好多路，走了一条很长的、穿过树林的路，那里满是矮树和灌木丛林，第二，我们到达的那块湖区，水里有绿色的水藻，石头又湿又滑，第三是，当我们刚刚把冷藏袋和装着饼干和橘子的篮子放下，就下起雨来，几乎是在同一时刻。

那时候我觉得妈妈好可怜，她想带着我们一起进行一次愉快的郊游,但结果泡汤了。这是她完全没有预料到的。这样的事，最好尽快忘掉。这也不难，因为就在这几个星期里，有许多不同寻常的事情即将到来。我要开始上学了，因此我将拥有一堆新东西。头一样就是书包，这是那之后的第二个星期六上午我和妈妈一起进城去买的。书包是方形的，外面是蓝色的，光洁发亮，白色的书包带。里面分两层，我立刻把同时得到的橘黄色文具盒放进去，里面有铅笔、钢笔、橡皮和卷笔刀，我们还买了一本封面是棕色和橘黄色格子的笔记本——就跟英韦有的那些一模一样，另外我还放了几本漫画，为的是把书包填满。我每天晚上睡觉时，书包就在那里，靠在书桌的一只腿上，它不由得让我有几分心烦意乱，因为离开学第一天这个大日子还有好多好多天，而那时候我就会和所有那些我差不多都认识的孩子一起，开始上一年级。我们已经去上过一天的学，那是在春天，我们有机会去见见将要做我们班主任的那位女士，我们还坐在那里画了一会儿画，但这和开学第一天是完全不一样的，甚至连一点相似之处都没有，开学第一天可不是说着玩的，它是真实的。有些人说他们恨学校，是的，几乎所有那些大一点的孩子都说他们恨学校，事实上我们也知道我们应当恨学校，但同时它也极富诱惑力，对那里发生的一切，我们知道得太少，我们期待着要看到更多事物，除此之外，我们开始上学的这一事实一天天地把我们抬升到了和那些年纪大一些的孩子相同的地位，那时候我们或许自然就具备了恨学校的资格，但不是现在……说说其他的事吗？几乎没有了。事实上，我们申请的学校——应该属于罗利赫登教区——是爸爸和盖尔的爸爸工作的地方，所有那些年长一点的孩子都在那里上学，但那里没有我们的地方了，这一年入学的新生人数太多，这里搬来了太多的人，所以我们去了岛东边的一个学校，或许离家有五六公里远，和来自那个地区所有我们不认识的孩子一起，公共汽车会来接送我们。这是个很大的优待，也是一场冒险。每一天有一辆公共汽车来接送我们!

我还得到了一条浅蓝色下装，一件浅蓝色夹克和一双深蓝色的跑鞋，鞋带是白色的。很多次，当爸爸出去时，我就穿上我的新衣服，来到过道上的镜子跟前，有时候也会把书包背在背上。这一天终于来到了，我站在屋外的砾石地上，因为妈妈要给我拍张照，不仅仅是激动和对未知的兴奋让我觉得肚子里有什么在抓挠，也是因为当我穿上这非常漂亮、非常吸引人的衣服时，有一种特别的、几乎是胜利者的感觉。

在晚上淋浴以前，妈妈给我洗了头发，第二天当我醒来时，房屋还在静谧和睡梦当中，太阳正从下面路上的云杉树背后爬起来。啊，终于能把新衣服从柜子里取出来穿在身上，是多么的快乐！外面，鸟儿唱着歌，依旧还是夏天，淡云轻烟后的天空蔚蓝浩渺，现在道路两旁坡路上处于沉寂中的房屋，很快就会因为期盼而沸腾起来，就像五月十七的国庆时那样。我从书包里取出漫画，再把书包背在肩上，理了理书包带，又把它放回原处。把夹克衫的拉链拉上去又拉下来，估摸着：最好还是把拉链拉上去，但那样就看不到里面的T恤衫了……走进客厅里，向窗外望去，红黄的太阳从树的浓绿后喷薄而出，走进厨房里，什么也没碰，看见那边古斯塔夫森的房子，看不到有人的动静。站在过道的镜子跟前，把夹克的拉链上下地拉了几次……T恤衫也很漂亮，可惜没人能看到……

刷刷牙！我可以做的!

走进浴室，把牙刷从漱口杯里取出来，在上面淋点水，挤一点白牙膏在上面。我热切地，长时间地刷着牙，同时望着镜子中的自己。牙刷摩擦牙齿的声音好像充满了整个脑袋，所以我没有听到爸爸起床的声音，直到他把门推开。他只穿着一条内裤。

“吃早饭以前你就刷牙了？你在搞什么名堂？马上放下牙刷，回到你的房间去！”

我刚把脚踩在过道上红色的全室地毯上，他就砰地关上了身后的门，尿已经哗哗地冲射到了马桶里。我跪在床上，向上望着普雷斯巴克莫家的房子。在昏暗的厨房中，我看到了两个脑袋吗？是的，应该是两个脑袋。他们起床了。要是现在有对讲机就好了，那我就可以和盖尔聊天！那就完美无缺了！

爸爸走出浴室，进到卧室里去了。我听到他的声音，然后就是妈妈的。那她也醒了！

我一直待在屋里，直到妈妈起床后走进了厨房，而那时爸爸已经在那里倒腾了好一阵子了。在妈妈脊背的掩护下，我坐到了自己的座位上。他们买玉米片了，我们几乎从来没吃过这个，妈妈把一个深底餐盘摆在我面前，给了我一把勺。我把牛奶倒在那黄色的，有着细微的小孔，同时又形状各异的玉米片上时，就觉得要在牛奶没有浸透它们之前吃，这样的味道才是最好的——因为玉米片本身就酥脆。但当我这样吃了一会儿后，它们开始变得软塌塌的，玉米片里好像充满了它自己和牛奶的味道，另外还有白糖的甜味——我在里面撒了好多好多的白糖，我改变了主意：这时候的玉米片才是最好吃的。

还能有别的更好吃的吗？

爸爸手里端着一杯咖啡，走到客厅里去了，他向来不吃早餐，而是坐在外面抽烟、喝咖啡。英韦走了进来，一声不响地在椅子上坐下，在玉米片里倒了牛奶，撒了点糖，开始大嚼大咽起来。

“你高兴吗？”过了一会儿他说。

“一点儿。”我说。

“这没什么可高兴的。”他说。

“不，值得高兴，这你知道的，”妈妈说，“至少你要开始上学时，就很高兴。这我记得很清楚。你忘了吗？”

“嗯，是，”英韦说，“我应该还是高兴的吧。”

他骑车去上学，通常是爸爸要开车出门前的一小会儿，除非爸爸在第一节课开始前有事要做，而这种情况时有发生。爸爸不允许英韦搭他的车去学校，除了在一些非常特殊的日子，比如雪下了一整夜时，因为他不能只因为父亲在同一所学校里当老师，就享受特殊待遇。

早饭以后他们俩都走了，我和妈妈在厨房里坐了一会儿。她看报纸，我说话。

“妈妈，你想我们第一节课会写字吗？”我说，“还是会上算术课？莱夫·托雷说我们要画画，因为它会让我们轻松一些，不是所有人都会写字的，对吧。或会算术。实际上可能就只有我会。至少，就我知道的而言。我在五岁半的时候就学会了。你记得吗？”

“你说记得你学认字的事吗，你是指什么？”妈妈说。

“就是在公交车站外的那一次，我读了标牌上的字？‘加——非官’？那时你笑了。英韦也笑了。现在我知道了它叫‘咖啡馆’。我来读一点报纸上的标题好吗？”

妈妈点点头。我读着。有点结结巴巴的，但完全正确。

“你念得不错哟，”妈妈说，“你在学校读书一定会很好。”

她看报的时候挠着耳朵，只有她才有这种动作，她把耳朵放在手指间，心神不定地来回挠，完全像只猫一样。

她放下报纸，望着我。

“你期待吗？”她说。

“是的，我期待。”我说。

她笑了，拍拍我的头，站起身来，开始收拾餐桌。我走进了房间。不到十点钟，学校不会开始上课，因为这是上学的第一天。尽管上学时间晚，但我们最后还是弄得时间很紧张——妈妈常会这样，对待诸如此类的事情她都有点马虎大意。从窗户那里，我看见兴奋的气氛在那些家里有刚开始上学的孩子的屋外扩散开来了，也就是盖尔家，莱夫·托雷家，特隆家，盖尔·哈康家和玛丽安娜家，他们的头发梳得很光洁，衣裙和衬衣整整齐齐的，大家都拍了照片。当我自己站在那儿，对妈妈笑着，用一只手遮挡太阳的那会儿，太阳已经高高地挂在了云杉树上方，所有的人都已经开车走了。我们是最后的，就这么突然一下子，我们就成了最后出门的了，妈妈还为这个日子请了假，所以她催促我抓紧时间，我打开绿色大众汽车的门，把前座往前推，在后座坐下，她从手提包里找出钥匙，把它插进锁眼里。她点燃一支烟，从肩头上方往后飞快地扫了一眼，车后退，换挡，在上坡开了几米后，开始往下行驶。发动机发出的几乎是轰鸣般的怒吼声撞击着砖石的墙壁。我把自己挪到后排的中间，可以在那里从前面的两个椅背之间看出去。水湾对面的那两个白色的天然气罐，野樱桃树，克里斯滕森家的红房子，然后道路向下，我们朝停泊着小船的海边驶去，我们从来没有开车去过那里，在今后差不多六年的时间里，我将慢慢熟悉这条路线，熟悉那里每一根最细小的树枝和石头篱墙无数的秘密，到了岛东部的小地方，妈妈不熟悉这里的道路，感到有些局促不安。

“是到那下面吗，卡尔·奥韦，你记得吗？”她说，把烟在烟缸里揿灭，同时在后视镜里望了一眼。

“我不记得，”我说，“但我想是的。至少，它是在左边的。”

那下面的码头旁有一个商店，周围有一圈房子，没有学校。海是深蓝色的，但在这建筑群的阴影下面，它几乎是黑色的，暑热不能触及的这一大片阴凉将它与风景里所有的其他色彩区别开来，仿佛是这许多个星期漫长的热浪之后的退却和淡出。海面蓝色的清凉反衬着这些黄色，棕色，浅绿色。

现在妈妈开着车在砾石地面上驶过。烟尘在我们的身后卷起。当开进这条渐渐狭窄的路后，路边再没有什么可指示方向的景物，她又掉头，原路开回来。在另一面，沿着水，她试着寻找出另一条新路。但路到尽头时，也没有看到什么学校。

“我们迟到了吗？”我问。

“或许，”她说，“我没带上地图！”

“那，你以前没去过那里吗？”我说。

“去过的，”她说，“但我跟你一样记不太清了，知道吗？”

我们开车上了那个坡路，十分钟以后又向下方开去，一个转弯，紧靠着小教堂进入了主干道。在十字路口路段的标志那里，妈妈将车减速，弯身朝前探头。

“就在那里，妈妈！”我喊道，用手指点着。我们还看不见学校，但我记得就在右边的那片草坪；顺着这缓坡直到尽头，学校就在那里。沿着那条小砾石路就到了，那儿已停放着许多车，当妈妈将车转弯往下驶去时，我还来得及瞧见学校的操场，那儿聚集着很多人，旗杆下一个站在小丘上的人正在讲话，他的手比画着，所有的人都朝着他看。

“我们得赶快！”我说，“他们已经开始了！妈妈，他们已经开始了！”

“是的，我知道，”妈妈说，“但我们得先找个停车的地方。那儿，或许可以。对。”

我们直接朝下面充当了木工作坊和体育馆的那栋房子开去，这是座很大的老式白色建筑，妈妈把车停在那房子外面的柏油路上。正因为我们不太熟悉道路，所以相较于把车往下开到路的尽头，抄近路穿过球场，我们选择顺着这条路的另一边往上，来到了学校的操场。妈妈拉着我的手臂小跑着。跑动的时候，书包愉快地敲打着我的脊背，每一次的拍打都在提醒我背上背着的是什么，光滑闪亮的书包，接下去想到的就是，那浅蓝色的裤子，深蓝色的鞋。

当我们走进操场时，那里的人群已经散了，都走在去往下面那栋低矮的教室大楼的路上。

“我们一定错过开学典礼了。”妈妈说。

“这没什么的，妈妈，”我说，“我们走！”

我看见了盖尔和他妈妈，便拉着妈妈的手朝他们奔过去，大人们微笑着互致问候，我们融入父母和孩子们的人群里，走上了阶梯。盖尔的书包跟我的书包一模一样，也跟几乎所有的男孩子都一样，而女孩子们的书包却与我们的有着很大区别，我以尽可能快的速度察觉出了这一点。

“我们要去哪儿，你知道吗？”妈妈对盖尔的妈妈玛尔塔说。

“不，我不知道，”玛尔塔说，她笑了，“我们正跟着他们的老师。”

我朝她点头的方向看去。那就是老师呀。她在楼梯前停住，说所有属于她班上的同学，都要继续走，盖尔和我穿过所有的人，在阶梯上跑下来，直到最后一级。但老师在楼梯边的一个教室前停下了，这样我们就不是队伍的第一个——像我们自己设想的那样——而差不多成了最后的了。

教室里坐满了穿着漂亮衣服的孩子和他们的母亲。通过窗户看下去，可以看见一小块绿地，那后头挺立着一片茂密的树林。老师站在放在讲台上的一张讲桌背后，她身后的黑板上有粉红色的粉笔字“欢迎 1B 班的同学”，字的周围环绕着花朵。讲桌上方的墙上挂着地图和有图画的图表。

“嗨，大家好，”老师说，“欢迎你们来到桑德内斯小学！我叫海尔加 · 托格森，是你们的班主任老师。我可以和你们说，我是非常高兴的！在这里我们要干许多好玩的事情。另外，你们知道吗？今天不仅仅你们是新来的，我也是新来的。你们是我带的第一个班级！这是我第一次当班主任。”

我环视周围。所有的大人们都微笑着。几乎所有的孩子都在左顾右盼，悄悄地打量着彼此。我认识盖尔·哈康，特隆，盖尔，莱夫 · 托雷和玛丽安娜。还有常常用石头砸我们，家里有条可怕的狗的那个男孩。其他的孩子我都没有见过。

“现在我们要点名了，”老师在上面说，“谁知道点名是什么意思？”

没有人回答。

“你说一个名字，叫那个名字的人，就喊‘到’。”我说。

几乎所有的人都看着我。我笑得咧开了嘴，露出了我那突出的门牙。

“这是正确的，”老师说，“我们从 A 开始，实际上，这就是字母表里的第一个字母。所有的这一切以后你们会学到的。好了，A 开头。安妮·莉丝贝特！”

“到。”一个女孩的声音，所有的人都转过头来看这个回答的人，我也一样。

回答的是一个有着黑亮头发的瘦小女孩。她看起来几乎像个印第安人。

“阿斯盖尔？”老师说。

“到！”一个大门牙、长头发的男孩应了一声。

点名结束以后，我们坐在各自的课桌后面，家长们靠墙站着。老师给每一个人发了一本笔记本，一本练习本和一本便签，一份印着所有课程的时间表，另外还有一个储蓄罐和一个当地银行印的、上面有个金蚂蚁图案的传单。接下来她告诉我们秋天这个学期要做的一些事情，其中包括游泳训练课，需要我们到位于海湾另一边的学校那里的游泳池去，因为特罗姆岛没有游泳馆。她把一张有关这件事的油印材料发给我们，上面附有可撕下的表格，如果谁有兴趣，可以填好以后交上去。然后我们坐在那儿画了一会儿画，家长们都站在那看着我们，然后就结束了。第二天就要动真格了，第二天我们将独自乘坐公共汽车上学，在那里待上三个小时，没有家长会站在我们的背后了。

当我们走出教室时，我仍然对新的、陌生的一切兴奋不已，当所有这些新来上学的孩子和父母一起坐进各自的汽车里时——这是只有五月十七号的国庆才会发生的状况：有这么多汽车同时并列行驶，有很多孩子同时离开同一个地方，这种新奇的感觉一直持续着。但在我们回家的途中，我心里有了失落感，我们离家越近，这种情绪就越强烈。

什么事也没发生。

我既能读又会写，所以预想着：我将在第一天得到展示的机会。至少一点点！我多期待那课间的休息时间，期待上课铃和下课铃。这些时候就可以使用我的新铅笔盒，可以在新书包那两层里翻上一番。

不，这一天过得不像我一直期盼得那样开心，这么漂亮的新衣服，我得脱下来挂进衣柜里，等待下一次盛大的日子。我在厨房的凳子上坐了一会儿，在妈妈做饭的时候和她说话，白天里的这个时候，就我自己和她在一块儿很难得，何况今天对于我来说还是个大日子，现在是天赐良机，于是我利用了这个难得的机会，打开了话匣子。

“要是我们有一只猫，我就可以和它玩玩，”我说，“我们不能养只猫吗？”

“如果这样会很不错呢，”妈妈说，“我很喜欢猫。它们可以给我们做伴。”

“那么，爸爸不喜欢它们吗？”

“我不知道，”妈妈说，“我想，他只是没那么感兴趣。另外，他想到的或许是，养猫有点麻烦。”

“我可以照料它，”我说，“这完全没问题。”

“我知道，”妈妈说，“再说吧。”

“再说，再说，”我说，“要是英韦也愿意，那就是我们三个人想要养猫了哟。”

妈妈笑了。

“没这么简单，”她说，“你要很有耐心。谁知道会出什么事。”

她把削了皮的红萝卜放在菜板上，开始切它，然后举起菜板，把切碎了的萝卜统统倒进一只大铁锅里，里面已经放有大块的肉和骨头。我朝窗外望去。透过妈妈用钩针织的、有许多小孔的橘黄色窗帘，我看见外面的路上空无一人，在大白天的这会儿，几乎每天都是这样。

突然，我闻到了洋葱刺鼻的气味，便向妈妈转过身去，她的眼睛里泪汪汪的，两只手臂也伸得远远的，正在切一个洋葱。

当我再回转身时，看见盖尔从下面的路上奔过来。他也已经换上了平日的衣服。紧接着，通过半开着的窗户，我听见了他嚓嚓的脚步声，与此同时他已经走上了砾石路面的车道。

“卡尔 · 奥韦，你出来！”他喊道。

“我出去一趟。”我对妈妈说，从椅子上滑下来。

“去吧，”她说，“你们去哪里？”

“我不知道。”

“那，别走远了。”

“不会的。”我说，赶快下楼把门打开，这样盖尔就不会以为屋里没人而自己走开了。我和他打了个招呼，穿上了我的跑鞋。

“我有一盒火柴。”他压低声音说，拍了拍他的衬衣口袋。

“不会吧！”我也压低声音说，“你在哪儿弄到它们的？”

“家里。它们放在客厅里的。”

“你把它们偷出来了？”

他点点头。

我站直身体走了出去，随手把门关上。

“我们得烧点什么东西。”我说。

“对。”他说。

“烧什么呢？”

“什么都行，无所谓。我们只要找可以点燃的东西就行。满满的一盒火柴。我们可以烧好多东西呢。”

“我们得到一个没有人看得见冒烟的地方，”我说，“或许，到山上去？”

“好，上山去。”

“那我们得带一点可以灭火的东西去，”我说，“等一下。我去拿瓶水。”

我又把门打开，用脚踹下鞋，上了楼梯，直接走到妈妈那里，当我到那儿时，妈妈转向我。

“我们要出去兜一圈，”我说，“我需要一瓶水。”

“你不愿意要果汁吗？你可以要的，知道吗。你上学的第一天还没结束哟！”

我犹豫了。这必须得是水。但我这样坚持，可能会引起她的疑心，因为我总是觉得果汁比水好喝。所以我看着她说：“不，盖尔带了水，所以我也要带水。”

当我这么说的时候，胸膛下面的心跳加速了。

“随你吧。”她说。在洗碗槽下面的柜门里，她找到了一个果汁的空瓶——深绿色的，几乎不透明的玻璃瓶，她用它装满了水，拧紧盖子，把瓶子递给了我。

“你还想带几片面包片吗？”

我想了一下。

“不用，”我说，“要不，就带吧。两片涂牛肝酱的面包片。”

当妈妈拿出面包，开始切的时候，我把窗户向外大大推开，把头伸出去。

“马上就来！”我喊道。盖尔往上仰起脸来看着我，带着一双严肃的眼睛，他点了点头。

她抹好了面包片，再用食品纸包裹好，我把它们和水瓶一起放进一个塑料袋，又赶快跑下楼，到盖尔那去了。很快我们就走上了那条上坡路。炎热的天气让道路的边沿变得柔软松散。在有很多车开过的地方，路面很坚硬。有时候我们会像猫似的俯卧在柏油路上，让炙热的太阳烤着我们的脊背。但现在我们有别的事要做。

“可以让我看看吗？”我说。

盖尔停下来，从口袋里掏出了火柴盒。我接过来摇了一下。满满的。于是我把它打开。所有的火柴头都是红的。

点燃吧，点燃吧。

“这完全是新的哟，”我说，把盒子还给他，“他们不会注意到你把它拿走了？”

“我想不会，”他说，“要是他们知道了，我不承认就是。他们不可能有证据的。”

我们已经走到了莫尔登的房子那里，开始进入小径。草又干又黄，有的地方还是棕色的。盖尔的母亲比较严厉，父亲则很温和。达格·洛塔尔的父母都很和气，父亲或许稍微严厉一点。其余的那几家里，都是父亲严厉，母亲温和。但没有任何一个人和爸爸一样严厉，这是毫无疑问的。

盖尔停下脚步，向前弯下身来，手里握着火柴盒。他抽出了一根火柴，要在火柴盒的侧面上划。

“干什么你！”我说，“不能在这里！所有的人都看得见！”

“不会呀。”他鼻子里哼了一声。但还是立起了身子，把火柴放回盒里，继续往前走。

到了山顶，我们回过头来，像我们通常那样四处张望。我在那小海湾里数出了四个小小的白色三角形。有个像挖掘机那样的东西在较大的那艘船的甲板上。靠近耶尔斯塔岛的地方停泊着两艘小艇。

点燃吧，点燃吧。

当我们继续在树林里走时，我内心深处激动地颤抖着。从树枝间穿过的阳光投射到树林的地上，树木阴影间的光影像小小的、战栗着的野兽。我们站在一个倒伏在地的巨大树根背后，我从塑料袋里取出水瓶，握在手中准备好，同时盖尔弯下身去，点燃了一根火柴，用这火柴微弱的、几乎看不见的火苗去接近生长在那儿的一株小草的叶尖。草叶尖倏的一下被点着了。旁边的草叶尖也着了。火苗扩展开来，有巴掌那么大一块，我把水淋下去。空气里冒出一股青烟，好像它是自发的，与刚刚发生的事情毫无关联。

“你觉得有人能看见吗？”盖尔说。

“烟能在你难以想象的距离外被看见，”我说，“印第安人在许多公里之外就能看见烟的信号。”

“烧得真快，”盖尔说，“你看见了吗？”

他笑了，手插进头发里迅速地抹了一把。

“看见了。”我说。

“我们再试试别的地方？”

“好的。但现在我要点。”

“OK。”他说，把火柴盒递给了我，同时他四下巡视着新的合适的地方。

当盖尔准备要去干某件事的时候，总是急不可耐，他一旦干起来，就会投入整个身心，全神贯注。他是我认识的最沉迷于想象的人。无论我们做什么游戏——比如充当探险家、水手、印第安人、赛车手、宇航员、强盗匪徒、走私贩、王公诸侯、猴子，或是秘密信使等等——他都可以玩上好几个小时，与此相反，莱夫·托雷或者盖尔·哈康很快就会厌倦，会想去玩别的，对能让人忍受所有无聊事情的想象力之光毫无兴致，但盖尔对事物本身充满兴趣，比如，在操场和足球场之间的草甸上的一簇小柳树旁，有一个旧汽车残骸，车的座椅、方向盘、排挡杆、踏板、仪表盘、手套箱和车门都是完整的，我们常常在那里玩。我们只是把它当作一辆车来玩——当然，它也就是一辆车——踩踏离合器踏板，推动变速器的换挡杆，转动方向盘，扳动破碎了的后视镜，在座位上下蹦跳，假装车子在高速行进中，但盖尔会想出更多超越了想象的附加游戏，比如，我们假装抢劫了银行，正在逃亡途中，破碎了的汽车玻璃窗——地上黑色的胶皮垫上仍然四处散落着尖锐的玻璃渣——是被枪射成碎片的；这时候我们中的一个人驾驶着车，另一个人从窗口那里爬出去，爬上车顶，向追赶者连续射击，还有一个游戏是设想我们要把车停在车库里，走出去交换赃物，再更进一步，要是附近没有追赶者，我们会设想我们正蹑手蹑脚地穿梭在树木间，在低斜的太阳光里走上回家的路；又或者，我们实际上坐在一辆月球车上，环绕着我们的实际上是月球上的地貌，当我们从车里走出来的时候，不再是通常走路的样子，而是因为身体失重不得不蹦跳着前行。另外，当我们步入了环绕着我们的众多溪流中的一条时，在我认识的所有人中，只有盖尔有兴趣沿溪溯流而上，寻觅溪水源头。我们在一起最经常做的，是出去寻觅新的地方，或者去我们已经发现了的地方。可能是一棵老橡树树干上的大树洞，溪流中的一个深深的水窟，一个尚未修建完毕的房屋里积满了水的地窖，巨大的桥柱的混凝土基座，或者是开头几米固定在树林里，一直通到山顶的很粗大的金属电线，我们会在那里攀缘玩耍。在提耶纳和另一边的道路间有个坍塌了的小棚屋，那是目前为止我们出外探险的前哨，我们从没有走到比那更远的地方，那里的木板滑溜溜的，暗黑腐烂了；那两辆旧车的残骸；里面有三个小岛的池塘，那些岛还没有一簇草团大，其中的一个岛，一棵树就几乎将它完全遮盖，池塘虽就依偎在一个斜坡边，但水又深又暗；在通往菲纳加油站的那道小径旁白色的、水晶般的山峰，看上去仿佛是被敲打下的一块碎片；小艇造船厂在去往老蒂巴肯桥的另一边，那儿所有的厂房，船的外壳，生锈的一块块铁装置和机器，油、生漆和海水的味道那么的好闻。这个地区向四面八方纵横，向所有的方向延伸出一或两公里，我们几乎每天都在那里行走，我们寻找或是探索的要点是，它是绝对的秘密，只属于我们的秘密。我们会和其他的孩子比赛撬杆或踢废罐头盒，踢足球或滑雪；但只有我们自己时，就会去探寻吸引我们的地方。盖尔和我就是这样的。

但在这一天，所有的神秘全蕴含在我们干下的事，而不在我们发现的地方里。

点燃吧，点燃吧。

我们来到几米远处的一棵云杉树那里。伸展出去、接近地面的树枝是灰色的，松针完全脱落了，看上去无尽的苍老。我用拇指和食指掰下了一小点松针。它很脆，一下子就粉碎了。一棵云杉树挺立在小山冈的顶部，生长在一方干涸的泥土和一片干枯的、几乎是橙色的松针之间的野草也干瘦瘦的。我跪下来，将一根火柴棍的红头在火柴盒黑色的刮面上一擦，再把火柴伸向草丛，草立刻被点着了。火苗最初是看不见的，几乎只是贴在草尖上的风的一个寒战，草叶随即迅速卷曲在一处。这一簇草着火了，接着火苗从那儿漫卷开去，在同一时间里既是迅猛又是缓慢的，就像一队惊慌的、在逃窜的蚁群，如果单看蚁群中的每个个体，它们在飞速行进，但如果观看这整个蚁群的位移，则是缓慢的。接着，火苗突然蹿到了我的腰际。

“灭火！灭火！”我朝盖尔喊道。

他把装着水的瓶子在火上上下摇动着，火发出了嗤嗤的声响，势头减弱，同时我也用手掌去扑压那些草地边缘低矮的小火苗。

“噗！”火熄灭的那一刻，我嘴里吐出一口气。

“就差那么一点！”盖尔说，笑了起来，“这火，可是真正烧起来了哟！”

我站起身。

“你觉得有人看见了吗？我们去悬崖边看看是否有人朝上看这里？”

没有等到回答，我就自己快步走过那柔软的、被苔藓和石楠覆盖着的林间地面，走进树木之间。陡然间，恐惧占据了我的内心，每一次想到刚才发生了什么，我的心就好像被扯开了一条深缝。一个无底深渊。啊，现在要出什么事了？现在就要出什么事了？

我在山坡边缘停下了，把手放在额前遮住太阳。爸爸的车停放在车道上。没有看见他本人。但他可能出来过，又进去了。古斯塔夫森走在草坪上。他可能看见了，还告诉了爸爸。或者会在晚些时候告诉他。

只要想到爸爸，想到他发现了这件事后的想法，我就感到恐惧，身体甚至要崩溃、爆炸。

我向盖尔转过身去，他走过来，一只手里拎着我的那个塑料袋，晃荡着。一个看上去像是盖尔·哈康弟弟的小孩坐在下面，在两条路之间的路边条石前面的沙地里玩耍。一辆汽车开上坡路，就像一只昆虫，黑色的前窗是它空洞的眼睛，车向左一拐，不见了。

“我们至少不能从这里直接走下去，”我说，“要是有人看见冒出的烟，他们就会把这事和我们联系在一起。”

为什么我们要这么做？为什么，啊，为什么？

“他们也有可能看见我们在这里的，”我说，“开路！”

我们走下脚下这个树木茂密的陡坡，来到坡底，跌跌撞撞地穿过离公路大概有十米远的树林，走在回家的路上。在一棵巨大的云杉树边，我们停下来，树干上满是黏腻的树液，颜色像焦了的白糖一样，有种很强烈的杜松气味，树旁是一道低浅、宽阔的溪流，泥沙浑浊，那里的色彩只有幽绿和昏暗。从欧洲花楸树细细的树干间可以望见我们家的房子。我瞧着我的手，看上面是否沾有烟灰。没有任何迹象。但闻得出一股有什么烤焦了的气味，于是我把手伸进水里，再把它们在裤腿上擦干。

“你打算怎么处理火柴盒？”我说。

盖尔耸耸肩头。

“大概，藏起来呗。”

“要是他们发现了，一定不要提到我，”我说，“还有我们干的那些事。”

“不会的，”盖尔说，“对了，这是你的塑料袋。”

我们开始朝路上走去。

“你今天还要点吗？”我说。

“我想不会了。”他说。

“不和莱夫·托雷来一次？”

“或许明天。”他说，突然振奋起来，“要不，明天我把它带到学校去？”

“你疯了！”

他笑了。我们走上公路，到了十字路口。

“再见！”他说，然后朝坡上跑去。

我走过了妈妈的那辆大众车，它停在院篱外那一小块枯焦的草地上，旁边就是那个灰色的垃圾桶。走上院里的砾石路面，新的恐惧又涌上我的心头。在强烈的太阳光下，爸爸的车发出耀眼的红光。我垂下眼睛，不愿和那道或许等在厨房窗户那的目光相遇。只是这么想想也让我的整个身心被绝望追逐。我来到门口的台阶前，那里在二楼窗户的视野之外，双手相握，闭上眼睛。

亲爱的上帝，我想着。别让任何事发生吧，我发誓，我绝不再干什么出格的事。决不，决不，我对着圣灵、圣父和圣子发誓。阿门。

我打开门走进去。

过道上比外面阴凉一些，经历了户外强烈的阳光之后，这里几乎是一片黑暗。空气里飘浮着很浓重的炖肉味道。我弯下身解开鞋带，把鞋小心地放在靠墙的地方，走上楼梯，试着让自己的脸看上去跟平常一样，在过道那儿，我犹豫了，停住了脚。平常的我现在最可能要做什么，立刻走进我的房间，还是走进厨房看看晚餐是否已经做好了？

声音，餐盘互相碰撞的声音。

我回来晚了吗？

他们已经吃过了？

啊，不，不。

我现在该做什么？

我想着要立刻转过身，静静地走出去，走到山上去，走进树林中，永远不再回来，这念头犹如一阵在万般纠结中响起的、激越欢快的小号声。

那他们可就会后悔了。

“是你吗，卡尔·奥韦？”爸爸在那里面喊道。

我咽下一口唾沫，头轻轻地摇了一下，眨巴了几下眼睛，深吸一口气。

“是。”我说。

“我们在吃了！”他喊道，“快进来！”

上帝已经听到了我的祈祷，让我如愿以偿。爸爸现在心情很好，我进去的同时就意识到了这一点，他坐在椅子上，两腿伸展出去，身体后仰着，双臂向两旁摊开，发光的眼睛里透着狡黠。

“你在干什么呀，让你忘了回家的时间？”他说。

我在英韦旁边坐下。爸爸坐在餐桌较短一边的右侧，妈妈坐在较短一边的左侧。福米卡耐热贴面餐桌，灰白大理石花纹的桌面，桌边镶有一道灰色的边，发亮的桌腿和最下面的灰色橡皮脚垫，桌上放着棕色的晚餐餐盘，绿色的玻璃杯底部有多莱斯（Duralex）字样，一个装有薄脆面包片的篮子，大锅子里还插着一把木勺。

“和盖尔一起出去了。”我说，向前弯下身去，想看清盛起的勺子里有没有肉块。

“那，你们都去哪儿了？”爸爸说，举起叉子送到嘴边。一小块淡白色的东西，或许是洋葱，挂在他下巴的胡须上。

“直接进了树林。”

“是吗？”他说，嘴里嚼了几下，然后咽下去，他的目光始终直直地注视着我。

“我想我看见你们朝上山的路去了？”

我坐在那里，完全瘫痪了。

“我们没去那儿。”最后我说。

“胡扯，”他说，“你不愿承认你们去过那里，你们到底在那儿捣了什么鬼？”

“可我们没去山上。”我说。

妈妈和爸爸交换了一下眼色。爸爸没再说什么了。我的手又可以活动了，把餐盘盛满，开始吃起来。英韦吃完了，他坐在我的旁边，眼睛向下望着自己前面，一只手闲搁在大腿上，另一只手放在桌沿。

“那么，上了学校的孩子今天都干了些什么呀？”爸爸说，“你们有作业吗？”

我摇摇头。

“老师，她不错吧？”

我点点头。

“她叫什么呀？”

“海尔加·托格森，”我说。

“是吗，”爸爸说，“她住在……她告诉你们了吗？”

“在桑德杜姆。”我说。

“她看上去挺好的，”妈妈说，“年轻，很高兴她在那儿工作。”

“可我们去晚了。”我说，在谈话方向转移后，我完全地放松下来。

“啊？”爸爸说。他看着妈妈，“你没有告诉我这个？”

“我们开错了路线，”她说，“只晚了几分钟。但最重要的部分我想我们没有错过。是不是这样的，卡尔·奥韦？”

“是的。”我嘟哝着。

“说话时嘴里不要吃东西。”爸爸说。

我咽下食物。

“是。”我说。

“你呢，英韦？”爸爸说，“开学第一天有什么令人惊奇的事情？”

“没有。”英韦说，在椅子上坐直了。

“今天你要参加足球训练，是不是？”妈妈说。

“是的。”英韦说。

他换了球队，离开了特劳马——这是岛上的球队，他所有的伙伴都在那里踢球，他们的运动服相当漂亮，蓝色的球衣上斜着一道白色的条纹，白色的球裤，蓝白相间的袜子——到了萨尔特罗德（Saltrød）俱乐部，在一个差不多要穿越海湾的小村落训练。今天是他第一次去。他要独自一人骑车经过那座桥——这是他以前从来没有做过的——直到训练场地。他说过了，有五公里的路程。

“那，学校里没有发生什么别的事了吗，卡尔·奥韦？”爸爸说。

我点点头，把食物咽了下去。

“我们要有游泳课训练，”我说，“六次。在另一所学校。”

“是吧。”爸爸说，手背在嘴上一抹，但胡须上的那一小点洋葱还挂在那里，没抹掉。

“这主意不坏。身为一个住在岛上的人，你可不能不会游泳哟。”

“另外，这是免费的课程。”妈妈说。

“但我要一顶游泳帽，”我说，“人人都得要。或许还要一条新游泳裤？不是那种短裤，而是那种……的。”

“游泳帽我们可以满足。但新泳裤还没有必要。”爸爸说。

“游泳眼镜。”我说。

“游泳眼镜也要？”爸爸说，用戏弄的眼神望着我，“那我们再说吧。”

他把餐盘朝桌里面一推，身子仰回到椅子上。

“谢谢食物，妈妈，真不错！”他说。

“谢谢食物。”英韦说，溜了出去。五秒钟后我们听到了他把房门关上的声音。

我在那里坐了一会儿，想到爸爸有可能要再和我谈谈。他朝窗外望了一会儿，望着那四个俯在自行车上的年轻人，消失在另一个十字路口那里，然后站起身来，把餐盘放到洗碗池里，在橱柜里拿了一个橘子，没有和任何人说话，就把报纸夹在胳臂下，到他下面的办公室去了。妈妈开始收拾桌子，我去了英韦的房间。他正在打点行装。我坐在他的床上，看着他做这一切。他有一双真正的足球鞋，一双黑色的、带可拆卸鞋钉的阿迪达斯，一条地道的茵宝球裤，一双黄黑两色的斯塔特球袜。妈妈先给他买了黑白两色的格朗尼球袜，但他不要，于是给了我。他拥有的最漂亮的装备是阿迪达斯训练球衣，蓝色带白条纹，一种发亮的、光滑的面料，不是以前所有运动队员穿的那种无光泽、会起皱、有弹性的运动衣材料。有时我会去闻闻它，把鼻子埋在那光滑的材质当中，因为它的气味太神奇了。我想或许是因为我自己太希望有这样的一件衣服了，因此它的气味包含着我的欲念和渴求，我想或许是因为贯穿于其中的气味不能让我联想到任何其他事物，所以它好像不属于这个世界，它以某种方式肩负着对未来的希望。除这球衣之外，他还有一件蓝白两色的阿迪达斯罩衫，下雨时他会用它。

他收拾东西时没说一句话。只把那红色的大拉链拉上，坐在书桌跟前，看放在桌上的课时表。

“你们有家庭作业吗？”我说。

他摇摇头。

“我们也没有。”我说，“那么，你还没有包书皮吧？”

“没有。我们还有整整一周的时间。”

“我今天晚上包，”我说，“妈妈会帮我。”

“美得你！”他说，站起身来，“我走了。要是半夜以前没回来，我就是被那个无头人吃掉了。我倒是想看看他要怎么吃掉我！”

他笑着走下楼梯。我的眼睛通过浴室的窗户追随着他，看着他怎样先把一只脚放在踏板上，让车滑着前行，又将另一只脚迈起，向后一举跨过车杆，然后以最快的速度踩着踏板飞快前进，直到他借着这速度骑上陡坡，接着就朝下面的十字路一冲而下。

当他消失之后，我走到了过道上，为了明确妈妈和爸爸的动向，我在那里静静地站了一刻。但四周一片寂静。

“妈妈？”我低低地唤了一声。

没有回应。

我走进厨房，她不在那里，走进最里面的客厅，她也不在那里。可能她去他们的卧室了吧？

我去到那里，在门外站了一会儿。

没人。

那么，或许，在花园里？

我从不同方向的窗户望出去，看着花园的四面，但哪里也看不到她的身影。

那停在院篱外的车，还在那里吗？

是的，还在。

不知道她去了哪儿，从某种意义上来讲，让我觉得房子缺少了凝聚力，它以一种令人困惑、心烦意乱的方式变得松弛，为了驱散这种感觉，我走进自己的房间，在床边坐下来，读了几本杂志，那时候我突然心里一亮，她当然是在下面爸爸的办公室里啊。

我的脚几乎从未迈进过那儿。也有过那么几次，那是要询问什么的时候——比如我能不能上楼去看某个电视节目，我会先敲几下门，在他说可以进去时再进去。敲这道门要付出的代价很沉重,所以我多半宁愿不看这节目。也有几次是他让我们进去的，那时是他要给我们看什么东西，或是要给我们什么，比如贴着邮票的信封，我们把它放在闲置的厨房洗涤池里——据我了解，多余的洗涤池就是专门拿来干这个的——用水去掉邮票的胶水，晾几小时后，就可以把它们放进我们自己的集邮册里。

除此之外我从来没有去过那里。虽然我一人在家时，也曾冒出想去那里的念头。但被他发现的风险相当大，他能察觉出所有发生了的、违反常规的事，他是用某种方式嗅出来的，不管我多么努力地掩藏。

就像那天下午上山的事。即或他仅仅看见了我们上山去那里，余下的什么也没有看见，但他还是明白我们在那里干了些什么见不得人的事。要不是他当时心情正好，他会发现这所有的一切。

我俯身在床上看一本《天宝》(*Tempo*)杂志。这是英韦的，是他从扬·阿特勒那儿借的，我已经读过无数遍了。这是给年纪大一些的孩子们看的，对我来说，它属于一个笼罩着耀眼光环的，遥远但又无与伦比的完美世界。我对系列漫画里故事发生的背景和环境没有特殊的偏好——无论是有关第二次世界大战的《机翼上》(*På vingene*)系列或者《比赛》(*Kamp*)系列；有关美国十九世纪的《特克斯·维勒》(*Tex Willer*),《乔纳森·哈克斯》(*Jonathan Hex*)或者《蓝莓》(*Blueberry*)；关于两次大战期间的英国的，如《保罗·坦普尔》(*Paul Temple*)，或者纯科幻世界里的英雄，如《幻影》,《超人》,《蝙蝠侠》，神奇四侠和所有那些迪斯尼的角色——但我对它们的情感不尽相同，它们会在我身上唤起不同的反应,《天宝》系列中的一些人物，比如那个发生在赛车场上的故事里的人物,或者《克星》(*Buster*)里的人物，比如约翰尼·普马(Johnny Puma)和本尼·古尔福特(Benny Gullfot)，他们更具有特殊的吸引力，或许是因为他们存在的世界更接近我所知晓的现实。在夏季，我们可以看到摩托赛车手穿着皮革套装，戴着头盔和F1赛车手护目镜，可以看到电视里那些低车身、带有扰流板的赛车，有时它们会冲出围栏，或者撞击到其他的车，车打几个圈之后可能会着火，赛车手或丧生于腾升的烈火中，或从将车毁坏的火焰中站起来，镇定地从那里走开。

一般来说，我会将身心投入到这些故事里，全然不去思考，整个的关键就恰恰在于不要去思考——至少不是用自己的思考方式，而只需跟着发生的事情走。然而，这个下午，我很快地把杂志放到了一边，出于某种原因，我有些坐立不安，时间还不到五点，所以我决定再出去走一圈。我在楼梯那里停下，没有动静，她还在下面。她到底要干什么呀？她很少去那里的。至少不会是在这个时间，我想着，在外面的过道弯下腰来寻找鞋子、系好鞋带。我敲了爸爸办公室的门，门里是一条过道，过道通向三个房间：浴室，办公室，带着一个末端小储藏室的厨房。实际上这是一套完整的公寓，但我们从来没有对外出租过。

“我出去啦！”我喊了一声，“到盖尔那里！”

这是对我的要求，出门时总是要说一声，还要说出我要去哪儿。

听到的还是爸爸的声音，在几秒钟的沉寂后，从办公室那传出了不耐烦的声音。

“知道了，知道了！”他喊道。

又几秒钟过去了。

然后是妈妈的声音，友好的，像是在对爸爸的声音做一个纠正和补充。

“好的，去吧，卡尔·奥韦！”

我溜了出去，小心地把在我身后的门关上，朝上面的盖尔家跑去。站在门外喊了几声后，他妈妈绕着房子出来了。她戴着做园艺的手套，穿着一条卡其色的短裤，蓝衬衣，一双黑颜色的木头鞋。手里拿着一把红色的花园铁锹。

“嗨，卡尔·奥韦，”她说，“盖尔刚才和莱夫·托雷一起出去了。”

“他们去哪里了？”

“我不知道。他没说。”

“OK。再见！”

我转过身，慢慢地走上车道，眼睛里闪着泪光。为什么他们不来摁我家的门铃？

我站在两条路之间的分隔块上。先是一动不动地站了一会儿，聆听着他们的动静。没有一点声音。我在其中一个分隔块上坐下来。那粗粝的水泥硌得我大腿生疼。在它底下的缝里长出的蒲公英上面盖上了一层灰色的尘土。旁边有一个废弃的烧烤铁架，锈迹斑斑，一个被太阳晒得掉了色的烟盒卡在铁网之间。

他们可能会去哪儿呢？

到下面的于贝湾？

下面的码头？

到那边的跑道和操场？

或许盖尔已经把莱夫·托雷带到某个属于我们的地方去了？

到山上去了？

我向上探寻着。没有他们在那里的迹象。我站起身开始往下走。从樱桃树的那个路口到浮动码头有三条可选择的路。我选的是朝右边的那条路，经过关卡，沿着小径走，在粗大的橡树树冠的浓荫下，泥土和树枝遮掩着小径，再往下走到草坪，那是我们经常踢足球的地方，虽然两侧都有点倾斜，那齐膝高的草早在初春的时候就被踩得趴下了，那里也长着些小树，经过光秃的、偶尔也有些灰白色地衣的峭壁，再往下穿过树林，走上公路。道路的另一边是新开辟出来的小艇停泊港，有三个完全一样的码头，都有木板通道和橘黄色的浮桥。

他们也不在那里。我朝其中的一个停泊处走去，一艘小艇刚好停在那，是卡内斯特伦的船，我走过去看看那里发生了什么。卡内斯特伦一个人站在甲板上，当我在船头边站住时，他把头稍稍扬起。

“是你在外面晃荡呀？”他说，“瞧见了吧，我出来溜达了一会儿，钓钓鱼。”

太阳照射在他的眼镜上，发出耀眼的光芒。他留着胡髭，短发，头上秃了一块，穿着蓝色的牛仔短裤，格子衬衣，脚上套着一双拖鞋。

“想看看吗？”

他把一个红色的桶向我举过来。里面满是细长的、滑腻的鲭鱼，有着发亮的蓝色。它们当中的一些痉挛似地蹦跳着，这种运动似乎蔓延、传递到了其他鱼的身体里，这些互相紧贴在一处的鱼看起来就像是活动着的一个整体。

“啊咦！”我说。“它们全都是你钓到的？”

他点点头。

“就几分钟的时间。一大群鱼就在这岸边。未来几天的晚餐我都有了！”

他把桶放在狭窄的舷梯上。然后举起一个旧的汽油桶，把它放在鱼桶的边上。那里还有一些鱼线板和一个装鱼钩和鱼饵的盒子。他一直在哼一支老歌。

“你知道达格·洛塔尔在哪里吗？”我说。

“不，很抱歉我得说不知道，”他说，“你在找他？”

“是啊，差不多吧。”我说。

“或许，你愿意到这上面来坐坐？”

我摇摇头。

“我不想。我还有好多事要做呢。”

“那好吧。”他说，走到浮桥上，弯着身子去拿他的那些工具。因为不想再跟他一起在这儿待下去，我尽可能快地离开了。我跑过碎石铺的停车场，在通向主路的整条路上，我都在路边的石条坎上走，试图保持着身体平衡，那里有一条很陡峭的小径，笔直插入树林。那条路通往纳本，所有住在这个住宅区的人都会去那里的游泳场地，在那里，人可以从两米高的岩石上跳入水中，然后游到位于另一端的、或许十米开外的耶尔斯塔岛那里。虽然那里的水深，我又不能游泳，但有时我也去那里，因为那里总是会发生相当多的事情。

现在又能听到树林里的声音了。一个孩子纤细的声音和另一个稍稍有点低沉的声音。下一个瞬间里，在光影斑驳的树干间，达格·洛塔尔和斯泰纳尔出现在我的视野里。他们的头发湿漉漉的，手臂下夹着各自的毛巾。

“嘿，卡尔·奥韦！”达格·洛塔尔看到我时，喊道，“我在一个地方看见了一条毒蛇！”

“是吗？”我说，“在哪里啊？这里？”

他点点头，在我面前站住。斯泰纳尔也站住了，做出一副明显不想继续跟我说什么的姿态，而只想尽快地往前走。斯泰纳尔在上初中，在爸爸的班上。他有一头长长的黑头发，嘴唇上方有些黑色的毛。他弹贝斯，他的房间在地下室里，有单独的进出口。

“当时我正往下跑，是吧，”达格·洛塔尔说，他指着下面的小径，“尽可能快地，当我来到转弯那时，一条毒蛇躺在路中间。我甚至差点来不及停住脚步！”

“那接下去呢？”我说。

在这个世界上，要是有什么我害怕的东西的话，那就是蛇和虫子。

“它像一道闪电那么快地溜进了树丛里。”

“你敢肯定那是一条毒蛇？”

“肯定，千真万确。它头上有锯齿形花纹。”

他看着我，脸上荡出了笑容。他的脸是三角形的，浅色头发，温柔的蓝眼睛，眼里的神情通常是专注和热切的。

“那么，现在你还敢不敢下去？”

“不知道，”我说，“盖尔和其他的那些人都在下面吗？”

他摇摇头。

“只有约恩和他弟弟在那里，还有埃娃和玛丽安娜的爸爸和妈妈。”

“我可以和你们一起上去吗？”我说。

“当然啦，”达格·洛塔尔说，“但我不能玩了，现在我要回家吃晚饭。”

“跟你一样，我也得回家了，”我说，“我要给新书包上书皮。”

当我们走到我家房子外面的那条路上时，达格·洛塔尔和斯泰纳尔继续向他们的家走去，但我仍然没有走进家门，而是在那儿站了一会儿，四处寻找盖尔和莱夫·托雷的踪迹。但在什么地方也没见着他们。我犹豫着往前走。太阳正挂在山脊的上方，晒得我肩头发疼。我朝下面那条路投去最后的一瞥，想着万一他们在那里出现，然后我跑进了屋子背后的那条小径。头一段路沿着我家的院篱，第二段路沿着普雷斯巴克莫家的石头院墙，路的一半被许多纤瘦的白杨树掩映着，在夏季，每当下午的海风吹来时，站在那里的白杨树就会簌簌地颤抖。然后小径和住宅区就分道扬镳，小径穿过生长茂密的、年轻的落叶乔木林，进入一片沼泽地带，最往里的是陡峭山崖上斜探出的一株巨大山毛榉树下的一小块草茵，所有的一切都笼罩在树的绿荫之下。

真是奇妙无比，所有的大树都有着各自全然不同的风格，有着它们各自全然不同的立姿，这些无与伦比的树干和树根，树皮和树枝，在与光明和阴影交汇时又有着各自不同的表述。如同它们在诉说。当然，不是用声音，而是用其自身，好像它们在对注视它们的人伸展身姿、展示自我。它们所倾诉的，不是其他的，仅是它们自己。不管我是走在住宅区，还是树林的四周，我都能听到这些声音，或者说是留意到了由这些永无休止、缓慢增长的阴影留下的印记。在房子下面、溪流旁边的那棵云杉树是那么不可思议，树干的最下端是那么粗壮，同时树皮内的树液又是那么丰盈，根部露出地面，粗大而盘根错节，延伸出去很远。树的枝干以一种金字塔的形式向下延伸，稍远一点看上去显然是紧密而光滑的，但距离近了，所见的便满是深绿色的、已完全成型了的小小松针。所有那些多孔的，浅灰色的干树枝，可在云杉树——不是那种灰色、而是几乎完全发黑了的——枝椏覆盖下的深处得以生长、存活。在普雷斯巴克莫家的地界上长着的那棵松树高而细长，像船上的桅杆，发红的树皮，在每一根树枝的最外端摇曳着的小小的绿色松针，差不多在快到树顶部才开始生长扩张。足球场背后的橡树，树干最下面的部分更像是某种石头而不像是树，它没有一点云杉树的那种密实感，因为橡树的枝干是向外伸展开的，在林地上方形成了一个稀疏的树叶穹顶，它是如此的轻盈、舒展，让你绝对难以想到，树干石头似的下部和上部外缘的尖枝之间不仅存在着关联，而且前者正是后者的发源之处。树干中央有个像窟窿一样的地方，看上去圆润柔和，但实际上却十分坚硬，有着粗糙的椭圆形疤节，里面的空间有一个人的脑袋那么大。像所有其他的树叶一样，它的树叶，不管是从哪里冒出来的，都是一样的重复、美丽，叶片部分是弧形的，部分带有锯齿，不管它们是挂在树上还是在某个树梢尖上晃荡，都是油绿色的，厚实，平整，但几个月之后，当它们躺在林间的土地上时，便成了棕红色，硬脆易碎。秋天的时候，在这棵树周围的地上总是覆盖着一床厚厚的树叶地毯，在开始的时候是绿黄两色相映的，往后时间一长，渐渐就变得暗黑稀软了。

然后就是长在沼泽地前面陡坡上的那棵树了。我不知道它是属于哪种树。它不像其他生长着的大树那样紧凑，它是从伫立着的四棵一样粗大的树干上生长起来的，那弯曲着的枝干蛇形地伸展出去，灰绿色的树皮上布满了长条的、深陷的纹路，它的树荫遮盖的面积和橡树或是云杉树的一样大，但给人的印象却不是那种壮观大气的优美，而是一种更微妙、更不易察觉的美。在其中的一根枝干上系有一根吊绳，大概是路那边的孩子们挂上的，他们住的地方到这里同我们到这里是一样的距离。现在那里没有人，我走上了那根枝干下的斜坡，这样我就可以用双手抓住树枝，从那里把自己荡上去。我这样尝试了两次。然后在那树下站立了一会儿，寻思着我现在应当干些什么。在斜坡那边的房子里，住着一对夫妇和一个很小的孩子，我听得见他们的说话声和刀叉的碰撞声。虽然什么也看不见，但我知道他们一定是在花园里。很远的地方传来了飞机的轰鸣声。我在这已经干涸了的泥地上往前走出几步，同时抬头仰望天空。一架小型的水上飞机从海那边飞了过来，飞机飞得相当低，太阳在它白色的机体上反射出刺眼的光。当飞机消失在山坡背后时，我又开始奔跑，进入了另一边山坡的阴影里，那儿的空气凉爽一些。我朝上望着卡内斯特伦家的房子，想着现在他们一定正坐在那里吃金枪鱼，因为外面没有任何人，我再往下瞧着那条小径，我熟悉那里的每一块石头，每一个凹陷，每一丛灌木和每一簇草叶。要是在这里举行一场赛跑比赛——沿着我们家房子那里的小径一直到 B-Max 超市——没有任何人能胜过我。我可以闭着眼睛在这条小径上跑。绝没有必要停下来，总是知道下一个拐弯会出现在哪里，总是知道下脚踩哪里最安全。在大路上的赛跑，每一次都是莱夫 · 托雷赢，但在这里，我会是赢家，这我知道。这是个愉快的想法，一种愉快的感觉，我试着要把这种愉悦尽可能长久地保持下去。

还在离足球场很远的地方，我就已经听到了那里传来的声音，一定距离外的尖叫，高喊声和笑声，穿过树林的声音，几乎就像是猴子在嬉戏的声响。我在空地上停下。在我面前的球场里有很多孩子，所有年纪的都有，许多是我以前从没有见过的，大多数孩子都围着球转，所有的人都试图伸腿去踢那个球，就这样，大家始终在忽而东忽而西地前进和后退，没有片刻静止。球场地面是暗黑的、被踩踏坚实了的土地，在树林的中央，场地的一面稍稍有点往上倾斜，那儿有许多草根卷伸出来。球场的两端各竖立着一个木头的球门，没有网。场地长的一侧被凸出的一块山崖陡然截断，而另一侧则沿着一片参差不齐的草地蜿蜒而去，那里的草又直又硬，长势雄浑。我几乎所有的梦想都发源于此。在这里跑着兜圈子是我最大的快乐。

“我能参加吗？”我喊道。

每一次踢出的球都从山崖那一面被弹了回来。

站在球门位置的罗尔夫朝我转过身来。

“要是你愿意，可以站在这里当守门员。”他说。

“好吧。”我说，朝球门那里跑了过去，罗尔夫慢慢地，有点步履蹒跚地离开了。

“卡尔·奥韦是我们队的守门员！”他喊道。

在球门柱当中的地方，我站好位置，开始用目光跟随着外面球场上跑动的人群，一点点地分清了哪些是我们自己队的球员，准备在球靠近时向前弯下身，当那一瞬间来临时，一个射出的球沿地面滚来，我蹲下去抱住了它，朝地上拍了三下，然后把球往上踢了出去。球和我的脚碰触，球大而软，有些磨损了，颜色就跟晒干了的泥土差不多。上面有一道裂缝，能看见金黄色的球胎，球的抛物线不是很高，但很远，向右侧冲射，看着一群孩子在球的后面追逐是一种喜悦。我愿意做守门员。我经常得到站在球门的机会，再没有任何事情能跟在瞬间扑过去抱住球的心情相比较了。我的问题是，我只能朝左边扑倒。朝右边扑倒似乎有违身体的自然规律，我没法做到，所以我只能把腿伸长了去阻挡从右面攻入的球。

树木在球场里投下了长长的阴影，幽暗追随着奔跑中的孩子们，他们始终聚拢了又散开。现在更多的人开始在场上走动，而不是飞跑了，有的站在那里，身体前弯，手放在膝盖上，我失望地明白，球赛已近尾声。

“不踢了，我得回家了。”于是有人这么说。

“我也是。”另一个说。

“我们再玩一会儿。”第三个说。

“我也得走了。”

“要不，我们再重新组队？”

“我走了。”

“我也走了。”

在几分钟的时间里，场上的全套人马都撤出了，球场上空无一人。

妈妈买的包书纸是蓝色、半透明的。我们坐在厨房里，我把纸卷展开一截，把它剪下来，纸的边缘歪歪斜斜的，不齐整，妈妈替我把它修剪整齐。然后我把书放在纸上，把像翅膀一样的封面分开来，用包书纸盖住它们，压上去叠好，在书的四角贴上胶布。在整个过程中，妈妈做了些必要的调整和帮助。除此之外，她就坐在那里，给我织将会是一件毛衣的东西。这是我自己从她的手织毛衣指南杂志里挑出来的式样，白色毛衣，带着深棕色的边，有一点小小的特别，因为衣领是竖着的，衣服最下端的两侧有分叉，挂在那儿看上去差不多像前后搭着的两片。我非常喜欢这种印第安人的式样，一直密切地关注着她编织的进度。

妈妈从事许多手工活儿。客厅和厨房的窗帘是她用钩针织出来的，我们房间的白色窗帘——英韦的是棕色的边和棕色的花纹，我的是红色的边和红色的花纹——是她缝制的。她还织毛衣和帽子，修补袜子，给裤子和夹克打上补丁。当不干这些活——做饭和洗衣服，或是烤面包——的时候，她就读书。我们有一个装得满满的书架,这是其他的那些家庭所没有的。跟爸爸不一样，她有一些朋友，大多数都是工作单位认识的、年龄相仿的女人，有时候她去拜访她们，要是她们不来这里的话。我喜欢她所有的朋友。有达格尼，她的儿子和女儿，托尔和丽芙，我和他们上一个幼儿园。有安妮 · 马伊，一个胖胖的、快活的女人，总是给我们带巧克力来，开一辆雪铁龙车，家住格里姆斯塔，有一次我们幼儿园组织去参观过那地方。还有玛丽特，她有一个儿子，拉尔斯，跟英韦一般大，一个小两岁的女儿，玛丽安娜。他们不怎么到这里来，爸爸不喜欢这样，但或许一个月里会有一次，他们当中的一个或几个人会来；那时候我就可以沾点他们的光，和他们在一起坐一会儿。有时也出现这样的情况，我们去在库克普拉森的车间，那种你可以一个人在那里制作点什么的手工作坊，妈妈单位里其他同事的孩子也会到那里去，我们在那里，比如说，做我们的圣诞礼物。

妈妈的脸是柔和的，但也是严肃的。她把一缕长发撩到了耳后。

"达格·洛塔尔在一个地方看到了毒蛇！"我说。

"啊？"她说，"在哪儿呀？"

"到下面山崖嘴的小径上。他正赶紧从它身边逃开！幸运的是这蛇也跟他一样害怕，它钻进了草丛里。"

"那就好。"她说。

"在你小时候那会儿有毒蛇吗？"

她摇摇头。

"在西部地区没有毒蛇。"

"为什么没有？"

她轻轻一笑。

"我不知道。或许对它们来说太寒冷了吧？"

我晃荡着两腿，手指在桌面上敲打着，同时哼着一支歌："吻我吧，把所有的吻都给我，bye bye，我的宝贝，bye bye。[1]"

"卡内斯特伦今天钓了好多鲭鱼，"我说，"我亲眼看见的。他把鱼桶给我看了。装得满当当的。你觉得，我们很快会有一条船吗？"

---

[1] 原歌词是"kisses for me, save all your kisses for me, bye bye, baby, bye bye"。这是流行于1970年代的英国乐队 Brotherhood of Man 的歌曲。——编者注

“你要得太多了吧，”她说，“又是船又是猫！这可以考虑的。但不会是今年，这是肯定的。或许明年？这需要花钱的，知道吗。不过你可以问问爸爸哟。”

她又把剪刀递给我。

问问爸爸，亏你想得出来，我心想，但我什么也没说，试着让剪刀平滑地向前走，而不往下剪，但它卡住了，我用力一捏手里的剪刀把手，结果又是歪斜的纸边。

“英韦回家又晚了。”她说，看着窗外。

“有人会照顾好他的。”我说。

她对我笑了。

“会这样的。”她说。

“那条子，”我说，“上游泳课的。现在你可以给我签字了吗？”

她点点头。我站起来，跑过走道，进了房间，在书包里找到那张纸条，正准备要再跑回去，这时候下面的门开了，因为刚才的行为，我心里“咯噔”了一声。

楼梯上响起了爸爸沉重的脚步声。我站在浴室外一动不动，那时，他的目光从下面的楼梯平台那儿向上，与我的目光相遇。

“你不要在屋内跑！”他说，“这个我还要说多少次？震得整个房子都在抖。明白吗？”

“是。”

他走上楼梯，从我身边经过，我看见白衬衣里他宽阔的背部。当我看见他走进了厨房的时候，所有的快乐离开了我。但我也得进到那里去。

妈妈像刚才一样坐在那儿。爸爸站在那里望着窗外。我把学校的那张条子小心地放在桌上。

“在这里。”我说。

还剩下一本书了。我坐下来开始包书。只有我的双手在动，一切都寂静无声。爸爸在嘴里咀嚼着什么。

“英韦还没有回家？”他说。

“没有，”妈妈说，“我开始有点担心了。”

爸爸的眼睛向下望着桌子。

“你拿来的这是什么东西？”他说。

“游泳课的，”我说，“妈妈要在上面签字。”

“我看看。”他说，把那张纸拿起来，读着。然后他从桌上抓起笔，在上面写下了他的名字，把纸递给我。

“好啦，”他说，朝桌子那点了点头，“现在把这里所有你的东西拿上，到你的房间去。你可以在那里把它们完成。现在要在这里吃晚饭了。”

“是，爸爸。”我说。把书叠成一摞，把纸卷好夹在胳膊下面，一只手拿上剪刀和胶布，另一只手拿上书，走了出去。

当我在书桌前坐下来，剪下包最后一本书的纸时，有自行车滚压下面的砾石路的声音。紧接着，下面的大门开了。

当他走上楼梯时，爸爸正站在过道里等着他。

“这是什么意思？”他说。

英韦回答的声音很低，这我注意到了，但他一定有个很好的解释，因为在接下来的一刻，他走进了自己的房间。我把书放在我已经剪下的纸上面，把纸折叠过来，把另一本书作为重物压在纸上，同时我试着从粘得很紧的胶布卷上撕下一段胶布来。最后我终于把胶布的一头捏在手里，扯下一段，然后我又重新开始。

身后的门开了。是英韦。

“你在干什么？”他说。

“包书，就像你看见的那样。”我说。

“训练后我得到了面包和饮料，”英韦说，“就在俱乐部的房子里。队里还有女孩子。其中有一个相当不错。”

“女孩子？”我说，“她们也可以加入队伍吗？”

“那是肯定的。卡尔·弗雷德里克这人真不赖。”

从打开的窗户那，传来了坡路上的说话声和脚步声。我把粘在食指上的那一小段胶布贴在纸上，走过去看都是谁。

盖尔和莱夫·托雷。他们站在莱夫·托雷家外面的车道上笑着，说着什么。然后他们互道再见，盖尔往上跑了一小段路，到了他们自家的车道那里。当他转弯进去时，我才第一次看到他的脸，他的唇边还带着一丝微笑。手攥成拳头插在裤袋里。

我向英韦转过身来。

“那么，你打哪个位置？”

“我不知道，”他说，“肯定是打后卫。”

“你们的球衣是什么颜色？”

“蓝和白两色。”

“完全跟特劳马一样？”

“差不多。”他说。

“来吃饭了！”爸爸声音从厨房那响了起来。当我们去到那里时，在我们坐的位置上有一个放着三片面包的餐盘和一杯牛奶。面包片上有诺克奶酪、加丁香的黄色奶酪、棕色奶酪和果酱。妈妈和爸爸坐在客厅里看电视。外面的路是灰色的，路边树上的树枝颜色也差不多是灰色的，但树木上方、海湾另一边的天空依旧是蓝色的，广阔浩远，好像它们不是从我们这个世界，而是从另一个世界升腾而起的。

第二天早上，爸爸打开房间的门，我从睡梦里醒了过来。

“快起来，跳下床，你这小贪睡鬼！”他说，“太阳明晃晃，鸟儿在歌唱！”

我把被子掀到一边，把脚放到地板上。除了爸爸在走道里那漫无目的的脚步声外，整个房子寂静无声。这是星期二。妈妈开始上早班，英韦开始早起上学，但爸爸要到第二节才有课。

我走到衣橱那里，在一大叠衣服当中选择，挑出一件纯白的衬衣——这是我最好的一件衣服——和一条蓝色的灯芯绒裤。我想，这衬衣是太好了一点，他会注意到的，或许会问我为什么要把自己打扮得这么别出心裁，或许会让我把它脱下。最好还是这件白色的阿迪达斯运动服吧。

把衣服夹在胳膊下，我走进了浴室。还算幸运，英韦的洗脸水没倒掉，还在盆里。我关上身后的门。打开抽水马桶盖，往里面撒尿。尿是黄绿色的，不像有些早上的尿是深黄色的。当我摇着滴干净最后的几滴时，虽然我十分小心地试着把所有的尿都撒进马桶内，但还是有几滴落在了旁边的地板上，灰蓝色的乙烯基地板上留下了小小的、弧形的透明液体。我用一长条卫生纸把它们擦去，把纸扔进马桶里，然后放水冲掉。在马桶里的水翻腾、起泡的时候，我站在了洗脸池前。那里面的水颜色微微带绿。水里有我不太清楚是什么的、小而几乎是透明的东西在漂浮着。我把双手合拢，做成碗状，捧起水来，把头往前埋下去，浸入水里。水温比我的体温稍凉一点。当水一接触到我的肌肤，背脊上就掠过一道寒噤。我在手上抹了点肥皂，在脸上飞快地一阵擦抹，同时紧闭双眼，用水清洗，用挂在我的衣钩上的棕黄色弹性棉毛巾把手上和脸上的水擦干。

完事儿！

我把窗帘拉到一边，朝外望去。太阳刚刚从树林里的那些树木上方升起来，在树间投下了浓重、幽暗的阴影，太阳余下的金晖铺洒在柏油路上。我穿上衣服走进了厨房里。

深底餐盘里倒好了玉米片，放在我的位置上，旁边是一盒牛奶。爸爸不在那里。

他已经到下面他的办公室去收拾东西了吗？

不，我听到了他在客厅里的动静。

我坐下来，把牛奶倒进玉米片里。把勺子放进去，往嘴里喂了一勺。

啊，真他妈该死。

牛奶酸了，我满嘴都是那酸味儿，一阵恶心从胸腔里涌上来。我把它强咽下去了。因为就在此时此刻，爸爸走过来，走进房门，穿过厨房，直到厨房的案桌那里，他把手撑在那上面。他看着我，笑了。我把勺子重新放进盘里，再往嘴里喂一勺。只是想着在等着我的那个味道，我的胃里就已经翻腾开了。于是我用嘴呼吸着，只咀嚼了两下就赶快咽下去。

啊，妈的，我操。

爸爸完全没有注意到在发生的一切，我继续吃着。要是他到下面的办公室里去，我就会把所有的玉米片全都倒进垃圾袋里，上面用其他的垃圾遮挡住，但只要他待在厨房里，或是在上面，在二楼，我就没有其他的选择。

过了一会儿他转过身去，打开碗橱的门，拿出一个跟我的一样的餐盘，在抽屉里找出一把勺，在桌子的另一面坐了下来。

他从来没这么做过。

“我也来点儿。”他说。从那个上面画着红绿公鸡的纸盒里把黄色、干脆脆的玉米片倒出来，身子向前弯着，够到了牛奶盒。

我停下不吃了。知道一场灾难即将到来。

爸爸把勺子伸进碗里，把满满一大勺牛奶和玉米片喂进嘴里。东西进嘴的同一刻，他的脸立刻扭歪了。他没咀嚼一下，就把它们全吐在了碗里。

“该死！”他说，“牛奶是酸的！啊，他妈的！”

然后他瞅着我。他看着我的那个眼神我余下的一生都不会忘记。眼睛里没有——我等候着的——怒气，而是困惑，仿佛他看见了一些他完完全全不能理解的东西。是的，仿佛他是平生第一次看见我。

“你把玉米片和酸了的牛奶全都吞下去了？”他说。

我点点头。

“你可不能这样哦！”他说，“你会得到新牛奶的，知道吧！”

他站起来，用一个幅度很大的动作把变酸的牛奶倒进了洗碗池里，清洗了牛奶纸盒，把它压平后，放进了洗碗槽下面的垃圾筒里，重新在冰箱里拿了一盒牛奶。

“瞧瞧这个，”他说，拿起我的餐盘，把里面所有的东西都倒进了洗碗槽，用洗碗的毛刷在盘里刷了几下，再用水清洗后，把它放在我的桌前。

“好了，”他说，“现在你再重新倒进玉米片和牛奶。OK？”

“是。”我说。

他往他的餐盘里也倒了玉米片和牛奶，然后我们在沉默中进食。

这些日子里学校的一切都是新鲜的，但所有的日子都是这样的千篇一律，于是只过了几周，我们就确信学校再也不能给我们带来新意和惊喜。在讲台那里讲的话都是真的，由于话是在那里讲的，最不可能的事也成为了有可能的。耶稣在水面行走，是真的。上帝以摩西脚前燃烧的树丛的形象出现，是真的。疾病来源于小到人的肉眼不能看见的微生物，是真的。世间万物，包括我们自己，都是由比细菌还要微小的微粒组成的，是真的。树木依赖日光生存，是真的。但不仅仅是老师的言语，我们也必须无条件地接受他们的行为。我们的老师当中，有很多已经上年纪了，他们出生在第一次世界大战前或者大战中，有三十到四十年的教龄。头发斑白、身穿西服的他们永远也记不住我们的名字，他们在意的是知识和智慧，但从来不是可以让我们理解的知识和智慧。其中一位叫托默森的老师，一次，他在一周的午饭时间给我们念一本书，他弯腰驼背地站在讲台前，声音里有些鼻音、含混不清，脸上的肌肤没有血色，几乎是黄色的，嘴唇的颜色红中带蓝。他读的这本书，说的是在荒野里的一个女人，我们不可能理解这书讲的是些什么的，或许他将自己的行为看作是对下面这些小学童的亲切、友善，但对我们而言，这是一种痛苦、一种折磨，因为在他清嗓、咳痰、含混不清地念读完全不知所云的故事时，我们得安安静静地坐在那里。

另一个五十开外的老师，叫米克勒比斯特，来自西部地区的一个地方，住在黑斯岛（Hisøya），他执行的是一套铁的纪律。他的每一节课，我们不仅要列队站好，齐步走进教室，当我们到了教室里，还得站在课桌旁，他站在讲台旁边，慢悠悠地盯着我们，直到教室里鸦雀无声为止。那时候他就踮起脚后跟，鞠躬说，早上好，同学们，或是同学们，早上好，我们也以同样的方式回答一句早上好，老师，或是老师，早上好。在课堂上出现起哄的场面时，他会毫不留情地掴闹事学生的耳光，或是把他们提起来往墙上扔过去。他经常把他不喜欢的人赶出教室。他的体育课就是纯粹的队列操练。也有些与他们年纪相当的女老师，她们也有着严格的规范，有一层我们无法辨认的光环包裹着她们，这让我们自然而然地尊敬起她们来，但也常常对她们心生恐惧。我记得，有一次我说了句不该说的话，被她们中的一个揪着头发拎了起来，要不就是轻一些的惩罚——给家长写字条，课后留校或者早上提前到校的处罚都难以实施，因为那样就不能坐接送的公共汽车了。除了这些有的已经在那里教了一辈子书的老年教师，也有新一代的老师，年纪跟我的父母差不多，或更年轻。我们的老师，海尔加·托格森，就属于其中的一位。她被称为“和善”型，这就是说她绝没有严厉地惩治过违反规则的人，从不发怒，从不喊叫，从不出手打人或拉扯人，总是通过和同学对话来解决所有的矛盾和问题，态度安详、平和地掌控、把握全局，她更愿意以私下的样子，而非自己教师的角色来处理问题，她私下的样子——和朋友一起外出或同自己刚结婚的丈夫在家时——与她在课堂上的样子，两者之间的差别不大。她不是唯一一个属于这种类型的，所有年轻的老师都是如此，他们就是我们喜欢的那种老师。学校的校长也属于年轻的一代，他叫奥斯蒙森，年龄三十岁左右，留着胡髭，体格强壮，跟爸爸不太一样，但我们也害怕他，或许绝大多数人都害怕他。不是因为他做了些什么，就只因为他是他。进他办公室的人一定犯了什么严重的过失。虽然他没有日常的教学工作，虽然他会像某种幽灵似的出现在学校里，但我们对他的畏惧一点都没减少。他是个传奇人物——这也是另一个理由。前一年，在距离岛东面的山崖只有几米远的地方，发现了一艘贩运奴隶的船。它于1768年沉入海底，所有的报纸，甚至电视节目都报道了这个发现。奥斯蒙森校长就是当时发现这艘船的三位潜水员中的一个。对我来说，潜水员的地位要高于所有从事其他行业的人，除了航海家，潜水员是我能想象到的最强大的人物了。就像是有个宇航员在当我们的校长一样令人振奋。在我画画的时候，除了画帆船之外，就画潜水员和沉船，渔夫和鲨鱼，一张接着一张。那个时候，要是我看了电视里播出的《自然世界》中的一个节目，有关潜水员行走在珊瑚礁上或在鲨鱼笼里，就能和别人谈论上好几星期。而他，这个长着胡须的男人，一年前手里举着一根象牙，冲破海面而出，那是他们从发现的那艘贩运奴隶的沉船里完整地取出来的一件东西。

在我们上学的第二天，他就已经来了我们教室，讲了一点有关学校规章制度的事，他走之后，女老师说，过不了多久他会再来，给大家讲讲有关他参与打捞沉船的事。当他在教室里时，她紧靠窗户站着，两手背在身后，一直笑眯眯的，当校长如约而至，两周以后再来到教室里时，她同样地还是那样。对他将要讲述的那些事情，我真是万分迫切、急不可待，但当我知道了沉船躺在水下不过几米深的地方时，又有些许失望。这大大地削减了这事在我心里产生的效果，我期待着的是它躺在或许百米之深的海底，潜水员们不得不抓着绳索喘口气，再接着向水面前进，或许加在一起得花一个多小时的时间，那是水底部气压高的缘故。在黑暗中，潜水员们的电筒发出了晃动、变幻着的光线，或许会有一艘小型潜艇或是潜水钟。但事实上，它只是在浅水地带，就在人们游泳的脚下面，任何哪个穿脚蹼、戴潜水面罩的男孩子都能抵达的地方吗？另外他还把那时的照片展示给我们看，他们有一艘停泊在一段距离外的小湾里的潜水船，他穿着湿漉漉的衣服，背着潜水瓶，他们有过精心、周密的计划，有旧地图、一些文件资料和另外东西为证。

爸爸有一次几乎要上电视了，他们采访了他，走了该走的一套流程，是有关政治的话题，但当我们坐在那里看新闻节目时，没有看到一条是有关他的，为了看这个，第二天我们大家又坐在一起看新闻，但他也没有出现。但他确实上过一次广播节目，是和一次邮展有关的采访，我忘掉这事了，那天当我回家时，节目已经播完了，被他好一顿数落。

在一开始的时候，许多老师对我的名字都有点困惑，他们是我父亲的同事，觉得叫我的名字就像在叫他一样，但他们都认识我，因为我是我父亲的儿子，这一点我很喜欢。从第一天上学开始，我就尽最大努力要做到最好，因为我想做班上最棒的一个，但同时也因为我希望我父亲会听说我有多么的优秀。

我热爱上学。我热爱在学校里发生的所有事，和发生着各种事的一个个房间。

我们的座椅又矮又旧，铁管子的椅腿，两块木板，一块用来坐，另一块是可以依靠的椅背，我们的课桌，被以前所有曾经坐在这个座位上的人使用过之后，上面已满是坑坑洼洼的褪色。黑板、粉笔和海绵块；从女老师手里握着的粉笔下流泻出来的，一个O，一个U，一个I，一个E，一个Å，一个Æ，都是洁白的，就跟她的手一样。当老师把干硬得像骨头般的海绵块放在水槽里的时候，海绵的颜色变深了，膨胀了，湿海绵将在黑板上写下的一切抹去，几分钟之后，黑板又是干干净净的，恢复到了原本的墨绿色，这时候我心里会产生一种愉悦的感觉。女老师有卡姆岛（Karmøy）口音，短发，戴着一副大眼镜，穿衬衣和裙子，她给我们讲述一切，又向我们一一问询。我们将学会不在课堂上七嘴八舌，或者不能自己随便开口讲话，只有在我们举手、她指着你或是向你点点头时，才可以说话。一开始，班上人举起的手跟树林一般多，我们没耐心地把手前后挥动着，有人还叫着我，我，我，因为她问的都是些不是很难的问题，所有的人都能回答。然后就是课间休息，学生便可以为所欲为了，所有的孩子都在那里，他们一大堆人聚拢又散开，各种玩耍活动骤然开始又随即完结。教室外走道里供我们挂外套的衣帽钩，十年来清洗时用的绿肥皂的味道，厕所里的尿味，牛奶柜里的牛奶味，在教室里同时打开的二十个午餐盒里不同的食物的味道。值日生制度是这样的，每人轮值一周，值日生要负责把各种该分发的东西分发出去，课后要擦黑板，课间吃东西的时候要去领取牛奶。轮到值日的人会有一种感觉。当所有的人都坐在教室的时候，你一个人走进过道里，那时候的走道是空荡荡的，两边墙上的衣帽钩上挂着外套，人顺着走道往下走去时，两旁教室里传出了低语声，白日的光线让乙烯基地板发出黯淡的微光，再说那太阳，空中光线里显现出了千万尘埃微粒，像是一个微型的银河系。一道门被推开了，另外一个跑出来的男孩可能会将这长长的过道里的气氛完全改变，他仿佛把所有的注意力，及其内里所含的意义一起带走了：突然间只有他是中心。仿佛他带走了这所有的气味，所有的尘埃，所有的光线，所有的外套和所有可能有的一切——犹如天空中的一颗彗星，人可以这样想象，途中所有一切微小的东西都被席卷一空，被吸进了这长长的——相对那光灿无比的中心而言——黯淡发白的尾部。

我热爱盖尔来拉响门铃的那一刻，然后我们就晃悠着朝上面的超市那走去，那里的竞争已经开始了，你要早早地去集合的地点，为的是尽可能把书包排在靠前的位置，这样你就可以选择公交车上的最佳座位。我也热爱待在商店前，看来自各个区域的那些孩子三三两两地走进来。他们其中的一些来自下面的老蒂巴肯，还有一些来自山另一边的平原地区。我特别喜欢看安妮·莉丝贝特。不仅因为她有着乌黑的、发亮的头发，她也有一双漆黑的眼睛和又大又红的唇。她总是那么的快乐，很爱笑，还有她的眼睛，它们不仅漆黑幽深，而且还闪烁着光芒，好像她体内蕴藏着那么多的欢乐，那些喜和乐始终充盈着她的周身上下，无处不在。她那个红头发的女朋友叫佐尔法伊格，她们俩是邻居，总是形影不离地黏在一块儿，完全跟我和盖尔一样。佐尔法伊格脸上没有血色，长着雀斑，她说话不多，但她的眼睛很温和。她们住在蒂巴肯最上面的一个住宅区，那一带我只去过几次，那里的人我一个也不认识。安妮·莉丝贝特有一个小一岁的妹妹，一次在班上，当轮到她说说有关自己的事时，她讲出来的，还有一个比她小四岁的弟弟。班上的另一个男孩也住在那上面,他叫维姆德，有点肥胖和谨慎，或许还有点迟钝，是跑步时会掉在最后的一个人，体质最弱，扔东西的姿势跟女孩子一样，踢足球很糟糕，读书认字不行，但喜欢画画，最喜欢做的事情是坐在室内。他的母亲是个大块头，一个身体强壮、精力充沛的女人，有一双生气的眼睛和刺耳的嗓音。他的父亲瘦小，脸色苍白，走路要用拐杖，他有一种肌肉病，还得了血友病，维姆德很自豪地说。血友病，这是什么呀？有人问。就是说会流血不止，维姆德说。当爸爸有了伤口后就开始流血，它绝不会止住，血就这么流呀流，他就得服药或是到医院去，要是不这样，他就会死掉。

安妮·莉丝贝特，佐尔法伊格和维姆德的附近住着很多其他的孩子，比我们大或是小一两岁，当我们开始上学时，他们就这么突然地进入了我们的世界。班上所有那些来自其他片区的孩子，也是一样突然地出现了。就好像幕布拉到一边后，我们以为看到了整个舞台，但实际显现出来的仅仅是舞台的前台。山那边的房子，我们从山坡顶上可以看到房子前面花园的草坪，似乎为了平衡的缘故，在垂直向下的——或许有五米之高的——白色院墙最上方，是一段绿色的篱笆，这不只是一栋房子而已，这是西芙 · 约翰内森居住的房子。再往里五十米，就是茂密的树林了，沿着路走到底，住着斯韦勒，盖尔 · B. 和埃温，再往下——完全像是另一个地带，另一个世界——住着克里斯廷 · 塔玛拉，玛丽安和阿斯盖尔。

人人都有属于自己的地方，人人都有自己的朋友，但在盛夏的几周时间里，一切都对我们敞开。在同一时间里，全新和熟知并存着，我们彼此都相差无几，干着相同的事，互相之间的一切都是公开的，不藏着掖着。同时，每一个人又有完全属于自己的那方天地。索尔维,她是那么的胆怯,几乎不能开口说话。温妮，她和自己的父母、兄弟一起，每个星期六在市场上干活，他们卖自己栽种的蔬菜。维姆德的父亲拄着拐杖。克里斯廷 · 塔玛拉的眼镜的一个镜片上遮着胶布。盖尔 · 哈康，一向天不怕地不怕，但站在黑板前时会突然扭过身，感到难为情。达格 · 马格纳总是咧着嘴傻笑。出生的那会儿，盖尔身上抹了最后的一滴油[1]，因为他们以为他活不了了。阿斯盖尔身上老有股淡淡的尿臭味儿。玛丽安比男孩还要强壮。埃温会写会念，足球踢得很棒。特隆个子小，闪电般的敏捷。佐尔法伊格很会画画。安妮 · 莉丝贝特的父亲是个潜水员。还有约翰，他的叔叔比所有人都多。

---

[1] 罗马天主教神父对病患者（尤其是绝症者）使用的一个祝福动作，在其额头和双手上抹上一点油。

一天，我们结束了学校的三节课，公交车在十二点钟时把我们载到了超市那里，盖尔和我跟着约翰一起在回家的路上走着。太阳照耀着，湛蓝的天空，尘土在干燥的道路上飞扬。当我们来到约翰家的房子前时，他问我们是不是愿意上去喝点果汁。我们愿意。跟在他的身后，我们往上走到了阳台，扔下书包，我们在摆放在那的塑料椅子上坐下来。他打开通向屋里的门,喊道。

“妈妈，我们要喝果汁！有我班上的同学来了！”

他的母亲从门里出来了。她穿着一身白色的比基尼，被太阳晒黑了的皮肤，深棕色的长发。脸的上半截被一副很大的墨镜完全遮挡住了。

“真是太好了，”她说，“我去看看，给你们弄点果汁来。”

她往里走进了客厅，在一扇门后消失了。客厅里有点空荡。有点像我们家的客厅，但这里少了些家具，墙上也没有挂画。班上的两个女孩子从下面的路上经过。约翰弯下身去，在她们后面喊着，说她们像一对猴子。

盖尔和我哈哈大笑。

女孩子们没注意到，只是继续往下面的路走去。玛丽安娜，她长得比所有的男孩子都高，高高的额头，颧骨也高，一头浅色的长发垂直而下，就像她脸颊两边垂直落下的窗帘。有时候，当她发现了什么或是对什么拿不定主意时，额头上就出现皱纹，她的眼睛里会出现一种特别的神情，这是我喜欢看见的。她也会生气和反击，没有其他的女孩子会这么做。

约翰的母亲端着一个托盘出来了，上面有三个玻璃杯和一个装着果汁的水罐，她在我们每人面前放了一个玻璃杯，在杯子里倒满果汁。在红色的果汁上漂浮着的冰块互相挤得紧紧的。她长得不漂亮，但身上仍有一些让男人注意并且观看的地方。

“你在看我妈的屁股？”约翰说，高声大笑起来。

我不明白他是什么意思。为什么我要看他妈的屁股？这让我很难堪，因为他说得这么大声，她可能会听到的。

“没有，我没看！”我说。

他笑得更厉害了。

“妈妈！”他喊道，“到这里来一下！”

她来了，仍旧是一身比基尼。

“卡尔·奥韦看你的屁股！”他说。

她用手在他的脸颊上打了一下。

约翰仍旧在笑着。我看着盖尔，他望着空中，同时吹着口哨。他母亲进去了。我长长地吸了一大口，把果汁喝尽。

“你们想看看我的房间吗？”约翰说。

我们俩点点头，跟着他通过那暗黑的走道进入了他的房间。一面墙上挂着一张摩托车的广告，在另一面墙上，是一个几乎是裸体的女人，皮肤被太阳晒成橙色。

“这是川崎 750（Kawasaki 750）。”他说，“你们再喝点果汁吗？”

“我想不用了，”我说，“我得回家吃饭了。”

“我也是。”盖尔说。

出去的时候，狗朝着我们咆哮。我们在走下去的路上一句话也没讲。约翰在阳台上向我们挥手。盖尔也向他挥挥手。

为什么我要瞅约翰妈妈的屁股？她的屁股有什么特别之处是我得看的？为什么他冲着我喊？为什么他要告诉她？为什么她打了他一下？为什么在这之后他居然还在笑？为什么他妈打了他以后他还能笑？是呀，当有人在揍人时，总归不是件好事吧？

我看了看他母亲，我这么做的时候有点失策——因为她几乎是赤身裸体的，但没看她的屁股，为什么我要这么做？

这是我第一次去约翰家，这也将是最后一次。可以和约翰一起踢足球或者游泳，但他不是我们会去他家的那种朋友。所有的人都有一点怕他，因为虽然我们说他只是看起来很强悍，其实并没有那么强悍，但我们所有的人都知道事实上他就是强悍。他试图和比我们高一个年级的男孩子一起混，他是唯一被卷进打架中的一个，是唯一敢于和老师唱对台戏，拒绝照着老师们说的去做的一个。他在早上总是很疲倦，因为他被允许想多晚上床睡觉就多晚，当他像我们大家所做的那样，在课上叙述家里的事时，他总会提到有某个叔叔在他们家。他和我们都不会对这些叔叔的身份提出质疑，为什么我们会这样做呢？约翰有比我们其他人更多的叔叔。就是这么一回事。

几天以后，九月初的一个星期六，初秋里的一天，盛夏已然消退、失去了威力，田地里飘着浮尘，天很热，深蓝色的，第一批干枯的树叶几乎以一种对抗自然的方式飘荡、盘旋在空中，因为风依旧是温暖的，所有的脸上都有亮晶晶的汗水，就在这样的一个日子里，盖尔和我往建筑区域的上方走。我们带着各自的干粮和果汁，打算要去那条我们听说过的路，在这条长长的大路最末端，向左分叉的那条，就在到菲纳加油站去的那条小径附近。要到达那里，我们要经过一栋房子的地界，除了知道房主人可能会开口骂人之外，其余的我们就不太清楚了，因为春天里的一个星期天，我们曾在他地界上最边缘的地方踢足球，那里一面是山崖，另一面是一道溪流，半小时后他疾步向我们走来，在我们能听见他的声音之前，他就远远地对我们骂开了，同时还向我们挥舞着拳头，我们立刻拔腿就跑。但现在我们不是踢足球，只是要走过他的地界，顺着溪流走到那条小路上去。实际上这是一条很小的路，到处铺散着光滑的小石头，多数是白颜色的。一道栅门竖立在那里，我们把它推到一边，于是，我们发现了一个以前我们从未去过的地方。小径被浓荫遮掩着，两旁都是很高大的树木，几乎像是走进了一个隧道。往前走了一段后，小径拐了一个弯，那里有一座白色的山峰，在阳光下闪耀。走在山路上的那会儿，我们脚下踩着的石头一定来自这里。我们在山前站住了。这不是崎岖的、松动着的、像要断裂开的山崖——像一些炸裂后多孔的、松动的山岩，它也不是易碎或是粗粝、凹痕累累的，像人们走在树林里时看见的裸露着的岩石和大多数光秃秃的山崖，不，不是的，这座山完全是光溜溜的，几乎像玻璃，由许多倾斜的平面组成。这就是我们一直在寻找的宝石矿脉吗？它看上去真有点像。但这山所处的位置这么靠近建筑地区，其他人不可能没有发现我们可以发现的东西，我们是知道这一点的，但还是在口袋里装满了那里的石头。然后我们继续往下走去。溪水顺着这条路流去，从最高处往下流淌，浸入深深的峡谷，再更往下，在开始下山的路上，潺潺溪水呈阶梯状一级级地流淌而下。在溪流和小径大致处于相同高度的地方，我们试着修筑了个堤坝。把石头一块块地搬到那里，用苔藓把石块间的缝隙塞住，或许过了有半小时，我们成功地让水在小径上漫流开去。那时，我们突然听到一声枪响。我们互相看着对方。然后拿上我们的口袋，开始往下跑去。枪声，可能有人外出狩猎？几百米之后，小路到了尽头。它躺卧在深绿色的阴影中，是那些生长在两边的、高大且排列紧密的松树制造出来的阴影。大概距离那里只有百米远的地方，我们的那条柏油路在发着微光，我们停住脚，现在枪声听得更清楚了，它来自我们的左侧。我们在树木间穿行，走在柔软的、覆盖着蓝莓、石楠和苔藓的泥土上，上了一个很小的山冈，我们面前，往下或许只有二十米远的距离，一个巨大的、没有树木的、堆满了垃圾的空地，袒露在太阳光下面。

一个垃圾场！

树林里的一个垃圾场！

垃圾场那头的上空飞着几只海鸥。它们尖叫着盘旋在垃圾堆上方，好像它是一片海洋。它的臭气有点甜丝丝的，但又很刺激，停留在我们的鼻腔里。然后又是枪响声。声音不高，闷闷的，像一种爆裂。慢慢地，我们朝下面垃圾堆的边缘处走去，在那里，大约二三十米远的地方，我们看见了两个人，一个站在一辆报废的车旁边，另一个俯卧在一旁。两人手里都端着枪，对准垃圾堆。枪声之间是几秒钟的间隔。躺在地上的人站了起来，然后他们手里拿着枪，踩在垃圾堆上走出去了。我们朝他们刚刚站的那个地方走过去。成堆的垃圾高高低低，像起伏的原野和山冈，他们在垃圾堆间踩踏出了一个通道。他们穿着地道的狩猎者服装，靴子和手套。他们是成年人，但年龄不大。在他们的周围，我看见了报废车，冰箱，冷藏柜，电视，衣柜和抽屉柜。我看见沙发，椅子，桌子和灯盏。我看见滑雪板和自行车，钓鱼竿，吊灯，车胎，纸箱，木箱，泡沫塑料箱和一堆接一堆的、装得胀鼓鼓的塑料袋。在我们眼前的，就是一道由废弃物组成的景象。这个废物天地里最大的一部分是一袋袋的残剩食物和包装，这都是在所有的住户每天往外搬出去的垃圾桶里的东西，但在离我们站的地方最近的这一部分，以及在那两个人走过的地方——或许占总面积的五分之一，堆着些大件的东西。

"他们在打老鼠，"盖尔说，"看那儿！"

他们在那里站住了。其中一个提着老鼠的尾巴，把它举了起来。它的一面已经粉碎模糊，但看起来还是像是只老鼠。他拎着它挥动了几圈，撒手扔了出去，死老鼠在空中飞过，落在了几个塑料包上，滑进袋子之间。他们笑起来。另一个人向另一只死老鼠一脚伸过去，靴子尖塞到死老鼠下面，提起脚把它飞送出去。

他们又走了回来。明晃晃的太阳使他们眯缝着眼睛，他们和我们打招呼。他们长得像兄弟一样。

"出来兜圈儿呀，孩子们？"他们中的一个说。在一顶蓝色遮阳帽下的是卷曲的红头发，宽大的脸膛，厚嘴唇上方浓密的胡髭也是红色的。

我们点点头。

"逛到垃圾堆上来啦！是啊，一点没说错。"另一个说。除了头发颜色是金黄色外，他几乎就是一片纯白色，嘴唇上方没毛，这是他给人的第一印象。“你们要在这外面吃你们带的干粮，是吧？就在那儿的垃圾堆上面？”

他们笑了。我们也笑了笑。

“我们射击老鼠，你们想看看吗？”第一个说。

“想，很愿意。”盖尔说。

“那你们得站在我们后面。这很重要。明白吗？安静地站着不出一点儿声，这样你们就不会干扰我们。”

我们点点头。

这一次，两人都躺在了地上。他们卧在那里很久，一动不动。我试着想去看他们在看的东西。但就在那时响起了第一声枪声，我看见了老鼠，在那边的地上，像是被一股骤然而起的劲风撕扯开了。

他们站起身来。

“你们想跟着到那儿去看看吗？”一个人说。

“这有什么好看的，真是！”另一个说，“一只死耗子！”

“我想看看。”盖尔说。

“我也想。”我说。

但老鼠没死。它躺在地上扭动着。身体上屁股的那一截几乎完全打飞了。其中的一个人用枪托对着老鼠的头使劲砸了一下，血肉飞溅，伴着咔嚓的一声响，那老鼠躺在那儿，不再动弹了。他用一种担心的表情看着那枪托。

“啊，我都干了什么。”他说。

“你想表现得强悍霸道一点呗，”另一个说，“走，我们走吧。你可以到车那儿去把这擦擦干净。”

他们又走向了那个“垃圾王国”，我们小跑着跟在后面。

“你们的父母知道你们在这里？”一个人说。

“知道。”我说。

“好，”他说，“那他们一定说过你们不能在这里捡东西吧？这里到处都是细菌和其他不干不净的东西，你们知道吧。”

“是。”我说。

“好！再见，孩子们！”

几分钟以后，在下面路上的一辆车开走了，又只有我们两人了。一时间里我们只是在那里跑来跑去，看那些垃圾、废物，把袋子倒空，弄翻柜子，看它后面是否有什么好东西，同时我们一直互相向对方呼喊着，展示我们发现的东西。一个装着很不错的，几乎是新杂志的袋子，是我最大的发现，其中有《天宝》和《克星》，《特克斯·维勒》简装版，然后还有些小的、长方形的六十年代的牛仔画报。盖尔找到的是一个扁平的手电筒，一小块上面是鹿的绣品和两个童车的轱辘。我们不想再找下去了，于是就带着我们发现的东西，坐在长满石楠的地上吃点心。

盖尔把纸捏成一团，用尽最大力气，把它朝前扔了出去。原想着纸团大概会在垃圾堆中央落下去，但那时它恰恰遭遇到了一股风，那轻飘飘的纸团连垃圾堆的边缘也没够着，就落在了石楠上。

“我们拉泡屎吧，你说呢？”他说。

“行啊，”我说，“在哪儿？”

“不知道。”他说，耸了耸肩头。

我们在树林里走了一会儿，寻找着合适的地方。把屎拉在垃圾堆上是不合适的，那里到处乱七八糟、杂乱不堪，冒出这样的念头有点奇怪，因为我们在这里说的就是垃圾堆哟。但垃圾，是发亮的塑料袋和纸箱，是不需要了的各种电器、设备和成堆的报纸。垃圾堆里的那些软乎乎的和粘腻的东西是包裹在袋子里的。所以我们应当到树林里去找地方来解决问题。

“瞧那棵树！”盖尔说。

一棵巨大的松树翻倒在那边的地上，或许就十米的距离。我们爬上树干，扒下裤子，把屁股伸出去的同时又紧紧抓住它。盖尔刚刚撅起屁股，大便就拉了出来，悬挂在了树干的一侧。

“瞧见了吧！”他说，笑了起来。

“哈哈哈！”我笑着，同时试着有点新意，屎垂直落下，就像飞机在一座城市上空扔下的炸弹。拉出来的屎越来越长的感觉太痛快了，瞬间它就挂在那里摇晃起来，最后脱离，重重地落在地上。

我通常要把大便留好些天，不仅仅是为了要使粪便变多变大，也是因为这个感觉很好。当我真的要拉屎时，那种迫切感使我没法直直地坐着，而是必须得俯身向前——紧接着，这美妙无比的愉悦感觉传遍全身，若是我一鼓作气，不中途泄气的话——同时尽可能使劲地把屁股的肌肉收紧，试图使大便回到原位。但这是个危险的尝试，因为要是人多次这么做，大便最后就会疲于此行，之后几乎就很难把它拉出来了。啊，上帝，像这种粗大的屎要出来的时候，会有多疼啊！实际上，这是痛苦不堪、难以忍受的，疼痛会充满全身，一种像是爆炸一样的疼痛，哦哦哦唉哟哟！那时候我就会大呼小叫起来，哦哦哦唉哟哟，那时候会有一种爆裂般的疼痛，突然间，它就出去了。

啊，天哪，那时候真是太痛快了！

那时候我的周身上下都有一种畅快淋漓的感觉！

痛苦结束。

大便掉进马桶。

我整个人平和安静下来了。是啊，那种平静的感觉几乎让我不想站起来擦干净屁股，而只想坐在那里。

但值得这样做吗？

面对拉一次这种大屎的情况，我可能要来回踱步，担心一整天。我不愿去上厕所，因为它会把我弄得那样的疼哟，但要是我不上厕所，就只会加倍地疼痛。

所以我就坐了下来。在那里等着，到来的将是一种下地狱般的钻心疼痛！

有一次我是那么害怕那种疼，于是试着找到另一种让大便出来的方法。我稍稍欠起身子，把手指插进肛门里，尽可能地往里插。那儿！屎就在那儿。像石头一样硬！当它还处在原地时，我开始用手指向前向后地一阵鼓捣，试着把通道弄得通畅些。同时我也使了一点劲，就这样，一点一点的，我把这屎块完全弄到了肛门口。啊，当最后这一截出来时，还是感到了疼痛，但没那么疼了。

这也是一种方式！

整个手指成了棕黄色，这倒不要紧，这颜色是可以洗干净的。最糟糕的是这气味，因为虽然我搓呀洗呀，但一整天和一整晚，手指上还是会有轻微的屎臭味，甚至第二天早上我醒来时，还能闻到那股味儿。

所有的这些利与弊都得加以权衡。

当盖尔和我拉完屎，用各自的杂志擦干净屁股后，我们就走下去看结果。我的那份里掺杂着绿色，很松软，已经在地面上流散开了一点。盖尔的那份是浅棕色的，它其中的一端有黑色的一溜，看起来比较干，更加有形状。

“这不太怪了吗，我的不难闻，而你拉的屎臭气熏天？”

“你的屎才臭气熏天！”盖尔说。

“我的才不臭呢。”我说。

“啊，真他妈恶心！”他说，用手指捏紧了鼻子，同时用一根长树枝在我的那滩屎里搅。

几个苍蝇在上面飞旋。它们身上也是绿莹莹的颜色。

“啊，不要，”我说，“我们走了吧？要不，下礼拜六我们可以来看看它们怎么样了？”“那时候我不在。”他说。

“你要去哪里？”

“到里瑟尔，”他说，“我想，我们要去看一条船。”

我们跑起来，拿着我们的东西，开始往回家的路走，盖尔一手拿着一个车轱辘，我提着满满一塑料袋的杂志。我让他发誓，回家后不要说出我们去过的地方，因为我料到，若是他们知道了真相，是不会允许我们这么做的。对杂志的事情我也想好了该如何解释，那是我向住在另一片住宅区的一个叫约恩的人借的，假如爸爸发现了杂志，并且问起的话。

我一走进过道，就立刻静静地站在那里。听上去没有什么异常，我弯下身去，开始解鞋带。

然后走进里面那道门。我脱下一只鞋，把它靠墙放下。第二道门开了，爸爸站在了我面前。

我把第二只鞋脱下，立起身子。

“你去哪儿了？”爸爸说。

“树林里。”

我突然想到了我的那个解释，于是又做了补充，眼睛望着地板：“然后到了高坡顶上。”

“袋子里是什么？”

“一些杂志。”

“你在哪儿弄到它们的？”

“我从一个叫约恩的人那儿借的。他住在那上面。”

“让我看看。”爸爸说。

我把袋子递给他，他朝里面望了望，把一本《特克斯·维勒》的简装版拿了出来。

“这个我拿了。”他说，又走进了他的办公室。

我走了进去，开始上楼梯时，他又叫我了。

他发现什么了吗？或许他从那书上闻到了垃圾的气味？

我又转身走下来，腿是那样的软绵绵，几乎难以支撑我的身体。

他站在敞开的门里。

“你还没有得到这一周的零用钱，”他说，“英韦的那份他已经拿了。瞧这儿。”

他把一个五克朗放在我手里。

“啊，谢谢！”我说。

“B-Max 超市已经关门了，”他说，“要是你想给自己买点好吃的，可以到下面的菲纳加油站去。”

到菲纳加油站的路很远。先是很长的一段下坡路，然后就是那一长溜的草地，再就是穿过树林的很长的小路，往下是一条通向公路的碎石路，那美妙同时又是可恶的加油站就在那条公路上。坡路和草坪都不是问题，那里到处都是房屋，两侧都有汽车和人。最糟糕的地方是小径，只要人一走进去几米，就会消失在树林当中，那里既没有人，也看不到人留驻的痕迹。只有树叶，灌木丛，树干，花卉，有时候是沼泽，有时候是小丘上被砍倒的、横着的树，有时候是草甸。当我去那儿时，我就唱歌。一走到小径上，我就唱起来，“一只蓝色的小鸟在飞翔，这头熊在睡觉，我走过湖泊，我穿越大地”。在我唱歌时，仿佛就不是一个人了，虽然在那里，就只有我一个人。好像这歌就是另外一个男孩。我不唱歌时，就自言自语。想知道是不是有人住在另一边，我说。要不就想着这树林是否会永远存在、万世永恒。不，不会这样的，我们是居住在一个岛上的哟。那么所以，就应该有海洋。或许丹麦的渡轮现在正在海面上驶过？我要一些诺克斯甘草糖，和一些福克斯柠檬糖。福克斯和诺克斯，诺克斯和福克斯，福克斯和诺克斯，诺克斯和福克斯。

在右边的一丛丛树冠下，好像有一个敞开了的房间。那是落叶乔木，树木高大，构成的树冠是那么的稠密，导致下方的地面上植被稀疏。

我一走上那条砾石路，顺着它经过了那栋白色的老房子和红色的旧粮仓，听到下面主干道上传来汽车驶过的嗖嗖声，那时我就到达了目的地，那个气势壮观、光辉灿烂的加油站就在五十米外的地方。

那四个油泵以其惯有的问候方式，把手举到鬓角处。白色的巨大塑料牌上有蓝色的菲纳字样，在那高高的柱子的最上方有微光闪烁。一辆带着拖车的卡车停在那里，司机坐在里面，把手臂伸到了敞开的驾驶室窗口外面，和站在他下方地上的一个人说话。加油站的小卖部外停放着三辆轻便摩托车。一辆车正停在其中的一个油泵跟前，一个后面裤袋里放着厚厚钱夹的人走了出来，他拿起一个油枪，把枪嘴插进车的油箱孔里。我在他面前停住。油泵开始发出呜呜轰轰的声音，我觉得屏上显示的数字像是人的面孔，飞快地一晃而过。好像人在以疯狂的速度眨巴着眼睛。给车加油的同时，这人望着别的地方，在我看来他动作娴熟，无需眼到手到。人知道自己干什么时轻车熟路，这毫无疑问。

我朝小卖部走去，推开门。我的心脏狂跳起来，你完全不知道在那里面等着自己的是什么。会有人对你说些什么吗？来一段笑话，让其他的人哈哈大笑？

“我们的小克瑙斯高也来啦，”比如可能有人这么说，“今天你爸爸在哪里？他坐在家里批改作文？”

经常光顾这里的都是初中生。他们穿着牛仔衣，甚至是皮夹克，上面常常还缝有商标。可能是庞蒂克，或者是法拉利，或者是野马。其中一些人脖子上还缠着一块小方巾。所有的头发都长到了眼帘处。当他们不想让头发遮着眼睛时，就把头这么一甩。

他们一直吐着唾沫,喝着可乐。有些还把花生粒直接倒进瓶子里，这样他们就可以喝可乐吃花生一起来。几乎所有的人都抽烟，虽然这是不被允许的。他们当中年纪最小的骑自行车，年长些的骑摩托车，有时候他们一伙中年纪最大的男孩开着车。

邪恶就在这儿。摩托车，长头发，抽烟，逃学，打游戏，所有发生在加油站的这些事，全都是邪恶。

他们的笑声——有关我是小克瑙斯高的那些笑话是我的噩梦——是我所知道的东西里面最为可恶、可恨的。我又不能做出回应，只能低着脑袋、箭一般迅速地溜到柜台那里，买那些我到这里来买的东西。

“小小克瑙斯高害怕了！”那时他们可能这么喊道，假如他们的心情很好的话。因为他们也常常喊别为难他。你绝不会知道到底会怎么样。

这一次他们没找我的麻烦。他们中的三个站在一台游戏机旁，有四个围坐在一张桌旁喝可乐，还有三个涂脂抹粉的女孩，坐在那地方最里面的一张桌前，吃吃地笑着。

我用所有的钱买了福克斯和诺克斯，有好大一堆呢，售货员把它们装在一个透明的塑料袋里递给我，我紧赶着走了出去。

走上了碎石子路，太阳不再照耀，所以空气变得凉爽，我进入了小径。这一路上看起来还顺利嘛，我说，同时目光在所有树干间的空隙里扫视，为了看清楚那里面是否有动静。但我到底应该怎么办呢？我说。一样吃一块呢，还是先把所有的福克斯都吃光，然后再把所有的诺克斯吃掉？

突然，右面的灌木丛里响起了一阵窸窸窣窣声。

我站住了，盯着那里看。保险起见，我往后退了几步。

又是一阵窸窣声。

这可能是什么呢？

“嗨？”我说，“那儿有人吗？”

沉寂无声。

我弯下腰，把一块石头握在手里，向灌木丛那里狠狠砸了过去，然后我尽可能快地往上方跑去。当我停下来，看见身后什么也没有时，我笑了。

“揍不死你！”我说着，继续往上面走。

说到死人，最最重要的是别去想它们。把所有的时间都拿去想别的东西。因为一旦你想到鬼魂，它们就会在那里，比如就在那边松树的背后，当突然没有别的事可以去想的时候，人就会变得越来越害怕，越来越恐惧。到了最后，除了跑开以外，没有第二个办法，心脏在胸膛下面狂跳，仿佛有一声尖锐的嘶喊，在全身上下盘旋回荡。

虽然出来的这一趟进展顺利，但一直到走出了小径，一直到建筑区域所在的草坪在我眼前展开时，我的心里才完全轻松下来。

当我往前走时，天空已经十分清澈明朗，在田野的上方和道路那边的房屋之间，点染着一抹灰色。

我小跑起来。

沿着道路的一栋房子外面，站着两个女孩。当我走在草地上时，她们朝我这里张望着。然后她们向我跑过来。

她们想干什么呢？

她们过来的时候，我朝她们看着，但继续走着。

她们在我跟前站住了。

一个是汤姆的妹妹——他是这个住宅区里年龄最大的男孩子之一，有自己的汽车，红颜色的，闪闪发光——另一个我以前没有见过。她们至少有十岁了。

“你去哪里了？”一个说。

“去菲纳加油站了。”我说。

“你去那儿干什么？”另一个说。

“不干什么。”我说，准备要走。

她们移动着位置，这样我就没法通过她们。

“你那袋子里的是什么？”

“没什么。”

“有的，你有的。福克斯和诺克斯，我们看见了。”

“对，那又怎么样？我给我哥哥买的。他十一岁了。”

“把它给我们。”

“不……”我说。

其中一个——汤姆的妹妹——一把抓住了袋子。我把袋子扭转到一旁。另一个伸出胳膊把我推倒在地。

“给我袋子。”她说。

“不。”我说着，用两只手臂捂住袋子，同时试着站起身来。

她又推我一把。我摔得很远，开始哭起来。

“它们是我的！”我喊道，“你们不能拿走！”

“这么说，不是你哥哥的了？”其中一个说，抓住了袋子，把它从我手里夺了过去。然后她们在草地上尽可能快地跑开了，边笑边跑到了路上。

“它们是我的！”我在她们的身后喊道，“它们是我的！”

回家的路上，我一直抽抽噎噎地哭着。

她们抢走了我的糖果。这怎么可能？她们怎么能这样径直向我走来，把它抢走？这是我的！我从爸爸那里得到的钱，走了这么长的路才去的菲纳！然后她们就来了，一下子就把它拿走了！还推倒我！她们怎么能这样做？

当我快要到家的时候，我用毛衣的袖子擦干净脸，眨巴了几下眼睛，把头左右地甩了几下，这样就没人能看出我哭过了。

在我五岁的时候，一次，特隆的妹妹文克向我扔了一块大石头，正中肚腹。我开始哭起来，飞奔到我们家的院篱那里，因为爸爸在里面干活儿。我确信他会帮我，但他没有，相反的，他说文克只是个女孩，而且还比我小一岁，这没有什么可哭哭咧咧的。他说他替我害臊，我得反击，以牙还牙，这点我应当明白。但我不明白。大家不都知道扔石头是件不好的事？而反击，那不是更糟糕吗？

不，爸爸不这样想。他站在那里，目光严厉，两只手臂抱在一起，看着外面路上所有那些在玩耍的孩子们，点点头说我应当出去继续玩，别来烦他。

现在她们抢走了我的糖果，她们是女孩子。那就别指望从爸爸那里得到什么了。

我在走道里停下，聆听，脱下鞋，把它们靠墙放好，小心地走上楼梯，进了英韦的房间，同时心里想着所有那些失去了的福克斯和诺克斯，又是一阵新的伤心袭来，眼泪又开始顺着脸颊流下。

英韦俯卧在床上读一本《克星》，他的腿和脚都翘在空中。在他和杂志之间倒着一袋糖果。

“为什么哭呀？”他说。

我把发生的事情讲了一遍。

“那，你就不能跑吗？”他说。

“不能，她们拦住了路。”

“她们推你。你就不能推她们？”

“不行，她们比我大得多，也强壮得多。”我说，抽噎起来。

“为这事你也犯不着哭，”英韦说。“把我的分点儿给你会有帮助吗？”

“会……”我抽泣着。

“那，也不许多拿。就一点点。比如，这个和这个和这个和这个。或许还有这个。就这些。现在好点了吗？”

“好点了，”我说，“我也可以坐在这里吗？”

“你可以坐在这里，直到吃完你的那些东西。然后你就得走。”

“OK。”

我吃完了糖果，用冷水洗了脸之后，感觉好像又焕然一新。我听见了，妈妈在厨房里，她在做饭，里面的换气扇吹得呼呼响。我待在这上面的所有时间里，都没听到爸爸的动静，他肯定在下面的办公室里，这再好不过了。

我走进厨房，在椅子上坐下。

“你买星期六的糖果了吗？”妈妈说。她站在电炉跟前，等候着平底煎锅里——应该是肉馅——的东西。它在滋滋地响。另一个电炉盘上放着一只锅，在换气扇的呼呼声响中，几乎听不到里面的声音。

“是的。”我说。

“你一直走到下面的菲纳加油站？”

她一直这么称呼，说“菲纳加油站”，绝不像我们那样只说菲纳。

“是，”我说，“我们今天吃什么？”

“我想，是烩肉酱和米饭。”

“加菠萝进去吗？”

她笑了。

“不，不加菠萝。是墨西哥风味的烩肉。”

“哦，是的。”

一个间歇。妈妈把一个袋子的上端撕开，把里面的东西抖进了肉馅里，然后在一个小量杯里量好水，倒进锅里，这还没做完，锅里的水就咕嘟咕嘟地开了，她把米倒了进去。接着她在桌子另外一边的一张椅子上坐下，把手摁在腰部，伸展身体。

“你到底在辅助治疗中心做什么工作？”我说。

“你知道的吧？你已经去过那里很多次了。”

“你照顾住在那里的人。”

“对，可以这么说。”

“但，到底为什么他们要在那里？为什么他们不能住在自己家里？”

对此她沉思良久。好的，她随便想多久都行，我早就开始想别的事情了，那时候她回答我了。

“住在那里的很多人，他们有恐惧症。你知道这是什么吗？”

我摇着头。

“当你对什么感到害怕，但又不知道你害怕的是什么。”

“他们一直都这样害怕吗？”

她点点头。

“对，他们是这样。所以我就同他们谈话。和他们一起干各种各样的事情，这样他们就不再这么害怕了。”

“但……”我说，“他们不是害怕一些特别的东西吗？他们就只是害怕？”

“对，恰恰就是如此。他们就只是害怕。但这都会过去，他们会康复的，然后他们就搬回家住。”

一个停顿。

“为什么你问这事？你是经历了什么事吗，你在想什么？”

“没有。是老师。我们要讲述自己父母做的事情。所以我就说了你在辅助治疗中心工作，她就想知道你在那里做了些什么。我不是完全清楚。但你知道盖尔说什么了吗？他说，他妈妈是在上班的地方教那里的人学系鞋带！”

“这说得挺好呀。那些她服务的人，不害怕什么，但他们在做我们认为是一件很自然的事时会感到困难。就像做饭、洗衣服。还有穿衣服。所以玛尔塔在那里的时候，就会在这些事情上帮助他们。”

她站起身，在锅里搅了搅。

“他们是蒙哥[1]是不是？”

“这叫，唐氏综合征患者，”她说，并且看着我，“蒙哥是个不好的称呼。”

“是吗？”

“是。”

下面一楼的门开了。

“我到英韦那儿去一趟。”我说，站起身来。

我没跑，但是尽可能快地走了。要是我在听到第一道门响的那会儿就开始走，我会来得及在爸爸走上楼梯看见我之前，走进英韦的房间。要是在听到第二道门响时才开始走，他就会看见我。

现在，当我听到他踏上第一级楼梯的声音时，我刚刚把身后的门关上。

英韦还躺在那里看杂志。现在看的是足球期刊。

“饭快好了吧？”

“我想是吧，”我说，“我可以借一本你的杂志吗？”

“请吧，”他说，“但你要小心爱护。”

爸爸从门外走过去了。我在放杂志的架子上那一大叠系列画报跟前弯下身。他在收集杂志，比如，他把《幻影》系列集中在文件夹里，我的杂志却是到处乱扔。他也是幻影俱乐部的成员。

“我可以借这整个文件夹吗？”我说。

“想都别想。”他说。

[1] 由染色体缺陷造成的一种先天性疾患，绝大部分病人有不同程度的智力障碍。

“那么，这单期的呢？”

“那个你可以拿，”他说，“但你一看完就要给我拿回来！”

星期六我们上午吃冷的米粥[1]，晚上吃正餐，最经常吃的是炖肉，这天我们总是在饭厅里用餐，而不是像平日一样在厨房里吃。每个人的位置那都摆放着餐巾。爸爸和妈妈喝啤酒或葡萄酒，我们喝布鲁斯[2]。用餐完毕，我们就看电视。他们最经常看的是奥斯陆一个演播室里播放的百老汇式的表演，女人们穿着带网格的丝袜，西服上衣，还有手杖和帽子，男人们抽烟，戴着雪白的围巾，也有手杖和帽子，他们从一道白色的阶梯上走下来，同时唱着一首接一首的歌。《纽约，纽约》是常常听到的一首。妈妈最喜爱的索尔维 · 王经常在舞台上出现。另外几个叫作莱夫 · 尤斯特[3],阿尔韦·奥普萨尔[4],达格·弗罗兰[5]的人也常常在星期六的电视节目里出现。文克 · 米勒[6]通常表演小品，扮演一个幼儿园的小女孩，还有欧洲年度歌唱大赛，除了足总杯决赛，欧洲杯决赛和温布尔登网球公开赛之外，它就是全年电视节目的亮点。

这个晚上，一个衣衫褴褛的人坐在屋顶上，以极为低沉的嗓音唱着一首歌。他唱着“Oul man rivå”[7]。我整个晚上都在哼着这首歌。刷牙的时候，我唱着“Oul man rivå”，脱衣服的时候，

---

[1] 由大米，牛奶熬的粥，加奶油，糖和肉桂一起食用，一种很传统的挪威食物。

[2] 一种用汽水和果汁调制而成的饮品。

[3] Leif Juster（1910—1995），挪威知名演员，歌手，剧院总监。

[4] Arve Opsahl（1921—2007），挪威知名演员，歌手。

[5] Dag Frøland（1945—2010），挪威知名演员，歌手和导演。

[6] Wenche Myhre（1947— ），挪威知名女演员，歌手。

[7] 原文应为“Ol’ Man River”，美国黑人歌曲《老人河》。

我唱着“Oul man rivå”，当我躺在床上要睡觉的时候，也唱着“Oul man rivå”。

妈妈和爸爸把拉门关上了，他们坐在客厅里聊天，抽烟，听音乐，把晚餐酒瓶里剩下的酒都喝掉。在歌声的间歇中，我可以听到一点爸爸咕哝着的抱怨声，听到妈妈保持着平静，说了些什么，但听不清具体的内容。

我睡过去了。当我再次醒来时，他们还在里面讲话。难不成，他们要谈一晚上？我想着，又再次睡去。

温暖，晴朗的九月里的日子，是夏季最后的奋力一搏，因为转瞬之间，一切便会改变，这地方的雨季要来临了。T恤衫和短裤换成了毛衣和长裤，清晨的时候还要披上外套，当秋雨连绵不绝时，就要穿靴子、雨裤和雨衣了。小溪里雨水满盈，下面的砾石路上到处都是水洼，人行道边缘上湍急的水流冲走了泥沙、小石子和松果，裹挟着它们一同远行。在户外游泳的日子结束了，人们不再在周末驶着自己的船外出游玩，现在在码头上来来往往的船都是为了打渔。爸爸也把自己的那套钓鱼装备找了出来，鱼竿，鱼线轴，金属的鱼饵，大鱼钩，他会在周末穿上深绿色的雨衣，把车开到岛的外侧，一个人几小时几小时地站在那里，为了等待冬季的半年里会有的大鳕鱼。就在这段时间里，游泳课开始了，这确实是再恰当不过了，因为当户外有太阳晒着的时候，一想到要到室内游泳池来游泳，就会觉得很怪，甚至几乎是违反自然、不合情理的。游泳课会持续整个秋天，在每星期二晚上，班上所有的人都报了名。那天早上我起床以前，妈妈就要去上班，所以前一天晚上我就提醒了她，让她在回家的路上给我买游泳帽。我们早就应该办这件事了，但到了最后还是没去买。所以，当我听到她的汽车开上坡时，就立刻跑下楼，在走道里等她。她穿着大衣进来的，手提包挂在肩头，她看见我时疲倦地笑了笑。没看见她提着什么运动商店的袋子。或许在手提袋里？游泳帽又不是很大。

“你买的游泳帽呢？”我说。

“哦，真是的，你知道吗？”她说。

“你忘买了？你可是不能忘记这事的？游泳课是今天，今天！”

“我是知道的。下班回家的路上我在想别的事。但你知道的……什么时候开始？”

“六点。”我说。

她看了一下表。

“现在是三点半。商店四点关门。我现在去买还赶得上。我这就去。告诉爸爸，我一个小时后回家，你愿意吗？”

我点点头。

“那你赶快呀！”我说。

爸爸站在厨房里煎牛肉饼。电炉上方的空气当中有一圈油烟。煮着土豆的锅上，锅盖在蒸汽的压力下砰砰作响。他开着收音机，背朝外站在那里，一手拿着锅铲，另一只手支撑在案桌的边沿。

“爸爸？”我说。

他猛地回过头来。

“怎么？”他说。他看着我：“你要干什么？”

“妈妈一小时后回来，”我说，“她说要我给你说一声。”

“她不是回来了吗，然后又出去了？”

我点点头。

毫无疑问，他看着我的眼神里有恼怒。但情势还没有完全明了，我不能这么转身就走。

然后他朝我房间的方向点了点头，我走了进去，很高兴他就这么放过了我。

十分钟以后，他叫我们到厨房去。我们从各自的房间里溜了出来，把我们的椅子从桌边重重地拉出来，坐下，等着爸爸把土豆，一块牛肉饼，一小堆煎成了棕色的洋葱和一些煮的胡萝卜放在我们的餐盘里，然后我们开始吃起来，腰板挺直，身子端坐，只有手臂的下半部，嘴和头部有动作。吃饭的过程当中没有一个人说话。当餐盘空了——除了骨头和土豆皮，我们说谢谢食物之后，就回到自己的房间去了。爸爸在厨房煮咖啡，通过从那里面传来的声音，我知道了这点。在这一切结束后，他就到下面的办公室去了，我相当肯定，他手里一定有一杯咖啡。我躺下来看杂志的同时，一直留意着房子外面的声响，开过去的汽车马达的轰鸣声，当妈妈的车从下面很远的路上拐进来的同时，我就听出来了，我绝不会听错这甲壳虫车的声音，但如果是我听错了呢，几秒钟后，车开进了环形路，这时我才确信我没听错。我站起来，走到了楼梯上方的过道上。因为爸爸去办公室了，这就是等候的最佳地点。

门开了，我听到她先脱下靴子，然后是外套，把它挂在了角落里的衣架上，在下面楼梯上的脚步声开始响起，我的视线也随着她的动作而移动。

“你买到了吗？”我说。

“是，一切顺利。”她说。

“让我看看？”

她把她手上拿着的那个白色 Intersport 的袋子递给了我。我把它打开，取出了游泳帽。

“妈妈，这上面有花！”我说，“我可不要有花的那种！这不行！这是女的游泳帽！你买了一顶女式游泳帽！”

“那，这不挺好吗？”

我站在那里，眼睛看着地上，眼里出现了泪花。这是顶白色的，上面绣了花的帽子，不是那种印在面料上面的图案，而是小小的，用塑料做成凸起的那种花纹。

“你得马上去把它换了。”我说。

“你觉得，有这么糟糕吗？”她说。

“我可不能戴着它去游泳。我不去。我待在家里。”

“哦，卡尔·奥韦。”她说。

现在我的泪珠沿着脸颊滚了下来。

“你是那么喜欢去上游泳课的哟，”她说，“这帽子上有点花儿没有多大关系吧？你就不能戴它吗？下一次我们再买顶新的。我可以用这个。我需要一顶游泳帽。我觉得这花儿挺好看的，我真的这么觉得。”

“你什么都不懂，”我说，“这不行的。这是顶女泳帽！”我几乎吼叫道。

“现在我觉得你有点不近人情了。”妈妈说。

就在这时，爸爸办公室的门又打开了。像这样的状况，他能够从几公里远的地方嗅出来。我飞快地擦干眼睛，把帽子放回袋子里。但到底还是晚了，他已经在楼梯转弯的平台上。

“怎么啦？”

“卡尔·奥韦不喜欢我给他买的游泳帽，”妈妈说，“所以现在他死活不愿意去上游泳课。”

“胡闹！”爸爸说。他走上楼梯，用手把我的下巴抬起来。

“拿上你妈给你买的这顶游泳帽去上游泳课。明白吗？”

“明白。”我说。

“别为了芝麻大的事儿就哭鼻子。一副可怜虫相。”

“是。”我说，又用手在我的眼睛下方擦了擦。

“回到你房间去，待在那儿直到你们走。就这样。”

我照他的话做了。

“为了买这个，你就又回了城里一趟。”当他们向厨房走去时，我听见他这么说。

“他为这游泳课的事已经高兴好久了，”妈妈说，“这算不了什么。我已经答应过他。然后又把它给忘了。”

一小时以后，妈妈进来带我走。我们向下走到了过道里，我已经决定了不再和她说话，一句话都不说，只是穿上我的靴子和雨衣。手里拎着装游泳裤、毛巾和游泳帽的塑料袋。当我打开门时，盖尔和莱夫·托雷在外面等着，手里提着他们的塑料袋。外面阴森森的，有点让人感到畏怯，空气里含着蒙蒙的雨丝。他们的头发是潮湿的，在门上方灯光的照映下，雨衣闪着光亮。

他们问候了妈妈，妈妈也问候了他们，然后他们跟在我们身后，快步走过小石子的路面。她打开车门，把前排的座椅向前推动，我们钻进了后排的车座。

她把钥匙插进锁眼，启动发动机。

“排气消音器有什么问题吧？”莱夫·托雷说。

“是的，是辆老车了。”妈妈说，调转车头，车向坡上倒退。雨刷在前车窗上缓慢地、一左一右地移动着。车灯照亮了道路那边黑魆魆的松树，好像它们向我们靠近了一步。

“盖尔会游泳。”我说。然后突然想到，我不应该开口说话的。

“那多好啊！”妈妈说。摁下转向闪光灯的指示杆，向右面的窗户投去迅速的一瞥后，把车拐上了公路，向前驶去，到下一个十字路口，她又重复了一样的动作，只是方向相反：现在抬起转向指示杆时，她朝左面扫了一眼。

“那么，莱夫·托雷，游泳你全学会了？”她说。

当我们正继续朝着桥的方向往上开的时候，汽车马达的轰鸣声被道路另一面突出的山崖壁撞了回来。桥杆顶部的红灯在黑暗里像燃烧着的红光。我想，一个不明就里的人，一定会认为它们飘浮在空中。

莱夫·托雷摇摇头。

“就会一点儿。”他说。

当我们的车驶上桥时，我看到瓢泼大雨中的黑暗开始把水湾和山坡连成了一片。它们之间仍然存在区别，因为较之静止的水面，大地的黑暗更为深沉、结实，而水上会有一种反光。向两面扩散开的光线，像是悬挂在远处飘浮着的空气中，几乎像是漫天星空里的星星，但靠近些时景物则完全是光明的，这光明将它们与周围微光朦胧的一片区分开来，它们以一种全然不同的方式与大地上的景物固定、融汇在一处。到处都有灯笼绿色或红色的灯光在闪耀着，还有小灯塔发出的灯光。我们驶进路另一边的一个岔路口，马路的一边出现了房屋和花园，另一边则是厂房建筑，车灯照映下的黄色的厂房空荡无人，映衬着上方连绵不断垂挂下来的暗黑雨帘。前车窗上的雨刷忙碌着，雨下得越来越猛烈。莱夫·托雷说罗尔夫上的也是这一所游泳学校。老师是个四十岁的老女人，据罗尔夫说，此人很严厉。但罗尔夫话太多了。一旦他有机会骗莱夫·托雷，或者我们当中的任何人，他就逮着机会不放。我说我还没有游泳眼镜，但我在水下能看见，所以这不是问题。盖尔把他的眼镜给我看了。这是一副 Speedo 护目镜，蓝色的镜片，白色的松紧带。

“那，游泳帽呢？”莱夫·托雷说。

“爸爸的。帽子有点大！”盖尔说，他笑了。

“你爸爸有游泳帽吗？至少我爸没有。你爸呢？”莱夫·托雷看着我说。

“我想没有。几点了，妈妈我们来得及吗？”

妈妈举起左手臂，看了一下表。

“五点三十五分。所以我们的时间很宽裕。”

“为什么只有女人和小孩才用游泳帽？”莱夫·托雷继续发问。

“不都是这样，”我说，“游泳比赛也戴帽子。”

“下次我们有了钱，我要一顶白色的、上面有挪威国旗的游泳帽，”盖尔说，“爸爸今天答应我的。他还说当我真正学会了游泳时，我就可以参加一个游泳俱乐部。在城里的。”

“那我们就不能一起踢足球了？”我说。

“能的。可以两个都参加哟。”盖尔说。

妈妈在主干道上摁下转向闪光灯，车驶进了一条碎石路，路继续往上，到了那个处在黑暗中的学校，妈妈把车停在它的前面。

“我想就在那前面。”她说，指着那个低矮的建筑。

“是在那里，”莱夫 · 托雷说，“特隆和盖尔 · 哈康在那里了。”

“那，我就一小时过一点来接你们，”妈妈说，“祝一切顺利！”

我们拎着自己的包从车里翻了出来，朝入口处跑过去，同时，妈妈的绿色甲壳虫转了个弯，沿着我们来的路开走了。

更衣室里冷冰冰的，绿色的地板，白色的墙，天花板上的灯光很刺眼。沿着木板墙放着一排黄白色的长木凳，上方都有挂衣钩。五个男孩子出来了，他们说笑着，同时开始脱衣服。他们向我们问好。

“水池里的水很冷！”斯韦勒说。

“冰凉的。”盖尔 · B. 说。

“你们进去试过了吗？”莱夫 · 托雷问。

“那当然啦。”斯韦勒说。

我在长凳上坐下，把毛衣从头上褪下来。站起来脱下裤子。一丝淡淡的氯的气味让我充满愉悦。我热爱氯，我热爱游泳池，我热爱游泳。盖尔 · B. 、斯韦勒和达格 · 马格纳光着身子在淋浴。特隆和盖尔 · 哈康也跟在后面去了。我们必须执行一个很严格的规定，那就是进入游泳池之前，要先淋浴。我看着他们所有的人站在一个离喷头有着一定距离的地方，把他们的胳臂和肩膀伸展出去，动作非常小心，就像近旁有一个反复无常的野兽，同时，他们感受着喷涌出来的水流。当水足够热了，他们就站到喷头下面，所有的人都用背朝墙。他们的头发黏在额头上。我脱下了内裤，把衣服在长凳上叠成一堆，站着等了一会儿，直到盖尔和莱夫·托雷一切就绪。门开了,又进来了四个新的男孩,其中有约翰。他们个个都穿着衣服，而我是赤身裸体的，我不喜欢这样，所以就从袋里拿出香皂和毛巾，走进了淋浴室，走到了最后的那个喷头下，这是空着的三个位置当中的一个。很幸运，盖尔和莱夫托雷也紧跟着进来了。

啊，站在慢慢充满了水雾的屋子当中的热水喷头下，是件多么惬意的事！我可以永远站在那里。但是我的皮肤又变红了，每次我淋浴时，它就会变红，特别是臀部，在热水下痛痛快快地冲淋了十分钟之后，臀部会变得几乎有点像猴子的红屁股。别人不可能不留意到这个情况，对此不免要评论上几句，因此，几分钟后，在快速地检查了臀部的颜色后，我关掉了水龙头，擦干自己，走到更衣室去穿游泳衣。淋浴过后，我的臀部不仅仅是会变红，而且也会有点凸起。爸爸说我是个翘屁股。这话不假，但是对我来说,不让别人注意到这点并对此议论纷纷,是非常重要的。这样的事传播起来就像野火一样快。

我把双手放在膝盖上，在长凳上坐了一会儿，看着其他的那些人一个接一个地从淋浴室里出来，所有的人都是大大的头，浅色的头发，而现在被水打湿后，头发颜色变深了，显得皮肤格外的白，就在仅仅几周之后，被游泳裤和T恤衫勒出的明显印记就会开始消失，大家都会变得瘦骨伶仃的，班里没有胖子了，连维姆德也算不上了，他只是皮肤有点松弛，有一张圆脸，但他仍被叫作胖子，班里的胖子。每个班里都得有几个。在这阴冷的空气中，我手臂的皮肤上起鸡皮疙瘩了，我用手在手臂上一阵搓擦。试着找到氯气的气味充满身体的那种愉悦感，但我好像一点都找不到了，好像它已经被耗尽、用光，或者所有的一切都发生在了其他人的身上。

通过门敞开的一条缝，我看见游泳池里的灯都被打开了。

“开始了！”有人叫道。

还在淋浴里的人都赶紧走出来。其他的人都穿上游泳裤，戴上护目镜，游泳帽。

里面的口哨声响了。我从袋子里把游泳帽拿出来，把它揉成一团，攥在手里，走在盖尔的后面，约翰的前面，进了游泳池的大厅。女孩子们刚刚从另一边的更衣室里出来。游泳老师站在游泳池的边沿向我们挥手。系着一根带子的口哨挂在脖子上。她的手里有一张放在透明塑料夹里的纸。

她再次吹响口哨。最后的几个男孩子从更衣室里笑着跑出来。

“别跑！”她喊道，“在这里面是绝不允许跑的。很滑，地板也硬。”

她扶正了眼镜。

“欢迎你们来参加游泳课！”她说，“这个秋天我们会在这里上六次训练课，目的是让所有的人都学会游泳。因为今天是第一次，所以会轻松一点。首先我们在水里自由活动一会儿，然后我们在你们看见的那些垫子上训练游泳的基本动作。”

“在这上面？”斯韦勒说，“我们要在陆地上学游泳？”

“对，我们就是要这样做。所以我们要遵守一些简单的规定。在进入游泳池以前你们一定要先淋浴。你们还有谁没有淋浴的？”

没人应声。

“很好！现在都戴上游泳帽。谁也不许跑，就是在我们结束后也不能跑。不许任何人把别人摁到水下去。绝不允许！谁也不许跳进游泳池，我们总是使用你们能看见的、那边的两个梯子中的一个。”

“那，我们可以跳水吗？”约翰说。

“你会跳水吗？”

“是，会一点儿。”约翰说。

“不可以，不允许跳水，”她说，“即使不是‘一点儿’。不能跳，不能跳水，也不能跑。每一次我吹口哨时，你们就到我这里来。明白了吗？”

“明白。”

“那我们现在开始点名。当我叫到你们的名字时，你们就回答‘到’。”

安妮·莉丝贝特通常是第一个被叫到的名字。她站在最后面，穿着红色的游泳衣，笑着，是的，当她在回答的时候也几乎都是在笑。那时，一股气流传遍我的全身。同时我又担心着我的名字将被叫到——每一个被叫到的名字就像被切下的一片面包片，被搁置到一旁，这种方式真可气——我的名字在排队等候着。一般来讲，我是喜欢点名的，但那是当我们坐在课堂上，所有的注意力在那一瞬间都集中在我身上，那时我是多么响亮而又高声地回答“到”……但现在是另一种状况。

“约翰！”她说。

“到，在这里。”约翰说，挥动着举起的手。

她朝他投去一瞥，然后又垂下眼睛看着纸。

“卡尔·奥韦！”她说。

“到。”我说。

她看着我。

“你的游泳帽在哪里？你没带来吗？”

“在这里。”我说，握住游泳帽的手举起来了一点，好让她看见。

“那，你把它戴上吧，孩子！”她说。

“我情愿等到下水后再戴。”我说。

“在这里没有什么‘情愿’。把它戴上！”

我把帽子展开，在手里把帽子的两边分开，把它在头上固定好位置。不被发现是不可能的。

“看卡尔·奥韦！”一个人开口了。

“他戴的是女式帽！”

“那帽子上有花！那是那些老娘儿们戴的哟！”

“好了，好了！”游泳老师说，“这里所有的游泳帽都一样好。玛丽安娜！”

“到。”玛丽安娜说。

但他们是不会这么轻易放过我的。环绕着我的是嘲笑，推推搡搡和无礼放肆的目光。我头上的游泳帽好像在燃烧。

点名结束以后，大伙儿都尽可能快地走到游泳池角落的那两个梯子那里。冰凉的水，要紧的就是要尽快把整个身体浸入水下，我蹲了下来，身子往前一扑，一直到了最下面，沿着池底，手尽可能多次地向前划动。在水下我能游泳,问题是出在水面上。但那是什么感觉呀，身下离池底只有几厘米的距离，上面都是水！当我破水面而出，站起来的时候。我寻找着盖尔。

“你是借了你妈妈的游泳帽，是不是？”斯韦勒说。

“没有，这是没有的事。”我说。

盖尔和莱夫·托雷都带了自己的漂浮板，他们把板拿在手里，身子往前扑在上面，同时尽全力蹬着脚。我朝他们走过去。

“我们再往前走一段去潜水？”我说。

他们点点头，我们以一种缓慢，沉重的步子前行，人在水里走就是这样的，直到水深及我们腋下。

“你在水下能睁开眼睛是真的吗？”莱夫·托雷问。

“真的，”我说，“就让眼睛保持睁着，就是这样。”

“但这样会疼的哟！”他说。

“我的眼睛不疼。”我说，很高兴他给了我这种机会。我们试着做了一会儿像潜水员那样的潜水，就是人平躺在水面上，在空中上下快速摆动双腿。我们没人能做到这样，但盖尔的动作相当接近。在水下进行的这些游戏他样样都在行。

当口哨声响起，要我们到上面蓝色的薄垫子那儿集合，训练游泳的动作时，我几乎把游泳帽的事忘得一干二净。然后玛丽安娜向我走过来。

“为什么你戴一顶女式游泳帽？”她说,“你觉得花儿很好看，是不是？”

“有关游泳帽的事到此为止。”游泳老师说，她恰好站在我们背后，“明白了？”

“明白。”玛丽安娜说。

我们把腹部贴在垫子上，把腿向外蹬，手臂向外摆，像是苍白的、长得过大的青蛙。游泳老师兜着圈子走，纠正我们的动作。然后又让我们回到游泳池里，拿着自己的漂浮板练习腿的动作。我们像这样做了一会儿之后，时间突然就到了。我们在游泳池边集合，老师简短地表扬了我们，说了我们下一次将要学什么，并提醒我们一定要淋浴，之后我们走进了更衣室。我在长凳上坐下来，正要把游泳帽放进袋子里，这时候斯韦勒向前一跃，把帽子从我手里抢了过去。

“让我看看！”他说。

“不，”我说，“把它还给我。”

我把手向他伸过去，他又往回蹦去。他把帽子戴在自己的头上，开始走路，同时扭动着屁股。

“啊，我游泳帽上的花朵是多么的美丽。”他用女孩子的嗓音说。

“给我。”我说，站起身来。

他又往前扭了几步。

“卡尔·奥韦戴的女式游泳帽，卡尔·奥韦戴的女式游泳帽。”他说。当我朝他奔过去的时候，他用手拿着帽子在我面前晃着，身子往后退了几步。

“给我，”我说，“那是我的！”

我又向前逼近一步。斯韦勒把帽子扔给了约翰。

“卡尔·奥韦戴的女式游泳帽。”他唱着。我向他转过身去，试图把它夺回来。他抓住我的胳膊，紧紧钳住，同时拿着帽子在我的眼前晃动。

我开始哭了。

“我要我的帽子！”我喊道，“把它还给我！”

泪水几乎已经模糊了我的双眼。

约翰又把帽子扔给了斯韦勒。

他把它举到空中，打量着它。

“瞧这花儿有多美！”他说，“啊，它们真是美艳无比！”

“把帽子给他，”有人这么说了，“他在哭了哟。”

“啊，可怜的小乖乖，你想把这好看的帽子要回去？”他说着，把帽子扔回到了我的位置上。我走过去，把帽子放进袋子里，一把抓起毛巾，走进了淋浴间，在那温暖的热水喷头下站了很短的时间，擦干自己，穿上衣服，第一个走出了更衣室，把我的靴子穿上——它们和其他人的鞋一起放在外走道那里——打开玻璃门，走到了外面铺着沥青的空地上，地面上那些大的浅水坑显现了出来，只因为它们比沥青地面更加闪亮。那里空无一人。我朝学校那栋建筑物走去，它跟我们的学校完全一个样，那辆绿色的大众甲壳虫车准确无误地停在一个多小时前我们下车的地方。

我打开车门，坐到了后排的座位上。

“嗨。”妈妈说，向我转过身来。她的脸颊上有些亮光，那是挂在学校墙上方边缘处那盏像秃鹫一样的灯照的。

“嗨。”我说。

“一切顺利吗？”

“是的。”

“盖尔和莱夫·托雷在哪里？”

“他们很快就来。”

“那，现在你会游泳了吗？”

“差不多了，”我说，“但我们多数时间是在地上游泳。”

“在地上？”

“对，是在垫子上。练习划水动作。”

“啊，是用这种方法。”妈妈说，她转过身去。

她手上的香烟烟雾袅袅，在倾斜的挡风玻璃下停留、聚集成了一片浓厚的灰色。她又深深地吸了一口，然后抽出那金属的小烟灰缸，在里面把烟撳灭。汽车接二连三地开进了游泳馆。一辆车的车灯在沥青路上扫射，然后又是一辆。这两辆车都几乎开到了游泳馆的入口处。

“或许我得说声你在这里。”我说，打开了车门。

“盖尔，莱夫·托雷！”我喊道，“车停在这里！”

他们两人都朝我这边望，但没过来，他们还继续站在出口那聚集的一群人当中。

“盖尔，莱夫·托雷！”我喊着，“你们快过来！”

现在他们来了。先同其他那些人说了点什么，然后肩并肩、慢步小跑地经过了操场。他们手里晃荡着的白色塑料袋——这是在他们身上唯一的反射光——像两个脑袋。

“嗨，克瑙斯高太太，”他们说，坐进了后排的座位。

“嗨，”妈妈说，“开心吧？”

“是……是。”他们说。他们看着我。

“是呀，好玩极了，”我说，“但游泳老师太严厉了。”

“他严厉吗？”妈妈说，汽车开动了。

“是她，她严厉。”我说。

“哦。”妈妈说。

到雨虹的末端去寻找宝藏这一短暂且以失败告终的行动后的第四天，当我和盖尔，莱夫·托雷和特隆一起走上山坡、穿越树林时，我突然冒出了一个可以在那里的树木间游泳的奇妙想法，但在接下去的那个瞬间里，我又想到了我甚至还不会游泳。外公不会游泳，尽管他曾经还是个渔夫。至于外婆会不会游泳，我不知道，但我很难想象她在游泳的画面。

在摇曳的松树背后，云朵在天空里飞跑而过。

想想，现在应该是几点了？

“你戴着表吗，盖尔？”

他摇摇头。

“我有。”特隆说，把他的手往前一甩，再一个抬举，为了让衣袖自己落下，这样表就出来了。

“一点二十五，不，两点半。”他说。

“两点半？”我说。

他点点头，我的肚子一阵抽搐。星期六一点钟，我们要吃八宝粥。

坏了，坏了。

我开始奔跑起来，好像这还能挽救。

“你屁股上有虫在咬呀，是不是？”莱夫·托雷问。我扭过脑袋。

“我们一点钟吃饭，”我说，“得走了。”

往上走在那柔软的，铺满松针的土坡上，越过绿茵茵的小溪流，经过高大的云杉树，再上一个坡就来到家里的路上。妈妈和爸爸的车都停在那里。但不见英韦的自行车。他是不是回家吃了饭，然后又骑着车出去了？还是他也回家晚了？

这个想法支撑着一个在心底燃烧的微小期望——即使它完全不可能发生。

跨过这条路，我走上了车道。爸爸可能在房屋的背后，可能从房屋的拐角那儿走出来。可能站在过道里等着我，可能在下面的办公室里，听到我的声音时，会一把把门推开。可能坐在厨房的餐桌旁，等着我走上去。

我小心地把门在身后关上，静止不动地在那里站了几秒钟。我的头顶上传来有人走在厨房的地板上的声音。是爸爸的脚步声。我脱下靴子，把它靠墙放好，解开雨衣的纽扣，脱下雨裤，把它们拿到地下室的房间，挂在那里的衣钩上。我朝五斗橱上方镜子里的自己望了望。脸儿红红，头发蓬松，鼻子下面有一点亮晶晶的鼻涕。牙齿总是朝外翘出去。或是像别人说的，挂在外面晒太阳。我走上楼梯，走进厨房里。妈妈站在那里洗碗，爸爸坐在桌旁吃一些蟹钳。两人都望着我。装着八宝粥的锅子放在电炉上，插在锅里的橘黄色塑料勺把伸出一截，露在外面。

“我忘了，”我说，“对不起。我们在外面玩得太高兴了。”

“坐下，”爸爸说，“我可以想得到，你一定饿坏了。”

妈妈从橱柜里拿出一个盘子，在里面盛满粥，把桌上还没有收走的糖罐、奶油盒和装肉桂粉的玻璃瓶放在餐盘一旁。

“那，你们到哪里去了呢？”她说，“哦，勺你也得要一把。”

“在周围转了一圈。”我说。

“你和……？”爸爸开了口，但没有看我。他把那橘黄色的，带着一点点毛的，从蟹钳末端伸出来的白色尖角翻折到一旁，把蟹钳放到嘴边。随着短暂的呼噜声响，它被吮吸进嘴里。我可以听见那块小肉是如何掉落出来、滑进了他的嘴里的。

“盖尔，莱夫·托雷和特隆。”我说。他把那只空了的蟹钳的关节掰断，开始吮吸下一只。我把一块奶油放进粥里，虽然它的温度已经难以把奶油融化，在上面撒上肉桂粉和白糖。

“我已经把屋顶的排水沟清除干净了，”他说，“这事你应当参与的。”

“哦，是的。”我说。

“但待会儿我要劈点柴。你一吃完，就跟着我一起去。”

我点点头，试着做出一副高兴的样子，但他可以读出我的心事。

“我们当然要去看足球联赛，”他说，“今天是谁跟谁对决？”

“斯托克和诺威奇[1]。”我说。

“诺里奇。”他纠正说。

“诺维奇[2]。”我说。

我喜欢诺威奇，喜欢他们绿色和黄色的球衣。我也喜欢斯托克的红白斜条球衣。但我最喜欢的还是伍尔弗汉普顿队，他们

---

[1] 斯托克（Stoke），诺威奇（Norwich），伍尔弗汉普顿（Wolverhampton）都是英超联赛的俱乐部名。

[2] 刚开始主人公说的是诺威奇（Norwich），被纠正后改成了诺维奇（Nowitsch），但事实上俱乐部的名字就是刚开始说的诺威奇。——编者注

的球衣是橘黄色和黑色的，队徽是一个狼头。狼，这是我支持的球队。

我最愿意干的事是进屋躺着，看连环画册，直到球赛开始，但我不能对爸爸说不，只要想想这话说出口后将会造成的后果，我就得对自己道声喜，庆幸没闹这么一出。

粥已经完全凉了，不到几分钟我就把它们吃得干干净净。

“吃饱了吗？”爸爸说。

我点点头。他把吃空的蟹壳归拢，倒进了垃圾袋，把餐盘放在案桌上，走了出去，我紧跟其后。英韦的房间里传出音乐声。望着那道门，我百思不得其解。这怎么可能？他的自行车不在外面啊？

“快走呀。”爸爸说，他已经站在楼梯半道的那个平台上了。我跟着走下去。穿上夹克和靴子，走到外面的碎石地上等他。几分钟以后他出来了，手里握着斧子，闪烁的眼睛里含着一种俏皮。我跟在他身后走过了石板路，斜穿过积水的草坪。我们是不能走在草地上的，但现在我跟他一起，这道法规暂时无效。

在很久以前，他曾把厨房花园里靠近院篱的一棵白桦树砍倒了。这棵树留存下的一切，就是这一截截他现在准备要劈开的木头。我什么都不用干，只要站在那里看着他干，他管这个叫作“给他做个伴”。

他拿下遮盖的油布，取了一块木头，把它放在一个柴墩上。

“开始啦？”他说，把斧头举过肩头，集中注意力，然后一斧头劈下。斧子的锋口陷进了白色的树干里。“你觉得，学校的一切都好吗？”

“都好。”我说。

他把插进木头的斧子一下子抡起来，朝着柴墩子重劈了好几次，直到把木头一分为二。再进一步又把分开了的木头劈成两半，这些劈碎的木头散落在地上，他用手擦擦额头，直起了身子。我可以从他的身体看出，他很心满意足。

“还有女老师呢？”他说，“托格森，是叫这个名字吧？”

“是，”我说，“她还行。”

“还行？”他说，又拿起一块新的木头，将劈柴的整个过程又重复一遍。

“是的，还行。”我说。

“那，就还有谁不行啰？”他说。

我没有立刻回答。他的动作停滞了片刻。

“既然你说她还行，那就是说一定有谁不怎么行。否则的话这个词就完全没有意义。明白吗？”

他继续劈柴。

“我想是的。”我说。

一阵静默。我转过身去，看着水在小路另一面的草地上漫流开来。

“米克勒比斯特，他就不怎么样。”我说，转过身来。

“米克勒比斯特！”爸爸说，“你知道吧，我认识他。”

“是吗？”我说。

“哦，是的。我和他在教师工会的会议上碰过头。下一次我见着他，我就对他说，他对你们不怎么样。”

“不，别这样，求求你了！”我说。

他笑了。

“我当然不会这样做的，”他说，“放心好了。”

然后又是一阵沉默。爸爸干活，我站在那里一动不动，两只胳膊垂在两侧，就这么看着。我的双脚——靴子里没有穿厚袜子——开始觉得冷了。我的手指也开始觉得冷了。

户外空荡荡的。除了有时开过去的某辆车之外，一个人也看不见。屋内的灯光开始显得更加明亮，仿佛它被加以调整、校准，敞开的天穹下，从地面渐渐升起的暮色仿佛增强了它的明亮度。在我们的脚下仿佛有个黑暗的储存库，在每一个下午，黑暗便开始从大地上数千，不，数以百万的小孔里缓缓渗出。

我看着爸爸。汗水从他的额头上淌下来。我的手掌对搓了几下。他俯身向前。当他刚刚抓住一块木头，正要将它竖起来放好的那会儿，他放了一个屁。这绝无差错。

“你说人只有在上厕所时才能放屁。”我说。

他没有回答。

“人在外面，在新鲜空气里时是另外一回事，”他说了，没有看我的眼睛，“那时候人就可以，对，自由放屁。”

他把斧子砍进柴里，先把它劈成了两块。劈砍的声音从房屋的墙壁上，从外面的山上反弹回来，后者的回声是一种奇特的延迟，就好像有一个人站在山上面，每一次都极其准确地在爸爸动作之后的一秒钟砍下去。

爸爸又开始劈柴，把劈下的四块柴扔在那里。又重新取来一块木头。

“你能不能把那些柴堆成柴垛，卡尔·奥韦？”他说。

我点点头，朝那一小堆柴走过去。

我该怎么堆柴垛呢？他怎么会有这样的主意？到那边顺着山壁堆呢，还是垂直于山崖堆，堆成短柴堆，还是长柴堆？

我又看着他。他没留意到。我蹲下去，把一块劈下的柴拿在手里。把它靠着山壁放下。在它旁边又放一块。当我这样在那里竖着放下五块柴之后，又在上面横放一块。这一块柴的长度刚好同那五块柴的宽度一样。于是我又在上面横着放了四块柴，这样就是两个相同面积的正方形。现在我可以，要不，在柴堆旁边再堆两个方形，完全跟这个一样，还是开始往上堆新的一层？

“你在搞什么名堂？”爸爸说，“是脑袋进水啦？你不能这个样子码柴垛！”

他弯下身，用他的大手掌一下把那柴堆打翻了。我站在那里看着，眼里含着泪水。

“把它们弄到那边去归置好！”他说，“你以前就从来没见过一个柴垛？”

他看着我。

“别站在那儿像个女孩，哭咧咧的，卡尔·奥韦。你就不能干好一件事？”

然后他继续劈柴。我开始照着他说的那样把柴堆好。时不时地抽泣一阵。我的手冷，脚也冷。但至少把那些柴火并排着放好并不是件难事。唯一的问题是要放到什么时候。当我把所有的柴按序放好后，我直起身子站着，手垂在身边，像以前那样盯着他看。他眼睛里愉快的闪光消失了，他只用眼角瞅了我一眼，我就立刻看出来了。但这并不意味着会发生什么事吧，只要我不说或者不做一些可能会惹恼他的事。同时，超级联赛的事也在心里折磨着我。比赛一定已经开始很久了。他忘记这事了，但在目前这样的情势下，我不能提醒他。我的脚指头和手指头越来越冷，甚至冷到刺痛。爸爸只是一味地劈柴、砍柴。停下来，时不时地把头发往后面梳过去，这是他很典型的一个动作，随着手的动作，他的头也会往后，有一个缓慢的甩动。

我们在普斯内斯那里已经有了一个邮箱，这就是说，我们不在坡上面的邮箱里取信，只有报纸会送到那里，爸爸得开车去普斯内斯取信件。上个星期六晚上，我就和他一起坐在车里去取信，他在车里的镜子前梳理头发或许用了整整一分钟的时间，在亮闪闪的头发上轻轻拍了拍，之后又摁了摁，才走下汽车。我以前从没见他这么做过。当他走进去后，一个女人朝他转过身来。她不知道，有一个认识他的人，坐在车里注视着这一切。但为什么她要转过身来，她认识他吗？我以前从未见过她。或许这是他班上一个学生的母亲？

我把他刚扔过来的那些柴放到了柴垛上。脚指头在靴子里快速地收缩、前后弯曲，但毫无作用，它们还是又冷，又痛。

我应该说我冷，但当我吸进一口气准备开口时，这些话又被咽回了肚里。我又转过身，瞧着不应该躺在那里的、闪着光亮的水坑。一个大大的，透明的水泡从生锈的窨井盖上方漫涌出来的水流那儿冒了出来。当我再转过身去时，斯泰纳尔从那边的路上走了过来。他背上背了一个吉他盒子，走路时头很夸张地摆动着；那长及肩头的黑发一前一后地微微飘动。

“嗨，嗨，克瑙斯高。”当他走过去时，说。

爸爸直起腰来，向他点点头。

“嗨，嗨。”他说。

“到外面来劈柴呀，是吧！”斯泰纳尔说，没有放慢脚步。

“可不是？你瞧。”爸爸说。

他继续干活。我向前走了几小步，又走回来，再往前，又再回来。

“别在那里晃。”爸爸说。

“是，但我凛！”我说。

他冷冰冰地看着我。

“你‘凛’吗[1]？”他说。

我的眼里又噙满泪水。

“你别摸仿我。”我说。

“是吗，那我就不要‘摸仿’你[2]？”

“不要！”我喊道。

他的脸立刻僵住了。他扔下手里的斧子，向我走过来。一把揪住我的耳朵，转了一圈。

“你还敢顶嘴？”他说。

“不。”我说，眼睛看着地上。

他下手拧得更重了。

“和你说话的时候要看着我！”

我把头抬起来。

[1] 克瑙斯高原本要说“冷”，挪威语冷为“fryser”，但他没发出词里的 r 音。

[2] 模仿挪威语原文为 herme，他又没发出 r 音。

“你不许还嘴，明白吗！”

“是。”我说。

他把手松开了，转身回去，又重新拿起一块木柴，放到柴墩上。我哭了起来，以至于呼吸都变得很困难。爸爸在继续砍柴，没有留意到这些。现在就只剩下几块柴，然后他就可以结束工作了。

我又回到柴垛那里，把新劈的柴放在刚才已经码好的那些柴火上。脚指头在靴子里抓紧又松开，前后一伸一缩地活动着。眼泪止住了，只是不时地还会有伤心的余波回返，以一种不恰当的形式——完全控制不住的抽泣。我用衣袖擦干眼泪，爸爸把砍好的四块劈柴扔过来，我把它们放到了位置上，那时候冒出了一个念头，像是我从这场不幸中得到的某种拯救。我将不去看这场足球联赛。我要直接进入我的房间，让英韦和他单独看。

就这样。

就这样。

“好了，”他说，把最后的四块柴扔了过来，“我们干完了。”

我一言不发地跟在他的后面，脱下衣服，把它们挂回原处，走上楼梯，客厅里传出来的声音让我明白了，英韦正坐在里面看球赛，我走进自己的房间。

我在书桌面前坐下，装作看书的样子。

现在只等待他察觉。

他察觉到了。几分钟以后他打开了门。

“足球联赛开始了，”他说，“快来吧。”

“我不想看。”我说，没有和他的目光对视。

“现在你还较上劲了，是不是？”他说。

他走进屋里，抓住我的胳膊，把我拽起来。

“走吧。”他说。把手松了。

我站在那里。

“我不想看足球联赛！”我说。

他一声不吭，又一把钳住我的胳膊，把哭着的我拖出了房间，他穿过走道，进到客厅，把我一下子扔到了沙发上，英韦的旁边。

“现在你给我坐在这里，和我们一起看联赛，”他说，“听懂了吗？”

我想过了，要是他强迫我进去看的话，我就把眼睛闭上，但现在我没胆子这么做。

他买了一袋冰川果糖，一袋英式的、裹了一层巧克力的焦糖块。焦糖是我所知道的最好吃的东西了，但冰川糖也很可口。通常爸爸会把糖袋放在他身旁的桌上，时不时地扔一块给我，或扔一块给英韦。今天他也是这样。但我没有吃糖果，甚至都不去碰它们。到最后爸爸被惹怒了。

“把你的糖果吃了。”他说。

“我不想吃。”我说。

他站了起来。

“现在把你的糖吃了。”他说。

“不，”我说，又开始哭起来，“我不要吃。我不要吃。”

“现在把你的糖都吃下去！”他说。他抓住了我的胳膊，捏紧它。

“我——不——想——要……糖果。”我抽噎起来。

他把手放在我的后脑勺上，把它往前按，几乎完全碰到了桌子。

“糖果就在那里，”他说，“看见了吗？你要把它吃下去。现在就吃。”

“是。”我说，他把手松开了。他站在我的身旁，直到我拿起一块裹了一层巧克力的焦糖，把它放进嘴里。

第二天早上，我们要去克里斯蒂安桑看望祖父祖母。我们经常星期天去那里，因为那是斯塔特足球俱乐部主场作战的日子。我们先要在祖父祖母家吃晚餐，然后英韦、爸爸和祖父一起去看球赛，有时候妈妈也和他们一起去，而我，因为太小，就留下和祖母待在一起。

爸爸和妈妈都穿着比通常更漂亮一些的衣服。爸爸穿白衬衣，棕色的斜纹软呢外套，衣袖的肘部有一块棕色补丁，浅棕色的布料下装，妈妈穿一条蓝色的连衣裙。英韦和我都穿着衬衣和灯芯绒裤子，英韦的是棕色，我的是一条蓝色的。

外面的天空是多云的，灰白色的云，是那种轻薄却又完全能将整个天空遮挡住的云，但没有下雨的意思。灰色的马路干焦焦的，灰蓝色的砾石干焦焦的，还有在建筑群上方静静立着的松树树干，也是干焦焦的，还有点泛红。

英韦和我坐进了车的后座，妈妈和爸爸坐在前面。车开动之前，爸爸就点燃了一支烟。我正正地坐在他的后面，要是我不把身子歪到一旁，他就不可能在镜子里看见我。当我们的车开到通往大桥的下坡路上的那个十字路口时，我把双手交叉，合在一起，心里默默祷告：

亲爱的上帝，今天别让我们出车祸。

阿们。

每一次我们要做这种长途旅行时，我都会祈祷，因为爸爸开车开得太快，总是超出规定的时速，他总是要超越其他的车。妈妈说他是技术高超的驾驶员，他确实技术高超，但每一次汽车加速，拐进另一个车道时，恐惧就会紧紧地攫住我。

速度和愤怒是一体的。妈妈开车很谨慎，会注意要照顾、考虑他人，从来不在意前面的车开得慢，只是耐心地跟在后面走。在家里也是一样。她不生气，总是有时间给予别人帮助，不在意东西被打碎这样的事，因为这样的事是会发生的，她喜欢和我们交流，对我们说的话很有兴趣，她还常常把一些不是生活必需的食品摆上餐桌，比如松饼、小麦圆面包、可可、新烘烤出的面包。可是爸爸呢，他的观点是，要把我们生活当中不是必需品的一切统统去掉：我们吃饭是因为我们必须得吃，我们用来吃饭的这时间，其本身已经失去了价值；当我们看电视的时候，我们就看电视，不能够讲话或是做其他的事情；当我们走进花园，我们就必须得走在石板上，因为那恰恰是当初铺石板路时的考虑，但草坪——是那么的宽大，充满诱惑——既不能在上面走，也不能在上面跑，更不能躺在上面；英韦和我从来没有在家里开过生日宴会，也是出于同一逻辑——没这个必要，晚餐后跟家里人共享一块蛋糕就足够了。我们也不允许带自己的朋友进屋，部分也是出于这个原因，当可以在外面玩时，我们干吗要待在屋里呢——那只会添乱，把屋里搞得乱七八糟。我们的朋友可能已经告诉过他们家里的人，我们家是怎样的情况，这也是其中的原因之一；而同一个逻辑也可以运用在开车的情况下。实际上这个逻辑可以解释所有事。爸爸的任何工具我们都不许碰，像锤子、螺丝刀、钳子或者锯子、雪铲或雪刷，我们也不被允许在厨房做饭，不能自己切面包片，也不能自己开电视或是收音机。要是我们被允许干这些事，屋里的东西就会不翼而飞，就会被搞得乱七八糟，因此现在制定了规矩，只有他或是妈妈才能动用所有的东西，这样它们就会在它们原本的位置上，要是按照这规矩行事，就会物尽其用。驾车出行这事也一样，他想尽可能快地开车，从一个地点到达一个地点，不让中间有一点点的阻碍。从特罗姆岛到克里斯蒂安桑，这个三十岁中学教师的家乡。

时间从来没有过得像儿童时代时那样快，一个小时也从来没有像那时那样短暂。所有的一切皆有可能,你可以很快到这里，很快到那里，很快地做这件事，很快地做那件事，然后日落西沉，一下子你就发现自己已经在一片漆黑当中，时间在眼前陡然落下闸门：啊，已经是晚上的九点！但时间也从来没有过得像童年时代那样缓慢，一个小时也从来没有像那时那么长久。如果条条大路都不再通畅，如果没有可能很快地跑到这里，很快地跑到那里——无论是在脑子里还是在现实中——每一分钟就像是一道障碍，时间就是将人禁锢在其中的房间。还能有比让一个孩子在汽车里整整坐上一个小时，沿着这延伸出去的、已然熟知的路进进出出，等待着到达那令人快乐的地方更糟糕的事吗？车厢里充满了那对抽烟的父母喷吐出来的浓厚烟雾；每次你变换坐姿、或者每当你的膝盖碰撞到他的座椅时，父亲就会在嘴里发出嘶嘶声，来表示他的极端恼怒，还有比这更糟糕的事吗？

唉，时间是多么的漫长。啊，路标好不容易才在窗外出现。从阿伦达尔市区向上，经过了通往希斯岛的那座桥墩附近的住宅区，沿着整个内岛，经过妈妈工作的地方——为精神病患者开设的库克普拉森治疗中心，再走下坡，经过那里的商店，过了尼德河上方的桥，然后就是绵长无边的、有房屋的草坪、树林和朝向涅德涅的土地。我们还没有到达费尔维克！从那儿到格里姆斯塔还有很长的路，就别提从格里姆斯塔到利勒桑有多远了，然后还得从利勒桑到蒂梅内斯，从蒂梅内斯到瓦罗大桥，从瓦罗大桥到伦德……

我们坐在后座上一言不发，望着窗外连绵起伏的、蜿蜒的道路。经过有着小岛和礁石的狭窄水域，进入到树林深处，经过河流和湍急的瀑布，住宅区和工业区，农场和草坪，所有的这一切都为我所熟知，我知道每一个时间段会有什么样的场景出现。只有当车经过动物园时，我们才从沉睡中被唤醒，因为在那高高的、很长的铁丝网栅栏后面，可能会出现一两只动物，那可完全是免费观赏啊！经过那里后，我们又再次跌入睡梦中。我们一动不动地在后座上坐了一个小时，这漫长得完全没有尽头的一个小时，之后，城市的轮廓开始在我们周围显现，于是重点从这驾车之行转到了即将到来的对祖母祖父的拜访。车驶进了城里，就像驶进了时间里，时钟又开始嘀嘀嗒嗒，那里是奥森商店，那下面住着我们的表兄妹，约恩·奥拉夫和安·克里斯廷，是我妈妈的姐妹谢莱于格和她丈夫马格纳的孩子；路的两侧是板栗树，在那高高的、布满灰尘的砖房后面，是药店、伦丁恩报亭、十字路口的红绿灯、乐器商店、白色的木屋、狭窄的路，然后在路的左边，祖母祖父的那栋黄色的房子倏然矗立在那里。

爸爸把车开过房子，往下又开了一小段，再把车往后退回来，拐进一条相反方向的小巷。然后他就可以把车开上这又短又陡的车道了。

祖母的脸出现在厨房的窗户那里。当我们把车紧靠着那漆过了的黑色锻铁车库门前停下，下车走上那红色油漆的砖石阶梯时，她把门打开了。

“你们来了！”她说，“快进来！”

当我们走进那小小的门厅时她说：“信不信由你们，我可一直在等着你们来哟，孩子们！”

她给了英韦一个长长的拥抱，把他前后轻轻摇晃着。他把脸掉转开了一点点，但他喜欢祖母这样做。然后她又给了我一个长长的拥抱，把我前后轻轻地摇晃着。我也把脸掉转开了一点点，但也喜欢她这样做。她的脸暖暖的，味道很好闻。

“我们在动物园可能看见了一只狼！”当她松开我之后，我说道。

“是吗？”她说，笑了，揉了揉我的头发。

“我们没看见，”英韦说，“那只是卡尔·奥韦脑子里的想象。”

“没看见哪！”她说，在他的头发上也揉了一把，“至少，看见了你们真高兴！”

我们在外面的过道里挂好外套，那是一个在墙角落里的，没有封闭的衣帽间，走上蓝色的全室蓝色地毯，走上楼梯。二楼的右面是间特别敞亮的大客厅，厨房在左面。这个漂亮的客厅只在圣诞期间或在其他重大的节日里使用。靠近短墙那儿，放着一架钢琴，上面放着这房子里的三个儿子学生时期的照片，上方挂着两幅油画。沿着长的一面墙，有一个深色的、带有玻璃门的橱柜，搁架上放着他们旅游带回来的纪念品，其中有一个发着光亮的威尼斯贡多拉凤尾船模型，一个棕黄色的玻璃茶壶，壶嘴长得可怕，上面缀有一些我猜想是钻石和宝石一样的东西。客厅最里面摆放着两把黑色的皮沙发，中间有一个玫瑰彩绘的角柜，在它们的前面有一张矮桌。通过这些很大的窗户，可以看到河对面和城市的后面。在平常的拜访期间，就像今天这样，我们是不能到那里去的，所以就直接进了左边那道门，那是厨房，那边有两个客厅，最里面的那间客厅与那特殊的客厅相连，一个小台阶后有一道拉门将它们隔开。长的那面墙上有一半都是窗户，从那里望出去，首先看到的是花园，然后就是流向远处，与海洋交汇的河流，最远的地方则是那白色的，在地平线处的、最引人注目的格罗宁根灯塔。

那里的气味很好闻，不仅仅是厨房里——祖母已经开始在那里做肉饼和棕色调味汁了，在这方面她比大多数的人都要出色，但那气味好像存在于所有其他的气味里，它那么持续、恒久、永不消散，这淡淡的水果的甜味总让我想到这屋子，不管我在哪里嗅到它，比如当祖母祖父来家里看我们时，他们就会把这气味带来，气味挂在了他们的衣服上，当他们一踏进我们家的门厅，我就能注意到。

“来了？”当我们走进厨房时外祖父说，“一路上交通还顺畅吧？”

他坐在椅子上，腿微微展开，穿着灰色的针织外套，里面一件蓝衬衣。他的肚子垂到了深灰色裤子的皮带外面。黑色的头发往后梳着，只有一小绺头发垂在额头上。一支抽了一半，还没有点燃的雪茄挂在两唇之间。

“没有，一路顺利。”爸爸说。

“昨天的体育彩票怎么样？”祖父说。

“没进展，”爸爸说，“七号数字是最好的了。”

“我赢了二十克朗。”祖父说。

“这不错呀。”爸爸说。

“我的七号和十一号都白搭了，”祖父说，“那最后的一刻太晦气了。是比赛结束的哨子音响后才进的球！”

“是吗，”爸爸说，“我也还没在票上划下X记号哩。”

“你们听到埃尔林的一个学生有一天到这里来对他说的话了吗？”从电炉那边传来祖母的声音。

“没有。”爸爸说。

“早上他去学校时，学生问他‘你是不是赢了体育彩票？’‘没有啊，’埃尔林说，‘什么意思？’‘你看起来像乐坏了。’学生说。”

她笑了。“你看起来像乐坏了！”她又重复了一遍。

爸爸笑了。

“你们不想来杯咖啡吗？”祖母说。

“啊，谢谢，很愿意喝一杯。”妈妈说。

“那么，我们坐在下面的客厅里好了。”祖母说。

“我们可以上楼去拿些画报吗？”英韦说。

“那当然可以啦，”祖母说，“只是不要在上面到处乱翻！”

“不会的。”英韦说。小心翼翼地——因为在这房子里也是不能跑的——我们又走到外面的走道上，再走上去三楼的楼梯。除了祖母和祖父的卧室，那里还有一间很宽大的阁楼，里面沿着墙放着装了旧杂志的纸箱，有的能一直到回溯到五十年代——爸爸的童年时代的旧刊物。在那里也能找到可以通过滚压来熨平桌布和床单的老式轧布机器，一个旧缝纫机，一些旧玩具，其中还有一个锡制的旋转陀螺，还有些可以组成一个机器人的、用锡制材料制成的零散部件。

但吸引我们的是那些杂志画报。我们不能把它们拿回家，只能在这里看，这就让我们有时候从到那里直到走，都一直坐在那里看。我们各自抱了一堆杂志，走下楼坐下，开始看，头再也没有抬起来，直到饭菜摆上桌，祖母说请用餐。

饭后祖母洗刷碗盘，妈妈站在一旁，帮忙擦干洗净的餐具。祖父坐在桌旁看报纸，爸爸站在客厅的窗前注视着窗外。然后祖母进来，问他是不是愿意跟她去花园，她要给他看什么东西。妈妈和祖父坐在桌旁，他们聊了一会儿，但在绝大多数时间里，二人是静默的。我站起来去上厕所。洗手间在一层，我不喜欢去洗手间，所以把尿憋了很久，但现在实在是忍不住了。我来到走道上，走下那吱吱作响的木梯，在铺着地毯的客厅地板上快步走过，周边关着的门背后是三间空荡荡的房间，我走进了洗手间。那里面黑魆魆的，在灯亮之前的几秒钟里，我的心里直哆嗦。就是灯亮着我也还是害怕。我的尿顺着马桶内沿撒进去，当这股尿溅在下面的水面上时，我没去注意那噼里啪啦的声音，因为这会妨碍我聆听其他的动静。在放水冲洗之前，我要洗手，同时把便桶旁边放水的把手摁下来，然后我得尽最快速度从这里出去，因为水箱里哗哗冲水的声音是那么大，听起来真要命，这时我可不能还待在同一间屋里。我在那里站了几秒钟，做好了准备，用手握住那个黑色的、小小的把手。手一拉，接着小跑着到了过道上，感到极度难受，因为那里每一样最微小的东西都无声地发出某种胁迫，在楼梯上，我加快了速度——当然我是不能在楼梯上跑的——心里总感觉下面始终有什么在追逐着我，直到我的脚迈进厨房，一楼所有的东西都在煽动、强化这一恐怖气氛。

外面的小巷里人群蜂拥着，都朝着去城里体育场的方向，很快地，爸爸、妈妈和英韦也做好准备了。祖父总是骑自行车去，他总在其他人都走后稍过一会儿才出发。他穿着灰色的大衣，戴着一条铁锈红的围巾，一顶灰色的鸭舌帽和一双黑手套，当他骑着车从坡上滑下去时，我从窗户那里望见了他。祖母从冷藏箱里拿了一些面包，那是他们回家后我们要吃的，祖母把它们放到案桌上。

她带着几分狡黠的笑看着我。

“我要给你一样东西。”她说。

“那是什么呀？”我说。

“等着瞧吧，”她说，“把你的眼睛闭上！”

我闭上眼睛，听见她在抽屉里一阵翻腾。然后站在我的面前。

“现在你可以睁眼看了！”她说。

这是一块巧克力。是那种三角形的，这是特别好吃的一种。

“这是给我的吗？”我说，“全部？”

“对。”她说。

“不给英韦吗？”

“不，这次不给。他已经跟着去看球赛了哟。你也应该乐一乐呀，是不是！”

“太谢谢了。”我说，撕下了硬纸包装，那里面金箔纸包裹着的巧克力就露出来了。

“那，不要告诉英韦哦，”她说，挤了一下眼睛，“这是我们的秘密。”

我的嘴里嚼着巧克力，她坐下来开始做填字游戏。

“我们很快就要有电话了。”我说。

“是吗？”她说，“那我们就可以打电话聊天了哟。”

“是，”我说，“我们其实是排在很后面的，但还是安装了，因为爸爸是从政的。”

她笑了。

“从政的，是吗？”她说。

“没错吧？”我说，“他在政府部门里，不是吗？”

“是的，没错。”她说。

“你觉得，在学校里好玩吗？”

我点点头。

“是，非常好玩。”

“那么，什么是你最喜欢的呀？”

“课间休息。”我说，因为我知道这会让她哈哈大笑，或者至少会露出微笑。

我吃完了巧克力，她又沉浸在填字游戏里，我走上阁楼去，把那里的玩具拿一些下来。

过了一会儿，她朝我这边望望，问我们是不是也去看看球赛。这我愿意。我们穿好衣服，她把自行车从车库里推出来，我坐在后面的行李架上，她坐在坐垫上，一只脚踩在地上，向我转过身来。

“准备好了吗？”她说。

“准备好了。”我说。

“把我搂紧了，现在我们蹬车出发！”

我用两只手臂围住她，她用脚在地上蹬，让车开始前行，接着把脚踩在踏板上，车沿着小缓坡滑下，向右边转了一个弯，她开始踏着车往前走。

“你坐好了吗？”她问，我点点头，转而想到她看不见我，又说：“是，我坐得很好。”

我确实坐得很好。这样搂着她真好，和她一起坐在一辆车上很好玩。祖母是唯一一个会带着我和英韦骑车的人，唯一一个会拥抱我们，用手在我们手臂上上下抚摸的人。她也是唯一一个同我们一起玩耍的人。在圣诞期间，爸爸也会和我们玩一会儿，但那时候我们做的，总是他想做的事情，比如玩珠玑妙算棋盘游戏，或者下象棋，或者下中国象棋，或者玩掷骰子或者玩纸牌游戏、八号弯或者扑克火柴。当我们在一起玩时，妈妈也会参与进来，我们会和她一起做大多数的事情，不是在家里厨房的桌上，就是在工作的治疗中心，或是工作间里，尽管这是很令人愉快的，但还是不像跟祖母在一起时那样，祖母愿意陪我们做我们想做的事情，比如，她对英韦给她的化学工具套装里的一些东西就很感兴趣，或者，当我在拼一个拼图时，她会帮助我。

自行车的轮子转动地越来越慢，到最后几乎完全停了下来，祖母下了车，扶着车，推着它在上坡路上走。

“你愿意的话，就只管坐在上面，”她说。

我坐在车上看着外面的城市，同时祖母推着车一路向前，呼吸声有点沉重起来。当我们到了顶端时，她又坐上车，往下是一条平缓的下坡路，一直通到体育场。从那里突然传来很响的嘈杂哄闹声，像是来自一头巨大的猛兽，也有鼓掌声。声浪一阵高过一阵。祖母骑车到了下面围墙的短边，把车停放在靠近木板的墙边，让我站在行李架上，同时她扶着我的身体，这样我就能看见围墙里的球场，看见那里面发生的一切。距离太远，所有的细节我都无法看到，除了绿色草地上穿黄色和白色球衣的队员，和那些呈圆形围坐着的观众，黑压压的一片，不断起伏着的人浪，但我感受到了球场的气氛，它把我吸了进去，并在接下来的几天里都伴随着我，在我心里深深地扎下了根。

回到家后，祖母就开始准备我们走之前的那一餐饭，过不了多久，下面走道的门开了，是祖父回来了，他的神色严峻，祖母一看见他就说：你们输了？

他点点头，坐在自己的椅子上，她给他倒了一杯咖啡。我不是完全明白祖母和祖父之间的权力关系到底是怎么一回事。一方面她一直伺候他，做家里的几餐饭，屋里一切的打扫清洗和收拾都归她干，好像她是在为他服务，但另一方面，她又常常生他的气，或是故意惹恼他，当她站在那儿对他嚷嚷或者取笑他，嘴不饶人地讽刺挖苦他时，他的话却不多，不为自己辩护。因为他犯不着？因为她说的都是鸡毛蒜皮的事，无关紧要？或者他就是无计可施？当他们这样较量着的时候，要是英韦和我在场，祖母就会向我们挤挤眼睛，意思是这不是什么大不了的事儿，或者也是在利用我们来对付他，比如会说什么“祖父甚至连一个电灯泡都装不好”，但是祖父呢，可能从他的角度看着我们，笑着朝祖母那边摇了摇头。除了这种嘴皮子仗，或是在她为他服务时表现出的亲昵之外，我从没有见过其他表现他们之间的亲昵的方式。

“我听说，你们输了？”当妈妈，爸爸和英韦回来之后，祖母又重新问了一遍。

“是呀。但常胜将军也可能有打败仗的时候，”爸爸说，“你说呢，父亲？”

祖父咕哝了几句什么。

到了那天晚上临走的时候，我们得到了一口袋装得满满的李子，一口袋梨，还有一袋面包。祖父在楼上同我们道别，他不想从他的那张椅子上站起身来，但祖母，她和我们一起下楼，给我们每个人一个长长的拥抱，走到外面的阶梯上，在那里向我们挥手，直到再也看不见我们。

很奇怪的是，回家的路程总是比来的路要短得多。我很热爱在黑夜里坐车前行，明亮的仪表盘，前座上压低的声音，行驶过程中车灯的光芒，像光浪或是燃烧着的光亮一般投射向我们，面前一段段完全的漆黑间歇性地被汽车前灯切断，它们照亮了人能看到的一切，在那里出现的一切，车灯光线下的柏油路面，转弯时大地上的景物。突然出现的树冠，突然出现的山岩嘴，突然出现的入海口。而在夜晚抵达目的地也总是一件特别令人愉悦的事情，听到踩踏在碎石路上的声音，关车门时尖锐刺耳的撞击，钥匙链窸窸窣窣的声响，走道亮起的灯光照亮近旁所有熟悉的物体。鞋上的鞋带孔像眼睛，鞋舌像额头，墙踢脚线上方的白色插座冷冷的目光，那边角落里那个背转身去的、静默的衣帽架。在我的房间里：圆珠笔和铅笔一起插在笔筒里，就像一堆聚集在一起的学生，其中有一些朝筒壁外散开去，准备好随时要啐一口唾沫，表示对这一切的一切都毫无兴趣。被子和枕头要不就是铺得平整光洁——看起来不应该被碰触，像一副石棺或者宇宙飞船里一个密封的小舱——要不就是维持着我在里面的最后一个姿势所造成的状态，若能被重新整理，它们会很高兴，但也没有迫切的需求。灯凝视的目光。钥匙孔的嘴，金属板上那两个螺丝钉的眼睛，门把手上那长而奇特的塑料鼻子。

我刷完牙，向妈妈和爸爸喊了一声晚安，上床后有半小时的阅读时间。我有两本最喜爱的书，我试着把它们单独在一边搁置了很久，为的就是我可以像第一次读它们那样重新阅读，但我从来没有成功过，大脑里会浮现出很多我熟悉的章节。一本是《怪医杜立德》(*Doctor Dolittle*)，讲的是一个可以和动物说话的医生，一天他同那些动物一起去非洲长途旅行，他在那里被追赶，后来被捉住，成了霍屯督人[1]的俘虏，最后他终于在那里发现了罕见的两个头的香肠虫，它的一头一尾各有一个脑袋。另一本书是《神奇的弗雷西》(*Fresi Fantastika*)，讲的是一个小女孩，她可以在喷泉喷出的水上保持平衡，水把她的身子托到了飞溅起的水花上，扔到了空中，又是一系列眼花缭乱的奇遇后，小女孩

[1] Hottentots，南非的土著人，一说为科伊科伊人。

在海上一条巨大鲸鱼喷出的水柱上保持了身体的平衡。然而这个晚上，我从书堆里抽出来的是另一本书，《小女巫》(*Den vesle heksa*)，这本书说的是一个女巫因为太小了，不能参加在布罗克山举行的女巫大聚会，但她还是想办法溜进去了。她干了好些违规的事，比如在星期天施行巫术，这让人们在阅读时几乎无法忍受，因为她不应当这么做，她将会被发现……后来她真的被发现了，但她还是想办法逢凶化吉了。我读了几页，但因为我太熟悉这个故事了，就只看里面的图画。我把这本书从头到尾翻完，就关了灯，把头枕在枕头上，闭上了眼睛。

我几乎睡着了，或许甚至已经睡过去了，因为我好像是突然回到了床上，回到了房间里，门铃响了。

叮——咚。

这到底会是谁呢？没有人会按我们的门铃，除非是我们在等待着的客人，十有八九是祖父和祖母，另外就是很难得来的推销员，或许是英韦的一个伙伴。但绝没有人会在这么晚的时候按响门铃。

我在床上坐起来。听见妈妈在走道上经过，走下楼梯。下面传来低微的声音。然后她又走上楼，同爸爸低语了几句，我没听清是什么内容，她又下楼，一定是在那里穿衣服，因为紧接着大门关上了，紧接着又听到了她在外面发动汽车的声音。

天哪，这究竟怎么啦？现在她要去哪儿？已经快十点钟了哟！几分钟以后爸爸也走下了楼梯。但他没出门，他去自己的办公室了。当我听见这一切时，就从床上爬起来，小心地打开房门，溜过走道，进了英韦的房间。

他躺在床上看书。还穿着衣服。当他看见我时笑了，坐了起来。

“只穿条内裤就进来啦？”他说。

“是谁揌响的门铃？”

“我想，是古斯塔夫森太太吧，”他说，“和所有那些小孩子。”

“现在？为什么？为什么妈妈开车走了？她会去哪儿呢？”

英韦耸耸肩头。

“我想她把他们带到他们的一些亲戚家里去了。”

“为什么呀？”

“古斯塔夫森喝醉了。你没听到他在他们的身后怎么样地乱吼乱叫吗？”

我摇摇头。

“我睡着了。那莱夫·托雷也跟着来了吗？还有罗尔夫？”

英韦点点头。

“真该死。”我说。

“爸爸肯定又要上楼来了，”他说，“你最好还是赶快回去躺下。我现在也要睡了。”

“OK。晚安。”

“晚安。”

我回到我的房间，把窗帘拉到一边，朝古斯塔夫森家的房子那里望去。我看不到什么不寻常的地方。至少屋外面是一片完全的寂静。

古斯塔夫森先生以前醉倒过，那是件众所周知的事。那个春天的一个晚上，有流言传开来，说他酩酊大醉了，我们一伙三四个人钻进了他家的花园，站在他家客厅的窗户外面朝里面望。但什么也没看见。他只是坐在沙发上纹丝不动，望着前方。还有一次，我们听到他通过敞开的窗户，朝外面的草地吼叫，咆哮。莱夫·托雷只是在那儿笑。但这一次或许是另外一种情况？他们要从他身边逃开，这是以前从来没有过的事。

我第二次醒过来已是清晨。我听见有人在浴室里，应该是英韦，在外面的道路上，沿着三米高的院墙，在和古斯塔夫森家交界的极为平坦的草地上，我听到了妈妈的车的轰鸣声。她今天上早班。英韦关上了浴室的门，走进自己的房间，紧接着他走下楼梯。

自行车！

他的自行车在哪里？

我完全忘了问他这事。

但这应该是他这么早动身的原因；不能骑自行车，他就得走着去学校。

我起了床，拿着衣服进了浴室，在他留下的水里洗漱——他今天也记得没有把他的洗脸水倒掉——穿好衣服走进厨房，爸爸已经给我抹好了三片面包片，放在一个盘子里，摆在我的座位前，另外还有一杯牛奶。牛奶盒、面包、奶酪、切成薄片的肉和火腿都被收走了。他自己坐在客厅里听收音机，抽烟。

外面在下雨。是现在这个时候常有的一种均衡的、连绵不绝的雨，当被一股风猛卷起来时，拍打在玻璃窗上的雨滴，声音就像一阵阵敲打着的小鼓鼓点。

星期一是唯一一个我从学校回来后，家里还没有人的日子。因此我就得到了一把钥匙，我用一根绳子把它挂在我的脖子上。但这钥匙有问题,我没法用它把门打开。在第一个星期的这一天，在雨天里，我穿着雨靴和雨衣蹦跳着走过砾石地，把钥匙紧紧地攥在手里，因将要发生的情景而感到高兴和骄傲，我把钥匙顺利地插进锁孔,但我没法转动它。拧不动,不管我使了多大的力气。钥匙死死地插在那里，一动不动。十分钟以后我开始哭了。我的双手通红，冰凉冰凉的，大雨还在瓢泼地下着，所有的小孩子都进到自家屋里去了。就在这时，一个我不太熟悉的邻居——一个老太太，她和她丈夫一起住在所有房子的上面，在靠近足球场那边的树林——在路上往下面走来，一看见她，我没有半点犹豫，因为她和我的父母没有任何联系，我急急地走过去问她能否帮我开锁，眼泪顺着我的脸颊流下来。她行的。对她来说简直是轻而易举！她轻轻调整了钥匙的位置，再拧转它。天哪，然后门就打开了。我谢过她，进了屋。我知道不是钥匙有什么问题，是我有问题。第二周没有下雨，所以我只把背包放在门边，就往上跑到盖尔那里去了。但爸爸回家后对这事的评论是，不应当把背包随便往那儿一扔，于是下一个星期一——又是一个无雨天，我就以要去盖尔家做作业，所以需要书包随时准备就绪为借口，背着书包出去玩了。

同时，我也设计出了一个我可以采用的、对付秋冬季节里可能有的坏天气的办法——像今天这样的。地下室的房间有一个小窗户，近似于一个洞口，很小，但不至于小得让我不能缩着身子从那儿钻进去。窗户通向外面的草地，在那儿，窗户大约在我头上半米高的位置。我想过了，要是我在早上把窗户打开——这是没有多大危险性的，因为它是用铰链的，就算把它的两个搭扣都往上提起来，它们也还很贴近窗条——当我回到家时，可以把垃圾桶推过来，站在上面，爬进地下室里，从里面打开门，把垃圾桶推回原处，关好窗户，这样一来，我进了屋子，却没有人会知道我不会开锁。唯一不确定的是应该在什么时候开启搭扣。要是在下雨天，去地下室就是世界上最自然的事情了，因为我的雨衣常常挂在那里，那时就只需要顺便把窗户上的搭扣往上提起，不可能被发现的，只要没有人一直靠近门站着。我还不至于那么傻，要是爸爸站在外面的走道上，我才不会干这样的事！

我吃下三片面包片，喝了一杯牛奶。在浴室里刷了牙，去房间里拿上书包，走下楼梯，走进有两个热水器的狭小、温暖的房间。在几秒钟里，我静静地站着。当楼梯上没有任何动静时，我探出身子，把搭扣打开了。然后我穿上雨衣，把书包背在背上，来到走道上，我的靴子放在那里，一双蓝白两色的维京靴子——虽然我最希望有一双纯白色的，然后我朝爸爸喊了一声，就跑出门，往上走到盖尔那儿去，他从窗户里伸出脑袋，喊着他还在吃早饭，但很快就会下来。

我朝他们停车道上的那些水坑中的一个走过去，开始往里面扔石头。他们家的车道上铺的不是像几乎所有的人家那样的碎石，也不是像古斯塔夫森家的那种地砖，而是带一点红色的坚硬泥土地面，里面还有许多小圆石头。他们家与其他人家不同的不仅仅是这一点。他们的屋后没有草坪，但有一小片菜地，他们在那里种上了土豆、红萝卜、大头菜、水萝卜和其他不同种类的蔬菜。在朝着树林的那一边，他们没有像我们家那样的木栅栏，也没有像很多人家那样的丝网栅栏，而是用了石头围栏，这是普雷斯巴克莫自己亲手砌成的。他们也不把所有的垃圾都扔到垃圾箱里，像我们都会做的那样，而是保留着其中一些，比如牛奶纸盒和鸡蛋盒子，他们将这些东西另作他用，而把厨房里的各种垃圾都倒进一个靠近石头围栏的沤肥器里。

我直起身来，看着水泥搅拌机。那个圆圆的，绿色的脑袋有部分被一张白色的篷布遮挡着，像是裹着一条围巾。她的嘴张着，一张没有牙齿的大嘴，像这样一副惊讶模样的她，究竟看到了什么呢？

坡下面盖尔·哈康的父亲开着他绿色的陶努斯过来了。我向他问候，他在方向盘后面把手微微地举了举，作为回答。

突然间我想到了安妮·莉丝贝特。这个念头从腹部涌升起来，快乐像炸裂开来一样传遍了我的胸腔。

她星期五没有来上课。佐尔法伊格说她病了。但今天是星期一，她肯定已经痊愈了。

啊，她一定得恢复健康！

我心急火燎地往上到 B-Max 超市那里去，我要见到她。

她那漆黑的，闪闪发亮的眼睛。那么愉快的声音。

“盖尔！你快点！”我喊道。

门里面传来他闷声闷气的声音。紧接着他打开了门。

“我们走小路吗？”他说。

“走小路。”我说。

然后我们跑到屋后，想法子翻过了石头墙，沿着小径跑了进去。小路是由一簇簇无数的草和它们之间的许多小通道组成的，但现在，水浸透了沼泽一样的路面，就算穿着靴子，也几乎不可能成功地从那些干地上跨过去——有时候会出现这样的情况，脚踩进水里的一个小坑后，水就一直会漫过靴子的边，但我们仍旧试着这么走着，在那些歪斜的草上保持身体的平衡，从一堆跳到下一堆，滑落下来，有时我们用手撑地，防止摔跤，这时候就能看到那水是怎样缓缓地爬上了在外套衣袖下面的毛衣。我们笑着，彼此高声呼喊着，告诉对方发生了什么，现在我们走过了那很滑的，全是泥泞的足球场，走上了比较宽的一条路——这里曾经或许是条更宽的土路——至少比现在这条小径要宽得多，它的右面是落叶乔木树，地面完全被落叶形成的地毯覆盖。躺在地面上的是黄色，红色和棕色的树叶，有时也能看到其间显现出绿色的微光。在最上面有一点点泥土，那长长的，灰黄色的草，萎靡颓败地搭垂在地上。在外侧的一面高耸着裸露的山崖，上面竖着一根旧高压电线杆。这条老路继续往前延伸了一段，在它消失之处，汇入了一条新的宽路，这条路逶迤而下，或许距离那边的草地有二十米之遥。山下面就是树林，绝大多数是橡树，在两棵树间有一辆废车的残骸——比起我们通常玩耍的那些废车，它的状况要糟糕得多——就躺在下面大概一百米远的地方，它没有引起人的注意倒不是因为这个原因，恰恰相反：那下面几乎就从来没有人。

啊，在潮湿的树林里闻到旧车残骸的气味！撕裂开的坐垫发出人造合成材料陈腐发霉的气味，但比起泥地上遍地从附近所有地方聚拢过来的腐烂树叶沉重、阴晦的气味，它仍旧还是强烈的，几乎是新鲜的。黑色的窗户框架已经脱落，活像某种触角，从车顶上垂掉下来。所有的玻璃窗都被击成了碎渣子，大多数已经在地面上消失，但在橡胶地垫上或是在车门附近，这里或那里还是留有一些，像没有光泽的小钻石。还有，啊，那黑色的橡胶垫！把它们稍稍抖动一下，一大串小爬虫就惊慌失措地冒了出来，立刻逃向四面八方。蜘蛛，盲蛛目，潮虫。驾驶室内的三个踏板都几乎失去功能，无法踩下。每一次起风都让下坠的水滴径直穿窗而入，飘落到脸上，当然，也可能是从车旁边那些摇摆着的树枝的树叶上抖落下的水珠。

有时候我们在那附近也会发现一些别的东西，很多酒瓶子，一些塑料袋里装着杂志或色情画报，空香烟盒，窗户玻璃洗涤剂的空塑料桶，一些避孕套，还有一次我们发现了一条上面糊满了屎的内裤。我们笑了不知有多久，有人把屎拉在了裤子上，然后跑到这里来，把整条裤子都扔这儿了。

当我们外出远足时，通常也会在树林里拉屎哟。可能爬上树，从那里往下拉，可能站在一座山崖顶部的边上，在那里拉，或者在一条溪流边上，把屎拉在水里。所有这一切的动作就是为了要看看将会发生什么样的情况，又会有什么样的感觉。大便会是什么样的颜色，它们会是黑色的，绿色的，棕色的，浅棕色的，它们有多长又有多粗，当它们躺在树林的土地上、在石楠和苔藓之间发出光泽时，它们可能被群蝇环绕着，或是有甲虫趴伏在上面。还有屎的气味，在户外的林间会更明显，更刺鼻，更浓烈。我们不时还会去找我们曾拉过屎的地方，就是为了看看它们的变化。有时候它们已然不见了，有时候只有残存的、干缩了的粪便，有时候它们躺在那里，变得稀软，平平地摊开来，看上去好像已经融化了。

但现在我们是要去上学，没时间干这样的事儿。穿过操场的山坡下，那里除了生锈的秋千架，生锈的摇椅，一个腐朽了的、里面几乎没有沙粒的沙坑木框架外，什么东西也没有。爬上那陡坡，越过路边的条石，马路对面的 B-Max 超市就出现在我们面前。背包排成的队已经很长了。虽然还是雨水绵绵的天气，但有几个女孩在跳皮筋，其他的人站在商店前面的屋檐下。可安妮 · 莉丝贝特在哪儿？她不在这里呀？

就在这时，公交车驶上了坡路。盖尔和我连蹦带跳地过了马路，刚刚来得及赶到集合地点，那时候车已经拐进了超市外的柏油路广场。我们是所有人当中最后上车的，坐在最后的座位上。随着我们进入车里，宽大的玻璃窗蒙上了一层雾气。司机关上车门，开始朝主要公路驶去，我跪在座位上，朝后面望望。她不在那里，世界好像变得不完整，完全失去了意义。现在我得度过整整一天看不见她的日子，或许下一天也是如此。也没看见佐尔法伊格，所以也就没法知道她病得有多厉害，或者这时间得延续多长。

十分钟以后车停在了学校外面，我们跑过学校的操场，走到避雨棚下，和差不多所有的孩子站在一起，等到上课铃声响起，我们排好队列走进教室。现在我熟悉大多数人的相貌，也知道一些人的名字和有关他们的传闻。我们和同年级平行班的同学一起上体育课，他们比我们更有优越感，因为他们来自这个地区，彼此认识，都知根知底。这是他们的学校，他们的老师，对于他们来说，我们只是某种没有权利的外来移民。同时他们也比我们强悍些，这就是说，更爱打架斗殴，更粗暴无礼，至少他们当中有些人是这样的，在我们的人当中只有两个最强壮的，就是阿斯盖尔和约翰，他们会以牙还牙，奋起反抗。我们其他人则会被他们随心所欲地推搡，被他们弄得到处团团转。你会感觉到突然间有一只胳膊圈住了你的脖子，接着是猛的一个拉扯，你就躺在那儿的地上了。在大家集合或是去教室的路上，突然间会有一个拳头抵压在你的肩头上,那是个会让人疼得要命的部位。在踢足球时，突然间，有人踩在你的脚指头上。但阿斯盖尔或者是约翰很快就学会了如何不再受欺负，他们硬碰硬，以其人之道还治其人之身。这些男孩子住在岛的东面，穿着和我们不一样的衣服，至少他们当中的一些人是这样。他们的衣服很旧，看上去像是穿过的，好像他们的衣服就只是那些大的孩子剩下来的旧衣服，还不只是一个哥哥，或许是两个或三个哥哥穿过的……盖尔和我最担心的是当我们在秘密地点时，他们中的一些人会察觉出来。但出去的时候，只要派一个人放哨，就不会有大的问题。但或许更重要的是，我们自己要更为紧密地团结在一起，要体会到我们是一个整体，而最为安全的地方当然就是教室了。

上课铃响了，我们集合排队，女老师——总是那样，高高的个子，身材纤瘦——走到了阶梯上方，步态略带着一点生硬，手的摆动也有一些紧张，我们排队踏着大步向下面的教室走去，我们在教室外寻找挂雨衣的衣钩，然后立刻坐到自己的位置上。

“安妮·莉丝贝特今天也生病！”有人这么说。

“佐尔法伊格也是。”

“还有维姆德。”

“还有莱夫 · 托雷也是。”盖尔说。

现在我想到了前一天晚上发生的事情。

“维姆德的脑子有病！”埃温说。

“哈哈哈！”

“好了，好了，不要讲了，”老师说，“在这个教室里，我们不说别人坏话。至少不要在别人背后说！”

“莱夫 · 托雷的父亲昨天喝醉了！”我说，“我妈妈得开车把他们送到亲戚家里去。所以他今天不在这里！”

“嘘。”老师说，手指放在嘴唇上，同时看着我，摇了摇头。然后在她的本子上写了几个字，再把目光投向班上的同学。

“还有其他人缺席吗？没有？那，我们就开始吧。”

她走上前去，坐在讲桌的边沿上。这一周我们要学有关农场的事情。我们中间有没有人去过农场？

啊，我把手臂尽量高地举起来，几乎都快站起来了，同时嘴里喊着**我**，**我**，**我**！**我去过**！

我不是唯一一个想就这个话题发言的人。但老师用手指着的也不是我，而是盖尔 · B. 。

“我在乐高乐园骑过一匹马。”他说。

“那又不是什么农场哟，”我叫喊起来，“我去过农场好多次。外婆外公……”

“轮到你说了吗，卡尔 · 奥韦？”老师说。

“没有。”我说，把头低下了。

“这是对的，乐高乐园不是农场，”她继续说，“而马的家是在农场，这是正确的，盖尔。温妮？”

温妮，这是谁？

我回转身去。啊，那咯咯傻笑着的就是她呀。有点胖，浅色的头发。

“我住在农场，”她红着脸说，“但我们没有动物。我们种蔬菜。然后爸爸把蔬菜拿到城里的集市上卖掉。”

“我去过有动物的农场！”我说。

“我也是！”斯韦勒说。

“还有我！”达格·马格纳说。

“等到该你们发言的时候再说话，”老师说，“大家都有机会说话。”

在我终于可以放下手，可以把我心里的话讲出来之前，老师已经用手指点了五个人。“是这样的，外婆和外公有一个农场，它很大，有两头母牛和一只小牛犊，他们还有很多鸡。我有好多次跟着他们一起去捡鸡蛋，早上外公挤牛奶时我也去了。他先把牛粪清除掉，再喂它们一点草料，然后就开始挤奶。有时候奶牛会举起尾巴来撒泡尿或是拉泡屎。”

一阵笑声的浪潮朝我拍打过来。这煽动着我继续往下说。“有一次，”坐在教室座位上的我脸儿涨得红红的，“有一头奶牛朝我撒尿！”

我环视周围，接下去的是又是一场哄堂大笑。老师一言不发，让我继续往下说，但我看得出来她并不相信我说的话。

当所有的人都讲了话，完成了这个环节之后，她朗读了书里一段关于“奥拉奥拉嗨啦”（Ola Ola Heia）的故事。她就所读到的内容向我们提问，但对我完全视而不见，直到下课铃声响起，那时候她请我等一会儿。

“卡尔·奥韦，”她说，“在这里等一等，我想同你谈谈。”

在其他同学都跑出教室时，我站在讲桌的一旁。等到只剩下我们两人时，她坐在讲桌边沿，看着我。

“不是我们知道了别人所有的一切，就都要把它讲出来，”她说，“比如，你说莱夫·托雷父亲的事。你不觉得莱夫·托雷会对此感到难过吗？”

“他会的。”我说。

“那他不想要另外的人知道这件事。你明白吗？”

“明白。”我说，开始哭了。

“这叫作人的隐私，”她说，“你不知道这是什么吗？”

“不知道。”我说，抽噎起来。

“就是在家里发生的一切事情，我们自己家的，别人家的和所有其他人家的事。要是人看到了在别人家发生的事，还把它传出去，这总是不太好的。懂了吗？”

我点点头。

“好了，卡尔·奥韦。别难过了。你是不知道。现在你知道啦！就这样，你出去吧。”

我跑上阶梯，跑出过道，来到了操场上。用目光把站在那儿的所有一堆堆、一伙伙的人都扫视了一遍。有的女孩在跳皮筋，有的在跳绳，还有一些在互相追着跑。在下面的足球场上，我看见有人在踢足球，在距离球门最近的地方聚集着一群人。球场的整个中心地带几乎都被黄泥汤水般的水洼填满了。盖尔、盖尔·哈康和埃温站在下方那竖着旗杆的小山冈前面的长凳跟前，我朝他们跑过去。他们在和盖尔·哈康玩船牌。

“你哭鼻子了吧？”埃温说。

我摇摇头。

“那是风吹的。”我说，

“那么，老师说什么了？”

“没什么特别的，”我说，“我也玩玩牌吧？”

“你哭过。”埃温说。

我和斯韦勒、埃温是班上成绩最好的，而埃温是我们三人当中最棒的。他算数最好，斯韦勒第二，我是第三。我最好的科目是阅读和写字，埃温其次，斯韦勒第三名。但埃温跑得比我快得多了,班上男生当中只有特隆跑得比他快。我是跑得第七快的。他也比我强壮得多。我是班上倒数第二强壮的，只有维姆德比我更差，因为他是最胖和最蠢的一个，最糟糕的是，他已经完全被忽略不计了。甚至特隆，这班上最年幼的一个，也比我强壮。我的个子是班上第三高的，比埃温高一点。踢足球我是第四棒的，我前面有阿斯盖尔，特隆和约翰，而埃温是第五名。在画画上我比他强，在这方面上我只排在盖尔后面，没有他不会画的东西，还有维姆德也是。但掷小球我是倒数第二名，也是只有维姆德在我后面。

“我走下阶梯时沙子吹眼里了，”我说，“我没哭鼻子。给我一张牌，可以吗？”

我抽出的第一张牌，是法兰西 S/S，世界上最大的客船，这张牌可以在所有的牌里胜出，独占花魁。

下一节课我们在本子上写字母：牛字里的字母 u，羊字里的字母 a，鹅字里的字母 å。家庭作业是在练习本上抄写同样的字母。老师问我们，是否有人的家在那些今天缺课的同学家附近，这样就可以把作业本带回去给他们。

但面对老师提供的这样一个可能性，我并没有马上反应过来，直到差不多下一节课，也就是最后一节体育课的时候——那会儿我们在那小小的室内球场上一次一次地转着圈跑步——才明白了过来。我可以朝上面走，走到安妮·莉丝贝特那儿去，告诉她我们今天的家庭作业！这个念头让我全身温暖起来，还带着欢喜的惶恐不安。很快地，我们穿上衣服走出更衣室，在朝上面走，去到那个我们集合排队的地方等候公共汽车的路上，我把计划告诉了盖尔。他皱起了鼻子，到上面的安妮·莉丝贝特那儿去，为什么？我们从来没去过那儿，这是其一。维姆德住在那里，这是其二。他不能把家庭作业告诉她吗？你什么也不明白，我说。这就是重点所在啊，我们要自己去！

他继续坚持他的看法，但在我一阵软磨硬缠之后，他说愿意和我一起去。

汽车没有让所有人都在 B-Max 超市外面下车，这个下午，车顺着居住区往上开，沿路把我们放下。有时候公交车会这样做的，但每一次我都感到有点怪怪的，因为这庞大的公共汽车车身跟那里狭窄的道路有点不般配，高耸的它就像是在运河航道里的一艘客船。我们站在人行道上，看着车继续往坡上开去，好像劳累不堪地喘息着，车尾排出的废气在柏油路上方扬起一团浓浓的烟雾。

“我往上走，还是你往下走？”我说。

“你往上走。”盖尔说。

“OK。”我说，走上车道，很幸运，当然也很自然，那里空无一人。雨不再下了，但在我目光触及之处，一切都是湿漉漉的。深棕色的屋墙上还留存着水渍，大面积的黑色水迹印，在门前的宽阶梯上和砖石上所有的小坑洼里都积满了水，靠墙竖放着的铁锹，手把上的水滴摇摇晃晃。我拉下外套的拉链，从里面掏出钥匙，想看看我今天是否能把锁打开。但发生的是同样的情况，钥匙插进锁孔——那里面的小滚筒应当会转动的——被卡得死死的。我往路那边望了望。那里没有人。于是我走到院篱边上的垃圾桶那里，把那黑色的，已经装了一半的垃圾袋取出来放在地上，抓住垃圾桶的手把，把它举起来。它比我想象的要重一些，在把它搬到房子那的途中，我得放下来好几次。在那坡路上仍旧看不到半个人影。一辆车开过来了，但没有我认识的人，于是我把垃圾桶搬到了草地上，把它放到窗户下面。爬到垃圾桶上，把玻璃窗拉起来，把头和身子伸进去。一种人体失去了控制的感觉，我不知道是否有人看见了我，眼前只有空荡荡的房间，幽暗而温暖，我满心的恐惧不安。我扭转着身体，向前翻动，于是我的半个身体进去了，然后我抓住了加热器的金属管，这样就可以完成最后的一段距离。

脚落到了地板上，我脱下靴子，拿着它穿过整个大厅，我来到了大门那里，把门打开，走出去，又来到屋前。当我朝下面的路上望去时，心里空洞洞的，只有恐惧和紧张。没有汽车，什么动静也没有。他只要不在往下的这几分钟之内回来，不要因为忘了什么而回家来取，或是他病了什么的——像这样的情况还从来没有过哟，爸爸从来没生过病的——那就万事大吉。

我发出了一声欢喜的呻吟。三步两步地走到垃圾桶那里，把它搬回原处，把垃圾袋扔进去，把袋子口沿着桶的边沿理顺，再折过去，跑回窗户那里。我惊恐地发现，垃圾桶在草地上留下了痕迹。有些地方还是很深的痕印。我伸出手去，试图把草抹平，这样就可以遮盖住垃圾桶边留下的这些痕迹，再把那些含有肥料的泥土往上翻动一阵。然后我直起腰来，观察效果。

还是看得出破绽。

但若是人不知道这是怎么一回事的话，或许就不太容易发现？

爸爸的眼睛决不会漏掉任何东西。他会看出来的。

我再次蹲下去，继续在草上拨弄，抚平痕迹。

就像这样。

这就可以了。

要是他察觉出来，我可以矢口否认。他是不可能想象出我把垃圾桶弄到窗户底下，再设法爬进去的这个画面的吧？不会的，要是他留意到了，那就太神了，简直是一种完全、彻底的不可理解，那时候我只要做到语气如常，面不改色，他就不会追根问底了。

我在大腿上把潮湿肮脏的手擦干净，背着书包上楼进到房间里。打开衣柜，想要穿上那件白衬衣，怀着安妮·莉丝贝特会认为这件衣服很漂亮的美好想法，这要是爸爸出现了，问我为什么要换衣服，那我就会把自己卷入一件麻烦事里，这样一来他就可能把问题理个一清二楚，所以我控制住自己，没有去换衬衣。

然后我在屋里把门锁上。爬上热水器的管子，回转身子，脚冲着外面，小心地把身体放下去，直到最后我松开手，脚扑通一声落在地上。

脚步加紧，我快步来到了车道上，装作什么事也没发生的样子。

现在也没看见任何车辆。那边十字路口站着约翰·贝克，盖尔·哈康，肯特·阿尔内和厄于温·松特。他们看见了我，就骑着车过来了。我静静地站着，等待他们。

“你听说了吗？”盖尔·哈康说，在我面前踩下刹车。

“什么事？”

“今天一大早，维德霍尔门的一个工人被一条钢丝削成了两半。”

“削成了两半？”

“是的，”约翰·贝克说，“钢丝在被拉紧时断裂了。一个人被甩出去的那段钢丝尾部击中了，他被切成了两截。这是爸爸说的。今天他们让大家都回家了。”

我的眼前出现了一个人被牵引一艘船的钢丝拦腰斩为两段的画面，上面的那截身子——脑袋和手臂——立在下面的那截——腿部的旁边。

“你爆胎的车还没弄好？”肯特·阿尔内说。

我点点头。

“你可以坐在我车上。”

“我要到上面盖尔那儿去，”我说，“你们要去哪里？”

盖尔·哈康耸耸肩头。

“或许，到下面的船那儿去。”

“那，你们要去哪儿？”肯特·阿尔内说。

“到上面的一个同班同学那儿，给他说家庭作业的事。”我说。

“谁呀，我可以问问吗？”盖尔·哈康说。

“维姆德。”我说。

“你们跟他在一起？”

“没有，”我说，“只是今天。我现在得走了。”

我跑上坡路，大声喊着盖尔，紧接着他跑出来，手里拿着一片面包片。

二十分钟以后我们又走过B-Max超市，顺着一片草地拐了个弯之后，开始向建筑区的最高点走去，从那儿的路可以直接插进安妮·莉丝贝特家、佐尔法伊格家和维姆德家的房子那里。朝着相反的方向走也有可能通往那里，因为这条路把所有的支路以及建筑区的住房都连接在一起，走向也是个圆形，我们走的环形路也在其中。好像这还不够，外面的主干道也是环形，环绕着整个岛。所以我们是住在一个圆圈里的一个圆圈里的一个圆圈里。超市外百米远的地方的两条外侧的路是平行的，但人是看不见的，因为它们被一个小山崖分割开来，它或许有十米高，和一堵墙固定在一处。在这山壁上立着一道绿色的丝网篱墙，上方有个坡形的假山，经过了这里，我们又循路前行。我们看不见脚下嗖嗖驶过的汽车，但能听到它们的声音。汽车的声音是令人兴奋、激动的，我们想法爬下去，到了篱墙那里。当汽车从菲纳加油站来到坡上时，首先我们听到的是一种轻微的嗖嗖声，然后声音越来越强，直到它们在我们身下急速驶过，马达的轰鸣声在山壁前又得到了强化。我们俩一致同意要向汽车扔石头。因为我们看不见汽车，就需要准确地估算声音。我们手里各自捏着一块石块，等待着下一辆车的到来。石头很大，比我们的手还大，但没有沉重到我们不能将它扔过篱墙，石头从这里落到公路的地面上，有十米的距离。盖尔首先开始。在汽车开到我们身下的那一刻，他把石头扔了下去，当然落空了，我们听到了石头落在柏油路上那空洞的，轻微的声响，接着它又向一边滚出去了一点儿。轮到我时，我又做过头了，石头扔出去得太早，撞击在马路上，车或许还在五十米远的地方。

沿着人行道走过来一个女人，双手各拎着一个塑料袋。她停下脚步，同我们讲话了，虽然我们以前没有见过她。

“你们在那下面干什么呀？”她说。

“没什么特别的，”盖尔说。

“你们最好还是从那里上来”她说，“那里很陡，很危险的。”

她又继续往前走，但她的目光还驻留在我们身上，我们也觉得最好是照她说的那样做，就继续往上方走去。

在去维姆德家的路上，我们都走在马路边的窄条石上，保持着身体的平衡。屋外，她的妹妹正跪在一个沙坑里玩耍。她的雨衣是黄色的，蓝色的塑料桶，绿色的铲子。

“我们先到维姆德那儿去吗？”盖尔说。

“不，我们先不到那儿，”我说，“先从安妮·莉丝贝特家开始。”

她的名字是带着电的，当我用嘴说出它时，数以千计的噼啪声响，电光热流传遍了我的全身。

“怎么啦？”盖尔说。

“什么呀？”我说。

“你好奇怪。”

“奇怪，没有啊？我跟平常完全一样呀，我。”

朝上面的路走了几步后，路的一边被一道水帘遮盖住了，流下来的水那么细，看上去更像是水在往下连绵地滴答，而不是在流淌，透过它我们可以近距离地看到安妮·莉丝贝特的家。这栋房子位于山冈的最高处，前面是草坪，其余的就是下面的树林了。最高一层楼上有一扇窗户亮着灯，或许那就是她的房间？路的另一边是米尔旺和佐尔法伊格两家的房子，再下面就是树林，幽绿，阴暗，潮湿。我们走过这两栋房，路尽头树林边上的那块碎石地，是车可以掉头的地方。从那里往里走，就是安妮·莉丝贝特家房前的车道。大门上方的灯亮着光。

“你摁门铃？”当我们站在门前时，我说。

盖尔伸展身体，踮起脚尖，摁下门铃。我的心颤抖起来。过了几秒钟。她的母亲来把门打开了。

“安妮·莉丝贝特在家吗？”我说。

“在。”她说。

“我们是她班上的同学，”盖尔说，“我们有家庭作业要给她。”

“真是太好了，”她说，“你们愿意进来吗？”

她浅色的头发，蓝眼睛，跟安妮·莉丝贝特看起来完全不一样，但看起来也很赏心悦目。

“安妮·莉丝贝特！”她喊了一声，“你们班的同学来了！”

“我就来！”安妮·莉丝贝特在楼上回喊了一句。

“她病了吗？”我说。

母亲摇了摇头。

“已经好了。我们只想让她在家里多待一天，为着保险起见嘛。”

“啊，是的。”我说。楼梯上响起了脚步声，安妮·莉丝贝特出现在视野里。她手里拿着一片面包片，口里含满食物，冲我们笑着。

“嗨！”她说。

“我们以为你生病了。”我说。

“我们给你带家庭作业了。”盖尔说。

她穿着一件高领的白毛衣，上面有红色的图案，蓝色下装。嘴唇上方挂着一抹白色的牛奶。

“那么，你们能同我一起出去玩玩吗？”她说，“我在家里待了整整一天。还有昨天一整天！”

“可以啊，”我说，“你说是不是，盖尔？”

“是的。”盖尔说。

她穿上她的白色靴子，红色雨衣。她的母亲走上了楼梯。

“再见，妈妈！”她喊了一句，然后蹦跳着出了门。我们蹦跳着跟在后面。

“我们做什么呢？”她说，在走完盖着碎石的那段路后，她对着我们猛地一个急转身，“我们到下面佐尔法伊格那里去？”

我们去她那儿了。佐尔法伊格走出来，安妮·莉丝贝特建议说，我们来跳橡皮筋，于是盖尔和我把皮筋套在腿上站在那里，同时佐尔法伊格和安妮·莉丝贝特开始在皮筋上方跳起来，上上下下忽前忽后，遵循着这错综复杂、让人眼花缭乱的一整套模式，精于此道的她们把它做得如此完美。然后就该轮到我了，安妮·莉丝贝特向我示范该怎么做。她把手放在我的肩头，一阵电流传遍我的全身。她那双漆黑闪亮的眼睛。当我没法做出她教的动作，她就高声大笑起来，还有，啊，我嗅到了她头发的气味，一缕秀发就在我的脸前拂过。

这太妙不可言了。所有的一切都是那么妙不可言。我们头顶上方的天空开始变得浓厚阴沉，在灰色的云层里渗出一道黑蓝的色调，悬挂在树林的天空像一堵墙，紧接着下起雨来。我们把雨衣上的遮雨帽拉上来，继续跳皮筋玩。雨滴打在雨帽上，顺着脸颊流下来，脚板底下的碎石块嘎吱作响，倒车处的末端竖着的一根柱子上的灯，突然一下亮了。过了一会儿，一辆车慢慢地开上了坡。

“那是爸爸！”安妮·莉丝贝特说。

一辆沃尔沃旅行车，在车道的最里面停了下来，一个体格强壮，留着黑胡子的大个子男人走下车来。他向她挥挥手，她朝他飞跑过去，他弯下身来给她一个拥抱，然后进了屋。

“现在我们要吃晚饭了，”她说，“家庭作业是什么？”

我告诉了她。她点了点头，对我们说声再见，就消失在了屋内。

“我也得走了。”佐尔法伊格说，她站在那里，眼里有几分失落，把橡皮绳收拢、盘绕在一起。

“我们也走了。”我说。

当我们来到十字路口时，我建议我们一直跑到商店那里，于是我们就这么做了。到那里后，盖尔建议我们不要走格勒乌棱路回家，也不要穿过树林，而是沿着主干道往下走到霍尔特。我们就走了这条路。再从那里走上一条小径，经过一道小山坡，到达环形路，顺着这条路回家。但当我们在这路上走了几米远时，出了一点意外的事。公交车朝山下开去，出于习惯我回头一望，在窗户里，离我就几米远的地方，在和我平行的高度，英韦坐在那里！

他究竟在搞什么名堂呀？他要去城里？现在？他要去那里干什么？

“那是英韦，”我说，“他坐在公交车里。”

“啊，是吗。”盖尔说，一副不太感兴趣的样子。我们跨过一栋房子前面的草坪，走上大路。

“那上面可真是好玩呀。”盖尔说。

“是的，”我说，“我们以后再上去？”

“好，”盖尔说，“但或许最好不要把这事告诉其他人？她们是女孩子哟。”

“不告诉，现在没这个必要。”

从山坡顶上，我看见爸爸的汽车停在我们房子的外面。盖尔的爸爸也已经回家。他们是老师，要比其他的父母早一些结束工作。

我想到我为了进屋子，使用了垃圾桶的事。

“我们再找点什么别的来玩？”我说，“到另外一个地方去？

去下面的那棵摇摇晃晃的树那儿？”

盖尔摇摇头。

“在下雨。我也饿了。我回家了。”

“OK，”我说，“再见。”

“再见。”盖尔说，朝他家的房子跑去。他重重地把门摔上，门上的玻璃一阵震颤。我朝那边古斯塔夫森的房子看去。厨房里亮着灯。他们是已经回家了呢，还是只有他们的父亲在那里？他们家有车库，所以不可能由车是否停在那里来判断。

我回转身，往坡上望去。玛丽安娜的父亲把垃圾桶的盖子打开，把一个系好袋口的塑料袋扔进去。他穿了一件针织外套，脸上胡子拉碴的。他看上去总是一幅生气的样子，但我对他一无所知，我从来没跟他讲过话或者听说过有关他的什么事情。他是个海员，一年里大多数的时间都出门在外。当他一回到家，就一直在家里待着。

他把门关上，完全没有注意到我。

上面的十字路口那里过来了一辆庞大的黄色卡车，车厢里装载着石头。当车开过去时，地面上有一阵轻轻的颤动。从车前方的排气管那里腾起一股浓烟。

英韦曾给我看过一张世界上最大的载重卡车的照片。这是他从图书馆借来的有关阿波罗航天计划的一本书里的。上面的一切设备都是世界上最大的。这是一种可以把火箭运载到几公里外的发射场地的特别装置。但它行驶缓慢，像个巨大的蜗牛一样，只能有一点半点的移动，英韦说。

最具吸引力的仍然是发射本身。那里面的照片我看了有无数次。在电视里也看到过一次。但我期待的或许是火箭能以一种极快的速度从斜坡平面上发射出去，但事实不是这样的，刚好相反，在最初的一段距离里，它上升得极为缓慢；火焰和烟雾喷射出来，火箭本身却像是位于下方的某种赘物，在短暂的一小会儿里，它看上去好像在休息，接着又缓慢地，以几乎有点摇摇欲坠的状态，伴着几公里外都能听到的轰隆巨响，往空中升腾。上升越来越快，直到到达人可以想象出来的那种疯狂飞速的极限，火箭像一支箭或是一道光，直冲向那水晶般湛蓝的天空。

有时候我想象着，一支火箭从这树林的上方发射出去。它藏在一座山峰的背后，秘密地出发远行，有一天我们可以看到它，就在下面的树林上方，慢慢地，慢慢地升起，背衬着这一片绿色和灰色，它的下端是火焰般的云彩和烟雾，然后一切又渐渐明朗，火箭在那儿滞留了片刻，随即以一种无与伦比的极速上升到天空，火箭巨大的发动机发出的轰鸣声，在我们房屋的墙壁之间跌宕起伏。

这是个不坏的主意。

我小跑着到了下面的房子那儿，走过砾石地，来到了门前，打开门，开始在地垫上脱鞋，那个时候爸爸从办公室的走道那里走出来。

我迅速地朝上望了一眼。

他看上去不是特别生气的样子。

“你去哪儿了？”他说。

“跟盖尔一起玩儿。”我说。

“这不是我要问的，”他说，“你去的**什么地方**。”

“我们在上面 B-Max 超市那里，”我说，“那背后。”

“是吗，”他说，“你们在那里干什么？”

“没什么特别的，”我说，“就是玩儿。”

“你再到那儿去一趟，”他说，“我们需要土豆。你觉得，你可以去买土豆吗？”

“可以。”我说。

他从背后的裤袋里掏出钱包，抽出一张钞票。

“让我看看你的口袋。”他说。

我站起身，把臀部转向他。

他把钞票塞给了我。

“把它放进裤袋里，”他说，“赶快去。”

“好。”我说。他回到了办公室，我又把鞋穿上，小心地把门在身后关上，开始往上方跑去。

在我们吃晚饭前，英韦赶了回来，在爸爸喊晚饭好了之前，他刚好来得及到自己房间去了一趟。他做了烤牛排、煎洋葱、水煮花菜和土豆。妈妈说有一个钟点清洁工要来我们家，是一个老妇人，每周来一次，叫耶伦太太，这天下午她就应该来。妈妈在上班的地方已经给她打过电话了，听上去她是个不错的人。我知道爸爸不愿意有清洁工来家里的，他说过一次，但他现在不再吭声了，所以我明白他已经改变主意了。

我很高兴她来家里。每逢有人来家里拜访，总是令人高兴的，或许他们的到来会这给屋子带来某种全新的、不一样的东西。另外他们总是会留意到我和英韦。“瞧，这是你们的孩子啊”——

要是他们以前从未见过我们，就会这样说，或者“你们长这么大了”——要是他们以前见过我们，就这样说，有时候也会出现他们向我们提问题的情况，比如问，你们在学校里怎么样了呀，又或是有关踢足球的问题。

吃完饭后，我溜进了英韦的房间。他从磁带架上取出一盒磁带，是“现状乐队”（Status Quo）的专辑《打桩机》（*Piledriver*），把它放进机子。

“我看见你在一个地方的公交车里，”我说，“你去哪儿了？”

“去城里。”他说。

他在床上躺下，开始看一本杂志。

“那么，你去那里干什么？”

“别这么没完没了的，”他说，“我去给自行车买一点配件。”

“车坏啦？”

他摇摇头。然后看着我。

“别告诉别人。妈妈也不要告诉。”他说。

“我发誓不讲。”我说。

“车放在上面弗兰克家。就是自行车头那里，知道吗，车管断成两半了。但他爸爸答应要替我把它修好。明天早上我就可以去拿车。”

“想想吧，要是爸爸看见了你呢？”我说，“在城里，或是他认识的人看见了你？”

英韦耸耸肩头，继续看书。我回到了自己的房间里。过了一会儿我听见有人在摁门铃。我等到妈妈下楼到了走道那里，才走出房间。紧接着那个有点圆滚滚的——或许说是身材宽大的——

头发花白、戴着眼镜的老年女人上了楼梯。

“这是卡尔·奥韦，”妈妈说，“小的那个。”

我向她点点头。她笑了。

“我是耶伦太太，”她说，“我们一定会成为好朋友的。”

她把手放在我的肩头。我整个身体都变得暖暖的了。

“大的那个，英韦，在他的房间里。”妈妈说。

“我去把他叫来吗？”我说。

妈妈摇了摇头：“你不必去。”

她开始领着她在房子里转了一圈，我回到了自己的房间。外面的天色暗下来了。雨点噼里啪啦低声地落在屋顶和墙上。雨水在排水沟里潺潺地流动。大的水珠子打在玻璃窗上，顺着难以预知走向的纹路流淌而下。一辆汽车发出的灯光在邮箱架子上方的云杉树上扫射。是雅各布森下班回家了。这绿色的邮箱和支撑着邮箱的金属架子，在让它们熠熠生辉的光照下沉默。**别，别，**它们说。**不要光亮，不要光亮。**我在床上躺下来，想着安妮·莉丝贝特。明天我们要再到那里去。但首先，我想在学校里看见她！看见她就足够了，我不需要比这更多，因为快乐会从我全身的每一个细胞传送开来。有一天我要问她我们是否可以在一起。有一天我想到她的房间里去，她也到我的房间里来。虽然我是不允许邀请人到我的房间里来的，但要是她要来，我就设法办到。若是有这个必要，我们就从墙上的那个窗户爬进来。

我在书桌前坐下，从书包里找出书本，开始做作业。耶伦太太走了，我听见英韦的脚步声消失在厨房里。今天是星期一，每星期一的晚上他都在那做烤饼或是松饼。当他忙着做这些事的时候，我通常和妈妈一起坐在厨房里，那里暖暖的，烤饼或是松饼的味道很好闻，那时候我们可以一起聊天，无所不谈。当英韦做完食物后，我们会在烤饼上涂黄油，油在上面融化，再加上棕色奶酪，或是在松饼上抹着黄油和白糖吃，油也会在那上面化开，同时还一边喝茶或是牛奶。有时候——但不是经常，爸爸也出现在那儿。但像大多数的时候那样，他很快又会回到他下面的办公室去。

我做作业用不了多长时间，这些字母我都会的哟，只是把它们一次一次地写下来就行了，然后我也去了厨房。空烤箱里亮着灯。英韦挽起衣袖站在那里，胸前挂着围裙，正用长柄木勺在案桌上的碗钵里搅着。妈妈坐在那里织毛衣。

“你很快就要织完了吧？”我说，在我的座位上坐下。

“还有一两天。”她说，拉了一下毛线团，好像她正坐在一条船上，手里执着一根短钓鱼竿，“这得看我织得有多快了。”

“今天我和盖尔到上面的安妮·莉丝贝特和佐尔法伊格那里去了。”我说。

“是吗？”妈妈说，“她们是谁？你们班上的吗？”

我点点头。

“你现在开始和女孩们一起玩了？”英韦说。

“是呀？”我说。

“你爱上谁了，是不是？”

我犹豫地看着妈妈，然后转向英韦。

“我想是的。”我说。

英韦开始笑了。

"你只有七岁！你可不懂什么是爱上了哟！"

"你不应当因为这种事笑话别人，英韦。"妈妈说。

英韦脸红了，一下把头埋进了面前的碗钵里。

"情感就是情感，不管人是七岁还是七十岁。这都是同样重要的，明白吗？"

一阵静默。

"但这也不可能发展成为什么呀！"英韦说。

"在这一点上或许你是对的，"妈妈说，"但人是不是能对另一个人有感觉？"

"你就爱上了安妮哟。"我说。

"我没有。"他说。

"你说过你爱上她了的。"

"好了，好了，"妈妈说，"面糊和得怎么样了，快好了吗？"

"我想是的。"英韦说。

"让我看看？"妈妈说，把手里的织物放进脚边的篮子里，站起身来。

"你愿意给烤盘抹油吗，卡尔·奥韦？"

她把装着融化了的黄油的小罐拿出来，递给我一把刷子，从电炉最下面的抽屉里拿出烤盘。黄油已经加热过了，你可以从它的颜色看出来：在轻而薄的黄色里有着许多小的坑凹，和一些大的浅棕色斑块。要是慢慢地给油升温，它的颜色会丰富而纯净。我把刷子浸入油里，把它刷在烤盘上。慢慢融化了的油会让刷子变得滞重、生硬、难以移动，因此使用时得把刷子顺着拉过来，少把它往前推，与此同时，这融化了的棕色的油，薄薄的一层才比较容易涂抹。只需要十秒钟，烤盘的抹油工作就完成了。我又坐下来，英韦开始做出烤饼的形状。楼下的门响了。紧接着楼梯上响起了爸爸沉重的脚步声。我在椅子上坐直身子。妈妈又坐下来，把织物放到自己的膝盖上，抬起眼睛望着门口，与此同时爸爸出现在那里。

“一大家子人都在这里呀，”他说，两个大拇指伸进皮带扣里，把裤子往上提了提，“我想，晚饭很快就好了吧？”

“还有一刻钟。”妈妈说。

“你做的是烤饼吧，英韦？”他说。

英韦只点了点头，没有抬起眼睛。

“好，好。”爸爸说。他转身走进了客厅。地板在他的身下被压得嘎吱响。他在电视机前停下，拧开开关，在那张棕色的皮椅子上坐下。

这声音我听出来了。这是那个医生节目里的人。嗓子有点沙哑，好像上面生了锈，最后出现的那张脸总是往后仰着，仿佛是在对着天花板说话，但他的眼睛始终朝下，像是为着指挥他的声音到正确的位置上。

我站起来，走进了客厅。

屏幕上显示的是被打开了的皮肤，蓝色被单间的血与肉。

“是在动手术吗？”我说。

“这还用说。”爸爸说。

“我可以看吗？”

“可以，这又不会有什么危险的。”

我坐在沙发的最外沿。人完全可以直接看进人的身体里面。

好像是放进了身体下部的一只漏斗，很多金属夹子把打开的部位固定好了，那一块肉，从血上可以看得出是刚刚从身体上切下的，最下面的是一块闪着亮光的，膜质样的器官，还有污黑的血，所有的这一切都在几乎刺眼的白炽灯光的照射之下。一双戴着胶皮手套的手熟络地在那里面动作着。较大的画面不时地展现出来。这样就能看清楚了，这是平躺在手术台上的一个人，他身体里的这个部位是打开了的，全身被蓝色的、塑料质地的材料遮盖着，这双手是属于一个大夫的——他是这五人小组里主宰着一切的中心人物，大家都穿着绿色的手术服，站在中央的那两个，在一盏蜥蜴形状的灯下，躬身在那个身体上面，其余的三个人手里的托盘里装有各种器械，身旁还有我不知道的、各式各样的器具材料。

爸爸站起身来。

“不看了，这没法再看了，”他说，“星期一晚上他们就只播放这些玩意儿！”

“我还可以看吗？”我说。

“可以，你行啊。”他说着朝楼梯走去。

那膜的最下端一张一缩地呼吸着。鲜血如注漫涌而来，膜以舒张的姿态，排斥开血的掩盖，但血流又再度漫涌上来，它又能够以新的方式再次张开，在血液中凸显出来。

猛然间我明白了，我看见的是一个心脏。

这是一种多么可怕的悲伤啊。

不是因为心脏跳动着，不能逃离，不是因为这个。是因为心脏不应该被人看见，它应该被允许在秘密中暗自跳动，这显而易见，人看见了它的瞬间就明白了这点，一个没有眼睛的小动物，它应该不被看见，而是应该在胸膛的下面跳动和搏击。

我继续往下看。医生的节目是我最喜欢的电视节目之一，特别是有关他们做手术的。很久以前我就决定，长大之后我要当一名外科医生。妈妈和爸爸有时候对其他人提起这个，他们只是觉得很有趣，因为我还那么年幼，但我真的这么想，不是戏言，我长大成人后就想干这个，从别人身上切下一块来，在他们的身体里进行手术。我常常画那些有血，有刀子，做手术的画，里面还有护士和灯，妈妈多次问我，为什么我的画里有那么多血糊糊的东西，就不能画画其他的，比如房屋、草地和太阳，我可以画这些画的，但这不是我真正的意愿哟。潜水员、帆船、火箭和做手术，这就是我想画的东西，而不是房子、草地和太阳。

在英韦还很小，他们还住在奥斯陆的时候，他说他长大以后要当一个清洁工人。祖母对这事笑得不少，经常提起它。她还以同样的口气讲道，爸爸小的时候也说想当个勤杂工。对这个她也笑得不少，有时候眼泪会都滚下来，虽然她肯定已经讲了上百遍了。我要当个外科医生的事就没这么好笑了，这不一样，这是认真的，再说当时的我已经比那时说要当一个清洁工的英韦年长多了。

所有的金属夹和管子都一个一个地从身体上这个张开的漏斗处拿走了。节目主持人出现在画面里，讲述着这个刚刚做完的手术。我站起身来，又走进了厨房，做好的烤饼放在托盘里冷却，托盘放在电炉上，旁边是煮茶水的锅，正冒着热气，妈妈开始把餐盘、茶杯、刀子和一些要吃的食物摆放在餐桌上。

第二天降温了，雨也停了。去年那双冬天穿的中筒靴小了，于是妈妈找出一双厚袜子，让我套上它再穿橡胶靴子，来替代中筒靴。那件蓝色的羽绒外套还合适，去年冬天我第一次穿它。然后就是蓝色帽子——我很快就要走出屋子了，我把帽子拉到了额头上——它遮挡住我的视线，像是一个黑色的屋檐。安妮 · 莉丝贝特穿了一件浅蓝色的羽绒外套，质地光亮平滑——相反地，我的衣服有点粗糙，没有光泽——黑头发从白帽子下面卷伸出来，白围巾，蓝裤子和一双红色的、崭新的半筒靴。她和女孩子们站在一起，当我朝她们那边看时，她没有看见我。

她那件羽绒外套的颜色出奇美丽。

这样的外套我也想要一件。

当我们来到学校时，所有的人都把书包从身上取下来，放在集合的地方，我让盖尔和我合伙去摘她们的帽子。他摘佐尔法伊格的，我摘安妮 · 莉丝贝特的。她站在那里，背朝向我，当我把帽子从她头上抓下来时，她转过身来，伴随着一声尖叫。等到我的目光和她的目光相遇后,我才从那里跑开。我跑得不是太快，她就不至于追不上我，但又不能太慢，那样所有的人就会看出我是故意在等她。

她的脚步声在柏油马路上紧跟在我身后。

然后她伸开双臂一下从后面围住了我！

哦！哦！哦！

她那奇妙无比、美妙绝伦的厚厚的羽绒外套贴近了我的外套，她笑着喊道给我，给我，我简直无法让眼下的这一刻溜走，把帽子高高举在她的头上方，我的内心充满了巨大的喜悦，我把帽子给了她，一动不动地站着，看着她把帽子戴在头上，从那里走开。

然后她转身对我一笑！

她的那双眼睛，啊，她的那双眼睛，那么黑，那么漂亮，它们在闪闪发光！

这就好像是进入了一条明亮的、光辉灿烂的地带，和那里相比，一切都黯然失色、全无意义。上课铃声响了，我们排队走上阶梯，通过走道，在自己的座位上坐下，拿出书本。我做了我们要做的一切，该听课的时候我听课，像我往日一样地说话，滔滔不绝，画我的沉船残骸和游泳的蛙人的那些图画，吃我带的便当和我的牛奶，在课余时间踢我的足球，在回家的公交车里坐在盖尔的旁边唱着歌，在一伙人当中，晃荡着背着的书包，跑下了最后一段下坡路,在所有的时间和所有的地方,我都全身心地投入，但仍旧有所不同，因为在我心中突然有了一片新的天空，在这片天空之下，以往那些最熟悉的所思、所为，全都变得焕然一新。

这一天我们到上面安妮·莉丝贝特那儿去的时候，她正站在屋外倒车的那个地方，在一群孩子的中间。其中两个机械地甩着她们之间的一根绳，绳子像抽鞭子时一样地碰触着地面，大伙儿一个接着一个地闪身进去，站在绳下一上一下地跳几次，然后又抽身出来，这样下一个就可以进去了。她戴着同样的帽子，同样的围巾，当我们在她们跟前停下时，她对我们笑了。

“你们也来吧！”她说。

我们站进排着的队列里。我很想在她面前显示一番，以博得好感，在绳子不是荡得最高，而是歪歪斜斜的那会儿，我就一下子蹦了进去，但没跳到两下，绳子就抽到了腿上，我出局了。盖尔本是个身体不是特别灵活的人，手脚总是不受他控制，这儿那儿的一阵乱舞，奇怪的是这次他却跳得相当不错。一跳，二跳，三跳，四跳，五跳——然后才被荡了出来，巨大的力量加上果断的决心使他疾速地往前蹿了几小步，这才支撑住了身体而不至于跌倒在地，这就像是赛跑者在终点的那个冲刺动作。

现在她会认为盖尔比我强了。

脑子里的阴云仅在下一秒钟里就消散了，因为那时候轮到她跳了。她跳进绳里，在绳子下翩翩起舞，地道的行家啊，身体的重心先是在一只脚上，又很快地转移到另一只脚上，与此同时她的两眼平视前方，好像她的头部跟她身体正在进行的动作毫无关联。当她从绳子下面跳出来以后，她就不再保持这种专注，她朝我看看，笑了。**你看见啦！**她的笑在说，现在**你看见啦！**

在倒车的地方环绕着我们的这些大坑里的水，几乎是黄色的。而在小些的水洼里，水是灰绿色的，跟附近的砾石差不多是一个颜色，只是浅一些。当然，还泛着亮光。从下面的树林里传来一条小溪潺潺的流水声。也能听到一种机器的轰鸣声。我从来没有去过那里，也没有走到坡的边沿往下看过。从我上方树林边上的那栋房子那里，宽阔的地面往下跌成了陡峭的石崖。再往下横着一片黄色的沼泽地。在它背后矗立着排列紧密的松树。在树干之间我看见了一个绿色油漆的工棚和一个黄色的发电机。就是它发出的轰响。

然后突然听到有人在打钻。我看不见他们，但这声音——那种单调的毕毕剥剥声，金属凿击山石的脆声，几乎是歌唱般的音色，又像是在这上面罩了一层面纱——我是不会弄错的，这声音我太熟悉了。

我转过身来，看见盖尔正点着头合着绳子上下起伏的节奏，然后再跳进去。但这一次他没成功，他的脚出了差错，当那两个攥着绳的人重新开始那一成不变、单调的甩绳动作时，他晃晃悠悠地朝我走过来。在他之后的安妮·莉丝贝特轻松地跳到了绳下。但在她就位之前，绳子碰到了她的胳膊。看上去她几乎像是故意这么做的。

“跟我走吗，佐尔法伊格？”她说。

佐尔法伊格点点头，走出了队列。两人朝我们这里走来。

“我们现在干什么呢？”安妮·莉丝贝特说。

“我们去找空瓶子，好吗？”我说。

“好，找空瓶子！”盖尔说。

“上哪儿去找？哪儿有空瓶子？”安妮·莉丝贝特说。

“沿着大马路，”盖尔说，“操场后面的树林里。工房的周围。有时候在纳本那儿。对了，秋天那儿没有。”

“在公交车站，”我说，“在桥下面。”

“有一次我们找到了满满一口袋，”盖尔说，“在商店下方的沟渠那儿。我们用它换了四克朗！”

佐尔法伊格和安妮·莉丝贝特很佩服地朝他瞟了一眼。可找空瓶子是我的提议哟！这是我先想出来的，不是盖尔！

我还没有想完这事儿，我们就已经开始往下走了。灰色的天空像干掉的水泥。没有风，树梢纹丝不动，所有的林木都静静站立，沉思默想，像是在躬身自问。对了。松树可不是这样，它们始终如一地向你敞开，始终自由洒脱，直指天空。它们站立在那里，更多的是在休憩。而云杉的枝桠则转向内里，全神贯注于自身的幽深与浓郁。落叶乔木，有着纤瘦的树干和向外张开的树枝，却胆怯敏感，小心翼翼。老橡树，有不少，生长在我们正走着的道路另一面的斜坡上，没有畏怯，只有寂寞。但它们耐得住寂寞，它们已经在那里站立了若干年，并且还会在那里站立若干年。

“这整条路上都有一条管道。”安妮·莉丝贝特说，指着沿路而下的斜坡。管道上面遮盖着黑色的泥土，它是新近架设的，因为上面还没有铺野花。

我们朝下走到那里去。确实：在路的下面有一根管子，是水泥的，或许直径有半米多一点。

“你们有人钻过管道吗？”我说。

他们摇着头。

“我们钻过去吧。”盖尔说。他站在那里，弯下前半身，一手扶着管子的边缘，往那黑暗深处打量。

“如果我们被卡在里面了呢？”佐尔法伊格说。

“我们可以钻，”我说，“你们可以走到另一端，在那里等着我们。”

“你们敢吗？”安妮·莉丝贝特问。

“当然，”盖尔说，他看着我，“我们谁先来？”

“你可以先钻。”我说。

“OK。”他说，弯下身去，上半身钻进了管道里。我看的出来，管道太窄了，人不能在里面用四肢爬行，但不至于窄得连蠕动前行都不行。在几秒钟的扭动和转身之后，他的整个身体消失了。我看着安妮·莉丝贝特，弯下身子把头钻进了管子里。一种阴冷潮湿的气味，鼻腔里好像塞满了发霉的味道。我用肘部撑着管壁，整个身体以一种幼虫蠕动的方式向前移动。当整个身体都进去以后，我尽量把身子直起来，用前臂、膝盖和脚抵住水泥壁，我转动身体，在黑暗中向前行进。在最初的几米里，我看得见盖尔，像我前方的一个黑影，但后来变得更加黑了，他就不见了。

“你在那里吗？”我喊道。

“是。”他回答。

“你害怕吗？”

“一点儿。你呢？”

“是的，有一点儿。”

猛然间一切都震动起来。一定是一辆汽车或是卡车在我们上方很远的地方开了过去。想想管道破裂该怎么办？想想它如果被压碎，我们就会被死死地卡在里面？

一阵轻微的惊慌感让手指和脚趾开始颤抖。我熟悉这种感觉，当我在攀爬一座山峰时，这种感觉就会突然袭来，让我不能动弹。我惊恐万分，一动不动地固定在那里，既不能往上走一步，也不能往下挪一步，尽管我知道别无他法，只有靠我自己的移动才能走出困境。但我不能让自己移动，尽管我必须移动，但我做不到，必须，做不到，必须，做不到。

“你还害怕吗？”我说。

“有一点儿。听到汽车了吗？那里又过来一辆！”

轻微的颤动又传遍全身。

我一动不动地待在那里。管道里的很多地方都有积水，水开始从裤腿那儿慢慢浸染上来。

“我看见光亮了！”盖尔说。

我想象着巨大的重力正压迫着管道。管道可只有几厘米厚。我的心脏剧烈地跳动着。突然间，我想站起身来。这个念头在内心疯狂地增长，但同时我也知道这样做是行不通的，水泥管壁像个沉重的套子，箍压着我的身体。我不能动弹。

当我躺在被褥下的时候，英韦有时会骑在我的身上。他把我紧紧压住，让我不能动弹。绷紧了的被子压着我的胸脯，他用手把我的手死死摁住，我的双腿也被他的身体和绷紧了的被子夹得很紧。他这样做是因为他知道我讨厌这样。他这样做是因为他知道，像这样挟紧我，数秒钟后我便会惊恐万分。我会聚集起我全部的力量试着脱身，当我无法脱身时，在他这么紧紧地箍住我的时候，我就会竭尽全力开始嘶喊。我嘶喊，我狂喊，像中了邪那样，我就是中了邪，恐惧让我中了邪，我没法摆脱它，我被禁锢了，被完完全全地，毫不留情地禁锢了，我嘶喊，直到肺部被掏空。

现在我意识到，这种感觉又把我的心紧紧箍住。

我不能动弹。

恐惧、惊慌在集聚、加剧。

我知道我不应当想着我不能站起来，只应当耐心地向前爬行，一切问题便烟消云散。但我没法做到。我唯一能想到的是，我不能动弹了。

“盖尔！”我喊道。

“我快出去了！”他喊了一句，“你在哪里？”

“我被卡住了！”

几秒钟的沉默。

然后盖尔喊道：“我来帮助你！我先得爬出去再掉头回来！”

惊慌几乎就像是一口气，因为它现在已经从我的身体里排除出去了。我把前臂往前移动，拽动我的腿部。羽绒外套的背部蹭着我上方的管壁。就在几厘米厚的外面，压着上吨的石头和泥土。我停下了。腿和手臂已完全无力了。我让自己平躺着。

现在安妮·莉丝贝特和佐尔法伊格会怎么看我呢？

不，不。

我的惊慌又加剧起来。我动不了了。我被封闭在里面了。我不能动弹！我被封闭在里面了！我不能动弹！

我前面的黑暗里有人在移动。衣服刮蹭着水泥管壁。我听到了盖尔的呼吸声，这不会有错的，因为他常常张着嘴呼吸。

我看见他在那里，黑暗中的白面孔。

“你被卡住了？”他说。

“没有。”我说。

他抓住我外套的袖子，朝他那边拉。我拱起脊背，先把一只手臂往前挪动，然后是另一只，然后是一个膝盖，另一个膝盖。盖尔向后蠕动，一直揪着我的外套衣袖，虽然不是他在拉拽着我前进，因为是我自己在蠕动前行，但感觉更像是前者，同时，看到他的那张白面孔，狐狸般的尖嘴和那不同寻常的专注，我便不再去想这管道和这黑暗，不再想我不能动弹，所以我就能动弹了，就能一步一步地在这潮湿的水泥上往前挪动，也一点一点地看到了光亮，直到盖尔的脚出了洞口，我的上半身也跟着被拉拽出去，我可以探出头，来到这敞亮中。

安妮·莉丝贝特和佐尔法伊格站在洞口，两人靠得紧紧地，她们瞅着我。

"你被卡住了，是吗？"安妮·莉丝贝特说。

"是，"我说，"就一会儿。但盖尔帮了我。"

盖尔的双手互相拍打着。然后拍打裤子。我站起身来。在灰色天穹下的空间是如此的浩瀚无际。目光所触及的万物都像刀砍斧凿般清晰明朗。

"我们到下面的小夏威夷去好吗？"盖尔说。

"好主意。"我说。

在林地上朝下跑去真是太爽不过了。小湖里的水面完全是黑颜色的。在那两个小岛上的树木都伸展开来，静静地伫立在那里。我们分别跳跃到我们各自的小岛上去。安妮·莉丝贝特和我在一个小岛上，佐尔法伊格和盖尔在另一个上面。

安妮·莉丝贝特的嘴唇是那么灵动，嘴角很容易就会上翘，露出微笑，然而她的眼睛却是凝神专注的，像是两者正履行着一个特殊的约定。显而易见，它们都听从于她内心的悸动。她一旦想到了什么，那鲜红的，柔软的嘴唇就会开启，露出坚硬、洁白的牙齿，有时候伴随着她眼里的惊叹或是喜悦的亮光，有时候则是无端的，和什么都没有联系。

"你们是海员，"现在她突然说，"你们现在刚刚回家，回到我们身边。我们已经很久没见过面了。我们来玩这个？”

我点点头。盖尔也点点头。

她们两个女孩子跑到了陆地上，往树林深处走了一段。

“现在你们可以回来了！”安妮·莉丝贝特喊道。

我们把船系在陆地上，接着一纵跳，开始朝她们走去。但这还不够快，安妮·莉丝贝特不耐烦地跺着脚，开始直接向我跑来，她一来到我跟前，就伸出双臂，紧紧地抱住了我，还把她的脸颊贴在我的脸上。

“我多么想念你啊！”她说，“啊，我亲爱的丈夫！”

她向后退了一步。

“再来一遍！”

我跑回到小湖那里，跳上小岛，等待着盖尔站到他的那个小岛上，然后我们开始重复刚才的动作，不同的是，这一次我们尽可能快地朝女孩子们跑去。

她又伸出双臂搂住了我。

我的心剧烈地跳动着，因为我不仅是站在林间的地面上，头上的天空深邃高远，我也是站在我内心深处，我自身的基地上，仰望上空的光明，宽广和喜悦。

她的头发有苹果的气味。

透过那厚实的羽绒外套，我感觉得出她的身体。她那光滑的、寒凉的肌肤靠着我自己几乎是滚烫的肌肤。

我们这样做了三次。然后我们继续往树林深处走去。几米远以后就是往下的一片斜坡，那里大多数都是落叶乔木，因此地面上覆盖了一层红的、黄的和棕色的树叶，这树叶的地毯，与稀疏的树干组成的墙相对应。某个地方的溪水在潺潺流动。树林的面积逐渐减小，变成了一条陡直而下、直通公路的小径，我们沿着小径往前走出数米，才能看见那条公路。

在这道斜坡的另一面，土地逶迤而下，海湾躺在外面，灰蒙蒙的跟胶泥一样，但在那上方敞开的天空却是一片亮色。

汽车急速行驶，所以我们前行时一直走在路边的坑洼处。在这里我们通常能拾很新的空瓶，亮闪闪的，但到了树林里，我们找到的瓶子常常被草和树叶掩盖着，被弄得黏糊糊的，有时候里面还装了许多小虫子，把它们拿起来时就像是托起了一块草皮。

然而这一天，我们没有在任何一个地方看到瓶子。当我们来到拉尔森家的房子那儿——一个荒废了的，像工棚一样的建筑物，它曾经是一个农场里的一部分，但现在就被挤到了树林和公路之间的角落里，它的房主是和爸爸同一所学校的老师，谣传他曾经多次喝得酩酊大醉，跑到学校来上课——然后我们穿过马路，沿着一条碎石子路朝下走到老蒂巴肯。一路上我们寻找着空瓶，但越来越三心二意。很快地，我们走进了一个正在建造的地区。一栋白色的老房子，伫立在一个长满了果树和浆果树丛的老花园深处。我们往下走去时，这里的颜色变得明丽、鲜亮起来，所有的树叶在明亮的黄色与打动人心的红色里闪着光亮，天空的灰色是如此不具光泽，带点寒意的灰色，给了我一种像是走在一个瓶罐底部的感觉，以天当盖，四周往上耸立起的高坡，就是天空赖以依托的边界。

走了几百米之后，我们经过了一方宽阔、广大的地界，一片草地向上延伸至树林的边缘。位于高处的房子——若考虑整个地区的面积——小得令人惊奇。一条砾石小路向上通向那里，在小径终端的邮箱那儿，我们停下来，因为在那上面，在房子的外面，在从树林那里流下来的一条宽大的溪流旁边，站着一个老妇人，她正拔着一棵扎根很深的树。

这树或许有三个她那么高，树四周细细的枝桠伸展成了一张辽阔的网。

不知怎的，她注意到了站在下方的我们，因为在接下去的那个瞬间，她直起腰身，朝我们这边张望。她朝我们挥手。不是问候的意思，手掌是向着她自己那一边弯曲的，她是想让我们到她那儿去。

我们尽可能快地跑上了坡，走过那潮湿、柔软的草地，站在了她跟前。

“你们看起来很强壮哟，”她说，“你们认为，你们可以帮帮我这个老太婆吗？我很想把溪流中的这棵树从这里拔掉。但它的根扎得太牢固了。”

这番话让我们很受用，因此立刻展开了行动。盖尔尽量走到离水最近的地方，抓住那里的一根枝桠，我跟他一样，走到了另一侧，同时安妮·莉丝贝特和佐尔法伊格抓住树干。起初这树动也不动，盖尔开始喊起来：哎嗨哟！哎嗨哟！这样，我们就同时使劲拔树，一点一点地，树被拽起来了。当树根松动时，根部完全脱离了水的那一面，这样树就一下子倒在了我们这边，我们抓住树，把它拖到岸上来。

“啊，太好了！”那老太太说，“太谢谢你们了！你们知道，我自个儿是绝对没有办法做到的。你们太强壮了！这我得说。在这儿等着，我去拿一点东西来谢谢你们。”

她低着头向房子走去，在门那儿消失了。

“你们觉得我们会得到什么呢？”我说。

“或许，几块饼干？”盖尔说。

“或许一袋面包，”安妮 · 莉丝贝特说，“至少，我外婆总是会有这类的东西。”

“我想是苹果。”佐尔法伊格说。当她这么说的时候，我也这么想了，因为那一边的路上长满了苹果树。

当她又出来时，依旧低着头，弓着身子，但是两手空空。她就什么东西也没找到？

“你们看这儿呀，”她说，“这是我要感谢你们帮助我的一点儿心意。谁愿意拿着它？这是给你们大家的。”

她把一枚钱币递给我们。一个五克朗的硬币。

五克朗！

“我可以拿着，”我说，“非常感谢！”

“要说感谢的是我，”老太太说，“再见！”

我们兴奋地跑下坡去。开始很自然地顺着来路走回去，同时我们议论着该如何使用这钱的问题。盖尔和我主张立刻去商店，用这钱买好吃的东西。安妮 · 莉丝贝特和佐尔法伊格也想用钱买吃的，但她们不愿意现在就去，很快就是吃晚饭的时候了，她们得回家。我们一致同意把钱留到第二天，到那时再去买好吃的。安妮 · 莉丝贝特和佐尔法伊格走上往上的一条小径回家去了。盖尔和我继续走在主干道上，朝着商店的方向。当我们到了商店外时，没法做到像我们说的那样等到明天再买，这五克朗在裤袋里发烫、燃烧，它是我们当时唯一想着的东西。等到明天再花这钱，是决然办不到的事，所以我们决定现在就买糖果，然后把它们留到明天，给安妮·莉丝贝特和佐尔法伊格她俩一个惊喜。

于是我们就买了糖果。

但当我们刚买完糖果，开始朝那边的路上走去时，盖尔的爸爸开着他的甲壳虫车过来了。他在我们身边停下，从座位上探出身来，打开了车门。

“上来。”他说。

“卡尔·奥韦可以一起吗？”

“不，现在不行，我们不回家，明白吗？我们要去城里。下一次吧，卡尔·奥韦！”

“OK。”盖尔说。他向我转过身，用一种极戏剧化的方式小声说了一句，“别吃独食！”

我摇摇头，静静地站在那里，直到盖尔坐进车里，车开始起动。于是我朝马路边的条石跑去，从上面一越而过，跑下山崖，出了操场，经过汽车残骸，走过足球场，穿过树林，经过了湿地的边缘。我们家的房子立刻出现在了视野中，我停下来，把装在一个袋子里的所有糖果分装在了我外套的四个口袋里。我扔掉了糖果袋，跑到路上，顺着房子短的那面墙走，从那里我看见客厅的灯光亮着，便走上了车道。爸爸的车停在那里，靠墙的地方，在空着的那个位置上，英韦的自行车！

那块小金属已经复位了，又在车把上了，但它看上去很不一样，比周围的金属亮得多。这很难不让爸爸察觉到呀！

我开了门走进去。要是爸爸走过来，我就同往常一样把外套挂在挂钩上。要是他待在办公室或是上面的客厅里，我就穿着外套上楼，把糖果藏在我的房间里，之后再穿着衣袋空空的外套下去。要是那时他走过来，问我为什么穿着外套，我就说我得上厕所，等不了了。

里面一片寂静。

不，在那里。他在上面的客厅里。我小心地脱下鞋，经过走道，上楼梯，进到浴室里。把前面的拉链拉开，把那小象鼻子掏出来撒尿。拉抽水马桶放水的绳子，用冷水洗手，擦干手，等听到了水的簌簌声后才把门打开。朝客厅那里迅速地投去一瞥，没有动静，我走进房间，把被子掀到一边，把衣袋里所有的糖果都倒出来，用被子盖上，走到了过道上。

“卡尔·奥韦，是你吗？”爸爸在客厅里说。

“是。”我说。

他走出来。

“那，你去哪里了？”他说。

“和盖尔一起去老蒂巴肯了。”我说。

“你们在那里干什么？”

他的嘴唇绷得紧紧的。冰冷的眼睛。

“没什么特别的，”我说，尽量让声音听起来高高兴兴的，“就那么兜了一小圈。”

“为什么你穿着外套？”

“我得上厕所。现在我就把它脱下来。”

我继续往楼下走。他回到了客厅里。我挂好外套，很快地又上了楼，糖果完全没有庇护地躺在那儿，这让我不喜欢。我拧开书桌上那盏金属的圆形小灯。灯泡那细长的头用它自身的黄色的光线将这空荡荡的房间填满。我坐在床上。把盖着糖果的被子紧了紧。

现在做什么呢?

两种截然不同的情绪在全身汹涌激荡。一瞬间我差点要开始哭了，而在下一瞬间，欢乐在我胸间一波接着一波地起伏着。

我找出了爸爸小时候拥有的一本有关太空的书，在我上次生病时，他把这书借给了我。里面全是人们眼里有关未来太空航行的图画。有宇航员的仪器设备，火箭的形式，他们猜想出来的行星表面以及有关它的图画。

爸爸穿过走道过来了。

他打开门，看着我。

没有要进来，或是要说点什么的意思。我合上书，挺直了腰板。朝糖果投去了短暂的一瞥。

不可能看出那下面有什么东西。

“那里有什么东西？”爸爸说。

“哪里呀？”我说，“你什么意思？我什么都没有，我。”

“在被子下面。”爸爸说。

“没有东西在被子下面！”

他看着我。

然后他走到床那里去，一把掀开了被子。

“你对我撒谎，小子！”他说，“对你自己的老子撒谎！”

他揪住我的耳朵，拧了一圈。

“我不是这个意思！”我说。

“你这糖果是哪儿来的？你是从哪儿弄来钱买这些的？”

“一个老太太给我的钱！”我说，开始哭起来，“我又没有做错什么事！”

“一个老太太？”爸爸说。他把耳朵拧得更紧了，“为什么有老太太要给你钱？”

“嗷！嗷！”我嚎叫道。

“住嘴！”他说，“你对我撒谎了。是不是？”

“是。但我没这个意思！”

“对我说话的时候看着我。你撒谎了？”

我抬起头来看着他。他的眼睛里怒火燃烧。

“是。”我说。

“现在你得告诉我你是从哪儿得到的钱。明白吗？”

“明白，但我是从一个老太太那里得到的钱！我们帮助了她！”

“谁？”

“盖尔和我和安……”

“你和盖尔，还有谁？”

“没有，就我和盖尔。”

“你这个撒谎痞子。跟我走。”

他又把我的耳朵拧了一圈，同时伸出手来，强迫我站起来。我呜咽着、抽噎着，脑子里完全一片空白。

“到下面的办公室去。”他说，手里仍然揪着我的耳朵不放。

“我没有……做……什么……错事，”我说，“我们……得……到的……钱。”

他推第一道门使的劲太大了，门重重地撞到了墙上。他把我拖进第二道门，甩到屋里的地板上。那会儿他才松了手。

“这些钱是哪儿来的？”他说，“现在不许撒谎！”

“我们帮助……了一个老太太。”

“帮什么？”

“一……棵树。一棵树……卡在了溪流里。我们把它……拔起来了。”

“就为这个，她给了你们钱？”

“是的。”

“多少钱？”

“五克朗。”

“你撒谎，卡尔·奥韦。钱是从哪里来的？”

“我没有撒谎！”我喊道。

他的手朝我的脸颊挥过来，一巴掌打下去。

“不许吼！”他低低地说。

他直起了腰身。

“有办法把这事查出来的，”他说，“我给这个老太太打电话，问她这是不是真的。”

“她住哪里？”

“在……老提……巴肯。”我说。

爸爸走到放着电话的书桌那里，拿起话筒拨号。把话筒放到耳边。

“呀，哈喽，”他说，“我叫克瑙斯高。这是有关我儿子的事。他说他今天从你那里得到了五克朗。真有这事吗？”

一阵静默。

“没有？今天没有两个男孩来你家？没有给人五克朗？啊，好的，我明白。抱歉打扰你了。非常感谢。再见！”

他放下话筒。

我不敢相信我的耳朵。

他看着我。

“她没有看见什么男孩。至少没有给过谁五克朗。”

“但这是千真万确的！我们**得到了**五克朗。”

他摇摇头。

“她没有这么说。好了。现在这谎话也说得差不多了。你从哪儿得到的钱？”

又一轮泪水席卷而来。

“从……那个……老……太太那里！”我抽泣着。

爸爸直视着我。

“我们不要再说这事了，”他说，“现在你去把糖果扔到垃圾袋里。然后回到你房间，剩下的这个晚上都不许出来。我还要跟普雷斯巴克莫谈谈。”

“但这不是我的！”我说。

“不是你的？你一直都在说你得到了五克朗哟？到最后，这钱还不是你的？”

“这也是盖尔的，”我说，“我不能把糖果扔掉。”

爸爸半张着嘴，用怒不可遏的眼神瞪着我。

“照我说的做，”最后他说，“现在我不想从你那儿听到一个字。明白吗？你偷东西，你撒谎，还执迷不悟，顽固到底！就这样了。上去，回你的房间。”

他跟在我身后，我走上楼，进到自己的房间里，把所有的糖果都收拢在手里，扔到了厨房的垃圾袋里，再回到自己的房间。

这个秋天和冬天，我们尽可能多地到上面安妮·莉丝贝特和佐尔法伊格她们那儿去。我们在黑暗中到处欢蹦乱跳，游戏玩耍，在手电筒的照射下，我们的雨衣闪闪发光，甚至在她们房子下方的树林里制造出了窄窄的光柱通道，我们坐在她们其中一个的房间里，画画，听音乐，我们走到造船厂和那儿的大码头去，走到背后的山坡上，之前我们当中没有一个人去过那里，我们往下走到树林的那座桥下面，走到那巨大的、混凝土浇筑的底座边。

一个星期六，我们走到了下面那个秘密的垃圾场。她们像我们当初那样，对它产生了极大的兴趣，盖尔和我把四把椅子和一张桌子，一盏灯和一个五斗柜安置在树林里，像在客厅里那样把它们安放好，这简直妙极了，因为我们是在树林里，在日光下，但仍然又像是在屋内的客厅里，我们和佐尔法伊格和安妮·莉丝贝特在一起。

当我看见她时，总是会有微微的战栗，她是那么美好，美好得让我心里发疼。她浅蓝色的，厚厚的羽绒外套，质地光洁平滑。那白色的帽子。她的半筒靴最上面那纯毛的边缘。当她不知出于什么理由，那么严厉地望着我们时的那张脸。她的笑容犹如千万颗钻石般灿烂耀眼。

开始下雪时，我们四处寻找着一个可以跳下的地点，可以从那里滑下去的地点，或是可以在里面挖雪洞的地点。那时候她温暖、红润的脸颊，柔柔的，随着气温不断变化状态但又无处不在地环绕着我们的雪的气味。在那种时候，什么样的情况都会出现的。一片浓雾在林木之间停滞，空气里充满极细的雨雾，我们穿着在雪里几乎没有摩擦力的雨衣，这样我们就可以像海豹那样在雪上滑行。我们设法爬上了石岛的顶端，我趴下来，安妮·莉丝贝特跨坐在我的背上，佐尔法伊格坐在盖尔的背上，于是我们把肚子贴在雪上，滑下这整个长长的斜坡，直到坡底。这是我有史以来经历过的最美好的一天。我们像这样滑了一次又一次。我能感觉到她的腿夹住我的脊背，她抓紧我肩头的方式，我们全速滑行时她发出的尖叫声，我们到达坡底时翻倒在地，手脚互相穿插在一起，这些都美好无比、令人销魂。同时，浓雾仍旧静静地凝固在潮湿的，暗绿的松树之间，空气中细细的雨雾，像是在我们的脸上罩上了一层轻薄的面纱。

这个冬天我们发现了好些新地方，比如在乔木林下方环绕着整个建筑区的那条路和外面的菲纳加油站，这两个地方以前在我们的意识里完全没有关系，但突然间，它们二者之间就有了关联。通往那儿的老碎石路，当我们去加油站时最后一段要走的路，它也有另一端，那儿住着的孩子我们以前从未见过，他们在树林里也有个足球场，很小，但够用了，有正儿八经的球门。另外就是安妮·莉丝贝特和佐尔法伊格她们家下面的那条路，那儿最上端的房子距离她们的房子相当很近。班上的达格·马格纳给我们指了佐尔法伊格家的一个邻居。他们两家的房子靠得那么近，这很令人惊讶，因为他们属于两个不同的世界，两者之间隔着一条带状的树林。大概是这树林造成的错觉。这树林的宽度不到二十，或者三十米，但它呈现出来的距离远比房子间的实际距离大得多，给人的感觉像是有数百米之遥。不仅仅是在那儿，整个建筑区的情况都是这样，垃圾场那里的路也是一回事，因为要是从费尔维克顺着这条路一直往前走——几乎没人这样干——而不右转弯下去，到通往霍弗的路上去，你就会到达那里。若是你在学校东边路上这片长长的野地结束的地方往右转，距离位于林木间的那宏大、壮观的垃圾场就只有几百米。原本被视为独立的、封闭的区域，一下子就有和别的地方有了关联。有多少人知道提耶那其实就紧挨着耶尔斯塔湖，人可以从桑于姆到达那里，桑于姆可完全是在岛的另一端哪！或者还可以朝上走，抄一条近路去学校！

另一个令人惊讶的事是，家里的清洁工耶伦太太和她的丈夫一起，住在安妮·莉丝贝特家旁边的房子里。他们没有孩子，她总是喜欢有人去她家里，有时我自己单独去，有时也和家里人一起去看她。当她在我家做清洁时，我什么事情都跟她讲，也把那些不会和妈妈爸爸讲的事情告诉她。她教会我怎样用我得到的那把钥匙来打开大门的锁——关键就是，在把钥匙插进去后，要把它稍稍往外退出来一点，然后再拧转它。

我也把那次我们朝身下公路上的汽车扔石头的秘密透露给了耶伦太太，我们在均匀的时间间隔里往下扔了好几块石头，其中一块终于击中了车。那块石头是我扔的。我们站在那绿色的篱墙旁，盖尔扔下的那块石头刚刚落空，那时候我又举起了一块石头，等着新的一辆汽车开过来。石头比我的手还大，那么重，我更多是在用自己的力量托着它，而不是扔下它。那里，一辆车在拐弯处了。它从旷野上呼啸着开上来。就在此时此刻！

石头在空中划过。在它开始坠落的时候，我就知道它会命中。但撞击车顶的声音太大了，这是我始料未及的。我也没想到接下去的一秒钟，有引擎发出的尖叫声和干涩的车轮在下面的柏油路上滑行的声响。

盖尔用惊恐的眼睛望着我。

"快跑！"他说。

他匍匐着上了石山，箭一般地穿过马路，攀上了那道山崖，消失了。

我站在那儿，全身瘫痪。完全不能有半点动弹。我害怕得要死。虽然我听到了那下面关车门的声音，发动机开启了，我知道车正朝着我站着的地方开过来，我还是一动不动。

半分钟以后车开上了坡路。我的眼泪从脸颊上滚落下来，剧烈抖动的双脚几乎难以支撑我的身体，我看见车如何在我跟前三米远的地方停下。司机没有开门走下车，他把车门朝上一掀，跳下车来，愤怒让他的脸涨得通红。

"是你扔的那石头！"他喊道，已经走下斜坡来。

我点点头。

他用手抓住我的两只胳膊，摇晃着。

"你明白吗，我可能会送命的？要是那石头击中了前车窗！不管怎样，这车就毁了！你知道把这车顶修好要花多少钱吗？这个，你得花大价钱！"

他松了手。

我哭得很厉害，什么也看不见了。

“你叫什么？”

“卡尔·奥韦，”我说。

“姓也要说！”

“克瑙斯高。”

“住在这里吗？”

“不。”

“那，你住哪里？”

“北山环路。”我说。

他挺直了腰。

“你等着我的通知，”他说，“或者说让你父亲等我的通知，我想，就这么办了。”

他用那长长的腿几步就走上了斜坡，坐进车里，把车门重重地关上，车身一个歪斜，往上开去。

我出了口粗气，一屁股坐在地上。所有的希望都破灭了。

就在瞬间后，盖尔从上面那家人的地界里喊我了。下来之后，他有一大堆有关刚才发生了什么情况，我又是怎样回答的等等等一系列问题。我知道他很高兴，因为是我扔的石头，而且我告诉那个人的是我的名字。但他最想知道的是，为什么我不跑。我们有足够的时间从那里跑开的。要是我跑了，他就绝不会抓住我，绝不会知道是我扔的石头。

“我不知道，”我说，擦干了眼泪，“但我不能。我突然不能动弹了。”

“你要告诉家里吗？”盖尔说，“最好是这样。如果你告诉他们实话，他们会生气，但这会过去的。如果你不说，人家又打电话了，那就会糟糕得多。”

“我不敢，”我说，“我不敢说出来。”

“说你爸爸的名字了吗？”

“没有。只有我的。”

“你的名字不在电话簿上！”他说，“他要打给你父亲。但你父亲的名字你又没有说哟！”

“没说。”我说，有了些微的希望。

“那你就不必讲出来了，”盖尔说，“或许不会出什么问题，就这么不了了之了！”

当我回家时，耶伦太太在那里。她看出我哭过，问我出了什么事。我求她发誓不要把这事告诉别人。她发了誓。所以我把一切都告诉了她。她在我的脸上摸了摸，说我最好把这事告诉父母。但我没这个胆子，我对她说，然后这事就被放在一边了。在接下去的几天里，每一次电话铃响，我都吓得周身直打寒噤，这比我经历过的所有恐惧都要大得多。阴云笼罩着这些日子。但从来不是他打来的，总是其他的人，我开始认为这一切会过去，它将自行消逝。

这时候他来电话了。

电话铃响起来了，是在楼下的爸爸接的，或许只有三分钟的时间，上面的分机就咔哒一声响了，这就意味着爸爸放下了话筒。他走上楼梯，这是一种决然的、有意识的脚步声。他走进了妈妈的房间里。从那里发出的声音很响。我坐在床上哭起来。几分钟以后我的门开了。两人都走了进来。这是从未发生过的。他们的脸黑沉沉的，十分严肃。

“现在有一个人给我来了电话，卡尔·奥韦，”爸爸说，“他说你在他的车上扔了一块大石头，弄坏了车顶。是这样的吗？”

“是。”我说。

“你怎么能干出这样的事情？”他说，“你有什么毛病吧，你？你可能会要了他的命！你明白吗？你知道这事有多严重吗，卡尔·奥韦？”

“要是这石头打着了前窗，”妈妈说，“他就会开到路外面去，或者直接和其他的车相撞。他可能会没命。”

“是。”我说。

“现在我得赔偿修理费用。这会是好几千克朗。我们没这个钱！”爸爸说，“我们上哪儿弄这钱去？”

“我不知道。”我说。

“哦，这该死的孩子！”他说，把头扭到了一边。

“你还一声不吭，”妈妈说，“这是一周前发生的事哟。发生了这种事情，你得告诉我们，明白吧。你得发誓会这么做。”

“是的，”我说，“但我告诉耶伦太太了。”

“告诉耶伦太太？”爸爸说，“而不是告诉我们？”

“是的。”

他用冰冷的、生气的眼神看着我。

“你为什么这样做？”妈妈说，“为什么你会朝一辆汽车扔石头？你明白这会有多危险吗？”

“我们觉得我们不会打中的。”我说。

“我们？”爸爸说，“你们还有几个人？”

“盖尔也扔了，”我说，“但是我的石头砸到了车上。”

“看起来我还得找普雷斯巴克莫谈一谈。”爸爸说，看着妈妈。又向我转过来。

“今天晚上你不许出房门，明后天晚上也一样。这星期和下星期都没有零用钱。明白啦？”

“明白。”我说。

一切都会过去的。这件事也一样。从事情发生到之后事情被泄露，这两者之间是无边的黑暗，看上去一切都一如往常，但事实并非如此，那是十分可怖的。所有的一切都在表面的风平浪静和正常生活背后战战兢兢。一次，大约在一年前，还出了一件我从家里出走的事。那时候是一把刀，而不是一块石头，导致了这个不幸事件。所有的孩子都得到了一把童子军刀，只有我没有。因为我太年幼，因为我不能对自己的行为负责。但是，在某个什么仪式上，爸爸递给我一把刀。他说，他们为我骄傲。我掩饰了对他们买的这把女孩子用的刀的失望；刀鞘上的童子军穿着裙子，而不是裤子，但你是不能指望一个成年人能辨别出这些细节来的，然而，对刀的喜爱还是占了上风，因为现在我可以用它切，削，砍，可以和其他孩子一起扔刀子玩了。我所需要做到的就是不让刀鞘出现在他们的视线里。在那一天，我已经和莱夫·托雷一起削出了一把剑。一根长的木条，我把它的末端削得跟锥子一样尖锐，一根短的木头，我把它做成了剑柄。我们手里握着剑，四处漫游，穿过整个建筑区。我们发现了两个女孩，她们各自拥有一个自己的玩具童车，我们鬼鬼祟祟地在她们身后跟了一会儿，为的是等待进攻的机会，我们想象着自己是海盗，她们是海盗船，我们一次又一次地用剑在她们童车的帆布篷上方劈砍，她们尖声大叫、呼喊起来，于是我们撤退回来，她们说要去告我们的状，这下我们开始为我们的行为感到害怕了，一直监视着她们。她们先是回到自己的家里，然后又出来，向古斯塔夫森家和我的家走去。分析判断后，我们感到心惊胆颤，所以决定逃离家庭。我们先是爬上了山，走进山顶的树林里，尽可能远地往深处走去，这就是说，走到了提耶纳上方的悬崖那儿。无论是莱夫·托雷还是我，以前都没去过那里。那里离家很远，我想我们可以在那里睡觉，明天再继续往前走。我们在山崖边坐了下来，向四下望去。太阳低低地挂在我们身后，大地在我们的眼前延展开来，在阳光的照射下，所有东西几乎都是一片金色。我们在那里坐了大约有半小时。然后莱夫·托雷想回家了。他说，他肚子饿了。我企图说服他，我们是从家里逃出来的，那我们就不能再返回去，但他坚持要回家，无论如何都不在外面过夜，而我是害怕黑夜的，所以无论如何也不可能一个人在外面过夜，于是我跟着他回去了。当我到家时，爸爸站在花园里等着我。他一把钳住我的一只手臂，拽着我上了楼，把我关在房间里面，不许我出来。刀子被没收了，虽然我使用的并不是它，而是那把剑。他们是不明白这二者之间的区别的。用一把刀子劈砍是难以想象的事，他们怎么想得出来？剑是木头的，我们挥动它，用它来砍杀，他们应该收缴的是这剑。但他们把刀收走了。我听到他们在谈论这件事。看看，爸爸说，看这刀鞘，它完全被毁坏了哟。他指的是在刀鞘上的那些洞，并且把它们看作我鲁莽和不成熟的表现——但事实上，我是为了掩饰，为了表明刀鞘上的童子军穿的是衬衣，而不是一条裙子。被关在房间里的第一天和第二天晚上，我坐在那里，看着莱夫·托雷在外面玩耍。他被他的父亲扇了一个重重的耳光，事情就过去了。他根本不在乎这个大耳光。

这事过去了。一切都会过去。女孩们有了新的玩具童车，汽车有了新的车顶，关在房间里的处罚撤销，零用钱又回来了，到了晚上，房子外面的路上有很多的孩子，而下面的树林总是向我们敞开着，不分白天和夜晚，不分冬天和春天。安妮·莉丝贝特和佐尔法伊格从来不到那下面去，总是我们往上走到她们那里去，从某种意义来讲，我们有了两个世界，一个在我们房子的外面，在那里，我们加入每天晚上都聚集在那里的、人数众多的孩子群，踢足球，在路上玩耍，在下面的树林里搭建松枝棚屋，四处跑来跑去，把脑袋伸进建筑区的每一个角落，当严寒来临，地上结冰时，去提耶纳那儿滑冰，刚触到冰时的声音是那么奇妙无比，它传递到了低坡那里，又从那里返回，这个世界里的每一天都充满了巨大的喜悦。而在那上面，和她们在一起，则是另一个世界。看上去那里的一切都像我们在家里时一样，因为那里也有许多能想得出各式各样的玩耍把戏的孩子，他们也在路上踢足球，在黑暗里玩耍，也跳皮筋、跳绳，冬天结冰时也溜冰，下雪时也滑雪，但二者仍然有所不同。欢欣与喜悦好像来自于另一个地方，它们的到来不取决于我们做了什么，而取决于我们是跟谁一起做的。这种欢喜是那么强烈,她们不在那里时也会涌上心间。一个晚上，我们在达格·洛塔尔家的车库里打乒乓球，一个晚上，我们在树林里一条新开辟的路旁，在几栋房子之间潜行徘徊，一个晚上，我坐在盖尔的房间里下中国象棋，一个晚上，我站立在床前，脱下衣服，突然间就想到了安妮·莉丝贝特，她的存在以一种强大的力量击中了我，让我在快乐与思念中眩晕了。另外，这种情感不仅仅是对她个人的，也包含着对她美丽的母亲和她那有着宽阔肩膀的父亲——他是个潜水员，在地下室的浴室里立着一对氧气瓶——还有她的小妹妹和小弟弟的情感，他们房子里所有的房间都充盈着好闻的气味。她房间里的所有东西与我房间里的一切是多么不一样，很多玩具娃娃，娃娃的衣服，很多的粉红色、薄纱状的材料。我们在一起干什么事的时候，她的欢喜和热切让所有的一切变得更美好、更光明。特别是在学校里的时候，在那里，我们心照不宣，直到某种特殊的情况允许我们走在一起，可能是在大家站成一个圆圈玩“拿出戒指，让它漫步”（Ta den ring og la den vandre）的游戏时，她把戒指给我，或者在玩“桥桥布里勒”（Bro bro brille）游戏的时候，唱最后一句歌词时她用手臂围绕着我，又或者是在我们玩互相追赶时，她故意放慢速度，这样我才能捉住她。啊，要是让我来决定的话，我可以用我的一生来追逐安妮·莉丝贝特，只要最后能让我用手臂环绕住她。

我知道这不可能永远持续下去吗？

不，我不知道。我以为这只会继续、继续下去。春天来临了，带来了一种轻盈：一天，我穿上了新的跑鞋，在蹬踏着靴子和半高筒靴到处奔跑长达半年之后，这简直让我快步如飞。泡沫裤子和泡沫外套，这种让所有行动都变得那么不便和笨拙的衣物，都被替换成了轻便的衣裤。手套，围巾和帽子被打点好、装了箱。滑雪板和溜冰鞋，雪橇和平底雪橇统统都被放置到了地下室和车库里，自行车和足球被拿了出来，长时间地悬挂在低空的太阳，它的光线直刺眼帘，随着一天天的到来，它越升越高，很快就变得那么暖和，以至我们在早上就会把外套脱下，当我们中午从学校回来时，衣服都被塞在书包里。但在所有的一切当中，最能宣告春天的到来的标志是这些个星期里建筑区里飘荡着的焚烧草木的气味。这些冷浸浸的夜晚，在蓝色的黑暗中，寒冽之气从道路两侧的低洼处，从混着碎石、硬得像冰一样的雪堆那儿升起，跑到户外来的孩子们不断发出的喧嚣声，其中的一些在路上跟着球跑，其他的人骑着自行车在道路边的泥地里上上下下，或在人行道上抬起前轮，只用后轮蹬车，所有的事物都展示出生命的活力和轻松愉快，他们只管跑，只管骑车，只管高喊和欢笑，一切都被这刺鼻，同时又十分浓郁的焚烧昔年枯草残枝的气味包围了，它们突然地到来，几乎无处不在。有时候我们跑到上面去观看：那低低的，结实的火苗仿佛是些橘红色的小波浪，在夜晚的半明半暗带来的浓重色彩下，它们的颜色几乎是鲜明、湿润的，一个骄傲的母亲或父亲守护在一旁，肩上常常扛着一个钉耙，手上戴着手套，像是某种下层中产阶级的骑士。有时候他们守着的是那种真正的大火，他们把花园里整个冬天留存下来的所有枯枝败叶、枯树衰草搜集在一处，用一把火统统烧掉。

这火是什么意思？

它在这里是那么格格不入，那么古老和久远，与所处的环境没有半点儿的关联：这火与它旁边古斯塔夫森家的房车有什么关系？这火与它旁边的安妮 · 莱娜的玩具挖掘机有什么关系？这火与卡内斯特伦那被水浸透、被太阳晒得发白的户外家具又有什么关系？

所有黄红色的火焰向着天空直窜而上，噼噼啪啪地吞噬着光秃的树枝，熔化了的塑料嘶嘶地响着，火焰迅速、忽东忽西地飘动着，展现出了一种完全变幻莫测的图案，美丽得难以置信，但是，这儿飘动着的火苗，与我们——身处20世纪70年代某些普通的夜晚里的普通的挪威人——又有什么关系？

另一个世界在火里出现，然后又随着火而消失。这个世界是水和空气的世界，大地和山峰的世界，太阳和星星的世界，云彩和天空的世界，所有这些远古以来就存在的现象一直在那里，始终如一地存在于那里，所以人对它们视而不见。但火出现了，人看见了它。而人一看到它，也就不可避免地意识到它的无处不在，在所有的壁炉和火炉中，在所有的工厂和制作车间里，以及在道路上四处行驶的汽车，或是夜晚停在车库或是房屋外面的汽车里，因为它们的内里也有火的燃烧。汽车也是古老而久远的。实际上所有的事物里都有它自身的岁月，从这些房屋——砖石的或是木头的——到这从管子里流进来又流出去的水，但因为所有发生的一切对每一代人来讲都是第一次，因为这一代人与上一代人已经决裂，因此后者的意识就被抛到了前者的意识之外，像根本不存在一样，在我们的头脑里，我们不仅仅是20世纪70年代的现代人，我们的环境也是20世纪70年代的现代环境。我们的情感，它们如洪流般在那些个春日的夜晚，在居住于此的每一个人的心中穿越、奔流，它们也是现代的情感，没有任何的历史，只属于我们自己。而我们是孩子，这就意味着我们没有历史。所有发生的一切都是第一次发生。我们从不去思索感情也可能是陈旧的，虽然它的陈旧不能与河流、大地的悠长久远相较，但它确实在人类诞生时便存在了。啊，不，为什么我们要这样去想？情感如洪流般在我们的胸膛里涌动，情感让我们呐喊和尖叫，让我们哭泣和欢笑，但我们之所以这样，只是因为我们是人类，我们的构造就是这样，大约就像冰箱里的灯，门被打开时它就会发出光亮，或者像房子的门铃，当有人摁下它时就会有铃声响起。

我真的相信这会持续到永远？

是的，我相信。

但结果不是这样的，它不会永远持续下去。因为在四月末的一天，当我对安妮·莉丝贝特说放学后我们要到她们上面那儿去时，她说你们不能来。

“为什么不能？”我说。

“另外的人要来。”她说。

“那是谁呀？”我说。想着或许是一个叔叔或是姨妈，或是什么其他的亲戚。

“这是秘密。”她说，狡黠地一笑。

“是班上的哪一个？”我说，“玛丽安妮，索尔维还是温妮？”

“这是秘密，”她说，“你们不能来。再见！”

我到盖尔那儿去，告诉他她说的话。我们一致同意到上面去，悄悄地跟踪他们。放学以后，我们背着书包回了家，我们走了另一条路上去，斜插过下面树林里的建筑地区，那里新房子的地基已经打好，我们蹑手蹑脚地走在树木间，越过那片沼泽区域，朝她们房子之间的转弯车道走去。

那里没人。

他们在里面？

我们当然不能揿门铃，我们是不应该去那儿的哟。我们朝下面走去。盖尔想到了一个聪明的主意——去揿维姆德家的门铃。他出来了，站在门口，圆脸上一副愚蠢的表情。是的，一小会儿之前他们就朝下方走去了。

就她们俩？

不，和另外两个人。

那是谁呀？

不知道，他没有看见。

男孩还是女孩？

男孩，他想是。他先觉得是我们俩，因为我们常常在这里，但他明白的，那是另外两个！

他笑了。盖尔也笑了。

他们能是谁呢？

她们和他们在一起要干什么呢？

“走，我们跟着去。”我对盖尔说。

“但她们不愿意我们去的哟，”盖尔说，“我们不如进去跟维姆德待一会儿？”

我瞪圆了眼睛看着他。

“OK。”他说。

“不要跟其他人说。”我对维姆德说。他点点头，然后我们走过他们家的地界，来到下面的路上。

他们能上哪儿去呢？

根据我们所知道的一切，他们可能已经走到最下面的商店去了。但有人说他们就在这房子的附近。我们走上了去她们家房子的那条路。他们应当很容易就会被看见和听见，因为他们是四个人在一起。

“我们从这里上去吗？”我说，在去往达格·马格纳和她们房子的那条上坡路段的十字路口停下了。

盖尔耸耸肩头。

我们走上了平缓的碎石路。达格·马格纳家的房子坐落在一个小的低洼处。车库在房子旁边，里面装满了自行车，工具和车胎。阳台下面堆放着柴垛。

当我们走到那个小坡顶时，达格·马格纳站在房子短墙那一面的窗户里瞧着我们。为了不让他产生我们是去他那儿的错觉，我们没有看他，而是径直地斜穿过他们家的地界，来到了另一面的树林里。春天正走在路上，苍白了一整个冬天的草开始转绿，但树上还没有树叶，因此我们可以看到远处那一片幼嫩的乔木树林。

那里有人。就在紧靠佐尔法伊格家房子的那道坡下面，我看见移动着的蓝色和红色。

“他们在那里。”盖尔说。

我们停下来，一动不动。

他们笑着，激动兴奋地谈论着。

“你能看出他们是谁吗？”我低声说。

盖尔摇着头。

我们走得更近些。尽可能地一直将身体藏在树后，当来到离他们大约二十米远的地方时，我们在一块石头后面蹲下来。

我探出脑袋去看他们。

是埃温和盖尔 · B. 和她们在一起。

埃温和盖尔 · B. 。

啊，真见鬼！埃温和盖尔·B.，同班的同学！他们俩是邻居，也是最好的朋友，就住在斯韦勒家那边，斯韦勒又住在西芙家那一带，可以从我们的那条路上望见西芙家的房子。

我们和他们有什么区别？

几乎没有什么不同哟！

他们是彼此最好的朋友，我们也是彼此最好的朋友。埃温是班上同学中最棒的之一，我也是班上同学中最棒的之一。盖尔 · B. 和盖尔他们两个都是跟随者。

但埃温比我出色些。他有一头卷发，高颧骨，细长的眼睛。而我有的则是龅牙和翘臀。他也比我强壮。

现在他挂在一根干枯的树枝上，试着把它掰断。盖尔 · B. 站在另一边尽力助推。安妮 · 莉丝贝特和佐尔法伊格站在一旁观看。

他们是做给她们俩看的。

啊，他妈的，见鬼！

我们该怎么办？装作什么也不知道地到他们那儿去？和他们一起，六个人在一块儿？

我向盖尔转过身来。

"我们现在做什么？"我低语道。

"不知道，"他也小声回答，"要不去揍他们？"

"哈哈，"我低声笑了，"他们比我们强壮。"

“那，我们掉头吧？”

“好，我们回去。”

同来这里时一样的小心，我们偷偷地折身回去了。当来到十字路口时，盖尔问我是否愿意跟他上去，到维姆德那里去一趟。

“至少我不会到那儿去！”我说。

“不管怎样我要上去，”他说，“再见！”

“再见。”

走出几米远后，我回过头去看他。他找来了一根树枝，拿在手里东舞西挥的，先是对着一个膝盖抽，然后又抽另一个，同时沿着人行道上的砖石墙往上面走。在回家的路上，我几乎一直哭着，一直沿着经过足球场的小径走，因为那儿没有人能看见。

这是发生在星期五的事。星期六一大早，我跑到上面的盖尔那儿，但他要跟他的父母进城去。妈妈和爸爸在吸尘、清洗、打扫整个房子，英韦和斯泰纳尔一起乘公交车进城去了，所以只剩下我自个儿了。我走进浴室，关上门，在装脏衣服的筐里翻腾，找到一件棕色的、难看的细灯芯绒裤，膝盖处污秽肮脏，完全变成了黑色。我把它穿上，溜进房间里，找出那件丑得要死的黄色针织毛衣，把它也穿上，在不被人注意到的瞬间走下楼梯，进到地下室的房间里，我的那些靴子当中最最丑陋的一双放在那儿，我拿上它来到走道，把它穿上。就只剩下外套了。我从挂钩上取下那件我去年春天穿的薄的、灰颜色的夹克，现在它有点短小了，而且也是脏兮兮的，另外，前面的拉链坏了，所以我得让衣服敞着。这倒很合适，因为这样就可以看见里面的那件黄色毛衣了。

就这样，我穿着丑陋得我根本没法忍受的衣服，开始朝上面安妮·莉丝贝特居住的那个建筑区的坡路走去。在整条路上，我的眼睛都一直望着地下，我想人们看见我，就会明白我是多么难过伤心。要是碰见了安妮·莉丝贝特——这就是出来走一走的目的——我愿意让她看到她都干下了些什么事。我穿着这些丑陋的，污秽不堪的衣服，低垂着脑袋，我所做的这一切就是为了让她明白这一点。

我是不会去摁门铃的,因为那样我就得同她讲话。不摁门铃，关键在于要她在偶然间，在不经意间看见我，这样她就会明白，她所做的一切让我多么难过。

当我来到维姆德家的房子时，她仍然还没见到我，于是我走上了去她家的那条路，虽然这可能会破坏我的计划，但是，要是不是为了遇见她的话，我今天是来干什么的呢?

或许会遇到比约恩·黑尔格?

他比我小一岁，同他在一起玩其实是很让人难以理解的。虽然他踢足球，而且在同龄的孩子中已经相当成熟了。

我在车掉头的那块地方站了一小会儿，想着我是否要到比约恩·黑尔格那里去。但只是看着她居住的那房子，就让我很难过,于是过了一会儿,我走下去,进了树林,经过那新打好的地基,各类的建筑机械和工房，它们一动不动地伫立在那里，注视着前方的空地，黑洞洞的窗户和外面沿着野地的道路，我在那里站了一会儿，看着那里新建的教区会议厅，还有我们曾在那里踢过足球的那片泥土地，在小径路口对着的百米之外修建起了垃圾场。

我慢慢地向下走去。在我会经过的半道上，在山崖和树木的掩映下，住着埃温和盖尔 · B. 。我们到这上面来过几次，和他们一起玩耍，在冬季的初雪降落时，我们带着他们一起去提耶纳滑冰。有一次我们还去了盖尔 · B. 的生日聚会。那时我把想给他的十克朗弄丢了，当我到那儿时，信封是空的，我穿着我最好的衣服，开始哭起来，这样不好，很不好，但有我的理由哟，因为十克朗是个很大的数目。非常幸运，他的父亲同我一起去寻找，我们又走回我刚才来时的路，就在那里，黑色的柏油路上泛着蓝色的光，十克朗的纸票躺在那儿。这样他们就不会认为我是在骗他们，是自己拿了钱却假装把它丢失了。

在挨着路边的一个花园的草地上，站着一个男孩，长长的黑头发，印第安人一样的脸型，他在用脚踢球玩。

“嗨。”他说。

“嗨。”我说。

“像这样你能做几个？”他说。

“四个。”我说。

“哈哈，”他说，“这算什么呀。”

“那你能玩几个？”

“能做十六个。”

“那，你做来看看。”我说。

他把球静止不动地放在脚背上。脚底往后一个拉退，很快地把球抛到了空中。用足背踢着，一下，二下，三下，然后这球就离他太远了，最后踢的这一下，他得把腿完全伸出去才能碰到球，球被踢到了篱笆那里。

“是四个。”我说。

“这是因为你站在这里，”他说，“我就开始分心了。再来一次。愿意等着看吗？”

“愿意。”

这一次他把球踢到膝盖左右的高度，那就容易多了，球从一个膝盖换到另一个膝盖，做了五次，然后他又失去了控制。

“八个。”我说。

“是，”他说，“但现在我要再做给你看。”

“我得走了。”我说。

“OK。”他说。

他父亲，一个戴着眼镜的胖子，浓密的灰色头发，正站在窗户那里看着我们。我跑到路另一边的人行道上，猛然想起我正穿着一身丑陋、邋遢的衣服，于是立刻放慢步子，又开始低着脑袋走路。

当我走到坡下时，爸爸正从车道上把车倒出来。他向我招手，从座位上弯身把车门打开了。

“上来，”他说，“我们进城一趟。”

“但我这身脏衣服，”我说，“我可以先去换衣服吗？”

“别胡说了，”他说，“上来，现在！”

我把座位旁边的小把手拉起来，这样就可以把座位向前推。

“就坐在前面吧。”他说。

“坐前面的座位？”我说。

这是从未发生过的事。

“对，”他说，“我们没有一整天的时间！现在赶快上来！”

我照他说的话做了。当我把门关上时，他给车换档，车开始往下面驶去。

“是的，你是有点脏兮兮的，”他说，“但我们只去一小会儿。不要紧的。”

我开始拨弄着安全带玩，没有看路，直到把安全带扣上，发出咔哒的声响，我才发现我们正朝上面的桥那儿驶去。

“我想去鱼市场看看，”他说，“也看看音乐角落。你愿意跟着一起去吗？”

“愿意。”我说。

他用一只手操纵着方向盘。另一只手放在排挡杆上，手指间夹着一根点燃的香烟。像他一贯的那样把车开得飞快。

在很长时间里我们保持着沉默。

左面是维德霍尔门造船厂，有着极其庞大的、形状像蜥蜴般的起重机和玻璃大厅。外面的停车处一大半都空着。这里有一个巨大的石油平台，一个深水混凝土结构的装置将于下个星期下水。

穿过了一个小通道之后，我们开上了朝着松恩(Songe)的路，这时他瞟了我一眼。

“今天你跟盖尔一起出去了？”他说。

“没有，”我说，“他们在城里。”

“或许我们会碰到他们，等着瞧吧。”他说。

然后又是沉寂。

这让我困惑，他情绪是这么好，我应该跟他说点什么才是。

但我说什么呢？

过了一会儿我有了主意。

“你要把车停哪里呢？”

他看着我。

“我们总会找到一个地方的。”他说。

“那，不会是在溜冰场上面吧？星期六的时候那儿总是有空位。”

“没有办法的时候才会在那里停车，明白吗。”他说。

他在蒂霍尔门那里找到了一个位置。他迈开长腿，在高高的木房子间行走，我得小跑着才能跟得上。我为自己邋遢的衣服而感到羞愧，在他们当中，我看起来就像个蠢货，经过他们时，我留意着，看他们是在盯着我看还是在发笑。

在鱼市场里面，爸爸把所有的玻璃柜台都扫了一遍，同时排着队，等着轮到自己。

“我们要一点虾，你说，行不行？”他说。

我点点头。

“或许再来点鳕鱼。”

我一声不吭。

他笑了，看着我。

“我知道你不喜欢鳕鱼。但这对你有好处的。等你长大了，你就会喜欢上它。”

“我很怀疑这一点。”我说。

我很愿意讲讲所有与我有关的话题和故事，像我讲给妈妈听的那样，但和他在一起的时候，我甚至无法开始谈话。但我非常高兴他带着我一起，更重要的是他也知道我很高兴。

轮到他了，他向售货员指着他要买的东西，柜台后的其中一个女人盯着他看。当她注意到我在看着她时，她低下了眼睛，继续包裹躺在自己面前木板上的那条鱼。那时候在父亲周围、和他相关的某些东西，在他指着鱼、讲着话的时候，让我不禁想到：他正试图把环绕在他四周的一切统统抖落开、摆脱掉。不是他的外观——胡子拉碴的面孔，浅蓝色的眼睛，像是有点扭曲了的嘴唇——也不是那高而瘦削的身材，而是另外一种东西，一种从他身上“放射”出去的东西。

“好了，”他边接过找回的零钱边说，把装有虾和鱼的白色袋子提在手里，“现在，我们走！”

外面，在这灰色的日子里，像星期六的日子里总会出现的那样，所有的人行道和步行街上都是人，我们顺着波伦（Pollen）走去，那是海湾的中心区域，我们是在走去音乐角落的路上，在他的身旁，我做了一些像跨栏那样的跳跃动作，让他知道我很开心。当他看我时，我对他笑笑。风从海湾那边刮来，弄乱了他的头发，他用手把它们抚平。

“你能帮我拿一下袋子吗？”在音乐角落里，他说。我点点头，把袋子提在手里，与此同时，他的手指在唱片之间快速地翻动着。

在我们睡觉以后，他们通常会放音乐，特别是在星期五和星期六的晚上。我经常在听到最后一盘音乐之前就睡过去了。他在办公室里独自一人时，也常常放唱片听。斯泰纳尔说过，有一次他带着平克·弗洛伊德的唱片，在课堂上放给他们听。他说这话的时候声音里含着尊敬。

“你不想给自己选一盒磁带吗？”爸爸突然说，眼睛没有从他面前的唱片上离开。

“但我没有录音机。”我说。

“你可以借英韦的，”他说，“另外，到圣诞节时你可以有一个自己的。所以有一些录音带放在那儿，是件好事儿。一个空录音机有什么意义！”

我犹犹豫豫地走到卡式录音带那里，它们不像唱片那样放在盒子里，相反，它们被挂在了墙上的架子上。其中一盒里面全是猫王的歌曲。我想象得出，磁带盒封面上的他一定穿着一身皮质的衣服，膝盖上放着吉他，满面笑容。

爸爸买了两张唱片，他拿着它们到柜台那儿去，对售货员说我还要挑选一盒磁带。售货员手里握着一把小钥匙走到了架子那。我指着猫王的那盒磁带，他打开锁取出了它，把它单独放在一个小袋子里，然后把小袋子放到爸爸的大袋子旁边。

“不错，”当我们朝汽车走去时，爸爸说，“猫王，你知道吗，他是我年轻时候最棒的歌手。我们管他叫作埃勒维勒·普雷斯路斯（Elleville Presseløs）。我还有他的一些老唱片，在祖母祖父那儿。或许我们哪次去把它们拿回来？那你就可以听听了。”

“好，这样一定会很不错的，”我说，“或许英韦也愿意听一听。”

“在今天，这些老唱片是相当有价值的。”他说着停下来，从口袋里掏出钥匙链。我朝特罗姆岛那一边望去，那里有停泊在加尔蒂松德的巨型油船。它们是如此庞大，甚至靠到了低矮的码头那，看上去它们仿佛来自另一个世界。

爸爸把我那边的车门打开。

“我还是可以坐在前面吗？”我说。

“可以。不过就今天。明白吗？”

“明白。”

他把唱片放在后座上，在系上安全带以前，先点燃了一支烟，我已经系好了安全带，车开动了。回家的路上我坐在那儿，一会儿看着那磁带盒的封面，一会儿望着窗外。整个长码头上一直在堵车，到了另一边的凹地处，路况才渐渐恢复顺畅了，那里的一边是波艾广播电视台（Bai radio），而海边的鱼类收购站则在另一边，那些都是低矮的白色砖结构房屋，旗帜哗啦啦地招展着。横过水湾——海里泛着白色的浪花——是希尔索，顺着码头朝上是聚成一片的木头房子，最下面是轮渡，再远一些是普斯勒斯（Pusnes）的机械工厂，然后就是那边沿着岛屿的树林地带，但在陆地上这边，道路蜿蜒曲折、上上下下，一路上都矗立着房屋和码头，直到加油站，之后就是松盖，维德霍尔门，道路一直往上通到桥头。一切都在来自南部的风中微微颤动。突然，对安妮·莉丝贝特的思绪又涌上了心头，我的情绪又开始往下沉。或许是因为那个深水混凝土结构装置的缘故吧，因为我想过要带着她们一起到桥上来，看看它们在水里被拉拽着前行的样子。现在没这档事了。或许还有这可能吧？她还没有到我的房间里来过，每天晚上我睡觉前想着的事，就是她有一天将坐在那里，坐在我的床上，周围环绕着我的东西，这个想法总是让我心里产生烟花绽放开来的那种欢悦，安妮·莉丝贝特，在这里，和我在一起！

为什么埃温突然代替了我，到她那儿玩？我们在一起多么快乐哟！

埃温必须出局。我和她必须重归于好。

但怎样做我们才能如愿以偿呢？

在我们身下的，是把东西部连接起来的海湾。一艘小艇正向陆地驶来，船开到了岸边，我看见了在船尾的一个身影，他的手里把握着船舵。

爸爸打了左拐的指示灯，一闪一闪地，车减速了，等到两辆车开过去后，他开过路口，开上了最后一段到达房子的上坡路。莱夫·托雷、罗尔夫、盖尔·哈康、特隆、盖尔·B.、盖尔和肯特·阿尔内在路上踢足球。我们开车经过时，他们朝我们这边望着，车开上了车道。我从车里走出来，向着他们把手举到空中。

"你不来踢球吗？" 肯特 · 阿尔内喊道。

我摇摇头。

"要吃饭了。"

朝房子走去的路上，刚刚走出他们的视线，爸爸就抓住我的手。

"我看看，"他说，"疣子还没除掉吗？"

"没有。"我说。

他把手松开了。

"你知道怎样才能把它们去掉吗？"

"不知道。"

"我来告诉你。我有个老办法。待会儿到厨房来，我说给你听。你想除掉它们，不是吗？"

"是的。"

我上楼去后，首先做的事是把脏裤子和毛衣扔进脏衣服筐里，换上了我今天早上穿的衣服。然后把磁带封面朝外，抵靠着墙，放在书桌的最上面，这样无论在这屋子的哪一个地方，我都能看见它，然后我来到了厨房里，爸爸坐在厨房，面前放着一小盘虾。电炉上在煮着粥，妈妈在外面的客厅里给花浇水。

“我们刚好来得及在你吃东西前做这事，”爸爸说，“这差不多像是某种幻术。在我小时候，我的祖母给我这样做过。它很管用的。那时我的手上长满了疣子。几天以后它们就完全消失了。”

“她做什么了？”

“等着瞧吧。”他说，站起身来，打开冰箱，取出一个白色的小包放到桌上，打开了它。里面是培根。

“我先用培根给你涂抹手指头。然后我们到花园去，把培根埋在土里。你的那些疣子过几天就会不在了。”

“真的吗？”

“真的！它就有这么奇妙！疣子真的会不见。只等着看吧！把爪子伸出来。”

我伸出一只手。他把它握在自己手里，拿起一条培根在所有的指头上，在手背和手心上耐心地涂抹。

“那一只手。”他说。我把另一只手伸出来，他重新拿了一条培根，又同样地做了一遍。

“所有的地方都涂抹到了吗？”他说。

我点点头。

“那我们出去。知道吧，你得把这培根拿出去，把它埋在土里。”

我跟在他后面下了楼梯，穿上靴子，同时尽量不让它们碰到我的手，因为手上有培根的油，跟在他身后——他手里拿着一把铁锹——绕过房子，走进朝向树林的篱笆那儿的一方菜畦。

他把铁锹插进土里，用脚把它往下踩，然后开始铲土。几分钟以后他停下来。

“现在你可以把培根放进去了。”他说。

我照着他的话做了，他又铲了几下土，然后我们回到屋里。

“我可以洗手了吗？”我问。

“可以，”他说，“是我们埋下的培根，把疣子去掉的。”

“这到底要多长时间啊？”

“嗯……一周或两周吧。这取决于你相信的程度。

吃完饭后我又来到了马路上。已经没人在踢足球了，但盖尔·哈康、肯特·阿尔内和莱夫·托雷还在外面，他们正要冲着路边的那堵墙跑上去，看看朝上面跑多远才会摔下来。要是他们用的速度够快，那朝上跑第三步，或许第四步后，他们就会受到地球重力的影响，掉下来。要是人跑到了更高的地方，那他就会仰面朝天地跌下来哟，所以这是一个需要保持谨慎的游戏。我第一次——也是唯一的一次，做得十分小心，因为在我之前，盖尔·哈康由于过度勇敢而摔倒在路边的沟里，扑通一声，他胸腔里所有的空气像是被倾泻一空，他用一种变了调的高声号叫填充了胸腔的空间，与此同时他强忍住泪水，好像还想要继续下去。

盖尔·哈康站立起来，把身子扭到一边，用背脊对着我们，喘着气，当他转过来时，所有的人都看出他哭过了，但没有一个人说什么。

为什么没人吭声？

要是哭的是我，他们一定会有话说的。

“那，现在我们干什么？”肯特·阿尔内问。

这时候克莱普骑着自行车从坡下过来了。他穿着黑色的外套，戴一顶黑帽子，他的车有点向两边摇摆不定，脸上挂着的松垮垮的红色腮帮子也左右晃荡着，跟被他一边一个挂在车把上的B-Max超市的袋子差不多。他是霍瓦尔的父亲，霍瓦尔是一个住在离我们家最远的一栋房子里的男孩，已经十七岁了，是我们敬佩的一个人，但我们不经常见到他。这个父亲，有流言说是个酒鬼。现在他已经拐进了我们站着的路上，因此我有了机会。我跟在他旁边跑了一段路，同时假装朝他车把上的袋子张望。

“袋子里是啤酒瓶！”我朝其他的人喊着，停了下来。

克莱普没怎么注意到我。但其他的人笑了。

第二天我们坐在盖尔的房间里，给安妮·莉丝贝特写情书。他们家的房子跟我家的一模一样，一样的房间格局，一样的朝向，但两者仍然有太多的不一样，因为对他们来说，家里的布置以实用为先，椅子首先要坐起来舒服，而不是看起来好看，另外，我们的房子几乎以一贯的洁净为象征，而他们家的桌子和地板上都摆满了东西，他们用了东西之后就到处乱放。他们的生活方式成为了这房子的一部分，而我们的生活方式也是，只不过我们两家是以完全不同的方式在生活着。对盖尔的父亲来说，让他独自一人处置、摆弄所有的工具几乎是件不可想象的事情，他会让盖尔和格罗尽可能地参与到他自己正在干的事情中来。他们在下面有一个木工的工作台，在那里可以钉钉子，刨木头，粘接和打磨抛光，要是我们想，比如说，造一架手推车，或是一辆被我们称为卡丁车的车,我们会先找他。他们的花园不如我们家的整洁美观、规范对称——这是爸爸把他所有的时间都投入其中的结果——更多是顺其自然，所有的布置都基于实用的原则，比如，外观令人讨厌的堆肥就占据了花园里的一大块空间，与其类似的，他们的屋后生长着一大片光秃秃的，像杂草一样的土豆，而我们的屋后则是一方草地和一个圆形的杜鹃花丛。

盖尔的房间所处的位置和我的房间一样，他姐姐格罗的房间正对应着英韦的房间位置，他父母的房间位于其中，跟我们家一样。盖尔可以自由地来往于所有的房间，在楼梯上任意地跑上跑下，要是他想吃一片面包片，就可以从冰箱里拿出要配着面包吃的各类食品，自己涂抹在面包片上。我在那里也一样，只要我愿意，可以在他们的房间之间跑动，或者同盖尔一起自己拿一片面包片。我们常常坐在客厅里听他那张《克努森和卢德维格森》（*Knutsen & Ludvigsen*）的唱片，我们常常会发笑，对那唱片，或是对盖尔，因为他不仅仅熟知所有的歌词，他还可以模仿他们的音调和表演方式。盖尔不踢足球，在所有的球类运动上他都很差劲，这和他缺乏协调能力有关，但这也是一个兴趣的问题，他绝不会像我那样，在踢足球时感到全身热血沸腾，我常常整整一个下午都在泥土地上踢球，当天色暗下来，所有的人都从那里离开时，我会感到一种深深的失落和留恋，而这些对他来说完全是陌生的。在学校，他学习也不怎么样。他阅读能力差，对数字也很迟钝，在课堂上读过的或是听过的东西，他很难加以复述、表达，但他能想办法应付好这些，对他来说，他既不依赖足球也不依赖学校。因为他很会模仿，所以在他身边开始聚集起一伙人来，他们会站在那儿听他讲学校里的事儿。他喜欢这样，笑声会让他忘乎所以，好像是在火上浇汽油，让他的话越来越多，越来越天花乱坠，但这也不是他所依赖的。他好像有一个小小的，完全属于他自己的世界。比如画画。他可以坐在他的房间里画画，画上整整一天。或者做飞机模型，这也是他常常干的事情。他会发出一种放肆、粗鲁的狂笑声，有时候甚至可能笑得歇斯底里、不可收拾。他爱放屁，或许比其他人放得多得多，他会为此进行试验，还会和人谈论与此相关的话题。

他有一个姐姐，格罗，这可能是他不像我一样，在一开始就被逐出女孩子世界之外的原因。但关于情书的这个主意还是让他感到兴奋。我写这封信，他画一张画。画面上是一个正踩踏着一颗心的男孩，还有两个男孩正站着看。在画下面，我用红墨水笔写上：埃温让我们心碎。信本身有五行字：

亲爱的安妮·莉丝贝特

我们心碎了

回到我们这儿吧

你听到了吗

我们是多么地爱你

我们不能把这张画和这封信交给安妮·莉丝贝特，因为从我们所知的来判断，她可能会把它们给别的人，甚至是学校里的一些人看，那所有的人都会笑话我们了。于是我们决定只拿给她看。把这信和图画像两张合约一样拿在手里，卷在一起，我们到上面她那儿去了。从耶伦太太住地上面的山崖那，我们进入了她窗户下的地界。我们朝窗户扔了一粒小石子，她出现了。首先我们把这张画展示给她看，她对着我们笑了，于是我们把信纸和画都撕成碎片，用脚踩踏它们，然后我们离开了那里。现在我们知道她至少明白了我们的感情。现在一切都取决于她了。

盖尔在十字路口停住了。

“我要去维姆德那里一趟，”他说，“要不，你也一起去？”

我摇摇头。在往下走去的时候我在想，我也应当到一个新朋友那儿去。或许达格·马格纳？但这看上去有点怪怪的，不太合常理，于是我决定回家。我躺在床上看了一会儿书，英韦走进来，他问我是否愿意跟他到外面去，在路上踢足球。这我愿意。再没有比跟英韦一起更让我喜欢的了。我们最经常做的是在室内一起下棋或是听音乐，但一来到外面，我们就会分开，他和他的朋友在一起，我和我的朋友在一起，只有假期里例外，那时候我们一起踢足球，或者打乒乓球，或者打羽毛球，但像现在这样的情况纯属偶然，只有在他感到乏味无聊，而附近除了我，又没有其他朋友的时候才会这样。

我们在那儿待了一个多小时，把球在我和他之间踢过来踢过去。有一会儿英韦把球射向我，我练习着把球踢出去。然后我们又继续互相传球。

简直难以置信，我的疣子不见了。它们变得越来越小，大概在三个星期后，它们完全消失了。手上的皮肤变得那么光滑，让人很难立刻想象出它们曾经是那么的不一样。

但安妮 · 莉丝贝特再没有回来。以前，当我摘下她的帽子或是拉扯她的围巾，又或是从她身后一下蒙住她的眼睛时，她都会发出害怕的尖叫声，但现在她会变得恼怒，甚至开始生气。当我看见她和佐尔法伊格与埃温和盖尔 · B. 一起朝公交车走去时，我的心刺痛着，每一个夜晚，在我入睡前，我都会想象我将如何去拯救她们的灵魂，或者以其他方式让她得以明了这一切，让她意识到她的错误，从而回心转意，要不我就想象着，假如那时我已不在人世，而她明白了她实际上想要的就是和我在一起，但这已经不可能了——现在我已经躺在被鲜花环绕的灵柩里，巨大的悲伤，还有懊悔，会把她填得满满的。在那段时间里，死亡是一个甜蜜的念头，因为不仅安妮 · 莉丝贝特会为她的所作所为而感到懊悔，爸爸也一定会有同样的感受。他们站在我的灵柩前，为着我的早逝哭泣着。整个住宅区的人都会聚在那儿，他们所有人心里想着的都是关于我的，他们一定会重新评价我，因为我已不复存在，那么事实上曾存在过的那个我就会在人们的记忆中变得前所未有的清晰、鲜明。是的，死亡是甜蜜和美好的，是一种巨大的慰藉。虽然我因安妮 · 莉丝贝特而难过，但她还是在那儿的哟，我每一天都可以在学校看见她，只要她在那里，就存在着希望，哪怕是一丁点儿。一想到她我就会沉入一种晦暗中，而这和时而席卷而来的那种沮丧感完全不一样，前者让人完全消沉，对所有的一切都提不起兴趣，看得出来，盖尔也意识到这点了。一天晚上我们坐在他的房间里，他问我到底怎么啦。

“没什么特别的。”我说。

“你完全一声不吭哟，你！”他说。

“是吗，”我说，“我只是非常非常的不开心。”

“那是为什么呀？”

“我不知道。没什么特别的原因。我就是打不起精神。”

“我有时也那样。”他说。

“你有吗？”

“有的。”

“你就是心里不痛快，但又不知道是怎么回事？”

“是的，我有时候也会那样。”

“我不明白，”我说，“我不知道别的人也会那样。”

“我们就这么叫它了，”他说，“‘那样’。当我们觉得那样的时候，就可以这么说。‘现在我那样了’，可以这么说，然后另一个人立刻就懂了。”

“这是个好主意。”我说。

也出现了其他的新词汇，比如英韦教会我的，交媾真正的名字，叫作“性交”，这个词真是太令人震撼了，以至于在我把盖尔带到山的顶峰之前，我都不敢告诉他。“这叫作**性交**，”我对他说，“但不准说是从我这儿听到的！你得发誓！”他发了誓。另外，他花了更多的时间和上面的维姆德待在一起，维姆德有时候也上他那儿去。我完全不理解这点，我把这告诉了他。为什么你同维姆德在一起？他又胖又蠢，是班上所有人当中最差劲的一个。他从不认真回答我，只说他喜欢待在那儿。为什么呢？我又问。你们两个在那儿能干出什么了不得的大事？没有，盖尔说，绝大多数时间我们都坐在那儿画画……甚至在课堂上，当老师要求我们两人一组做什么的时候，有时他会去找维姆德，而不是我——以前他总是找我的。有几次我也跟着他到上面的维姆德那儿去，为的是更靠近安妮·莉丝贝特一些，但我觉得他们在干的事太乏味无聊，建议干一些别的事时，他们就会坚持要继续这么干下去。我对这无所谓，要是他愿意跟班上最蠢的人混在一起，那就让他去好了。我们还是邻居，他还是常常在下午来下面我这里，另外，春天开始的时候，我们开始一起踢足球。我们马路上几乎所有的孩子都去踢球。训练的地方在霍弗，妈妈和盖尔的母亲轮流开车送我们去那里。在我刚开始参加训练时，妈妈给我买了一件球衣。这是我的第一件球衣，我对它有着很高的预期，想着可能会是一件蓝色的，有光泽的阿迪达斯，牌子跟英韦的一样，或者更好，一件彪马，或者至少是雄蜂或海军上将。但她买回来的，根本就没有什么牌子。是一件棕色带白条纹的运动衣，尽管我觉得这颜色难看，但这还不是最糟的。最要命的是它的面料没有光泽，是暗涩的，有点粗制滥造的感觉，它不是那种穿着合身的衣服，相反，它紧绷绷地包住身体，这样我的臀部就会更加引人注目地往外突起。当我穿着这件训练球衣时，唯一能够想到的就是这事儿。当我跑到球场上开始训练时，这也是我唯一能够想到的事儿。屁股翘在外面，像个气球，我想着，跑着去追球。我的训练球衣是棕色的、丑陋难看的，我想着。我穿着它看上去像个蠢货，我想着。蠢货，蠢货，蠢货。

然而这件事我绝不会对妈妈讲。得到衣服时，我装出高兴的样子，因为这得花费不少钱，她在城里到处转来转去，给我找到了这件球衣，要是我说我不喜欢它，首先她会觉得我不识好歹，另外她还会因为没有把这事办好而难过。我是不愿意这样的哟。所以我说，啊，这衣服真好。太漂亮了，真的。恰恰是我想要的。

春天里的训练有件令人感到不可思议的事，那就是内心的我和在球场上的我之间的差别竟是那样的大。无数的想法和情绪把我的心塞得满满的，我要进球和带球过人，我的这件训练球衣实在太差劲了，我这个突出的大屁股，除此以外还有我这向外突出的龅牙——而在球场上的我，四处奔跑着，却几乎完全地被忽视了。球场上有很多的孩子，一大群胳膊、腿和脑袋像一团蚊子一样地追随着球，教练能叫得出名字的人屈指可数，其中大多都是来自他住宅区的邻居，大概是他的儿子们，还有他们的朋友们。我第一次大显身手是在一个晚上，有人把球踢到了球门后面的树林里，球在那里不见了，于是所有的人都要进树林里去找球。两分钟，或许是三分钟，大家集中精力地寻觅着。但没人发现球。然后，它蓦地就出现在了我的跟前，在一簇灌木下，球在暮色当中泛着白光。我知道机会来了，我知道我应当高喊“我找到球了！”，再拿着它到球场上去，这样荣誉就理所当然地属于我，但我不敢。我做的只是把球踢到球场上去。“球来了！”有人喊着。“谁找到的？”另一个喊着。我和所有其他的人一起从树林里走出来，什么也没有说，于是这就成为了一个谜。

第二次也是类似的状况，只是更像是一份送上门的贺礼。

在离球门十米或十二米的地方，我跑在一群人当中，球就在那儿，大家都挤在一处，四肢相撞，一切都处于混乱当中，突然，那球出现在离我一米的地方，我使出全身招数奋力一搏，球从门柱那儿直接射入了球门。

“球进了！”响起了喊声。

“是谁踢进的？”

我没有吭声，也没有做什么，静静地站在那里。

“谁进的球？没人？”教练喊道，“没有呀！那我们继续！”

或许他们以为那是他们自己的后卫踢进的，所以没有人说那是他们的球。虽然我不敢说是我进了球，但这是我一生里的第一次进球，在余下训练的时间里，还有坐在车里回家的路上，我的心里充满了光明。当我们朝汽车那儿跑去时，妈妈坐在车里等着我，我第一句讲出来的话，就是我进球了。

“我踢进了一个球！”我说。

“真好！”妈妈说。

我们回家后，当我在厨房的餐桌旁坐下，要吃晚餐时，我又说了一次。

“今天我进球了！”

“你们在打比赛吗？”英韦说。

“没有，”我说，“我们现在还没有开始比赛。这是训练。”

“那这算不了什么。”他说。

几滴眼泪冒了出来，顺着脸颊流淌下来。爸爸用严厉、恼怒的眼神看着我。

“你不能为了这个就哭！”他说，“这丁点事儿你得忍着！”

这时候我开始着实地哭了起来。

我很容易哭，这是个大问题。我每次哭都是因为有人骂我，或者冤枉了我，或者我以为他们会这么做。最经常让我哭的是爸爸，只要他的嗓门一高，我就会哭，尽管我知道这大约是他最痛恨的。可我没办法。他一提高嗓门——他通常会这样的——我就开始掉眼泪。我从来没有因为妈妈的缘故哭过。在我成长的整个漫长时期当中，这种情况只出现过两次。这两次都发生在我开始踢足球的那段时间。第一次是最惊天动地的。我和一伙人一起到了下面的树林里，大家集中在一处，站成一个圆圈，英韦在那里，他班上的埃德蒙在那里，另外还有达格·洛塔尔，斯泰纳尔，莱夫·托雷和罗尔夫。大家打开了话匣子。从于贝湾那儿传来了海鸥的尖叫声，天空仍然还有着光亮，虽然黑暗已经开始在大地和下面林中的树木之下匍匐。大家谈论着学校和老师，谈论着逃学旷课,谈论着课后留校和提早到学校。然后就说到了在英韦班上，谁是最聪明的。我很长时间只是站在那里听着，为着能与那些年纪较长的男孩子待在一起而感到高兴，但那里突然出现了一个让我可以钻进去的空缺。

“我是我们班上最聪明的，”我说，“至少在阅读和写作方面，还有自然学科。我在家自学的。”

英韦看着我。

“别说大话，卡尔·奥韦。”他说。

“我没说大话，这是真的！”我说，“这没什么好怀疑的呀！

“我在五岁的时候就学会认字了。比班上任何人都早。现在我可以流畅地阅读。比如说，埃德蒙，他比我大四岁，但他就完全不会读书！这是你自己说的！也就是说我比他聪明。”

“现在你给我住嘴，你这吹牛皮的家伙。”英韦说。

“这是事实哟，”我说，“是不是，埃德蒙？这不是真的吗，你就是不会读书，对吧？你需要特殊教师的帮助？你妹妹和我一个班。她也不会读书。或许只会一点点。这不是撒谎，对吧？”

现在出现了怪事，埃德蒙的眼睛里涌出了泪花。他脚下一个趔趄，转过了身，开始往上走去。

“你在干什么，你。”英韦小声对我说。

“但这是真的呀，”我说，“我是我班上最好的，他是他们班上最差的。”

“回家去，”英韦说，“现在。不许你在这儿跟我们一起了。”

“这你不能说了算。”我说。

“住嘴，给我回去！”他低声说，把手放在我的胳膊上，把我推到一边。

“好，好。”我说，开始往坡上走去。过了十字路口，我蹿进大门，脱下衣服。我说的话，是真的哟，为什么他要推我？

当我躺在床上开始看书的时候，眼里充满了泪水，这太冤枉了，我讲的都是实话，这不公平，不公平，不公平。

妈妈下班回家了，她在煮茶和做晚餐。英韦还在外面没回来，所以只有我们俩吃晚饭。她问我是不是哭过了，我说是，她问我为什么，我说英韦推我，她说她要向他把这件事问清楚。我把我写给外公的一封信拿给她看，她说他收到这封信会很高兴的，然后给了我一个信封，我把信放在里面，她写好姓名和地址，答应我第二天把信寄出去。这事完了以后，我离开那里，躺在了床上。我在看书时，听到英韦回家了，听到了他在楼梯上的脚步声，和走进厨房的声音，妈妈坐在那里。现在她会对他说，他不应当推我，不应当责备我、骂我，我躺在那里这么想着，仿佛看见了英韦垂着脑袋的样子。然后是说话的声音，他们在过道上的脚步声，房门打开了。

我立刻看见了妈妈很生气的样子，我一下坐起来。

“英韦说的都是真的吗？”她说，“你取笑了埃德蒙，因为他不会念课文？”

我点点头：“大概有那么一回事。”

“你不知道埃德蒙会难过吗？不知道你不应当用这样的方式说别人吗？”

她向前走了几步，几乎到了我的面前。她的眼睛变细长了，声音变得又高又尖锐。英韦站在背后看着我。

“卡尔·奥韦，你不明白吗？”

“他哭了，”英韦说，“是你把他弄哭的，明白吗？”

突然，我一下子明白了。妈妈的话，是对发生的事情毫不留情的总结。该得到同情的是埃德蒙，虽然他还比我大四岁。他伤心了，是我让他伤心的。

我开始哭了起来，是以前从未有过的一种哭泣。

“啊啊啊啊啊啊，”我抽泣着，“呜呜呜呜呜呜。”

妈妈向前弯下身，用一只手抚摸着我的脸颊。

“对不起，妈妈，”我抽抽噎噎地说，“我绝不会再做这样的事了。永远也不这么做。我用我的整个心发誓。”

我高声地哭着，那些道歉的话更像是喊出来，而不是说出来的，妈妈冷静下来，但英韦没有；就他来说，得要花上好几天的时间，情绪才能慢慢平和下来。尽管埃德蒙对他来说不是什么重要的人，也不是他最好的朋友，只不过是个同班同学。对这一点我似懂非懂。

妈妈第二次让我哭，发生在一个晚上，我们要去散步的时候，她想开车去菲纳加油站买点东西，但最后决定走着去，很愿意同她单独在一块儿的我也跟着一起去了。我拿着手电筒，小路上黑魆魆的，在我们到达那里之前，我把手电筒的光照进我们所经过的一栋房子黑洞洞的客厅窗户里。

“别这样！”妈妈突然低声说，“那里面住着人的哟！你不能把光照进人家的客厅里！”

我尽可能快地将光照回地上，在几秒钟里竭力忍住眼泪，但我完全失败了，接下去是长时间的抽噎和呜咽。

“有这么伤心吗？”妈妈说，她看着我，“看见了我就得说出来，明白吧。你所做的，是不太礼貌的。”

我开始哭，不是因为我被责怪了，而是因为是她责怪了我。

但她至少不应该因为我哭就生气。

在外面我几乎不哭的。当然，摔倒了是个例外——所有的人都会这样的——那泪珠就会在眼睛里转，这是没人能阻止的呀。事实上，没有人会专门进我的家里来找我，这一点恰恰也印证了其他我无法控制的事。我常常同他人争辩，尤其是同莱夫·托雷，我们在几乎所有的事情上都有不同的意见，包括了谁说了算的问题，虽然我俩在谁也不肯服软这点上一模一样，但所有的人仍然都愿意同他一起玩，而不是同我一起。许多人在一起时，比如当我们在下面的松树林里修建一个棚子，或是在泥地上踢足球时，这是看不出来的，但当我们只有三四个人时，这就明显了。另外，当我和比我年长一些的人在一起也不会这样，比如和达格·洛塔尔在一起时，要是出现了问题，我就只需要紧紧跟随着他，跟着他参与所有的活动，完全没有异议，不说不是这样的之类的话，只是自然而然地跟随着他，因为他毕竟比我大一岁哟。而对盖尔，我会立刻伸出手指头指指点点，我听达格·洛塔尔的，盖尔听我的，维姆德听盖尔的。盖尔不乐意了，说我不能指挥他。但那时我会说，我就要指挥他！是我决定我们要干什么的。但你不能决定我干什么，盖尔说。这有什么关系？我说。我不是说了吗，是达格·洛塔尔指挥我？你指挥维姆德？那我指挥你又算什么嘛？是的，这算什么的，显而易见，盖尔的脸僵了，我从他的动作中看出了他的不情愿，很快地，他就消失了。其他引起不高兴的就更是些小事了，比如有一次下午放学早了，盖尔·哈康、肯特·阿尔内、莱夫·托雷和我站在马路边，那时建筑区里没有其他的人，开过去了一辆巨大的卡车，拖斗里满载着在上面更远的地方爆破后拆除的石头。

“你们看见了吧，”我说，“是一辆奔驰！”

我对汽车、船只或是摩托车这些是不感兴趣的，我对它们一无所知，但因为所有其他的人都喜欢它们，我也得做点什么，就只是为了表现我也懂行。

“它不是，”盖尔·哈康说，“奔驰没有造卡车。”

“那，你没看见那颗星？”我说。

“你是整个人傻掉了吧，是不是？这不是什么奔驰星。”他说。

“是，它就是。”我说。

盖尔·哈康吹了声口哨。他那胖乎乎的脸瞬间变得比往日更加肥厚。

“另外，奔驰造卡车的。我读到过。在我的一本书里写着的。”

“我倒真想看看这本书，”盖尔·哈康说，“你撒谎真是张口就来。关于卡车你什么也不知道。”

“你可以像这样信口胡说，就因为你爸是搞建筑机械的？”我说。

“对，事实上就是这样的。”他说。

“哟呵，”我讽刺地说，“你以为你就知道有关障碍滑雪的事了，就因为你爸给你买了一副那种滑雪板。但你还不会使用它。看你滑雪那笨手笨脚的样儿。再给你来一副滑雪器械又能怎么样？你什么时候能用上它？大家都说你是被宠坏了。你就是这样的。你指着什么就能得到什么。”

“我没有被宠坏，”他说，“你只是嫉妒。”

“为什么我要嫉妒你？”我说。

“算了吧你，卡尔·奥韦。”肯特·阿尔内说。

盖尔·哈康现在不仅向我别开脸，还掉转开整个身子。

“为什么要我算了，而不是盖尔·哈康算了？”我说。

“因为盖尔·哈康是对的，”肯特·阿尔内说，“那不是奔驰。也不是只有他一个人才有障碍滑雪板。我也有。”

“这只是因为你爸死了，”我说，“那就是为什么你妈什么都买给你的原因。”

“不是因为这个，”肯特·阿尔内说，“是因为她想要买给我。因为我们有这钱买。”

“你妈在商店工作，”我说，“这挣不了多少钱的。”

“那么，那些当老师的就能挣得多吗？”莱夫·托雷说，现在他也掺和进来了，“你以为我们没有见过你们家的墙？上面全是裂缝，就要坍塌下来了，因为你爸不知道得要钢筋支撑。他抹墙只用了水泥！这榆木疙瘩脑袋呀！”

“他以为自己是个人物，就因为他是市议会成员，”肯特·阿尔内说，“他开车过去时，还举起一个手指头向我们致意。所以你现在就给我们闭上你那嘴吧。”

“为什么要我闭嘴？”我说。

“不，对了，你不必闭嘴，你可以站在这儿，像你一贯的那样，只管噼里啪啦地放开来讲好了。反正我们不跟你玩了。”

然后他们就都跑开了。

这种闹别扭的状况绝不会持续很久，几小时以后我就又同他们在一起玩了，虽是如此，但仍旧有什么不对，我发现自己越来越频繁地突然感觉到被逼入死角，这种情况越来越频繁地出现：当我来到时，其他的人都转开身去，也有盖尔，是的，有些时候我意识到他们是在躲着我。在一个住宅区里就是这样，当有人对某人说了些什么，这些话立刻就会被其他人重复着传开，于是转瞬之间，所有的人都在这么说了。关于我他们说的是，我总是知道得最多，总是吹牛说大话。但事实上情况就是如此哟，我就是知道得多，比其他的人都多得多，难不成我还得假装不知道，像其他人一样？当我知道了一些事，那我就是知道了，因为那就是事实。说到吹牛讲大话，大家都是这么做的哟，一直都是。比如，大家都喜欢的达格·洛塔尔，为了告诉大家他干了什么了不起的事，或是有人对他讲了什么了不得的事，哪一次他不是以这样的句子做开场白的："我可不是在吹牛，但是……"？

对，他总是这样。所以问题的所在并不是我做了些什么，而是我是谁。不然为什么当我在路上踢足球时，罗尔夫开始叫我"职业球员"？我并没有做什么特别不同的事情哟，我做了吗？你以为你踢足球是他妈最棒的，他说，或者，喂，那个"职业球员"？但我做的一切，只是在说明踢足球应当是怎样的，又不应当是怎样的，当我走在球场上时，其实是明白这些的。我们不应该一群人像一窝蜂一样地跑来跑去，我们得以球为中心分散开来，或者带球过人，而不是挤在一起，乱成一团糟。

在这个春天，我也得到了最后一个重要的角色。那时候，因为春季学期要结束了，为了准备年底的庆祝活动，学校重新调整了课时，老师把演出剧目的台词本分发给大家，在学校的这个大日子里，也就是说在一年的最后，我们将为所有的家长演出，除了我，谁还将获得这个主演的角色呢？

不是莱夫·托雷，不是盖尔·哈康，不是特隆，不是盖尔。

而是我。

我，我，我。

他们当中没有人能够把这么多台词背下来，在男孩子当中只有我和埃温可以，或许还有斯韦勒，但最后老师选中了我，这不是偶然的。

当她把角色给我时，我是那么高兴，我不知道我该怎么做才好了，有点手足无措。

在最后的一周，我们每天都要练习，每一天我都是班上的焦点，也是安妮·莉丝贝特所关注的人物，最后的这一天终于来到了，太阳金光万丈，所有的父母都来了。他们穿着漂亮的衣服，坐在靠墙的椅子上，用他们的相机拍照，当我们充满激情地说着台词的时候，观众寂静无声，而演出结束的时候，全场掌声雷动。

然后我们放磁带，唱歌，接着我们得到了分发下来的成绩册，老师祝愿我们度过一个愉快的假期，接着我们跑到操场上，再往下跑到所有停在那里、正等着我们的汽车那儿。

手里拿着成绩册，我有点不耐烦地和盖尔一起站在妈妈的大众甲壳虫跟前，等候着她。她和马尔塔一起走过来了，她们俩说笑着，没有看见我和盖尔，一直到她们走到离我们只有几米远的地方。

妈妈穿着一件米色的下装，一件铁锈红的毛衣，衣袖挽到手臂下部。她的头发长长地垂到了脊背下面。脚上穿着一双浅棕色的凉鞋。她才刚刚满三十二岁，而马尔塔穿了一件棕色的连衣裙，她比妈妈大两岁。

她们是两个年轻的女人，但我们并不知道这点。

妈妈在那里站了很久，在手提包里翻找车钥匙。

“你真棒啊。”马尔塔说。

“谢谢。”我说。

盖尔一声不吭，只冲着太阳眯缝起了眼睛。

“总算找到了。”妈妈说。她打开车门，我们坐了进去，两个大人坐前面，孩子在后座。她们各自点燃了自己的香烟。然后我们在阳光下朝家里驶去。

这个晚上，我站在打开的门口，看着妈妈在他们的卧室里吹头发。有时候，当爸爸不在那里时，我会跟着她在房子里走来走去，用我讲出来的一切把她脑子里的空隙填得满满的。但现在我是安静的，吹风机尖锐刺耳的呼呼声弄得人没法儿讲话，所以我就盯着她看，看她怎样地低着头，用一只手拿着发梳把头发托上去，好对上她另一只手里握着的吹风机。有时候她朝我投来一瞥，笑着。我走进房间。在靠墙的小桌上放着一封信。我没有窥探的意思，但只在远处也能看到上面写着的名字是西塞尔，是妈妈的名字，但这又比妈妈的名字长，因为在西塞尔和克瑙斯高之间——这是我不必读就知道的——还有第三个名字。我走近了些。上面写着“西塞尔 · 诺鲁恩 · 克瑙斯高”。

诺鲁恩？

这是谁？

“妈妈！”我说。

她拿吹风机的手垂下来，好像这会让我的声音更清楚些，她看着我。

“妈妈，”我又说，“那边那个信封上写的什么？那是个什么名字？”

她关掉吹风机的开关。

“你说什么？”

“是什么名字！”

我朝信封点点头。她向前躬下身子，抓住它。

“这是是我的名字呀。”

“但这儿写着诺鲁恩！你又不叫诺鲁恩！”

“我叫的。这是我的中间名。西塞尔 · 诺鲁恩。”

“你一直叫这名字吗？”

我感觉到我的胸膛失望地缩紧了。

“是——啊。我一辈子都叫这个名字。你不知道吗？”

“不知道！为什么你没讲过？”

泪水顺着我的脸颊流下来。

“我亲爱的乖孩子，”妈妈说，“我不认为这有什么关系啊？西塞尔，这是我使用的名字。诺鲁恩只是一个中间名。一种额外添加的名字。”

我的内心颤动了一下。这不是名字本身的问题，而是我对此一无所知。妈妈有一些我不知道的东西。

还有更多我不知晓的事吗？

一个月以后，这个漫长的暑假大约已经过了一半的时候，我们开车去了外松恩地区奥峡湾的南伯沃格，那是外婆和外公居住的地方，我们要在那里待两个星期。我一直巴望着启程这天的到来，以至于天蒙蒙亮时我就醒了，懵懵懂懂地感觉仿佛被一种不真实感环绕着。车的后备箱被塞得满满的，妈妈和爸爸坐在前面，英韦和我在后座，我们要开一整天、一整晚，虽然这一段路程的大多数情况我都很熟悉，道路一直通到十字路口，再往上到桥头，但我仍然感觉到了其中的不同之处。现在这段路程不再隶属于我们的房子，以及我们在其中的那一切了，现在它属于我们已经开始的长途探险，我对每一道山崖和巉岩，对每一座小岛和礁石都充满了期待。

当我们来到桥边的路口时，我一如往常地把双手相交、合拢，做了一个短暂的祈祷，迄今为止它好像每次都会奏效：

亲爱的上帝。
请千万保佑我们别出车祸。
阿门

我们在大地上朝纵深的方向行驶，穿越了那里广阔而单调的、光秃秃的树林，经过了埃维耶那长长一溜低矮的军队营房和宽阔稀疏的松树林地，又经过了比格兰斯峡湾和露营地，向上驶过塞特河谷，那里有老的农场和庭院，还有许多银匠作坊的招牌，在沿路的一些地方，我们几乎就要开上私人的车道了。渐渐地，建筑群消失了，好像这些房屋总算是放过了我们，一个接着一个地离去，就像初夏时候，被用绳子固定在一条船上的孩子们一个个地从那个硕大的救生圈上掉下来一样，随着船的速度加快，最后便只剩下那救生圈了。我向沿着河流两岸、泛着光亮的沙洲望去，被绿色覆盖的山坡越来越陡峭地往上延伸，直到空中，有时会出现一片光秃的、巨大的山峰，一切都被掩映在阴暗的灰色之中，但在顶峰有一些像火焰一样红的松树。我看见了激流和瀑布，河水和旷野，所有的一切都沐浴在强烈、清晰的太阳光下，同时我们的车越来越往上，仿佛高入云端。道路狭窄，顺着柔和的、不易觉察的大地起伏升降，峰回路转，在有的地方，两旁的树木像是两堵墙，而在有的地方却可以登高望远，将突如其来的意外景色尽收眼底。

途中偶尔会出现可以停车就餐的地方，在路旁小小的砾石地上，一家人可以坐在那些粗糙的圆桌边，把车停在一旁，尽可能地把车的后备箱和车门敞开，在树荫下，通常是在靠近湖泊或是河流的地方。所有的人都把暖水瓶放在桌上,很多人有冷藏箱，还有的人有便携瓦斯炉。“我们很快就要停车了吗？”我看到这样的休息地点时，可能会这样问，因为，停下来吃东西和乘摆渡船一样，都属于旅行中的亮点。我们的后备箱里也有冷藏箱，我们也带了暖水瓶，果汁，一小叠塑料杯和餐盘。“别唠叨”，那时候爸爸就会说，因为他一直忙于盘算还要再往前行驶多少公里才能停下。这也就是说，我们至少要开到塞特河谷的末端，经过霍夫登和海于克利格伦，往上再经过海于克利格伦山后，才能考虑有关休息的事。然后我们就要寻找一个恰当的地方。因为第一个见到的不一定就是好的，不；由于我们很难得在中途停下，所以要停下的话，必须得找到一个特别好的地方。

到了山上后，就变得相当平坦了。看不见什么树或是树丛。道路像根绳子一样笔直向前。有的地方满是石头,它们躺在那里，仿佛是铺撒在荒地上，石头上覆盖着一层我认为或许是地衣或是苔藓般的东西。另外的地方则是由洁净、平坦和冲刷得光滑的岩石构成的。在其间泛着微光的是水，耀眼的光芒则是积雪。爸爸在这段路上开得快一些，因为这里的能见度很高。沿着道路两旁竖着些巨大的冰棱，这几乎令人难以置信，当英韦看见它们的时候他这么说，它们是那么颀长，是这里的标志，因为冬季的雪可以在冰棱顶部终年不化。这些冰棱有好几米长哟！

太阳照耀着，高原山脉向四面八方伸展开去，我们，我们呼啸而过。一个又一个的休息地点被抛到我们身后，直到爸爸毫无预示地开启了停车指示灯，车减速，驶进了一个休息地点。

这里就坐落在湖的右面。椭圆形的水域，完全是黑色的。另一边的山峰略微高些，但在矮一些的那边有一个巨大的雪沙丘，几乎是蓝颜色的，它的下面是空的，水在里面消失，打开了一个入口。

环绕着我们的是全然的寂静。这么多个小时里，发动机不间断的轰鸣声一直伴随着我们，因此这寂静倒好像是虚假的一样，好像它不属于这片景物，而属于我们。

爸爸打开了后备箱，拿出冷藏箱来，把它放到一张粗糙的木头桌上，妈妈立刻开始把里面所有的东西都拿出来，爸爸还把装着杯子和餐盘的口袋拿来了。英韦和我跑到水边，弯下身去，把手伸进水里。寒彻透骨！

“孩子们，我们不在这里游游泳吗？”爸爸说。

“啊，不要，冰冷的水！”我说。

“你们都是些窝囊废吗？”他说。

“但水真的是冰凉的！”我说。

“好啦，好啦，我知道的。我就是开个玩笑。我们没有在这里游泳的时间。”

英韦和我走到雪沙丘那里。它是那么坚硬，根本不能像我们之前想着的那样，把它们做成雪球。在妈妈和爸爸在场的情况下，我们不能走到冰窟窿下面的水里去。

我挖出一块雪扔到水里去，它就在那水面上漂动起伏，像一个小小的冰山。我们回到家以后，我至少可以说我们在七月里扔了雪球。

“来，吃东西了。”妈妈喊着。

我们坐下来。我们有各自的便当。三片面包配上煮鸡蛋。另外，桌上还放着一袋饼干。我们的杯子里是果汁。塑料让它有了另一种味道，但我喜欢这味儿，它让我回忆起我们驾车出游去采草莓的时光，和那些去野营的时光。其实这样的旅行并不是很多，实际上就只有一次，就是上一年夏天，我们和祖母祖父去瑞典的那趟旅行。这时我的背后嗖嗖地开过来一辆车，这声音越来越大，好像开始震颤，然后在一阵轰响后，它开始减缓，直到最后完全销声匿迹了。妈妈和爸爸咖啡杯里的热气袅袅上升。一辆拖着大篷车的车从路的另一边开过来了。我的眼睛追随着他们，同时把瓶底的最后一点果汁倒了出来。车开得相当缓慢。停车的指示灯闪烁起来。当车拐进休息地点时，爸爸转过身去。

“这蠢货上这里干吗来了，”他说，“这里只有一张桌子哟。他就没看见？”

他又转过身来，放下咖啡杯，从衬衣口袋里掏出了一盒装饰着狐狸图案的烟盒。

拖着大篷车的汽车在离我们只有几米远的地方停了下来。车门开了，一个穿着米色短裤和一件T恤衫，头上扣着一顶渔夫帽的胖子走了出来。他打开了大篷车的门，在里面消失了，同时，一个女人从车的另一道门下来。她也是个胖子，穿着一条浅蓝色的弹力裤，裤腿上有熨烫的褶子，一件羊毛衫。嘴上叼着一根没点燃的烟，她的头发浓密，黄灰间杂的颜色，眼睛上遮着一副大眼镜，轻薄的黑色镜片。她走到水边，站在那里，在点燃了烟的同时朝前方望去。

我开始吃最后一片面包片。

那男人手里拿着一张露营折叠桌，走了出来。他在他的车和我们的桌子之间把它打开，支好。爸爸又转过身去。

“他们懂不懂这里的规矩？”他说，“我们坐在这里吃东西。他就这么硬生生地挤进来？”

“这没什么要紧的，”妈妈说，“这儿不是很不错嘛。”

“这里是很不错，”爸爸说，“直到这蠢货来了。”

“他会听见的。”妈妈说。

男人把一个冷藏箱噼里啪啦地放在桌子旁边，发出一阵动静。那女人朝他走过去。

“是德国人，”爸爸说，“他们听不懂的。我们可以想说什么就说什么。”

他喝下了杯子里的最后一口咖啡，站了起来。

“好了，现在我们要继续赶路。”

“孩子们还没有吃完，”妈妈说，“我们用得着这么着急吗。”

“不用的，其实，”爸爸说，“那，就吃完再说。你们赶快。”

他扔掉了还半燃着的烟，拿起咖啡杯和饮料杯，朝水边走去，在水里涮了涮，把它们和餐盘、暖水瓶一起放进袋子里。关上冷藏箱的盖子，把所有的东西放进车的后备箱里。那个男人和女人说了些我不明白的话，同时他们望着在水另一边的缓坡。他指点着。远远的,有个什么东西在移动。妈妈把包食物的纸揉在一起，把它们放进一个袋子里，站起身来。

“现在我们走吧，”她说，“饼干我们下次休息时再吃。”

这正是我担心会发生的事情。

爸爸为我把前面的座椅向前推，我坐了进去。在呼吸了外面的新鲜空气后，车内充满的烟味让人感觉特别不舒服。英韦从另一个车门爬了进来。他皱了皱鼻子。

“我觉得晕车药没起什么作用。”他说。

“要是你觉得不舒服就赶紧说。”妈妈说。

“没用的，要是你们一直这样抽烟。”他说。

“住口，小子，”爸爸说，“别抱怨。现在我们是在度假。”

车又缓缓地开到了路上。经过水边时，我朝远处，朝那个男人指点的方向望去。那儿是有个什么的。在绿色的背景当中，有一块灰色的东西在慢慢地移动着。天知道这究竟是什么东西?

我碰了一下英韦，指着窗外，让他把注意力转移到那外面。

“那是什么呀？”我说。

“或许，驯鹿，”他说，“我们去年也看见了的，你不记得啦？”

“记得，”我说，“但那时靠得有多近啊，现在这个小得像老鼠一样哟，就在那儿！”

然后我们陷入了汽车旅行可能造成的几乎恍惚、迷糊的状态中。汽车驶过了余下的山峦，往下到了诺达尔村，又进一步到了奥达市，这个位于哈当厄峡湾最底部的、肮脏的小地方，破旧和污染是它的标记，尽管它的一部分——位于另一面的山脉展现出了令人晕眩的神奇魅力，它与几个小时前我们所离开的那个世界之间有着完全难以理解的、根本性的差异。南部地区的地貌绝大多数都是以低矮的岩石山崖和凌乱的、参差不齐的小树林为主的，在那儿，很多种类的树木并排地生长在这片土地上，在同一时间里，有的树上枝叶招展，有的树上则凋零光秃，在我居住的那个岛上，最高的山峰不足一百二十米高，但在这个地方，人总是会遇到一座巍然高峰，突兀地立在眼前，以它的纯净和简洁统领一切，大地景物中其他一切的细节都屈服于它，它们统统消失了，彻底消失了：谁还在意一棵白桦树——即使是一棵高得罕见的大树——当它站立在这些壮丽无比，并且永远屹立不动的群山之下？但最明显的区别并不是山的大小，而是山的颜色，这里的色彩看上去要更强烈、更深邃些——没有一个地方的绿色像西部地区这样浓郁、厚重，这样青翠、明丽——甚至天空，这里的天空比我来的那个地方的天空更蓝、更清澈。山谷两侧郁绿，树丛繁茂，到了春天和初夏之际，果树上是一片雪白的日本樱花，山峰的顶部罩在朦胧的蓝色里，四处可见皑皑的白雪，啊，在这些群山之间——在谷的两侧耸立起的山峰间——躺着一个峡湾，它的水很深，就如同一旁的山很高一般。

乘车在这样的景物穿行总是令人格外印象深刻，因为你并不能根据这一秒看到的景色，对下一秒即将看到的景色做出预判。然后，我们沿着北面的峡湾开上去，那里所有的细节都是陌生的，比如电动的栅门，红色的粮仓，白色的老木头房子，吃草的奶牛，竖立在那里一排排长长的干草架子，一直往上延伸到山谷的两旁。拖拉机，草料收割机，粪窖，放在屋前门边的棕色高筒长靴，庭院里浓荫掩映的大树，马匹，普通人家在地下室里开设的小商店。道路两旁有小孩在出售樱桃和草莓，在小桌上有手写的标牌。这里的生活同家里的生活不一样：我可以看见一个穿着大花朵的衣裙，披着围巾，弯腰驼背的老妇人，而这在我们那是看不到的，又或者是一个弯腰驼背的老汉，穿着蓝色的衣服，戴着有边的黑帽，站在一块土地上，或沿着一条碎石路走动，这在我们那里也看不到。无论如何，在这个地方给我留下的诸多印象里，地名也占了其中很大的一部分，自然是——蒂瑟达尔，埃斯佩，霍夫兰，瑟克塞，博夫，奥普达尔，乌勒斯旺，洛夫特斯，欣萨维克，它们奇怪的音调是我最喜欢的，“维克”表示水湾，但“欣萨”究竟蕴含着怎样的含义啊？无论这里的色彩是多么明丽，无论它有着多么千差万别的细节，在这个乡镇的上方都笼罩着一种无限充沛的氛围，这种氛围不仅仅环绕着人们，环绕着他们所从事的事情，还环绕着他们整个的活动空间，看上去这空间对他们来说是过于庞大了——这或许是如洪水一般倾泻而来的太阳光线所导致的，或许是因为过于湛蓝的天空，又或许是因为一直往上延伸的、连绵的山峦，或许仅仅是因为我们只是驱车而过，所以才产生了这种感觉，我们没有在任何地方停留，除了英韦在汽车站那里晃晃悠悠地下车去呕吐了之外，我们不熟悉这里，这里没有任何我们认识的人，所以我们在这里看到的任何一样事物都不会和我们有什么关联。当我们最后终于抵达辛萨维克的码头时，爸爸把车停在车队里等候着，我们下了车，那会儿我们已经感觉不到之前的那种氛围了，恰恰相反，这里的一切都很美好，让人觉得舒适，车内收音机的广播声，车门打开了又关上的声音，人们伸展着身体，前前后后地走来走去，孩子们在队伍旁边小心地踢着球，或者像我和英韦那样，朝最末端的小卖部那儿走去，看看我们能否在那儿花掉一点儿假期里的零用钱。

一块冰激凌？

啊，是的。

英韦买了一块船型的冰激凌，我买了桶状的冰激凌，还带了一个红色的小铲，我们手里拿着它们，缓缓地朝码头走去，我们在砖石的边沿上坐了下来，望着下面的海水和一簇肥厚的，湿漉漉的，攀附在岩石上的海藻。我们看见渡轮从遥远的那一边驶进港湾。空气中充满了盐水、海藻、草叶和废气的味道，太阳火辣辣地照在我们的脸上。

“你现在是不是，还想呕吐呀？”我说。

他摇摇头。

“可惜我们忘带球了，”他说，“不过他们在沃叶恩（Våjen）那儿可能有一个。”

他像外公那样也说“沃叶恩”。

“对，”我说，对太阳眯缝起眼睛，“你觉得我们真能有一个球？”

“不知道。希望如此。”

我的腿前后晃荡了几下。用小铲挖下一块大的、坚硬的冰疙瘩，把它放进嘴里。它冰极了，体积也不小，我得用舌头前后地变换它的位置，才能不冷得把它吐出来。在我这么处理着冰疙瘩的同时，我转过身，朝我们的汽车那边望过去。爸爸坐在敞开门的车里，一只脚踩在地上，抽着烟。太阳在他的墨镜上反射出一片耀眼的闪光。妈妈站在一旁，车顶上放了一个盛着樱桃的篮子，她不时地吃上几颗。

“明天我们做什么？”我说。

“至少，我要随外公去峡湾。他说过他要教会我一切，那么有一天我就可能成为他的继任者。”

“你觉得现在可以在那里游泳吗？”

“你疯了，”他说，“峡湾里的水跟山里的水一样凉。”

“这究竟是为什么呀？”

“太靠近北方了呗！”

有汽车开始发动了。在那远远的前方，渡船的拱门开启了。英韦站起身来，开始朝车子走去。我尽可能快地吃完了剩下的冰激凌，跟在了他的后面。

过了轮渡之后，我们驶上了去克万达尔的那条路，这是维卡山峰之旅之后的一个亮点。狭窄的山路陡直地蜿蜒而上，曲曲弯弯，弯弯曲曲，有的地方的山太陡峭了，让我担心车将会翻倒，向后摔下去。

“这里肯定会让很多开车来玩的旅游者感到惊讶。”爸爸说，与此同时，我们的车正在往上方驶去，我心惊胆颤地坐在那里，望着我们脚下的悬崖峭壁，“知道吧，他们下行时都一直踩着刹车。这可是有生命危险的哟。”

“那，我们开车时是怎样的呢？”我问。

“我们开车用换档来调节。”他说。

因为我们不是旅游者，我们知道这里的一切应当是怎样的，人会在道路边上看到的那些车，后引擎盖被打开，并且还冒着烟，但那绝不会是我们。但紧接着，仍旧差点发生了一个惊险的事件，因为在下一个拐弯处，我们出乎意料地和一辆大篷车碰头了，只有几米之差，差点就会酿成一次撞车事故，但爸爸踩住了刹车，带篷的那辆车的司机也做了同样的事。爸爸将车往后退，直到路变宽，可以容下两辆车。另一辆车的司机开过去时，做了一个致意的手势。

“你认识他吗，爸爸？”我说。

在镜子里，我看见他笑了。

“不，我不认识他。他是在感谢我给他让了位置。”

然后我们又翻过了一座新的山峰，又往下行，到了另一道峡湾。这里的群山与哈当厄峡湾旁的峰峦一般高，但它们从某方面来讲，要更柔和一些，不似前者那般巍然耸立，这里的峡湾也宽阔些，有的地方几乎像是一个湖泊。这是怎么啦？哈当厄峡湾旁的峰峦说。放轻松，这里的群山说。一切都会安然无恙的。

“我们轮流睡觉吧？”英韦说。

“行啊。”我说。

“OK，”他说，“那，我先睡？”

“OK。”我说。于是他把头放在我的膝盖上，闭上了眼睛。他这样睡在那儿真好，他的脑袋暖暖的很舒服，这让我感觉有些事如同同时发生在两个地方，窗外的景色一直在不断变化，我持续不断地望着外面，从来没有转移视线，但同时，也有枕着我的膝盖睡去的英韦，他的脑袋一动不动。

我们的车在下一个轮渡前面停下来，排进队伍里，这时英韦醒了。我们站在上面的甲板上，享受着吹拂在脸颊上的海风。半小时后我们又坐回了车里，那时候就是我的脑袋枕着英韦的膝盖了。

我醒过来，知道我们已经快到了。我们越靠近大海，山势就越低矮、平缓，植被的生长就越加密集，当然，这还远不能与南方地区那已经销蚀、磨损、风化而且扭曲、崎岖的景物相比较。我对这儿的道路没有一点印象，我并不能把在窗外看到的景物与自己联系起来，直到里黑斯滕[1]突然进入我的视线，那垂直的峭壁像跳水台一样从数百米的高度直落而下，那就在我外婆和外公家房子那儿的峡湾对面。我们很久以来都习惯于面对着山崖，但眼下我们从这个角度看到的它是全新的，与以往所见的迥然不同，当来到它的近旁时，我们感到异常欢欣。兴奋之情将我的胸膛牢牢地攫住。我们到了！啊，是的，那道飞溅的瀑布！那座乡村教堂！那座旅馆！那个指向萨布的路标！还有那栋房子！外婆和外公的房子！

爸爸将车减速，拐了个弯，驶上了砾石路。先经过了邻居家，然后穿过右面放着自行车的篱墙，往上开过最后一段陡峭的上坡路，就来到了房子的正前方。车还没有完全停住，我就打开车门，跳了下来。我看见外公站在院子的另一边。他穿着养蜂人的装束，站在那些蜂箱跟前。全身上下都是白色的，白帽子上有一个围裹住头部的白色面罩。他所有的动作都是缓慢的，他举起手来向我们打了个招呼。看上去就像是在水底下的人，或是在一个陌生的，

[1] 约 777 米，许勒斯塔市山，亦称 Lifellet。

有着不同重力的星球上的人。我举起手来挥动了一下，然后蹦跳着进了屋子。外婆在厨房里。

“在维卡山上我们就要和一辆车撞上了！我们的车是这样往上面开的。”我说，用手指在黄色的蜡布桌布上画着，同时外婆用她那温暖的、幽深的眼睛笑眯眯地看着我。

“然后一辆带着大篷车的车就这样过来了……”

“我真高兴你们毫发未损地到了这里。”她说。妈妈通过另一道门进了屋。我听到了一定是爸爸拿着行李从过道进来的声音。英韦在哪儿？他不是到外公那儿去了吧？让所有那些嗡嗡转的蜜蜂围住了脑袋？

我急忙又回到了外面的庭院里。没有。英韦在帮着爸爸搬行李。外公还穿着他白色的、如宇航员那样的衣服，继续待在外面。当他从蜂箱里举起一块板子时，动作达到了最大限度的缓慢。太阳已经在庭院里消失了，但余晖依旧闪耀在湖泊后、山坡上的松树上方。一道轻微的风从屋前掠过，我头顶上方的树冠发出一阵细碎的窸窣声。从那边的花房那儿，谢尔坦走过来了。他身穿工装裤，脚上套着靴子。半长的黑头发，四四方方的眼镜。

“晚上好。”他说，在汽车跟前停住。

“啊，嗨，谢尔坦。”爸爸说。

“一路上挺好的吧？”谢尔坦说。

“是的。一路顺利。”

谢尔坦比妈妈小十岁，那一年夏天刚刚二十出头。他的性格有些生硬、粗暴，总是一副有点生气的样子，虽然他从没有对我发作过，但我对他仍然有几分惧怕。他是兄弟姐妹当中唯一住在家里的一个；这老大，谢莱于格，同她的丈夫马格纳以及他们的两个孩子约恩·奥拉夫和安·克里斯廷住在克里斯蒂安桑——他们很快就要到这里来了，而最年轻的一个，英君，是个学生，和莫德一起住在奥斯陆，还有他们两岁的女儿英韦尔德。谢尔坦常和外婆争吵不休，我明白，因为谢尔坦并不符合外婆对他的独生子的期望。也就是说，当那个时间来临时，他可以接管这个小农庄。而现在他在接受船舶管道工的训练，他想要在一家企业或是郡里的某个地方工作。但当有人提到他时，最重要的一点是他——谢尔坦——是个共产党。狂热的共产党。当他和爸爸妈妈谈到政治时——我们来访时他总喜欢和他们聊政治，而他们的对话也通常会以这个话题告终，他有点腼腆，闪烁不定的眼神就全变了，他的眼里会开始燃烧。在家里说起谢尔坦时，爸爸总是嘲笑他，主要是为了揶揄妈妈，她倒不是什么共产党，然而当涉及有关政治的问题时，她的绝大多数观点都与爸爸的观点不一样。爸爸，他是一名教师和自由党人士。

“既然我们有尊贵的客人来访，我最好在这儿就把这身衣服脱了，去冲个澡，这样就闻不到我身上的粪土味儿了，”谢尔坦说，“我想里面已经为你们准备了吃的东西。”

即使在外面，我也能听到他上到二楼浴室时楼梯发出的吱嘎声。这里的楼板总是这么吱吱嘎嘎的！

的确，在里面客厅里的餐桌上，食物已经摆好了。那儿放着一大叠还是暖呼呼的斯威勒薄煎饼，一个托盘里放着勒夫瑟土豆薄饼[1]，另外还有面包和就着面包吃的奶酪或香肠火腿等各类食物。妈妈在客厅和厨房之间穿来穿去。尽管她十六岁时就从这里搬了出去，才二十岁时就和爸爸结了婚，有了英韦，从那时候起，她一直和自己的小家庭住在一起，但只要我们一回到这里，她立刻就自如地在这栋房子里穿梭。她说话的方式甚至也有了变化，变得更加像她父母说话的方式，而不是她平日讲话的样子。但爸爸的状况却正相反，在这里几乎看不见他的身影。当他坐在那里同外公谈话时——外公是个爱聊天的人，不放过每一个可以讲故事的机会，而这些故事常常来自于他的个人经历——他的一切都有所收敛，他把自己变成了一个陌生人，但我仍然辨认得出这是他，当他同别人的父母以及他的同事讲话时，就是这个样子的。而外公并没有刻意做出一副谦恭有礼的样子，他毫不遮掩，完完全全就是他自己，那为什么爸爸要坐在那里点着头说，是的，是的，是吗，嗯，嗯？妈妈也有变化，她笑得更多，也说得更多，这些变化归总起来对我们来说是件好事，是个加分项，虽然不是那种大大的好事，因为爸爸甘居幕后，而妈妈变得更有活力，不仅如此，在这栋房子里还没有什么条条框框，我们不像在家里那样畏缩，在这里我们可以想干什么就干什么。要是我们其中一个人弄翻了牛奶杯子，那可不是犯了什么大错，外婆和外公明白这样的事情是可能发生的，在这里，我们甚至可以把脚放在桌子上，是的，要是那会儿爸爸不在客厅里，当然，还有这沙发，

[1] lefse，土豆和面粉烘焙的薄饼，食用时抹上奶油，加肉桂和白糖。一种很传统的挪威食品。

这棕色的、带着橘黄色和白色条纹的沙发，我们可以把身体缩成一团坐在沙发上，甚至可以躺在上面——要是愿意的话。他们所做的一切工作，我们也得做，不过做力所能及的就可以了。在这里我们不是多余的。恰恰相反，他们期望我们可以尽可能地提供帮助，出把力。在草场上用耙子搂草，把干草放在晾干架上，捡鸡蛋，把牛粪铲进粪窖里，吃饭前铺好餐桌，采摘成熟了的葡萄、黑加仑和醋栗。这里的大门都敞开着，人们不敲门就径直穿门而入，他们只在过道里喊一声，就突然站在客厅里了，他们像在自己家一样在椅子上坐下，和外公一起喝咖啡，他眼睛都不眨一下就开始跟来访者聊了起来，好像对话只是刚被中断了几秒钟。这些进门的人，怪怪的，特别是他们当中的一个，他有一个不修边幅的大肚腩，身上有一点点难闻的气味，嗓门特别大，通常他会在傍晚时分开着他的那辆轻便摩托车摇摇晃晃地到坡上来。他说话口音很重，他说的话我几乎有一半都听不明白。但他一来，外公的脸上就开朗起来，倒不是由于特别喜欢他，因为几乎所有的人上这里来，都会让外公来劲。外公喜欢我们，这点我很确信，虽然他绝不会这样想；我们在那里，这对他就足够了。但对外婆来说就完全不一样，至少我看得出，她对我们所讲的话都很有兴趣。

妈妈一动不动地站在那里，注视着桌子，可能是在确认是否一切都到位、没有什么短缺的了。外婆拿起咖啡壶到了厨房里，那里传来了水加热时持续不断的嘘声和沸腾时短暂的那声叹息。爸爸就在我们头顶上的房间里把行李放下。外公在地窖把养蜂人的工作服脱下后，走进了过道。

“我看见，这挪威人的人口又在增加！”当他看见我们时这样说。他走过来拍拍我的脑袋，好像我是一条狗一样。然后又拍拍英韦的头，坐了下来，就在这时，外婆手里拿着咖啡壶从厨房走进来，爸爸和谢尔坦两个人都在下楼梯。

外公个头不高，圆圆的脸，围绕着他的脑袋的只有一圈稀薄的白头发，除此之外他就是个秃顶了。在他的嘴角上常常挂着一点烟叶水沫。在眼镜后面的那双眼睛是锐利的，但当他摘下眼镜时就会变得大不一样，那时候它们就像刚刚从睡梦里醒过来的小小孩儿。

“看上去我来得正是时候。”他说，把一片面包放进自己的餐盘。

“我们听到你在地窖里，”妈妈说，“所以这完全不是巧合。”

她看着我。

“记得吗，在你进来前的十分钟，那会儿我们听到你在过道里窸窸窣窣的？”

我点点头。爸爸和谢尔坦各自在桌子的一边坐下来。外婆开始把咖啡倒进杯子里。

外公用餐刀把黄油在面包片上抹开，抬起头来。

“在他进来之前你们听到了他？”

“是的，真奇怪，是不是？”妈妈说。

“这是一个先兆，这是某种守护天使，”外公直视着我，“也就是说你将有长寿之命。”

“是这样吗？”妈妈说，她笑了。

“是。”外公说。

“你该不会信这个吧？”爸爸说。

“当他没在那里时你们就听到了他？”外公说，“这是件了不得的事哟。了不得到包含了惊人的意义呢。”

“算了吧，”谢尔坦说，“你已经老到开始迷信了，约翰内斯。”

我望着外婆。她的手颤巍巍的，当她要把咖啡倒下去时，咖啡壶那么剧烈地上下抖动着，那时我最大的愿望就只有一个，希望她能够把咖啡从壶嘴倒进杯里，而不把它泼洒在外面。妈妈也在望着她，似乎就要站起来了，她大概想把咖啡壶接过来，但她缩回来，把手伸向了装着面包片的篮子。看着她这样真有点难受，因为她的动作缓慢，还不时地把咖啡倒在碟子里，作为一个成年人，她完全不应当这样的，连倒咖啡时不把咖啡洒在外面这种简单的事也没法做到。看见一个人完全不能控制自己的手并一直不间断地颤抖，对我来说是非常陌生的事，所以我怀着巨大的好奇心，追随着她的动作。

妈妈把她的手放在我的手上面。

“你不想来一块薄煎饼？”

我点点头。她伸手去拿了一块，把它放进我的餐盘里。我在上面好好地涂抹上奶油，再撒上些白糖。妈妈举起牛奶罐，在我的杯子里倒满。牛奶是直接从牛棚里拿来的，还是温热的，它是黄颜色的，里面有一些漂浮着的小小颗粒。我看着妈妈。为什么要给我倒一杯？我是不能喝这种牛奶的哟，它令人厌恶，它是直接从牛棚里取来的，还不是随便的哪头牛，而就是站在外面那头又拉屎又拉尿的牛。

我吃完了薄煎饼，又拿一块，这时候爸爸向外公提了一些他花了很长时间才做出回答的问题。谢尔坦高声地叹了口气，比他平常一个人的时候叹得更响。要不就是因为这一切是他以前都听过的，要不就是因为他不喜欢他所听到的。

“今年我们想上里黑斯滕山一趟。”爸爸说。

“是吗，”外公说，“对，是个好主意。是的，一定很不错。从那里望出去，你们可以看到七个教区。”

“我们期待着这一天。”爸爸说，那时候妈妈和外婆正在谈论着他们去年从我们特罗姆岛带回来的，现在在这里生长的一棵橡树和一棵冬青树。

我决定要去看看它们。

爸爸的眼神止住了我。

“你不把你的牛奶喝了，卡尔·奥韦？”他说，“这完全是新鲜的，知道吧。在别的地方你喝不到这么好的牛奶。”

“我知道。”我说。

但我没有做出一个要去喝牛奶的动作，他用眼睛盯着我。

“把牛奶喝了，小子。”他说。

“它是温热的，”我说，“另外里面还有渣子。”

“现在你是在对你的外祖父母不敬了，”爸爸说，“在这里，你就得把端上来招待你的东西都吃了喝了。就是这样，没什么可讨价还价的。”

“孩子习惯喝巴氏杀菌奶哟，”谢尔坦说，“那种放在冰箱里的盒装奶。我们这里的商店也有卖的。他当然是可以得到这种奶的！我们明天就去买。他是不习惯喝这种直接从奶牛身上挤的奶的。”

“我看没有这个必要，”爸爸说，“这里的牛奶一样好的哟。如果不是更好的话。去买牛奶就是瞎胡闹，就因为他是个被娇惯了的孩子。”

“我自己最喜欢的就是巴氏杀菌奶，”谢尔坦说，“我完全同意你儿子的意见。”

“那是另外一回事，”爸爸说，“这不仅仅是像你平素做的那样，与弱势群体结盟。这是关于教养的问题，你明白吧。”

谢尔坦笑了，垂下眼睛望着桌子。我把玻璃杯举起来对着嘴，屏住呼吸，试着去想其他的东西，而不想这些白色的渣沫，用长长的四大口把它们全部喝了个光。

“瞧见了吧，”爸爸说，“这不是很好吗，是不是？”

“是。”我说。

吃完饭后，我们问是否可以出去遛一圈，尽管时间已经有点晚了。我们得到了允许，便穿上鞋，来到庭院里，朝通向仓房的那条路走去。暮色轻淡，像蛛网一样笼罩着周围的万物。尽管它们依旧保持了原有的形状，但却色彩尽失，或者说已经变成了灰蒙蒙的一片。英韦把牛棚门的搭扣取下，把门往里推去。门稳立不动，他得把全身的重量都抵在门上，才把它推开。里面几乎是一片幽暗。一束黯淡的光线通过脏兮兮的小天窗射进来，我们才有可能瞥见里面朦胧的轮廓。一共三头奶牛，都各自躺在自己的隔间里，当它们听到我们的声响时，都动弹了一下。其中一头奶牛把头转向我们。

“听话，听话，奶牛。”英韦说。

那里面真舒服，很暖和。一头小牛犊待在属于它自己的围栏里，在牛粪槽的另一端，它四处踢蹦着。我们朝它弯下身去。小牛犊用一双胆怯的眼睛看着我们。英韦拍了拍它的头。

“乖，乖，小牛犊。”他说。

不仅门上有杂草盘绕，所有的墙壁、地上和窗户上也都长着野草藤蔓，仿佛这个房间曾经深陷水底，直到现在才露出了水面。

英韦打开了仓房的门。我们攀爬到堆在那里的干草之上，越过了那架桥，打开了通往那个小养鸡房的门。那里的地板上铺满了锯木屑和羽毛。母鸡们一动不动地坐在栖木上，直瞪瞪地望着前方。

“看样子,没有蛋,”英韦说,“我们也到上面去看看水貂吧？”

我点点头。当他关上那高高的仓房门时，一只白颜色的小猫像箭一样飞快地从我们身边跑过去，藏在了桥底下。我们朝那儿走过去，呼唤着它，我们知道它在那里面的一个什么地方，但把自己藏了起来，不让我们看见，最后我们放弃了，开始朝那边的三个水貂房走去，它们位于这块地界的最西部，靠近树林。当我们接近那里时，难闻、刺鼻的空气扑面而来，让人几乎难以忍受，我开始用嘴呼吸了。

当我们在它们跟前停下时，所有的笼子里都传出簌簌的响动声和扑打声。

啊，不舒服的感觉。

这里紧挨着树林，黑魆魆的。当水貂俯身向前又往回退时，它们的爪子在笼里的金属板上一阵磕碰。我们走过去，贴在一个笼子前。这黑色的动物避开我们，跑到离我们尽可能远的地方去，它的头斜歪在一边，向我们发出了嘶嘶声。牙齿闪着光。眼睛漆黑得像两块黑石头，二十分钟以后，当我躺在二楼我们房间的床上时，我想着的就是它们，那个时候英韦就在我边上，在床的另一端，头枕在枕头上，正在看一本足球画报。我想着，在我们睡觉的时候，它们就在笼子里快速地来奔来跑去，就这么跑一整夜。我们下面的客厅里，突然有人提高了嗓门。这是妈妈和爸爸在跟谢尔坦讨论问题。尽管声音这么大,但这并不意味着情况很危险，他们要吵起来了，恰恰相反，这让人安心。他们想坚持什么，所以他们就会变得非常地强硬，以至于他们没法低声说话，或是只在嘴里咕咕哝哝的，而必须得大声地吼出来。

第二天早上，外公走进来问我们愿不愿意跟着一道去收网。我们想去，几分钟以后，我们就紧跟在外公身后，走在通往峡湾的小路上，抬着那沉重的、白色的桶。

船系在一段距离外水面上漂浮着的一个红色塑料球上。雾很浓，船仿佛就像漂浮在空气里一样。外公把船拉到岸边来，我们跳到船上，然后他用船桨抵着水的底部，好让船前行，英韦坐在支撑桨叉型支座旁的船板上，开始划动船桨。

外公坐在船尾，在必要的时候发出指示，我坐在船头，望着那雾。在另一面的里黑斯滕山现在几乎完全消失了，眼前所见到的只是在一片朦胧和湿润中一抹凝固了的灰色。

“这里很难得有雾，”外公说，“尤其是在一年当中的这个时节。”

“外公，你登上过里黑斯滕山的顶峰吗？”英韦说。

“啊，那当然了，”外公说，“若干次。但最后一次上去已经是几年前的事了。”

他把手臂搁在大腿上坐着，身子往前凑了凑。

“有一次我在那里参加了一次营救活动。那是发生在挪威的第一次真正的空难。你们听说过了吗？”

“没有。”英韦说。

“那时也是像现在这样的大雾天气。飞机直接撞在了许勒斯塔山上。我们听到了撞击的声响。但我们不知道这是出了什么事哟。然后就有人宣布飞机失踪了，地方警察需要人们参加救援。所以我就去了。”

“你们找到他们了吗？”我说。

“找到了。但所有的人全部遇难了。我看见了机长的头颅，这场景我永远也忘不了。他的头发是刚刚梳理过的！往后梳理过去的头发，式样完美无缺。纹丝不乱。是的，我永远忘不了。”

“那么，在哪里撞了呢？就在那山崖壁上？”英韦说。

“不，我们从这里是看不到的。是高原上的一座山峰。飞机在那儿撞了。我们得攀爬上去，才能到达失事地点。朝右舷一点！”

英韦的眼睛变得细长了，他大概在试着确定右舷在哪一边。

“对，就是这样，”外公说，“你的舵桨控制得不错！是啊，在那时候，这是个大事件。所有的报纸都刊载着有关这次失事的消息。收音机里也针对这事件说了不少。”

我们面前，渔网上方闪着光亮的红色浮标统统变成了灰色。

“抓住网，卡尔·奥韦？”外公说。我俯身向前，心一阵狂跳，用双手抓住了它。但网很滑，立刻从我手上滑落下去。

“你得抓住下面，”外公说，“我们再试试！把船往回划一点。好，就在那里。”

这一次我成功地把网拽到了船上。英韦把船桨收回来。外公开始把网收进来。先露出水面的鱼就像是黑暗深处一小片闪烁着的光，接着这光的尺寸增大，也更加清晰，下一刻就成了被拉上船舷的、扭动着的鱼儿。它们光亮洁净，背脊上有棕灰色或是蓝色的图案，金色的眼睛，淡红的嘴，刀子一样锋利的鱼鳍和鱼尾。我把其中的一条鱼捧在手里，它用力地弯曲摆动着，这让人很难想象，在下一个瞬间，它已经一动不动地躺在我脚前面的一块船板上了。

外公耐心地把鱼从网眼上取下来，一条条地扔进桶里。我们捕了二十条。大多数都是绿青鳕，但也有几条鳕鱼和波拉克，还有两条鲭鱼。

英韦开始往回划了，突然，我听到了一种半是叹息，半是拍击水的声音，全速行进的帆船上不可能出现这样的声音，我转过头去。在那边，或许三十米远的地方，水里有一道道移动着的深色脊背。

我害怕了。

“是什么？”英韦说，抬起了船桨，“在那边？”

“在哪里呀？”外公说，“嗬！是海豚。它们到这里来好几天了。这很难见到的，但也不是完全看不到。好好看看它们。看见海豚，这是个好兆头，你们明白吧。”

“是这样吗？”我说。

“啊，是的。”他说。

外公在地窖的水槽里把鱼都开膛破肚了，那里更像是一个石窟，而不是一栋房子里的一个房间。水泥地上总是潮湿又很滑，天花板很低矮，以至于爸爸都不能够直起腰来——外公倒是不介意，他的个子相当矮小——墙上的搁架上放满了他们在漫长的一生中积攒下来的各式各样的物件和工具。外公干完活后，几小时以前还活蹦乱跳的鱼儿们就被包裹在塑料里，被放进冷藏箱中，我们站在外面的干柴房前，在雨中的草地上，帮助他把渔网清理干净，一直到妈妈叫我们进去吃晚餐。

饭后他们一般要睡睡觉。仅仅在到这里的一天之后，爸爸就已经不安分起来，他勾着食指，把我招呼到了外面的过道里。

"跟我出去遛一圈。"他说。

我套上靴子，穿好雨衣，跟着他来到了田野里。他迈开大步走着，向四下望去，用目光大片地扫视搜索，将眼前的景物一览无余、尽收眼中。雾气悬挂在前方云杉树林的上方。湖里的水在树干间闪着黑亮的光。一辆拖拉机从另一边的路上开了下来。

"你喜欢这里吗？"爸爸说。

"是——是。"我说，不确定应当怎样接他的话才好。

他停下来。

"你想不想住在这里？"

"想——想。"我说。

"或许有一天我们可以接管这里。你会喜欢吗？"

"住在这里？"

"对。当那个时候到了，绝对有这个可能的。"

我想着的是谢尔坦将会接管这个农场，但我没说出来，我不愿意破坏他眼下这美妙的一刻。

“来，让我们四处看看。”他说，又开始往前迈步了。

住在这里？

啊，这是个新奇的念头。我不能想象爸爸住在这里的画面，在这栋房子里，被他们的那些东西环绕。爸爸把草堆放到干草架子上晾着？爸爸割草，再把它们扔进筒仓里？爸爸把牛粪撒在土地上？爸爸坐在客厅的椅子上听天气预报？

虽然当我去那里时，历史对我而言是不存在的，那时我还是个孩子，只拥有当下的那些时刻，但我依旧想象着这房子的历史。外公在那个地方住了一辈子，这个事实以某种方式影响了我对于他的看法。但如果可以用一个画面或者一个概念来描述外公，这个画面或是概念并不会是他一生当中做过的那些事情，因为我对这些事情所知甚少，我所知道的那一星半点不能和其余的大多数相提并论，不，对我来说，能代表外公的只有一个东西，那就是他拥有的那个小小的二冲程拖拉机，他用它来干好多事情。这拖拉机就是外公的宝贝。它是红颜色的，有点生锈了，发动时需要用脚踩下那金属踏板，它有一个小的换档杆，是一根带着一个黑色圆球的杠杆，在一个手把上，油门在另一个手把上。他用它割草，那时他会走在它的后面，与此同时，在这种场合使用的、安装在拖拉机前部的一个巨大的、像剪刀那样的装置就会把它所触及的草统统席卷而去。外公也用拖拉机运载重物，那时他就给它装上一辆拖车，那上面带着一个绿色的坐凳，他就坐在那上面操纵它，这拖拉机一下子几乎就成了像卡车一样的运输工具。那时候再也没有比能跟他在一起更让人值得骄傲的事了，比如，我会坐在后面的货车上，和他一块儿到沃根的那两家商店去，他要从那里取回几罐甲酸或是几袋动物饲料或化肥。这车开得相当慢，人可以跟在一旁走，但这不打紧，速度不算是要紧的事，重要的是其他的那些，当我们开着车在路上时，发动机发出轰隆隆的和噼里啪啦的声响，车排出的、好闻的废气传遍了一路，坐在拖车上有自由自在的感觉，晃来荡去，一会儿被晃到车的一边，又很快地被晃到另一边，所有在这个过程中人可以观望到一切，其中包括在我眼前晃动的外公细长的身影，和他那顶小小的带沿盖帽，当我们从商店出来时，我可以四处看看停靠在那里的、来自卑尔根的定期班船，通常手里还拿着一块冰激凌，等着外公把他的那些事情料理好。

他们那儿还有一辆手推车，用来短途运输那些笨重的物件，比如牛奶桶，每天早上都要把它推到下面公路边收集牛奶桶的地方，运牛奶车会把它们载走。手推车是铁的，车轮很大，像自行车的一样。另外一样别人家里没有的东西是镰刀，大小都有，大的有三把，木头的柄，那小的，得弯下腰来才能使用，在干柴房外面有一块大磨刀石，是用来磨快镰刀的刀刃的。草耙有三根长的、尖细的齿。那些扁平、沉重的，用来把牛粪铲进粪窖里的锹，就放在牛棚的地板上，离粪池只有一个小隔间的距离。那电动的围栏，那一年夏天英韦第一次也是最后一次骗了我，让我在那上面撒尿。干草晾架，那些奇怪的、延伸出去的、缩头奋脑的造物，立在农场的外面，等待着怜悯和施舍，但要是人们是在远处或是在黑暗里看见它们的话，立在那儿的它们更像是为着开战而集合起来的一支军队。那巨大的、圆溜溜的，外婆用来做那些薄煎饼的平底锅。那黑色的、做松饼的铁板。过滤器以及那些专门用于制作牛奶的扁平金属过滤网，还有那些牛奶桶，敦实的身体和无头的短脖颈，当它们被灌满了牛奶之后，所有那些让人心慌的咕哝声和咯咯的笑声就结束了，它们会被放到手推车上，从上往下被推到收集牛奶的那里，它们肩并肩地站着，好像因为突然有了身价而变得庄重起来——假如当时它们中没有一个因为车轮撞击到地面的一个坑洞而乐得前仰后合的话。还有，外公每天下午都会站在牛棚边，唱着歌儿呼唤他的牛回到牛圈。

“回来吧，牛儿——哟！”他唱着，“回来吧，牛儿——哟！回来吧，牛儿——哟！”

我怎样才能把这一切告诉我家里的朋友们，当他们问起我们过得怎么样，在假期里我们都干了些什么时？不可能，这将是不可能的，这两个世界被一堵不可逾越的高墙完完全全地隔离开来，不仅是在我的内心深处，也在这外面的世界里。

在我们待在那里的两周时间里，一个陌生的地方变成了家园，而在我们经过漫长的一昼夜时间开车回来时，家里的一切又变得陌生，或者像曾经陷入到一个陌生的池塘里，因为当我们经过特罗姆岛桥后往下坡开去，转弯进了最后一段路，到了房子跟前时——在那儿的那栋漆成棕色的，带着红窗框的房子，被一片干枯的、焦黄的草地环绕着，那黑魆魆的窗户用带着几分凄凉的眼神注视着我们——我似乎在同一时间里感到了熟悉和陌生，因为尽管我的眼睛熟悉它看到的一切，但它也在其中感受到了某种抗力，近似于一双新跑鞋可能经历的那样：它们站在那里，因为从未被使用而闪着亮光，它们拒绝改变自身以适应所处的新环境，坚守着自己的独特个性，直到几周后它被穿旧，它的固执被磨平，它们就失去了原本具有的抗力，只是一堆鞋中的一双了。当我们回家以后，这种全新的感情就依附在了建筑区上，像是被什么唤醒了，几天以后这种感觉才会逐渐平息。

爸爸停下车，熄了发动机。一只白色的小猫仔躺在妈妈的膝上睡觉。整个早上它都在笼子里咪呜咪呜地叫个不停，当它最后总算被放出来时，它就在车的后座上来回地跑，跳到了后车窗的下面，直到妈妈捉住它，它才终于睡过去了，一直静悄悄的。小猫有一双红眼睛，尽管毛厚重得都垂下来了，但身子骨却仍是极小的。特别是它的头，当我拍着它的时候，感觉到了手下那只有丁点儿小的颅骨，还有它的脖子，也是纤细、柔弱的。

"小白猫住在哪儿呢？"我说。

"啊，瞧这名字。"爸爸说，打开车门，走了出去。

"它可以在地下室有一个房间。"妈妈说。她用一只手把猫举到胸前，用另一只手打开了门。

爸爸把座椅往前推，我伸出脚去，踩在了粗砾石上，两腿完全软弱无力。英韦从另一边下车，我们跟着爸爸一起朝门那里走去。他打开门，走进了地下室里的洗衣房，在那里他打开了一扇小窗，把水管的一端从那里递了出去，把另一端和水龙头连接在一起，然后他手里拿着洒水器走了出去，与此同时妈妈、英韦和我走进地下室里的隔间，猫始终熟睡着，我们为它找到了一个里面铺了块小毯的篮子，把一碟水和一碟从冰箱里弄来的腊肠碎块放在篮子跟前，我们还把一个里面装有沙子的低矮塑料盆放在了屋角。

“现在除这一扇以外，我们要把所有的门都关好，”妈妈说，“那它醒过来之后就不可能跑掉了。”

从洒水器冒出来的细小的水柱一前一后地飞扬、洒落在草坪上，爸爸把行李从我们下方的汽车那搬进来时，英韦、妈妈和我正坐在厨房吃晚餐。这天是星期天，所有的商店都关门，所以妈妈从南伯沃格那儿带了一块面包、奶油和一些配着面包吃的食品。喝的是茶，我加了牛奶和三勺白糖。

突然，下面的走道里传来了猫的咪呜声。我们站起身来，三个人都站起来了，走了出去。它站在阶梯的平台上。一看到我们，它又一下子跑下去了。我们跟在后面。妈妈唤着它。它迅速地在地板上跑过，在我们跟前一溜烟地过去了，跳上楼梯，进到了客厅里，转瞬间在那里消失了。我们花了好几分钟的时间四处寻找、呼唤它，最后英韦发现了它。小猫藏在搁架和墙壁间一个狭窄的空间里，根本没有碰到它的可能，除非把整个搁架完全搬开。

妈妈下楼去端来了那两个装着食物和水的碟子，把它们放在搁架一旁，说它饿了的时候就会出来的。但我第二天早上进去的时候，它仍然没有移动。快晚上的时候，它先是出来吃了点东西，然后又钻到里面去，不见了。它在那里住了三天。但它出来以后，就再也没回去过了。它仍然有些惊慌不定，但与我们越来越熟悉了，一周以后它就开始在屋子里跑来跑去地玩耍，还跳到我们的膝盖上，我们抚摸它时它总是一副欢喜的模样。每天晚上它都会站在电视跟前，用爪子去拍打屏幕上动态的画面。它特别喜爱足球。但它完全不在意那些球员，唯一关注的是足球，一直追随着球的去向。有时候它会绕到电视机的背后，为的是去寻找那球。

上学的日子到来时，它开始咳嗽了。真是滑稽，那声音几乎就像是一个人正坐在下面的地下室里咳嗽。慢慢的，几乎是不着痕迹的，清晨变得越来越冷，直到有一天，路上的水洼结起了一层薄薄的、玻璃一样的冰，几小时后才消失，但秋依然近在身旁。房屋上方的山坡上，落叶乔木的树叶变黄了，染红了，劲风刮来时，挂在枝干上的树叶旋转飘舞，纷扬而下。妈妈病倒了，我早上去上学时她就躺在床上，几个小时后当从学校回来时，她依旧躺着。当我进屋去和她讲话的时候，她连把头从枕头上抬起来的精神都没有。在同一段时间里，小白猫也病了，几乎整天都躺在它的篮子里咳嗽。在学校的时候，我常常想着它怎么样了，而我每天回家做的第一件事，就是到地下室去看它。巴望着它早早痊愈！但事情却朝着相反的方向发展，它病得更重了，一天当我回到家，蹦蹦跳跳地跑到它那儿去时，它没有躺在篮子里，而是在墙角，就在那水泥地上，它的身子前后地扭动着，同时发出嘶嘶的叫声。我把手放在它身上，但它只是继续不停地翻腾着。

“妈妈！妈妈！”我喊道，“它死了！它就要死了！”

我跑上楼梯，身子往前一个踉跄推开她的房门。她困倦地转向我，笑着。

“你得给兽医打电话！”我喊道，“马上打！不能耽误！”

她小心地坐起身来。

“出什么事了？”她说。

“小白猫就要死了！它在地上扭动。它一定疼坏了！你得打电话给兽医！马上！”

“但我们不能的，卡尔·奥韦，”妈妈说，“这完全没有用的。而且我在生病……”

“你现在就得打！”我吼了起来，“妈妈，妈妈，它要死了！你不明白吗？”

“我不能打，明白吗？对此我很抱歉。这没用的。”

“但小白猫就要死了！”

她虚弱地摇着头。

“可是妈妈！”

她叹了口气。

“或许在我们把它带回来的那会儿，它就已经病了。它也有白化病的哟。这种猫常常更虚弱。这是没有办法的。我们不能做什么，只能顺其自然。”

我望着她，眼里噙满泪水。然后我把门一甩，又跑到地下室去了。它侧身躺在那里，用放在地板上的爪子挠着栅门，同时嘶嘶地叫着。它身上一阵阵地痉挛着。我弯下身去，拍拍它。然后我跑出去了，跑进了树林里，一直跑到了水边。再从另一面又跑上来。我一直不停地抹着眼泪。当我们的房子又出现在视野里时，我拼尽全力地向它飞奔过去，这一次我要试着说服妈妈。她自己又不是兽医，对有用或者没有用她能知道些什么呀？我打开门，停住了。小白猫静静地躺在里面。我小心地走进隔间。它已经又躺在篮子里了。它一动也不动地躺在那里，头稍稍有点向后仰着。

“妈妈！”我喊道，“你得下来！”

我赶紧爬上楼梯，又把她的房门推开。

“它躺在那里完全不动了，”我说，“你去看看它是不是死了？或者它还会健康起来？”

“你不能等到爸爸回来吗，你觉得呢？”她说，“没多久了，快了。”

“不行！”我说。

妈妈久久地望着我。

“好的，我可以去看看。”她说。把被子撩到一边，把脚放到了地板上，站起身来，每一个动作都一样缓慢。她穿着一件白色睡衣。头发乱蓬蓬的，脸色苍白，比她平常健康的时候要虚弱得多。她把一只手放在柜子上支撑着身体。我跑下楼梯，在隔间的门外面等着她。我不愿意一个人待在那里面。

她向它弯下身，摸着它。

“我很抱歉，”她说，“但我想它已经死了。”

她看着我，站立起来。我抱住了她。

“现在它不再受苦了。”她说。

“不痛了。”我说。

我没有哭。

“我们马上把它埋掉吗？”我说。

“最好等爸爸和英韦回来，你不这么觉得吗？”

“对。”我说。

应该是这样的。妈妈又躺回到了床上，爸爸拿着猫到了花园的一个角落，英韦和我跟着他，他在地上挖了一个洞，把猫放了进去，又把泥土推过去盖上。想给它放上个十字架这类话，他是不会想听的。

* * *

找到了两张这只猫的照片。在一张照片里，它举起前爪站在电视机前，它想去抓住那个在游泳的人。另一张是它躺在沙发上，在英韦和我的旁边。它的脖子上有一个蓝色的蝴蝶结。

谁给它戴上这蝴蝶结的?

一定是妈妈。她会做这样的事情，我知道的，但在我写这些文字的几个月里，在大量有关发生过的事件和生命中曾出现的人的记忆中，几乎完全没有她的踪影，她几乎完全不存在，是的，仿佛有关她的记忆是某种错误的记忆，是被告知而不是通过自身经历获得的。

怎么会这样呢?

因为如果在童年时代之井的最底部有什么的话，那就是她，我的母亲，妈妈。是她为我们做好了早中晚的饭，每天晚上把我们聚集在厨房里。是她给我们买衣服，织衣服或做衣服，是她在衣物破旧时给它们打上补丁。是她在我们摔倒、弄破膝盖时给我们拿来胶布，是她在我锁骨骨折时开车把我送到医院，在我长了疥疮时——相比而言不值得一提——把我送到大夫那里。是她为我忧心，因为我得感冒，同时脖子有些僵硬的那段时间，刚好有一个年轻女孩死于脑膜炎。我被她塞进车里，她踩下油门全速驶向工作地点，眼睛里闪烁着忧虑和焦灼的光芒。是她念书给我们听，是她在我们洗澡之后给我们擦干头发，是她为我们把睡衣拿出来。是她送我们去参加足球训练，是她去参加我们的家长会，是她和其他家长一起坐在学期结束的聚会上，为我们拍照片。是她在这之后把照片放进相簿里。是她在我们生日的时候为我们做生日蛋糕，为圣诞节烘制蛋糕，为禁食节[1]做面包。

所有母亲会为她们儿子做的事，她都为我们做了。要是我生病了，躺在床上发高烧，是她拿着冰冷的毛巾放在我的额头上，是她把温度计插进我的肛门测量体温，是她给我送来水、果汁、葡萄、饼干，是她在半夜里起床，穿着睡衣走进我的房间，为的是看看我怎么样了。

她自始至终都在那里，我知道的，但我就是记不起来。

我记不起她为我念书的事，我也记不得她把胶布粘在我的膝盖上，或是参加过哪怕只有一次学校期末聚会的事。

这又是出于什么缘由？

她拯救了我，因为若没有她，若我独自一人跟随爸爸长大，那我迟早会以某种方式结束我的生命。但她在那里，爸爸的黑暗才得以平衡，我活着，我不是快乐地活着，我活着并不快乐，但这和童年时代的这种平衡毫无关系。我活着，现在我有自己的孩子，和他们在一起的时候我试图做到的唯一的一件事，就是不让

[1] 挪威的一个非正式的基督教日，也称忏悔节，一般在每年二月的一个周日。那几天人们常吃果酱面包，用树枝装饰上五彩的羽毛。

他们对他们的父亲感到恐惧。

他们不害怕我。这我知道。

当我走进房间时，他们不会畏缩，他们不会垂下眼睛看着地板，他们不会一有机会就尽快溜开，不，当他们看着我的时候，并不是冷漠的，要是我乐意被谁不在意的话，那就是被他们。要是我乐意有人不把我当回事，那就是他们。若是他们自己到了四十岁的时候，完全忘记了我曾经的存在，那我会向他们表示感谢，向他们鞠躬，接受这一切。

爸爸是知道他处理问题的方式的。缺乏正确的自我认识并不是他的缺点之一。在八十年代初期的一个晚上，他对普雷斯巴克莫说是妈妈拯救了他的儿子们。但问题是，这是否就足够了。问题是在这么多年里，一直让我们暴露在他，这个让我们怀有根深蒂固的恐惧的男人面前，她到底有没有责任。问题是面对黑暗的时候，拥有这种平衡是否就已经足够了。

她做出了她的选择，她要同他在一起，一定是有她的理由的。

这个问题对于他也一样。他也做出了选择,他也有他的理由。在整个七十年代和八十年代初期，他们像这样生活在一起，在蒂巴肯的一栋房子里，肩并着肩，和他们的两个孩子、两辆汽车和他们各自的两种工作一起。他们在屋外有一种生活，在屋内有一种他们两人之间的生活，以及一种在屋内和我们一起的生活。作为孩子，我们就像人群当中的一条狗那样，只在意和我们相关的事情，而对家里发生着的其他事情充耳不闻，毫不在意。对于爸爸在外面是什么样的人，我只猜得出一点儿——因为有些事是自动进入脑子里的——但我从未搞懂其中的含义。他总是穿着考究得体，这一点我是看出来了的，但这其中所包含的意义，是我成年后遇到了他以前的那些学生时才第一次知道的，那时我才能勾画出他当老师时的模样。一个身材瘦削，穿着讲究的年轻教师从他的阿斯科纳车里走下来，迈着一种坚定的步伐走向教师办公室，放下他夹满了纸张的文件夹，给自己倒上一杯咖啡，与同事聊几句，在上课铃声响起时走向教室，把那件棕色的灯芯绒短外套挂在椅背上，注视着前方的学生，大家静静地坐在那里望着他。他有着修剪得极为精致的黑色胡髭，蓝色的、明亮的、闪光的眼睛，一张英俊的面孔。班上的男孩子们都畏惧他，他严厉，容不得半点差错。班上的女孩子都爱上了他，因为他年轻，很有魅力，不同于其他的那些教师。他喜欢教书，也很善于教书，当他讲述到那些他热衷的事情时，会让全班的同学都着魔。奥布斯菲尔德[1]是他最钟爱的。他也喜欢金克[2]，当代作家他最喜欢的是比约勒布[3]。

和他的同事在一起时，他举止规范得当，但始终和他们保持着一种距离。这距离体现在衣着上，其他的老师都是穿着运动衫和牛仔裤就来了，或者一个月里都穿着同一件西装。这距离也体现在他表现出的客观公正上。体现在他的肢体语言、举止态度和他的个人魅力上。

[1] Sigbjørn Obstfelder（1866—1900），挪威作家，现代诗人。

[2] Hans E. Kinck（1865—1926），挪威作家，语言学家。

[3] Jens Bjørneboe（1920—1976），挪威作家。

他总是更了解他们，比他们了解他的更多。这是他生活中的一个原则，应用在所有的人身上，包括了他的父母兄弟。或许对于他们尤其如此。

当他从学校回到家里后，就会走进自己的工作室，为晚上的会议做准备；他是市议会和市政府机关领导班子里自由党的代表，除此之外他还是好几个委员会的成员，据他自己讲，在一个时期他还有可能成为自由党进入议会的候选人。但他所说的不总都是真的，在他的那个圈子里，他是出了名的诡辩者，正说反说他都有理，但在学校工作和在处理政治方面的事时，他就不会这样，在这些时候他总是保持着头脑清醒，正确无误。他也是格里姆斯塔市一个集邮俱乐部的成员，带着他自己的收藏参加过不同的集邮展览。夏天，他从事花园里的劳动时也是雄心勃勃的，把一切都做得尽善尽美，他做到了可以在七十年代住宅区的花园里所做到的所有事情。他从母亲那里继承了对所有能生长的植物的兴趣，这大概也是他们最常谈到的话题，各种植物，灌木和树木，以及他们各自的种植经验。日光，泥土，湿度，酸碱度。嫁接，修剪，浇水。他是没有朋友的，他的社交圈就局限在学校和家庭中。他定期去拜访他的父母、兄弟、叔父和婶子、舅舅和舅妈，他们也常常来他家。和他们交谈时他会使用一种对英韦和我来说完全陌生的腔调，这就是为什么我们总是带着疑惑从旁观察。

妈妈的生活在很多方面都与他不一样。她有许多朋友，大多数是在工作单位认识的，但也有在其他的许多地方认识的，其中就有好些邻居。她同她们坐在一起聊天——或者像爸爸会说的那样，“喋喋不休”——抽烟，吃她们自己烘焙的蛋糕，如果她们不是坐在七十年代常见的那种被浓重烟雾环绕的客厅里编织着什么的话。她关注政治，她支持建立一个强大的国家，完善医疗系统，提倡人人平等。她可能参加了妇女运动与和平运动，她反对资本主义和日益扩张的物质主义，是达曼[1]“未来在我们手中”运动的支持者，简言之，她是偏左翼的。她说自己在二十几岁的时候处于一种休眠的状态，那时所有的一切都围绕着工作和孩子，为了让生活步入正轨，为了让收支平衡，努力奋斗让生活继续向前，但进入三十岁时，她把目光放到了自己身上，放到了她所处的社会当中。除了必须得读的书之外，爸爸很难得阅读，但她却是个真正的文学爱好者，她是个理想主义者，他是个实用主义者，她爱沉思，他则喜欢动手实践。

他们一起把我们抚养成人，尽管我从来没有体会到这一点，我始终很严格地把他们区分开，把他们作为完全不同的生物来认识和理解。但他们一定觉得并非如此。夜晚我们睡觉的时候，他们就坐在上面聊天，有关邻居、同事、我们小孩子，如果他们不是在讨论政治或文学的话。偶尔他们也单独出去旅游，去伦敦，莱茵河谷或去攀登群山，那时候英韦和我就和祖母祖父或是外公外婆在一起。说到家务，他们比我那些伙伴的父母更平均地共同分担；爸爸承担清洗和做饭的活儿，而别人的父亲是不会这么干的，他还会干采集食物的活儿，所有的鱼都是他到岛外捕捞上来的，上百千克的各种莓，都是我们在夏末和秋天开车去挪威的山

[1] 埃里克·达曼（Erik Dammann），挪威环保运动的创始人，1972年著有同名书。

林田野游玩时，在路上采集的，之后他们把这些莓做成了果汁和果酱，装进瓶子和玻璃罐里，整个冬季，这些瓶瓶罐罐都放在地下室的搁架上，在从墙最上方的小洞透进的光线照射下，它们发出微弱的光。山莓，黑莓，蓝莓，小红莓和黄莓，爸爸发现它们时会发出快乐的欢呼声。黑刺李可以做成酒。除此之外他们还在特罗姆岛的果园里付款采集果实，在那里我们能采到苹果、梨和李子。然后就是属于在克里斯蒂安桑的阿尔夫叔叔的樱桃树，当然还有祖母和外婆的果树。我们每一天吃的东西都安排得非常周详，规范有序，星期天的日子里正餐后有甜点，平常的工作日就吃不同形状和不同种类的鱼。我们在要去上学之前总是已经知道了这天有多少节课，都是些什么课程，晚上发生的事也遵循着规律：在下雪或是结冰的时候，对，就是滑雪溜冰了。而水下的温度上升到十五度时，对，这就是我们要游泳的时候了，风雨无阻，阴晴不缺。在生活里唯一的、真正不可预知的——从秋到冬，从春到夏，从这一学年到下一学年——是爸爸。我是那么地惧怕他，以至于我尽了最大的努力，也没法建立起对他的感情；对于他的情感打我出生以来就从未有过，对他一次也没有过亲近的感觉。

他在楼梯上的脚步声，他正在来我这里的路上吗？

他眼睛里的野蛮。耷拉下去的嘴，下意识张开的两片嘴唇。还有他的声音。

坐在这里，用我心里的耳朵聆听着，我几乎就要哭出声。

他的愤怒如狂潮，席卷整个房间，向我冲来，击打着我，击打，击打，然后再退撤而去。接下来它可能会平息几周。但这不是绝对的，因为它可能再度重返，无论是在两分钟后，或是在两天后。看不到任何的征兆。突然间他就会勃然大怒。他揍不揍我其实不打紧，这跟他拧着我的耳朵转一圈，或狠狠地钳住我的胳膊，或是把我拽到某个地方，看看我都干下了些什么其实没什么区别，我怕的不是这些皮肉上的疼痛，而是他，他的声音，他的面孔，他的身体，他所喷射的狂怒，这是我所害怕的，我永远无法摆脱这种恐惧，它深深地嵌入我整个的童年时期，嵌入了我的每一天里。

在这些对峙后我想着去死。这是我有过的最美好，最让人愉悦的幻想了，死亡。那样对他再好不过了。那他就可以站在那里，想想他所干下的事儿。那他就会悔青了肠子。啊，他该有多悔恨啊！我看见他站在我那个小小的灵柩前——我躺在那里面，和我那突出的龅牙一起，再不能发出“r”这个音了——困惑地绞着双手，仰望着天空。

这幅图画让人感到多么甜蜜啊！这几乎又让我恢复了好心情。在童年时期就是这样，快乐与痛苦之间的距离远比成年时期的要短得多。只需要把脑袋探出门外，就会有截然不同的另一种精彩。走到上面的 B-Max 超市去等候公交车就是其中的一桩事，尽管这是许多年以来我几乎天天重复做的事。为什么？我说不出来。但当所有的一切在湿润的雾气里闪着微光，靴子被马路上的融雪弄湿，树林里洁白的雪紧缩并沉陷下去，我们一伙人聚集在一起聊天或打打闹闹，或跑着追赶女孩子们，用脚踢她们，抓下她们的帽子或者索性就把她们扔到雪堆里去，我感觉到了她们中的一个紧挨着我，那我就用双臂尽可能紧地搂住她们的腰身，或许是玛丽安娜的，或许是西芙的，或许是玛丽安的，因为我总是更喜欢她们，更常想到她们，那时候我所有的神经都战栗着，胸膛里激起了一波又一波的愉悦——这是为什么？啊，是因为那湿润的雪。那湿漉漉的外套。那么多美好可爱的女孩子们。是因为那轮胎上带着铰链，叮当作响地开过来的公交车。是因为我们上车后车窗上起的雾气，是因为我们发出的尖叫和喊声，是因为安妮·莉丝贝特在那里，一样的快乐，一样的美好，一样漆黑的头发和一样红润的嘴唇，像她一贯的那样。每一天都是一个欢乐的聚会，发生的一切都是令人激动的，没有一件事是可以预计的。公交车的到来并不是一切的完结，那只是一个开始哟，因为学校的一天将在我们面前展开，我们将一一经历这一天当中的变化，当我们把湿衣服挂在衣钩上，穿着袜子踮起脚尖走进教室时，我们的脸颊是红润的，头发是蓬乱的，露在帽子外的头发梢是潮润的。我们急不可耐地等待着课间休息的到来，我们跑上楼梯，经过走道，走下外面的阶梯，来到学校操场，从断崖处爬下去，来到球场上。然后回家，听音乐，读书，或许把滑雪板在脚下扣紧，滑下那陡峭的山坡，直到于贝湾，其他的人总是聚在那里，所有的这些都以一种只存在于童年时期的高强度进行着。向外面的坡滑出去，再以人字形的步伐爬上山坡，向外面滑出去，直到天黑得连我们自己的手都看不清为止，然后我们身体向前倾斜，把滑雪杖拄在腋下，天南地北地聊开了。

瞅一眼那结冰的狭窄海湾，水面被一厘米厚的冰层盖住了。建筑区房屋的灯光像是一个穹顶一样，照在我们头上的树林里。黑暗强化了所有的声音，每一次有人变换身姿的声音，脚下蓝色的滑板碰撞发出的嘎吱声，或者踩在松软的雪上的咔嚓声都被强化了。从那狭窄的砾石路上开过来一辆车，是大众甲壳虫，它属于居住在那里面的人，灯光在大地上扫视着，让所有幽灵一般的事物在瞬间里都显露了出来，然后黑暗又将我们面前的一切再度关闭。

如此绵长的短暂瞬间——在所有的瞬间中都压缩了同样浓烈、丰富的记忆——组成了我的童年。其中的一些记忆可以将我托举到让我眩晕的高度，就像那个晚上一样，那晚我和托内一起半跑半滑地下了坡，从闪着光亮的地面判断，扫雪车应该刚清理过那里。当我进入我家外面道路间的黑暗地域时，我让自己在雪地上躺下，仰望着浓稠的、潮湿的、没有一丝光的绝对黑暗，那是一种无与伦比的快乐。

另外的记忆仿佛给我带来了大片的空白，就像那一个晚上，妈妈告诉我们说她下一年将开始上学。我们坐在那里吃晚饭时，她说了这番话。

“学校在奥斯陆，”她说，“只有一年的时间。我每个星期五回家来,整个周末都在这里。然后星期一早上回去。三天在这里，四天在那里。”

“那，我们就要单独和爸爸待在一起？”英韦说。

“对。一切都会很好的。这样你们可以多碰碰面。”

“为什么你要去上学？”我说，“你是大人哟？”

“有一种我们叫作进修的学习，”她说，“我要学习更多有关我工作的知识。这是很令人振奋的事情，你明白吧。”

“我不想你走。”我说。

“就一年，”她说，“一个星期我有三天在这里。还有所有的假日。我会有很长的假期。”

“我还是不想要你走。”我说。

“这我理解，”妈妈说，“但一切都会很好的。爸爸他愿意同你们在一起。到了明年我们就会调换一下。那时候爸爸将去进修，我就待在家里。”

我喝下了最后一口茶，闭上嘴，慢慢地啜饮茶水，这样就不会让那许多变黑了的、被水浸饱了的茶叶片进入嘴里。

我半站起身来，用双手把笨重的茶壶举到杯子边，把水倒进去，再把壶放回原处。茶几乎完全是黑色的了，因为已经在水里浸泡了很长时间，味道变浓了。我倒进了足够多的牛奶，加上三大勺白糖。

“茶里加糖。”英韦说。

“怎么啦？”我说。

正在这时，楼梯上响起了爸爸的脚步声。

啊，我已经把茶杯倒满了！那我就得坐在那里，直到把它们全部喝进肚里。但英韦完全没有这种顾虑，他站起身溜了出去。

爸爸的黑身影从身边经过。他打开电视，在椅子上坐下来。

“你不想来一点晚上的点心吗？”妈妈说。

“不了。”他说。

我在杯里加进了更多的牛奶，好让茶水变凉些，我用长长的三大口喝完了茶。

“谢谢晚餐！”我说。

“不用谢。”妈妈说。

这个消息是令人震惊的，但当我走进房间之后，我就不再感到惊恐，现在是四月，在八月以前她不会开始上学的。有四个月的时间，童年时，四个月就是永恒。妈妈上学进修属于未来，就和中学阶段即将到来的事差不多，或十五岁的成人典礼，或十八岁生日，都还很遥远。我们还处在童年时期的中期，在这一时期里是没有时间概念的。这就是说，所有短暂的瞬间都以一种疯狂的速度转瞬即过，同时，包含着这些瞬间的日子几乎在不经意间就向前流逝而去。即使到了学期结束的那一天，我们将不再是三年级的学生了，我也没有意识到她很快就要离开家。或许，在整个漫长的暑期当中也没想过？直到当她开始在她的卧室里慢条斯理地收拾她的衣物时，我才明白。同一时间还有许多的事情发生，第二天就要开学了，那时候我们就是四年级的学生了，绝对是学校里最老的学生了。我们将有新的教室，更重要的是，新的班主任。在我的房间里放着一个新书包,衣柜里挂着新衣服。获得的这一切让我的心里快活地痒酥酥的，虽然看见她在收拾行李时我依旧有点难过，但没比我通常看她去上班的那会儿难过多少。

她放下手里的东西不再收拾，朝我这边望过来。

“我星期四就要回来了，”她说，“只有四天在外面。”

“我知道，”我说，“把所有的东西都带上了吗？”

“我想我都带上了，”她说，“你愿意来帮我弄弄这箱子吗？跪在这上面，这样我才好把这箱子盖严实。”

我点点头，照着她的话做了。

爸爸走上了楼梯。

"现在，你准备好了吗？"他说，朝那箱子点了点头，"我来拿。"

妈妈给了我一个拥抱，然后跟着他下了楼梯。

我从浴室的窗户那里望着他们。当她坐进了那辆绿色的甲壳虫车时，就跟她平常任何一个下午去上班的时候一个样，是的，除了放在后备箱里的那个箱子以外。我向她挥手，她也朝我挥手，车开动了，向山坡上后退，换挡后汽车以它特有的方式向坡下驶去，然后不见了。

会发生什么事呢？

现在的日子将会是怎样的呢？

是妈妈把我们联结在一起的，她是英韦和我生活的中心，我们知道这点，爸爸也知道这一点，但或许她自己不知道。要不她怎么能就这么走了呢？

刀叉在餐盘里碰撞，肘部在动作，端正不倚的头部，挺立的脊背。没有人说点什么。这是我们三个，父亲和两个儿子，我们坐在那里用晚餐。在四周环绕着我们的是七十年代的景物。

静默在加剧。我们三人都觉察到了，静默不是那种可自行消散的东西，它会持续存在，直到终了。当然，在静默里的人是可以说些什么的，人可以开口讲话，但沉默不会因此而被打破。

爸爸把骨头放在盛着土豆皮的餐盘里，又取了一块牛肉饼。英韦和我一人只有一块。

英韦吃完了。

"谢谢晚饭。"他说。

“还有甜点。”爸爸说。

“我不吃，”英韦说，“不过谢谢。”

“你为什么不想吃？”爸爸说，“菠萝和奶油。你喜欢的。”

“因为这个，我长了好多粉刺。”英韦说。

“是这样，”爸爸说，“那你可以下桌了。”当英韦站起身时，爸爸看着我，好像英韦这个人不存在一样。

“但你要吃吧，卡尔·奥韦？”

“要吃，很想吃，”我说，“这是我知道的最好吃的东西了。”

“好。”他说。

我坐在那里看着窗外，等待着他吃完饭。我听到了从英韦房间里传来的音乐声。路上有一伙年轻人聚在那里，他们在地上放了两块石头作为球门，紧接着，我听到了他们用脚踢在那松沓沓的球上，发出沉重的声音，他们踢足球时总是会发出压低的欢呼声，不管发生什么情况都一个样。

终于，爸爸站起身来，拿起餐盘，把里面的残存物都倒进了垃圾桶里。把装着菠萝的碟子和奶油放在我面前，也在他自己面前放下一份。

我们在沉默中吃着甜点。

“谢谢晚饭。”我站起身来。爸爸没说什么，他也站起来，在咖啡壶里放了水，从橱柜里找出一袋咖啡。

然后他转过身。

“喂？”他说。

“怎么啦？”我说。

“你不准因为英韦的粉刺而嘲笑他。明白吗？我绝不想听到有关这方面的一个字。”

“是。”我说，站在那里，为的是看他有没有进一步交代的话。

爸爸转过身去，把咖啡袋子的一角剪开，我走进了英韦的房间，他坐在那里弹他的电吉他，一把黑色的莱斯·保罗仿制品，当我第一次听到它时是那样的惊讶，因为我确信这是一个带有放大器的吉他发出来的声音。但它其实没有放大器，低沉的砰砰声，他坐在那里弹奏着，带着他满脸的青春痘。

“我们来弹点什么吧？”

“我在弹。”他说。

“弹一个，你个傻瓜蛋。”我说。

“52张卡，拾起来？”他说。

“哈——哈，”我说。“双关语只能玩一次。我已经抢先了。你不能教我一个吉他和弦吗？”

“现在不行。下一次吧。”

“求求你了。”

“那，就一个，”他说，“坐在这里。”

我坐在他身边。他把吉他放在我的膝盖上。把三个指头放在吉他指板上。

我把手指头放在他刚才放过的地方。

“这是E。”他说，把手收了回去。

“好，”他说，“然后你开始弹。”

我弹了，但只有一些琴弦发出了声响。

“你得使点劲摁住，”他说，“另外你得注意，另外的手指头不能碰着其他空弦。

“OK。”我说，又试着弹奏了一次。

“不错，”他说，“就是这样。现在你会 E 和弦了。”

我把吉他递还给他，站起身来。

“那么，你记得哪几根弦发声吗？”

“EADGHE。”我说。

“正确，”他说，“现在你就差一个乐队了。”

“但我得借用你的吉他。”我说。

“这不行。”

我一声不吭，因为事情可能变得很快。

“你明天到底几点开始上学呀？”所以我说出了这句话。

“第一节开始，”他说，“你呢？”

“不是第一节课，十一点吧，我想。”

“你想？”

“不是，我知道的。爸爸呢？”

“第一节课开始，百分之百的。”

这是个好消息。那我就能独自在家几个小时。

我转身走回自己的房间。新书包放在靠近书桌那里。那个蓝色的、四四方方的书包，我用了很多年了，它对我来说有点小了，有点孩子气。现在我的新书包是深绿色的，是合成革材料的，闻起来像天空的气味。

我闻了它一会儿。然后放了《佩珀中士的孤独之心俱乐部乐队》，让自己躺在床上，朝上盯着天花板。

Getting so much better all the time!

Its getting better all the time!

Better, better, better!

Its getting better all the time!

Better, better, better!

Getting so much better all the time!

音乐让我有点飘飘欲仙，我用一只手在空中挥舞着。脑袋一前一后地点着，心里充满欢乐。贝托，贝托，贝托[1]！我唱着。贝托，贝托，贝托！

当我们从汽车里出来时，学校就在那里，漆染成黑颜色的教学楼，很多窗户的灯光在闪烁。现在我们属于老学生里的一拨了，知道我们该如何守规矩，也知道等待着我们的是什么。当这些头发梳得光光的，新衣服里透出拘谨的一年级新生和他们的班主任站在旗杆下面听着校长讲话时，我们四处晃荡着，吐着唾沫或倚着雨棚的墙，谈起了我们是怎么度过这个暑假的。一个农场里有三头牛已经不足以拿来夸耀了，尽管暑期的唯一一次旅行就是去南伯沃格，我在那里单独和约恩 · 奥拉夫待了一周的时间，但至少我有一些可说的了，因为那里有个女孩，我的远房表妹，她叫梅雷特，金色头发，不住在奥斯陆。我同她一块儿出去玩了，我说，即使这不像去了哥德堡的利瑟贝里游乐园——北欧最大的

[1] 克瑙斯高发不出 r 音，这里的贝托是 better 的发音。

游乐场——那样令人羡慕，但总比什么也没得说来得好。

几个女孩子把她们的橡皮筋从对我来说完全是秘密的地方松开来，要开始蹦跳了。

不，是要开始跳舞了。

我们说服她们用橡皮筋来玩跳高，这样一来我们就完全可以参加，不用担心在其他男孩子面前丢脸了。两个女孩在她们之间拉起一根皮筋，然后我们一个个朝它跑过去，高高蹦起，用双腿把它拉下来，在绳的另一边着地。

看着女孩子把她们的腿高高地举到空中，看着她们那优美、控制自如的动作，这真是一件令人高兴的事儿。

唰，你听见，然后就看到她们在另一边站稳了。

然后高度往上升，直到最后，只剩下一个人还在继续尝试。

我希望这是我，因为现在安妮·莉丝贝特加入进来了，但正如经常发生的那样，剩下来的最后一个人是玛丽安娜。

嗒，嗒，嗒，她向前跑过来的声音，唰，绳子的声音，她跳过了。

她羞怯地笑了，把长及肩头的浅色头发用手指撩到了一边，我琢磨着，她会不会是这一年我将要爱上的人呢。

大概不会的。她就在我的班上哟。

或许我会爱上一个在A班的人？

要不，嗨，诱惑人的未来，或许是另一所学校的什么人？

· · ·

在我们得到了发下来的课表和一些第一节课的新书后，大家要挨个讲讲这个夏天都干了些什么事。第二节课我们将要举行一个新的学生会选举。我和西芙是上一学年的学生代表，我想着，按照惯例，我这回会再次当选的，但埃温举起手来，说他也愿意做候选人。六名候选人参加选举，埃温是其中的一个。我违反了一个不成文的规定，即绝不能给自己投票。我思忖着，结果可能会相差无几，那我的这一票就可能一锤定音。我考虑了有人发现事实上是我给自己投了一票的可能性，但我觉得这事不可能发生。这是无记名投票哟，唯一能看到我们写的字条并且能认出我笔迹的人，是老师，而她是不会把这事说出来的。

我犯了一个致命的错误。

我用大写字母在纸条上写下了卡尔·奥韦，把它揉成一团交给了老师，她正兜着圈子，用一个帽子收集大家的纸条。她在黑板上写下了六位候选人的名字，她叫索尔维出来，让她念纸条上的名字。索尔维念一个名字，她就在黑板上那个相应的名字后面画上一个“十”字。

要过一会儿才会轮到我的纸条。埃温的选票差不多是男孩子里最多的。我意识到了自己的惊慌，因为小纸条所剩无几了。我还没有得到哪怕是一张选票！这怎么可能？

但在那里。总算来了！

“卡尔·奥韦。”索尔维说，老师在我的名字下画了一个“十”字。

“埃温。”索尔维说。

“埃温。”

“埃温。”

“现在看来这是最后一张票了？让我们看看这里。今年班上的学生代表是埃温和玛丽安娜！”我垂下眼睛望着我面前的课桌。

一张票。

这怎么可能？

这一张还是我自己投的。

我是班上最棒的学生啊！至少挪威语最棒！还有自然学科！算术课我是第二好的，或者是第三好的。但把它们加在一起呢？加在一起有谁能比我更棒呢？

OK，是埃温胜了。但就一张票？这怎么可能？

就没有一个人投我的票？

这一定是哪儿出了问题。

没一个人？

当我打开家门时，爸爸正站在里面的门边。

我脚下一个踉跄。

他怎么知道我就要进门了？

他就一直站在这里等着？

“你得给我跑一趟，去 B-Max 超市，”他说，“看这里。”

他递给我一张购物单和一张一百克朗的钱。

“所有的零钱都给我拿回来，明白吗？”

“是。”我说，放下书包跑出门。

要说在这世界上我对什么最小心在意，那就是爸爸的零钱了。B-Max 超市刚开张时，英韦有次把找回的零钱占为己有。爸爸给了他前所未有的一顿好揍。那段时间英韦挨了不少揍。比我挨揍的次数要多得多。是的，相对来说，在那段时间我轻易地就能逃脱惩罚。甚至连我上床睡觉的时间也比他宽松了许多。

我看着单子。

一公斤土豆

一包牛肉饼

两个洋葱

咖啡（煮咖啡）

一罐菠萝

1/4公升乳制奶油

一公斤橘子

菠萝？我们又要吃甜点了？在星期一？

我把买好的东西放在篮子里，在收银台旁边的报刊杂志架前站了几分钟，翻阅了一遍，付款，把找回的零钱放在衣服口袋里，手里晃荡着这相当沉重的购物袋，跑回了家。

我把买回的东西和那些零钱一起交给了在上面厨房里的爸爸，他把钱塞进衣袋，我站在原处等待他发出我可以走了的指令。但他没有这样做。

“坐下！”他说，指着椅子。

我坐下了。

“把背挺直，小子！”他说。

我挺直了脊背。

他把上面沾满泥土的土豆从袋子里取出来，开始冲洗它们。

他想干什么呀？

“嗯？”他说，转过头来好看着我，但与此同时，他的双手仍在水龙头射出的水柱下搓洗着土豆。

我用疑问的眼神看着他。

“老师不错吧？”他说。

“老师？”

“是啊，老师。在开学的第一天她没和你们说点什么吗？”

“说了，她欢迎我们的到来。然后发给我们课表和一些书。”

“那，课表看上去怎么样呢？”他说，走到电炉旁边的橱柜那里，拿出一口锅来。

“要我去拿课表来吗？”

“不，不。你记得一点吧？看上去不错吧？”

“是，”我说，“挺好的。”

“那就好。”他说。

这个晚上我明白了妈妈不在所包含的意义。

房间没有了生命。

爸爸坐在下面他的工作室里，客厅和厨房“就在那里”，完全没有了生气。我溜出房门来到了那里，一种感觉攫住了我，就好像我独自一人在外面的树林里，那树林满足于它自身的存在，不想将我包容、接纳，现在的情况就是这样。

房间只不过就是房间而已，我走进去，里面仍旧是空洞的。

所幸，我的房间不是如此。它把我包裹在其中，柔软友爱，始终如一。

第二天在 B-Max 超市时，斯韦勒和盖尔·哈康走向我。班上很多同学都围站在我们四周。

“卡尔·奥韦，你昨天投谁的票了？”盖尔·哈康问。

“这是秘密。”我说。

“你投了自己。你只得了一票，这是你自己投的。”

“不是。”我说。

“就是，”斯韦勒说，“我们已经问了班上所有的人。没有人投你的票。那就只能是你自己了。是你自己投了自己。”

“我没有，”我说，“这不是真的。我没投自己。”

“那么，是谁投的呢？”

“我不知道。”

“我们已经问了所有的人。没人选你。是你选了自己。只管认账就是了。”

“我没有，”我说，“这不是真的。”

“但我们已经问了大伙儿。就只剩下你了。”

“那是有人在撒谎。”

“为什么有人要为这事撒谎？”

“那我就不知道了。”

“是你在撒谎。你选了你自己。”

“没有。我没选自己。”

流言在学校传开了，但我拒绝承认这一切。一再否认。所有的人都知道发生了什么事情，但只要我不承认，他们就不能百分之百地相信。他们说这就是我会做的事。因为我觉得自己是个人物。但我不是。一个只能给自己投票的人什么也不是。我从来不说不入流的俚语，从来不在商店里小偷小摸，从来不用弹弓去打鸟儿，或把樱桃核吐在汽车的排气管里，或是吐到过路人的身上，当其他人把体育老师关在器材房里的仓库门后面或是把图钉放在代课老师的座椅上时，又或是把擦黑板用的泡沫浸满水时，我从不参与，相反地，我还告诉他们不应当这么做，这是错误的，这一切对我的名声是无益的。但我知道我这样做是对的，而其他的人所做的是错误的。我有时候会祈祷上帝原谅他们。比如，如果他们爆粗口了。那时候我就会为他们祷告。**亲爱的上帝，原谅莱夫·托雷说脏话吧。这不是他的本意。**我有一长串可以表达强烈情绪，但又比较温和的词语。尽管这样，我还是不说脏话，不撒谎——除非是为了正当防卫——不偷东西，也不做损坏公物的事，不给老师找麻烦，尽管我关注服饰和外貌，总愿意做正确的事而且会做到最好，但别人对我的印象还是不好，我不是一个会被他们喜欢的人，我总是被他们忽视、被回避，如果，比如，莱夫·托雷和盖尔·哈康躲着我，那我就会去找其他的人，像达格·洛塔尔、达格·马格纳。而当孩子们聚在一起时，没有人会被排斥在外，所有的人都会被接受，我也是一样。

但很显然，待在家里读读书还是让人比较好过一点。

我是个基督徒这一点对我的名声也没有什么帮助。其实这是妈妈的错。一年前的一天，她下了不许再看漫画杂志的禁令。那天我很早就从学校回家了，我欢欢喜喜地跑上楼梯，因为爸爸还没有下班。

“你饿了吗？”她说，坐在客厅里，膝盖上放着一本书，她望着我。

“饿了。”我说。

她站起身走进厨房，把面包和就着面包吃的各种食品拿了出来。

外面的天空中雨水如注。从公共汽车上下来的最后几个人在雨衣的帽檐下缩着脖颈，走在那边的路上。

“今天我翻了几本你看的杂志，”妈妈说，她切下一片面包，“你读这些究竟为的是什么？完全把我惊呆了。”

“惊呆了？”我说，“这是什么意思？”

她把面包片放在我面前的餐盘里，打开冰箱，取出白奶酪和黄油。

“你读的这些东西，简直太可怕了！全是些暴力！人们互相射击着，还在哈哈大笑！你年纪太小了，不能读这种东西。”

“但大家都在读。”我说。

“这没有什么可争的，”她说，“你不能读。”

“可我就是喜欢读！”说着，我用餐刀把那黄油抹在面包片上。

“是啊，这就是最糟糕的地方呀！”她说，坐了下来，“这些杂志会让你形成一种很可怕的观念。尤其是对待女人的态度。你不明白吗？我不愿意你的思想受到这些杂志的影响。”

“是因为杀戮吗？”

“对，这是其中一个。”

“但这只是为了好玩啊！”我说。

妈妈叹了口气。

“你知道英君在大学里写了一份有关杂志里的暴力的论文吗？”

“不知道。”我说。

“它们对你不好的，”她说，“就这么简单。至少，你得明白这一点。它们是有害的。”

“再也不许看了吗？”

“对，不许看了。”

“唔？”

“这是为你着想。”她说。

“不让我看了？但是妈妈……永远都不许？”

“你可以看唐老鸭。”

“**唐老鸭**？”我喊了起来，“没人看**唐老鸭**！”

我抽噎起来，跑回了自己的房间。

妈妈紧跟在我身后，在床沿边坐下，抚摸着我的脊背。

“你可以读书，”她说，“这好得多。我们可以去图书馆，你、我和英韦。到城里去，一周一次。这样你想借多少书就可以借多少书。”

“但我不愿意看书，”我说，“我要看漫画杂志！”

“卡尔·奥韦，”她说，“我已经决定了。”

“可爸爸也看漫画杂志哟！”

“他是成年人，”她说，“这不一样。”

“我再也不能看这些漫画杂志了吗？”

“今晚我要上班。但明天晚上我们可以去图书馆，”她说，站起身来，“就这么定了？”

我没吭声，她走出了房间。

她大概是翻出了一本《战争游戏》(*Kampserien*)或是《我们赢了》(*Vi Vinner*)的杂志，这里头都是有关战争的，那里面所有的德国人，无论是弗里茨或是“酸白菜”，或是管他们叫作什么名字的，都被杀死了，死的时候唇边浮着笑意，画页里满是“天哪！”“蠢货！”这样的话语，或是双方在拼斗过程中互相咒骂时使用的那些词汇，要不她就是翻到《秘密特工X9》(*Agent X9*)或是《特殊系列》(*Serie Spesial*)，这些杂志里绝大多数的女子都穿着比基尼，经常一丝不挂。看到莫德丝提·布莱斯(Modesty Blaise)脱衣服令人很愉快，但我只有独自一人的时候才能看，不然赤裸裸的形象就会让人极其难堪。每一次电视上播出儿童节目《阿加顿·萨克斯》(*Agaton Sax*)的预告时，要是爸爸妈妈在场，我也会脸红的，因为有个特工会通过一个望远镜窥视一个裸体女郎。事实上，有时候在电视剧集或是电影里也会出现性交的画面，这要是发生在我被允许看电视的时段里，就变得让人彻底难以忍受。我们坐在那，全家人一起，父亲、母亲和他们的两个儿子一起在客厅看电视，而有一对男女在我家的客厅中央做爱，那我的眼神应该看哪里呢？

啊，太恐怖了。

但我把杂志放在我自己的房间，妈妈从来没往它们那里瞅上一眼。

现在突然就不准我读这些杂志了？

这不是很没道理吗？

我哭了，我非常生气，我又走到她那里去，说她没有权利禁止我看杂志，同时我也明白，在这场较量中我已经输了，她已经做出了决定，要是我继续反对，她只可能把一切告诉爸爸，那就更没有讨价还价的余地了。

借来的杂志被还了回去，其余的就被扔掉了。第二天我们去了图书馆，我们每个人都得到了一张借书证，这事就这么定了下来，打那时起要说的就只是书的事了。每个星期三我都会从阿伦达尔图书馆外的阶梯上走下来，两手各提着一个装满书的袋子。走在一起的还有妈妈和英韦，他们也借了很多书，我们向车那里走去，开车回家，我躺在床上，每一天晚上都读好多的书，星期六和星期天整整两天也在读书，只偶尔或短或长地外出溜一圈，看看外面都发生了些什么事儿，一周过去后，我会把两袋看完的书还到图书馆，再借上两口袋新书。我把那里所有的系列丛书都读完了，最喜欢的是波科莫托（Pocomoto），这个在狂野的西部成长起来的小男孩，还有扬，当然还有《哈迪兄弟》(*Hardy Boys*)，还有《鲍勃西双胞胎》(*Bobbsey Twins*）和《南希·德鲁：女侦探》(*Nancy Drew, the Girl Detective*)。我也喜欢《五伙伴历险记》系列，另外我还看了人物传记的书，我是把它们从头至尾一行行读完的，我读了亨利·福特、托马斯·阿尔瓦·爱迪生、本杰明·富兰克林、富兰克林·D.罗斯福、温斯顿·丘吉尔、约翰·肯尼迪、大卫·利文斯通和路易斯·阿姆斯特朗的传记，当我读到这些书籍的最后几页时，眼里总是噙满泪水，因为所有的这些人都已不在人世。我读了《我们和……》系列，那里面讲的都是世界上著名的或是无名的探险家们，我读的是有关航海和宇宙探险的，英韦借我读了埃里希·冯·丹尼肯[1]的书籍，他认为世上所有伟大的文明都是地球生物和外星生物相遇导致的结果。还有关于阿波罗计划的书，从宇航员早期的战斗机飞行经验开始，到他们想进一步探索速度的极限。我还读了爸爸的优秀男孩子丛书，是金谷出版社的，其中一本给我留下了最深刻的印象，是《独木舟穿越舍伦》(*Over kjølen i kano*)，讲的是一个父亲和两个男孩的一次帐篷旅行，他们看到了一只所有人都认为已经灭绝了的海雀。我还阅读了一本有关一个男孩在战争间歇的英国被一艘飞艇带走的故事，我读了儒勒·凡尔纳写的许多书籍，最喜欢的是《海底两万里》和《八十天环游世界》，还有一本叫《彩票》，讲述的是泰勒马克的一个穷苦人家中了彩票大奖的故事。我还读了《基督山伯爵》《三剑客》《二十年后》和《黑色郁金香》。我读了《小爵爷》，我读了《雾都孤儿》和《大卫·科波菲尔》，我读了《苦儿流浪记》和《金银岛》，还有《新森林的孩子们》，我太喜欢这本书了，我读了又读，读了又读，因为这本书不是借的，而是有人送给我的。我读了《叛舰喋血记》，读了杰克·伦敦的书籍，读了关于贝都因人、捕海龟人、偷渡者和赛车手的书，我读了一个瑞典男孩作为鼓手参加了美国独立战争的系列丛书，我读了关于男孩子踢足球的书，并且一个又一个赛季地追随着他们，我读了英韦从学校带回来的更关注社会问题的书，其中有少女怀孕即将生下孩子的事情，或者某个人破罐子破摔，开始吸毒

[1] Erich von Däniken，1935年生于瑞士，世界未解之谜最权威的作家，欧洲最富盛名的神秘文化研究者，他著作的总销量超过3600万册。

品的事情，这些对我来说都是一样的，所有的书我都读，所有的书。我在霍弗外一年一度的跳蚤市场那里买了完整的罗康博尔（Rocambole）系列，我如饥似渴地读完了它们。还有有关一个叫艾达的女孩的系列书，我读了这套书，即使这系列一共有十四本。我读了爸爸所有老版本的《侦探杂志》(*Detektivmagasinet*)，当我有了钱以后，还买了克努特 · 格里布（Knut Gribb）系列。我读了有关哥伦布和麦哲伦的书，有关达伽马、阿蒙森[1]和南森[2]的书。我读了《一千零一夜》和挪威的民间传说故事，那是在一年的圣诞节时外婆和外公送给我和英韦的。我读了亚瑟王和圆桌骑士的故事。我读了罗宾汉、小约翰和玛丽安的故事，还有彼得 · 潘和一个有关穷孩子和富孩子交换了位置，改变了生活的故事。我读了德国占领丹麦期间参加了抵抗运动的男孩子的故事，读了在雪崩救了人的男孩们的故事。我还读了一个住在海滩上的奇特小人的故事，他靠在海滩找到的沉船残骸为生；读了一群年轻的英国士兵在一艘军舰上的故事，读了意大利人马可 · 波罗在成吉思汗的王国中的冒险。一本接一本、一袋又一袋的书籍，一周又一周、一月又一月的阅读。从我所读过的书中，我学会了人必须要勇敢，或许一切当中最为要紧的是，人在做所有事情时都必须保持诚实和坦荡，人绝不能让他人失望。另外，人绝不能放弃，绝不能打退堂鼓，因为人若是坚定、正直、勇敢和诚实——无论这会让人经历怎样的孤独，会让人怎样的孤立无援——最终

[1] Roald Amundsen (1872—1928)，挪威极地探险家。

[2] Fridjof Nansen (1861—1930)，挪威极地探险家、外交官和科学家。

一定会得到回报的。我经常想这些，当我独自一人时，就会想有朝一日我成为了一个人物，衣锦还乡。我希望成为一个伟大的人，所有在蒂巴肯的人——不管他们是否愿意——都不得不敬佩我。我知道，这一天将不会很快到来，因为在阿斯盖尔对我和我喜欢的一个女孩子说轻蔑的话那会儿，我得到的可不是他的尊敬，我向他扑过去，而他轻而易举地把我摁在地上，两腿叉开骑在了我身上，开始用食指在我的胸和脸上戳戳点点，同时哈哈地嘲弄着我。当时我刚好含着一颗黄色的焦糖，于是我试着把糖吐向他，但这个阴险的动作没有奏效，到头来这黏乎乎的黄色反倒弄了我自己一脸。你闻起来一身的尿骚味，你是臭狗屎，我对他说，这是真的，他身上就是臭烘烘的。这还不止，他还长着重叠的两副牙齿，就像鲨鱼一样，一颗牙长在另一颗的后面，我指出了这恶心的长相，想引起周围站着围观的人的反感，但毫无效果，我还是躺在地上，是他的手下败将，手无缚鸡之力。我从阅读里面获得的那些理想和信念已经不能带我走得更远了，其实从某方面来说，这些概念也是通行于孩子们之间的，他们也有许多有关荣誉的想法和概念，虽然有时他们并未使用这个词语。但我做不到这些，我软弱、缓慢、胆怯；我不强壮、敏捷、勇敢。我与别的孩子不同，我已经接触了这些理想和信念，但这对我有什么帮助？尽管这些理想和信念在我的脑子里进进出出，我对它们的理解比任何人都要深刻得多，但当我不能学以致用，我动不动就哭鼻子，那这又有什么用？恰恰是我，读了这么多英雄事迹，却是如此的懦弱，这很不公平。但也有关于懦弱的书，其中的一本书让我走出了持续了好几个月的低谷时期。

一个秋天我病了，白天只能躺在床上，乏味极了，一天早上，爸爸在上班前拿来了几本书。是他放在地下室的书，是他五十年代童年时期的书籍，我可以随意取来看。其中的一些书是基督教会出版的，出于某种理由它们给我留下了极为深刻的印象。其中的一本甚至给我留下了不可磨灭的印象。它讲的是一个男孩，他的父亲过世了，他要照顾生病的母亲，维持家里的生计也完全靠他，日子过得很艰难。同时他还要面对另一个群体，或者不如说是一个团伙。他们不仅追逐、驱赶他，还要揍他，因为他与他们完全不同，他们说着污秽的语言，还进行偷窃活动，这一伙坏小子肆无忌惮地欺侮男孩，而这个诚实、正直、有爱心的主人公却节节败退，让人几乎难以忍受。我为这不公平而哭泣，为这邪恶而哭泣，美好的东西被恶遏制着，不能彰显，而非正义的一方则步步紧逼，这种情况让我为之震惊，这也让我下决心要做一个有优良品行的好人。从那时起，我决定将只做好事，帮助我可以帮助的人，绝不做任何错事。我开始把自己叫作基督徒。我那时九岁，而在我们附近没有其他人说自己是基督徒的，妈妈不是，爸爸也不是，任何人的父母都不是——除了奥维德·松恩特的父母，他们让他远离电影院和电视，远离可口可乐和糖果点心——任何小孩也不是，所以七十年代末期，当我开始在蒂巴肯这么做的时候，相对来说这还是一次非常孤独的尝试。向上帝祷告成了我睡前要做的最后一件事，也是醒来要做的第一件事。秋天，当其他人聚在一起，准备到下面的老蒂巴肯去偷苹果时，我祈求他们别那么做，告诉他们偷东西是错的。我当然不是在他们聚在一起时说的，我没胆量这么做，我十分了解群体反应和个体反应之间的差异，在群体中，成员间会互相鼓动，互相影响，而个体反应则是更独立的，每个人都要做出自己的决定，这样就不会有人混在群体里支吾过去，所以我选择了我最为熟悉的那些人，也就是与我年龄相仿的人，我一个一个地对他们说，去偷摘苹果是不对的，好好想想吧，你没必要这么做的。但我又不愿意独自一人待着，所以我跟着他们一道去了，在围墙边停下来，看着他们在暮色中溜进那片地里，在回程中走在他们身旁，苹果把他们的夹克弄得胀鼓鼓的，如果有人要给我几个苹果，我总是婉拒，因为接受赃物不比偷窃好到哪里去。

复活节，在我们去拜访南伯沃格的外祖父母时，我交到了一个新朋友，我一次又一次地恳求他别再说脏话。我还记得一天下午他随我一起去见我的外祖父和外祖母时，他仍旧不按我的忠言行事，我有多么的担心，我已经无数次请他别再爆粗口了。在此之后他就总是躲着我，我用自己做的是正确的事来安慰自己。在公交车上我给老人让座，他们走出商店时，我会帮助他们提东西，我绝不吊挂在汽车后面，绝不损坏公物，也不用弹弓射杀鸟类，走路的时候我总看着地，这样就不会踩到蚂蚁或是甲虫，甚至当我在春天同盖尔或是其他的人一起采摘鲜花，送给妈妈或是爸爸时，想到我扼杀了这些花朵的生命，我的心就会持续下沉。

冬季来临，在降雪的日子里，我会帮助老人铲雪。一天——那是某个星期一的放学后，大雪下了一整夜——我试图说服盖尔和我一起去帮一个老人铲掉车道上的雪。我向他暗示，老人肯定会因为我们帮助他而给我们一点小钱的，这样他才答应和我一起去。爸爸刚刚买了新雪铲，它被称为“南国的雪铲”，红亮亮的，很漂亮，他在早上已经把我们车道上的雪铲干净了，我估计他那天不会再使用它，因此出门的时候我拿上了这把雪铲，和盖尔一起肩并肩地走着，盖尔正推着他们家的绿色铲雪车。房子就在拐弯处，我们摁下门铃，一个老人把门打开了，当他明白我们到那里去不是为了朝他的房子扔雪球——许多孩子都会那样干——而是想替他铲车道上的雪时，他的脸色变好了。这是件重活儿，但也充满乐趣；我们用铲雪车开出一条路来，这样我们才好把雪铲到一旁的路沟，在那里把它们倒掉，雪纷纷冲滑下去，就像迷你雪崩一样。灰色的天空阴沉凝重，雪是那么的湿润，如果把它握在手里，就可以捏出水来。从外面的灯塔那里传来了雾笛的声音。小孩子们踩着小雪橇或滑着雪从那里经过，汽车像网一样从坡路开上来，是下班的人回家了。我们花了一个小时的时间铲除车道上的雪。当我们走上去告诉老人时，他向我们道了谢，然后把门关上了。盖尔用控诉的眼神瞪着我。

“我们难道不会得到些钱吗？”他说。

“是……是。实际上，我们应该得到钱。但他没给我们钱并不是我的错……”

“我们刚才干的活是白干了？”

“看上去好像是，”我说，“但没什么大不了的哟。走，我们走吧。”

他跟在我的身后，抱怨着。当我们走到我们房子跟前的那条路上时，我看见爸爸站在门里。我的心仿佛停止了跳动。胃里的一阵抽搐让我几乎不能呼吸了。他的眼睛是恶狠狠的。

“现在你给我滚过来！”当我犹犹豫豫地走上车道时，他吼了起来。

走最后那几步时，我的眼睛是看着地上的。

“看着我！”他说。

我抬起头。

他一个巴掌掴到我的脸上。

我喘息着。

他一把揪住我羽绒夹克的翻领，把我抵在了墙上。

“你把我的雪铲拿走了！”他吼道，“它是新的！这是我的！我的东西跟你没任何关系！明白吗？不打声招呼就拿走！我还以为它被偷了！”

我又是哭又是气喘吁吁的，几乎没有听见他说的话。他又一下揪住我的衣服，把我推进了门，朝另一边的墙上摔了过去。

“不许你再这么干了！绝不允许！回到你上面的房间里去，待在那里，直到我叫你出来！明白了？”

“是，爸爸。”我说。

他把他办公室的门重重地关上，我开始脱衣服。双手哆嗦着。我摘下手套和帽子，扭动着靴子，把它们褪了下来，然后脱下羽绒夹克，还有厚毛衣。走到我上面的房间里，在床上躺下来。我身上涌着的是一团火。我抽噎着，眼泪唰唰地流在了枕头上，同时一股怒气涌上心头，在我的心里撕扯扭转，我不知道应该拿它怎么办。我恨他，我必须要报复他。我要复仇。让他走着瞧。我将会粉碎他。击溃他。

那时候一个念头闪过：一个好孩子将会怎么做呢？一个真

正的基督徒会怎么做呢?

那就是原谅宽恕哟。

我这样想着的时候，一阵温暖从心尖扩散开来。

我要宽恕他。

这是个伟大的想法。

这让我成为了一个伟大的人。

但这是我独自一人时的情况。当我和他待在同一个房间里的时候，他好像就会把我身上的善通通吞噬，他是唯一的存在，我没办法考虑其他任何事情。

接下来一年里，所有其他的日子都沿袭了我和爸爸在一起单独过的第一天的模式，照章而行。抹好了黄油的面包片放在餐桌上，午餐便当放在冰箱里，回家之后去买东西，在他做晚餐时坐在那里，回答他的问题，他随时会插进一句**背挺直啰，小子**之类的话，不时地用小刀在我背上一戳——有时我得在那里坐到他做好晚餐，有时他可能会突然说，**你可以走了**，好像他明白了我觉得坐在那里和他作伴的半小时有多么令人厌烦——然后就是吃晚饭，余下的晚上我和英韦在上面度过，而他不是去开会就是坐在下面的办公室里工作。每周一次的放学后，我们会去斯图阿购物。晚上，有时他会到上面来和我们一起看电视。我们不搭理他，挺直背坐在那儿，一动不动，一言不发。要是他问什么，我们就用一两个字回答。

渐渐地，他把注意力从英韦那儿转移，把越来越多的时间用在了我身上，因为我从不敢像英韦那样绷着脸。

但也不总是如此。

楼梯上传来他的脚步声,是个不祥的征兆。如果我在听音乐,我就把声音减弱。如果我正躺在床上看书，就立马坐起身来，这样看起来就没那么随便了。

他会来这里吗?

那是肯定的。

门开了，他就站在那里。

时间是八点，四点吃了晚饭后，他还没有上来过。

他的眼睛在我房间里扫视了一圈。目光停在了书桌上。

“你在那里干什么？”他说。走进房里，手里举着一副扑克，“我们来玩牌？”

“好的，我们来玩牌。”我说，放下了书。

他在床上坐下。

“我教你一种新的玩法。”他说。把扑克牌举起来，把所有的牌都扔在了房间的地上，弄得到处都是。

“这叫作 52 捡起来，”他说，“请吧，把它们捡起来！”

我原本以为他真的是要玩牌，但他这是在胡闹，我得跪在地板上把牌一一拾起来，而他却坐在床边取笑我，我感到极度失望，一句话从我嘴边溜了出来。

要是我动动脑子，就绝不会说出这样的话来。

但我没有，一张嘴它就这么滑了出来。

“你混蛋！”我说，“你为什么要这样做？”

他僵住了。一下揪住我的耳朵站了起来，同时手扭转着。

“你敢辱骂自己的父亲？”他说，他的手扭转得更紧、更狠，一直到我哭出声来。

“现在你把牌都给我捡起来，小子！”他说，仍然揪着我的耳朵不放，我弯下身去把牌一张张拾起来。

牌都捡起来了，他松开手走出房间。到了吃晚间点心的那会儿，他还坐在下面的办公室里，但当我们走进厨房时，他已经把吃的东西做好了。

第二天做晚饭的时候，他没有像往常那样把我叫到厨房去。饭做好之后，他在里面叫我们。我们坐下来，一言不发地进餐，浇上了棕色调味汁的鲸鱼肉，土豆和洋葱，吃的时候我们保持着静默，吃完后说了句“谢谢晚餐”，然后离开桌子。爸爸洗碗收拾完毕后，在客厅里吃橘子，我在空气里嗅出了味道，他还喝了一杯咖啡，我能听到咖啡壶里的水冒气的声音，他到下面的办公室去了，他在那里听了听音乐，然后穿上外套，走到汽车那，开车走了。

当汽车的轰响声在坡下消失时，我打开房门，走进客厅。一屁股在那棕色的皮沙发上坐下，把脚搁在桌子上。站起来，走进厨房，打开冰箱门朝里张望：那儿放着两大盘抹好了黄油的面包片，这是我们晚上的加餐点心。我打开旁边的橱柜门，取出一盒葡萄干，倒了一把塞进嘴里，另一只手把盒子里剩下的那些葡萄干弄平整。一路嚼着东西，我又走回了客厅，打开电视。六点半要重播《偷渡者》（*Blindpassasjer*）。这是一个关于宇宙飞船的电视剧集，相当恐怖，实际上这个剧集是周五晚播出的，我们不能看，但无论是妈妈还是爸爸都不知道重播的事，而且很幸运的是，这个时候他们都不在。

英韦走进来，在沙发上躺下。

“你在吃什么？”他说。

“葡萄干。”我说。

“我也要来点儿。”他说。

“别拿多了，”他站起身来时，我说，“爸爸会发现的。”

“不会的。”英韦说。他打开了里面的橱柜。

“你要一点杏仁吗？”他喊了一声。

“好的，”我说，“但别拿多了。”

屋外路上的灯光在黑暗里几乎是橙色的。在光晕下的马路上也是同样的颜色。背后有疏疏落落的松树。但那后面的树林就如陵墓般幽暗阴深。从最陡峭那一面的坡路传来了摩托发动机痛苦的挣扎声。

“来了。”英韦说，松开手，把一些杏仁倒进我张开的手里。我轻易地就辨认出了他的气味。很强烈又不刺鼻，有点像金属的气味。不是他身上的汗味，是另一种气味，是来自肌肤的味道。一种金属味。我们打架争斗时，我能闻到这气味，他挠我腋窝时，我能闻到这气味，有时候他躺着看书时，我会紧挨着他的胳膊躺下，好好地闻闻那味儿。我爱他，我爱英韦。

在《偷渡者》开始的五分钟前，英韦站起身。

“我们把大门关上，”他说，“把所有的灯也关掉，这样会更恐怖一些。”

“不！”我说，“别关灯！”

英韦笑了。

“你现在已经害怕了？”

我站起身来，拦住了他的去路。他用胳膊搂住我，把我举起来放到了身后，继续朝楼梯那儿走去。

“别这样！”我说，“求求你！”

他又笑了。

“我现在下去关门。”他从楼梯那儿回答我。

我跟着他跑过去。

“我是认真的，英韦。”我说。

“这我是知道的哟，”他说。他关好了门，又站在了我跟前，“但我们两人单独在家的时候是我说了算。”

他关掉了电灯。

在半明半暗中，他的笑脸被来自旁边房间的灯光照亮，有某种魔鬼般的神情。我跑上楼梯，在椅子上坐下。听着他是怎样一盏一盏地把灯关掉。走道上的灯，客厅桌子上的灯，和厨房天花板上的灯。然后就是在沙发上面的四盏壁灯，最后是电视机上的那盏灯。除了外面的路灯发出的微弱光线和电视机屏幕上闪烁的蓝色光之外，电视剧开始时，屋子里完全是漆黑一片。影片一开始就很吓人，一个人站在某个地方挥舞着一把大镰刀，然后他转过身来，不是一张脸，而是一个面具。我被恐惧深深地攫住了，但我还是看着它，我必须得看着。半小时后，电视放完了，英韦在我身后站了起来。

“不要说话，”我求他，“别做任何事！”

“知道吗，卡尔·奥韦？”他说。

"啊，不要！"我说。

"我不是你想象的那样。"他说，朝我走了过来。

"你就是！"我说。

"我不是英韦，"他说，"我是另外的一个人。"

"你不是另外的人！"我说，"你是英韦！说你是英韦！"

"我是个机器人，"他说，"这里是……"

他向前伸出手臂，褪下了毛衣："这不是个血肉之躯。这是金属和线路。它们看上去像肌肉和鲜血，但它们不是。我不是活生生的人。"

"你就是！"我说，开始哭起来，"你是英韦！英韦！说你是英韦！"

"现在你将跟着我，到下面的地窖里去，"他说，"哈哈哈……"

"英韦！"我喊道。

他笑嘻嘻地看着我。

"我不过开了一个玩笑，"他说，"你不会真以为我是个机器人吧？"

"你不要这么做，"我说，"马上把灯打开。"

他朝着我迈了一步。

"不要！"我喊起来。

"OK，OK，"他笑吟吟地说，"我们开灯。要不，现在我们先吃东西？你饿了吗？"

"先把灯打开。"我说。

他扭开了壁灯的开关，打开了电视机上的灯，每日新闻已经开始了。我们走进厨房去吃点心。英韦给我们煮了茶，只要我们在这之后把一切都收拾干净，我们就会平安无事，爸爸不会发现我们用电炉烧了水。然后我们把足球游戏拿到客厅的桌上来玩,把他的房间门敞开,那里面正放着我最喜爱的皇后乐队的《歌剧院之夜》。

我们听到了爸爸汽车的声音，急忙把一切收拾归拢，回到各自的房间里。平时我们独自待在家时，他会把英韦叫到他那儿去，问我们都干了些什么，一切是否顺利，但这个晚上他直接走进了客厅，在电视机前坐了下来。

他像这样回避着我们，让我们感到轻松，但也不尽然，我感觉到他并不情愿这样，似乎房子里的空气因为这种感觉而变得更加沉重，无人能改变这种情况。

他下一次到我们上面来的经历像暴风骤雨一样糟糕透顶。那时我已经开始生病了，感冒，还发着高烧，在最后的一小时里，温度还急速上升，我坐在英韦的床上，背靠着墙，读一本他的杂志。他在书桌跟前做功课，唱机里正放着新城老鼠乐队（Boomtown Rats）。

门被推开了，爸爸站在那里看着我们。

他情绪很好，眼睛里的闪光格外明亮。

“你们在听音乐，”他说，“听上去不错。叫什么来着？”

“新城老鼠。”英韦说。

爸爸用挪威语念了一遍这个名字，说，“你们记不记得当我说水晶宫就是水晶的宫殿时，你们还笑？你们还不相信！”

他笑着走进房间。

“你也喜欢这音乐，卡尔·奥韦？”

我点点头。

“来，我们来跳舞。”他说。

“我生病了，爸爸。我想，我发烧了。我没法跳舞。”

“没事的。”爸爸说，拉起我的手，拖着我一起转圈。

“停下，爸爸！”我说，“我在生病！我受不了！”

但他仍然在跳，拉着我转圈，越来越快，越来越疯狂。我实在没办法忍受了，差点要呕吐。

“别跳了，爸爸！”最后我吼了起来，“别跳了！”

他就像他突然开始的那样突然停了下来，把我往床上一扔，走了出去。

每个星期五妈妈回家来时，我总是待在近处，这样我就可以先接近她，要是我先和她在一起，爸爸就不能把我赶回房间了，而要是他们俩已经坐下来聊天了，他就会这么做。星期天晚上或是星期一早上妈妈走了以后，爸爸好像和我们又亲近了，或者至少跟我亲近了，因为他又会把我叫进厨房里去，在他做晚餐的时候向他汇报当天学校里发生的事情。我们在沉默中吃完饭，洗刷完毕后他又毫无例外地到下面的办公室去了。有时候他会上来和我们一起看看电视，但更常发生的是，他在那里一直待到吃点心的时间，这样一来，英韦和我几乎就像是自己在家。他待在家里时我打发时间的方式和他不在家时是没什么不一样的。绝大多数时间里我都躺在床上看书。妈妈不能再定期地开车把我们带到图书馆去了，而且我已经把学校图书馆里所有的书都读完了，所以我开始读妈妈和爸爸书架上的书。我读了阿加莎 · 克里斯蒂，读了司汤达的《红与黑》，读了一本法国短篇小说集，读了约恩·米赛勒（Jon Michelet）的一本书和托尔斯泰的一本传记。我开始写书了，是关于一艘航海大帆船的，我写下了最初的十页，这一部分讲述的是大多都是船上的人、甲板上的东西、他们吃的的食物、船上装载的货物，但英韦说当今已经没人再写有关帆船出海的书了，这样的书已经在大航海时代被写过了，现在人们爱写的是活着是什么感觉，所以我就不再往下写了。那个秋天我还编了一份报纸，是一式三份的，我把它们放进了三个邮箱里，一个是卡尔森的，一个是古斯塔夫森的，还有一份是普雷斯巴克莫的，但我从未听他们说起有关报纸的任何一个字，它们好像就这么消失了，好像从来没有存在过。

我在家里和外边过着两种生活，向来如此，所有其他的人也都是这样；星期六晚上坐在电视机跟前，和自己的父母和兄弟姐妹坐在一起的时候，他们是那样的迥然不同，要比在下面树林的时候温和得多，顺从得多，在外面的时候他们是完全自由的，没有任何事能阻止他们满足自己最任性的念头。这个差别在秋季尤为明显。春夏的生活一般都是在户外度过的，孩子的生活和成年人的生活间的联系有着另外一种尺度，而秋季来临时，天黑得越来越早，这种联系仿佛就被切断了，家里的门一关上，我们就可以溜进那完全属于我们自己的世界。这些短暂、黑暗和寒冷的晚上，被所有看不见和掩藏起来的兴奋和激动填得满满的。秋天是黑魆魆的，是田野、水流、洞穴。呼吸声、欢笑声、手电筒的光柱、松树枝窝棚、篝火，一群孩子奔来奔去地嬉戏玩耍，忽而朝东，忽而朝西，没一个定处。还有在房间里的那种快活。虽然我不能带我的朋友来家里——住宅区没有任何一个孩子进过我的房间——我却可以去他们的房间。有些人的家我偶尔才去，另一些人的家我经常去。那个秋天我常常在达格·洛塔尔的房间里。在外面的黑暗中奔跑过后，我们的脸蛋都是红通通的，我们会在他的房间坐下来玩大富翁 ，同时听着他披头士专辑里的一首曲子，他有两张专辑，红色的和蓝色的，在磁带播放机里放着。我最喜欢的是那张红颜色的，这些是他们最早的歌曲，它们既简单又让人感到快乐，在副歌的时候，我们可以像他们那样高声地唱，几乎是在嘶喊了，我们不关注英文歌词的词义，只管附和着它的音调，后来我们就越来越爱放那张蓝色的专辑了，因为专辑里那些忧郁的旋律不同以往。

这些夜晚是我生活中最快乐的日子之一。这很奇怪，因为这些日子完全没有什么特殊的地方，我们所做的跟所有男孩做的一样，就是坐在那里玩游戏，听音乐，打开话匣子，聊着我们脑子里蹦出来的那些东西。

但我喜欢那房子的气味，我喜欢待在那里。我喜欢我们刚刚经历的黑暗，它给万物带来了一种不同寻常的特质，我尤其喜欢潮湿的黑暗，这样我们不仅可以用眼睛看到它，整个身体都能感受到它。我喜欢那来自路灯的光线。我喜欢很多人在一起时营造的气氛，黑暗中的声音，周围那些碰撞着我的身体。我喜欢港口那儿传来的雾笛声。想想，在这样的夜晚，什么事情都可能发生。我喜欢迈着大步在四处走来走去，发现意想不到的器物，遭遇预料之外的处境。建造在浮船坞上方树林里的棚屋，夜晚那里空荡无人，但窗户里透出亮着的灯光，我们站着朝里面张望。扔在那儿的是些色情杂志吧？啊，是的。之前没有一个人敢敲碎窗户钻进去，把它们取出来，但突然间可能性出现了，我们知道很快就会有人这么做的，这么做的人甚至可能是我们自己。在这段时间里，在某个早晨，可能就有一张从色情杂志上撕下来的插图躺在路的中央。在这段时间里，你或许会在路沟里、草地上或者桥下面发现一本这样的杂志。我们不知道是谁把它们扔在那里的，它们仿佛是从上帝的手里被抛撒出来的，就像海葵、猫柳树、湍急奔涌的溪流或是光滑的岩石一样，是大自然的一部分。这些杂志也有一些特征：不是由于潮湿导致了纸页上的孔洞，就是由于干燥引起了纸张的脆裂和破碎，这些杂志还常常因为日光曝晒而褪色，因为沾染了泥土的污渍而变得脏脏的。

当我想到这些杂志时，就会有一种恐惧传遍全身。这和我们谈论它们的方式无关——我们确实常常谈论它们，我们因为它们而发笑，我们如饥似渴地阅读它们——恐惧是因为别的原因，但它藏得那样深，理性永远无法触及。

你可以想象得到，住宅区的很多青年家里可能都有色情杂志，而这些人毫无例外就是那些时间一到就会买一辆摩托，开始抽烟和逃学的人，简而言之，就是聚在加油站的那伙人。坏男孩们。所以我的内部出现了两股互不相容的力量。色情杂志是那股邪恶的力量，但它向我体内注入了一种强烈的恐惧感，让我一口又一口地吞咽，与此同时，我对它又怀有难以遏制的渴求。当我看到杂志里那些赤裸的女人时，我的膝盖就会发软。这真是太美妙无比了，这真是太恐怖了，一个世界向你敞开，地狱的大门也为你打开，光明闪耀，黑暗坠落，我们只想站在那里，快速翻看那些杂志，我们可以永远永远站在那里，站在松树浓郁沉重的枝干下，嗅着潮润的泥土和湿漉漉的山峦的气味，盯着这些照片。这些女人仿佛刚刚从这沼泽地中立起，在秋天泛黄的草地上直起身子，至少她们和这两者之间存在紧密的联系。很多杂志都已经是破旧不堪的了，但我们看过各种破损的杂志，知道它们总会让我们有感觉，并且这种感觉绝不会离开我们，因此，只要发现了杂志的流言传来，我们就会立即循着线索，展开追查。

盖尔是对这事最来劲的人之一。二年级时他就拿了他爸爸的《我们男人》（*Vi Menn*）杂志，我们坐在树林里看着里面那些半身赤裸的女人，为了不引起别人的怀疑，我们高声地谈论着唐老鸭和多莉在干的事情，装作在看连环画册。

而现在，棚屋里有色情杂志。

我们在它周围转了一圈，但门是锁着的，我们没有足够的勇气敲碎玻璃窗，翻上窗台去把杂志取出来。

但欲望已经被唤醒，我们试图寻找其他的路子。去树林里汽车残骸周围的木头堆那儿找找？

还是去 B-Max 超市旁汽车站另一面的路沟看看？

桥下面的树林？

妈的，还有垃圾场！那儿一定有这东西？会有上百本？上千本？

九月末的一个星期天早上，爸爸出外钓鱼去了，妈妈在客厅里，英韦骑着自行车到岛南部的某个地方去了，我走出大门，穿过湿乎乎的砾石地，穿着我的米色夹克，蓝色牛仔裤，朝住在上面的盖尔那儿去了，我的胃里涌起了期盼带来的快乐与激动。我们终于要出发去垃圾场了。明亮的太阳光洒向大地，但清晨时分下了一场雨，阳光没有照射到的路面还是阴暗潮湿的，我们家房子外的冷杉树下的阴影也是。

盖尔站在外面，他已经准备好了，于是我们就蹦蹦跳跳地动身了。我们爬上山坡，走进了一片长长的野地里，草坪上停放着被篷布盖住的船只，大多数是塑料船，但也有些小橡皮艇，和一艘带客舱的现代摩托艇，来自一个著名的品牌。草地是黄色的，房屋背后的树是橘黄色和红色的，天空一片蔚蓝。我们脱下了外衣，把它扎在腰间。向上经过了谢蒂尔家的房子，走上砾石路，穿过院篱门，它是这条路的终结，也是林中小径的开始。这片土地的另一边是一栋新的教区礼堂，那里是十星合唱团[1]那些长着浅黄色头发的女孩排练和集会的地方。

沿着小路的溪流溪水盈盈，绿茵茵的水流波动起伏，往下方的缓坡流淌而去。水的颜色来自石楠，来自草地，来自生长在溪流边、向外探出枝叶的树。只有通过微微颤抖的水面，才知道水流是处在运动中的。山坡开始变得陡峭，溪水咆哮着奔流而下，在那里，我们开始奔跑起来。铺在小路上的白色石头在阴影里失去了光泽，显得灰蒙蒙的，而在阳光的照射下，它们又发出了光亮，像是镀了一层金。在我们前面，有个人正在爬坡，于是我们

---

[1] Ten Sing，基督教青年会，成员以女性居多。

放慢了脚步。那是一对老人。她灰白的头发，穿着针织外套，他穿着灯芯绒的短外套，胳膊肘那儿有一块皮质的补丁，手里还拄着一根拐杖。他的嘴张着，下颚在颤抖。

我们掉过头去看他们。

“这是托默森哟。”盖尔说。

自从二年级那会儿他教过我们以后，我们就再没有见过他。

“我还以为他早死了呢！”我说。

我们穿过树林时走的是那条我们走过的近路，走出树林，林子的下方就是垃圾场。白色的塑料袋和黑色的垃圾袋堆得像座小山，在烈日下闪闪发光。数以十计的海鸥尖叫着拍着翅膀。我们爬下了斜坡，在所有的垃圾袋中间穿行，有的地方的垃圾堆得很高，或许是我们的四倍，有的地方的垃圾袋则是四处散落的，没有堆在一起。我们寻找着袋子和纸板，我们还找到了相当数量的杂志，其中有——老年人读的周刊，《家庭》《阿勒斯》和《挪威周刊》，女孩子们读的周刊杂志，《明星》《新新》和《浪漫》，还有一沓沓的报纸，大多都是《世界之窗》和《东阿格德尔邮报》，也有些《我们的家园》《晚邮报》和《挪威日报》，我们找到了《A杂志》和《女人和服装》，女孩子们看的关于马的杂志，《唐老鸭》画报和厚厚一张六十年代末期的《幻影》专辑，我立刻把它放到了一旁，还有一本《天宝》专辑，几本《三木队长》画报和《秘密特工 X9》袖珍本，对此我很是满意，但这一切改变不了我们来此的初衷，是要找到像《男人大全》（*Alle menn*），《游戏》，《鸡尾酒》和《融洽报告》这样的色情杂志，甚至一些外国杂志，因为我们已经开始传阅一些丹麦杂志，其中的一本叫作《周末性爱》，我们还想找一些还没人找到过的瑞典和英国的杂志。但是，我们连一本色情杂志也没有找到！这是怎么啦，是有人在我们之前就来过这里了吗？我们必须得找到！

一个小时后，我们放弃了，倒在石楠上，开始读我们找到的那些普通杂志。或许是因为我的心一直惦记着完全不同的东西，一整天都充满了期待，所以仅仅是坐在那里并不让我感到满意。缺了点什么，我站起身来，在树木之间前后地徘徊着，望着下面的溪流，或许现在我们应该到那小溪里去蹚水？

“我们去下面蹚水玩吗？”我喊道。

“可以呀。让我先把这个读完。”盖尔说，他的眼睛没从杂志上离开。

我走到我们找到的那两袋空瓶子那儿。大多数是来自阿伦达尔啤酒厂的棕色长瓶子，带着金色标签，但也有一些绿色的、短而粗的喜力啤酒瓶。我从它们当中取出一个。玻璃瓶外沾了些污泥和草叶，我想它一定在一个花园的边缘躺了好一阵子了，冬季来临，有人在收拾花园时才把它拾了起来。

欲望仍然在我的胃里。

我把瓶子放在手里旋转着。深绿色的玻璃在太阳下熠熠生辉。

“你觉得可以把小雀雀塞到这里面去吗？”我说。

盖尔把杂志放到膝盖上。

“行……行啊，”他说，“要是，瓶口不太紧的话？你要试试吗？”

“要，”我说，“你要试试吗？”

他站起身，走过去。拿起一个瓶子。

“这里有没有人会看见咱们？”他问。

“不会的，你疯啦，”我说，“我们是站在树林里啊。但为了保险起见，我们可以移到那边去。”

我们走到一棵巨大的松树树干旁。我松开皮带，把裤子褪到膝盖处，用一只手掏出了那个小东西，另一只手握着瓶子。我把阴茎往瓶口里塞进去，又硬又冷的瓶颈抵着我那柔软温暖的皮肤，事实上，瓶口太狭窄了，不过，我前后地扭动了一会儿屁股，同时使劲往前挤压，它滑进去了。因刺痛而起的战栗掠过了我的脊背，狭小的瓶嘴把阴茎箍得紧紧的，甚至变得越来越紧。

“它进不去，”盖尔说，“这不行的。”

“我行了！”我说，“瞧这儿！”

我朝他转过身去。

“但我没法动它了，”我说，“这里已经没空隙了。它完全被卡得死死的！”

为了证明它被卡得多紧，我把手从瓶子上松开。瓶子挂在我的大腿根处。

“哈哈哈！”盖尔笑起来。

我试着把我的小雀雀拔出来，这时一阵尖锐的疼痛窜过整个阴茎。

“嗷！啊，我操他妈的！”

“怎么啦？”盖尔说。

“嗷！嗷！啊，撒旦！”

这是一种刺痛，就像来自一把刀，或一块玻璃碎片。我尽全力地拔，终于把小雀雀从瓶口拔了出来。

在龟头的中央，停着一只黑色的甲虫。

“唉哟！撒旦！撒旦！撒旦！”我呼喊起来。我捏住这只甲虫，或者管他是什么——它是黑色的，有很大的爪子——把它从那上面拿下来，用尽所有的力气把它扔得远远的，同时我前后地跑动着，两只手臂在空中挥舞。

“怎么了？”盖尔说，“出什么事了？出什么事了，卡尔·奥韦？”

“一只甲虫！它在我的小雀雀上咬了一口！”

他先是张开嘴巴看着我。然后他开始笑。这恰恰是会逗笑他的事情。他笑得跌在石楠上。

“你不许跟别人讲！”我说，把皮带系在腰间，“明白吗？”

“不……不会的！”盖尔说，“哈哈哈！”

当我们往山上走去的时候，我让他发了三次誓，保证他不会把这事说出去，我们各自提着一个袋子，太阳炙烤着我们裸露的脖颈。我还做了一个简短的祷告，因为我说了脏话。

“现在我们要去菲纳加油站拿空瓶子换钱吗，你说呢？”盖尔说。

“他们那里收啤酒瓶吗？”我说。

“的确不一定，”盖尔说，“那，我们先把它们藏起来吧。”

我们又走过野地，跳过小溪，到了另一边，把装着瓶子的袋子放在教区教堂的树丛当中。我们揪了一些欧洲蕨类草和草叶尖子，尽可能地把它们遮起来，还朝四周看了看，确定没有人在我们附近，然后从容地离开——我们知道，要是一开跑，就会吸引别人的注意力——踏上教区教堂旁边的那条路，再顺着它往下走去。

谢蒂尔站在他住的那栋房子的地下室外头，把自行车的车轮朝天地放在自己跟前。他旋转着后车轮，用一只手握住踏板，另一只手拿着小塑料管，在给链条上油。他那黑色发亮的头发垂挂在脸颊上。

“嗨。”他说。

“嗨。”我们说。

“你们去哪儿了？”

“垃圾场。”

“去那儿干吗？”

“想找点色情杂志。”盖尔说。我看着他。他究竟在说什么，吃错药啦？这是秘密啊！

“你们找到了吗？”谢蒂尔说，朝我们笑了笑。

盖尔摇着头。

“我房间里有一摞，”他说，“你们想借吗？”

“啊，当然了！”盖尔说。

“真的吗？”我说。

他点了点头。

“你们现在就想拿吗？”

“我要回家吃饭了。”我说。

“我也是，”盖尔说，“但我们可以拿走，把它们藏在树林里。”

谢蒂尔摇着脑袋。

“想都别想。那会把它们弄坏的哟。你们应该把它们拿回家去。不过你们要回去吃饭也 OK。今天下午我可以给你们送来。”

“那是再好不过的。但我们得在外面和你碰头。你不可以摁门铃的。明白吗？”

“噢？”他说，眼睛笑得眯成了一条缝，“你害怕我会把杂志给你爸爸，是不是？”

“不是，但……他会问个没完的。因为你以前没到我家来过。”

“好吧，”他说，“那么，五点的时候在外面碰头，我那时来，OK？”

“那是播足球联赛的时间。”我说。

“那就六点。别说那个时候你们要看电视上的儿童节目！”

“OK。六点钟。”

妈妈正坐在厨房里看书，收音机开着，电炉上煮着牛奶粥。锅的一面已经完全是白色的牛奶印了，电炉板上也留下了牛奶和米粒的痕迹，但差不多都被煮干了，所以我明白，牛奶粥已经熬好了。

“嗨。”我说。

她放下了书。

“嗨，”她说，“你们上哪儿去了？”

“嗯，”我说，“只是在附近转了转。我们找到了一些空瓶子，准备星期一去换钱。”

“好啊。”她说。

“今晚你要做披萨吗？”我说。

她笑了。

“我想来着。”

“真好！”我说。

“你拿到的那本书，读了吗？”

我点点头。

“我昨天开始读的。看上去相当不错。实际上，我现在就想进房间去继续看的。”

“去吧，”她说，“还有一刻钟的时间才吃饭。”

星期五回家时她总会带点什么东西回来，这一次她拿回来的是一本书。书名是《地海巫师》，是一个叫厄休拉·勒古恩的人写的，才读了最初的几页我就知道，这是一本非常出色的书。即使我很喜欢这本书，但我还是犹豫着把手里的书放下了，因为妈妈在家呀，我愿意尽可能多地同她在一起。从另一方面来说，只要她在家里，她的存在本身就会把我的生活变得截然不同，至少当她在时，爸爸绝不会干出什么不好的事来，当她在时，他绝不会让他暴躁狂烈的脾气发作，他会克制住自己，即便我躺在床上，而她坐在厨房里，我依旧是安全的。

我和英韦、爸爸一起看挪威足球联赛。同往常一样，他买了太妃糖，给我和英韦各一张足球彩券，上面一共有十二场比赛，每场比赛有八排。我对了五场，他们都取笑我，因为我对的比一半都要少，我要是用掷骰子来决定填什么，最后的结果也不会有不同。爸爸说填对五个和填对十个一样困难。但如果对了十个，就可以从挪威足球彩票中心拿钱，但填对五个的人反而还得付钱，他说。英韦对了七个，爸爸对了十个，但很遗憾的是，恰恰这一次没人会付钱给填对了十个的人。

当所有的结果都尘埃落定时，差两分就到六点了。外面，谢蒂尔骑着他的自行车，呼啸着下了坡，车后的行李架上固定着一个沉甸甸的塑料袋。我站起身来，说我要出去转一圈。

“你现在要出去干什么？”爸爸说，“儿童节目马上就开始了。”

“我不想看，”我说，“另外，我和盖尔约好了的。”

“约定，”爸爸说，“好，那行吧。但是你要在八点以前回来。”

“你要出去？”妈妈说，她站在门那里，“我想着你可能会一起来做披萨？”

“我很想一起做的，要是没有约会的话。”我说。

“我们的儿子开始约会了，”爸爸说，“你肯定是同盖尔？不是同一些小女朋友？”

“是，百分之百的是同盖尔。”我说。

“那，八点钟回家。”妈妈说。

爸爸站起来。

“很快我们就要拥有一个单独待着的夜晚了，西塞尔。”他说，把裤子往上提了提，把一只手插进头发，拨弄了一把。那时候我已经朝着过道走去，没有听见她的回答。因为兴奋，我的喉咙一阵紧缩，整个身子都是僵硬的。在下面的过道那里，我穿上了运动裤——假如我们足够幸运的话，现在树林里已经干了——蓝色的针织衫和妈妈刚刚缝制好的蓝色夹棉背心，打开门朝谢蒂尔奔去，他坐在自行车上，一只脚踩着踏板，一只脚点着地，盖尔站在他的身旁。两人都朝我这边望着。

"我们到下面的船屋去吧，"我说，"那里没有人能看见我们。"

"OK，"谢蒂尔说，"那，我骑着车兜一圈。我们在下面碰头。"

盖尔和我跑下土坡，来到了小径上，我们跳过小溪，朝下面的坡跑去，大地仿佛在我们的脚下颤抖，我们跨过野地，穿过砾石路，在走近草坡时，我们放慢了脚步，这时候谢蒂尔刚好出现在了坡顶，就在那栋白色的老房子边。

谢蒂尔比我们大两岁，常常自己一个人待着，至少在我们眼里他是这样的。高高的颧骨，细长的眼睛和油亮的黑发让他看上去像个印第安人，这也让女孩子们对他充满兴趣。而这种情况是在不久前开始的。从某一天开始，谢蒂尔成为了她们议论和关注的人，突然间，你可以在任何地方听见他的名字，奇怪的不是他突然被关注——他从前一直存在于某种阴影之下——而是这些女孩子们几乎是骄傲地谈论、关注着他，好像由于她们做出了这样一个不寻常的选择，她们就变得引人关注了，甚至比他还要引人关注。而他仍继续着他自己的生活，骑着车忽东忽西地晃荡着，总是独自一人，对我们也总是友善。

他把自行车的脚撑踢下去，这是一辆橙色的DBS赛车，有一边把手上的胶带已经脱落，悬挂在那儿，他把行李架子的压板拉起来，拿上袋子，晃晃悠悠地朝我们走来，我们俩已经躺在了草地上，各自嘴里叼着一茎长长的草叶。

"现在是色情杂志的时间！"他说，抓住袋子的底部，把里面所有的杂志统统倒了出来，铺在草地上。

太阳低低地挂在我们身后山丘上方的天空里，将他的身影在地上拉得长长的。外面狭长海湾的小岛上传来海鸥的尖叫声。我抓住一本杂志，在草地上翻了个身，整个身体都瘫软下来。我一张张地看着照片，每一次只看照片上的一个部分，比如乳房，我只需瞥上一眼，就能感受到兴奋的震颤电流般传遍了全身，比如大腿，两腿根之间的小孔几乎牢牢地抓住了我的视线，它或多或少地张着，或多或少地泛着红，还有微微的光亮，它旁边经常放着一个或两个手指头，或者嘴唇，常常是张开的，脸上常常有一种扭曲的痛苦，还有这两瓣屁股，它们是那么的浑圆，那么的美好，让我没法再这么静静地躺着，这不仅是身体上的部位，这更像是让人置身其间的某个整体，像是一片没有开始也没有终结的海，一片人在第一眼看到时、在看到第一张照片时就忍不住深陷其中的大海。

“看到了那些面包一样软乎乎的小洞洞了吗，盖尔？”我说。

他摇了摇头：“可这里有个超大的乳房。看吗？”

我点点头，他把杂志递给我。

谢蒂尔坐在离我们几米远的地方，两腿交叠着，拿着一本杂志。但只过了几分钟他就扔下杂志，站起身来。

“我已经看过很多次了，”他说，“很快我就需要些新的了。”

“你从哪里得到这些杂志的呢？”我说，朝上望着他的同时，用手遮挡着太阳。

“我买的呗。”

“你买的？”我说。

“是啊。”

“但它们都是旧的哟？”

“它们就是旧杂志，你这蠢货。在城里有一家理发店，也卖旧杂志。他们那里有好多像这样的色情杂志。”

“你能买得到？”

“那是自然。”他说。

我看了他几秒钟。他在骗我吗？

看上去不像。

我继续翻看着杂志。猛地在一张照片上看到两个在网球场的女孩。她们穿着短短的网球裙，一条是浅蓝色，一条是白色的，白色的球衫，手腕上有防汗腕带，白色的网球袜和白色的网球鞋。两人手里都拿着网球拍。她们不会是要打网球吧？

我继续往下翻。

其中一个躺在草地上，已经把球衫朝上掀开，露出了乳房。她的头朝后面仰着。她也没有穿内裤吧？

光溜溜的，没穿。

很快地，她们两个都一丝不挂了，膝盖紧靠着球网，屁股翘在空中。真是太绝了。太妙了。妙极了。

“看这儿，盖尔，”我说，“两个打网球的！”

他迅速地朝我投来一瞥，点了点头，因为他正全神贯注地看着自己的杂志，不想浪费时间。

谢蒂尔已经走到了破败的老屋子，他站在那里，向水里扔石头，玩打水漂，那小石块一定是他从水边泥地的河滩上拾起来的。平静的水面，这些斜飘着扔出的扁平石子每一次落入水面时，都会溅起小小的圆形水纹。

他再一次站在我们面前时，我或许已经看了三本或四本杂志。我朝上望着他。

“我喜欢趴在地上看。”我说。

“哈哈哈！原来你喜欢向下磨着呀！”他说。

“对。”我说。

“我可以想象，”他说，“但现在我得走了。”

“你们要是愿意，就留着这些杂志吧。我都看腻了。”

“可以给我们吗？”盖尔说。

“请便。”

他把脚撑朝上一蹬，手在空中扬了扬，另一只手扶着车把中央，开始向坡上骑去。他看上去像是牵领着一头牲口。

我们俩一致决定，由盖尔把这些杂志带回家，一小时后，当我们在我家房子外分手时，并没有再提起这件事。

妈妈做的披萨底部很厚实，边缘是高高地竖起来的，这样就可以在里面装满肉馅、西红柿、洋葱、蘑菇、红椒和奶酪，看上去就像是平原被从四周延展出去的山峰围裹着。星期六的晚上，我们总是坐在客厅的餐桌上吃饭。我们是绝不会在电视前吃饭的，那是一件不能想象的事。爸爸切了一块披萨，放在我的餐盘里，我从一升的可乐瓶里倒了些可乐在玻璃杯里，在这个瓶子上，可口可乐几个字是白色的，印在淡绿色的玻璃瓶上，而不是印在平常能看到的红色标签上。南部地区是买不到百事可乐的，只有在举行挪威杯足球赛的时候我们才能喝到，因此，除了可以坐地铁，可以在吃自助早餐的时候想吃多少玉米片就吃多少，喝百事可乐是另一个去观看比赛的好处。

吃完披萨后，爸爸问我们是否愿意做一个新游戏。

我们愿意。

妈妈在收拾餐桌，爸爸从下面的办公室拿来一本本子和四支笔。

“你也愿意来吗，西塞尔？”爸爸朝着里面的妈妈喊了一声，她在洗刷餐具。

“行啊，”妈妈说，朝我们走了过来。她的一只手臂和两手指尖上都沾着肥皂沫，“我们玩什么呢？掷骰子游戏？”

“不，”爸爸说，“我们每人拿一张纸，在纸上写下六个条目：国家、城市、河流、海洋、湖泊和山脉。每一类写一行。然后我们选一个字母，我们要在三分钟的时间内写下尽可能多的以这个字母开头的名字。”

我们以前没玩过这个游戏。但看上去很好玩。

“有什么奖励吗？”英韦说。

爸爸笑了。

“只有荣誉奖。胜者将是家庭冠军。”

“你们先开始吧，”妈妈说，“我去给大家煮点茶。”

“我们先试着玩一回，”爸爸说，“等你回来后我们再来认真的。”

他看着我们。

“M，”他说，“字母是 M。你们跟上了吗？”

“跟上了。”英韦说，他已经开始动笔写了，把一只手挡在纸前面。

“跟上了。”我说。

勃朗峰，我在山脉这个条目下面写上。曼达尔、莫里斯敦、米约恩达伦、莫尔德、马尔默、大都会和慕尼黑是城市的名字。海洋我想不出来，河流也想不出来。然后就是国家。有什么国家是以字母 M 开头的，真的有吗？我在脑子里将我知道的所有国家的名字都捋了一遍。可还是没有。姆厄维是条河吗？摩城，这至少是座城市。中东的城市？啊，有了，密西西比！

“时间到。”爸爸说。

只需要迅速地瞥一眼他们的纸，就能清楚地知道我输了。

“把你写下来的念念，卡尔 · 奥韦。”爸爸说。

当我读到莫里斯敦的时候，爸爸和英韦都笑了。

“别笑我！”我说。

“莫里斯敦只存在于《幻影》里哟，”英韦说，“你以为能在真实的世界里找到它？”

“是吗？那又怎么样？萨拉在纽约的联合国大厦里工作，那就是存在的哟。为什么莫里斯敦就不能存在？”

“说得好，卡尔 · 奥韦，”爸爸说，“为这一点，你得半分。”

我冲英韦扮了个鬼脸，他回敬我一个嘲弄的笑。

“现在茶来了。”妈妈说。我们每人进去端自己的杯子。我往茶里放了牛奶和糖。

“那我们现在正式开始，”爸爸说，“我们玩三次。这样就可以一直玩到睡觉的时间。”

看起来，妈妈会的名字跟我差不多。或者说，她不像英韦和爸爸那样全身心地投入。但无论结果如何，对我来说都是很好的，因为是我们两个人在对抗他们两个人。

在爸爸算好第一轮的分数之后，她说她已经改了她的姓。

“我已经改回我以前娘家的姓了。所以现在我叫哈特勒于，不再叫克瑙斯高了。”

我的身体僵住了，全身发冷。

“你不叫克瑙斯高了？”我说，张大嘴望着她，“可你是我们的妈妈哟！”

她笑了。

“是，当然是，一点不假！我将永远是你们的妈妈！”

“但为什么呢？为什么你的姓和我们的不一样了？”

“我一出生就叫西塞尔·哈特勒于，知道吗。这就是我的姓。克瑙斯高是爸爸的姓。是你们的姓！”

“你们要离婚了吗？”

妈妈和爸爸都笑了。

“不，我们不会离婚，”妈妈说，“我们只是使用各自的姓。”

“但这个决定不太明智，”爸爸说，“因为从现在起，我们就不能同祖母和祖父碰面了。他们不喜欢你们的母亲改姓，所以他们不会再来看我们了。”

我看着他。

“那，圣诞节呢？”我说。

爸爸摇着头。

我开始抽噎起来。

“没什么值得哭鼻子的，卡尔·奥韦，”爸爸说，“这肯定会过去的。他们现在只是生气了。一切都会过去的。”

我把椅子往后面一推，椅子歪斜了一下，我站起来，跑进我的房间。关上房门时，我听见后面有人跟着。我躺在床上，把头埋在枕头里，开始高声地啼哭起来，眼泪从来没有像现在这样没完没了地往下淌。

“卡尔·奥韦。”爸爸在我身后说，坐在床沿上，“别那么伤心。同祖母祖父一起就那么好玩吗？”

“就是好玩！”我的脸埋在枕头里喊道。在哭泣和抽搐中，我的身体缩成了一团。

“但要是他们不愿意见你母亲，去看他们就没有那么有趣了吧？你明白这点吗？他们不想看见我们。”

“为什么她要改姓？”我喊道。

“这是她自己的姓，”爸爸说，“她要是想这么做。那无论是你还是我，还是祖母祖父，都不能够剥夺她的权利。你说对不对？”

他把手放在我的肩头上，但只是很短暂的一瞬。然后他站起身，走出房间。

当眼泪流干时，我就找出妈妈给我买的那本书，继续往下读。我意识到英韦走回去睡觉了，拉门关上了，他们一起在客厅里听音乐，但并没有什么欢悦的迹象。从阅读第一个句子起，我就深深地陷进了这个故事里，而且陷得越来越深。主人公叫格德，住在一个岛上，他有着特殊的天赋，人们发现了他的天赋，把他送到了一个巫师学校里。在那里，他不同凡响的天赋得以施展，一次，在给其他的人展示才能的时候——由极度傲慢驱使的行动——他打开了通向另一个世界，地下世界，死亡之国的大门，从那里释放出了一道阴影。格德就快要死去了，他虚弱无力，带着生命在他身上印下的伤痛，阴影一直纠缠着他。他想办法从那里逃了出来，藏在世上的人看不见的地方，放弃了一切理想和抱负，因为他知道自己会的只是最简单的巫术，只是一些空洞的手势和毫无内容的骗术，而还存在着另一种魔术，一种更精深的、与世间万事万物交织在一起的魔术，而巫师最重要的工作是维系事物之间的平衡。所有的事物都有自己的名字，而这个名字和他们的本质是一致的，只有了解了所有事物真正的名字，才能掌握它们、控制它们。格德可以做到这点，但他自己并不知道，因为每一个咒语，每一次使用巫术，都会影响原本的平衡状态，因此一些事情就会在其他的地方发生，而它们是没有办法被预知的。村子里的居民认为他是一个很差劲的巫师，因为他甚至不愿意做那些最简单的魔术，就像那些以此为生的乡村巫师做的那样。他年轻，神情严肃，脸上有一条很大的伤疤，对寒冷尤其敏感，但一旦涉及重大的事情，当他真的必须使用自己的才能时，他是当仁不让的。有一次，一个孩子濒临死亡，他就跟随着孩子进入了死亡之国，把他救了回来，但是他其实不应当这样做的，这是十分危险的，因为有一些平衡是不能被打破的，生死之间的平衡即是如此。但他还是这么做了，在过程中他自己也一度濒临死亡。村民们第一次知道他到底是怎样的人。而那个从死亡之国溜出来的阴影，一直追逐着他，监视着他，在世界各地飘忽不定，只要他使用了他的能量，阴影就会发现，就会更靠近他。他得逃走。他这么做了，他乘上船，打算越过海洋，去到离岛屿最远的海岸。阴影离他越来越靠近。多次对峙之后，格德离死亡只有一步之遥，来到了一决胜负的时候了。格德一直试图寻找阴影的名字。他翻遍了记载着最古老的生物的资料，他询问了那些更聪慧的巫师，但仍然一无所获，他面对的是个未知的造物，它没有名字。但在那个时候他突然明白了。在海上，独自一人乘着船，阴影越来越接近，他明白了。阴影就叫格德。阴影有着他的名字。阴影就是他自己。

读完这最后的一页书，我关掉了灯，时间已经接近午夜十二点，我的眼里充满了泪水。

阴影就是他自己！

在这一年的秋季和冬季里，一周至少一次，通常是两次，我都一个人待在家里。爸爸去开会了，英韦在学校的乐队练习或参加排球队和足球队的训练，或去了伙伴家里。我喜欢独自一人在家，没人对我指手画脚，也没人指派我去干什么事，这种感觉太爽了。但我也不是那么喜欢一人在家，因为夜幕的降临越来越早，窗户上映射着我在屋内四处走动的身影，这令人很不愉快，因为这总让我想到死亡和死去的人。

我知道其实不是这样的，但知道这点又有什么用呢？

当我完全迷失在阅读中时，情况尤为可怖，因为当我把头从书本上抬起，站起身时，我觉得自己好像不属于任何地方。我孤身一人，这就是我那时的感觉，完全彻底的孤身一人，矗立在外面的黑暗像一堵墙一样将我与万物隔绝。

啊，我可以去洗个澡，要是在爸爸回家之前我还有足够的时间的话，他不喜欢我有事没事总去洗澡，按他的规矩，一周洗一次就足够了，他严密地监视着我洗澡的频率，就像监视着我做其他所有事情一样。但要是现在我充分利用这自由，把水放进浴缸，坐进去，打开录音机的开关，让温暖的水漫过我的身体，我就可以从外部看到自己，张着嘴巴，就好像我的脑袋是一个头盖骨一样。我唱起歌来，声音回响着，我把头浸入水下，不禁一阵惊骇：我什么也看不见！可能有什么东西附在了我身上！有人在那里吗！一,二,三,四。我在水下待了四秒钟，这四秒打开了时间的虫洞，可能有人从这个洞里溜了进来。或许没有溜进浴室，没有，浴室里空无一人，但他们可能已经进入这栋房子了。

在这种情况下，我能做的最好的事情是，把厨房或我房间里的灯关掉，朝外面望，因为在那外面，因为当窗户上没有反射的光线时，就可以看到外面的房子，其他家庭，有时候外面也有其他孩子。再没有比做旁观者更安全的事了。

就是在这样的一个晚上，我跪在厨房的凳子上，在黑暗中凝视着窗外，外面风雪交加。风在大地上肆虐而过，发出了凄厉的呼号，房檐下的水槽吱吱嘎嘎，烟囱管道发出簌簌的声音。外面漆黑一片，街灯昏黄的灯光下看不到一个人影，只有漫天飞舞的雪花。

一辆汽车往上面开过来。它从环形路那拐了进来，朝着我们房子的方向开来。车要开到我们这里来？

毫无疑问。车开进车道，停了下来。

可能是谁呢？

我跑出厨房，跑下楼梯，走到外面的走道上。我在那里站住。

没有人会来拜访我们呀？

这会是谁呢？

我害怕了。

我一直走到大门那里，把鼻子贴在门的玻璃上。不必开门，只要站在那里，我就能看出来者是谁。

汽车门开了，一个黑影跌了出来！

这影子四肢着地，走过来了。

啊，不！啊，不！

它像一只熊那样摇晃着走了过来。在门铃下方站住，直起了身子！

我后退着往回走。

这是个什么啊？

叮——咚，门铃响了。

黑影又用四肢着地了。

是那个可怕的雪人？那个长毛怪物？

可在这里？在蒂巴肯？

黑影又站立起来，摁了门铃，又再次四肢落地。

我的心狂跳起来，像在敲鼓。

但我立刻就明白了。

啊，当然是这样了！

这是市政府那个身子瘫痪了的人。

一定是这样。

那可憎的雪人不会开车来的。

我打开了门，就在那一刻，黑影子开始蠕动着往后退。它转过身。

是他。

“嗨，”他说，“你父亲在家吗？”

我摇摇头。

“不在，”我说，“他去开会了。”

这个人，有胡子，戴着眼镜，嘴角处还有一点点唾沫星子，常常用他那辆特殊的汽车载着年轻人到处跑，他叹了一口气。

“给你父亲问个好，说我来过这里了。”他说。

“好。”我说。

在手臂的帮助下，他拖拉着身子走到车旁，打开车门，把自己举到了座位上。我睁大了眼睛盯着他。他不断变换着动作，然后车开始动弹了，缓慢地、吃力地，他发动了马达，车退着上了坡，再往下上了公路，汽车消失了。

我关上门，上楼回到房间。我刚躺倒在床上，下面的门就开了。

听声音我就明白，这是英韦。

“你在吗？”他站在楼梯上喊道。我站起身走了出去。

“我饿坏了，”他说，“我们现在就吃晚点吧？”

“现在才八点刚刚过一点哟。”我说。

“越早越好，”他说，“然后我可以烧点茶。再说，我真的饿了。”

“那，茶煮好了喊我一声。”我说。

一刻钟以后，我们坐下来吃面包，每人面前有一个大茶杯。

“今晚有一辆车来过这里，是吗？”英韦说。

我点点头。

“市政府的那个瘸子。”

“他想干什么？”

“我不知道。”

“今天有人说你来着。”他说。

我全身都凉了。

“是吗？”我说。

“是。是埃伦。”

“那，她说什么了？”

“她说你走路的样子很怪。”

“她没这么说！”

“她说了。这是事实，对不对？你走路是有点古怪，你没这么想过吗？”

“我没有！”我吼了一声。

“啊，你就是有的，”英韦说，“小虾米，不能正儿八经好好地走路。”

他站起来，开始在厨房的地板上走，他每走的一步都像是要朝后面倒过去了。我看着他，眼里含着泪花。

“我走路的样子跟别人一样正常，没有与众不同。”我说。

“这是埃伦说的，不是我，”他说着，坐了下来，“他们在议论你，知道吧。你有点古怪。”

“我不古怪！”我喊道，用我最大的劲把面包朝着他扔过去。他把头一偏，面包砸在了电炉上，发出一点儿扑擦的声响。

“现在我们的小男孩生气了？”他说。

我手里端着茶杯站起来。英韦看见，也站了起来。我把一杯热茶向他泼了过去。茶泼在了他的肚子上。

“你生气的时候好可爱，卡尔·奥韦，”他说，“可怜的小虾米。或许，让我来教教你走路？我走路走得很好，你知道的。”

我的眼里噙满了泪水，但这不是为什么我看不到任何东西的原因，我看不见是因为我已经怒火中烧了，红色的雾团遮蔽了我的双眼。

我向他扑了过去，用尽全力在他的肚子上捶打。他抓住我的手臂，扭转我的身子，我试着挣脱，但他把我牢牢地抓住，我试着去踢他，但他把我更紧地搂住，我试着去咬他的手，但他一把推开了我。

“好了，好了。”他说。

我再次向他扑过去，唯一的念头就是去揍他的臭脸，揍烂他的鼻子，要是有一把刀的话，我会毫不犹豫地把它戳进他的肚皮里，但他对这一切了如指掌，以前也发生过这样的事，所以他像往常一样牢牢地抓着我，把我紧紧地箍住，同时还叫我小虾米，说我生气时有多可爱，一直到我试图张嘴去咬他，那时他没法再躲避，就把我推开。但这一次我可不会就这样善罢甘休，我跑出厨房。客厅的桌上放着一个水果盘，我抓起那里的一个橘子，用尽力气往地板上砸去。橘子裂了，往上方迸溅出一小股汁水，顺着墙纸流了下来。

英韦站在门那里看着。

“你干什么了？”他说。

我看着他。然后看了看墙纸上的那一条痕迹。

“你最好把它都擦干净，你这蠢货。”我说。

“这不可能擦掉的，”他说，“那痕迹只会越擦越大。爸爸看见会气得暴跳如雷的。你为什么要这么做呀？”

“他不一定看得见。”我说。

英韦只是瞪着我。

“但愿如此吧。”他说。弯下身去拾起橘子，走进了厨房。接下去是稀里哗啦的一阵响动，我明白他已经把橘子放进了垃圾桶的最底部。他拿着抹布回来，擦了擦地板。

我的身体哆嗦得厉害，差点连站都站不起来。

那条污痕细细的，但很长，我难以想象：爸爸回来时怎么可能看不到它呢。

英韦把茶勺和两个杯子洗干净。他把面包片扔掉，把面包渣擦得干干净净的。我坐在餐桌前的一张椅子上，用两只手托着脑袋。

英韦在我面前站住了。

“对不起，”他说，“我不是故意要惹你哭的。”

“我知道的，这个。”

“但你刚才那么生气，”他说，“你得明白这都是逗你玩的哟？我已经道过歉了。”

“不是这个。”我说。

“那又是因为什么？”

“我走路很古怪。”

“好了，已经翻篇了，”他说，“所有人走路的样子都不一样。最重要的是人可以向前走。我只是开了个玩笑，是不是？我只是想让你生气，让你发火。而我做到了。你走路的样子不比任何人怪。”

“你确定？”

“当然啦，像银行一样牢靠，无可置疑。”

爸爸回家时我已经睡下了。我躺在黑暗中，追随着他的脚步。他没有如我等待的那样在过道停下，而是走进了厨房。在他走出来之前，他在那里鼓捣了一会儿，然后他走了出来，这一次他也没有停下脚步。

他没有察觉到墙纸的事。

我们安全了。

第二天晚上我和盖尔一起去上游泳课。我们从霍尔特乘公交车到城里的车站，肩上背着各自的背包，走上了去往斯汀塔哈伦的上坡路。我的背包里装着一条深蓝色的 Arena 游泳裤，一条边上印有挪威国旗的白色 Speedo 游泳帽，一副 Speedo 护目镜，一块香皂和一条毛巾。从去年冬天开始，我们参加了阿伦达尔的游泳俱乐部。那时候我们还不怎么会游，只能拼尽全力，不间断地从游泳池的一端扑腾到另一端，直到不能动弹为止，但因为参加游泳俱乐部的最低标准就是我们要学会游泳，而且教练，那个穿着木底鞋，胳膊上有文身的男人，他总是在游泳池边上追随着我们，朝我们高声喊叫，所以我们在短得令人惊奇的时间内毫无困难地学会了游泳。我们游得不算好，至少和那些年长一些的男孩子比的话不算好，他们的四肢修长瘦削，但长着肌肉，他们张着嘴，戴着昆虫眼睛形状的护目镜，像喷涌的水流般在游泳池里穿梭。我有时候想，和他们相比，我们更像是些蝌蚪，在水里扑腾、挣扎，沿着游泳池的边沿向前划水。即使我们的游泳水平在一点点地提高，很快就可以在一次训练中游一千米远，但我的进步并不是我继续参加游泳俱乐部的理由，我明白我永远不会成为一个有竞争力的游泳者，因为比赛的时候我总是竭尽全力，但总是做得不够好，我甚至没法超越盖尔——不，我喜欢的是其他所有的一切，从我们坐上公共汽车的那会儿开始，我们会穿越黑暗，走上通往阿伦达尔的路，我们会穿过夜里空寂的城市，在去游泳馆路上，我们会在固定的商店外驻步停留，我喜欢走进游泳馆，这栋巨大的公共建筑把室外和室内很好地结合在了一起，我们仿佛从一个漏斗中通过，站在外面的过道时我们被冬季的衣服紧紧地包裹着，而十五分钟以后，我们几乎是赤身裸体地站立在那里，在完成了整个脱衣服、淋浴、穿上游泳衣、戴上游泳帽的仪式后，我们站在游泳池边上，身上只穿着一条小裤衩，这时我们就可以跳到那奇妙的、透明的凉水中，它还带着氯气的味道。这才是我喜欢的。游泳馆里的人声此起彼伏，窗外黑魆魆的，各游泳道之间漂浮着的那些如珊瑚项链一般的分隔带，入水台，游泳之后让人感到温暖的、长达半小时的淋浴。然后整个程序的顺序倒转了，我们从皮肤苍白，瘦骨伶仃，顶着个大脑袋，几乎是赤条条的男孩子变成了全副武装地站在外面的男孩子，湿漉漉的头发藏在帽子下面，皮肤上还散发着氯气的味道，四肢软绵绵的，但却感到舒坦。

我也喜欢当我戴上游泳帽和护目镜时，像是被封闭起来的感觉，尤其是在游泳比赛的时候，那时我有一条完全属于自己的泳道，它在入水台下等待着我，在那儿等候时，我想得最多的是在游泳池里感受到的像宇航员那样的孤独、混乱和有时会有的焦虑不安。水可能会进到护目镜里去，晃荡着钻进我的眼里，这样一来既让我感到疼痛，还让我无法看清事物，进而让我不能集中精神来思考。我可能会咽水，可能在掉头时没有抓住游泳池壁，这样我就会上气不接下气，喝进更多的水。我可以看见我身旁泳道的游泳者已经远远领先于我了，我内心的一个声音告诉我要去争取胜利，而我会和这个声音对话。但即使这种内心的对话进行得非常平静，在我游着泳、试图完美地完成一切时，一种近乎恐慌的感觉仍然环绕着我，就像在一个位于地下深处的掩体中的军事中心一样，军官们在那儿有条不紊地讨论着战术，而一场恶战就在他们的头顶上方打响，敌我双方打得天昏地暗，我加快了划水的动作，在几秒钟里我全力以赴，但收效甚微，盖尔依然游在我的前面，我不能理解这点，我实际上比他强呀，我知道的事情比他多得多哟，同时我也比他更想赢呀。但最后是他先触到了游泳池的边缘那儿，然后我的手才触到了那儿。

教练吹响了哨子，这一次的训练结束了，我松了一口气，把手臂放在游泳池的边沿，将自己的身体往上一撑，然后和盖尔一起跑过瓷砖地面，进到里面的淋浴间，在那里面，速度似乎减缓了，至少我们摘下游泳帽、脱下游泳裤后，就放慢了脚步，我们走到淋浴头下面，闭上眼睛，感受着温暖传遍全身，这个时候没必要再说点什么或者做点什么，就算有人——现在游泳馆对所有人开放了——走进游泳馆时自顾自地唱着歌，我们也不需要笑了。那里面有种梦幻般的气氛，白花花的身体从门那儿走来，站在淋浴头下面，以一种内省的状态缓慢地移动着，水流冲击在瓷砖上的声响与来自外面低沉的噪声混在了一处，蒸汽使空气变得朦胧不清，每当有人说话时都会传来空洞而沉闷的回声。

通常我们会在那里站很长时间，那些和我们一起训练的人都走了，我们依然站在那里。盖尔的脸对着墙壁，而我的脸朝着房间，不让人看见我的屁股。当他没有注意我时，有时候我会瞟他。他的胳膊比我细，但他比我强壮。我比他高一些，但他行动更敏捷。但这并不是他游泳比我快的原因。他比我快是因为他获胜的信念更坚定。还有就是他的画画了，那是他的拿手戏，他天生具有的一种才能，始终都在那里的。除了人物之外，他能把一切都描绘得细致准确、栩栩如生。房屋、汽车、船舶、树木、坦克、飞机、火箭。他是如何做到的？这令人不可思议，几乎像是个谜。他从不会像我一样去临摹，他的母亲也从来都不允许他使用尺子或橡皮。有时候他会有一些奇怪的说法，比如他会说坏想（幻想）和方块形（正方形），他不说一个橘子，而说一块橘子，虽然我每一次都会纠正他，但他还是继续这么说，仿佛这些奇怪的词语就像他眼睛的颜色或是他牙齿的位置一样，是他身上固定不变的一部分。

他注意到了我的目光，我们俩的眼神相遇了。他的嘴唇向上弯起，露出一个笑容，然后用手掌按住莲蓬头，这样喷水柱就被截断了，水从他的手指间渗流下来。他笑着朝我转过身。我伸出双手。手指尖红红的，被水泡胀了。

“它们看上去就像葡萄干一样。”我说。

他看着他自己的。

“我的也一样，”他说，“想想吧，我们游泳的时候整个身体都是这个样子！”

“我的蛋蛋一直都是这样皱巴巴的哟。”我说。

我们两人都弯身朝下看。我用一根手指慢慢地抚摸坚硬但是敏感的皮肤，一个寒噤窜遍了全身。

“用手摩擦那里真舒服。”我说。

盖尔朝四周望了一圈。然后他关掉淋浴，朝挂着毛巾的衣钩那儿走去，开始擦身体。我拿起一块肥皂，把它朝屋里扔去。肥皂沿着地板滑行，被墙角那儿的墙壁挡住，躺在了一块滤网上。我关上淋浴开关，正要跟着盖尔一块儿去擦身体，但在那个瞬间我突然无法忍受躺在地板中央的那块肥皂。于是我把它拾了起来，扔到靠墙的垃圾桶里。我把脸贴在干燥的浴巾上。

“想想我们的小雀雀长了毛发的样子。”盖尔说，叉开双腿向前走了几步。

我笑了。

“想想这些毛发长得很长很长！”我说。

“一直垂到膝盖！”

“那我们就得梳梳它们！”

“或者扎个马尾巴！”

“或者上理发店去一趟！我想要把小雀雀上的毛发剪短一点儿，谢谢！”

“好啊。那你需要个什么发式？”

“都剪了，只剩下小雀雀，谢谢！”

就在这时门开了，我们便停住不再笑了。一个上了年纪，有着一双忧郁眼睛的胖男人走了进来，他礼貌地向我们点了点头，然后难为情地转过身去脱下游泳裤，我们突然收住笑声所带来的空寂立刻被我们吃吃的笑填满了。当我们拿着各自的游泳用品走出淋浴房时，盖尔高声说道：

“他的那家伙一定超大！”

“或许是个小不点儿！”我说，用同样的高声，然后我们把门一摔，跑进了更衣室里。我们坐在那里笑了一会儿，想着他到底有没有听到我们的话，直到我们恢复了平静，慢吞吞地开始收拾东西，穿衣服。那时可以听到的只有里面传来的脚踩踏着油毡地板的声音，腿伸进裤筒的窸窣声，手臂在夹克袖里滑过的声音，箱子被打开或关上时发出的尖锐的声音，还有一个男人的呻吟声，大概是因为热水冲洗后带来的那种舒坦。

我从柜子里取出背包，把游泳时用的东西装进去。首先是游泳护目镜，我把它握在手里，好好地看了它一眼，它是全新的，并且属于我，这让我感到愉悦。然后就是游泳裤、游泳帽和毛巾，最后是香皂盒。香皂盒有着柔和圆润的线条，它的绿色和淡淡的香味把它和其他的游泳物件区分开来，它属于另一个世界，和妈妈以及妈妈柜子里的那些东西——耳环、戒指、香水瓶、皮带饰扣、胸针、围巾和面纱——紧密相关的世界。而妈妈对这个世界的存在是全然无知的，一定是这样的，若非如此，她绝不会给我买那顶女式的游泳帽。因为女式泳帽就是属于另一个世界的。而所有的人都知道，绝不能把一个世界的物品和另一个世界的物品混为一谈。

我身旁的盖尔差不多穿戴完毕了。我站起身把内裤穿上，找出贴身的内长裤，先把一条腿伸进去，然后伸进另一条腿。我把裤子拉到腰部，然后转过身去，开始在衣物里面找我的袜子。我只找到了一只，于是又在衣服堆里翻了一次。

它不在那里。

我检查了衣柜。

那里空无一物。

啊，不！

不，不，不。

我气急败坏地又把衣服堆翻了个底朝天，把衣服一样一样地扔到空中，怀着巨大的期望想要看到那只袜子掉下来，躺在我面前的地板上。

但它无影无踪。

“怎么啦？”盖尔说。他已经穿好了衣服，坐在对面的长凳上看着我。

“我找不到另一只袜子了，”我说，“你看见它了吗？”

他弯下身，在凳子下面前后地看。

“不在这儿。”他说。

啊，不！

“但它一定躺在其他的什么地方，”我说，“你能帮我找找吗？拜托了哟！”

我听到自己的声音有点发颤。但盖尔没留意到，或许就是他没让我察觉到他听出来了。他弯下身子在所有的长凳下搜寻着，与此同时，我走进了淋浴室，想着袜子可能碰巧被裹在毛巾里面，又在途中滑落出来了。但那里也没有。或许袜子已经和游泳衣物一起被装进背包里，而我没有注意到？

我赶紧回去，把包里的东西统统倒在地板上。

但是没有。没有袜子。

“它没在那下面？”我说。

“没有，”盖尔说，“但我们得走了，卡尔·奥韦。公交车很快就到了呀。”

“我必须先找到袜子。”

“但它不在这里哟。我们到处都看了。你不能就光着脚穿鞋吗？”

我没回答他。再一次把所有的衣物都抖了一遍，蹲下来察看所有的长凳底下，然后我又一次走进了淋浴房。

“现在我们得撤了，”盖尔说。他把手表举在我面前，“要是我不能赶上这趟车，他们就该骂我了。”

“在我穿衣服的时候你能再帮我找找吗？”我说。

他点了点头，开始漫不经心地转悠，用目光在地板上扫视。我穿上了T恤衫和针织套头衫。

说不定它在最上面一层的搁架上？

我站在长凳上往里面张望。

什么也没有。

我穿上裤子和羽绒裤，又把夹克的拉链拉上，坐下来系上鞋带。

“现在我们得走了。”盖尔说。

“我就来，”我说，“在外面等着。”

他走了之后,我又赶快再进到淋浴间里。我朝垃圾桶里张望,用手在窗台上摸了一遍,甚至打开了通向大厅的门。

但没有。

当我走到外面时,盖尔站在那边的小山丘边。在我追上他之前,他已经开始往下方跑去。

“等等我呀,嗨!”我喊道。但他没有要停下来,也没有回过一次头,我蹦跳地追赶着他。进入下面的黑暗地带,经过那些灰蒙蒙的树木,我才又进入下面光亮的道路。我走每一步,赤裸的脚就在靴子里层粗糙的毛皮上摩擦一次。我的袜子丢了,我心里的一个声音说。我的袜子丢了,我的袜子丢了。同时我的脑瓜里开始传来滴答声。我在奔跑的时候,就有个声音在我的脑袋里滴答滴答地响着,就在左边太阳穴后面的一个地方,滴答,滴答,它发出这样的声响,但就算这很令人不安——听上去就好像有什么东西松动了,要不就是有个什么东西在那里面和另一样东西互相摩擦——我也不能讲给别人听,因为他们只会说我脑袋里有一个螺丝钉松了,接着就会取笑我。

滴答,滴答,滴答。

滴答,滴答,滴答。

我一直跟在盖尔后面跑,一直到下面那家卖糖果和点心的铺子那,我们经常去那儿,手里拿着装着糖果的袋子从那里走出来,这是我们这趟旅程中的亮点。盖尔站在店外,不耐烦地把重心从一只脚转到另一只脚。我在他面前停下来。扫雪机把雪推到了路边,于是我们站的地方比平日高出了半米多,这个新的视角改变了我们对商店的印象。它给了我们一种地窖的感觉,而这种感觉改变了一切，我看见的搁架就只是些“搁架”，货物就只是些“货物”，它们被摆放在一幢房子极为普通的一个房间中，简言之，这商店就只是普通的“商店”而已，但那时我并没有搞明白这些，这个想法突然进入了我的脑海，然后又倏然消失，就和它倏然而至时一样。

盖尔打开门，走了进去。

我紧随其后。

“我们时间不多了，是不是？”我说。

“是的，”他说，“还有 11 分钟车就开了。”

里面房间里的售货员放下了手里的报纸，走进店里，站到了柜台的后面，她脸上有一种索然无味的，甚至是轻蔑的神情。她是个老太婆，长得令人反感；她下颌的一颗痣上长着三根长长的灰色毛发。

在一面墙上挂满了不同形式、不同颜色的烟斗和烟斗清洁器，卷烟纸和卷烟器，烟丝盒，香烟盒，雪茄烟盒和鼻烟盒，所有的包装盒上都有各不相同的字体和小小的图画，其中有狗、狐狸、马、航海帆船、赛车、微笑着的黑人、抽烟的水手和姿态随意的女人。而我们两人现在盯着看的糖果搁架，则占据着另一面墙。与香烟产品不同的是，这些糖果是没有包装的；巧克力、糖块和橡皮糖都被放在透明的塑料容器里，展示着自身，它们和我们之间没有图画的遮挡：我们看见的是什么，我们得到的就是什么。黑色的糖果吃起来有盐或是甘草的味道，黄色的是柠檬味，橘红色的是广柑味，红色的是草莓味，棕色的是巧克力。那些小块的正方形巧克力被叫作“新兵”，它外面是一层巧克力硬壳，而里面则是硬硬的焦糖，这和它的形状是对应的；心形的巧克力填充的则是柔软的、果冻状的东西，吃起来有杏子的味道，也和我们所期待的相符。除了一些特例外，我们试图搞清糖果和橡皮糖的颜色所对应的味道。有些黑色糖块有深绿色糖块的味道，而有些深绿色的糖块又有绿色润喉片或者桉树油的味儿，它不是人们看到它的颜色时能想象到的那种绿色糖果的味道，它的味道更清淡一些。有些黑色糖块吃起来是《丹麦国王》茴香糖的味道，酱橙色的那种。顶奇怪的是，它们绝不会倒个个儿地来，酱橙色的《丹麦国王》糖果吃起来不会有黑色糖果的味道，我们也还没有碰到过吃起来像绿色或者黑色糖果的桉树绿糖果。

“你们要买什么？”售货员问。

盖尔拿出了他准备用掉的钱，放在玻璃柜台上，然后弯下身去，这样他就可以更清楚地看见那些糖果，很显然的，他因为时间紧迫而感到紧张。

“嗯……嗯……”他说。

“你要赶快！”我说。

于是他就急急忙忙地说了。

“三个这个，三个这个和三个这个，再来四个这个，一个这个和一个这个。”他边说边指着不同的糖罐。

“三个……？”售货员说，打开了一个空纸袋，朝搁架转过身去。

“绿色糖块。要不四块吧。然后要三块红白色的。你知道的，波尔卡……再来五个奶嘴糖……”

当我们手里拿着小纸袋从商店走出去的时候，离车开走的时间就只有五分钟了。但时间足够了，我们互相说着，朝台阶跑去。阶石上的雪被踩得滑溜溜的，所以我们得扶着栏杆走，但这样就不能达到我们所希望的速度了。城市在我们脚下，白色的街道在街灯灯光的辉映下，看起来几乎是黄色的，在车站那里，进出的公交车缓缓行驶着，像在雪地上滑行的雪橇，还有那红色砖石、绿色塔尖的大教堂。这一切的上方是黑色的天穹，上面缀满了闪烁的星星。只剩下十到十五级台阶了，盖尔松开栏杆，开始往下跑去。在最后的几级阶梯那儿，他失去了控制，保持住身体平衡的唯一机会是尽可能快地跑完最后的几步。他以最迅猛的速度朝下冲。然后他改变了战术，想要滑完剩下的路，但是他的上半身还处于下冲的高速度中，于是他整个人向前摔了出去，直直地撞到了路边的雪犁上。这一切发生在一瞬间,我还没笑出声来，他就已经躺在了那里。

“哈哈哈！”

他一动不动。

他伤得厉害吗？

我尽可能快地走下阶梯的最后几级，在他身旁站住。开始他短促地喘息着。然后突然发出了一声长长的、空洞的呻吟。

“撒旦，”他低语着，捂着自己的胸口，“撒旦。撒旦。撒旦。”

“我真不希望你这么骂骂咧咧的。”我说。

他朝我投来短暂的、阴沉的一瞥。

“摔疼了？”我说。

他又急促地呼吸起来。

“你喘不过气来吗？”

他点了点头，坐起身来，可以正常地呼吸了。他的眼里噙着泪水。

“现在我们肯定赶不上汽车了。”我说。

“我刚才喘不过气了，”他说，“我没哭。”

他将身子侧在一旁，试图站起身来，脸上是一副痛苦的表情。

“你能走吗？”我问。

“能行。”他说。

从阿伦娜购物中心的入口处，我们看见我们的公共汽车起动了，拐上公路，在街角处消失了。下一趟车在半小时以后。

我们走进车站，在自动照相机旁边的长凳上坐下来，吃我们的糖果。那儿人不多。两个小年轻买了汉堡包和炸薯条，而他们的汽车停在外面，一个酒鬼坐在地板上，脑袋耷拉在前面，睡着了，还有一个女孩子的女伴，在报亭里干活。

盖尔把一块红白两色的糖放进嘴里。

“它吃起来是什么颜色的？”我说。

他抬高眉毛看着我。

“红色和白色呗！”他说，“这是红白两色的糖果哟。”

“但你尝到的不一定就是它的味儿，”我说，“比如说我吃的这块糖果吧，它可能就有绿色糖果的味道？”

“你现在说的这些，到底是个什么意思？”他说。

“比方说，它吃起来可能是果酱的味道。”我说。

“果酱？”

“你什么也不明白，是不是？”我说，“我们不可能知道它们的味道和颜色是否相符！”

但他还是不明白。我也不确定自己到底有没有弄明白。但有一次，达格·洛塔尔和我把各自的黑色糖块放进嘴里后，看着对方说出的话就完全是一模一样的：是绿糖块的味道哟！在那个秋天的晚些时候，我们家里举办了一场聚会，祖母、祖父、居纳尔、祖父的兄弟阿尔夫和他的妻子索尔维都来了，我们吃虾、螃蟹和一只大龙虾，那是几天前爸爸在他的鱼网里偶然发现的，在吃的时候，索尔维看着爸爸说：

“想想吧，这龙虾是你自己捉到的。它的味道真是好。”

“确实美味无比。”祖母说。

“再没有像龙虾一样可口的食物了，”爸爸说，“但我们可不知道它的味道对我们所有的人来说是否是一样的。”

索尔维瞅着他。

“你这话什么意思？”

“我知道它对我来说是什么味道的，”爸爸说，“但我不知道它对你来说是个什么味道。”

“龙虾的味道呀，毫无疑问的了！”索尔维说。

大家都笑了。

我不知道他们为什么笑。他们说的好像是对的。但我也笑了。

“你怎么能知道我吃到的龙虾味道就跟你吃到的一样？”爸爸问，“或许对我来说，龙虾的味道就和果酱的味道一样。”

索尔维想说什么，但又忍住了，目光朝下，注视着龙虾，再转向爸爸。然后她摇着头。

“我不明白，”她说，“龙虾就躺在那儿哟。我们尝到的就是龙虾。不是果酱！”

其他的人又开始笑了。我知道爸爸是对的，但我不知道他为什么对。我久久地坐在那里寻思着这件事。我好像一直都处在将要明白的边缘，但在我正要完全搞明白的时候，它就溜走了。这个事情太复杂了，让我实在难以理解。

这对盖尔来讲更是玄妙，我这么想着，朝门那里望过去，就在这时门开了。是斯蒂格。他看见我们，顿时开朗起来，他朝我们走来。

“嗨。”他说。

“嗨。”盖尔说。

“嗨。”我说。

“你们没有赶上班车，是不是？”他说，在我们身旁坐下来。

盖尔摇摇头。

“来点儿吧？”他说，把纸袋送到他面前。斯蒂格笑了，拣了一块奶嘴形糖块。那我也得给他一块了。盖尔究竟干了些什么呀？其实我们的糖果并不多哟。

斯蒂格比我们高一年级，他在城里参加体操训练，每周三次。他参加过国家级的比赛，但他觉得这没什么了不起的，不像斯诺里，他参加了国家级游泳比赛之后就觉得高人一等。斯蒂格很友善，事实上，他是我所知道的人当中最善良的一个。汽车来了以后，他坐在我和盖尔前面的座位上。大约在山区的路快要结束时，我们才收住了话头，他转身朝着前面，在余下的路程中他就一直这样坐着。我和盖尔也坐着，沉默不语，于是丢了袜子这事又以新的、更强的力量向我袭来。

啊，不，不。

这将会怎样？

这将会怎样？

啊，不，不，不要，不要。

不，不，不！

或许他已经注意到我们回家迟了，或许他会站在门厅那里等着我们。但他也可能完全没有注意到，他可能在忙别的事情，这样的话我就安全了；只要我能神不知鬼不觉地穿过走道，进入地下室的房间，那一切就万事大吉了，因为那里挂着其他的袜子，我可以换上一双。

汽车开上了桥，风抽打着车身。车窗摇摇晃晃的。盖尔总是喜欢第一个去拉停车的铃绳，现在他伸出手去抓住那绳子，虽然在这里下车的就只有我们俩。汽车在山坡下的最低处停下，我在那里下车时总会有点内疚，因为车还得重新起动，往上开几百公尺过了坡顶后，才能恢复它原来的车速。这种内疚的感觉是如此的强烈，以至于不到下一站——在上面的 B-Max 超市旁——我就不下车，尤其是当我独自一人坐车时。眼下，虽然袜子的事在我的脑子里燃烧，但当盖尔拉扯绳索，汽车斜斜歪歪地减速，以便让我们下车时，我还是感觉到心里被刺了一下。

我们站在靠近雪犁的地方等待着，直到汽车又重新起动。斯蒂格举起手来和我们道别。然后我们跨过道路，沿着小径朝上面的住宅区走去。

通常我会在门外面的石板上跺跺脚，把沾在靴子上的雪泥抖掉，然后用靠墙放着、用来扫雪的刷子把裤腿上的雪掸去，但这一次我没跺脚，他可能听见的哟，只是把裤腿上的雪扫了扫，小心地打开门，溜进去，把门关上。

但有什么用。他办公室的门打开了，我听见了，然后是通向过道的门开了。

他站在我跟前。

“你回来晚了。”他说。

“是的，对不起，”我说，“但盖尔在路上摔倒了，所以我们没赶上班车。”

我开始解穿着袜子的那只脚上的鞋带。

他没有一点要走开的意思。

我把鞋脱了下来，靠墙放好。

朝上望望他。

“怎么啦？”他说。

“没有，没什么。”我说。

胸膛里的那颗心怦怦地直跳。站起来穿着一只鞋在地板上走过，那自然是想都别想的事。就这么一动不动地站着，等待他走开也是不可能的事，因为他是不会走开的。

我开始缓慢地解鞋带。这么做的同时我想到了一个主意，解开围巾，放到鞋的旁边，当鞋带被解开，我把脚从里面拿出来时，抓起围巾，不经意地把它盖在光脚上。

就这样，围巾半遮着我的光脚，我站起身来。

“你的袜子呢？”爸爸说。

我朝下看着脚。向他投去短暂的一瞥。

“我没能找到它。”我说，又垂下了目光。

“你把袜子弄丢了？”他说。

“是的。”我说。

下一个瞬间，他直直地盯着我，狠命地钳住了我的手臂，把我往墙上压。

“你把你的袜子弄丢了？”

“是！”我喊着。

他摇晃着我。然后把我松开了。

“你究竟多大了？你以为我们有多少钱？你以为我们有钱给你买你弄丢的衣物？”

“不是的。”我说，朝下看着地板，眼里充满泪水。

他揪住我的耳朵，一个劲地拧着。

“你这个混账东西！”他说，“你要保管好自己的东西！”

“是。”我说。

“不准再去游泳馆了。明白吗？”

“嗯？”我说。

“**不准你再去游泳馆了！**”他说。

“可是……”我抽噎起来。

“**没有什么可是！**”

他松开了我的耳朵，朝门那儿走去。向我转过身。

“你年纪还不够大。今天晚上已经证明了这点。你不许再去了。明白吗？”

“是。”我说。

“好了。到上面你的房间去。今天晚上没你的饭。你可以直接上床了。”

第二个星期我没去游泳馆，但我是那么地怀念那里，所以下一个星期到来时，我装得像什么事儿都没发生过一样，收拾好我的东西，和盖尔、达格·洛塔尔一起上了公共汽车。一股小小的恐惧会不时地蔓延开来，但一个声音在我心里说，不会有事的，结果真的平安无事，当我回到家时，一如往常，这件事就这么过去了，他再也没有说起过我不该再去参加游泳训练的事。

十二月初，我生日的前三天，妈妈回家来的前两天，在我坐在马桶上拉屎的那会儿，我听到了爸爸的车拐进车道停车处的声响，接下去响起的不是熟悉的开门声和关门声，而是一阵门铃声。

这是怎么啦？

我赶快把屁股擦干净，按下抽水马桶的开关，把裤子提上来，打开浴室的窗户，把脑袋伸出去。

爸爸就站在我的下面，穿着新滑雪服。套在腿上的是马裤下装和蓝色的长袜子，脚上是一双蓝白两色的滑雪鞋，一切都是崭新的。

“赶快！”他说，“我们去滑雪！”

我以最快的速度穿戴好，走了出去，他把我的滑雪板和滑雪杖捆好，固定在车顶的行李架上，把它们放在一副长长的、崭新的 Splitkein 牌木质滑雪板的旁边。

“你买新滑雪板了？”我说。

“对，”他说，“不错吧？我们可以一起滑雪了。”

“不错，”我说，“那，我们上哪儿去滑呀？”

“我们到岛外侧去遛一圈，”他说，“到霍弗去。”

“那儿有滑雪道吗？”

“那里，有！”他说，“那里有最棒的滑雪道。”

我有点怀疑，但什么也没说，进到车里，坐到他的身边。穿着新衣服的他看上去像是个陌生人，然后我们开车朝霍弗进发。在他发动汽车、车往前驶出去之前，他什么也没说。

“出发！”他说。

他开着车穿过了一个军营一样的地方，那里有好些红颜色的房子和战争时期的营房，这一定是德国人建造的，像是个射击场，但我听流言说那曾经是个飞机场，还经过了像混凝土炮台一样高耸在海面上的岩石，经过了靠近树林边缘地区的卵石滩，还有低矮树丛间有着无穷魅力的小棚屋，那是我们在五月十七号国庆节的那些下午经常游玩的地方，我们会爬上屋顶，进到那些房子的房间里，他开着车，将这一切都抛在了身后，穿过了一条狭窄的林间小道，路的尽头是一个小沙坑，他在那里停下了车。

他把滑雪板从车顶上取下来，然后又拿出了一个小箱子，那里面满当当地装着各种滑雪涂蜡器材，都是他买来的。我们给滑雪板涂抹上蓝色的 Swix 滑雪蜡，他已经读过一管滑雪蜡背面的说明文字，上面说这是最好的蜡。看上去他并不能熟练地使用固定器，因此他用于把滑雪鞋固定在滑雪板上的时间比我要长一些。然后他把手插进滑雪杖上端的绳套里。他不是将手从绳套下方穿过，再把绳圈套在手腕处的，如果他这样做的话，即使滑雪杖松开了，绳套也不会从手里滑落。但他没这么做，他就直接把手插进了绳套里。

不懂怎么使用滑雪杖的小孩们才会像这样握滑雪杖的!

仅仅是看着他这样都让人难受，但我不能说什么。我能做的是把自己的手从绳套里拿出来，再重新把手伸进绳套里，如果他留意到我的动作的话，他就知道应该怎么做了。

但他没瞅我，他朝沙坑上方的小山脊望去。

“那，我们现在开始！”他说。

虽然我以前从没有看过他滑雪，但就算是发挥最丰富的想象力，我都想象不到他其实不会滑雪。可他真的不会。当他往前走时，他的滑雪板不能向前滑行，他的移动就像他平常走路的那个样子，步伐短小，步子蹒跚，更糟糕的是，他还是跌跌撞撞的，动作僵硬，为了不跌倒，他只能时不时地把滑雪杖拄在地上。

我想这或许只是开始阶段，他很快就能找到自己的节奏，在滑雪道上前行。但当我们到了山脊的顶部——从那里可以望见林木间的大海，灰色的波浪顶峰泛着白沫——开始顺着雪道朝下滑行时，他还是先前的老样子。

有时候他停下来，朝我笑笑。

我实在替他难过，以至于想在那里高声呼喊。

可怜的爸爸。可怜的，可怜的爸爸。

同时我也感到难为情，我的爸爸不会滑雪，我一直在他后面，和他保持着距离，这样就算有路过的人，也不会把我和他联系在一起。他只是一个陌生人，一个游客，我是自个儿出来的，就是当地人，滑雪这事我在行。

道路又伸进了树林，海洋在视线里消失了，可海的喧嚣声依然悬浮在林间，忽高忽低地起落着，依然能嗅到海水的咸味和无处不在的腐烂海藻的气味，它们和树林里其他的气味混在了一起，组成了冬季淡淡的味道——雪中的腐烂和温和的气息的奇妙混合——而它们或许是其中最为明显的。

他停下来，把身体支撑在滑雪杖上。我在他身边停下来。天水交接处，有一艘轮船驶过。我们头上的天空是浅灰色的。托龙根外面的两座灯塔被笼罩在一层浅淡的金灰色中，它们指明了太阳的方位。

他看着我。

“你滑雪滑得不错吗？”他说。

“相当不错，”我说，“你也觉得吗？”

“是的，”他说，“那么，我们再继续往前？我们很快就得回家了。因为我们还得做晚饭哟。那么，你先滑吧！”

“你不先开始？”

“不，你先滑。我跟在后面。”

新的顺序使我不得不把脑袋里的一切推翻，重新洗牌。要是他走在我后面，他就会看到我是怎样滑雪的，然后就会明白他自己的那种方法是多么的失败。我向前滑出每一步时都能看见他的那双眼睛。它们像刀子一样刻印在我的意识里。几米远之后，我就放慢了速度，开始慢慢地往前走，用一种不连贯的方式，但并不像他那么笨拙，但这样一来他就会发现我在仿效他滑雪的姿势，那就更糟糕了。我们慢慢地蹭压出碎雪泥，白色的碎雪泥在卵石滩内迸溅开来。风把石头上，或别的什么地方的雪花卷到了空中。有一只海鸥在空中滑翔，翅膀一动不动。我们快要来到停车的地方了，在最后的一段小坡上，有一个念头在我心里一闪，向前滑出几公尺后，我装作一下子失去了平衡，向前摔了出去，摔在雪道旁的地上。我尽可能快地站起身来，站在那里，他从我身边过去时，我正拍打着裤腿上的雪泥。

"关键就是要控制好自己的腿。"他说。

回家的路上我们沉默不语，当车终于拐进我们房子前的车道时，我的心轻松下来，我们这趟滑雪之行总算结束了。

我们站在走道上脱滑雪服的时候，也是一语不发。但就在他打开通向里面楼梯的门时，他向我转过身来。

"我做晚饭时，你来和我做个伴。"他说。

我点点头，跟着他上了楼梯。

到了客厅，他停下来望着墙壁。

"我的天，这是怎么啦，"他说，"你以前看见过吗？"

我完全把那道橘子汁痕迹的事忘得干干净净的了。我摇头时的惊奇一定不带半点虚假的成分，因此他把注意力从我身上移开，弯下身，伸出手指去擦那道污痕。即使用他最丰富的想象力，他也绝对猜不到恰恰就是我在那里——在厨房外面的过道上——把橘子汁泼在了地板上。

他又直起身，走进厨房里，我在我通常坐的那个凳子上坐了下来，他从冰箱里拿出一袋绿青鳕，把它放在案桌上，从橱柜里拿出面粉、盐和胡椒，把它们都撒在一个盘里，然后开始把这些柔软的，滑溜溜的鱼片放在里面翻转着。

"明天放学后，我们进城去给你买生日礼物。"说话的时候，他没有看我。

“我也一起去？那，这就不是什么秘密了？”我说。

“你知道你想要的是什么哟，”他说，“一件球衣，是不是？”

“是。”

“那你就最好一起去，去试试，让我们看看是不是合适。”他说。用刀切下一块奶油，用手指把它放进煎锅里。

我希望拥有一件利物浦队的球衣。但我们走进体育用品商店时，没有在架子上看见这种球衣。

“我们不能问问在这里工作的人？或许库房里有？”

“这里没有挂着，他们就没有，”爸爸说，“在其余的那些里选一件吧。”

“可我想要的是利物浦的。”我说。

“那，就拿埃弗顿的，”他说，“那是同一个城市的球队哟。”

我看着埃弗顿队的球衣。蓝白两色的。茵宝牌。

我盯着爸爸。他显得不耐烦了，朝周围望了好几次。

我把球衣罩在毛衣外面，手里握着短裤在跟前比画。

“这也很不错，这种。”我说。

“那我们就这么定了。”爸爸说，拿上球衣去付款。在他们替他把衣服包起来的时候，爸爸数着那个厚厚的钱夹里的钞票，把头发往后捋了一把，注视着外面的路，路上挤满了出外购物的人，离圣诞节还有三周。

生日那天，我在拂晓时分醒来。包着球衣的那个袋子在我的衣橱里。我迫不及待地想穿上它。我撕开包装纸，拿出衣服，把它贴在我的鼻子上，世界上有比新衣服的味道更好闻的东西吗？我把这亮闪闪的球衣穿上了，然后就是球裤，是条纹的，它有点粗糙，摩擦着我的肌肤，还有白色的球袜。然后我走到浴室去照镜子。

前后地转动着身体。

很不赖。

这不是利物浦球衣，但它很不错，这两个球队来自同一个城市。

冷不防地，爸爸一把推开了浴室的门。

“你在搞什么鬼，小子？”他说。

他看着我。

“你把礼物包拆开了！”他喊道，“自己拆开了？”

他抓住我的胳膊，把我推进房间。

“现在你把它再重新包回去！”他说，“马上！”

我哭着把球衣脱下来，尽可能地照原来的样子叠好，放进包装纸里，然后用包装纸上剩下的一小块胶布把它粘好。

爸爸监视着我的一举一动。我一干完这些，他就把纸包从我的手里夺了过去，走了出去。

“其实我早该把它从你这里拿走了，”他说，“但现在，我得把它藏起来，直到你得到礼物的那一刻。今天是你的生日哟。”

因为我知道我将会得到什么样的生日礼物，我甚至已经在商店试穿过它了，所以我知道这一天是重要的一天，我将在这一天把它穿上。我没有料到，下午我们吃蛋糕的时候，我还会得到其他的礼物。他是不可能明白这一点的。是我有理，而不是他。这是我的球衣！这一天它就会变成我的！

我躺在床上哭泣着，直到其他人起床。妈妈心情很好，当我走进厨房时她祝我生日快乐，她把头天晚上烤好的圆面包放在烤箱里加热，还煮了鸡蛋，但我并不在意这些，对爸爸的仇恨将这一切都覆上了阴影。

下午我们吃着蛋糕喝着果汁。他们从来不允许我在生日的时候邀请客人来，这次也一样。我阴沉着脸，一副不高兴的样子，一声不吭地吃着一块蛋糕，爸爸把生日礼物放在我的面前时带着笑容，就好像早上什么事情也没发生过一样，就好像一切都可以重新开始一样，但我只是垂下眼睛，打开了埃弗顿队球衣的包装，没有显示出任何高兴的迹象。

“真漂亮啊，”妈妈说，“你不想试试？”

“不用，”我说，“在商店试过了。很合身。”

“穿上吧，”爸爸说，“让妈妈和英韦看看。”

“不想穿。”我说。

他瞪着我。

我拿上衣服到浴室去，换上它，又走回来。

“太棒了，”爸爸说，“我打赌你将是这个冬天足球训练队里最敢拼的一个。”

“我现在可以把它脱下来了吗？”我说。

“等我们把礼物都送完之后，”爸爸说，“这是我送你的。”

他递过来一个方形的——应该是一盒录音带——小盒子。

我把它打开。

里面是一盒崭新的磁带。翼乐队的《回到蛋里》(*Back to the Egg*)。

我看着他。他看着窗外。

“喜欢吗？”他说。

“啊，是的。这是新出的翼乐队的专辑呀！我马上就去放！”

“等一下，”他说，“你还有几样礼物。”

“这里是我小小的礼物。”妈妈说。

这个礼包不小，但很轻。这会是什么呢？

“不过是一样你在房间里可以用的东西。”她说。

我拆开包装。是一把折叠凳。四根腿是木质的，一块网状的坐垫把它们连接在一起。

“凳子呀。”英韦说。

“太谢谢了，”我说，“读书的时候我可以坐在上面哟！”

“接着就是我的礼物。”英韦说。

“是吗？”我说，“你给我找的是什么东西呀？”

是一本弹吉他的书。

我望着他，眼眶湿润了。

“太谢谢了。”我说。

“这里有独奏曲、音阶和所有的一切，”他说，“很简单。在标有黑点的地方你就摁下去。你自己会明白的。”

余下的整个晚上我都在听《回到蛋里》那盒磁带。

英韦走了进来，说齐柏林飞艇的鼓手约翰·博纳姆也在里面演奏了一个曲子。他在报纸上读到有个挪威的牧师参与了其中一首曲子的开始部分。这应当出现在专辑的前面部分，我们找到了，一段开场白，是收音机里的录音。

“就在那儿！”英韦说，“再放一遍！”

于是我也听到了。

现在让我们尝试着以《新约》的视角来欣赏这一曲吧，一个虚弱的、刺耳的老头子的声音。

想想，无论是保罗·麦卡特尼，琳达·麦卡特尼，丹尼·莱恩，史蒂夫·霍利还是劳伦斯·裘伯都不知道他讲了些什么，但我和英韦却明白，因为我们是挪威人，这就让我们晕乎乎的，感觉好极了。

通常爸爸在整个圣诞期间都会保持着好脾气，甚至在早晨。到了新年前夕，商店终于又开门了，为了购买食物和烟花爆竹，妈妈进城去了。这一定难为她了，因为她或许觉得没必要花几百克朗去买火箭炮——像爸爸总是做的那样，这次是她负责去买烟花，爸爸在这件事情上完全退居二线。

进展不顺。

爸爸通常会把他买到手的火箭炮给我们看，还说什么今年我们要击败古斯塔夫森，把他们甩出几条街，或者今年要爆它个惊天动地！当夜晚来临时，我们能看见他站在外面那发亮的雪地上，敏捷又谨慎地在铺盖着雪的草坪上做着发射的准备工作。一缕头发垂落下来，遮住了他的脸部，让他像阴影一样消失在黑暗中，那时候他正把晾衣架安置在雪地上，把最大的那些火箭炮靠着它摆放好，再把那些插在瓶子里或者放在有孔洞的容器里的烟花炮都摆出来。一切准备就绪，只需等待十一点半的到来。那时候，他会把我们叫到屋外，来迎接新的一年。他先从小的开始放，可能是小枚的烟花炮或是电光烟花，放这些的时候，他会让英韦和我一起参与，然后他会朝上走几步，走到放置最大的火箭炮那里，准确无误地在午夜十二点将它点燃。之后他可能会说，今年有许多不错的烟花，但我们的是其中最美、最出色的。人们多半都会对此议论纷纷，因为把钱花在烟花爆竹上的不仅仅只有我们一家，古斯塔夫森和卡尔森家也这么做。

但在这一年的新年前夕，爸爸——放烟花之王——退位了。

我脑子里一直在想爸爸退位的原因。但不管是基于怎样的理由，我想它一定会带来很大的变化。不，不是猜测，**我就是知道**。

还有几分钟到十一点半时，妈妈说或许应该是出去放火箭炮的时候了，这让我简直瞠目结舌。

“火箭炮？”我说，“我们就只有一个？一个火箭炮？”

“是，”妈妈说，“已经够了，不是吗？这是个大火箭炮。商店里的人说了，这是他们店里最大也最好的一种。”

爸爸幸灾乐祸地笑笑。但他还是跟在英韦和我的后面出去了。他站在我们的身边，屋后面的阳台上，这是我们要放火箭炮的地方。

这枚火箭炮的确很大，这一点她说得对。

她把它插进一个瓶子里，但瓶子太小了，火箭炮和瓶子一起歪倒在地。她把它们竖起来，环视周围。她身上那浅色的皮大衣敞开着，下面长筒靴的拉链没有拉上去，这样一来，当她走动的时候，它们就开合着，看上去就像一个从古怪的根上生长出来的东西。她的脖子上绕了一条厚厚的、锈褐色的围巾。

“我们需要一个支撑它的东西，才能发射出去。”她说。

爸爸一言不发。

“爸爸通常使用晾衣架做支撑。”英韦说。

“这就对了！”妈妈说。

只在夏天使用的晾衣架，是木质的，倚着墙站着。妈妈把它取来，在雪地上支好。把火箭炮靠在它上面，但一看到它立不住，妈妈就立即用手抓住它，把它扶正。我们周围到处都开始放烟花了，它们一直呼啸着直冲云霄，在天空中绽放开来，我想，实际上烟花应该比我们能看到的要多许多，因为天上有很多云，还有雾气，这些战栗着的星花和所有绚烂的色彩、多姿的图案，就只是一些抖动、闪烁着的亮光了。

“要是你把它靠在边上，”英韦说，“爸爸通常会这么做。”

妈妈照着他的话做了。

“现在十二点了，”爸爸说，“你不赶紧把我们的火箭炮放出去？”

“会的。”妈妈说。她从衣袋里掏出打火机，蹲下去，用手遮掩着小火苗，同时将整个身体扭开，一副随时要跳开的样子。在导火索点燃的瞬间，她朝我们跑过来。

“新年快乐！”她说。

“新年快乐！”英韦说。

我一声不吭，因为在火箭炮那里，导火索上的火苗往前窜开以后，接下去的就是扑哧哧的闷响声。然后火熄灭了，声音也没了。

“啊，不，”我说，“没点燃！它蔫儿了！我们只有一个。为什么你就买一个？你怎么能这样做呢？”

“这可是新年前夕呢，”爸爸说，“或许明年应该由我来负责点烟火的工作？”

我为妈妈感到如此的难过，这是从来没有过的情况，当我们离开放烟火的地方，在邻居们欢天喜地的叫喊声和烟花绽放的爆裂声中进入温暖的室内时，我意识到，最让人心痛的是妈妈已经竭尽全力去做这件事了。事实上，她不可能把这件事做得更好了。

两周后的一个下午，我站在下面的提耶纳旁，两脚已经冻得完全没有知觉了。福朗姆队，工党的一个儿童组织，要举办一次滑雪比赛，我和几乎全住宅区的孩子们都加入了。我们的胸口上会有编号，每个人都会得到一个奖章，但首先，我们要在寒彻透骨的天气里站着等候。轮到我时，滑雪板老往后滑动，我始终没法真正地加快速度，结果就掉在了最后。我一到达终点，就得到了奖章，我朝着家的方向滑去。黑暗悬挂在云杉树之间，寒冷啃噬着树干，滑雪板往前蹭呀滑呀，在攀登最陡峭的那个山坡时，我甚至不能采用“人字形”步伐往上走了，只能横行而上。道路终于显现出来，路灯亮了，往下的斜坡上仿佛有了一条发光的带子，我们的家就在另一边。我拄着滑雪杖，滑过马路，进入车道，取下滑雪板，把它们倚着房屋的墙壁放好，开门进去，我站住了。

这是什么气味？

祖母的？

是祖母在这里？

不，别瞎想，这不可能。

或许爸爸去过克里斯蒂安桑，把那儿的气味带回了家？

不，我他妈的真不信了，有人在上面的厨房里讲话！

我飞快地脱下鞋，留意到袜子已经湿了，穿着它们进屋去是不行的，他们会注意到的，我小跑着经过走道，走进地下室的房间，那儿的绳子上晾着一双新的，我穿上它们，尽可能快地走上楼梯，停下来。

上面的气味更浓了。毫无疑问，祖母在这里。

“是你吗，小子？”爸爸说。

“是我。”我说。

“到这里来一下！”他说。

我走进厨房。

祖母坐在那里！

我朝她奔过去，把她紧紧搂住。

她笑着在我的头发上揉了一把。

“你长这么大了！”她说。

“你在这里干什么？”我说，“你们的车在哪里？祖父在哪里？”

“我坐公共汽车来的。”她说。

“公共汽车？”我说。

“是呀。我儿子一个人带着孩子，我想，那我得来看看，帮把手吧？你瞧，我已经把晚餐给你们做好了。”

“你要在这里住多久？”

她笑了。

“唔……嗯，我想，明天我就得坐车回去。祖父也需要人照料哟。他可不能一个人在那里待太久了。”

“不嘛。”我说。又抱住了她。

“好了，好了，”爸爸说，“回你的房间去，直到我叫你吃饭。”

“但他得先拿上礼物啊。”祖母说。

“对了，谢谢你的圣诞礼物，”我说，“真是太棒了。”

祖母向前弯下腰，把手提袋举起来，拿出一个小包递给我。

我撕开包装纸。

一个斯塔特杯。

白颜色的，杯子的一面印着斯塔特球队的标志，另一面是一个身穿金色球衣、黑色球裤的足球运动员。

“啊，一个斯塔特球队的杯子！”我说，又给了祖母一个拥抱。

祖母在那儿的感觉有点怪怪的。我几乎从未见过她不和祖父待在一起，我几乎从未见过她单独同爸爸待在一起。他们坐在厨房里，小声地谈着话，我关上房门，但留了一条缝，通过那条缝我可以听见他们。谈话有时候会中断，那就是他们中的一个站了起来，去干了点什么事。然后他们又谈了一会儿，祖母笑着讲述了她的一个故事，爸爸嘟囔了些什么。他叫了我们，我们吃了饭，他与平常相比判若两人，时而贴近我们，时而又刻意疏远我们。有时他会附和祖母，然后看看别的地方，或是站起来做点什么，随后他又看着她，笑着对她的话评论一番，逗她发笑，然后他就又走神了。

第二天晚上她走了。给我和英韦一个拥抱，然后爸爸开车把她送到城里的长途汽车站。我放着《橡胶灵魂》(*Rubber Soul*),拿了一本居里夫人的自传,躺了下来。接着第二支歌来了,《挪威的森林》,我的目光从书页上抬起,我平躺在那里,眼睛盯着天花板,来自音乐中的那种难以言表的氛围将欢悦之情根植于我的心中,将我托举到上方它的那个世界中去。这是一种美妙无比的感觉。不仅仅是因为它优美的旋律,还因为它其中含有另外的一些东西,那是与我躺着的这个房间或是环绕我的这个世界毫不相干的东西。

> 我曾经拥有过一个女孩,或者我应该说,是她拥有我……
>
> 她带我去看她的房间,这很好,不是吗,挪威的森林?

绝妙无比,妙不可言。

然后我继续读居里夫人的传记,一直到十点钟才关掉灯。在进入梦乡的路上,我发现房间里围绕着我的一切犹如图画一样扩展开来,我猜不出它们是从哪里冒出来的,但我心甘情愿地接受了它们,门突然被推开,天花板上的灯亮了。

是爸爸。

"你今天吃了几个苹果?"他说。

"一个。"我说。

"你确定吗?祖母说她给了你一个苹果。"

"真的吗?"

"但晚饭后你也吃了一个苹果。记得吗?"

"啊,天哪!我完全把它忘了!"我说。

爸爸关掉灯，关上了门，没再说什么。

第二天下午他叫住我。我走进厨房。

“坐下，”他说，“我给你一个苹果。”

“谢谢。”我说。

他递给我一个苹果。

“你坐在这里把它吃了。”他说。

我朝他飞快地看了一眼。他的目光与我的相遇，他的眼神很严厉，我坐下来，开始吃苹果。当我吃完以后，他又递给我一个。

他从哪儿弄来的这些呀？在他身后有一个口袋，是吧？

“再来一个。”他说。

“谢谢，”我说，“但我一天只能吃一个呀。”

“昨天你得到了两个，不是吗？”

我点点头，接过苹果，把它吃下去了。

他又递给我一个。

“再来一个，”他说，“这是你的幸运日。”

“我饱了。”我说。

“吃你的苹果。”

我把它吃下去了。但比吃开始的那两个慢多了。咬下的一块块苹果堆叠在晚餐吃的食物之上，我仿佛可以感觉到肚子里冷冰冰的苹果渣。

爸爸又递过来了一个。

“我吃不下了。”我说。

“昨天你就毫无节制，”他说，“你忘了吗？你吃了两个苹果，就因为你想吃？今天你可以想吃多少个就吃多少个。吃。”

我摇头。

他向前俯下身。他的眼睛寒气逼人。

“吃你的苹果。就现在。”

我开始吃苹果。每咽下一口，胃就翻腾一次，我得多次地往下吞口水，为的是不把苹果呕吐出来。他就站在我的背后，我没有任何办法可以骗过他。我流着泪水咽下苹果，咽下苹果流着泪水。到最后我再也没法往下咽了。

“我撑死了！”我说，“我没法再吃了！”

“吃下去，”爸爸说，“你是那么喜欢吃苹果的呀。”

我努力又咬下一口，但没法咽下去。

“我受不了啦。”我说。

他看着我。然后他拿起剩下的半个苹果，把它扔到了水槽下面柜子里的垃圾桶里。

“你可以回你房间了，”他说，“现在我希望你长记性了。”

在我的房间里，实际上只有一样我所向往的东西，就是做个成年人。那样我就可以随心所欲地为自己的生活做决定。我恨爸爸，但我在他的手心里，没有任何出路。没有任何报复他的机会。只有在人们喜爱的思想和梦幻的世界里，我才有机会摧毁他。在这个世界里我可以成为大人，比他还大，我可以把手放在他的脸颊上，掐紧它，让那张愚蠢的、向前噘起的——因为我有向外突出的牙齿，他常常这样模仿我说话——嘴闭上。在这个世界里，我可以攥紧拳头，狠狠地揍他的鼻子一拳，让他的鼻梁破裂，鲜血长流。或者更好的状况是，断裂的鼻梁骨扎进了他的脑里，让他一命呜呼。我可以把他朝墙上压过去，把他从楼梯上扔下去。我可以揪住他的脖子，把他的脸摁压在桌面上。我总是这么想入非非，但当我和他在同一间屋里时，这一切便化为乌有，他是我的父亲，一个成年人，比我大得多，所以一切都得按照他的意愿行事。他强迫我的意志屈服于他的意志之下，好像我的意志不值一提。

这一定就是为什么我下意识地将房间内部改造成为了一个巨大的外部世界。在我阅读的时候，在这段时间里我几乎不做任何别的事情，我总是在外部世界里漫游，尽管我正一动不动地躺在床上，但我并不仅仅置身于此时和此地，我还存在于所有陌生的国度，和所有陌生的人们在一起，我也存在于石器时代，故事里的男孩比约恩克洛生活的那个时代，还有即将到来的时代，比如凡尔纳的书籍中所描述的时代。然后就是音乐。音乐将这个房间开放，带来了它自身的氛围和气场，还有让我有所触动的强烈情感，这些情感与我平日在生活中所感受到的情感大不相同。我听得最多的是披头士和“翼”，也听英韦的磁带，在很长时间里都是些乐队和独奏音乐人的磁带，诸如加里·格利特[1]的，“泥”(Mud)的，斯莱德(Slade)的，“甜”(Sweet)的，“彩虹”(Rainbow)的，“现状”(Status Quo)的，“匆促”(Rush)的，“齐柏林飞艇”和“皇后乐队”的，到了少年时期，他听的歌开始有所变化，一些风格完全不同的音乐溜进了这些旧磁带和唱片中，比如有“The Jam”的单张专辑和“扼杀者”(The Stranglers)乐队的

[1] Gary Glitter，又名保罗·雷文，英国老牌摇滚歌手。

单曲《英雄不在》，黑胶唱片类的有“新城老鼠”和“冲突”（The Clash），一盒“沙姆69”（Sham 69）和一盒“发电厂”（Kraftwerk）磁带，除此之外还有他从广播电台里唯一的音乐节目“流行专题”里录下来的那些歌。他开始和对同一类音乐感兴趣，并且也开始和弹奏吉他的人交朋友。其中有一个叫博德·托尔斯滕森，五月初的一天，爸爸要外出几个小时，房子的大门就敞开了，英韦有机会把他领进了他的房间里。他们坐下来弹吉他、听唱片。过了一会儿，他们来敲我的房门，是英韦想介绍博德给我。那时我正躺在床上看书，他们走进来时，我站起身来。

“看看那儿，”英韦说着，朝我钉在书桌上方墙上的那张埃尔维斯[1]的海报走去，“你能猜到它的背面是什么吗？”

博德摇摇头。

英韦弄松图钉，取下海报，把它翻转过来。

“瞧瞧这儿，”他说，“约翰尼·罗顿[2]！他把埃尔维斯的像挂到了前面！”

两人都笑了起来。

“可以把它卖给我吗？”博德说。

“这是我的。”

“但你完全挂反了哟！”博德说，又笑了起来。

“我没有，”我说，“这是埃尔维斯，是他！”

“埃尔维斯什么也不是！”博德说。

[1] 即猫王埃尔维斯·普雷斯利。

[2] Johnny Rotten，此为艺名，原名约翰·莱顿，性手枪乐队主唱。

“不对，埃尔维斯·科斯特洛[1]是个人物。”英韦说。

“对了，这话不假。”博德说。

他们走了以后，我把海报的两面都看了一下。这个叫约翰尼·罗顿的长得真难看，埃尔维斯长得多帅气。为什么我要把丑的放前面，把那漂亮的放背面？

每年春天我们在户外都是这样干的：砍掉白桦树的枝干，把瓶子和那些立住的树桩捆绑在一起，第二天取回瓶子，喝下里面灌满了的、晶莹透明的浓稠树液。砍下柳树的枝，用它的树皮做成一管笛子。采集一大簇白色的海葵花，把它送给我们的母亲。是的，最后一件实际上已经不是在我们的年龄段该做的事了，但它是一种形式，也是我们对妈妈的心意，所以一个上午——我们只有三个小时的时间——我拽着盖尔进到了树林里，我知道一个地方，那儿的海葵花生长茂密，是白花花的一片，远远地看上去就像铺在地上的雪。采花的时候我常常会自我谴责，因为花儿是活生生的呀，掐下它们，它们就死掉了，但这也是件好事，花儿能帮助我们把快乐传播给别人。光线从枝叶间透射下来，苔藓发出绿幽幽的光，我们各自采摘了一大簇海葵花，奔回家去。

和我在一起的是爸爸，他在家。当我进门时，他站在地下室的洗衣房那里。他朝我转过身来，每一个动作都含着怒气。

“我给你采了一束花。”我说。

他伸出手来，接过花，把它们扔进了最大的那个水槽里。

[1] Elvis Costello，英国音乐家，歌手，词曲作者和唱片制作人。

"只有小女孩才采花。"他说。

他是对的。他很可能已经为我感到羞耻了。一天，他的一些同事来家里时，看见了站在楼梯上的我，浅色的，长长的头发，因为是冬天，我穿着红色的紧身连裤袜。

"你有多漂亮的一个女孩呀。"一个同事说。

"是个男孩。"爸爸回答。那时他笑着，但出于我对他的了解，我知道这让他很不痛快。

我很在意自己的穿着，当我得到的不是我想要的那种鞋时，我会哭，当我们划船外出天气太冷时，我会哭，对了，只要他嗓门一高我就哭，要是这种情况发生在他有必要提高嗓门的时候，他当然会这么想：我究竟得到的是什么样的一个儿子啊？

我是被妈妈宠坏的儿子，他一直这么告诉我。确实如此。我想念她。再没有比这个月底妈妈就搬回来更让我感到快活的事了。

夏天结束后，我就开始上五年级了，轮到爸爸了。他要去卑尔根，住在一个叫方托福特的学生城，主修挪威文学，为了成为一名高级教师。

"很抱歉我不能每个周末都回家，"他在离家前吃晚餐的时候这么说，"或许一个月就一次。"

"这太糟糕了。"我说。

我跟着一起出去，为的是在车道上和他道一声再见。他把行李放进车的后备箱里，然后坐到副驾驶位上，因为妈妈要开车送他去机场。

这是我看过最奇怪的场景之一。

爸爸不应该坐在一辆大众甲壳虫车里，这是确定无疑的。要是他非得坐进来，至少不应该坐在乘客的座位上，这看上去有点荒唐，尤其是妈妈在他旁边坐下来，发动汽车，开始倒车的时候。

爸爸不是什么乘客，这是毋庸置疑的。

我挥手，爸爸把手举起来了一点儿，然后他们开车走了。

我现在该干什么呢？

走进工具房去，锯木头，钉钉子，把我拿手的那一套都劈劈砍砍地弄一番？

走进厨房去烤松饼？煎一个蛋？煮点茶？

在客厅里坐下来，把腿放到桌上？

不，我知道我想干什么了。

到英韦的房间去，找出他的一张唱片，放进唱机里，把音量开到最大。

我选择的是杂志乐队的《游戏》。

我把音量调到几乎最大，把门敞开，走进客厅里。

贝斯的声响几乎使墙壁震颤起来。音乐从房间翻滚而出。我闭上眼睛，开始前后地摇晃起来。这么做了一会儿后，我又走进厨房里，拿了一条放在那里的巧克力，吃了起来。音乐在我周围雷鸣般轰响着，但我并未置身其中，它们更像是房屋的一部分，像餐桌或是墙壁上的画儿一样。于是我又开始前后地摇晃，仿佛在吞噬音乐，音乐进入我的体内，成为了我的一部分。特别是当我闭上眼睛的时候。

下面有人在叫我。

我睁开眼睛，倒吸了一口凉气。

他们是把什么东西忘在家里，回来取了吧？

我赶紧冲进房间，一下子把音响关掉。

“你究竟在搞什么鬼？”英韦在下面喊道。

啊。谢天谢地。

“没干什么，”我说，“我借了你一张唱片。”

他走上楼梯。在他后面跟着另一个男孩。我以前没见过他。或许是排球队里的一个？

“你完全疯了吧你？”英韦说，“你会把扬声器震坏的。现在它们肯定已经被你给弄坏了。你这该死的蠢东西！”

“我不知道，”我说，“对不起。一千次对不起。”

另外那个男孩子笑了。

“他叫特隆，”英韦说，“那就是我那蠢瓜小弟。”

“嗨，小弟。”特隆说。

“嗨。”我说。

英韦走进房间，把音量又开大了一点儿，把脑袋贴近扬声器。

“还好没震坏，”他说，直起了身子，“算你走运。要是弄坏了，你就得给我买个新的。我会亲自盯着你，直到你把这事给我办妥。”

他看着我。

“他们走了有多久了？”

我耸耸肩。

“半小时。”我说。

英韦关上房门，我站在那里，在客厅里待了一会儿，直到我看到在外面的玛丽安娜和佐尔法伊格，她们推着一辆童车。我走出去，跟在她们身后跑。

“我们结伴一块儿走好吗？”我说。

“可以呀，”她们说，“你要去哪里？”

“往上走。”

“到谁家去啊？”

我耸耸肩。

“谁家的小孩？”

“莱昂纳德森家的。”

“你们挣多少钱？”

“五克朗。”

“攒钱干什么用？”

“没什么特别的。或许，一件外套。”

“我也要给自己买件新夹克，”我说，“一件黑色的Matinique。你们见过这种式样的吗？”

“没有。”

“衣袖很宽大，用的是和衣服其他部分不一样的材料。有点像瓦楞纸的纹路。再就是衣服前襟的正中有一条边盖住整个拉链。你要什么样的外套呀？”

玛丽安娜耸耸肩。

“我想，是一件大衣。”

“一件大衣？一件浅色的？”

“或许吧。短一些的。”

“你是男孩子当中唯一会谈论衣服的一个。”佐尔法伊格说。

“我知道。”我说。

这是我最近才想出来的招儿。和女孩子们交谈太不容易了。你把她们的帽子摘下来或跟在她们身后喊些脏话，然后谈话就终止了。或许可以聊聊作业的事。再没有其他好说的了。于是我突然意识到了这一点。衣服，这可是个有趣的话题。你可以滔滔不绝地谈。

当我们快到B-Max超市时,我对她们说了再见,就跑下悬崖，到了操场上，那里没人，我又爬上长满草的斜坡，来到那个沉船失事的地方，也是空无一人，又走到那个足球场上，还是空荡荡的，于是，我翻过普雷斯巴克莫家的院篱，来到了他们房子的正面，在那儿我摁下门铃。但盖尔在吃晚餐，之后他要到上面的维姆德那儿去。

唉，好吧。

路上也是空寂无人。这天是星期天，正是吃晚餐的时候，孩子们不是在进食，就是在外面和朋友玩，或是跟着父母出游了。

蓦地我心里唰地一亮：英韦有朋友来看他哟！或许我可以坐在他的房间里，和他们待在一起？

我跑下山坡，但他的自行车不见了，他们肯定已经走了。

那我还能干点什么呢？

天上有很多云，没那么热了；纳本那儿肯定也没人。

我开始慢慢地朝下面的浮动船坞走去。那里肯定也是空荡荡的，但要是没有其他的地方可以去，就可以去那儿看看各种船只，呼吸着那里混合着玻璃纤维、木头、汽油和盐水的特殊气味。

不是吧。那里聚集了一大帮人。

我悄悄地混入了他们当中。拥有船只的那些人正坐在船的甲板上，朝水里吐着唾沫，同时听着站在岸边没有船、但即将有船的人的对话。我就站在这群人当中，但我的梦想并不是拥有自己的船，这太不现实了，就像第二天早上醒来发现自己处于维京时代一样不现实，我读过的一本书里的男孩子就有这样的经历。不，要是我有什么梦想得到的东西，那就是一双崭新的白色网球鞋，上面有浅蓝色的耐克商标，像英韦有的那双一样，或者一条浅蓝色的李维斯裤子，或者一件浅蓝色的 Catalina 夹克。要不就是一双新的彪马球鞋，一件 Admiral 运动服，一件茵宝短裤，或是一条 Speedo 游泳裤。黑白两色的阿迪达斯奥林匹亚球鞋是我最想要的。我还想要一副护腿，一个彪马包，冬天的时候，想要阿托米克原子高山滑雪板和激流回旋滑雪靴。想要一条高山滑雪裤，和一件真正的羽绒服。Splitkein 的玻璃纤维滑雪板，新的固定器。浅色的萨米靴，就是鞋的最前端微微翘起的那种。想要一件新的白衬衣，一件红色的运动衫。比起我现在穿着的深蓝色胶筒靴，我更想要一双白色的胶靴。我还想要一个我曾见过的浅红色珊瑚项圈，要不白色的也行。

对船舶、摩托车和汽车，我不是很感兴趣。但因为我不能告诉别人这点，我还是有一些心仪的牌子。船舶：十英尺型的 With Dromedille 带五马力的雅马哈引擎。摩托车：铃木。汽车：宝马。这些牌子都以不同寻常的字母开头。Y，Z，W。基于同样的理由，我也被“伍尔弗汉普顿”吸引了，这是我支持的第一个球队，即使后来利物浦取代了它的地位，狼队依旧让我热血沸腾，他们的球场叫作莫利纽克斯球场，他们的标志是橘红色背景上一匹黑色的狼，我怎么会不喜欢他们呢?

我总是想着裤子、夹克、毛衣、鞋和运动器材，因为我想穿得好看些，我想赢。当网球手约翰·麦肯罗——在所有人当中，我觉得他是最厉害的——在裁判判决后投去恶狠狠的一瞥，怒气冲冲地对上裁判的眼睛，同时把球扔在草地上时，我绝望地想到，不，别这样，别这样做，这会很糟糕的，你输得起这分数的，别这样！但他仍这么做了，他对着裁判一顿劈头盖脸的大骂，甚至把球拍重重地砸在地上，弹出了几米远，这样的场面我几乎没法面对。我非常喜欢他，每一次他输了球我就会哭，就没法再待在室内，得走到外面的路上，我坐在路边，泪流满面地为输球哀悼。利物浦队的情况也是一样。他们要是在足球杯总决赛输了球，我就会走到外面，眼泪哗哗直流。这支球队里我最喜欢的是埃姆林·休斯，他是我支持的人，当然，我也喜欢其他的几个人，尤其是雷·克莱门斯和凯文·基冈，不过是在凯文·基冈去汉堡和纽卡斯尔队效力之前。在英韦的一本足球杂志上，我读到了凯文·基冈和肯尼·达格利什的对比，后者是他的替补。是那种非常具体的对比，他们两个在很多方面都很相似，但他们都有自己的个人风格和不足之处，这个比较大致上是公平的。不过杂志里写到的一件事让我心神不宁，就是，凯文·基冈属于外向型，肯尼·达格利什属于内向型。

只是看到这个词汇，内向，就使我感到绝望。

我是内向的吗？

我不是吗？

我难道不是哭的时候比笑的时候多？我难道不是一直待在房间里读书？

这就是内向吧？

内向，内向，我不愿意成为一个内向的人。

这是我最不想做的。这是最糟糕的。

但我就是一个内向的人，这个想法像癌细胞一样在我的头脑中迅速扩散。

肯尼·达格利什也总是一个人待着。

啊，我也是啊！但我不愿意这样！我想变得外向！外向！

一个小时以后，我又回到树林间的路上，想爬上树去看看从那里能望到多远，走上那条路的那一刻，我看见妈妈的大众甲壳虫车开上了山坡。我挥挥手，但她没看见我，我尽可能快地跟着她的车跑，上了坡，跑到了那块小草坪上，来到了房子前，与此同时她正走下车来，把手提包背在肩上，打开了大门。

“嗨，”她说，“你愿意帮我一起烤面包吗？”

这可能将是脱离了爸爸的管束的一年。

很多年以后，他会说他是在卑尔根开始酗酒的。

“我睡不着，”他说，“所以每天晚上躺下以前，我都喝一点儿。”

后来他在卑尔根有了一个女友。

出于一个偶然的机会，九十年代初期的一个夏天，我去看望了他，他喝得酩酊大醉，我告诉他这个冬季我要搬到冰岛去，他说，冰岛，他去过一次，雷克雅未克。

“你没去过吧，”我说，“你什么时候去的？”

“那是我住在卑尔根的时候，你记得吗，”他说，“在那里我有一个女朋友，她是冰岛人，我们一起去的。”

“在你还同妈妈在一起的时候？”

“是的。那时我三十五岁，住在一个学生城里。”

“你不必为自己找借口。你可以做你想做的事。”

“好，谢谢，儿子。”

当然了，那时我们什么都不知道，也没有足够的经历，难以想象出这样的画面。对我来说，最重要的是他不在家里了。虽然房子不再是一个封闭的空间，我第一次可以在这房子里为所欲为，但他仍然以某种奇怪的方式存在着，要是我脚上带着泥走进了过道，或是吃饭时在餐桌上撒落了饭菜，或者吃梨时有果汁从我的下颌淌下，我就会想到他，像被一道闪电击中一样。你就不能好好地吃个梨，别这么滴答滴答的，小子。我听到了他说话的声音。要是我考试成绩不错，我希望能够向他报喜，而不是向妈妈，这是不一样的。同一时间，外面发生着的一切在性质上也慢慢地有了变化，变得更好，也变得更坏，好像在那轻柔、温和的儿童世界里，连种种降临的打击都是柔和的，无害的，在这个意义上来说，这些打击可以意味着所有，也可以什么都不是，但现在它们尖锐而清晰，疑惑消失了。是你，我们说不喜欢的就是这个你，这里就画上了一条红线，另外一些东西在我眼前展开，但这个另外的东西和我个人并不相关，尽管它或许对我有着更大的影响，因为我是这其中的一部分，而这一部分和我的家庭没有任何关联，这是属于我们的，属于外面世界的人。开始上五年级的这个秋天，我被几乎所有的女孩子深深地吸引了，但我并没有觉得她们之间有多大的不同，我体内的某种东西鼓励着我，使我能够接近她们。当时我还不知道这是一个大错，是的，一个男孩可能犯下的最大的错。

这一年来了一个年长的女老师，霍斯特小姐，她给我们上好几门课，喜欢让我们做一些角色扮演。她经常会编排一些短小的戏剧片段，我总是自愿报名参演，这是我最喜欢的活动了，既能让大家都关注我，又能成为另一个人。我有一个特别的天赋，就是扮演女孩。我很在行。把头发撂到耳后，嘴唇缩拢成樱桃小口，走路时扭动着腰肢，用一种比平日更多愁善感的嗓音说话。我把霍斯特小姐逗笑了，她笑得眼泪都流了出来。

一个晚上，我和斯韦勒待在一起，他也喜欢表演，在学校里也成绩拔尖，他的外貌和我有点相像，两个代课老师分辨不清，还以为我们是孪生兄弟。我提议到霍斯特小姐家里去。她住在住宅区东面大约三公里远的地方。

“好主意，”他说，“但我的自行车轮胎漏气了。这条路可不能用走的啊。”

“我们去路上拦车。”我说。

“OK。”

我们来到下面的十字路口，站在路边。在上一年里我相当频繁地在这里搭车，一般是和达格·马格纳一起，到霍弗或者往上到罗利赫登或者去别的什么地方，但从来没有发生过超过一小时还没有拦到车的情况。

这个晚上经过的第一辆车停下了。

是两个年轻人。

我们坐进车里。他们把音乐声开得很大，贝斯的声响使车窗颤动着。司机朝我们转过来。

“你们要去哪里？”

我们说了我们要去的地方，他一踩油门，车速猛地加快，我们的身子一下子贴在了椅背上。

“那，住在那上面的是谁啊？”

“霍斯特小姐，”斯韦勒说，“是我们学校的老师。”

“啊哈！”坐在司机旁边的那个人说，“你们要去搞点恶作剧呀？我们是小孩子的时候也这么做过。跑到老师那里去，给他们捣乱。”

“不，我们不是去捣乱的，”我说，“我们只想去看看她。”

他转过头来看着我。

“看看她？为什么？是去问作业还是别的什么事？”

“不……不，”我说，“我们就只是想去。”

他把头转回去。在剩下的路程里，他们再没有说一句话。在路口，车猛地一下刹住了。

“那，下车吧，小家伙。”司机说。

我感到有点内疚，我明白我让他们失望了，但撒谎也是不行的。于是我发自内心地感谢了他们，作为补偿。

他们呼啸着消失在黑暗中。

斯韦勒和我踏上了石子路。路的两旁矗立着硕大的梧桐树，伸出它们的枝干。我们从来没有进过这栋房子，但我们清楚地知道它的位置。

屋外面停放着两辆车，所有的房间都灯光明亮。

我摁下门铃。

“是你们？”她打开门时吃惊地说。

“我们想我们或许可以来看看你。”我说。

“我们可以进来吗？”斯韦勒说。

她踌躇着。

“我很抱歉，我有客人，你们明白吧。事实上这时间有点不太合适。但你们走了这么远的路，就只为来看看我吗？”

“是的。”

“那就进来吧！你们可以在这里待半小时，要是你们愿意的话。我还有糕点呢。你们可以尝尝。还可以来点果汁！”

我们进去了。

客厅里满满地坐了好多成年人。霍斯特小姐介绍了我们，我们在桌旁的凳子上坐下，她把装着三块饼干的盘子和一杯果汁放在我们面前。

她说我们是她的得意门生，擅长表演。

“那你们能不能现场表演一小段？”其中的一个人问道。

霍斯特小姐望着我们。

“可以呀，”我说，“你也一起来？”

“那是当然，”斯韦勒说。

我把头发夹到耳后，缩拢小嘴，开始即兴表演，但表演的效果还算不错，观众们都发出了笑声。表演结束时，我们鞠躬，脸蛋儿有点红扑扑的，但我们对自己感到很满意，因为那些掌声。

在圣诞前的狂欢节里，我又收获了一次成功，达格·马格纳和我都装扮成女人的样子，上了全妆，穿着衣裙，拎着手提包，我的模仿力相当不错，以至于没有人认出我，就连达格·洛塔尔也没认出来，他在我身边站了至少五分钟的时间，才突然明白这个陌生的女孩子究竟是何许人。

我从不为打扮成女孩子而感到羞愧，也不为谈论那些女孩子的事而感到难为情，实际上我还同几个女孩子好上了。其中最漂亮、最出色的一个叫玛丽安，我们在一起了两个星期，我们一道去溜冰，她会坐在我的大腿上亲吻我，我还受邀参加了她的生日晚会，我是那场生日晚会上唯一的男孩子，她坐在我的腿上，在她与她的女伴聊天的时候，我搂着她，然后我们俩就开始亲吻、拥抱，但后来我实在无法忍受了——毋庸置疑，她是学校里最好看的女孩之一，虽然并不是最好看的那个——或许我有点为她感到遗憾，因为她和母亲、姐姐生活在一起，家里相当贫穷，她几乎从来没有穿过新衣服，母亲总是尽全力缝补、修改那些从亲戚处得来的旧衣服，尽量把它们弄得整洁漂亮些，呆在她的房间里时，我感觉到一种空虚，接吻时我感觉自己得了幽闭恐惧症，我只想尽可能快地逃离这个地方，最后我说服达格·马格纳，让他去告诉她我和她结束了。在那一天里我犯了一个大错，她跟在我身后跑，到了遮雨棚那里时，出于本能反应，我把脚往外一伸，她被绊倒在地上，脸磕在碎石路上，血流了出来，她哭了起来，但这还不是最糟糕的，最糟糕的是她把一切的怒气都劈头盖脸地发泄在我身上，所有的女孩子都支持她，和她一个鼻孔出气。在接下去的几周里我都很不受欢迎。我解释说我并非有意为之，只是为了好玩而已，但没有人能明白。有时候女孩子们好像很恨我，她们认为我不是好东西，但有的时候她们的态度又会有一个一百八十度的大转弯，不仅愿意同我讲话，在我们组织班级联欢会的时候——在某个同学的家里或学校里——她们还愿意和我一起跳舞。我对她们的态度也是矛盾的，至少对那些同班的女生是这样的。一方面，近五年的学校生活使我对她们已经有相当的了解，所以我对她们就有些冷漠，但从另一方面来说，她们开始变化，她们的身体在毛衣下面发育，开始有了曲线，她们的臀部变得更加丰满，她们的步态也变得不一样了，她们开始关注那些比我们高出二个或三个年级的男孩。有着尖细、单薄嗓音的我们只能向她们投去短暂的一瞥，她们现在拥有的特质令我们赞叹，但我们对她们来说好像只是空气而已。女孩子有什么了不得的，让她们那么趾高气扬呢,她们对所处的世界知之甚少。对于男人、女人还有情欲,她们了解多少？她们读过威尔伯·史密斯（Wilbur Smith）的书吗，在电闪雷鸣的天空下，女人们被俘获、被强暴？她们读过肯 · 福莱特的书吗，一个男人在一个女人闭着眼睛躺在充满泡沫的浴缸里时，剃掉了她的阴毛？她们读过克努特 · 法德巴肯写的《昆虫夏天》[1]吗，他在干草堆上扯下她的裤衩，这一段我能一字不落地背诵出来。她们看过色情杂志吗？她们对音乐又知道多少？她们只是喜欢所有人都喜欢的东西，“孩子们”和

[1] *Insektsommer*，描写青春期的小说，1972 年出书，1976 年拍成电影。

那些顶级热门歌曲榜上的垃圾，音乐对她们来说什么都不是，她们根本不知道音乐为何物，或者将会构建出怎么样的一个天地。她们几乎不会穿衣打扮，要是会的话，她们就不会总穿着一身莫名其妙的衣服出现在学校，自己还浑然不觉。她们怎么能瞧不起我呢？我可阅读过威尔伯·史密斯、肯·福莱特和克努特·法德巴肯的书，色情杂志我已经看了好些年了，我会听那些真正意义上的乐队，还知道怎么穿衣打扮。你说我怎么可能比她们差？

为了表现出我对音乐是如何地在行，如何地精通，在音乐课上，我略施雕虫小技。每周五我们都会评选班级最佳。六个学生各自带来一首歌曲，然后所有的人来投票评选。我的曲子总是最后一名，不管我放的是哪个乐队的歌。“齐柏林飞艇”“皇后乐队”“翼乐队”“披头士”“警察”“Jam”“Skids”——结果都是一样的，一两张投票，最后一名。我知道他们并不是不喜欢这些音乐，而是在抵制我，实际上他们根本没有听这些音乐。这一点让我极为恼怒。我向英韦抱怨，他不仅明白我为什么感到恼怒，因为他也不喜欢那些热门榜单上的音乐，而且他还帮我想出了一个招儿。“孩子们”（The Kids）的第二张专辑还没有发行。一个星期五，我带了“糟透！”（Aller Værste!）的第一张唱片《疲劳》，这是英韦几天前买的，我告诉他们我提前拿到了“孩子们”乐队即将发行的唱片。音乐老师没有识破我的诡计，播放了唱片中的第一支曲子，唱片装在一个白色的纸袋里，我告诉他们，光盘太新了，以至于新的封面还没有设计好。“糟透！”的音乐对他们来讲是再糟糕不过的了，上一次我在班上放他们的单曲《干净的手》的时候，他们就吼着“干净的手！干净的手！”，为此嘲笑了我好多天，但现在，当这首曲子的第一个音符在教室里响起时，立刻就引发了一阵低声的议论，他们的热情高涨，到了乐曲结束的时候，兴奋和激动都到了顶点，结果表明，“糟透！”化名“孩子们”后，赢得了胜利。这时我站起身来，告诉他们，他们投的**不是**“孩子们”，而是“糟透！”，这时我的眼中闪烁着胜利的光辉。我说，这证明他们对音乐根本不感兴趣，是其他的因素影响了他们的投票。啊，那时候他们是多么生气啊！但他们也不能说什么。我好好地耍了他们一回。

我当然听到过他们这么说了。我自命不凡，我以为我是个人物，我喜欢的东西总是很奇怪，和别人喜欢的不一样。但这不全对，其实我喜欢的是好的音乐，而不喜欢那些糟糕的，这难道是我的错？我了解了越来越多的有关音乐的知识，要感谢英韦和他的音乐杂志，我把它们都翻了个遍，英韦还给我放音乐。有“杂志”“治愈”“扼杀者”“头脑简单”“Skids”“Stiff Little Fingers”“XTC”，还有挪威的摇滚乐队，比如“肉”“蓝宝”“糟透！”“剪切”“斯达万格合奏”“新闻”“混凝土癔症”，“破坏”等等。他还教了我更多的吉他把位，他不在家时，我会拿着黑色的吉布森吉他拨片，挎着黑色的吉他背带站在那儿，为自己弹奏。为了保险起见，我买了一本打击乐器的教科书，用刀削了两根小棍，把一些书在地板上摆成一圈，左边的是一本有关踩镲的书，旁边那一本是关于小鼓的，往下的三本书是关于手击鼓的。在干这类事的时候，唯一跟我在一起的是达格·马格纳，他和我一起度过越来越多的时间。大多数时间里，我们都坐在他家听唱片，试着用他十二根弦的吉他弹奏，他也到我家来，那时候我们就坐在一起看各自的杂志，因为妈妈没有那么严格，同时也会听听我的唱片，议论着女孩子或我们即将组建的乐队，尤其是这个乐队的名字。他希望把乐队命名为“达格·马格纳的无名弟子”，但我希望乐队叫“血块”。其实这两个名字一样好，这点我们一致同意，而且现在我们不必把这事敲定，等到时间成熟了，我们有机会站在舞台上表演了，再来决定这个问题也不迟。

冬天就这样过去了，而第一次的班级联欢会也结束了，在联欢会上我们玩了邮差敲门和慢舞，搂着同班了五年的女孩子在地上一圈又一圈地跳着，我们非常了解这些女孩子，甚至甚于了解我们的姐妹。当安妮·莉丝贝特和我的身体靠得那样近时，我的脑袋几乎快要爆炸了。她头发的香味，闪闪发亮的眼睛，焕发着生命力的眼睛。还有，啊，在那轻薄的白衬衣下小小的乳房。

这难道不是美妙的感觉吗？

它是一种全新的感觉，在这些年里我从未体会过，但现在我知道它的滋味了，我想重新体验它。

冬天过去了，春天来临了，带来了光明，每一天通往夜的路程都变得长了一点儿，冰冷的春雨使雪下陷、消失了。在三月的一个清晨，在黑暗和雨水的笼罩下，我像往常一样地走进厨房，准备吃早饭。妈妈已经走了，上早班。她忘了关上收音机。就算待在自己的房间里，我也能拼凑出这一夜发生的事情，因为收音机的声音——我不能听清它播放的每一个字，只能听见声音的高低起伏——带有一种不同寻常的戏剧性。我给面包片抹好黄油，在上面放了一片香肠，倒了一杯牛奶。是北海上出了事故，一座海上石油钻井平台倾覆了，没入水中。雨水在玻璃窗外缓缓地流淌。雨打在屋顶上，发出轻微的、鼓点般的声音，它像层薄膜一样将房子罩住。排水沟里的水连续不断地流淌。上面古斯塔夫森的车发动了，前车灯发出了亮光。这是一场灾难，失踪人数不可估量，没有人知道准确的数目。半小时后，我来到B-Max超市那里，裤腿挽在雨靴的上方，雨衣上的帽子紧紧地笼罩在脑袋上，那时大家谈论的就只有这一个话题。所有的人都有朋友，或者朋友的朋友，他们的父亲或兄弟刚好在那个石油钻井平台上工作。那人叫亚历山大·谢兰，好像弄折了一条腿。造成这一切的是百年未遇的波涛？是一枚炸弹？还是建筑结构上的失误？

第一节课上老师就讲到了这场事故，虽然这实际上是一堂数学课。我想着外公现在会说什么。他总是让我们长大后找一个和石油开采相关的工作。石油就是未来。但还存在另一种声音：每日新闻做出了一个预测，说石油资源将很快被采集一空，它的消耗比预想的要快得多，二十五年内石油储藏就将被耗尽。我对新闻里出现的这个数字充满了好奇，2004，因为它存在于如此遥远的未来，让人感到很不真实，但在新闻里，它被当做是严肃的现实，与科幻小说和杂志里看到的年份完全不同，因此让人震惊：2004年真的会来临？在我们的生命中？同时，这些人说话时阴郁的嗓音也让我感到很不安，这种声音预示着某种可怕的事将会发生，一切将会结束。我不喜欢这样，我愿意一切都持续不断地一直进行下去。所有的终结都会让人惊恐不安。这就是我为什么

希望吉米 · 卡特连任总统，奥德瓦尔 · 努尔利[1]和他的工党在下一届大选中获胜。我喜欢吉米 · 卡特，我喜欢奥德瓦尔 · 努尔利，尽管他看上去总是那样的疲惫不堪。我不喜欢莫恩斯 · 格利斯图普[2]或奥洛夫·帕尔梅[3]，他们身上有一种令人不悦的圆滑和虚假，从他们的唇间和目光中展现出来。埃纳尔 · 福德[4]和莱夫 · 斯蒂恩[5]也是这样，但没那么明显。可我喜欢汉娜·克瓦姆[6]。但我不喜欢古尔塔·梅厄[7]，不喜欢梅纳赫姆·贝京[8]，即使他签署了“戴维营协议”。很难对安瓦尔 · 萨达特[9]有什么评判。勃列日涅夫也是，虽然是因为不同的原因。我看见他穿着厚厚的毛皮大衣，带着大毛皮帽子站在那里，在那张毫无表情的脸上，浓密的眉毛盖在细长的眼睛上，他向身下的游行队伍机械地挥着手，而队伍里架在基座上的火箭正一个接一个地向前移动，周围还环绕着上千名步伐整齐划一的士兵，迈着正步向前行进。我不认为他属于人类，他应该属于另一种生物，并且不可能与人产生关联。

我喜欢佩尔 · 克耶普[10]吗？

---

[1] Odvar Nordli（1927—2018），挪威政治家，在五年的任期内担任首相。

[2] Mogens Glistrup（1926—2008），丹麦律师，政客，1971 年成立右翼进步党。

[3] Olof Palme（1927—1986），瑞典政治家，社会民主党，两届首相，1986 年于街头被刺身亡。

[4] Einar Førde（1943—2004），挪威工党政治家。

[5] Reiulf Steen（1933—2014），挪威工党政客，国会议员。

[6] Hanna Kvanmo（1926—2005），挪威政治家，社会主义左翼党。

[7] Golda Meir（1898—1978），以色列国创始人之一，第四任总理。

[8] Menachem Begin（1913—1992），以色列政治家。

[9] Anwar Sadat（1918—1981），埃及政治家，第三任总统。

[10] Per Kleppe（1923— ），挪威经济学家和政治家。

在某种意义上来讲，是的，至少我热切地希望他的“反通胀计划”有用。

我喜欢汉斯·哈蒙德·罗斯巴奇[1]，但我觉得特里夫·布拉特利[2]怪怪的，他的声音很轻，如同耳语一般，还有他那奇怪的“r”的发音，瘦削的肩膀和那骷髅般的大脑袋，眉毛又浓又黑。

海上失事的话题占用了我们一刻钟的时间，然后就一如往常地开始上课，这就是说，我们开始做书本里的算术题目，而老师在座位之间走来走去，帮助那些举手问问题的人，户外，黑暗之手松开了清晨，万物都渐渐地明朗起来。课间休息时，有人说在石油钻井平台下可能有一些空气口袋，所以那里面的人可以靠它们维持好几天。另外还有人说，我们学校学生的父母都不在那船上，但一个罗利赫登的学生，他的父亲失踪了。要搞清所有传言的来源，或者它们有几分真几分假是很困难的。下一节课是挪威语。当女老师在讲桌后面坐下来时，我举起了手。

“有事吗，卡尔·奥韦？”

“你批改我们的作文了吗？”

“待会儿你就知道了。”她说。

她一定看过作业本了，因为接下去她在黑板上写下了一些词汇和写作规则，想来这应该是我们星期四交给她的作业本里的错误。

是真的，她从背包里掏出了一大叠批改过的作业本。

[1] Hans Hammond Rossbach（1931—2012），挪威经济学家，政客。

[2] Trygve Bratteli（1910—1984），挪威政治家，曾为工党领袖和两届的首相。

“这一次有许多写得很不错的文章，”她说，“我真想把它们都念给大家听。但可惜时间不够。所以我选出了四本。这倒不意味着这四本就是写得最好的，你们知道的。班上所有的同学都写得非常好。”

我盯着那一小叠本子，为的是看看是否能从中找出我自己的那一本。不是最上面那本，至少这点我敢肯定。

安妮 · 莉丝贝特举起了手。

她穿着一件白色的针织毛衣。这件衣服太适合她了。她漆黑的头发和黑亮的眼睛与白颜色是那么的般配，还有她的红嘴唇，和她身上发热时脸上的红晕，也很般配。

“怎么啦？”老师说。

“你念文章的时候，我们手里可以编织些东西吗？”安妮·莉丝贝特说。

“好啊，我觉得这不妨碍吧。”老师说。

四个女孩子向前弯下身，从书包里把她们的织物拿出来。

“我们也可以写家庭作业吗？”盖尔 · 哈康说。

有人发出了笑声。

“你得像所有其他的人那样，把手举起来，盖尔 · 哈康，”女老师说，“但答案是当然不行。”

盖尔 · 哈康笑了，脸红了一下，不是因为这惹怒了他，而是因为他在众人面前说了话。他在班上讲话时总是会脸红。

老师开始读文章了。第一篇不是我的。还有三篇，我想，在课桌下把脚伸了出去。我喜欢早课，外面还是黑魆魆的一片，我们像坐在一个明亮的胶囊里，所有的人头发都有点蓬乱，眼里睡意未消，有点无精打采的，但随着时间一点一点地过去，我们渐渐打起了精神，直到最后，所有的人都在四处奔跑，睁大了眼睛，手舞足蹈地，嘴里还在大喊大叫。

第二篇不是我的。第三篇也不是。

我不安地朝上望着她，她拿起了第四本作业本。还不是我的吗？

啊。她不会读我的文章了。

我心里的什么东西沉了下去，我很失望。但又有另一种情绪滋生。我的作文是最棒的，我知道这一点，她也知道。但她仍然像上次那样没有读我的文章。那作文写得好又有什么用？下一次我要写一篇最烂最烂的文章。

终于，她放下了那篇写得很糟糕的文章。

我把手举起来。

“为什么你不念我的？”我说，“它很糟糕吗？”

她瞬间眯起了眼睛，然后又睁开，她笑了。

“我收到了二十五篇作文。我不可能每一篇都念，你是明白的。我经常读你的作文。现在该读读别的同学的了。”

她拍了一下手。

“这一次他们确实写得相当不错。你们的想象力多么丰富！读你们作文的时候我真的很享受。”

她向盖尔·B. 点了点头，他站起来走到前面。他是值日生，要把这些作业本发下去。我很快地把我的文章从头到尾翻了一遍。每一页有一个错。最后她这么写着：“想象力丰富，文字流畅通顺，卡尔·奥韦，但故事的结尾或许有些突兀？错误很少，但你得在书写上下更多工夫！”

我们要写一篇有关未来的文章。而我写的是关于宇宙航行的故事。我用了很大的篇幅描述宇航员在航行前需要完成的各种训练项目，十页之后，我还没写到火箭发射，思考一番之后，我决定，这次宇宙航行会在最后一刻被取消，原因是某个地方出了错误，宇航员们功亏一篑，只得无果返家。

我在作文里写了“Hotel”，她用红笔把这个词圈了出来，在旁边加了一个“l”。我举起手，她向我走过来。

“这个词里面只有一个l。这我知道的。我在一本书里看见过，我很肯定。”

她向我俯下身来。香皂的味道从她的手上飘了出来，她的脖子那儿还有一股淡淡的香水味。

“啊，从某种意义上来讲，你是对的。但英语里的Hotel是带一个l的。而在挪威语里应该有两个。”

“凤凰宾馆（Hotel Phønix）就只有一个l,”我说，“它就在挪威。而且就是在阿伦达尔。”

“你说得没错。”

“那么这就不算是一个错了吧？”

“那就不算吧。就这样了。你的文章写得很不错，卡尔·奥韦。”

她直起身体，回到讲台那里。她的话语让我感到温暖，即使她只是对我一个人说的。

外面，雨还在下着，还夹裹着风。学校外面的树木摇曳着，发出吱吱嘎嘎的声响，课间休息时间结束后，当我们走进了室内运动场时，吹向体育馆高墙的风是如此强劲，听起来就好像是浪潮在拍打一样。通风设备的金属栅栏咆哮着、喘息着，整栋建筑物好像有了生命，一只巨大的怪兽隐藏在房间、过道和通道之中，它俯卧在学校旁，在沮丧和绝望中为自己唱着孤独幽怨的歌。或许有生命的是这声音，我坐在更衣室的长凳上，边这么想着边把自己的衣服脱掉。声音忽高忽低地起伏着，有时似乎还会盘旋一会儿，时而在这里，时而在那里，像是在玩一场游戏。我赤条条地站起来，拿着毛巾走进了淋浴间，那里面已经是热气腾腾的了。我在这群肌肤白皙得几乎像大理石一样的男孩子们中间找到了一个空位，温暖的水浇淋下来，先落到我的头顶，然后水流连绵不断地顺着我的脸颊和胸部，我的脖子和脊背流淌下来。湿头发粘在了额头上，我闭上眼睛。这时有人叫喊。

“托尔下面的那个东西竖起来了！托尔下面的那个东西竖起来了！”

我睁开眼睛，朝喊话的斯韦勒那边看过去。他用手指着对面的小房间，托尔站在那里笑着，他的双手垂在两侧，小鸡鸡直直地举在空中。

在班上数托尔的阴茎最大，是的，或许还是全校最大的。它悬挂在他的两腿之间，就像是一根经典猪肉肠，这已经不是什么秘密了，因为他总穿紧绷绷的裤子，还把这家伙朝上方斜放着，这样一来大家就都能瞧见了。是的，它个头可不小。但现在，它挺立着，就显得格外粗大。

“我的天！”盖尔·哈康喊了一句。

所有的人都盯着托尔，气氛骤然间沸腾起来，当然得做点什么了。这种非同寻常的时刻也不能被浪费。

“我们把他弄到亨塞尔小姐那儿去！”斯韦勒喊道，“来吧，快动手，趁它还没耷拉下去！”

亨塞尔小姐是我们的体育老师。她是德国人，讲一口蹩脚的挪威语，她严肃、整洁、拘谨，那副窄小的眼镜和总是向上高高拢起、梳得笔直的头发就印证了她的这些特征。她很注重细节，同时她也总是一副公事公办的样子，完全不留情面，总之我们都觉得她装腔作势，目中无人。作为体育老师，她也是我们的噩梦，因为她尤其喜爱器械运动，几乎从不让我们去踢足球。斯韦勒让我们把托尔弄到她跟前去，这会儿她正在体育馆里收拾整理，脖子上仍然挂着口哨，穿着蓝色的体操服和白色的长裤袜，一切都是完美无瑕的，我们知道。

“不，”托尔说，“别这样！”

斯韦勒和盖尔·哈康走过去，抓住了他的胳膊。

“走！”斯韦勒叫道，“再来两个人！”

达格·马格纳和盖尔·B.一起走了过去，抓住托尔的两条腿，把他举了起来。当他们几个人托着他从淋浴间出来时，托尔扭曲着身体反抗着，但他并没有全力以赴。其余的人都跟在他们后面。这场面看着太过瘾了。托尔被四个赤裸的男孩子托举着，他的四肢被分开，粗大的阴茎就这么挺立着，跟随在后的都是身子光溜溜的男孩子，他们穿过更衣间，走进凉飕飕的体育馆里，亨塞尔小姐，或许三十岁了，从大厅另一端的台子那儿朝我们转过身来。

“你们要干什么？”她说。

举着托尔的几个男孩飞跑过去。到了亨塞尔小姐面前，他们就把他的身体竖直起来，仿佛他是一尊将要被检查的雕塑，这种姿势大约保持了五秒钟之久，然后他们迅速地把他放下，一窝蜂地冲进了更衣室。

除了说了几句**别，别，孩子们，这样真不行**之外，亨塞尔小姐什么事也没做。没有号叫，没有尖叫，没有张开嘴巴，眼睛也没有转动得快要掉下来，这和我们所期待的不同。但不管怎么样,这是个大大的成功。我们向她展示了托尔那竖起来的大家伙。

之后，我们在更衣室里议论着接下去会发生的事情。我们觉得她不会采取报复手段,理由很简单,因为若是继续追查下去，对她来讲是难堪的。但我们错了。这演变成了一件大事，校长来到了我们的教室里，那四个扛托尔的人被留堂了，其他的人挨了永生难忘的一顿臭骂。在这起事件中，托尔是唯一一个毫发未损的人，他成为了一个受害者——校长、班主任和亨塞尔小姐一致认为这是一起欺凌事件——同时又是一个赢家，因为现在所有的人都知道了，包括女孩子们，他们都知道了他身体上这个令人咋舌的部分，他甚至都不用举起一根小指头，一切都唾手可得。

这天晚上，我赤裸着在镜子前站立了很久。

这件事说比做容易多了。我们家唯一的全身镜挂在楼梯边的走道上。但我可不能这么赤身裸体地站在那里哟，就算屋里空荡无人，但任何时候都可能有人出现，那时候即使我反应敏捷，他们仍然能在楼梯口瞅到我往回跑时晃动的光屁股。

不行，那就只能用浴室的镜子了。

但那面镜子只能照到脸部。要是向前凑近镜子，同时腿尽可能后退，那是有可能看见身体的，但从这样一个奇怪的角度，也看不出什么东西。

这就是为什么我要等到晚饭之后，等到妈妈洗涮完碗盘，拿着报纸，端着咖啡在客厅里坐下。那个时候我就可以去厨房拿一张椅子。要是她问我用椅子来干什么，我就说，淋浴的时候我要把录音机放在上面。要是她问我为什么不像往常一样把录音机放在地板上，我就会说，听说电和水接触是很危险的，而我冲澡时常常会把水弄到地板上。

可她什么也没问。

我关上门，脱下衣服，把椅子放到最靠墙的地方，然后爬了上去。

我先看了我身体的前面。

那东西没有托尔的大，确实如此，没有。它更像是一个软木塞。要不就像一根羽毛，因为轻弹它一下，它就抖抖索索的。

我把它握在手里。它能有多大呢？

我转了个身，从侧面观察。实际上这样看它会显得长一点。

无论如何，它长得和班上所有人的那玩意儿是一样的哟——托尔的除外——难道不是这样的吗？

手臂看上去更不乐观。细瘦干巴。胸部也是干瘪的。我蓦地想到自己在挪威杯[1]时拍的一张照片，我的上半身很单薄，前胸像是要贴着后背了。它原本不应当是这副模样的。训练时，我需要做俯卧撑，但我总是偷懒、作弊，因为实际上，而且这点只有我自己知道，我连一个俯卧撑都做不起来。

[1] 在挪威举行的年度世界青少年足球锦标赛。

我从椅子上爬下来，开始往浴缸里放水，当水流从那微型钢梁一样的装置——上面嵌有像两只眼睛的开关，一红一蓝——下面的小嘴里噼噼啪啪地喷溅出来时，我赶紧跑回房间，拿了磁带播放机，放上《异乡之爱》(*Outlandos d'Amour*)——这是我的淋浴音乐——把它在椅子上放好，摁下播放键，然后小心地进入浴缸。热水刺痛了我的皮肤，让我没法坐下去。但我最终做到了。我坐下去，站起来，坐下去，又站起来，直到皮肤适应了水温，然后我就可以躺在那里，让温暖的水从我身体上流淌而过，同时，音乐从那小小的播放机里流淌出来，我扯开嗓子唱了起来，梦想着成名的那一天，那时我认识的女孩子们会说些什么哪。我感到好好好（I feel lo lo lo），我唱着。我感到好好好，我感到好好好，我感到好好好，我感到好好好，我感到好好好。（I feel lo lo lo, I feel lo lo lo, I feel lo lo lo, I feel lo lo lo, I feel lo lo lo.）好，我感到好，我感到好（Lo, I feel lo, Lo, I feel lo）。我感到好孤独。我感到好孤独。我感到好孤独孤独孤独。我感到好孤独孤独孤独。好孤独。啊，我感到好孤独！好孤独。好孤独。好孤独。好孤独。好孤独。我感到好孤独。我感到好孤独。我感到好孤独。（I feel so lonely. I feel so lonely. I feel so lonely lonely lonely lo. I feel so lonely lonely lonely lo. Lonely lone. Ah I feel so lonely! So lonely. So lonely. So lonely. So lonely. So lonely.）

我抓住了斯汀声音里每一个极细微的差异，包括最后成了哀鸣的呜咽声。听歌时我时不时用拳头捶打着浴缸的边沿。当曲子结束，我用毛巾擦干手，把播放机里的磁带翻了一面，快进到《马索科滕加》(*Masoko Tanga*)，另一首我最喜爱的歌曲。

啊哈，《马索科滕加》！

之后我站在房间里的衣柜前，想找出一件可以穿的衣服。晚上还剩下好几个小时呢。

找到了一件浅蓝色的衬衣，白色的纽扣，深蓝色的李维斯牛仔裤。

“我们到底什么时候去买五月十七号的衣服呀？”我对妈妈说，在她跟前站住。

“这才刚到三月底哟，”她说，“我们有足够的时间买衣服。”

“但现在或许便宜些？”我说。

“看看再说吧，”她说，“现在我们也没有更多的钱，知道吧，现在你爸爸在上学。”

“但一点点钱我们还是有吧？”我说。

她笑了。

“到五月十七号你自然会有新衣服的。”

“还有新鞋。”

“还有新鞋。”

对于我们来说，五月十七号仍然是春季最重要的日子，就像冬季的圣诞节。在学校里我们会唱“我们是一个国家”“挪威红白蓝”和“是的，我们热爱这个国家”，学习有关亨里克·沃格兰[1]和1841年在埃兹沃(Eidsvoll)发生的事件[2]。家里人都会

[1] Henrik Wergeland（1808—1845），挪威诗人、作家和社会活动家，5月17日挪威独立日庆典活动的倡导者和组织者。

[2] 1841年在此地举行了标志挪威独立的第一次国民议会。

佩戴好缎带，把国旗挂出去，到处都能听到吹号的声音。在这一天里，所有竖着旗杆的地方都会升起挪威国旗，从一大早开始，一个个的家庭都会从家里出来，他们穿着民族服装，衣裙或是礼服，要是天冷或者下雨，外面就会披着大衣或外套，孩子们手里拿着国旗，有的时候还拎着乐器盒，因为我的邻居中有很多都是行军乐队的成员，他们穿的不是漂亮的节日盛装，而是乐队的制服，晚些时候再换上自己的衣服。图鲁姆岛学校乐队的一套制服是这样的：一件芥末黄的夹克衫，黑色的下装，沿着腿的两侧各有一道白纹，一直延伸到裤腿边上，头上是一顶黑色的外国军团帽。他们的胸前挂着他们在参与的无数次集会演奏中获得的奖章。然后是一辆接一辆的车，从车道上开出来，开上公路，向城里驶去，人们得把车停在远离市中心的地方，因为从东西南北的所有地方来的人都汇集在了一处，游行队伍将要经过的长街上挤满了人。游行队伍，也就是我们。在蒂霍尔门，桑德内斯小学的校旗下面集中，我们要在这面旗帜后行进，为此我感到骄傲，在这长得几乎没有尽头的队伍里，不仅仅只有阿伦达尔的学校，还有城区里所有的学校。我们分为两支队伍，上上下下地行走在城市的街道上，行走在人海中，而且你还得时刻集中注意力，因为你的父母——你得向他们挥手，他们要给你拍照片的——可是随时随地都会出现的哟。

1980 年的五月十七号这天，与我所经历的所有其他国庆节都不同。我们起床时，天正下着雨，为此我很不高兴，因为那样我就得在我的新衣服上罩上雨衣了。我穿着一件浅蓝色的李维斯牛仔裤，一双雪白的 Tretorn 网球鞋和一件灰白色，及腰的短夹克衫。我最满意的是我的牛仔裤。从坡上的一溜房屋那传来周围走动着的孩子们吹奏喇叭和号角的声音，它们的间歇时间各不相同。摔上车门的声音，花园小径上的叫喊声，气氛是紧迫的，同时又带着跃跃欲试的期盼。当我们来到蒂霍尔门的集合地点时，雨开始连续、均匀地绵绵落下，它是那样的坚定，毫无中断之意，我们要和罗利赫登学校的一个班级肩并肩一起走。我和他们其中的几个人一起踢过足球，但好多面孔我都从来没见过。

一个女孩转过身来。

她有着浅色的、自然卷曲的头发和蓝色的大眼睛，她冲着我笑。

我没有冲她笑回去，但她的笑意还是持续了一瞬，然后转了过去。

游行队伍开始移动了。在很远的地方，一个乐队正在奏乐。我们的一个老师开始唱歌，我们也都跟着唱了起来。游行了大约二十分钟后，许多人失去了耐心，特别是男孩子们，我们开始嬉笑和打闹起来，有人开始用手里握着的国旗撩开女孩们的衬衣，这个举动一下子扩散开来，我向着这个浅色头发的女孩移动着，幸亏我是和达格·马格纳一起的，这样一来我就是群体中的一个，而不是只有一个人。我把旗子伸进到了她衬衣的下面，把衣服往上一挑，她倏然回头，用一只手按着衣服，喊着住手，住手。但她望着我的眼睛，在笑。

我把其他几个女孩的衣服也撩上去了，这样我再去拨弄一次她的衣衫就不会显得很可疑了。

“别这样！”这次她这样说，向前面跑了几步，“别这么孩子气！”

她真的生气啦？

几秒钟过去了。她转过身，又笑了一下。很短暂，但已足够，她没有生气，她不认为我孩子气。

但她讲话没有南部地区的口音，是这样的吧？

她不是我们这里的？她只是来做客的？

那我永远都不能再见到她了。

不会的。别紧张。没有做客人的会来参加学校的游行！

我突然想到了手里握着的国旗，把它举了起来。去年五月十七号游行的时候，爸爸很生气，因为经过他们的时候我让旗子垂下来了。

达格·马格纳的脸上露出了一个大大的笑容。在闪光灯下，那张脸显得容光焕发。他的父母站在人群的第一排。他们不再是平常的样子了，节日的漂亮衣服让他们看起来像陌生人。

我又看着那女孩。

她个子不太高，穿着一件浅玫瑰色的外套，浅蓝色衬衣，薄薄的白色连裤袜。自然卷曲的金发，小巧的鼻子，大嘴，在她的下颌上有一道浅纹。

我的胃部紧缩，一阵痛楚。

她扭转着身体，为的是不让衬衣被掀上去，这时我看见了她丰满的胸部，因为她的外套敞开着，里面的毛衣又轻又薄。

啊，亲爱的上帝，让我跟她在一起吧。

“嗨，卡尔·奥韦！”妈妈在一个地方叫喊道。我四下张望。那里，在凤凰宾馆那条街的另一面，他们站在那里。妈妈挥着手，照相机举到了眼睛那里，爸爸向着我点头。

在我们返回市中心的路上，她又回过头来看我。在那之后，游行队伍解散了，她消失在蜂拥的人群里。

我甚至还不知道她姓甚名谁。

城里的游行活动结束后，所有的人都驾车返回自己的住宅区，换下衣服，吃点东西，或许也会看看电视里播出的全国各地的儿童游行队伍，然后所有人又坐进车里，穿着比较随意的衣服，驾车到霍弗，那里将举办这片土地上最盛大的庆典活动。在那里，所有木头棚屋的摊位上都会出售腊肠、冰激凌和饮料，你还可以买彩票，可以抽奖，参加游戏活动，小孩子们蜂拥着，他们兜里揣着发烫的十克朗的钞票，急急地想往外蹦，他们一会儿跑到这里买一根腊肠，一会儿跑到那里去参加“跳麻袋赛跑”的游戏，衣袖上沾着番茄酱，嘴里含着冰激凌，手里握着一瓶带吸管的可乐。虽然我们还没有完全长大，但我们干一切事情的节奏相较上一年都有所减缓了。就我个人而言，整个下午我都在寻找游行队伍里的那个女孩，每看到一件玫瑰色的外套或是蓝色的衬衣出现，我的心便跳动得快要蹦出来，但决不会是她，她不在那里。虽然我知道她上的哪个班，虽然我和她的同班同学踢过足球，但我不能问他们，因为这样一来他们马上就会明白我的心思，就会毫不犹豫地把这事传播开来。但我迟早会与她见面的，我确信这一点，这个岛并不大。

两个星期以后爸爸搬回家了，对自己在几个月内就完成了课程很是自豪。他卖掉了集邮册，也辞掉了那些杂七杂八的政治事务，把花园打理得精致美观，对于他来说，初级中学的教书工作已经轻车熟路，甚至有些单调乏味。因此他打算申请一份新工作。要是他找到了新工作，我们就会搬家。他期望接下去的一年将是他在普通中学教书的最后一年。

夏季开始时他买了一条船，是一艘“蛙鱼十七型”，二十五马力的雅马哈舷外马达。他第一次把船从阿伦达尔驶进那道狭窄的海湾时，妈妈，英韦和我站在浮船坞上。他站在方向盘后面，这艘吃水浅的船快速滑行着，虽然他没有笑，也没有向我们挥手，但我明白他其实是十分自豪的。

他减慢船速，船头沉了下去，但他没能像他预期的那样把船拐进来，停在我们站的那个地方，船向前滑行得太远了，撞上了浮船坞。他又将船向后开，再次加挡，缓慢地靠过来。他把系缆扔给妈妈，但她完全不知道要用它来干什么。

“一路顺利吗？”我说。

“没得说的，”他说，“你不都看见了。”

他爬上岸来，手里拎着那个红色的汽油桶。他把船上的篷布扣好。在那里站了片刻，检查了船的这里那里，然后我们坐进车里，车向上驶去，虽然这是妈妈的车，但爸爸坐在了方向盘的后面。

这一年开学以后，每天下午我都得跟着爸爸出去安好渔网，早上很早就得起床出去收网。我们把几片面包塞进肚里，脸上倦意未消，我们走进外面的黑暗中，他发动汽车，把车往下开，一直到浮动船坞，那里空无一人，静悄悄的，他把船上的绿色船篷布解开，把红色的汽油桶放好，松开系缆，开动马达，把船小心地倒退着开了出去。我站在前面，在挡风玻璃后，耸着肩，抱着手臂，捏紧的拳头放在衣袋里，因为实在太冷了，虽然这船比那艘老旧的小艇快，但开到岛的外侧也要花费半个多小时。爸爸站在驾驶盘后，专心致志地操纵着，船从陆地和耶尔斯塔岛之间的那条狭窄水道开了出去，在这个夏天的早些时候，他撞到过那里的一个小礁石岛。我们的船来到海峡上，这时他坐了下来，我们的船向前方驶去，波涛撞击着塑料船舷的底部，在空中溅起朵朵浪花。他通常把渔网安置在接近岸边的地方，我的任务是站在船头，把固定在下面的渔网浮标拉上来。这活儿很不容易，浮标滑溜溜的，要是我第一次没能把它们抓起来，爸爸就会喊，你得赶紧，不就是把它们拉上来嘛，因为海水寒彻刺骨，我的手全冻僵了，而在海上，在无边无际的大海上，总有风在刮着。爸爸的头发在风中凌乱，他的眼睛里闪着恼怒的光，他把船退后，又对着渔网的浮标开过去，要是我这次还没把浮标拉上来，他就会劈头盖脸地骂我一顿，我就会开始抽噎，他就会变得更加暴躁，或许几个大踏步走上前，自己动手来拉，同时指挥我去握住船的方向盘，把船朝那该死的浮标靠近，他可能会说，**朝那浮标开**，我说过了哟，你这蠢货！你就不能干点事儿？这不好操作控制，我说，而他就说，操作控制不念 stythe，念 styre！ **R—R—R**。**Styre**！我哭泣着，冻得浑身发僵，爸爸把身子弹到了船舷外，把渔网浮标急急地拖上了船。然后，波涛拍打着我们，黎明的第一道曙光出现在了地平线上，他忙着把渔网拉上来，愤怒的火光一点点地从他的眼睛里消失，他试着缓和之前表现出来的暴怒，但为时已晚，寒冷已经深深地刺进了我的内心，就像它刺在我手上一样，我恨他，我恨我的父亲，回家的路上，鱼儿在那白色的鱼桶里欢蹦乱跳，而我们再也没说一句话。当他在洗衣房里清洗那些鱼的内脏时，我已经背上书包，继续我的一天，此时我的同学的一天才刚刚开始，而我已经度过了好几个小时。

这个秋天，我们乐队终于成立了。我取的名字得到认可，“血块”，我们把它写在了我们的书包和外套上，我们在新盖的小教堂的地下室里练习。是达格·马格纳把这事搞定的，他的母亲在一个医生家里做清洁，这医生是教区的主管之一。马格纳也是我们中唯一一个能演奏，让人觉得他具有音乐才能的人。他负责弹吉他和演唱，我弹吉他，肯特·阿尔内弹贝斯——他妈妈给他买的——达格·洛塔尔是鼓手。在这一年的圣诞晚会上，我们要在学校的体育馆里演出。英韦已经教会了我《爱上老师》这首“孩子们”乐队最热门的歌曲在吉他上的弹法，虽然我很不愿意弹这一首，至少对我来讲这首歌像是在拍马屁，但这是英韦知道的最简单的曲目了，或许也是唯一一首我们能够演奏的。在演奏的过程中，乐队出现了分裂，大家都按自己的节奏随意乱来，肯特·阿尔内甚至还在演奏时调试他的贝斯，之后大多数人都对我们持批评观点，一些四年级的甚至站出来指责我们——他们是有理由这么做的——说我们根本就不会弹奏哟，但我们站在学校操场上，穿着裤腿上都是破洞的牛仔裤，牛仔衣，脖子上缠着一块方巾，那时候的感觉是无与伦比的。我们上六年级了，很快就会成为初中生，我们还在乐队里演奏。但紧接着，乐队解散了，因为无论

是达格 · 洛塔尔还是肯特 · 阿尔内都不想再参加了，这就好像是当头一棒，但达格·马格纳和我还将作为一个二人组合继续下去，我们会到上面他的家里去给歌曲录音，听歌，梦想着迎来一种突破，比如在夏天去城里“传奇夜晚”演出，作为一个新的乐队。为了这个，我到霍瓦尔那里去了，他在城里唯一的一个朋克乐队演奏，他住在桥边，比我们大五岁，我问他是否可以让我们去表演。他不能保证什么，但会帮我们说点好话，那就等着看吧。

在春天，在学校的一次家长会上，我们演奏了两只曲子。达格 · 马格纳弹吉他，我敲小鼓，先是我自己写的《踩上流社会一脚》(“Tramp på en soss”),然后就是奥耶·亚历山大森[1]的《斜坡》。在我们开始演奏以前，我向家长们介绍了朋克。

“最近这些年来，英国的劳工阶层创建了一种崭新的音乐形式，”我解释道，“你们当中的一些人或许听说过。它叫做，朋克。搞朋克音乐的人并不想成为优秀的音乐家，他们是想表达他们的反叛意识，他们是社会的反叛者。他们穿着皮夹克，扎着带铆钉的皮带，全身上下都扎着安全别针。安全别针几乎成了他们的一种标志。”

我热情洋溢地望着眼前聚在一起的这些理发师，护士，清洁工和家庭主妇。我十二岁，在过去的五年中，每逢圣诞或是每到夏季，她们都会看见我站在那上面，扮演城里的市长或伯利恒的约瑟夫，现在我又站在那里，但这一次我是朋克的代言人，是

[1] Åge Aleksandersen（1949— ），挪威最著名的摇滚乐手之一。

"血块"乐队的成员。

"现在我们让你们略微感受一下这种音乐形式。下面我们开始演奏自己创作的一首曲子。它叫作,《踩上流社会一脚》。"

达格·马格纳开始弹奏,他一直站在我的身旁,肩上是一把十二根琴弦的吉他,在他演奏的时候,我唱着歌,在心血来潮的时候敲打小鼓。

我们下一次表演节目是在班里。我们演奏了两首曲子。演完后,几乎全场一片喝倒彩的嘘声和口哨声,长着红胡子的班主任芬索达尔走到达格·马格纳跟前,对他说,他的吉他弹奏得有些起色了。

挫败的伤痛。

于是,我给挪威电视台(NRK)寄了一封极为隐秘的信,他们播放一档节目,在这档节目里,孩子们可以和他们的偶像同台表演,我写道,我很愿意和奥耶·亚历山大森一起演唱《斜坡》这首歌。

很长的时间里我都沉浸在这个梦里,但对方从来没有答复,在一夜之间成为众人瞩目的明星这个梦慢慢地消失了,但又有另一个梦冒了出来,因为我们的教练厄于温在训练结束后把大家召集在一起,说我们或许可以为斯塔特—米约恩达伦俱乐部打一场热身赛。我在前一年去克里斯蒂安桑体育场看了联赛杯决赛,见证了斯塔特队在最后的一秒钟奠定了他们的冠军地位,我和场内其他的几百号观众一起站在球员更衣室的那栋建筑物旁歌唱雀跃，为球员喝彩欢呼，我甚至还摸到了斯韦恩·马蒂森[1]的球衣，当然就在一秒钟的时间内，我的手指头就被另外一个眼里冒着贪婪目光的成年人给掰开了，我在好几年里场场不落地观看了隔周的星期日在俱乐部的主场举办的球赛，事实上，我的居纳尔叔叔还和斯韦恩·马蒂森有点交情，他帮英韦弄到了他的签名，对于我来说，在克里斯蒂安桑体育场踢球意味着，不只是所有在场的观众能看见我，球员们或许也能看见我，这一切对我来说都非同小可。我的球队是这个地区最棒的球队之一，我们踢赢了联赛的绝大多数比赛，而且净胜了好多个球，我参加的每一年，我们都是联赛的冠军，虽然我是我们队里最差劲的一个，动作迟缓，又没有什么技能，但这只是暂时的，实际上我是很不错的，实际上我是可以同其他人一样棒的，这只是时间问题，时间到了，我的能力就会显露出来。是这样的，因为我是在脑子里踢球的哟，我可以在各种可能和不可能的位置进球，就像约翰，不管谁在侧翼阻挡，都能嗖嗖地带球过人，就像汉斯·克里斯。我要做的只是让行动与思考合一，让它们成为一件事，那一切就都搞定了。为什么在体育场的这场热身赛就不能踢得和霍弗的训练一样出色呢？难道在秋季的几周里我没有踢得越来越好吗？我就不能带球过一个又一个的人吗？

对，可以的。一切都刻在了我的脑子里。尽管我并没有掌握我所期望掌握的那些技巧，但我注意到，我竟然还留在中锋的位置上。在这一年的早些时候，我们在罗利赫登学校上面新建的、

[1] Svein Mathiesen（1952—2011），挪威足球队队员。

位于特罗姆岛大厅外的球场上进行了第一场训练赛，下半场开始一会儿后，我就被替换下去了，我走下球场时眼里饱含泪水。虽然我望着地上，但教练还是发现了，在我朝更衣室走去时，他跟在我身后跑了过来。我本来应当坐在那里看完比赛的，但一来是因为我对自己被换下来感到失望，不能再继续看，二来也是因为我不愿意让别的人看见我在掉眼泪。

"怎么啦，卡尔·奥韦？"他说。

"没什么。"我说。

"就是因为我把你换下来了？大家都得有机会上场，你知道的。这并不意味着你离队了。不是这样的。只有今天。这是训练赛。"

我含着眼泪笑了。

"没事的，"我说，"完全没事。"

"你确定？"

"确定。"我说，感觉又有新的眼泪要涌出来。

"那就好。"他说。

之后我想到，或许我能继续踢球是因为他为我感到抱歉，或许他不愿意这种事情再发生。这不是个令人愉快的想法，继续呆在球队里对我来说就已经很好了，尽管我有许多不及人之处。

我们在谢那训练，也在那里主场作战，就在布拉特克莱夫大住宅区的下方，大多数和我一起踢球的男孩都住在这里。

就在那个地方，我和她再次相遇。

六月初的一天，湛蓝的天空上没有一丝云彩。我们在球场半区中央安放的塑料圆锥筒之间踢球，因为球门和球场中心的那块草坪已经被踏平了，地面颠簸不平，虽然太阳的位置很低，周围的树伸出的树枝也在球场上方投下了绿荫，但天还是那样的热，我们在那里来回地奔跑，追逐着球的时候，汗水在我们的额头和脊背上流淌。鸟儿在球场两侧的树上唱着歌，海鸥尖叫着，时而有一辆车轰隆隆地开过去，在远处有一架割草机时高时低的嗡嗡声，下面临时搭建的更衣室里传来叫喊声和嬉笑声，有一群小孩在提耶那褐黄色的，温吞吞的水里游泳，而与此同时，我们正大口地喘着粗气，足球在我们之间发出低微的声响。这一个赛季我在最出色的球队里，和我一起踢球的男孩都比我年长一岁，因为出生日期的原因，明年我将会像去年一样，跟那些小一岁的男孩在一起踢球。我们的领先已成定局，还有一个月的时间我们就要参加挪威杯的比赛了，要是一路进展顺利，我们不是没有希望进入决赛。我有一条白色的茵宝短裤，一双乐卡克球鞋，每一次训练后我都擦拭它、给它上油，把它握在手里翻来覆去地看时，我仍然能体会那种巨大的、使我的心怦怦直跳的喜悦。

这一天晚上有四个女孩子在球场边缘处停下，从自行车上跳下来，把车扔在那里，朝球场傍依着山峰的那一面走去，她们在那里坐下来，看着我们，边谈天边笑。女孩子们到这里来看我们的情况是发生过的，但我以前从来没有看见过她。这就是她，这毫无疑问。这次她穿了一条蓝色的牛仔裤，白色的 T 恤衫。

在余下的训练中，我的注意力从未从她的身上离开过。我所做的一切，都是为了她。当我们结束训练，做完伸展运动，分发完 XL1 的饮料瓶以后，我和拉尔斯、汉斯·克里斯蒂安在她们下面的草地上坐下来。他们两个向她们喊了一些侮辱性质的话语，在一阵哈哈笑之后，她们也回敬了类似的话。

“你们认识她们，是吧？”我问，尽可能地小心。

“是啊，”拉尔斯说，没什么兴趣的样子。

“你们是在同一年级的？”

“对。凯萨和苏娃。另外两个上 HC 班。”

那她不叫凯萨就叫苏娃。

我的身子朝后倒，用手支撑着地，橘红色的太阳光线让我不得不眯缝起眼睛。边线旁的两个人中的一个把整个脑袋埋进那儿的一只水桶里。他直起身子来，把头发往两边一甩。水珠在空中形成了一个闪烁着的灿烂光圈，但只持续了短暂的一瞬间，然后就消失了。他把手指弯曲起来，捋了捋湿漉漉的头发。

“我以前见过她们中的一个，”我说，“右边最外面的那个。她叫什么名字？”

“凯萨？”

“对，就是那个吧？”

拉尔斯看着我。他长着一头卷发，有雀斑，表情总是带着一点放肆，但他的眼睛是温暖的，总是闪闪发亮。

“我们是邻居，”他说，“从我开始学走路的时候就认识她了。你对她有兴趣？”

“没有。”我说。

拉尔斯举起一根硬邦邦的手指头，在我的胸膛上戳了几下。

“有兴趣吧，”他咻咻地笑了起来，“要不要我帮你引荐一下？”

“引荐？”我说，突然嘴里发干。

“那，这词儿没用错吧，你不是无所不知的吗？”

“对，是这意思。不。但不是现在。或者说，完全用不着引荐了。我没什么兴趣。我只是猜测。觉得我以前见过她。”

“凯萨不错的，她。”拉尔斯说。然后他低语道，“她的乳房很大。”

“是。”我说。想也没想就转过身去看她。

她在看着我！

我又站起身来，跟在拉尔斯后面，朝更衣室走去。

“能给我来点儿吗？”我说。

他把 XL1 饮料瓶扔给了我，我仰起头，通过那细长的塑料管把绿色的液体灌进了喉咙里。

“要一起去游泳吗，你？”他说。

“不，我得回家。”我说。

“或许凯萨也会去游泳的。”他说。

“别说了。”我说。他看着我。我无力地摇了一下脑袋。他笑了。其他的人在我们身后晃晃悠悠地走了进来。我在更衣室里只换下了 T 恤衫和鞋，穿上训练服外套，把袋子在行李架上夹好，骑车沿着树林里的那条老砾石路回家，在太阳光线照射不到的地方，空气会陡然变得凉爽，我得把嘴闭上，因为在这些比较阴凉的区域里，会有成团的小虫子。路旁的山峦——在前一年的火灾中已经变得光秃秃的——裸露在阳光下，山峦完全消失之后出现了一道道斜坡，巨大的、枝叶浓密的云杉树像堵墙似的直立在道路的两旁。我用的还是那辆小时候的自行车，一辆 DBS 组合，车的坐垫和车把手一直升到了最高点，使得这车看上去像是经历了一场剧变,一种自行车变成了另一种自行车。我高声地唱着歌,绕过那些坑坑洼洼的地面,全速向前,有时候,不灵活的车后轮会突然打滑。

> 赶快!多滴滴滴里多多/赶快!多滴滴滴里多多
> 赶快!多滴滴滴里多多
> You come all flattarp he come/Groovin ut slowly he got
> Ju ju eyeball he won/Holy roller he got/Here down to his knees
> Got to be a joker he just do what he please[1]
> 赶快!多滴滴滴里多多/赶快!多滴滴滴里多多
> 赶快!多滴滴滴里多多

这是披头士乐队《艾比路》专辑里的开场曲《一起来吧》,至少我耳朵里听到的就是这样的。没错,我不确定我知道他们都唱了些什么,但当我在树林里骑着车,嗖嗖地冲下山坡,心里充满无与伦比的快乐时,这有什么要紧的?在下面小径和柏油公路交会的路口,我踩下了刹车,一辆汽车开过,然后我又加速前进,竭尽全力蹬着车,直到骑上道路另一面的砾石坡路。我吞下了一两颗旋钮形的诺特甘草糖,试着想把它们从喉咙里咳出来,但失败了,在斯皮德芒坡顶,我穿过主干道,顺着自行车道一直往下,到了菲纳加油站,加油站外的桌子边聚集了一伙人,不像在冬天

---

[1] 原歌词应为:Here come old flattop/He come groovin' up slowly/He got joo joo eyeballs/He got hair down to his knee/Got to be a joker/He just do what he please。

时那样，人们只能待在里面的咖啡馆里。他们的自行车和摩托车都停放在离他们很近的地方。我倒也不是害怕去他们那儿，可能发生的最糟糕的事情就是某个人上前来对我评头论足一番，但我不喜欢这样，于是我骑到了马路的另一边。这天晚上那里有三个我班上的同学，除了约翰，我看见了托尔和温妮，还有平行班的玛丽安——我曾同她一起过。没一个人搭理我，如果他们不是根本没看见我的话。

骑车回家的话，最便捷的就是顺着主干道走，但我还是在山坡前跳了下来，那里有一条往上的小径，我推着车往上走。树木立刻就把朝向主干道的一侧在我身后关闭，风景在眼前展开，我非常喜欢这种变换，值得我为它多花上几分钟的时间。

现在就只有树林了，视线里没有一座房子，或是一条路，目之所及的地方都是树，高大的宽冠落叶树长满了绿叶，叽叽喳喳的鸟叫声不绝于耳。小径是由被踩踏得很坚实的泥土和裸岩面组成的，有些地方横亘着巨大的、古老的树根。沿着溪畔的草长得茁壮、茂盛，在树林的更深处横卧着翻倒在地的大树，光滑的树干，干枯的枝干间长满了植物，在我的记忆中，这些大树就一直躺在那里，在那后面又是一道小山坡，坡上的树桩被掩映在深草和已经蹿起来的新树之间。人只需要在这小径上走最初的几百米，就能想象到森林的幽深，是的，那无止境的深远，充满了神秘。在冬秋之际，人可以瞅见从路那儿迤逦而下的长石坡，环绕着树木的住宅区，也能看到房屋当中一个橘红色的屋顶。问题不在于人所处的世界限制了他的想象力，是人的想象力给世界设下了局限啊。这一次我出外不是为了寻乐子，只是为了将自己置身于我所喜爱的大自然中，为了进一步享受我从凯萨那一瞥中所获得的自由的感觉。

凯萨，她叫凯萨！

我推着自行车，步履沉重地爬上了山坡，朝那段缓坡走过去，然后我又骑上了自行车，来到了马路上，教区小教堂的下方。谢蒂尔家外面的路上聚集着好多孩子，他们在那里踢足球。他的父亲坐在阳台上的一把野营折叠椅上，穿着短裤，敞开的短袖衫那儿，能看见他向前凸起的肚子。烧烤的一缕烟从离他不远的地方飘了过来。

啊，这味道！

路的另一边，汤姆在冲洗汽车。他戴着一副飞行员大墨镜，靠近大腿处的裤脚上有一截长长的毛边，除了这两样，他身上就没有什么别的了。音乐声从敞开的车门里倾泄而出，让这车看上去像一架笨拙的小飞机，我听出来了，这是“胡克博士”（Dr. Hook）。然后我来到了坡上，看见绿树背后遥远的蓝色海湾，另一边是白色的天然气罐。我骑着车时，迎面而来的强劲的风将沙粒刮进了我的眼里。我家房子外面的路上也有一群孩子在踢足球。是玛丽安的弟弟，盖尔 · 哈康的弟弟，本特和扬 · 阿特勒的弟弟。他们向我打招呼，但我没搭理他们，从车上跳下来，把自行车推上了车道，那里停着两辆汽车。安妮 · 马伊的大雪铁龙和达格尼的 2CV。我完全把他们要来的事儿给忘了，当我看见他们时，快乐和激动让我哆嗦了一下。

我走上楼去时，他们和妈妈一起坐在客厅里。妈妈烤了蛋糕——或许还剩下三分之一——煮了咖啡。现在他们坐在弥漫的烟雾中聊天。我向他们问好，他们问我怎么样了，我说一切都好，我参加了足球队的训练，他们问假期是否开始了，我说是，非常愉快。安妮递给了我一袋 M 巧克力。

“我想现在你已经太大了，不适合吃这东西了？”

“M 巧克力，不合适？”我说，“什么年龄的人都可以吃 M 巧克力的哟。”

我接过糖袋，转身想到厨房去，安妮说话了：

“好家伙，你背上写的是什么东西啊？创伤？”

她笑了。

“他足球队的名字叫‘创伤’。”妈妈说。

“创伤！”达格尼说。他们三人都笑了起来。

“这有什么不对吗？”我说。

“我们就是干这个的，知道吧。当一些很可怕的事情发生时，人的心灵就会受到创伤。在你的背上看到这个词，我觉得有点喜剧性。”

“哦，”我说，“但它不是这个意思。这个创伤，是来源于特罗姆岛古时候的名字。事实上，是维京时期的名字。”当我走进自己的房间时，他们还继续笑着。我放了一张 The Specials 的光盘，躺下来读书，这时最后的一缕太阳光线投射在了床对面的墙壁上，住宅区渐渐地沉寂下来。

在接下去的两周里，凯萨始终盘旋在我的脑海里。有关她的两个画面一再出现。一个是她朝我转过身来，金色的头发，蓝色的眼睛，穿着五月十七号那套粉红色和蓝色的服装。另一个是裸体的她躺在我面前的草地上。后面这一个画面几乎在每天我睡觉以前都会出现在我眼前。想着她那白皙丰满的胸部和那粉红色的乳头，让我的心里隐隐作痛。我躺在那里辗转反侧，眼前出现了不同的画面，我和她做了些热烈而急切的事。第二个画面唤醒了我心里另外的一些东西，是在另外的时间里：从山冈悬崖那往下飞跃，身体在空中盘旋着，太阳光直射在我的脸上，我瞥见了她，我的内心深处生出一种狂喜，在几乎是同一时刻，我的脚滑行在镜面般的水面上，我的身体坠入绿蓝色的海水里，溅起了几米高的浪花，我被翻腾的水花和泡沫环绕着，唇间尝到了咸味，我缓慢地划着水，向水面游去，胸膛里是快乐的战栗。或者在餐桌旁，比如，我正在剥鳕鱼的皮，或是嘴里正咀嚼着牛肺凉冻——这东西是那么的令人讨厌，它很黏稠，刚开始会在你的嘴里变大，塞满你的嘴——在咀嚼时，我让牙齿穿透它，使劲地咀嚼，到了最后，它就变成了一丁点儿的筋状物，这时有关她的画面就可能蓦地出现，发出那样的光亮，使环绕在我四周的一切都隐退到了黑暗之中。但我不能在现实中看见她。两个住宅区间的直线距离不过是几公里，但这两个社会之间的距离是巨大的，无论骑车还是坐公交车都难以到达。凯萨是一个梦，脑海里的一张图画，天上的一颗星。

然后就发生了一些事。

我们在谢那球场踢球，实际上春季阶段的训练已经结束了，但之前有一场比赛取消了，时间向后顺延，所以我们出现在了球场上，在温暖的草地上兜着圈跑，场外通常有十到十五个旁观者，我用眼角瞄到了沿着边线走过来的三个人，我立刻就知道其中的一个是她。剩下的比赛里，我看靠山那一面的场外观众的时间和看球的时间几乎一样多。

比赛结束后，一个女孩走到我面前。

“我可以和你说几句话吗？”她说。

“可以，当然可以。”我说。

我的希望是那样的强烈，我没法不露出笑容，心里一下子燃烧起来。

“你知道凯萨是谁吗？”她说。

我脸红了，看着地上。

“知道。”我说。

“我替她来问问你。”她说。

“你说什么？”我说。

一股热浪在我身上涌起，血液充满了胸膛。

“凯萨想知道你是不是愿意和她在一起，”她说，“你愿意吗？”

“愿意。”我说。

“好，”她说，“那我就去告诉她。”

她开始往回走。

“她在哪里？”我说。

她转过身来。

“她在更衣室旁等着，”她说，“那么，待会儿我们在那里见面？”

“好，”我说，“我们在那里见。”

在她继续往前走时，我望着地上。

“感谢你，上帝。”我在心里说道。因为这终于发生了。我要和凯萨在一起！

这是真的吗？

我真的要和凯萨在一起了？

和凯萨？

我开始不知所措地沿着球场的边线走着。猛地，我的脑中冒出了一个大问题。现在她就在那里等着我。我得和她说些什么，我们得一起做些什么。该是什么呢？

走进更衣室的时候，我可以要么假装没看见她，要么冲她露出一个大大的笑容，因为我要进去换衣服。但当我又出来的时候……

这是个暖洋洋的黄昏，空气里有青草的气味，还有鸟鸣的声音，我们赢了球赛，更衣室里的情绪高涨，大家都兴高采烈的。凯萨和其他两个女孩一起站在路旁。她手里扶着自行车，当我朝她走去时，她向我投来了短暂的一瞥。她笑了。我也冲她笑了一下。

“嗨。”我说。

“嗨。”她说。

“我进去换一下衣服，”我说，“然后就出来。”

她点点头。

在那棚屋式的简易更衣室内，我尽可能慢地换着衣服，同时疯狂地搜寻着一种不会让自己失去脸面的方式。和她在一起，要是没有预先做准备，那就完蛋了，这是绝对行不通的。关键就是要找到一个令人信服的托词。

做作业？我寻思着，一边解下腿上的护膝，它已经被汗水弄得滑溜溜的了。不行，那我就会给自己营造一个很糟糕的形象。

我把护膝放进包里，又解下了另一个，透过那个小窗户眼，平视着外面的湖。我把脚上的绷带呼呼地拆下来，又把它卷在一起。先进来的一批人已经出去了。我的天，你是个蠢货吧，约翰对约斯泰因说，后者拿着守门员手套在他的脸上扇了一下。别闹了，你个王八蛋，约翰喊道。我和凯萨在一起了，我真想这么说出来，但我当然不会这样做的。我站起身来，把我那浅色的牛仔裤穿上。

“瞧瞧这时尚的裤子。”约斯泰因说。

“你穿的才是时尚的裤子。”我说。

“就这个？”他说，朝着自己那条黑红条纹的裤子努了努头。

“是。”我说。

“这是朋克裤，你个傻冒。”他说。

“才不是，”我说，“这是‘间奏曲’卖的，那至少是家时装店。”

“那么，这腰带也是个时尚品牌？”他说。

“不是，”我说，“这是朋克皮带。”

“好，”他说，“但至少你的裤子是那种时尚裤。”

“我不是他妈的那种赶潮流的人。”我说。

“但你是个地道的费米（fenmi）。”约翰冒出一句。

费米？什么意思？

“哈哈哈！”约斯泰因笑起来，“走呀，假娘们儿！”

“那你呢，该死的爸爸的乖儿子。”我说。

“我爸有钱是我的错？”他说。

“你没错。”我说，拉上了蓝白两色的彪马鞋上方的拉链。

“再见。”我说。

“再见。”他们俩说，然后我走了出去，什么也没来得及准备。

“嗨。”我说，在她们面前停下，她们的手都扶着自行车的手把。

“你们打得很不错呀。”凯萨说。

她穿着一件白色T恤衫。乳房从衣衫下凸显出来。一条李维斯501牛仔裤，配了一条红色的塑料腰带。白袜子。白色的耐克网球鞋上有浅蓝色的标记。

我咽下一口唾沫。

“你这样认为吗。”我说。

她点点头。

“要不，你跟我们一块儿往上走？”

“实际上我今晚恰恰有些不得空。”

“是吗？”

“是。我差不多得马上往回赶了。”

“啊，太遗憾了，”她说，她和我的目光相遇，“那，你要去干什么呢？”

“我答应我爸爸要帮他干点事。他正在忙着砌一堵墙。我们不可以明天见面吗？”

“行啊。”

“那在什么地方？”

“放学以后我可以到你那儿去。”

“你知道我住哪里吗？”

“在蒂巴肯，不是吗？”

“是的。”

我往上一抬腿，上了车。

“那么，再见了！”我说。

“再见！”她说，“明天见！”

我极为轻松地向前蹬去，直到我离开了她们的视线，我站立在踏板上，俯身往前，开始像野人那样疯狂地踩着踏板向前冲。这简直太妙不可言了,美好得让人觉得不可思议。我到你那儿去，这是她说的。她已经知道我住在哪里了。她愿意和我在一起。不仅仅是这个。我们已经在一起了。我和凯萨在一起了！啊，我得到了想要的一切！但还没完。我要跟她说些什么话？我们要一起做些什么事？

半小时后，当我拐进家里的车道时，妈妈正坐在屋后阳台上的一把折叠椅上看报纸，面前的野营桌上放着一杯咖啡。我走到那里去，坐了下来。

“爸爸上哪儿去了？”我说。

“出去钓鱼了，”她说，“你们的比赛怎么样？”

“不错，”我说，“我们赢了。”

沉默了一会儿。

“发生了什么事吗？”妈妈说，她看着我。

“没有。”我说。

“那么，你有什么事想问的吗？”

“没有，实际上没有。”我说。

她对我笑了笑，继续读报纸。从上面的普雷斯巴克莫家传来了收音机的声音。我抬头朝那里望去。玛尔塔恰好跟妈妈一样，坐在一张凉椅上，面前摊着一张报纸。再往里，在靠近树林的石围墙那儿，普雷斯巴克莫自己弯着腰，站在菜园子那，手里拿着一把锄头。小径上有一个活动的人影，让我转过头朝向另一个方向。是弗雷迪，我立刻就看清楚了，他有白化病，雪白的头发让人不会看错。他上四年级，是个驼背。

我又望着妈妈。

“你知道‘费米’究竟是什么意思吗，妈妈？”我说。

“费米？”她说。

“是。”我说。

“不，其实我不太明白。但这一定是‘feminin’的缩写。”

“那就是女性的意思，是吗？”

“对，正是这样。为什么你问这个？有人这样说你了？”

“没，没有。我是在今天比赛完以后听说的。是别的人被这么叫了。我只是从来没有听过这个词。”

她瞅着我，我看出她是想说些什么，我站起来了。

“哎呀，哎呀，”我说，“看我几乎就要穿着训练鞋走进屋了。”

晚饭以后，我走进了英韦的房间，告诉他发生的事情。

“今晚我和凯萨在一起了。”我说。

他从书桌上翻开的教科书上抬起眼睛，笑了。

“凯萨？我从来没有听说过她，她是谁？”

“她在罗利赫登学校上学。六年级。她真的很漂亮。”

“这我不怀疑，”英韦说，“祝贺你。”

“谢谢，”我说，“但还有一件事……我或许需要一个建议……”

“是吗？”

“我不知道……是的，我还完全不了解她哟。我不知道……我该干什么？她明天要到这里来，明白了吧。我甚至还不知道我该说什么！”

“没事的，”英韦说，“只要不多想，一切就都会好的。你们总是可以腻在一块儿的哟。”

“哈哈。”

“没事的，卡尔·奥韦。放心好了。”

“你这么想的吗？”

“当然。”

“OK，”我说，“你在干什么呢？”

“做作业。化学，还有地理。”

“想到我要开始上高中，我会乐死的。”

“要阅读大量的东西。”英韦说。

“是的，”我说，“但还是喜欢。”

英韦把目光又转回到书本上，我走进了自己的房间。英韦刚刚结束高中一年级，我很理解他愿意继续学习社会学科，但爸爸希望他进一步学习自然学科，所以英韦不得不开始学习后者。有点令人不解的是，爸爸自己的专业其实是挪威语和英语。

我放上一张《麦卡特尼 II》的光盘，在床上躺下，开始想我第二天该说什么、做什么。不时会有一阵战栗在我的身体内窜过。事实上我已经和她在一起了！或许她正躺在自家房子里，躺在自己房间中，躺在自己的床上，现在正想着我？或许她已经入睡了，或许她在床上就只穿了一条内裤？我转过来，趴在床上，下身在床垫上一阵摩擦，同时哼着《临时秘书》（*Temporary Secretary*）这首歌，想象着在等待着我的一切。

吃过晚饭的一小时后，她来了。我一直在窗口那里走过来走过去，头朝向路那边，尽可能地做好准备。但当我看见她骑着车上坡时，仍然感到一种震惊。有几秒钟我几乎难以平静地呼吸。肯特·阿尔内、盖尔·哈康、莱夫·托雷和沃维德在外面，他们站在那里，扶着自己的自行车，她来的时候，他们一致转头看向她，一种自豪之情不由地流遍了我的全身。蒂巴肯从来没有这么漂亮的女孩子。而她是为我而来。

我穿上鞋和外套走了出去。

她在他们跟前停下，站在那里和他们讲话。

我扶着自行车，推着它走了过去。

"她想知道你住在哪儿，卡尔·奥韦！"盖尔·哈康说。

"是吗？"我对他说。目光与凯萨相遇。"嗨，"我说，"好找吗？"

"好找，没问题，"她说，"只是我不知道究竟是哪一栋房子，但……"

"我们走吧？"我说。

"好，走吧。"她说。

我坐上自行车。她也坐上自行车。

“再见！”我对还站在那里的四个人说。向她转过身。

“我们可以骑车到上面那里去。”

“好的。”她说。

我知道他们在背后看着我们，他们对我的嫉妒多于往日。好家伙，他是怎么得手的呢？他们肯定这么想着。他在什么地方遇见她的？我的天呀，他又是怎么做到和她在一起的呢？

当我们在上坡路上骑了一段后，凯萨下了车。我也下了车。树林里刮起一阵风，把我们身旁的树叶弄得哗哗响，然后静了下来。自行车胎在砾石路上滚动的声音。裤腿互相摩擦着。她的低跟凉鞋碰到路面的声音。

我等了一会儿，这样她就可以走上来，走在我的身旁。

“你的外套真好看，”我说，“在哪儿买的？”

“谢谢，”她说，“在克里斯蒂安桑的 Bajazzo。”

“啊。”我说。

我们来到了通向麂鹿小道的路口。她的胸部波动着，我的目光一直落在那上面。她注意到了吗？

“我们可以到商店那儿去一趟，看看有没有别的人在那里。”我说。

“嗯。”她说。

她已经生气啦？

我现在应该吻她了吗？这个做法正确吗？

我们走上坡顶，我的腿一个抬举，上了车。等到她也把脚放到踏板上，我就踩下了踏板。又一股风从我们身边吹过。我用一只手扶着车把骑车，半个身体侧向她。

“你认识拉尔斯吗？”我说。

“拉尔斯，认识，”她说，“我们是邻居。我们也在同一个班。你认识他吗？啊，你当然认识哟。你们一起在球队踢球呀。”

“是的，”我说，“你昨天看了全场的比赛？”

“对。你们真棒！”

我没吭声。把另一只手也放到车把上，直接冲着坡下的那个小商店骑去。商店关门了，外面空荡荡的，没一个人。

“我就知道没人在这里，”我说，“那我们就朝着你家的方向骑怎么样？”

“行啊。”她说。

我决定了，一有机会，我就要亲吻她。至少要拉她的手。必须得发生点什么，我们现在是恋人了。

凯萨是我的女朋友！

但没有出现这样的机会。我们在那条老砾石路上骑着车，穿过树林，到了谢那，那里也空无一人，我们又继续往坡上走，到了她家的房子那。一路上我们没有说很多话，但也不至于出现冷场的尴尬局面。

“妈妈爸爸在家，”她说，“所以你不能跟着进去。”

这就是说，要是他们不在家，我就可以马上进去？

“不进，”我说，“已经有段时间了。或许我得骑车回家了。”

“对，这条道可不近！”她说。

“我们明天再见？”我说。

“这可不行，”她说，“我们明天要坐船出去。”

“那，星期四？”

"好。那么，你到这上面来？"

"行，我来。"

自行车一直隔在我们之间。我不可能俯身向前去吻她。或许她也不愿意，因为我们就在她家前面的地方。

我坐上了车。

"那我走了，"我说，"再见！"

"再见。"她说。

然后我尽可能快地骑着车离开了那里。

不，这个进展不算糟糕。我没有向前一步；但也没有破坏一切。但不能再继续这样了，这我明白，我们不能光这么谈话，那就会无疾而终。我得亲吻她,我们得做真正意义上的男女朋友。但如何才能到那一步呢？我和玛丽安这样亲近过，但对她我不是很上心，所以就没什么问题，我就只管用手臂围住她，把她搂过来亲她。当我们肩并肩走在一起时，我就只管拉住她的手。但我不能这样对待凯萨，不能用手臂围住她，这我简直连想都不敢想，想想要是她不愿意怎么办？想想要是我没法做到怎么办？但我一定要有所动作，下一次见面时就得发生什么，再没有比这更确定的事了。在一个合适的地方，一个没人能看见我们的地方。

感谢他们这次的乘船出游！这给我整整两天的时间来筹划。

就在我临睡之前，我想到星期四是我训练的日子。这就意味着我得打电话通知她。接下来的这一天，为了这事，我心里一直在打鼓。家里的电话在走道里，在那里打电话会被所有的人听见，除非我把那道拉门关上，但如果关上门，那就百分之百地会唤起他们的好奇心，所以最好去外面的电话亭打。菲纳加油站外的车站边有一个电话亭，我尽量在晚些时候骑车去那里，可以在八点过一点。因为如果没有特殊原因的话，我得在八点半回家，每天上床的时间是九点半，这是一贯以来的规矩，毫无道理可讲，虽然所有我认识的人回家的时间都比这晚得多。

我把自行车停在外面，在电话簿上翻阅着她家的电话号码。一再想着我应当怎么说。

我飞快地拨下所有的号码，只除了最后一个数字。我停留了几秒钟，试着平静地呼吸，然后拨了最后的这个数字。

“皮特森？”一个女人的声音。

“我可以和凯萨讲几句话吗？”我说得很快。

“拨电话的人是谁呀？”

“卡尔·奥韦。”我说。

“等一下。”

一个停顿。我听到了远去的脚步声。一辆公交车从坡上开下来，慢慢地驶进车站。我把听筒更紧地贴到了耳朵上。

“哈喽？”凯萨说。

“是凯萨吗？”我说。

“是。”她说。

“我是卡尔·奥韦，”我说。

“听出来了！”她说。

“嗨。”我说。

“嗨。”她说。

“我明天要训练，”我说，“所以我不能像我们说好的上你那儿去了。”

“那，就我下来吧。是在谢那，对不对？”

“对。”

停顿。

“一切都好吗？”我说。

“什么？”

“乘船出游？一切都好吗？”

“好。”

停顿。

“那我们明天见！”我说。

“好。再见。”她说。

“再见。”

我放下话筒，对上了和爸爸在同一所学校工作的一个四十岁出头的老教师的目光，他坐在公交车里，眼睛望着车外，就在那一刻我看见了他。我推开布满灰尘的电话亭的门，走了出来。外面的空气热烘烘的，充满了那辆发出轰隆隆声响的客车排出的废气。加油站外面站着一家人，其中有两个孩子，正在吃冰激凌。我骑车过去的时候，约翰走出了加油站。他手里拿着一个头盔。光着上半身，脚上是双木头鞋。

“嗨，卡尔·奥韦！”他喊道。

“嗨。”我也喊了一句。

他戴上头盔，黑颜色的，还带有黑色的头盔面罩，他坐在了摩托车后面的座位上。开摩托的那人用脚使劲地踩了两下，发动了车。就在我的身后，他们轰隆隆地开上了坡。当他们开过去的时候，约翰用一只手臂在空中挥了一下。我的额上全是汗水。我把手插进头发里，把头发往后捋。手里也全是汗。但我的头发不错，前一天晚上我已经洗过了，为了和凯萨会面，明天的头发也应当完美无瑕。在坡顶 B-Max 超市外的车站那里，我停下来。把脚踏支撑在路边的条石上。

在一瞬间，我知道了我应当怎么做。

几周以前我和一大伙人一起来过这里，托尔是这伙人的核心。他给自己造了一辆自行车，安上了一个摩托车的坐垫，前面还装了一个很大的新齿轮。他抬起车的前轮，用后轮支撑着车身，前前后后地保持着平衡，同时把一口稠痰吐到远处的人行道上。跟他一起来的，还有梅勒瑟。我当时和达格·马格纳在一起玩，赶巧碰上了他们，就留了下来。托尔把车骑到梅勒瑟面前，亲吻她。然后他从衣服里面的口袋里掏出一只链表，他看了看表，说，来看看我们能亲多长时间嘴，好不？梅勒瑟点点头，然后他们身子前倾，向彼此靠近，嘴贴着嘴。可以看见他们把舌头伸进了彼此的嘴里。她闭上眼睛，用手臂搂着他，而他把双手插在口袋里，眼睛是睁开的。所有的人都看着他们。十分钟以后他把表举到空中，直起了身子。他用手背一抹，把嘴擦干净。“十分钟。”他说。

就用这个方式干一场。我掏出表来，问要不要试试我俩能够亲吻多长时间。然后要做的就只是吻她了。

我的脚在地上一蹬，上了自行车，往下朝着霍尔特的方向骑。找寻一个合适的地方是很重要的事。当然要在树林里，但哪里的树林？上面她那儿的？不，我不熟悉那里。应该在这附近的一个地方。

或许不要在我们两家附近？

我俩是要在她那儿会面的哟。

不用说了。啊，是的。就在菲纳加油站上方那条小径旁的树林里。在那里的落叶乔木下。太完美了。那里没有人能看见我们。地面是柔软的。从树冠间透下的光线是那么的柔和美好。

第二天下午，我不想成为第一个到达训练场的人，所以我在上坡时下车推着自行车走，但无济于事，因为我到达球场时，那里空无一人，只有喷雾器在呼呼地喷着水，每个喷雾器都以自身的节奏向四周喷洒开一道道水帘。克里斯蒂安和汉斯·克里斯蒂安坐在进门处的围栏上，在阳光里眯缝着眼睛。

“没人有球？”我说。

他们摇了摇脑袋。

“你同凯萨在一起是真的吗？”克里斯蒂安说。

“是。”我说，咬着嘴唇，不让自己笑出来。

“不错，她。”他说。

克里斯蒂安从来没有跟谁在一起过，他不是那种人。但在夏季挪威杯赛前，在我们到达比赛地点的那个晚上，他在学校门外的报亭买了一本色情杂志。不幸的是，训练儿童球队的是他的父亲，当他躺在睡袋里，盯着那些催眠的照片时，他的父亲发现了。我们队里所有人都注视着，他只好站起来，把杂志扔到垃圾桶里，并请求他父亲的原谅。

“不错。”我说。

紧接着，厄于温拿着球和钥匙走了进来，我们从喷雾器中间跑过去，到了最远处的球门那，开始射门，与此同时厄于温关掉了喷雾器的开关，把喷头挪出球场。所有的人到齐后，我们围着球场一圈又一圈地跑，伸展身体，做一些赛前的准备运动，然后就开始在半个足球场上进行七对七对抗赛。比赛快结束时，凯萨到了，和上次的那三个女孩在一起。她向我挥手，我也向她挥挥手。

“集中精力，卡尔·奥韦！”厄于温喊道，“训练第一位，女孩第二位！”

训练完之后，我把脑袋浸到了球场边线那的水桶里，装作什么事也没有。但这并不容易，我清楚地知道她就在上方，不仅仅是她，还有她那些女伴，都在盯着我看，这在我的意识里燃烧着。

然后她走了下来。

“你要去换衣服吗？”她说。

我点点头。

“我跟你一起去。我有事要告诉你。”

告诉我事情？她要结束我俩的关系？

我开始往上走。她伸出手来。它碰到了我的手。是个巧合？还是我可以把它握在手里？

我看着她。

她对我笑了。

我一把抓住了她的手。

我们身后有人吹起了口哨。我回过头。是拉尔斯和约翰。

他们俩的眼睛滴溜溜地转动着。我笑了。她小心地握住我的手。

球场上方的这条路从来没有像这个晚上一样长过。我紧握着她的手，这几乎让我难以负荷，我一直有种把她的手放开的冲动，这样就可以结束这令人难以忍受的快乐。

“那，你快点。”我们到了那里时，她说。

“好。”我说。

我坐在里面的长凳上，用头抵着墙壁。我的心怦怦直跳。然后我站起来，把所有的东西都收拾好，穿上衣服走了出去。她们扶着自行车，站在球场边的路上。我走到她们那里去，在凯萨旁边站住。她看上去很快活。用她的纤纤小手撩开了脸上的一绺头发。她的指甲上涂着近乎透明的粉红色指甲油。这时她的女伴们像是得到了一种信号，都坐上了各自的自行车，开始往前骑了。

“我星期六一个人在家，”她说，“我对妈妈说苏娃要来。所以她会给我们做披萨，还会买可乐。但苏娃不会来。你想来吗？”

我咽了一口唾沫。

“想。”我说。

有几个球队的队员从更衣室那里发出了啊嗬的喊声。凯萨站在那里，一手扶在自行车车把上，另一只手垂在一边。

“我们走？”我说。

“好的。”她说。

“那么，往下？”我说。

她点点头，我们骑上自行车。我们蹬着车骑在那被浓荫遮蔽的砾石路上，我在前面，凯萨紧跟在后。快到达坡顶时，我开始减速，这样我们俩就可以肩并肩地冲下那条长长的坡。太阳照在远处的山峦上。空中有许多蜂拥着的昆虫，像什么人播撒出的一团亮晃晃的东西。冲到一半时，我看到右面有一条人迹罕至的林中小道，我突然意识到或许那儿会有一个合适的地方，风吹乱了我的头发，我在风中对凯萨喊，我们朝那骑，她点了点头，我们拐了个弯往上骑了大概十米，然后跳下车来。她一声不吭，我也一声不吭，我们只是走上那条被草覆盖了的路，到处都有断枝残干横卧在地面上。我们来到坡顶，朝树林里望去，我断定这里不是个合适的地方，遍地都是树桩，而没有树桩的地方，又有紧密得像一堵墙的云杉树。

“不行，”我说，“这儿不合适。我们继续。”

凯萨仍然没说一句话，只是跨上自行车，又开始蹬车前行，她的脚放在踏板上，骑车的那股劲儿比我还猛。

抽身往回走吧，还是去菲纳加油站上方的那条小径。

这个念头使我心惊胆战。就仿佛置身于一座高山的顶端，自上而下地注视着身下的水面，这时你要么就战胜恐惧、纵身而下，要么就像个懦夫一样地退缩。

她知道将要发生的事情吗？

我用余光瞄了她一眼。

啊，波动起伏的胸部。

啊，啊，啊。

但她的面色凝重。这是什么意思？

我们跳下车，朝通向主干道的上坡走去，我们走在落叶乔木浓郁的树荫里，伸展的树冠罩在我们的头上。自从谢那开始，我们就没再说过一句话。要是现在我要说什么话，一定得是什么重要的事，不能说些不打紧的琐事。

她穿着棉布质地的裤子，腰部系着一根带子。裤子在大腿处是宽松的，但前裆和臀部那里却绷得紧紧的。上身穿了一件T恤衫，外面罩着一件很薄的条纹外套，白颜色里还透着一点黄。她光脚穿着一双凉鞋。脚指甲上涂着和手指甲颜色一样的指甲油。一只脚的脚踝上带着脚链。

她看上去是那么的美好。

当我们来到了主干道上时——一道长长的下坡路和一道长长的上坡路就把我们从将要发生的事情中分离出来，我最想做的一件事就是骑上车，离她而去。踏着车的踏板，从她的生活里消失。要是我要做这事，那有什么理由要停下来呢？不，我可以骑着车离开我们的房子。离开蒂巴肯，特罗姆岛，东阿格德尔郡，挪威，欧洲，把这所有的一切都抛在我的身后。我将被称作“骑单车的挪威人”。永恒不变的梦想是骑车环游世界，陪伴我的只有车龙头上的车灯，它幽灵般的灯光照亮了乡间的小路。

“我们究竟要去哪儿？”她说，在我们唰唰唰地冲下山坡时。

“我知道一个好去处，”我说，“不太远。”

她没有回应。我们骑过了加油站，我指了指树木间的上坡路，她又跳下车来，路很快开始变得陡峭。她的额头上沁出了一层细小的汗珠，闪着光亮。我们走过了那座白色的老房子，还有那座红色的旧粮仓。天空清澈碧蓝。太阳无声地挂在那里，火辣辣地照在西边山峦的上方。它的光线给我们跟前的树叶镀上了一层强烈的光亮。空气里充满了鸟儿的歌声。我忍住让自己不要呕吐。

我们踏上了小径。光线从树冠之间渗漏下来，这与我想象的情景一模一样。这里的光线就如同水下折射出的光线一般。光柱斜照在地面上。

我停下来。

“我们可以把车停在这里。”我说。

我们这么做了。把各自车上的脚撑往外一踢，车就被它固定住了。我开始朝里面走去。她跟在后面。我试图寻找一个适合躺下的地方。草地或是苔藓地。在树林深处，我们的脚步声听起来格外清晰。我不敢朝她看。她就紧跟在我身后。那里。那是个好地方。

“我们可以在这里躺下来。”我说。我坐下时没有看她。她犹豫着在我身旁坐下来。我把手伸进口袋里，抓住了表，拿了出来，把它放在一只张开的手掌里，向她伸过去。

“我们来掐着时间，看我们能亲吻多久？”我说。

“什么？”她说。

“我有表，”我说，“托尔亲了十分钟。我们要比他们亲的时间更长。”

我把表放在地上，现在是七点四十二分，我注意到，我把手搭在她的肩上，朝她俯下身去，同时我把嘴唇贴到她的嘴上。在我们俩都躺在地上后，我把舌头伸进她的嘴里，触到了她的舌头，尖尖的，很柔软，像小动物的一样，我开始在那里面转动我的舌头。我把手贴在我的身体上，除了嘴和舌头以外，我没有触碰她身体的其他部分。我们躺在那里，就像是停泊在树冠下的两只小船。我尽量把注意力集中在我的舌头上，让它温柔地在她嘴里搅动着，但我的脑子里总是蹦出她的乳房，离我那么近，她的大腿，离我那么近，还有她裤子下面、内裤下面、大腿之间的那个东西,我的身体一直在燃烧。但我不敢碰她。她闭眼躺在那里，她的舌头在我的舌头周围转动,我睁开眼睛,用手摸索着那只表，我找到了它，把它放在视线范围内。才过了三分钟。有些唾液顺着她的嘴角流了下来。她扭动了一下。我把下腹部压在地面上，好让舌头转呀转，转了再转。这不像我起初想象的那样美好，事实上还相当费劲。她挪动了一下身子，几片干枯的树叶落到了她的头上。我们的嘴里满是黏稠的唾液。现在已经过了七分钟。那，还有四分钟。唔……嗯……，她发出声音了，但声音里没有丝毫的愉悦，有什么不对劲，她把身体移开了一点，但我没放过她，她把脑袋移开,但我还是继续转动着我的舌头。她的眼睛睁开了，但没有看我，她直直地凝视着我们头上的天空。九分钟了。舌根开始疼了。不断有新的唾液从嘴角淌下来。我的牙套不时地抵住她的牙齿。其实，如果要打破托尔的记录，我们只需要亲十分钟加一秒就够了。那就是现在。现在我们已经战胜了他。但我们可以把他打得完全趴下哟。十五分钟，这应当行的。那，就还有五分钟了。但舌头开始痛了，好像它在嘴里长大了，还有那涎液，当它还是温热的时候，人不太会留意到它，但当它往下流到下巴时，就会让人产生厌恶的感觉。或许够了？现在就够了？不，再长一点儿。再一会儿，再一会儿。

在差三分八点时，我把头收了回来。她站起身，用手擦拭着嘴，没有看我一眼。

“我们做到了十五分钟！”我说，站了起来，“我们胜了他们五分钟！”

自行车在小径的尽头闪着光亮。我们朝车走过去，她拍掉了粘在裤子和毛衣上的树叶和细枝。

“等一下，”我说，“你的背上也有。”

她站住，我把粘在她针织毛衣上的一点草叶拿了下来。

“好了。”我说。

“我差不多得回家了。”她说，那时我们刚走到车前。

“我也是。”我说，指着前面，“穿过树林有一条近路。”

“再见。”她说，坐上车，沿着那崎岖不平的小径蹬着车。

“再见。”我说，手扶着车把，开始往上方骑去。

这天晚上，我躺在床上，想着她那洁白丰满、令人浮想联翩的乳房，想着我们本可以在树林的地上做的事情，直到进入梦乡。我得给她打电话，因为我们还没有约好星期六什么时候去她家，但我把这事推到了第二天，到了星期六也一直都没打，等到最后一刻，我才迈腿骑上了车，蹬车下行，到了电话亭那里。不过还有另一个问题，就是我得在八点半前回家，而这与眼下的状况有些矛盾。我不能在八点就离开她家，只因为我得回家睡觉了，那她会怎么想我呀？我要是和妈妈说那个晚上我有重要的事，是否可以九点半回家，甚至十点回家？她想知道我要去干什么，我说我不能讲。要是你不能讲，那就不可以，她说。我们得知道你在哪里，你在干什么。那样的话或许你就会得到许可。你明白的，不是吗？是的，我明白这点，那我就不得不服软，告诉她凯萨的事。但首先我必须和凯萨取得联系。

天上有很多云，这灰蒙蒙的，暗沉的云好像将大地上所有的色彩都吮吸一空。道路是灰色的，路沟里的石子是灰色的，就连树上的树叶，它的绿中也掺杂了暗沉的灰色。前几天的炎热消退了。冷倒是说不上，或许有十六七度，但我在骑车下行时还是把外套的纽扣系紧，一直系到脖子那里。衣服鼓胀起来，就像空中的一个气球。两辆公共汽车停在车站——实际上是那种小型客车——车子常常在这儿停放一整夜。现在它们的马达启动了，两辆车背向而驰，一辆朝岛那边开，一辆朝城里开，两个司机停车的位置允许他们通过打开的窗户聊上几句。

我在那像个帽子的绿色玻璃纤维车棚背后下了车。那里有一条小溪流，它穿过了树的枝干，灌木丛和许多垃圾，大多数都是些糖果的包装纸，大概都来自菲纳加油站；我瞅见了卡拉梅洛、霍比、尼罗、布拉沃，还有一张蓝色的胡巴布巴泡泡糖包装纸，还有些没有贴标签的，还有一些报纸和装满了垃圾的纸箱。我从口袋里掏出钱，塞进投币孔里，等着电话自动接通。在电话簿里查找号码的时候，我的脑袋里冒出一个好玩的文字游戏，**我的猫为什么不能在电话簿里躺着？**[1]接着相关的文字游戏便接二连三地从脑瓜里蹦出来：我为什么不能放心大胆地撒泡尿？我为什么不能一边跑一边尿？还有：你听说过吗，一个男孩不能骑单车是因为他父亲坐在车把上[2]？我把食指放在那个号码下，握着听筒站了好一阵，从那布满灰尘的玻璃窗往外望，但眼睛所看到的一

[1] 挪威语里电话簿的“簿”这个词的发音近似“猫躺着”。

[2] 这是个双关语，“坐在车把上”即“处于领导岗位”。

切并未给我留下印象，我鼓起勇气，把听筒放到耳边，拨了号码。

“哈喽？”一个声音说。

是凯萨！

“嗨，”我说，“这是卡尔·奥韦。是凯萨吗？”

“是，”她说，“嗨！”

“我们忘了约定我什么时候来，”我说，“有什么对你来说比较合适的时间吗？对我来说都一样。”

“嗯……嗯，”她说，“事实上，这个约会取消了。”

“取消了，”我说，“你不能？是不是你的父母不出门了？”

“不是因为这个，”她说，“但是……嗯……嗯……我不能……是的，我不能再跟你在一起了。”

什么？

她要和我分手？

但……我们才在一起五天！

“哈喽？”她说。

“结束了？”我说。

“是，”她说，“结束了。”

我什么也没说。我可以听见她在那一端的呼吸声。眼泪顺着我的脸颊流下来。过去了很久。

“那么，再见。”她突然开口，说了这句话。

“再见。”我说，放下听筒，走到了车站那。泪眼迷离。我用手背擦去泪水，抽噎着，骑上车开始往回走。我几乎看不清眼前的路。为什么她要这么做？为什么？在我们才刚刚开始，一切都很好的时候？在这个我们原本要在她家独处的日子里？几天以前她还喜欢我，为什么现在突然不喜欢了呢？是因为我们俩说的话太少了吗？

她是那么美好。那么难以想象的美好。

他妈的，该死！

他妈的，真该死！

他妈的，该死，该死，真该死！

当我骑到 B-Max 超市的时候，我用外套的袖子把眼泪擦干，今天是星期六，商店快关门了，停车场上被车和提着购物袋的人们塞得满满的,有好多成群的小孩子。要是他们看见了我的眼泪，他们会觉得是由于风的缘故吗。我可是在蹬自行车哟。

在到达那片旷野之前，我登上了那个小坡。我的内心出现了一个空洞，在这个空间里没有悲也没有喜，十秒钟过去了，我的脑袋里仍然是白茫茫一片，我甚至不知道自己是否存在，然后凯萨的脸蓦地冒了出来，我们结束了，我忍不住抽泣起来。

我把车锁好，放在房外，为了判断其他人所处的方位，我在门内停留了一下，现在我谁也不想碰到，听上去好像一路都是安全的，我走上楼梯，走进浴室，在那里我把脸彻底地清洗了一遍，然后走进我的房间，在床上坐下来。

过了一会儿，我站起来，走进了英韦的房间。他坐在床上弹吉他，当我进去时，他抬起头来。

“怎么啦，你哭过了？”他说，“是凯萨？她不跟你好了？”

我点点头，又开始掉眼泪。

“卡尔 · 奥韦，”他说，“很快就会过去的。有好多女孩在等着哪。到处都是女孩子哟！把她忘了就是。没什么大不了的。”

“这就是大事，这个，”我说，“我们才在一起五天哟。她那么好。我只愿意跟她在一起。没别人。再就是，今天，我们本来应该单独待在她家的。”

“等一下，”他说，站起身来，“我给你放一支歌。或许会有帮助。”

“那是什么歌呀？”我说，在椅子上坐下来。

“别急。”他说，在搁架上的一堆唱片里翻过来翻过去，“这个。”他说，在我面前举起一张“糟透！”的《无法回头》。

“这个呀。”

“听听这歌词。”他说，把唱片从套子里倒出来，他先把一张圆形垫板放在唱机上，然后再放上唱片，举起针头，把它放到唱片最外面的那道纹路上，唱机开始沙沙地转动起来。在几秒钟的刮擦声后，一阵气势磅礴、活力四射的打击乐开始了，然后贝斯、吉他、电子键盘乐器和其他伴奏的乐器一起进来，接着就是一段难以置信的吉他即兴演奏，和歌手的斯达万格口音：

> 我所言并非夸大其词，
> 你我的关系并非完美无瑕疵
> 因此你试图退缩
> 直到敏感的避孕套破裂
> 计划长远视角清晰
> 一分钟的时间抹去一切
> 给我一个拥抱，我会回报你更多
> 但那时已不再许可

“你听着！”英韦说。

一切都会过去——一切都须了结
躺下来睡一觉，醒来将面对一些全新
现在没有回头路，没有什么要感恩
话已尽，你穿上外套就可以走

“我听着的。”我说。

我们离完全的平庸只有一厘米
听了自己所言我感到恼怒
我们喝个酩酊大醉变得多愁善感
但对话依旧令人感慨
你击碎我的心予我苦痛
青霉素我至今还在使用
为什么我们非得冲撞同一堵老墙
当你我明白彼此已失去兴味

一切都会过去——一切都须了结
躺下来睡一觉，醒来将面对一些全新
现在没有回头路，没有什么要感恩
话已尽，你穿上外套就可以走

“一切都会过去。”这首歌结束之后英韦说，唱机的针头自动抬起，回到原来的基座上。“一切都须了结。躺下来睡一觉，醒来将面对一些全新。”

“我知道你的意思。”我说。

“有帮助吗？”

“有，一点儿。你能再放一遍吗？”

很幸运妈妈和爸爸在晚饭时没有注意到我哭过。之后因为我的内心焦躁不安，就出门去了，路上空荡荡的，我最熟悉的那些人都去度假了，我拖着沉重的步伐，朝下面的浮动船坞走去。一大群人都站在那里，把约恩的船围成一圈，这是今年的新船。那一年春天里有好多人都有了新船，包括盖尔·哈康和肯特·阿尔内，牌子分别是 HG10 和 With Dromedille，两者都是 10 英尺的船，带 5 马力的雅马哈舷外马达。

我向他们走过去。

“我们的费米也来了。”我停下来时约恩说。

又用了那一个词。

他们都笑了起来，所以我明白这个词不是什么好词。

“嗨。”我说。

约恩开动马达，绳子一阵抖动。

“上这儿来，卡尔·奥韦。”他说。

“不，”我说，“不想过来。”

“我要给你看样东西，”他说，看着他的弟弟，“等我一开口就往后倒船。”他的弟弟点点头。

“过来吧。”他说，朝船头推进器走过去。

我犹犹豫豫地向前走了几步。当我走到船坞的边缘时，他猛地一下抱住了我的双腿。

“后退！”他朝弟弟喊道。

船后退了，我被迫蹲下身，双腿在身下被拖拉过去，我扑倒在地，被拖到了船坞的边缘，约恩没松开我的腿，船也一直在后退，没有停下。我用手指死死地抓住边缘。他的弟弟加速了，马达转动起来，我的腿部已经在船的甲板上，身子在水面上方，手则死死地抓着浮动船坞的边沿。我呼喊着让他们快停下。我开始哭了。站在那里的其他人只是笑着看热闹，对发生的事情不置一词。

“够了！”约恩喊了一句。

这个小插曲或许只持续了一分钟。他弟弟把船往前开了一点，约恩松开了我的腿，我爬上船坞，尽可能快地离开那里，抽噎着。爬上悬崖之前我一直在掉眼泪，我在岩石上静静地坐了一小会儿，温暖的空气中充满了被日头晒热的岩石、干枯的草和野花的气味。

我思考着是否要给凯萨打个电话，问问她为什么要结束，我下次好从中吸取教训，但这也是件棘手的事，我可以听到全部，她的犹疑和我的探索，为的是什么呀，反正一切都结束了，她不愿意再同我在一起了，没别的，就这么简单。

我的身体仍旧很虚弱，战栗着，我站起来朝家里走去。在浴室里，我用冷水好好地洗了脸，把房间的窗帘拉上，避免外面的人闯进来，放上摩托头乐队（Motörhead）的专辑《黑桃A》，但不对劲，于是我又把它取了出来，换上保罗·麦卡特尼新出的一张单曲，然后开始读巴格利的一本书，那是用我自己的钱买的，名字叫《金岩石》。我以前读过的，说的是关于南美的金字塔的故事，那里有巨大的地下溶洞，书里的主要人物潜在水下，寻找其他人也觊觎的宝藏……

坐下来吃晚餐的时候，妈妈看着我笑了。

“或许你到了开始使用男性除味剂的时候了，卡尔·奥韦？”她说，“明天我给你买一管。”

“除味剂？”我傻乎乎地问。

“是啊，你不觉得吗？你很快就要上初中了哟，什么事情都可能发生的。”

“事实上你身上会有味儿的，”英韦说，“没有女孩子会喜欢这个的，知道吧。”

就是因为**这个**？

但后来我在房间里问英韦的时候，他笑了，说他觉得没这么简单。

第二天早上爸爸走进来，说我不能一整个夏天都这么躺着看书，得出去，去游泳怎么样？他说。

我一言不发地合上书，从他身边走过去，没看他一眼。

我在路边的条石上坐了几分钟，朝路上扔小石子。但我不能就这么坐着，这样所有的人都会觉得我无所事事，或没有人愿意和我在一块儿玩，所以我开始以缓慢的步伐朝下面的那棵大樱桃树走去——这树在树林那面，紧挨着路，克里斯滕家的土地就是从那儿开始往下延伸的——为的是看看那树上的果实有没有成熟，是不是可以吃了。关于这树的主人是谁，还没有定论，有人说这是棵野生樱桃树，也有人说这是克里斯滕家的，但我们不管这些，自从我们大到能爬树了，每年夏天我们都将这些樱桃摘得一干二净，直到现在还没人抱怨过这事。我敢说没有一根树枝是我没上去过的，我几乎爬到过树的最高处，爬到伸展出去的树枝上，直到它开始下垂。樱桃还没有完全成熟，其中一面的果皮是青色的，还很硬，另一面微微泛红，但这拦不住我，我啃下它们的果皮，咀嚼咽下，之后把樱桃核从嘴里吐出来，尽量吐到最远处。

当我坐在那儿的树上时，约恩骑着一辆自行车往下来了。他一手拿着装汽油的桶，另一只手扶着车把。一看见我，他就小心地按着刹车停下来。

“卡尔·奥韦！”他喊道。

我以最快的速度从树上爬下来。我从树上下来的时间和他从自行车上下来、朝树走来的时间几乎一样，因为当我的脚落在地面上时，他就站在离我只有几米的地方。我们交换了眼神，然后我开始往上面的树林跑去。

“我就想来说一声对不起！”他说，“到这儿来吧，我可以握握你的手，表达我的歉意！”

哈哈，我心里想着，跌跌撞撞地继续往前走，穿过矮树和灌木从，直到站在坡顶上，我可以看见他慢吞吞地走回他的车边，骑上车，继续平稳地向船坞方向蹬去。于是我又朝坡下走。但苦涩的樱桃已经不再吸引我了，所以我没有再搭理这树，而是脚步沉重地往上走，希望大路上会有人出现。有时候有人会从家里走出来的，要是他们从窗户那儿瞧见了人的话，所以我朝着坡上走，眼睛同时望进两边的花园。但到处都空无一人。人们都驾着他们的船出去了，或者开到外面一个可以游泳的地方，或者去上班了。托芙·卡尔森的丈夫躺在摆在他们泛黄的草坪中央的一张凉床上，身边放着个收音机。盖尔、特隆和文克的母亲雅各布森太太坐在阳台上的遮阳伞下抽烟。她的头上戴着一顶白色的渔夫帽，身体的其余部分都被轻薄的白色衣衫遮盖着。他们两岁的小弟弟坐在她旁边的地板上，我是在栏杆的细木条之间看到的。身后有人叫我的名字。我回过头。是盖尔，他打开双臂，朝坡上奔跑过来。

他在我跟前停下。

“维姆德在哪儿？”我说。

“度假去了，”盖尔说，“他们今天走的。想跟我一起出去划船吗？”

“可以呀，”我说，“那，我们去哪儿呢？”

盖尔耸了耸肩。

“耶尔斯塔岛？或者旁边的小岛屿中的一个？”

“OK。”

盖尔的船是艘划艇，所以他行船的范围远远不及其他人的。但我们仍然可以划到那些小岛上去，有时候我们沿着岛的内侧，可以划出几公里远。但他是不能划到外面的海湾去的。

我们上了船，我抵住岸，让船移动起来，他把船桨放到V形的支架上，用脚抵住船的底部，用力地划动船桨，但船桨入水很深，因为用力，他的那张脸上挤出了一副怪模样。

“哎哟。”每划一次桨他就要叫唤一声，“哎哟。哎哟。”

我们缓缓地进入到那浅蓝色的海面上，不时刮来的一阵阵风吹得水面荡起涟漪。海湾的更深处泛着白色的浪花。

盖尔调转船的方向，对准了那座小岛，用一只船桨调整了航向，然后他就又开始边划桨边叫唤了，与此同时我把手插进水里，静静地注视着这让人感到清醒的凉浸浸的水。

当我们接近小岛时，我站起身，跳到陆地上，把小艇拉进一个小湾。我不会打绳结，所以是盖尔把绳子固定在了一个小铁桩上，在岛上的每一块山岩边都有许多这样的铁桩。

“我们游泳吧？”他说。

“好呀。”我说。

我们转向朝着海湾的一面，爬上了一座大约有两米高的山崖，从那儿跃入水中。空中的风很冷，但水里是暖和的，于是我们差不多在海里游了一个小时，然后躺在山石上晾干我们的身体。

穿上衣服后，盖尔从口袋里掏出一个打火机给我看。

“你从哪儿弄到的？”我说。

“在度假小屋里。”他说。

“我们来烧点什么吧？”

“好啊，拿它来就是为了这个。”

山岩上所有的裂缝里都长着草，小岛中央长着一小方草地。

盖尔蹲下去，用手罩住打火机，点燃了一小簇草。明亮的火苗立刻蹿起，几乎是透明的火焰。

“借我使使？”我说。

盖尔直起身来，撩开额头上僵硬的头发，把打火机递给了我。

“嗨！”我说，“当心！火在蔓延了！”

盖尔哈哈笑着，用脚踩着火。他差不多成功了，但就在那一刻，火焰又蓦地往上冒起，在他已经踩灭了的地方。

“你瞧！”他说，“火自己又开始燃起来了！”

他又把它扑灭了，我走到那块草地那儿，把草点燃。就在那时刮起了一股劲风。火焰像一块小毯子一样往上飘起来。

“帮我一下，”我说，“这火有点大了，我一个人忙不过来。”

我们跳起来又踩下去，竭尽全力地灭火，火焰被遏制住了。

“打火机给我。”盖尔说。

我递给他。

“我们同时在不同的地方点燃一点儿草。”他说。

“OK。”我说。

他在他站着的地方点燃一了簇草，把打火机递给我，我跑到另一边也点燃了一簇草，又跑到他那，他已经换了地方，又在那里点燃。

“听到了吧，它燃得哧哧的！”他说。

真是这样。火哧哧地燃烧着，从草里迸发出火花来，同时它们还缓慢地吞噬着前方的草地。我点火的那块地方，火苗几乎像一条蛇。

又一阵劲风往这里刮来。

“哎哟，哎哟，哎哟！”盖尔说，那时火苗往上蹿起，大概有几厘米高，火势凶猛，向里蚕食了一大片草地。

他像个野人一样猛地开始踩踏起来。但已经不管用了。

“帮帮我。”他说。

我听出他的声音里有一丝恐惧。

我也开始在火上踩。又刮来一阵风，有的地方的火苗已经蹿到了膝盖那么高。

“啊，不！”我喊道，“火也在那边燃起来了！”

“把毛衣脱下来，我们用它灭火！我在电影里看到过一次！”

我们脱下了毛衣，开始用它扑打地上的火。风继续鞭打着火苗，每一阵风都让火向外扩展一点。

现在火真的燃起来了。

我们像疯子一样地扑打、踩踏，但无济于事。

“不行的，”盖尔吼道，“我们没法扑灭它。”

“对，没法子了，”我说，“这只会越来越糟糕！”

“我们该怎么办？”

“我不知道。我们可以使用水瓢，你觉得呢？”我说。

“水瓢？你是不是完全昏了头？”

“没有，我没昏头，”我说，“只是一个建议。”

啊，啊，啊。现在的火有点气势汹汹了。虽然我站在几米之外，但也能感觉出它的热力。

“我们开溜吧，”盖尔说，“走！”

火苗在草上飞舞跳动，发出哧哧的声响，在它的气势越来越嚣张的时候，我们把船推离岸边。盖尔坐在船桨后面，开始摇动船桨，以一种难以想象的猛劲儿让船前行。

“该死，”划桨的过程里他蹦出一句，“瞧那火烧的！瞧那火烧的！”

“是啊，”我说，“谁能想到啊？”

“至少，我没想到。”

“我也没想到。只希望没有人看见。”

“不要紧的，”盖尔说，“最重要的是没有人看见我们。”

我们到达陆地之后，就把划艇拖到树林深处，为的是掩盖所有的痕迹。我们把沾上烟灰的T恤衫浸入水里搓洗，为保险起见，我们把短裤也脱下来搓洗了一番。要是有人问起，我们就说我们穿着短裤游泳时，T恤衫掉进水里了。我们也纵身跳进河里，好洗净那烟灰味，之后我们朝家里走去。

远远地，我看见花园的前面没有人。在过道里我停住：没有一点动静。我溜进地下室的房间，把T恤衫挂起来，光着上身上楼，走进房间里，在衣柜里找出一件新的T恤衫，也换了短裤。

从英韦房间的窗口那里，我看见爸爸躺在摆放在外面草坪的凉床上。他可以一动不动地在太阳下面躺几个小时，像一只蜥蜴。他的肌肤也变成了褐色。从附近的一个地方传来了收音机的声音，一定是妈妈坐在客厅窗户的窗台上。

一小时以后她走进我的房间，手里拿着一瓶给我的除味剂。它叫做MUM for Men。一个小玻璃瓶，蓝颜色的，甜丝丝的气味很好闻。我想着：for men，男士专用。我是一个男人了。至少是个少年了。几个星期以后我就要上初中，我要开始使用除味剂了。

她向我解释，说我只需要在洗澡后用它在腋窝里擦几下。但要在洗干净之后才能用，不能在没洗的时候用，那样的话气味会更糟。

她走之后，我照她的话做了，闻了闻自己身上的新气味，然后继续读我正在看的那本书，是关于吸血鬼的，毫无疑问是我最钟爱的一本书，我读第二遍了，但还是像第一遍一样让人激动。

“吃夜宵了！”妈妈在厨房里喊道，我放下书到厨房去。

爸爸坐在他的位置上，深色的皮肤，黑沉沉的眼睛。妈妈把烧开的水灌进茶壶里，把壶放在我们之间的桌上。

“今天玛尔塔邀请我们到上面他们的度假屋去。”她说。

“这事想都别想，”爸爸说，“她还说些什么了？”

妈妈摇摇头。

“没什么特别的。”

我低头望着桌子，尽可能快地吃着，但也没有快到让他们觉得我好像想尽快从这儿逃离。附近的一个地方传来引擎发动的声音，它呻吟了好几次，然后又沉寂了。爸爸摇了摇头，从窗户那望出去。

“古斯塔夫森不是度假去了吗？”他说。

没人回答，他盯着我。

“对，”我说，“但罗尔夫和莱夫·托雷没有去度假。他们独自在家。”

车又在发动。这一次马达转得很快。这一次车起动了，轰鸣声忽高忽低，断断续续的。

“有人在摆弄他们的车。”爸爸说。

我想站起来看看。

“坐下！”爸爸说。

我坐了下来。

“出什么事儿啦？”妈妈说。

“几个混蛋崽子在偷着开他们父母的车。”

他转过去望着妈妈。

“真让人不敢相信。”他说。

这车摇晃着往坡上爬去。

“他们对自己的子女就不加以管束？”他说，“莱夫·托雷跟卡尔·奥韦在一个班哟。他就这么私自偷开自己父母的车？”

我咽下最后一小块面包片，在齿间吮进一点儿牛奶，这样我才好把它顺利地一口送进肚里。我站起来。

“谢谢夜宵。”我说。

“不用谢，”妈妈说，“你回去睡觉啦？”

“我想是的。”我说。

“那么，晚安！”

“晚安。”

在我灭灯以前他走了进来。

“坐起来。”他说。

我坐了起来。

他久久地看着我。

“我听说你抽烟了，卡尔·奥韦。”他说。

“什么？”我说，“我没抽烟！我发誓，这千真万确。”

“这不是我所听到的。我听到的是你抽烟了。”

我迅速地往上看了一眼，和他的目光相遇。

“抽烟了吗？”他说。

我埋下眼睛。

“没有。”我说。

他的手揪住了我的耳朵。

“你抽了，”他说，拧转了一下，“你没抽吗？”

“没有！”我喊了起来。

他的手松开了。

“这是罗尔夫说的，”他说，“你是说罗尔夫在对我撒谎？”

“是的，他一定撒谎了，”我说，“因为我没抽过烟。”

“为什么罗尔夫要撒谎？”

“我不知道。”我说。

“你为什么哭？要是你心里没鬼的话？我知道你的，卡尔·奥韦。我知道你抽烟了。但不许你再这么干了。这一次就到此为止。”

他转身走出去了，那张脸跟他进屋时一样，阴沉沉的。

我用被套擦干了眼睛，躺下去盯了天花板一会儿，蓦地心里一下子变得雪亮，睡意全消。烟我是绝对没抽过的。

但他一定知道我干下了些什么事。

他怎么知道的？

他怎么可能会知道呢？

第二天我们没法把这事放下，又划着船去了那小岛。

“那上面全都黑了哟！”盖尔说，他放下手里的划桨。

我们哈哈大笑起来，笑得差点滚进水里。

表面上看起来，这个夏天和所有其他的夏天都一样——我们去了一趟南伯沃格，去祖母祖父的度假小屋，其余的日子我都待在住宅区里，和周围的人一起玩，要是我不是独自一人躺在床上看书的话——但其实情况是迥然不同的，因为暑假结束以后，等待着我的不是像所有其他的新学年一样的新学年，不是的，在六月里的学年结束聚会上，校长给我们讲了话，他这样做是因为我们已经结束了在桑德内斯小学的课程，我们已经小学毕业了，暑假以后我们将开始在罗利赫登初级中学上七年级。我们已经不再是孩子，而是少年了。

整个七月，我都在一个农场干活，一大早就站在外面炙热的太阳下采集草莓，或是给草莓装箱，拾掇胡萝卜藤，正午我会坐在山崖下，尽可能快地吃完便当，好骑车去耶斯塔德湖，在又开始干活以前跳进水里去洗个澡。我所挣到的钱将作为我在挪威杯期间的零用钱。联赛进行的这一周，妈妈和爸爸进山里徒步去了。这个夏天酷暑难耐，我们的一场比赛是在砾石场地上进行的，因为天气太过炎热，我摔倒了，被送到了旷野中央的一个帐篷医院里，我在那里一直待到晚上才恢复过来，在远远的某个地方，有人在播放罗克西乐队的《比这更多》，我望着帐篷顶，感到了从未有过的快乐，我不明白这是出于何种缘由，但我清楚地体会到了这种快乐。

是因为这些天我都跟谢尔混在一起，在地铁上高唱警察乐队的曲子，声音响到能在墙壁上产生回声，与陌生的女孩搭讪，还在街头小贩那儿买了一大堆纪念章，其中有“The Specials”和“冲突”的，还买了一副黑色的太阳镜，除了睡觉我都戴着它，是因为这些吗？

是的，可能就是因为这些。谢尔比我大一岁，是最受学校里女孩子们欢迎的男生。他母亲是巴西人，但他不只有黝黑的皮肤，卷曲的黑头发，英俊的长相，他也很坚强，各方面都令人佩服。他不介意和我在一起，这就给足了我面子，让我比蒂巴肯的小家伙们高出了一头。他们不想和我有什么关系，但谢尔想，所以又有什么关系呢？我还跟随拉尔斯去了奥斯陆一趟，事实上我从这一趟旅程中得到的，比我期望的还多得多。

可能这就是我躺在那里时会如此快乐的原因。不过也可能是因为那支曲子。罗克西乐队的《比这更多》。这音乐是那么的美妙，一下子就触动了我的心灵，环绕着我的是泛着亮光的、清朗的、淡蓝色的夏夜，我在一个大都市里，那里挤满了我对他们一无所知的人，还有唱片店，货架上有数以百计，甚至数以千计杰出乐队的唱片。这里还有音乐厅，那些我只在杂志里读到过的乐队就在这里演奏。远处的车辆呼啸而过，到处都是欢声笑语，布莱恩·费里唱着“比这更多，没什么”，“比这更多，没什么”。

在八月中旬的一个深夜里，我们一起出发去托龙根钓螃蟹。爸爸买了一个强力水下电筒，带了一个钉耙，另外还有潜水面具、脚蹼和一只很重的桶。我们走上岸时，栖居在那块地上的海鸥全都展翅飞起，尖叫着从我们的头顶上掠过，它们当中有几只俯冲而下，几乎与我们擦身而过，其势猛烈，让我惊恐万分，但当我们走到了岛的外侧的时候，它们便渐渐安静下来，夜一样黑的海洋静静地躺在我们跟前。妈妈点燃了篝火，爸爸脱下衣服，穿上脚蹼，拿上电筒，滑入水中，戴上潜水面具，消失在水面上。当他又冒出水面时，一小股水流从面具上的吸水管那儿喷了出来。

“这儿什么都没有，”他说，“我们试试再往远一点的地方。”

英韦和我慢慢地朝那边的山崖走去。海鸥依旧在我们的背后尖叫着。妈妈在为我们准备吃的食物。

他又从那边钻出水面，这一次手里拿着一只张牙舞爪的大螃蟹。

“把桶拿来！”他说，英韦一直走到了水边，爸爸把螃蟹放进桶里，又转身游回去了。

我感到有点难为情，人家不是像这样捉螃蟹的，人家是拿着耙子，拿着手电筒在陆地边上捉的。然而，现在除我们之外，岛上没有任何人。

这些爬行的甲壳类动物装了满满的一桶，爸爸坐下来，在篝火旁取暖，我们在火上烤香肠，喝着饮料。在回到船边的路上——那时爸爸正用一桶海水浇灭篝火，火焰发出了噼啪的爆裂声——我在山上一块小的凹陷处发现了一只死海鸥。我摸了摸它。身体是温热的。它的腿上突然一阵痉挛，我惊得一跳。莫非它没死？我又俯身向前，用手指在它雪白的胸脯上戳了一下。没有反应。我直起腰来。它躺在那令人毛骨悚然。不是因为它死了，而是因为它的颜色和线条是那么的清晰，几乎让我感到厌恶。橘红色的喙，黄黑色的眼睛，巨大的翅膀。还有爪子，上面有类似鳞片的东西，就像爬行动物的脚爪。

“你找到了什么？”爸爸在我后面说。

我转过身，爸爸把手电筒的光照在我的脸上。我举起手遮挡着。

“一只死海鸥。”我说。

他把电筒放低。

“让我看看，”他说，“在哪儿找到的？”

“在那里。”我说，用手指着。

在接下去的一秒钟里，死海鸥就躺在光柱的焦点中，像是躺在一张手术台上。它的眼睛反射着光。

“看样子有一些幼鸥要遭殃了哟。”他说。

“你是这样认为的吗？”我说。

“对，它们的巢里还有幼鸥哟。这就是为什么它们看到我们的时候跟中了魔一样，那么狂躁不安。现在我们走吧。”

我们朝着闪烁着灯光的城市开去，经过了海湾，再开向那边的码头，在那两只装得满当当的桶里，一直有螃蟹爬行的动静和幽灵般的沙沙声。一回到家爸爸就开始煮螃蟹，见证这种无情的操作或许能让人有某种解脱的感觉：从桶里拿出来的时候，螃蟹还是活生生的，然后把它们放进滚烫的水里，它们的硬壳由青色转变为落叶的棕黄色，在这缓慢的煎熬中死去。

那次夜间出游的两天后，爸爸就搬到了克里斯蒂安桑。他在文内斯拉的一所高中找到了一份教职，往返的路程太远，所以他在斯莱特亚的居民楼里租了一间公寓。他开着借来的一辆拖车跑了三趟，才把在那里会用到的东西运完，从那时起他每两周回家一次，渐渐地就不怎么回来了。他的意思是要在克里斯蒂安桑地区找到一所房子，第二年夏天时让我们都搬过去。

他的离家对我来说是个大大的解脱。恰恰就在他调换工作的那个秋季，我将去他工作了十三年的学校上学，这是多么好的运气呀。要是他还在那里工作,我时刻都能感受到他的那道目光，在做什么事之前都得好好想想会有什么后果。英韦就是这么一路走过来的。但现在不会这样了。

初中的第一天让我想起六年前我第一天去上小学所经历的事情。这里所有的老师都是新的，陌生的，所有的建筑都是新的，陌生的，除了我曾经的同窗，所有的学生也都是新的，陌生的。在这里我们要遵守另一种规矩，这里流传着另外的流言和故事，这里的氛围与小学的迥然不同。没人再玩小学里的那些游戏了。没有人跳橡皮筋，没有人跳绳，没有人玩球，没有人玩“该你了”的游戏,或者其他围坐在操场上玩的游戏了。足球是唯一的例外，在这里也可以踢足球。课间休息时，这里——初级中学里——的人会成群结伙地消磨时光。抽烟的人自成一伙地站在遮雨棚旁属于他们的角落，聊天大笑，手里把玩着自个儿的打火机和香烟，有的穿皮夹克，有的穿牛仔夹克，几乎所有的人都拥有自己的摩托车，因为摩托车和他们选择的生活方式是密不可分的。有流言说，他们当中的一些人参与了偷盗活动，还有人说，他们中的一些人会醉醺醺地来学校，甚至有人吸过毒，对于这些他们当然不会否认，但也没有对它们加以证实，他们被笼罩在一种神秘和邪恶的迷雾中，除了约翰，还有谁会在上学的第一天和他们站在一起，发出他那沙哑的笑声？站在那里的他们蔑视书本里的知识，仇恨学校，大多数都擅长干重活，上八年级时就想出去工作并且找到了工作，所有在学习上不可救药的人都找到了工作，学校也很高兴能摆脱这些人。但除了嘴角上叼着烟卷外，实际上他们的行为举止和其他的同学也没什么区别，因为其他人也会凑在一起吹牛和大笑。女孩们自己一伙，男孩们自己一伙。有时候有些男孩会去骚扰女孩，那就会发生些小小的追打，有人会发出啊嘀的喊叫声，虽然很难得，但有时候两个男孩间也会爆发一场战斗，那整个操场上的人都会被他们吸引过去，这是没法抗拒的，就像你情不自禁地想要去逐浪一样。

我们用了几个星期的时间才适应了新学校的生活。我们得重新尝试所有的事情。我们得弄清老师们容忍的极限，了解他们偏爱什么。我们得知道标准和底线在哪里。在室内能做的有哪些，在户外能做的又有哪些。

我们自然学科的老师是拉尔斯，他常常醉意未消地来学校，看上去他总像是合衣在沙发上睡了一夜，刚刚被唤醒过来，一天当中无论我们什么时候碰见他，他都是一副精神恍惚的模样，但他喜欢做实验，实验的时候又是烟雾又是噼啪的爆裂声，所以我们都喜欢上他的课。音乐老师是库拉德，他是课外活动俱乐部的负责人，穿一件像是女款的衬衣，外面罩一个黑背心，戴眼镜，一张圆脸，留着的胡髭翘出去，像弯月一样，他的性格快活，充满了青春朝气，所以大家对他都直呼其名；数学老师是英韦从前的班主任维斯塔，一个面色红润，戴着眼镜的秃头男人，有一双锐利的眼睛；家政老师汉森，头发灰白，很严厉，几乎像个传教士夫人，戴着眼镜，教我们煎鱼饼和煮土豆仿佛是她真正感兴趣的事；教授英语、挪威语、基督教义课和自然社会学科的是科洛恩，我们的班主任，一个又瘦又高，快要三十岁的男人，他的面部特征突出，有点缺乏耐心，多数时间里他都和我们保持着一定的距离，但有时他也会表现出令人意外的同情心和同理心。

这些老师不仅要给我们做综合的评判和考量，像小学里老师做的那样，在这里，老师还要给我们所做的一切打分。这样一来就在班上营造了一种新的紧张气氛，因为突然间我们都知晓了各自的优劣强弱，白纸黑字写得清清楚楚的。隐藏自己的分数是不可能的，或者说，你可以不让人知道，但别人就会对你有看法。我的平均分一般是良或者良 +，偶尔会拿优，但偶尔也会只拿个及格，我不会在班上隐瞒我的成绩，但我很少提到它们，因为在最近几个月里，我意识到成绩好并不是件好事，和人们通常认为的不同，一个优可能被视作性格缺陷的标志，和它原先所代表的意义完全相反。我一直不是很受欢迎，而现在我试着扭转这种状况，重新树立我的声誉，当然，我并没有具体详尽的计划，一切都依赖于社会交往中所获得的经验和直觉。我意识到自己有一个很大的优势，那就是足球，在球队里我已经认识了很多八年级，九年级的人，他们当中的四五个人是男生和女生共同仰慕的对象。我是班上唯一一个可以加入鲁里的队伍的人，或者盖尔 · 黑格的队伍，或者谢尔的队伍，或者同时和这三个人待在一起，他们不会用带着疑问的眼睛瞪我，或用语言攻击我。他们也没那么在乎我，我从他们那里没得到什么，但这都不重要，重要的是我可以站在他们身边，而且让人看见我站在他们身边。盖尔，盖尔 · 哈康和莱夫 · 托雷一夜之间从孩子王变成了小屁孩，在这里他们什么都不是，在这里他们得重新开始，上帝才知道在这三年内他们能否重树昔日的威望。我不再和他们一起玩了，班上其他的人就更不用提了。

在开学后的头几个星期里，拉尔斯成了我最好的新朋友。他在同一个年级的平行班里，因此他代表着一些新的东西，他住在布拉特克莱夫，来自蒂巴肯的我们很少去那里，他踢足球。他交友广泛，认识许多人，和所有的人都相处得很好。他有一头微红的卷发，总是很快活，总是发出高声、爽朗、自信的笑声，他会对所有人开玩笑，但几乎从不带有恶意。他父亲以前得过欧洲滑冰冠军，多次参加世界锦标赛和奥运会，还去过斯阔谷（Squaw Valley）滑雪场，他们家的地下室里贴满了海报、奖章、证书，还有一个巨大的，已经干枯褪色了的月桂叶花冠。他很友善，很关心人，但也是个有决断的人，他的妻子是个丹麦女人，总是乐意帮助她身边的人。

有了拉尔斯这个朋友，所有蒂巴肯的一切对我来说都变得无所谓了。与此同时，我也有了变化，这差不多发生在一夜之间，我不再去做那些善事了，相反地，我开始说脏话，开始讲街头的语言，我用石头砸街灯和那些简易临时住房的玻璃窗，在课堂上我总是刁钻固执地回答问题，我也不再向上帝祈祷。这让我感到多么的自由畅快啊！我热爱讲俚语，它们越是不靠谱，越是粗俗不堪，我就越来劲。在早上上学的路上，我会把自行车停在路沿，跑进一个花园，在大白天里摘下四五个苹果，让自己吃个够，然后又骑上车，继续骑在去学校的路上，好像什么事也没发生过一样，这种事给我带来的好心情是我以前从不知晓的，以前我甚至压根儿不知道它的存在。我会经过的其中一个花园是新开辟出来的，园子正中央杵着唯一的一棵小苹果树，上面只挂着唯一的一个苹果，不难想象这苹果对拥有这个园子的父亲来说有多么的重要，他在春天种下了这棵树苗，是为着他的两个小孩子，他们每一天都指望着苹果成熟，这个苹果的成熟。这是他们的苹果，我每天早上去上学的路上都看到这个苹果在那树上晃荡着，最后我把它摘了下来。

不是在晚上，那时外面黑魆魆的，做这事时被人看见的可能不大，不是，我就是在早上去学校的路上干的，我从车上跳下来，翻进院墙内，走过草坪，摘下苹果，在往回走的时候，苹果已经在我的牙齿间。一个世界向我敞开了。我还没有去商店偷窃，但我已经开始在心里盘算了，我开始考虑做这件事的可能性。在家里我也变了，我表现得更为轻松，更快乐，话说得更多了。但妈妈大概对此并未特别留意，因为强烈的拘束感和爸爸的在场是密切相关的，尤其是当我们和他单独在一起时。但和妈妈，英韦在一起时，我一直是这个样子。对妈妈我是无话不谈的，但是我很少会谈到直接与外面的世界有关的事，我谈的一般是我在某个时刻的想法，包括我的突发奇想和想象出来的画面和场景，但这段日子我开始清楚地意识到我该对她说什么，不该说什么，因为我明白，保持这个世界的明亮、纯净是非常重要的，必须要排除掉另一个世界里那许多拖曳得长长的阴影。

在这个秋天，两个世界都对我敞开了，这种打开不像车库门的机械装置，这种开启是活生生的，有血有肉的，由强健有力的肌肉来操控。但每星期五爸爸回家时，家里的这方世界又对我关闭了，那些老一套的模式又再度接管了这个空间，我尽可能地控制着自己的一举一动。家中的世界总是如此熟悉，与此同时，外面的世界却完全难以预测，或者应该这么说，会发生什么事情总是难以预测的，虽然发生的事情总是明朗、清晰和毋庸置疑的，但导致了这些事情的原因却又像暮色那样朦胧不清。

每星期五，学校的老体育馆里都会举办课外俱乐部的活动，向所有中学生开放。在之前几年的时间里，这地方对我来说就是个神话世界，像风筝一样遥不可及。我看见过英韦在去那里之前精心打扮，有一次甚至还在脖子上戴了领巾，我知道那里有舞会，还可以打乒乓球和卡罗姆球[1]，那里有卖可乐和香肠，有时候也放电影，举办音乐会和其他活动。有一天我们或许也会获准进入这个神奇的地方，这成为了大家，尤其是女孩子经常谈论的内容，因为从某种意义上讲，这场所与她们的联系更为紧密，当然我们男孩也会时不时地谈论这个话题。

我骑车去那里的第一个晚上，觉得我好像是被邀请去参加某种仪式。空气是凉爽的，骑在通往学校的那道山坡时，我经过了好些七年级的女生，所有的人都在打扮自己上下足了功夫，没有人看起来同往常一样。我把车停在外面，经过了一堆站在那里抽烟的人，我买了门票，走进里面的黑暗中，五颜六色的聚光灯和闪烁着的迪斯科球点缀着体育馆的大厅，音乐通过两个巨大的扬声器播放出来。我环视四周。有许多八九年级的女孩子在那里，没一个人向我望一眼，这是当然，但绝大多数都是我们七年级的人。我们是唯一对这俱乐部充满好奇的人。

舞池里空无一人。大多数女孩坐在靠墙的桌边，大多数男

[1] 台球的一种。

孩子在其他的屋子里，那里有乒乓球桌和卡罗姆球桌，还有些男孩在外面的出口处，整个晚上那里总是聚集着一群玩摩托车的人，他们当中的很多人都已经不上学了，但他们离开学校的时间并不久，所以还觊觎着学校里的女孩子。

但我来不是为了打乒乓球，也不是为了拿着可乐在停车场上和那帮人混在一起。我喜欢音乐，我喜欢女孩子，我喜欢跳舞。

我不敢一个人踏上空荡的跳舞场。但就在同一瞬间，几个女孩开始尝试跳舞，接着又有两个加入他们了，于是我也走上了场。

我随着音乐的节奏全神贯注地在场上跳了起来，想着现在我是众人关注的对象，让我感到心情舒畅。一首曲子，两首曲子，然后我去找我认识的朋友。买了瓶可乐，我跟拉尔斯和艾里克一起坐下来。

我在意服饰，有着长长的睫毛和柔嫩的皮肤，认为自己无所不知的优越感和拙劣地掩饰优秀成绩的行为，为前青春期的灾难提供了丰饶的土壤。我在这些个晚上的所作所为并没有改善我的处境。但我对此一无所知。我是不能从外面观察发生的事情的哟，我以当局者的身份经历着一切，那时候我在意的就只有《放克小镇》（*Funkytown*）里那诱人的、激烈震荡的节奏，比吉斯卓绝非凡的假声唱法，布鲁斯·斯普林斯汀让人热血沸腾的《饥饿的心》（*Hungry Heart*），黑暗中闪烁变幻的灯光，所有的女孩子扭动着身体旋转起舞，她们的乳房和大腿，嘴唇和眼睛，那些撩人的香水和汗水味，我们追求的就是这一切。这些周五的晚上，我在回家的时候脑袋里可能完全是晕乎乎的，平日的一切突然具有了神秘的色彩，陡然间呈现在一种半明半暗的光线中，几乎像阴影一样朦胧不清，但却有着无尽的诱惑力，充满了希望和各种可能性。因为，哈喽，我们在这儿讲到的可是室内体育馆！索尔维、黑格、温妮和玛丽安在那里！盖尔·哈康、莱夫·托雷、特隆和斯韦勒在那里！那儿卖抹了番茄酱和芥末酱的香肠！桌子和椅子跟我们教室里的一个样。墙壁上固定着的木条框架是在体操训练时用的。但当黑暗来临、灯光闪烁时，这些都变得无关紧要，那时候所有的一切都被吸入昏暗的魔圈当中，这里面蕴含着如此多的期盼，这里面只有蒙眬的眼睛和柔软、美妙的身体、怦怦跳动的心和闪电一样的神经。第一个星期五晚我在恍惚中离开了俱乐部，下一次去那里时，我仍怀着紧张又充满着期待的心情。

去那地方最大的妙处是你很容易就可以接近那些女孩子。平常她们都是难以靠近的，在过去的几个月里，绝大多数的女孩子都是一副兴味索然、见惯不惊的模样，课间休息时，在我们干着些孩子气的事的时候，她们带着各自的磁带播放机坐在太阳光照得到的墙边，或者聊天，或者编织衣物，男孩是不可能靠近她们的。虽然我尝试过——因为我会说她们的语言——却从未产生任何效果，上课铃声一响，我们就又回到各自的小团体中了。

在俱乐部里情况就不一样了，在那里，你可以只管向她们当中的一个走过去，问她是否愿意跳舞。只要你不是眼光过高，没有朝长得最漂亮，最受男孩欢迎的那个九年级女生走过去，你就会成功，她们会说好的，然后就和你一起来到场上，你可以靠近她那绵软温暖的身体，一圈又一圈地随着歌声起舞，直到曲终。你希望会有些进一步的进展，或许是一个偷偷递来的眼神和一个含羞的浅笑，但就算不会再发生什么，跳舞的时刻本身就价值非凡了，至少它们是所有允诺的基础，它们或许承载着对未来的天堂乐园的期盼。所有和我好过的女孩子，安妮·莉丝贝特、托涅、玛丽安和凯萨，她们都和我上同一所学校，而且也都去课外俱乐部，尽管当我看见她们同其他人在一起时，心上仍能感觉到刺痛，但对我来说，她们已经完全死了，只属于过去，我只希望她们别和其他人说我是个怎么样的人。特别是凯萨。我明白在树林里发生的事是很可笑的，我的行为像个十足的蠢货，为此我感到深深的羞愧，发誓绝不会将这事告诉任何人，就算是拉尔斯也不行。尤其不能告诉他。但她没有任何理由感到羞愧哟，当她在附近时，我就会留意她，看她是否向谁弯下身去低声嘀咕些什么，然后所有人就齐刷刷地看向我。这样的事没发生。让我受到严重打击的是其他的事，我根本没有料到的事。从四年级起我就注意到了平行班的安妮·莉丝贝特，她那么好看，我喜欢看她，她的笑容，她的装束，她个性鲜明，对自己不喜欢的事就会直截了当地说出来，她勇敢无畏，但她脸上的表情却很温柔，当我们上七年级时，她的体态变得凹凸有致。我的目光越来越常被她吸引。玛丽安是她最要好的女伴，因我跟她的关系结束而引起的那些议论平息后，我们有时候会坐下来聊聊天，或者一起从学校回家，一次，她给我复述了莉丝贝特那天是怎样说到我的。

我走进了那个老室内体育馆，这里被用作饭厅，在那个较长的课间休息时我们可以在那里吃自己带的午餐。我走进去的时候莉丝贝特坐在一个几乎坐满了的桌旁，看见我进来，她就说，啊呀，他真让我恶心！我一看见他就全身起鸡皮疙瘩！

“我并不这么认为呀，”玛丽安给我复述的时候加了这么一句，“我不认为你是费米。”

“费米？”我说。

“是啊，大家都这么说哟。”

“什么？”

“你不知道这事？”

“不知道。”

他们之间好像达成了一种秘密的协议，除非在合适的情况下小心地让我得知这个称呼的存在，否则他们就不会当着我的面这么叫，在同玛丽安交谈后，情况发生了改变，他们开始肆无忌惮地这么叫我了，这个称呼以光速传播开来。突然间我就是费米，是假娘们了。所有的人都这么叫我。班上的女生，其他班上的女生，班上的一些男生，其他班上的男生，是的，甚至在足球队里我也可能被叫作费米。在年幼些的小孩当中也是这样，住宅区里四年级的孩子们在听说这个称呼之后，就跟在我后面喊叫。费米，费米，费米，这喊声围绕着我。这就像是一道判决，情况不能更糟糕了。要是我跟谁发生了口角，比如克里斯廷·塔玛拉，她就会把所有的事实根据全抛到一边，只说：你个费米假娘们，这一句话就完全把我置于死地。你个假娘们。嗨，假娘们！到这儿来，假娘们。这个称呼一下命中我的要害，我几乎不能思考任何事，它就像一堵黑墙般出现在我的意识里，让我无法逃离。更糟糕的是，我束手无策，不知如何是好。

不是说哪几天我行事时表现出的女性气质少一些，所有的人就会说，你其实不是假娘们哟！不，它已经扎下深深的根，它将永远存在。他们逮住了一个我的短处，就会尽量利用，利用个够。但拉尔斯不会这样，他让我不要理会他们，我对他深为感激，最开始的时候我有这样的想法，觉得拉尔斯会不愿意再同我在一起，他会为此地位陡降的哟。但他没有这样。盖尔没有，达格·马格纳，达格·洛塔尔也没有。当然也没有任何老师或家长会这么叫我。但所有其他的人都这么叫我。这个词抹杀了我所有其他的特质，无论我做了什么或我能够做什么，全都无济于事，我就是费米假娘们。

在一节生物课上，当我们要学习人类繁衍的时候——索斯达尔小姐使用了这个词，平行班里的约斯泰因，足球队守门员，闯进教室，在空的座位上坐下。最初他没有被注意到，开始上课了，索斯达尔小姐讲到了同性恋，这时约斯泰因开口说，关于这个卡尔·奥韦什么都知道！他就是同性恋哟！让他说说呗！接下去的是断断续续的笑声，他做得太过分了，立刻就被赶出了教室，但他在我心里播下了一粒种子。我或许是同性恋？我是哪儿不对了吗？我自己也开始琢磨这事。我是假娘们，或许还是同性恋，所有的希望全完了哟。那我活着还有什么意思哟。黑魆魆一片，从来没有过像这样黑暗的时期。

当然，对妈妈我只字未提，但几周后我鼓起勇气告诉了英韦。他正走在通向商店的上坡路上，我追上了他。

“你在赶时间，是吧？”我说。

“相当赶，”他说，“怎么啦？”

“我遇到麻烦了。”我说。

“是吗？”

“有人给我取了绰号。”我说。

“那，是什么？”他说。

“是……”我说，“是……”

他停下来。

“他们叫你什么？说呀，你！”

“是，他们叫我费米假娘们，”我说，“我是假娘们。”

英韦笑了。

他怎么能**笑得出来**？

“这不要紧的哟，卡尔·奥韦。”他说。

“天哪，”我说，“这当然要紧得很！你是明白的哟？”

“那，你想想大卫·鲍伊，”他说，“他是雌雄同体。在摇滚音乐世界里，这是件好事，明白吧。戴维·西尔维恩（David Sylvian）也是。”

“雌雄同体？”我说，相当的失望，他是什么也不明白呀。

“对，中性。带一点女性，带一点男性。”

他看着我。

“都会过去的，卡尔·奥韦。”

“看上去完全不像是会过去的样子。”我说，转过身回家去了，同时英韦继续往坡上走。

我是对的，这事绝不会这么过去的，但从某种意义上来讲，我已经习惯了，就这么着吧，我就是费米假娘们，虽然它以一种我从未经历过的方式困扰、折磨着我，在我的心里投射下长长的阴影，但在我周围发生了足够多的事，它们占据了我的身心，这种强度让其他所有的一切都黯然失色。

四处东奔西跑，这就是我们干的事。到目前为止我一直都在这么干，但盖尔和我这些年来一直在寻找的是秘密的、只为我们所用的地方，而现在的情况是相反的，我同拉尔斯一起去的是那些可能会发生点什么事儿的地方。我们在路上搭车去任何地方，要是霍弗会发生什么事儿的话，就到霍弗去，去希尔索，去岛的东边，在 B-Max 超市外闲逛，希望能发生些什么，希望会有人来，在下面的菲纳加油站闲逛，进城去兜圈子，骑着自行车到上面新建的体育馆去，即使我们并不需要训练，再往上去教区礼堂，十星合唱团在那里排练，体育馆有女孩子，十星合唱团里也都是些女孩子，这就是我们谈论的一切，我们脑子里想的一切。谁的乳房大，谁的乳房小。谁将变得漂亮，谁现在就很漂亮。谁有最丰满的臀部。谁的腿长得最迷人。谁的眼睛最闪亮。我们想着谁有可能让我们一亲芳泽。谁又高不可攀。

一个漆黑的冬夜，我们坐公共汽车去哈斯滕松德，那儿住着一个在十星合唱团唱歌的女孩子，浅色的头发，略微有点丰满，但非常的漂亮，我们都对她有兴趣，虽然她比我们大了一岁，我们敲响了她家的门，然后我们就坐在她的房间里，胆怯地聊聊这，聊聊那，对她的欲念像火一样灼烧着我们，在回家的车上，由于内心被强烈的情感填满，我们几乎没法说出一个字来。

一个周末，妈妈要去克里斯蒂安桑看望爸爸，拉尔斯在我家留宿，我们吃薯片，喝可乐，吃冰激凌，看电视，那是在春天，五月一号前一天的夜里，电视里要放一个摇滚演唱会，好让奥斯陆的年轻人待在家里，不然他们就会上街瞎晃荡，往别人的家里扔石头。我们没有一本色情杂志，即使我们独自在家，我也不敢在这栋房子里收集它们，于是我们只能看克努特·法德巴肯的《昆虫夏天》，那段我已经读了若干遍了，所以一翻开书，就自然而然地是那一页。我们意识到了我们不能单独待着，我们得邀请几个女孩子，拉尔斯建议我们邀请本特。

“本特？”我说，“哪个本特？”

“就住在这上面的那个啊，”拉尔斯说，“她很不错。”

“本特？”我几乎喊叫起来，“可她比我们小哟！”

我从小就知道她了，一直把她当做小孩子，从来没有考虑过她。但她现在发育开了，拉尔斯说，他见过的，她有胸部和其他该有的一切。她很不错！她真的很不错！

我没有注意过，但现在既然他这么说，那么……

我们三两下穿好衣服，朝坡上跑去，在她家的门口摁下门铃。我们的到来让她很惊讶，但是去我们家，不，她不能，今天晚上不行。

OK，我们说，那么，以后再说吧！

好的，以后再说。

于是我们在电视前坐下来，看着一个又一个乐队的演奏，谈论着这些乐队，谈论着所有那些我们曾经见过并一起玩过的女孩子们。班上的西芙——我以前也没考虑过她——突然成为了我们话题的焦点，我们也给她打了电话。之后将会发生什么样的事，我们心里也没数。

我们在干的就是这些事儿，四处转悠，骚动不安，充满了无法控制的欲望。我们阅读色情杂志，看着里面的照片让我们感到痛苦，她们是那样的接近，却又是那样的遥远，无穷无尽的遥远，但这并不能阻止她们唤起我们巨大的、铺天盖地的狂烈情感。每一次看见女孩子，我就想要尽可能地疯狂叫喊，就想把她推倒在地，扒下她所有的衣服。这念头让我呼吸困难，心脏狂跳。实在令人难以置信，站在我们身旁的她们，衣服下面就是光溜溜的身子，人人如此无一例外，她们可以，理论上，自己脱掉衣服。但这只不过是想入非非罢了。

其他的人怎么能够知道这一点，却不发疯呢？

他们在抑制自己的需求吗？还是他们佯装不知？

至少我没法做到。我别的什么事情都不想，这是盘踞在我脑子里唯一的念头，从早上醒来，直到入睡。

是的，我们看色情杂志，我们也玩纸牌，不管到什么地方，做什么事情，都会带着一叠纸牌，我们去朋友的家，去课外俱乐部，我们听音乐，踢足球，长时间地游泳，直到动弹不了，去人家的花园偷摘苹果，四处闲逛，在这里聚聚，又到那儿聚聚，嘴里一刻不停地闲聊着。

谢斯蒂尔？

玛丽安娜？

托芙？

本特·利尔？

克里斯廷？

里瑟？

安妮·莉丝贝特？

凯萨？

玛丽安？

莱娜？

莱娜的姐姐？

莱娜的妈妈？

在我以后的生活里，我再没有像这段时间一样，对身边的女孩子如此上心、了如指掌。后来的岁月中，我可能拿不准斯韦恩·贾维尔[1]的《一次澳大利亚旅游》到底是本好书还是本糟糕的书，拿不准赫尔曼·布洛赫[2]是不是一个比罗伯特·穆齐尔[3]更好的作家，但对于莱娜是个出色的女孩这点，我从来没有怀疑过，她完全属于另一个级别，如果拿她同西芙来比较的话。

拉尔斯也有很多其他的事要做，驾船出游就是其中的一件，他常常和父母一起乘船出去，或自己独自驾驶一艘欧洲单人小艇。他滑雪也很出色，远比我强得多，有时候会和他父亲一起去奥姆利或者霍夫登，他也有他的老搭档，埃里克和斯乌艾农。当他忙着自己的事时，我就待在房间里听音乐，读书，同英韦或是妈妈聊聊天。我再也没到外面的海上去，再也没爬上山峰，再也没去下面的浮桥船坞或是老蒂巴肯。

深冬的一个星期天，我骑车去拉尔斯那里。他要跟他父亲和斯乌艾农一起到奥姆利的高山滑雪场去滑雪。我不能跟着一道去，因为这是他们早已计划安排好的。我极度失望，眼里竟盈满

[1] Svein Jarvoll，挪威诗人，小说家，短篇小说作家。

[2] Hermann Broch（1886—1951），奥地利小说家，散文家。

[3] Robert Musil（1880—1942），奥地利作家。

了泪水。拉尔斯瞧见了，我就掉过身子骑车走了。眼泪，这是没用的，这是最糟糕的。

当我回家时他打来电话。说也有我的一个位置。他们路过这里的时候来接我。我应当说不的，让他知道我并不在乎，我应当对他说清楚这不是眼泪——当时我看见了拉尔斯的表情，他不喜欢这样——当然不是了，只是一颗沙子被风吹进了眼里。但我没法拒绝，奥姆利那里有一个很大的高山滑雪场，有电缆吊车和所有的装置设备，我从来没去那里滑过雪，所以我吞下了我的自尊，跟着他们一起去了。

他父亲用的是一副我从未见过的、五十年代的滑雪板。

但我的眼泪让拉尔斯失望，也让我自己失望了。为什么它们就不能被控制呢，现在我已经十三岁了呀？现在我完全没有任何理由为我的眼泪辩解了。

木工课的时候，约翰突然开始取笑我，我是那样的生气，拿着一个木头碗，使出全身力气砸了他的头，眼泪迸发而出。这一下一定把他敲痛了，我被赶到了过道上，后来他笑着走过来向我道歉，我不知道你会掉眼泪，他说，我不是故意的。所有人都看到了这个场景，我是多么的软弱可怜啊，突然间我为了使自己显得勇敢些所付出的努力全白费了。约翰，在新学校开学的第一天就把他的屁股露给老师看，一天早上他甚至剃掉了自己的眉毛才来上学，他还开始逃学了，所有这些都表明他将成为那些八年级就辍学去社会上工作的人当中的一员。他需要得到拯救。我也要试着解救自己。拉尔斯在他父亲的车库里放了很多杠铃片，他练举重，一天下午我告诉他我也想试试。

“没问题，只管用。”他说。

“你举多重的？”我说。

他说了个数字。

“你可以帮我把杠铃片放上吗？”我说。

“你不能自己做吗？”

“我不知道该怎么做的。”

“OK。那么，来吧。”

我跟着他到车库去。他把杠铃片放在横杆上。望着我。

“我得自己单独做。”我说。

“开玩笑吧？”他说。

“没有。你只管先走。我过一会儿上去。”

“OK。”

当他走了之后，我在条凳上躺下来。但我没法挪动杠铃杆。我一公分都没举上去。我把一半的杠铃片卸下来。再举，我还是没法做到。往上了一点点，只有，或许两三厘米。

我知道应该把杠铃杆放到胸部的位置，再用胳膊把它托举到最高处。

我又取下了两块杠铃片。

但仍然无法举起来。

最后我把所有的杠铃片都拿了下来，把它们放在一旁，开始举杠铃杆，只是杠铃杆，上上下下举了几次。

“举重怎么样？”我走上去时拉尔斯问，“你举了多重？”

“没有你那么多，”我说，“我得拿下两块杠铃片。”

“但这已不错了，这个，知道吧！”拉尔斯说。

“是吗？”我说。

经过这些年月，从一年级同安妮·莉丝贝特在一起时算起，我以为每次和女孩在一起的经历都会让我有所长进。每次我与新的女孩子交往都会越来越顺利。凯萨是最后一个让我挫败的人。在她之后，是的，一切都会畅通无阻，这其中的学问我已经明了，我不会再犯错了。

但事实证明并非如此。

我爱上莱娜了。她是平行班上的。是学校里最好看、最完美的一个女孩子。没有人能与她相提并论。她比所有其他的女孩都漂亮，同时也带有几分羞涩，这是我以前从未见过的。她身上具有的一种纤弱，很难让人不被吸引，很难让人不对她魂牵梦绕。

她有个姐姐上九年级，叫托芙，跟莱娜截然不同，她长得也很美，却是一种活泼的、挑衅的和调皮的美。两人在男孩中间都很受欢迎。

但莱娜是含蓄委婉的，是会让人偷偷地看她，暗暗地在心里渴求的那种类型。至少对我来说是这样的。她的眼睛细长，颧骨很高，皮肤柔嫩如凝脂，常常还会出现一点红晕，她的身材高挑细长，脑袋总是微微向一边斜着，她走路时常常把双手的手指交叉在一起。但她身上也有一些她姐姐的特质，包括有时她笑的时候从她那蓝绿色的眼睛里射出来的光芒，还有她有时表现出来的固执和自信，你很难将这些特质与她联系在一起，她自身固有的那种令人心醉神迷的纤弱仍占主导地位。一朵玫瑰，莱娜就是一朵玫瑰。我看着她，也开始像她那样把头稍稍偏斜一点。以这样的方式，我得以和她接触，以这样的方式，我得以和她产生一种联系。事实上。我不抱有更多的希望，我把她的位置放得很高很高，高到我甚至都不敢尝试接近她。比如，去问问她我们是否可以一起跳一支舞这个想法就荒诞至极。和她讲话也是难以想象的。能看见她，梦想着她，我已经很知足了。

作为代替，我同希尔德在一起了。她问我愿意跟她好吗，我回答说好，她跟莱娜在同一个班级，身材宽大强壮，几乎像男孩一样，她比我高出半个脑袋，五官端正，是一个很善良的人，两天之后她就结束了与我的关系，因为，就像她说的那样，你一点儿也不爱我。你只爱莱娜。不，我说，你错了，但事实上她是对的。所有的人都知道，除了莱娜我不关心其他任何事，课间休息期间，要是我们在操场上，我始终知道她在哪个地方，和谁在一块儿，我对她如此关注，不可能不被人留意到。

一天拉尔斯说他从别人那听说她对我的看法并不糟糕。即便我是个假娘们。即便我在木工课上又哭又号。即便我在足球场上动作迟缓，即便我几乎不能把举重床上的杠铃杆举起来。

我在学校的操场上看着她，她发现了我的目光，对我莞尔一笑，红着脸颊掉转开身子。

我想我得在机会出现时抓住它。我想机会就在此时，不好好把握的话就再也没有了。我没有什么可损失的。要是她说不，没关系，一切都没有改变。

相反，要是她说愿意……

这就是为什么在一个星期五，我让拉尔斯带着这个问题到她那儿去。他们同班了六年，他对她很了解。他回来时唇边带着笑意。

“她说好。”他说。

“这是真的吗？”

“当然是真的。现在你和莱娜在一起了。”

于是又开始了。

现在我可以向她走过去了吗？

我朝她的那个方向望去。她对我笑着。

那么，我过去该说什么呢？

“那，你现在就过去，”拉尔斯说，“替我吻她。”

他没有推着我向前，走过操场，但我离她不远。

“嗨。”我说。

“嗨。”她说。

她垂下眼睛，一只脚蹭着沥青地面。

天哪，她真是太美了。

啊，啊，啊。

“谢谢你对我说愿意。”我一下子蹦出这句话来。

她笑起来。

“不用谢，”她说，“你们下节是什么课？”

“下节课？”

“是啊？”

“嗯嗯……挪威语课？”

“别问我呀。”她说。

上课铃声响了。

“我们待会儿见？”我说，“我的意思是，放学以后？”

“好呀，”她说，“我要到上面的室内运动场训练。完了以后我们可以碰头。”

问题不在于我们将怎么发展下去，问题在于这将会持续多少天，她会在什么时候结束这一切。我是知道她会结束这一切的，但我仍然要尝试，要抗争，谁能知道前方等待的是什么，醒着的每一分钟，她都在我心里，以某种强烈、执着的情感，一种恒定不变的感觉存在着，同时也以我对她的本质和性格特点的模糊认识存在着。是的，我得努力抗争，尽管我并不知道我是在和什么抗争。实际上我甚至不知道为什么要抗争。为了留住她，是的，但怎么留？做我自己？这让我自己都要发笑了。不，我得借助别人的帮助，我明白了，这些天来我试着找人和我们待在一起，这样所有谈话的任务就不会全落在我一人身上了。和莱娜一起去上面的训练厅，和莱娜一起去下面的谢那，和莱娜一起去那边的希尔索轮渡。我们得到了学校发给大家的圣经，第二年秋季就要举行我们的成人坚信礼了，我突然想到，我可以去问她对圣经做了些什么，可以对她说我把我的圣经扔了，然后我就有了谈资，我还可以去问我遇见的人，问他们对圣经都做了些什么。莱娜听着，莱娜跟着我，莱娜开始无聊了。她是一朵玫瑰，我们在一个十字路口亲吻了，我们手拉手走在校园里，但我只是一个小男孩，尽管摘下牙套后，我有一口洁白整齐的牙齿，但这是不够的，莱娜跟我在一起感到无聊了，一个晚上她跟我来到了足球训练场，我看见她走出看台不见了，在剩下的所有时间里我都没看见她的人影，我和其他人一起走进更衣室换衣服，猜想着一定有什么地方出错了，我在入口处的接待室柜台和可乐自动贩售机之间停下来，站住了：莱娜·拉斯穆森在那里，维达尔·艾克也在那里，他们俩边聊边笑着，看见她笑的方式我就明白，一切都结束了。维达尔·艾克一年前就辍学了，他是经常光顾加油站的那伙人中间的一个，他有一辆自己的摩托车，现在他的身体就倚在那辆车上。

我走到球场的看台上坐下来。

半小时以后希尔德从那边走过来。她在我身边坐下。

"我有一个坏消息，卡尔·奥韦，"她说，"莱娜那边画句号了。"

"好。"我说，把头转向一边，不让她看见从我的脸颊上流下来的眼泪。但她看见了，因为她站起身来，就像屁股着了火一样。

"你哭了？"她说。

"没有。"我说。

"你爱她，这么认真的呀？"她的声音里含着惊讶。

我没回答她。

"可是卡尔·奥韦。"她说。

我用一只手擦干眼泪，抽噎着，颤抖着发出了一声很长的喘息。

"现在她在外面吗？"我说。

她点点头。

"要我跟你一起出去吗？"

"不，不，你只管走，你。"

她在看台尽头的门那里消失后，我就站起身来，把背包往上一甩，走了出去。我又擦了一次眼泪，迅速地穿过过道，走到门厅那里，打开门，他们还像刚才那样站在那里。

我低着头经过他们，走了过去。

“卡尔·奥韦！”她说。

我没回应，一走出他们的视线，我就开始奔跑起来。

莱娜跟维达尔在一起了，这让我在好几个月里伤心欲绝，但紧接着春天来临了，以它强大的力量将一切灰暗一扫而尽。八年级和九年级生有一周的野营活动时间，只有七年级学生留在学校，在这些天里，一种狂躁的情绪在我们当中传播开来，我们开始攻击女孩子了，一个人从她们背后出击，把她们的毛衣拉上去，另一个跑到前面用双手去摸她们赤裸的胸部，与此同时她们会反抗、会试图挣脱并且大叫大喊，但声音绝不会大到让老师听见。在教室之间的过道上我们这样干，在学校的操场上我们这样干，在上学路上那些未开发的建筑区里我们也这样干。有流言说米尼、厄于斯泰因和常聚在加油站外面的那帮人当中的几个，他们已经和谢斯蒂尔那个过了，把她牢牢地摁住，扯下她的裤子，把一根手指插进她的身体，于是有一天晚上我和拉尔斯走到上面她家去，想着我们或许也可以试试，但当我们摁响门铃时，是她父亲来开的门，谢斯蒂尔走下来时，我们问她是否可以进来，她用嘴摆了一个明白无误的“不”字，我们是绝不可能进去的，我们在想什么呢？

但她眼里的光比我们眼里的还要肆无忌惮，她非常清楚地知道我们想要的是什么。几个星期以后，在霍弗举办的一个游艇展会外，我们碰面了，我和拉尔斯在特劳玛一个摊位上出售奖券，其中有一张奖券会中奖，我们把它抽了出来据为己有，当有人来换班之后，我们在四处转悠着，观看那些展出的船舶，直到不会引起人们的怀疑时，我们装作不经意的在摊位前站住，分别买了一张奖券，我把我的那张打开，递过去问是否中奖了，与此同时拉尔斯把自己的那张偷换成了中奖的奖券。现在是克里斯蒂安和约翰负责摊位，当拉尔斯把奖券递给他们时，他们拒绝相信他。他们说这是张过期的奖券。我们以坚定不移的态度表示反对，直到最后他们终于妥协，给我们发了一半的奖品。我们同意了，用胳膊夹着这盒很大的巧克力走开了，我们的嘴里包着一串没有发出来的笑声，同时也为我们刚刚做下的事感到几分后怕，。接下去，我们在那边碰上了谢斯蒂尔。

“跟我们去遛一圈儿？”拉尔斯说。

“当然可以。”谢斯蒂尔说，她这么说的时候我身体里有一种怪怪的感觉。

我们穿过树林，一直朝下面的一片卵石河滩走去，我们在那里躺下来，开始吃巧克力。

她穿了一条红裤子，蓝色的羽绒服，我小心地抚摸她的大腿，她一声不吭。当我摸到她大腿的内侧时，她也缄默不语。拉尔斯在她的另一条腿上做着一样的动作。

“我知道你们想要什么，”她说，“但你们得不到。”

“我们什么也不想。”我说，咽下一口唾沫，强烈的欲望使我的喉头发紧。

“什么都不想。”拉尔斯说。

我顺着摸到了她的大腿根处，把整个手掌都放在那地方，快乐和挫折让我想要大声呼喊出来。拉尔斯偷偷地把一只手向上伸到了她夹克的拉链那儿，把它拉了下来，把手伸进毛衣下面。我也把手伸了进去。她的肌肤温暖洁白，在那里我感觉到了手下面她的乳房。乳头有点发硬，乳房结实坚挺。我又开始用手在她的大腿上摩擦，再一次把手放进她的腿根，然后，在不断往下吞咽口水的时候，我犯了一个错误，我把她裤子的拉链拉下去了。

“不，”她说，“你以为你是谁呀？”

“什么都不是。”我说。

她站起身，把毛衣放下来。

“还有多的巧克力吗？”她说。

“啊，有的，当然有。”拉尔斯说，我们坐在那里吃巧克力，朝外面的大海望去，像什么事也没发生过一样。波涛拍击在低矮光滑的礁石上的那一瞬间，就像白色的雪花一样。几只海鸥展平翅膀，在海面上滑翔。巧克力盒子空了，我们站起来，又经过树林回到游艇展会那。谢斯蒂尔同我们说再见,或许待会儿再碰面，我们还是决定回家去。但要回家，我们就得回到摊位，我们的自行车停放在那里。厄于温，我们的教练站在那里，当他看见我们时，眼睛显得不那么友善了。我们拒绝承认一切。他说尽管他拿不出证据来，但他知道我们干了些什么。不然为什么我们会愿意接受一半奖品？我们矢口否认。他说他很失望，在这一天里他不想再看见我们了，于是我们骑着车回家了。

星期一那天，在开始上课前，拉尔斯把西芙的毛衣往上掀开了，我把双手摁在她的乳房上。她尖声叫起来，说我们太孩子气，然后就镇定地走开了。

第一节是挪威语课，我们要各自到图书馆挑一本书，在一周的时间之内读完它，然后针对这本书写一篇文章。我说我已经读完了学校图书馆所有的书。库路恩不相信我。但这是真的，我没说假话。他抽出任何一本书，问我里面讲的是什么内容，我都能说出来。最后他允许我写关于别的书的文章。就是说这节课跟我没什么关系了。我找到一本历史书，坐在窗户下面的座位上。外面雾蒙蒙的,天很热。学校的操场上空无一人。我翻阅着书页，看着里面的照片。

突然，我看见了一个裸体的女人。她是那样的枯瘦，臀部看上去就像是碗的边沿。所有的肋骨都清晰可见。在她的大腿根处有一小团黑色的毛发。她身后竖着一排排上下铺的床，在那里我也能模模糊糊地看到其他女人的身影。

我的内心深处哆嗦了一下。

不是因为她的枯瘦，是因为在她身上完全找不到一点吸引人的地方，虽然她赤裸着身体。下一页的照片里还有偌大的一堆尸体，尸体后面是一个挖掘出的深坑，那里面已经塞满了扔进去的尸体。在这张照片里，腿不过是腿，手不过是手，鼻子不过是鼻子，嘴不过是嘴。仅此而已。从一个不知道什么地方长大的一些人，现在躺在这里，被抛掷到这片土地上。当我站起来时，感到一阵恶心，同时还很困惑。因为我没有别的事可以干，就来到外面，靠着墙坐了下来。太阳灼热，虽然被一层雾气笼罩着。生长在裂缝和操场中央的卵石之间的凹陷处的草已经长得很高了，它们被墙与沥青路环绕着，在强劲的风里低下腰身，缓缓地前后摇晃着。恶心的感觉没有消失，甚至还和我所看到的一切产生了联系，成为了它们的一部分。翠绿的青草，黄色的蒲公英，西芙赤裸的乳房，谢斯蒂尔粗壮结实的大腿，书里那个皮包骨头的女人。

我站起来，又回到室内，呼喊着盖尔，他走过来，用疑问的眼神望着我。

“我发现了一张裸体女人的照片，”我说，“想看吗？”

“那是当然。”他说，我把书在他面前打开，指着那个骨头架子般的女人。

“就是她。”我说。

“啊，该死，”盖尔说，“真恶心。”

“什么意思，”我说，“她是光身子的哟？”

“哎哟，我的妈，”盖尔说，“她看上去就像个死人哟。”

她给人的感觉就是如此。她看上去就像个活死人。或者说一具行尸走肉。

下一个周末我和妈妈去看望爸爸。看见他在自己的住所里给我一种异样的感觉。公寓在一栋楼房的最高层，房间全是白色的，太阳透过窗户照射进来，阳光遍洒室内，简单的家具，看上去好像没人住一样。

他在那里做什么呢？

他开车送我们去了祖母祖父那里，我们在那里吃了饭，然后他再开车送我们回家。好像谁也不清楚我们会在什么时候搬家，这取决于很多其他的事，得出售房子，得买下新的住所，妈妈得有工作，我们得转学，所以我不去想这事。但从这里的住宅区搬走，换一个新学校，我个人是毫不反对的。因为我好像已经输光了我所有的牌。一错再错。比如，一天，上完体育课以后，我站在教室外的走道上，这时谢斯蒂尔向我走过来。

“你知道吧，卡尔 · 奥韦？”她说。

“不知道。”我说，但我猜得出不是什么好事，因为她脸上带着嘲弄的表情。

“我们刚刚在更衣室里说到你了，”她说，“我发现班上没一个女孩子喜欢你。”

我什么也没说，只是盯着她，心里倏然间充满怒火。

“你听见了吗？”她继续说，“班上没一个女孩子喜欢你！”

我朝着她的脸使劲地扇了一巴掌。突如其来的动作和紧接着清脆的耳光声，她的脸颊红了一片，大家都转过身来。

“你混蛋。”她大叫大嚷起来，用拳头揍我的嘴。我揪住她的头发，使劲拉扯着。她捶打我的肚子，踢我的腿，抓住我的头发，我们轮番踢着彼此，抓扯着彼此的头发，我，可怜的家伙，可鄙、可怜、倒霉、不幸的小粪蛋、臭狗屎，我开始哭了起来，所有的一切都是这么的猝不及防，让人难以忍受，一声病态的号哭从我的嘴里迸发出来，数秒钟内，聚集在我们周围的所有人都在喊他哭了，我听见了，但还是没法止住哭泣，然后我感觉到了衣领背后有一只大手，是库路恩，他也用同样的方式揪着谢斯蒂尔，问我们这到底是怎么回事，你们为什么要这样揪着打架？我说没什么事，谢斯蒂尔也说没什么事，然后我们各自被老师提进了教室，我成了大家的笑柄，因为我不仅违反了不能哭的原则，同时还触犯了绝不能出手打女孩的规则，而谢斯蒂尔则成为了一个女英雄，因为她被揍的同时，还出手还击，而且她没掉眼泪。

一个人究竟可以多沮丧，多低落？

库路恩说我们必须握握对方的手。我们照着做了，谢斯蒂尔说了声对不起，她对我笑了。这笑里没有嘲弄，是发自内心的，好像从某种方式来讲，我们在一起分享了些什么。

这其中的含义是什么呢？

五月的最后一个星期，天气变得热了，全班同学一起出发，去布克维卡游泳，白色的沙滩，蓝色的海水，太阳在我们头顶的天空上燃烧着。

安妮·莉丝贝特出现在海面上。

她穿着一条比基尼游泳裤和一件白色的T恤衫。衣服湿了，突显出她圆润的乳房。湿润的、漆黑的头发在太阳下面熠熠生辉。她绽开一个笑容。我望着她，我没法不望着她，但我注意到了身边有一些情况，我转过头去，看见库路恩站在那儿，他也在看着她。

我们的目光没有什么不同，我一下就明白了，他像我一样地在看，像我一样地在想。

有关这个安妮·莉丝贝特。

她芳龄十三岁。

这个时刻没有持续很长时间，我看见他立刻垂下了眼帘，但这就够了，我明白了一些东西，而在此之前我完全不知道它们的存在。

三天以后爸爸来学校把我接走了，我们要去看一栋房子，在克里斯蒂安桑外二十公里的地方，依着一条河，我们或许会买下它，现在我得说出我的看法，真实的看法。根据爸爸谈论这栋房子的方式——那里有一个粮仓，房子很老了，是19世纪的，面积很大，我们可以有一个普通的花园和一个菜园，那里长着很老，很粗壮的果树，我们或许还可以养鸡，另外还能种土豆、胡萝卜和其他香料——我已经决定，不管我是否喜欢这房子，我都会对他说我喜欢。

我们到那里时，天空蓝蓝，碧草青青，下面的河水波光粼粼，我从一个窗户跑到另一个窗户，急切地向里面张望，我想让他看到我的那种兴奋劲儿，但这并非是完全的虚情假意，我只是有些夸大其词而已，这事就这么决定下来。要是这房子还没被别人买走，我们就买下它。妈妈将申请这里的护士学校的工作，爸爸继续在那所高中教书，我要转到这里的新学校来。英韦将要做什么，还不太清楚。事实上，他拒绝搬迁。这是他第一次站在爸爸的对立面。他们争吵起来，这是以前从未发生过的事。我们从来没有同爸爸争执过。他一直是那个说了算的人，而我们只能接受一切。

但英韦说不了。

爸爸怒不可遏。

但英韦还是说不。

“我不愿意在最后一年转学到克里斯蒂安桑，”他说，“为什么我要这样做呢？我所有的朋友都在这里。我在学校只剩下最后一年了。到另一个地方重新开始太荒谬了哟。”

他们站在客厅里。英韦和爸爸一般高。

我以前从未注意到这点。

“你或许以为你是个成年人了，但你不是，”爸爸说，“你要和你的家人在一起。”

“不，我不要。”英韦说。

“好啊，”爸爸说，“那你说说，你怎么样养活你自己？从我这儿你休想得到一俄勒[1]。”

“我去申请贷款。”英韦说。

“谁会给你贷款？”爸爸说。

“我可以去申请助学贷款，”英韦说，“我查过了。”

“你要在开始学习之前申请助学贷款？”爸爸说，“主意不错哟。”

“要是没别的选择，那我就得这么做。”英韦说。

“你住哪里？”爸爸说，“知道吗，这房子要卖掉的。”

“我可以租一间学生套房。”英韦说。

“那你就这么做吧，”爸爸说，“但我们不会给你提供任何帮助。一克朗也别想要。明白吗？要是你想住在这里，那你就住在这里，但以后你要跑来请求帮助，那是门儿都没有的。什么事你都要自己想办法。”

“好，”英韦说，“没问题的，这个。”

---

[1] Øre，挪威的货币单位，一俄勒是 1/100 挪威克朗，类似于我们的“分”。各种不等币值的俄勒都渐渐在市面上消失了，最后一种 50 俄勒的硬币于 2012 年 5 月停止流通，不再使用。——编者注

一切就这样定了下来。

七年级的最后一天，之前我就把搬家的事告诉大家了，同窗七年的同学们给我买了临别礼物。首先，我得到一个卷心菜，因为我的名字叫卡尔[1]——他们会用这个简称来称呼我——用流传的地方口音念起来就像Kål，卷心菜，慢慢地这就变成了我的绰号。然后我又得到一个毛绒猴的玩具。因为我长得有点像猴。

就这些。

随后我们走出校门，我永远不会再见到他们。

但事情并没有完全结束。这天晚上要在温妮家举行班级聚会。几个女孩子为了准备安排这一切，那天下午的早些时候就碰头了，我们其余的人六点钟时要骑车去那里。晚会在花园和地下室的客厅里举行，我们看到户外夏夜幽暗的帷幕在山冈上方落下，看到住宅区所有房屋的红色屋顶在夕阳坠沉的余辉下熠熠生辉，这时聚会渐渐地开始变味了，尽管没有人在饮酒。一年来隐秘的意图和欲望开始蠢蠢欲动。它们在空气中酝酿着，悬浮着。手潜入毛衣的下面，这不是攻击的一部分，也不再是粗暴的行为，在花园的丁香树丛间是那种贴近的、热烘烘的气息，嘴的接触，嘴的亲吻，有几个女孩子脱掉了自己的上衣，四处走动，她们耸起的乳房轻轻地上下颤动，这是一场前青春期的狂欢，积年累月中缓缓构筑起来的恣意和放浪，就是这些女孩子，仅仅在一个月

---

[1] 卷心菜的挪威语是 kålhode。

以前她们还说过没一个人喜欢我，而现在她们一个个地将自己进献给我，她们坐在我的大腿上亲吻我，把她们的乳房贴在我的脸上揉搓。女孩子的排名——在秋天里的这段时间里，有的人的名次慢慢上升了，而有的人则下降了——在这里已经无关紧要，坐在我腿上的是谁并不重要，我把脸埋在她们洁白、柔软的乳房间，亲吻她们深黑色的、发硬的乳头，用手抚摸着她们的大腿和她们两腿之间的地方，她们没说一个不字，这个晚上她们的嘴里没有半个不字，与此相反，她们主动弯下身来亲吻我，她们的眼睛温暖而幽深，但也含着困惑，我的眼里一定也是这样，真是的我们在做这些事情？这一切全是真实的，没有半点的虚假吗？

那个夏天以后我再也没有见过她们当中的任何一个人，我试着在网上搜寻她们，为看看她们的面容，或者说看她们生活得怎么样，但没有找到。她们不属于在网上可以找到的阶层，她们属于父辈为工人或是其他一般雇员、于社会主流外成长起来的那个阶层，看来她们还继续存在于这个主流外，有着她们自己的另一种生活。对于她们来说我是谁，我猜不出来，大概只是关于她们所知的孩提时期里的一个模糊记忆，因为自打那时起，她们在生活中相互间有了那么多的交集，发生了那么多的事情，较之其间所蕴含的力量，在童年时代有过的那些琐碎细微之事，它们不比一辆驶过的车扬起的尘埃，或者由一张小嘴里吹散出去的繁华已尽的蒲公英的绒毛更有分量。发生过的一件件一桩桩的往事如蒲公英的绒毛一样，看着它们如何在个人生命史的这片小绿茵上方的空中飘散飞扬、又如何飘落在草叶儿尖上瞬间消失殆尽，啊，最后的这幅画面如此梦幻美好，不是吗？

当搬运家具的货车开走后，我们坐进车里，妈妈，爸爸和我，当车开下坡又过了桥时，我带着一种巨大的解脱，想到我将再也不会回来，想到我眼里看到的一切将永不复见。在我身后消失的这些房屋和地方，也在我的生命中消失，永远地消失。我未曾想到，这片土地上的每一个细微之处以及居住在这片土地上的每一个人，它们永久地刻印在了我的记忆中，精准无误分毫不差，仿佛我的记忆里有一只极其敏锐的耳朵，容不得有半点的走音跑调。

This translation has been published with the financial support of NORLA

上海市版权局著作权合同登记号：09-2019-256

图书在版编目（CIP）数据

我的奋斗 . 3, 童年岛屿 / (挪威) 卡尔・奥韦・克瑙斯高著 ; 林后译 . -- 上海 : 上海三联书店 , 2019.7（2023.7 重印）
ISBN 978-7-5426-6677-2

Ⅰ . ①我… Ⅱ . ①卡… ②林… Ⅲ . ①自传体小说—挪威—现代 Ⅳ . ① I533.45

中国版本图书馆 CIP 数据核字 (2019) 第 073796 号

我的奋斗. 3
童年岛屿

[挪威] 卡尔・奥韦・克瑙斯高 著　林后 译

策划编辑 / 李恒嘉
特约编辑 / 李恒嘉　徐 恬
责任编辑 / 殷亚平
装帧设计 / 陆智昌
内文制作 / 李丹华
监　　制 / 姚　军
责任校对 / 张大伟
出版发行 / 上海三联书店
（200030）上海市漕溪北路331号A座6楼
邮购电话 / 021-22895540
印　　刷 / 山东韵杰文化科技有限公司
版　　次 / 2019 年 7 月第 1 版
印　　次 / 2023 年 7 月第 2 次印刷
开　　本 / 850mm × 1168mm　1/32
字　　数 / 374千字
印　　张 / 17.375
书　　号 / ISBN 978-7-5426-6677-2/I・1520
定　　价 / 82.00元

如发现印装质量问题，影响阅读，请与印刷厂联系调换：0533-8510898